KB119640

셔녀명란젼

선녀명란전 1

관심즉란 장편소설

위즈덤하우스

知否? 知否? 应是绿肥红瘦

아는가, 아는가,

푸른 잎은 짙어지고

붉은 꽃은 진다는 걸

목차

제1장

고향에는 해당화가 한창인데,
이름난 꽃만이 외로이 피었네

제 1 장

고향에는 해당화가 한창인데,
이름난 꽃만이 외로이 피었네

제1화

누구는 승진하고 누구는 죽고……
누구는 시공을 거스르고

술시를 알리는 딱따기 소리가 울려 퍼지자 천주泉州 성부盛府에 하나둘 등불이 켜졌다. 서측원西側院 정방正房에는 백발이 성성한 노부인이 앉아 있었다. 손에 염주를 감고 소박한 옷차림을 한 것이, 우아하고 귀티 나는 주변 환경과는 조금 어울리지 않아 보였다. 그 아래쪽에도 한 사람이 앉아 있었는데, 바로 성부의 가주 나리, 성굉이었다.

"조상님이 도우신 덕택에 소자가 이번 고과에서 우수한 평가를 받았사옵니다. 승진 성지는 이달 말쯤 내려올 것입니다."

초여름이라 황갈색 얇은 비단 적삼을 입은 성굉이 지극히 공손한 말투로 말했다.

"지난 몇 년간 밖에서 한 고생이 헛되지 않았구나. 육품에서 승진하는 것이 가장 어렵다던데, 이 관문을 넘었으니 너도 이제 중급 관원이나 다름없을 터. 이번에 어디로 나갈 것 같으냐? 짚이는 데는 있고?"

노대부인이 기복 없이 담담한 어투로 말했다.

"경 세숙께 서신이 왔는데, 등주登州의 지주知州일 것 같습니다."

매사에 신중한 성굉도 이 말을 할 때는 기쁜 기색을 감추지 못했다.

"허면 정말로 축하해야겠구나. 지주는 본디 오품부터 맡는 관직이거늘 넌 정육품에 맡게 되었어. 조상님의 공덕도 있겠지만 널 위해 애쓴 분들께도 감사 인사를 드려야 할 게다."

노대부인이 말했다.

"지당하신 말씀이옵니다. 소자가 경성에 계신 세숙, 세백께 드릴 선물 목록을 작성했는데, 어머니께서 한번 봐주십시오."

성굉이 소맷자락에서 종이 몇 장을 꺼내어 옆에 시립하고 있던 계집종에게 건넸다.

"지난 몇 년간 일 처리가 능숙해졌으니 네가 알아서 하면 된다. 다만 한 가지는 꼭 명심하거라. 군자의 사귐은 물처럼 담백하다고 하였다. 은자는 적절히 쓰고, 예의는 깍듯이 차려야 한다. 비굴하게도, 오만하게도 굴지 말고 그분들과 가깝게 지내라. 평생 관료 사회에서 구르며 예리한 안목을 갈고 닦으신 분들이다. 그동안 그분들이 널 보살펴주신 건 네 부친과 쌓은 정 때문이기도 하지만, 네 스스로도 노력했기 때문이다. 하여 힘을 보태신 게야."

노대부인은 말이 길어지자 숨이 차서 가쁜 숨을 내쉬었다. 곁에 있던 방씨 어멈이 바로 찻잔을 노대부인의 입가로 가져갔고 다른 한 손으로는 노대부인의 등을 가볍게 쓸어내렸다.

그 모습을 본 성굉이 걱정 가득한 얼굴로 다급하게 말했다.

"어머니, 보중하시옵소서. 소자가 오늘 이리될 수 있었던 건 다 어머니의 가르침 덕분이옵니다. 그때 어머니께서 대의를 말씀하지 않으셨더라면 소자는 지금쯤 고향에서 허송세월하고 있었겠지요. 소자 아직 어머니께 효를 다하지 못했사옵니다."

노대부인은 아무 말도 하지 않았다. 잠깐 넋이 나갔던 모양인지, 한참 후 다시 입을 열었다.

"나는 대의니, 대의가 아니니를 말할 처지가 못 된다. 네 부친과의 옛 정을 생각해 그리한 것이지. 백 년 후 네 부친의 묘지를 처량하게 만들 수는 없지 않으냐. 다행히⋯⋯ 네가 잘해주었다."

목소리는 아주 미약했고, 점차 들리지 않게 되었다.

성쾡은 감히 말을 잇지 못했다. 방 안에 일순 정적이 흘렀다. 잠시 후 성쾡이 아뢰었다.

"어머니께서는 아직 한창때이시니 앞으로도 좋은 일이 끊임없이 들어올 겁니다. 마음 편히 잡수시고 몸조리에 신경 쓰시옵소서."

그는 주변을 둘러보며 자신도 모르게 미간을 찌푸렸다.

"어머니, 여긴 너무 수수합니다. 아무것도 없어서 마치 비구니 암자 같사옵니다. 어머니, 소자의 말 좀 들어주십시오. 여염집 부인들 중에도 채식하며 염불하는 이가 있지만, 방만큼은 화려하게 꾸밉니다. 어찌 이리 고생을 자처하십니까. 남들이 보면 소자가 불효자인 줄 알겠습니다."

노대부인이 말했다.

"화려함이란 전적으로 마음먹기에 달린 것이다. 마음이 허한데 장식이 화려한들 무슨 소용이겠느냐. 귀머거리의 귀와 같은 장식일 뿐이지."

성쾡이 나지막하게 말했다.

"전부 소자가 불효하고 안사람을 관리하지 못한 탓이옵니다."

노대부인이 말했다.

"너를 어찌 탓하겠느냐. 네 효심은 잘 알고 있다. 그리고 난 정식 시어미가 아니니 네 안사람도 나무랄 수 없지. 뭐 있는 척한답시고 사흘에 한 번씩 찾아오면 며늘아기나 나나 같이 피곤해질 것이야. 사람들이 불효자라고 수군거리는 건 걱정할 필요 없다. 내 일찍이 이름이 밖에 알려졌고, 내 성격을 아는 이들도 많으니까. 이렇게 거리를 두는 것이 서로에게 편할 게다."

성굉이 황급히 말했다.

"어머니, 그게 무슨 말씀이시옵니까. 정식 시어머니가 아니라뇨? 어머니는 아버지께서 중매를 통해 정식으로 맞이하신 정실부인이시고 소자의 적모이십니다. 더욱이 제 생명의 은인이시지요. 누가 뭐래도 소자와 안사람 잘못이니 어머니께서는 부디 그런 말씀 마시옵소서."

노대부인이 성가신 듯 가볍게 손을 내저었다.

"이런 자질구레한 일은 괘념치 말거라. 승진이 코앞이니 서둘러 선물을 준비하고, 천주 동지同知로 있는 동안 사귄 이들에게 가기 전에 최대한 예를 갖추거라. 다들 관직에 몸담은 이들이니 언제 어디서 만날지 모른다. 서운함이 남지 않도록 제대로 작별 인사를 해야 한다."

"어머니의 말씀이 지당하십니다. 소자도 그리 생각합니다. 처음 천주에 왔을 때는 영남 일대는 기후가 후덥지근하고 사람들이 거칠다고 생각했습니다. 벽촌이 아니라도 교화되지는 않을 거라 여겼지요. 그때는 이곳 날씨가 이렇게 좋고, 사람들도 순박한 줄 몰랐습니다. 게다가 바다와 인접한 덕택에 염전업과 선박업도 발전했지요. 강남 지역만큼 풍요롭진 않아도 백성들이 풍족하게 살 정도는 되는 것 같습니다. 요 몇 년 살면서 정이 들었는지, 떠날 생각을 하니 소자도 조금은 섭섭합니다."

성굉이 미소 지으며 말했다.

노대부인도 웃으며 말했다.

"맞다. 나도 한평생 북방에서 살았던 터라 제아무리 좋다 한들 강남에는 가고 싶지 않았다. 한데 천주에는 적응하였지. 산이 높고 황제와 멀리 떨어진 덕분에 유유자적하게 살 수 있었어. 떠나기 전에 이 저택을 팔고 산수 좋은 곳에 작은 집을 마련해야겠구나. 이목을 끌지 않을 테니 요양하기에 좋겠지."

"소자가 보기에도 아주 좋은 생각인 듯하옵니다. 이따 가서 처리하겠습니다."

성굉이 웃으며 말했다.

노대부인은 규율에 매우 엄격했기에 이런 이야기를 나누는 동안 방에 있는 계집종과 어멈들은 숨소리조차 내지 않았다. 성굉은 대화를 나누는 도중 몇 번이나 뭔가를 말하려는 듯 입술을 달싹였지만 선뜻 입을 떼지 못했다. 방 안 분위기가 또다시 썰렁해졌다. 노대부인은 성굉을 힐끗 보더니 찻잔을 들고 찻잎을 휘저었다. 곁에서 시중을 들던 방씨 어멈은 눈치가 아주 빠른 사람이었다. 그녀는 조용히 계집종들과 어멈들을 밖으로 불러 직접 다른 방구석으로 물리친 후, 큰 계집종들에게 몇 마디 당부를 건넸다. 그녀가 다시 시중을 들러 정방으로 돌아왔을 때는 마침 노대부인이 말하는 중이었다.

"……이제야 말을 꺼내는구나. 이 늙은이가 죽을 때까지 숨기려는 줄 알았다."

성굉은 서서 고개를 푹 숙였다. 얼굴 가득 두려움이 서렸다.

"어째서 어머니의 말씀을 듣지 않았을까 후회막급이옵니다. 지금의 사달이 난 것은 다 소자가 부덕한 탓이옵니다. 집안에 불화를 일으켰습니다."

"집안 불화가 다인 줄 아느냐?"

노대부인이 살짝 언성을 높였다.

"네가 이토록 아둔할 줄은 몰랐다. 어찌 일의 경중을 제대로 알지 못하는 것이야!"

깜짝 놀란 성굉이 읍을 했다.

"부디 어머니께 가르침을 청하옵니다."

노대부인이 푹신한 자단 평상에서 몸을 일으켰다.

"원래 이 일에 관여할 생각도, 괜히 잔소리해서 불쾌하게 만들 생각도 없었다. 네가 누굴 좋아하든 나랑은 상관없으니, 네 처소에서 일어난 일에 대해서는 이제껏 따로 물어본 적도 없었다. 한데 지난 몇 년간 네가 갈수록 법도에 어긋나는 행동을 하더구나. 밖에 나가 물어보거라, 그 어떤 점잖은 자가 너처럼 첩을 대하는지! 첩의 체면을 살려주고, 집과 점포를 주는 것으로도 모자라 아들딸까지 낳았다. 명분만 없을 뿐 정실부인과 다름없게 되었어. 본처와 첩의 규율이 이리 어지럽혀졌으니 어찌 사달이 나지 않겠느냐. 이제는 하다 하다 사람까지 죽어나갔어. 산모와 태아가 처참하게 죽었으니 어찌할 것이야!"

성굉이 부끄러워하며 연이어 읍을 했다.

"어머니의 훈계가 지당하십니다. 전부 소자의 잘못이옵니다. 소자가 어리석었습니다. 홀로 소자만 바라보는 그 여인이 너무 가여워서, 밖에서 정실부인이 될 기회를 마다하고 제 첩으로 들어온 사람인지라 안타까웠습니다. 더욱이 이곳 성부 출신이니 다른 첩들보다 체면을 세워줘야 하지 않겠습니까. 한데 소자의 총애가 그 사람을 망칠 줄은 몰랐습니다. 그 사람이 갈수록 기고만장해진 건 다 소자의 탓이옵니다."

노대부인은 뒤의 몇 마디를 듣고는 가볍게 냉소를 짓더니, 아무 말도 없이 그저 찻잔을 들어 호호 불기만 했다. 그 모습을 본 방씨 어멈이 앞으로 나아가 말했다.

"나리의 어진 마음을 노대부인께서 어찌 모르시겠습니까. 다만 지난 몇 년간 쉬쉬하던 일이라, 지금 확실히 해두지 않으면 앞으로 모두가 힘들어질 것입니다. 하오나 노대부인께서는 집안의 웃어른이시라 직접 말씀하시기에는 곤란한 점이 있으실 테니, 오늘 소인이 대신 나리께 한 말씀 올리겠습니다. 부디 너그러이 용서해주시기 바랍니다."

방씨 어멈이 입을 열자 성굉이 다급히 말했다.

"방씨 어멈, 그게 무슨 말인가. 지난 몇 년간 자네가 우리 집안을 위해 분골쇄신하고 어머니를 정성껏 섬긴 것을 내 어찌 모르겠나. 나도 자네를 웃어른처럼 생각하고 있으니 편히 말하시게."

방씨 어멈은 차마 예를 받지 못하고 몸을 옆으로 돌려 말했다.

"그럼 감히 한말씀 올리겠습니다. 임 이랑의 모친과 노대부인께서는 본디 규중에서 연을 맺은 사이로, 몇 번 만나진 않았어도 여타 자매들보다 친하게 지내셨는데 서로 출가하고 나서는 연락이 끊기셨지요. 소인은 어릴 때부터 노대부인을 섬긴 터라 이 일에 관해선 아주 잘 알고 있습니다. 세월이 꽤 흐른 후, 임 노대부인의 시댁이 부적절한 행실로 죄를 입게 되었습니다. 재산이 몰수되거나 참수형을 당하진 않았지만 가문이 몰락하고 말았지요. 설상가상으로 그해 임 노대부인의 남편도 병으로 세상을 떠났습니다. 슬하에 아들이 없어 의지할 곳이 사라지자, 임 노대부인은 딸과 함께 처량하게 살다가 임종 직전에 노대부인을 찾아오셨습니다. 옛 우정을 생각해 딸을 보살펴 달라는 부탁이었지요. 남아 있는 친척들이라고는 하나같이 짐승 같은 자들뿐이라 딸에게 못된 짓을 할 게 뻔했으니까요. 부처님을 섬기시는 노대부인께서는 지극히 인자하신 마음으로 임 낭자를 성부로 들이셨습니다. 그리고 지난 세월 동안 노대부인께서는 임 낭자를 친딸처럼 대하셨어요. 먹는 것, 입는 것, 쓰는 것 모두 제일 좋은 것만 주시고, 또 매일같이 임 낭자의 혼수 준비를 챙기시며 좋은 시댁을 물색하셨습니다."

여기까지 들은 성굉의 얼굴이 부끄러운 듯 살짝 붉어졌다. 방씨 어멈은 한숨을 내쉬고는 다시 말을 이어 나갔다.

"그런데 임 낭자가 야심이 큰 여인일 줄은 아무도 몰랐지요. 기껏 찾아온 혼처를 전부 거절하더니, 나리한테 몰래 꼬리를 치더군요. 이 늙은이 입이 원래 방정맞으니 괘념치 마십시오. 당시 노대부인께서는 이 일에 대해 전혀 모르셨습니다. 마님께서 노발대발해서는 노대부인을 찾아와 한바탕 울고 나서야 그동안 곁에 두었던 여자아이가 그렇게나 법도 없이 행동했다는 걸 깨달으셨지요."

성굉은 부끄러운 나머지 얼굴은 물론, 귀까지 빨개졌다. 그는 한마디도 할 수 없었다.

방씨 어멈이 온화하게 말했다.

"원래 마님과 노대부인의 사이도 지금 같지 않으셨습니다. 마님께서 시집을 오셨을 때만 해도 사이가 좋으셨지요. 한데 그 일이 있고 나니 노대부인께서 마치 임 낭자를 나리의 첩으로 들이려고 일부러 거둔 모양새가 되었습니다. 나중에 나리께서는 실제로 임 이랑을 첩으로 들이셨지요. 임 이랑은 아들과 딸을 낳으며 정실부인보다 더 거들먹거리며 살게 되었고요. 마님께서는 모든 원망을 노대부인께 퍼부으셨고, 결국 두 사람은 관계가 소원해졌습니다. 노대부인께서는 이 일로 크게 낙심하셨지요."

성굉이 노대부인 앞에 털썩 무릎을 꿇고 눈물을 떨구었다.

"어머니께 불쾌한 일을 겪게 하다니, 소자가 죽을죄를 졌습니다. 억울한 일을 당하시고도 어디 가서 하소연도 못 하셨으니, 소자가 불효자입니다. 소자의 잘못입니다."

성굉은 연신 이마를 땅에 조아렸다. 노대부인은 눈을 감더니 방씨 어멈을 향해 손을 들었다. 방씨 어멈이 재빨리 성굉을 부축했다. 성굉이 연신 죄를 고하며 일어나지 않으려 하자 노대부인이 말했다.

"일어나거라. 안채 아녀자들의 일을 다 큰 사내가 어찌 알겠느냐. 어서 일어나거라, 어미와 자식이 어찌 싸우겠느냐."

성굉은 그제야 몸을 일으켰다. 이마는 이미 빨갛게 부어올라 있었다. 노대부인이 한숨을 내쉬었다.

"나도 안다. 네가 어릴 적에 이랑인 네 친모를 많이 의지했지. 많이 힘들었을 게다. 그땐 나도 미처 널 신경 쓰지 못했고, 아랫것들이 웃전을 기만하는 줄도 몰랐으니 네가 고생했겠지. 게다가 지금 네 안사람도 마음이 넓은 사람은 아니고. 넌 임 이랑과 장풍이 행여나 고생할까봐, 하인들에게 괴롭힘을 당할까봐 걱정되어 그들에게 집과 논을 줬을 게다. 네가 각별하게 마음 쓰고 있는 걸 내 어찌 모르겠느냐. 그저 눈 감고 입 다물고 귀머거리와 벙어리로 살면서 죽은 사람인 척한 것이다."

성굉이 흐느꼈다.

"어찌 어머니의 잘못이겠습니까. 전부 소자가 부덕한 탓입니다. 어머니께서는 맑은 거울처럼 소자의 마음을 꿰뚫어 보셨습니다. 소자는 두려웠습니다……. 하여 총애한 것인데 규율을 무너뜨렸으니 죽어 마땅합니다."

"그 죽는다는 소리는 하지 말거라. 네가 죽으면 우리는 누굴 의지하겠느냐."

노대부인은 방씨 어멈에게 의자를 가져와 여전히 눈물 바람인 성굉을 부축해 자리에 앉히라고 눈짓했다. 방씨 어멈이 따뜻한 수건으로 성굉의 얼굴을 닦아내고 차를 올리자 노대부인이 다시 입을 열었다.

"당연한 말은 하지 않으마. 이런 생각은 해본 적 없느냐? 넌 지금 딱 이립[1]의 나이가 되었다. 여기까지 오는 동안 벼슬길이 순조롭지는 않았으나 그렇다고 큰 우여곡절을 겪은 것도 아니다. 같이 벼슬길에 오른 자들 중에 너처럼 순탄한 이가 몇이나 되고, 여전히 애태우고 있는 자는 또 얼마나 되더냐. 널 질투하고, 네가 실수하는 날만 기다리는 자들이 없는 것도 아니다. 게다가 위 이랑은 우리 가문에서 사들인 계집종이 아니라 제대로 된 집안의 여식이다. 강남에서 농사짓고 공부하는 집안의 여식이었으니 원래는 정실부인이 되고 싶었을 것이야. 집안의 변고만 아니었다면 어찌 첩이 되었겠느냐. 한데 지금 시집온 지 오 년도 채 안 되어 죽어버렸다. 누군가 이 일로 위 이랑의 친정을 부추겨서 집을 다스려야 할 네가 목숨을 소홀히 다뤘다고 고발이라도 한다면, 네가 순조롭게 승진할 수 있을 것 같으냐?"

성굉은 가슴이 철렁해 땀만 뻘뻘 흘렸다.

"사리에 밝은 어머니께서 제때 위씨 집안사람들을 진정시키신 덕분에 소자가 후환을 면할 수 있었사옵니다."

"위씨 집안사람들은 너그럽더구나. 위 이랑의 부고를 듣고서도 소란 한번 피우지 않았지. 직접 안장하겠다며 시신을 달라고 했는데 내가 거절했다. 내가 특별히 더 챙겨준 은자도 마다하더구나. 딸의 목숨값을 받을 염치가 없다면서, 그저 딸아이를 잘 챙겨주면 그것만으로도 감사하다고 했어. 그들이 슬퍼하는 모습을 보니 내 마음도 같이 쓰리더구나."

노대부인은 손수건을 꺼내어 눈가를 훔쳤다. 방씨 어멈은 밖에서 찻

---

1) 30세.

주전자를 들고 와 윤기 나는 무늬 찻잔 두 개에 물을 따르더니 조심스레 찻잔 뚜껑을 덮고 한숨을 쉬었다.

"위 이랑은 참 친절한 분이셨습니다. 위 이랑이 기른 명란 애기씨도 어찌나 가여운지요. 생모가 죽고 나서 이틀 동안 열이 펄펄 끓더니, 깨어난 후로 줄곧 넋이 나간 것처럼 멍하니 계십니다. 하루 종일 한마디도 안 하고요. 제가 그날 노대부인의 명을 받아 명란 애기씨를 보러 갔는데, 계집종들은 밖에서 시시덕거리고 방에는 시중드는 사람도 없더군요. 안으로 들어가 보니 글쎄 명란 애기씨가 직접 침상에서 내려와 물을 따르고 있었습니다! 아이고, 이 무슨 업보일는지. 네다섯 살짜리 아이가, 탁자에도 손이 닿지 않는 아이가 걸상에 올라 까치발을 하고 물을 마시는데, 정말 너무나도 가여웠습니다!"

방씨 어멈도 눈물을 훔쳤다.

성굉은 다정하고 따스했던 위 이랑을 떠올리자 마음이 욱신거려 면목 없이 말했다.

"원래는 명란을 안사람에게 보내려고 했습니다만, 명란이 며칠간 앓아눕고 안사람 쪽도 정신없어서 며칠 더 지켜보고 안사람이 한가해지면 보내려고 하옵니다."

노대부인이 숨을 고르며 천천히 말했다.

"그게 무슨 말이더냐. 명란이 안아달라고 보채더냐, 업어달라고 보채더냐. 집에 넘치는 것이 계집종이거늘……. 분부만 내리면 누군가가 알아서 갈 것이다. 다만 걱정이 되긴 하는구나. 며늘아기가 일부러 핑계를 대면서 명란을 거절하는 것이면."

성굉은 어색하게 다시 일어나 아무 말도 하지 않았다. 노대부인이 그를 흘끗 쳐다보았다. 그녀의 목소리에는 냉기가 서려 있었다.

"넌 안사람에게 말도 못 꺼내고, 말할 명분도 없겠지. 네 행실이 올바르지 못했으니 되레 한소리만 들을 터. 애초에 먼저 규율을 어지럽힌 사람은 너 아니더냐. 첩만 애지중지하고 정실부인과는 겉치레만 했으니, 며늘아기가 뭐라 할지 내 충분히 짐작이 가는구나. 왜, 아무 문제없을 때는 위 이랑에게 아이를 기르게 하더니 친모가 죽으니 이름뿐인 적모가 떠오르더냐? 네 안사람이 야박하게 굴어도 탓할 수 없는 노릇이다. 예전 일은 내가 관여치 않겠다. 다만 두 가지만 물을 테니 솔직히 답해다오."

성굉이 얼른 대답했다.

"어머니, 하문하십시오. 두 가지가 아니라 수천, 수만 가지라도 대답하겠습니다."

"첫째, 위 이랑과 배 속의 아이가 죽었는데, 어물쩍 넘어갈 셈이냐? 아니면 범인에게 목숨으로 죗값을 치르게 할 것이냐?"

노대부인이 성굉을 빤히 쳐다보았다.

"마땅히 잘못을 따질 것이옵니다. 집안에 그런 악독한 자가 있는데, 어찌 쉬이 용서하겠습니까. 위 이랑과 배 속의 골육까지도 해한 자입니다. 훗날 다른 이에게도 손을 쓸 터인데, 어찌 용서할 수 있겠습니까!"

성굉이 이를 악물고 대답했다.

노대부인의 얼굴에서 노여움이 살짝 누그러졌다. 그녀가 다음 질문을 했다.

"그래, 그럼 두 번째 질문이다. 지금 집안에 위아래가 없고 본처와 첩 사이에 규율이 사라졌는데 이건 어찌 처리할 셈이냐?"

성굉이 길게 한숨을 내쉬었다.

"어머니의 판단이 현명하시옵니다. 소자는 집에 오자마자 피투성이로 참혹하게 죽은 위 이랑의 시신과 어미 배에서 나오자마자 죽은 아이를 보고, 후회막급이었습니다. 하오나 아랫사람들이 이리 경박한 짓을 저질렀는데도 엄격하게 다스릴 규율이 없었습니다. 윗물이 흐리면 아랫물이 탁하다는데, 모든 것의 원인은 윗물에 있을 테지요. 하여 소자는 가풍을 바로잡기로 다짐하였습니다."

"그래, 그래. 그거면 됐느니라."

노대부인의 마음이 살짝 풀어졌다. 성굉의 사람됨을 알기에 더는 다그치지 않고 그저 고개만 끄덕였다.

"관직에 오래 있고자 한다면 그리고 성씨 가문을 대대손손 번창하게 하려면, 먼저 집안부터 엄히 다스려야 한다. 재앙은 집안에서부터 일어난다. 수많은 명문세가들이 안에서부터 부패했다는 것을 교훈 삼아야 하느니라."

"지당하십니다. 요 며칠 소자는 줄곧 고과와 관련된 일로 고민이 많았는데, 이제 마음의 큰 짐을 내려놓았으니 시간을 내서 바로잡을 생각이옵니다. 우선 위 이랑이 출산하던 날에 있었던 계집종들부터 벌을 내리려고 합니다."

성굉은 분노가 치밀어 오르는지 금세 얼굴이 상기되었다.

"아니 된다. 지금은 조사할 수 없어."

뜻밖에도 노대부인이 단칼에 반대하자 성굉은 의아했다.

"어머니, 어째서입니까? 그 괘씸한 계집종들을 그냥 놔두라는 말씀이십니까?"

노대부인이 심오한 눈빛으로 성굉을 바라보았다.

"너는 천주에서 오랫동안 동지로 있었다. 다들 사정을 알고 집안의 권속끼리도 서로 왕래가 있었지. 더욱이 시종들은 대부분 이곳에서 사들인 자들이다. 집안에 작은 변고만 일어나도 모두 알게 되겠지. 네 비록 사람들과 관계를 돈독히 맺었다곤 하나 몰래 널 시기하는 이도 있을 터. 지금 네 첩이 죽었는데 하인들에게 벌까지 내린다면, 집안에 화가 났다고 알리는 꼴이 아니더냐. 눈 가리고 아웅인 셈이지."

성꿩이 퍼뜩 정신을 차리고 동의했다.

"어머니께서 일깨워주시지 않았다면 일을 그르칠 뻔했군요. 천주에서 처리했다면 나중에 가노를 팔았을 때 이 사건이 주 전체에 알려질 것입니다. 나중에 멀리 떨어진 산동에 갔을 때 그 고약한 가노들을 처벌하면 아무도 모르겠지요."

"그렇지. 그러니 큰소리 내지 말고 가노들을 진정시켜야 한다. 등주로 무사히 이동하고, 성지가 내려와 네가 관인을 받고 산동에 정착하면 그때 벌을 내려도 늦지 않아."

"어머니, 역시 고명하십니다. 어머니께 속내를 털어놓은 게 오랜만인데, 오늘 이렇게 말을 하고 나니 속이 후련하옵니다. 앞으로도 집안 관리는 어머니께 의지해야겠습니다. 안사람에게도 어머니께 많이 배우라고 일러두겠습니다."

성꿩이 진심을 담아 말했다.

"됐다. 난 이미 살날이 얼마 남지 않은 노인네다. 일이 이렇게까지 커지지만 않았어도 나서지 않았을 것이야. 내게는 예전처럼 하면 된다. 며늘아기에게 그저 한 달에 세 번만 인사를 올리라고 하면 돼. 너희 일은 너희가 알아서 하거라. 집집마다 맞는 도리가 있을 테니, 난 조용히 염불이나 올리며 살련다."

노대부인이 조금 피곤한 듯 평상 등받이에 몸을 기댔다. 눈이 살짝 감기더니 목소리가 점점 희미해졌다. 방구석 단목 탁상에 놓인 기린 향로에서 구름 같은 연기가 조용히 피어올랐다.

제2화

공무 중에 순직한 열사를 이런 식으로 환생시키다니, 저승에도 부정척결 운동이 필요한 것 같네

성부 동쪽 연못 옆, 날이 저물 무렵이었다. 후덥지근한 실내와 달리 뜰에서는 서늘한 바람이 솔솔 불어오고 있었다. 어린 계집종 몇 명이 뜰에서 해바라기 씨를 까며 잡담하는 동안, 방 안에서는 요의의 혼자 시중드는 이 하나 없이 느티나무 침상에 누워 반쯤 죽은 사람처럼 넋을 놓고 있었다.

요의의는 오동통하고 조그마한 몸을 방석 더미에 묻은 채, 짧은 사지를 대자로 뻗었다. 그녀의 표정에는 생기도, 활기도 없었다. 이 세계에 들어온 후부터 요의의는 이런 식으로 넋이 나간 상태였다.

그녀는 앙증맞은 머리를 돌리며 방 안 이곳저곳을 둘러보았다. 텔레비전에서 본 적 있는 옛날식 방이었다. 방 안에는 고풍스러운 원형 탁자가 놓여 있었는데, 무슨 목재인지는 몰라도 광택이 흐르는 것으로 보아 최고급임을 알 수 있었다. 벽 옆에는 무늬가 새겨진 목제 궤짝이 놓여 있었다. 그 위로 여덟 선인이 바다를 건너는 무늬가 어렴풋이 보였다. 이밖에 낮은 탁자와 원형 걸상도 몇 개 있었다.

요의의는 목이 말라 맨발로 침상에서 내려왔다. 남쪽 지방 사람인 그녀는 목재 바닥이 익숙해서 맨발로 바닥을 밟고 있어도 발이 시리지 않았다. 고풍스러운 원형 탁자 앞으로 가니 탁자 밑에 놓인 작은 걸상과 그보다 살짝 높은 원형 걸상이 보였다.

요의의는 이 상황이 너무나 웃겼다. 작은 걸상을 밟고 원형 걸상에 올라서자 안정적으로 탁자 위로 손을 뻗을 수 있었다. 그녀는 짧은 팔을 뻗어 묵직한 찻주전자를 끌어와 힘겹게 두 손으로 들어 올렸다. 그리고 주전자 주둥이에 입을 대고 꿀꺽꿀꺽 마시기 시작했다.

다 마신 후에는 다시 걸상 두 개를 밟고 내려와 침상으로 돌아왔다. 문득 입안에 잔잔한 향이 감돌았다. 요의의는 천천히 생각했다. 아, 오늘은 맹물이 아니구나. 찻물이야. 그것도 고급 차인 것 같아.

며칠 전, 그때도 자다가 목이 말라서 차를 마시러 탁자에 기어 올라가고 있는데 갑자기 문밖에서 사람들이 들어왔다. 앞장서서 들어온 나이 지긋한 아주머니는 그녀가 물 마시러 탁자에 기어 올라가는 모습에 굉장한 충격을 받은 듯했다. 아주머니는 당장 뜰 안의 계집종들을 호되게 야단치고는 그녀에게 위로를 건넸다.

당시 요의의는 이 세계에 온 지 며칠 되지 않아 상황 파악이 안 된 상태였다. 새로운 세계에 왔으면 마땅히 등장해야 할 아버지나 어머니 혹은 유모, 혹은 곁에서 시중들 계집종 등이 코빼기도 보이지 않았다. 매일 많은 사람이 주마등처럼 들락날락하기 했는데, 그녀는 아직 얼굴도 채 익히지 못했기 때문에 그저 우두커니 상황을 보고 들을 뿐 아무 반응도 하지 않았다. 그 아주머니는 한숨을 내쉬며 연신 '가여워라' 하고 중얼거리다가 가버렸다.

요의의는 뒤늦게야 자신이 동정을 받았다는 사실을 깨달았다. 사실 그녀는 방에 아무도 없는 편이 훨씬 자유롭다고 말하고 싶었다. 가짜인 그녀가 놀란 가슴도 진정시키지 못한 상태에서 침착하게 진짜인 척하는 것은 정말…… 난이도가 꽤 높았다.

방에 혼자 남으면 다리를 뻗고 싶을 때 뻗고, 개구리 자세를 하고 싶을 때 할 수 있었다. 그렇게 하는 것은 이제 막 시공을 거슬러 온 충격으로부터 마음을 진정시키는 데 도움이 되었다. 그날 아주머니가 가고 나서는 계집종들의 서비스도 즉각 개선되었다.

탁자에 간식과 먹거리가 놓였고 찻주전자에 든 것도 맹물에서 찻물로 바뀌었다. 어제는 신선한 포도까지 가져왔다. 가장 마음에 쏙 든 건 요의의의 키와 체형을 고려해 가져온 크고 작은 걸상이었다. 높이가 서로 다른 걸상을 나란히 놓으니 계단처럼 되어 오르고 내려가는 게 수월해졌다. 이 모든 준비를 마친 후, 계집종들은 또 물러 나갔다. 요의의는 무척 감동했다.

처소 밖의 뜰에서 말소리가 들려왔다. 귀를 쫑긋 세우지 않아도 또렷하게 들릴 정도였다. 요 며칠 성부에 엄청난 회오리가 불어닥쳐 이 적막한 뜰에 있는 계집종들은 가십거리에 이러쿵저러쿵 열을 올렸다.

"오늘 아침에 주인 나리의 시종인 내복한테 들었는데, 며칠 전에 성지가 내려와서 우리 주인 나리가 지주로 승진하셨대. 월말에 등주로 부임하러 가신다더라. 요 며칠간 임 이랑 쪽이 정신없이 바쁘더라니 점포들을 급히 처분하려나봐. 이사할 때 전부 가져가려는 거지."

계집종 A가 말했다.

"요 귀연 것들, 늬들은 임 이랑의 재산이 얼마나 될 것 같아? 내가 보니까 임 이랑은 평소에 마님보다 더 사치스럽더라. 원래부터 대갓집 규수 출신인데 우리 나리를 너무 사모해서 첩으로 들어왔다더니, 그 말이 진짜인가봐."

계집종 B가 흥분하며 떠들었다.

"쳇! 넌 그런 말도 안 되는 소리를 믿니? 우리 엄마가 예전에 그랬어, 임 이랑은 그냥 몰락한 관리 집안의 여식이라고. 성부에 처음 올 때도 계집종 하나랑 행랑어멈 하나 달랑 데리고 왔다던걸. 옷 궤짝이랑 보따리도 다 합쳐봐야 대여섯 개, 몸에 걸친 것도 성부의 상급 계집종들보다 못했다던데 재산은 무슨 재산이야!"

계집종 C가 툴툴거렸다.

"야, 암튼 지금은 아주 사치스럽잖아. 나리께서 저리 총애하시니 마님께서도 미워하실 법하지. 장풍 도련님과 묵란 애기씨도 낳고, 나리의 사랑도 독차지하고. 정말 능력도 좋다니까."

계집종 D의 말투에 부러움이 담겨 있었다. 그러자 곧장 계집종 E가 받아쳤다.

"그걸 말이라고 하니? 안 그럼 나리가 어떻게 저렇게 푹 빠지셨겠어? 마님의 체면이나 집안 규율 같은 건 아예 신경도 안 쓰시잖아. 노대부인께서는 속으로 언짢으시겠지만 끼어들기는 귀찮으실 테고. 원래부터 지기 싫어하는 성격에, 아들딸까지 앞세울 수 있으니 임 이랑의 위세가 대단해지는 것도 당연하지. 에휴, 우리 처소의 꼴 좀 봐. 정말 말이 아니잖아. 위 이랑 생전엔 그나마 나리께서 자주 오셨는데, 위 이랑이 그렇게 죽고 나니 바로 썰렁해졌잖아. 우린 앞으로 어디에 배치될까? 임 이랑 쪽에나 갈 수 있으면 좋겠다. 거기 언니들은 먹고 입고 버는 게 다른 처소 애들보다 훨씬 낫다던데."

"계집애야, 꿈 깨. 잘 들어. 임 이랑은 시중들기 만만치 않은 주인이라고 했어."

요의의는 이 목소리가 계집종 C의 목소리라는 걸 알 수 있었다. 계집종 C가 계속해서 냉소적으로 말했다.

"성부에 들어왔을 때만 해도 괜찮았는데, 장풍 도련님을 낳고 나서는 집안에 오래 있던 계집종들과 어멈들을 몰래 헐뜯기 시작했대. 우리 엄마랑 뇌 아주머니랑 취희네 언니랑 유모 같은 사람들 말이야. 이유가 뭔지 알아? 자기가 초라했을 때의 모습을 봐서래!"

"어머! 언니, 그게 정말이야? 임 이랑, 정말 독한 사람이네."

임 이랑 쪽으로 옮기고 싶다던 계집종 E가 화들짝 놀랐다.

"이게 거짓말이면 내 손에 장을 지진다!"

계집종 C가 분개하며 말했다.

"지금 얼마나 좋겠어? 상급 어멈들은 말할 것도 없고, 과거를 떠들 만한 사람들은 싹 다 성부에서 쫓아냈잖아. 이제 과거를 폭로할 사람은 사라졌고 콩고물만 얻어먹으려는 아첨꾼만 붙어서 다들 좋은 말만 하고 있다구. 임 이랑이 거문고며 바둑이며 서화에 정통하다느니, 시와 가무에 능하다느니, 인자하다느니, 순박하다느니. 흥, 웃기지도 않아! 진짜로 인자하고 순박하신 분은 얼마 전에 저승으로 가버리셨는데. 우리 위 이랑이야말로 이 세상에서 최고로 인자하신 분이라구!"

"취 언니, 목소리 낮춰. 들키기라도 하면 끝장이야!"

계집종 F가 걱정하며 입조심을 시켰다.

"흥! 난 무서울 거 없어. 혼인 상대도 결정됐겠다, 우리 엄마는 노대부인을 모시다가 일찌감치 성부를 나왔으니까. 엄마가 얼마 전에 노대부인께 은혜를 베풀어달라고 부탁하셔서 이번에 난 나리께서 등주로 가실 때 안 따라가게 됐거든. 여기서 일 좀 하다가, 그때 되면 이 짜증 나는 일들과도 작별이야."

계집종 C는 이미 빠져나갈 길을 마련해뒀구나. 어쩐지 거리낌이 없더라니. 요의의는 생각했다.

"하아, 위 이랑 일만 아니었음 임 이랑이 잔인한 사람이라는 걸 아무도 몰랐겠지. 말하는 것도 우아하고 사람들 대할 때도 그렇게 온화하니 누가 상상이나 하겠어. 위 이랑이 돌아가시자마자 바로 접아 언니랑 몇 명을 쫓아낸 사람인데……. 심지어 우리 애기씨의 유모까지도. 이제는 우리같이 뭣도 모르는 아랫것들만 남았지……."

계집종 A의 목소리가 점점 줄어들었다.

"그 사람들은 위 이랑의 오른팔이나 다름없었잖아. 평소에 위 이랑과 사이가 좋았으니까 당연히 내쫓았겠지. 나리께서 심문하시다가 무슨 단서라도 찾아내면 어떡해?"

계집종 C가 말했다.

"무슨 단서? 그건 또 무슨 소리래?"

계집종 B가 작은 소리로 물었다.

"흥! 아무리 아랫것들이라도 장님은 아니지. 해산하던 날, 위 이랑이 인시寅時 1)부터 통증을 호소하셨어. 접아 언니가 산파를 부르러 임 이랑한테 갔는데, 어째서인지 산파가 질질 시간을 끌다가 사시巳時 2)에나 왔어. 집에 있는 어멈들 중에서도 몇 명은 아이를 받을 줄 알았는데, 공교롭게도 하필 그 시기에 전부 휴가를 갔지 뭐야. 위 이랑이 너무 힘들어하니까 접아 언니가 다급하게 깨끗한 수건을 준비하고 물을 끓이려고 했

---

1) 오전 3시부터 5시 사이.
2) 오전 9시부터 11시 사이.

는데, 그때 우리도 사람을 부르러 가거나 심부름을 하러 갔었잖아? 가장 긴박한 순간에 일손이 없던 거지. 너희들 이건 명심해. 나리와 마님께선 그 일이 있기 며칠 전에 출타하셨고, 서원西院의 노대부인은 이쪽 일에 전혀 관여를 안 하시니 당시 성부의 대소사를 전부 결정한 사람이 임 이랑이란 말이야. 그런데도 '무슨 단서'라는 말이 나와? 그래도 하늘이 다 보고 계시더라. 나리께서 갑자기 공무가 생겨서 며칠 일찍 돌아오셨잖아. 위 이랑의 임종 직전의 모습을 보시고 접어 언니에게 몇 마디 질문을 하시곤 노발대발하셨지. 며칠만 더 늦게 돌아오셨더라면 임 이랑이 말끔히 처리해서 먼지 하나 없었을 거라고!"

계집종 C의 말이 끝나자 뜰 안이 조용해졌다. 기나긴 탄식이 곳곳에서 터져 나왔다. 요의의도 한숨을 내쉬며 자세를 바꾸고 이어지는 뒷이야기를 들었다. 계집종 하나가 말했다.

"하지만 열흘 넘게 나리께서 화내는 걸 한 번도 못 봤는데? 서재에서 주무시긴 했지만 임 이랑과의 사이도 평소랑 똑같았어. 나리는 임 이랑이 위 이랑보다 더 중요한 거겠지."

계집종 C는 짧게 냉소를 짓더니 더는 말을 하지 않았다.

"근데 임 이랑도 그래, 위 이랑이랑 싸울 필요가 있나? 비교나 돼? 평 이랑이랑 향 이랑처럼 무시하면 그만인데."

계집종 D가 탄식하며 말했다.

"얘가 뭘 모르네. 평 이랑이랑 향 이랑을 어떻게 우리 위 이랑이랑 비교해. 위 이랑이 시나 그림은 몰라도 비천한 계집종 출신은 아니잖아. 정식으로 시집오신 거야. 게다가 위 이랑은 예쁘고, 젊고, 상냥하잖아. 성부에 들어온 후로 나리께서도 얼마나 총애하셨다구. 딸은 낳았으니 아들까지 낳았다면 임 이랑 못지않았을 텐데, 안타깝게도……."

계집종 F는 산전수전 다 겪어본 사람처럼 말했다.

"그러게 말이야. 아주 똘망똘망한 사내아이였다던데, 생김새가 나리 판박이였대. 정말 불쌍하기도 하지, 산 채로 어미 배 속에서 죽고 말다니. 하아…… 하늘도 무심하시지."

계집종 B가 가여운 목소리로 말했다.

"진상이 모두 밝혀진다 한들 뭐가 달라지겠어? 나리께서 임 이랑더러 목숨으로 갚으라고 할까? 장풍 도련님이랑 묵란 애기씨 때문에라도 어떻게 못 하지. 그냥 아랫것들한테 화풀이나 하고 끝내실 거야."

뜰 안에 다시 정적이 흘렀다. 요의의가 고개를 끄덕였다. 저 아이, 눈치가 제법인걸. 정곡을 찔렀어.

"춰 언니, 그래도 언니는 팔자가 좋잖아. 어머니와 형제들 다 능력 있으니까 성부를 나가서도 복을 누리면서 잘 살 테지. 우리는 어디로 보내질까? 이 처소는 이제 곧 비워질 텐데, 어디로 가려나."

계집종 E는 계속해서 일자리 문제를 걱정했다.

"복은 개뿔. 그냥 일하는 장소만 바뀌는 거야. 그래도 부모님과 형제들과 가까이 살게 되니까 가족들끼리 단란하게 지낼 순 있겠다. 너희도 너무 조급해 말아. 우리는 아랫것들이잖아. 임 이랑도 우리한테까지 화풀이하진 않을 거야. 그러다가 그냥 모시는 주인만 바뀌겠지."

계집종 C가 의기양양하게 말했다.

"주인이 바뀐다 해도 위 이랑처럼 편한 분을 만날 수 있을지는 모르잖아. 정말 마음이 넓은 분이셨는데. 우리에게 얼굴을 붉힌 적도 없구. 내 여동생이 아팠을 때 은자까지 챙겨주신 분이었어."

계집종 A가 말했다. 곧이어 계집종 B가 말했다.

"솔직히 말해서 좀 나약하긴 하셨지. 우리 처소가 예를 따지지 않으니까 사람들이 쉽게 드나들었잖아. 집안의 여자 하인들이 감히 음해하는데도 계속 참으면서 결판을 내지 않으셨지. 위 이랑을 위해 나서고, 위 이랑을 걱정한 사람이 접아 언니 말고 또 누가 있었어? 자고로 주인은 주인 노릇을 잘해야 해. 늘 좋은 사람이 되려고만 하면 옳고 그름을 못 가리게 된다니까."

너무 무거운 이야기였다. 계집종들은 서둘러 C의 혼인 문제로 화제를 돌렸다. 뜰 안의 분위기는 순식간에 다시 쾌활해졌다. 요의의는 침상에 벌렁 누워 섬세하게 조각된 틀에 달린 푸른 휘장을 보며 멍을 때렸다. 이 밑도 끝도 없는 대화가 벌써 열흘 넘게 지속되고 있었다. 지금 그녀의 몸은 성부의 여섯째 애기씨, 성명란이었다.

의지할 곳 없는 서출 애기씨는 한바탕 열이 펄펄 끓은 후로 머리가 이상해졌는지 말을 잃고 멍해졌다. 그러니 아랫것들은 자연스레 여섯째 애기씨를 신경 쓰지 않게 되었다. 더욱이 요 며칠 성부는 난장판이 되어 이사 준비와 빌려준 은자를 거두느라 정신없이 바빴다.

어멈들과 하인들도 돌아다니느라 바빴는지라 이 어린 애기씨를 돌보는 이는 아무도 없었다. 계집종들은 대부분 노비의 자식들이어서 나이는 어려도 자질구레한 집안 사정을 꿰뚫고 있었는데, 이런 천한 계집종들은 본디 규율을 따지지도 않아 수다를 떨 때도 말이 거침없었다. 이건 요의의에게는 잘된 일이었다. 열흘 넘게 드라마 같은 이야기를 들으면서 성부의 사소한 일까지 충분히 파악할 수 있었다.

성명란의 친부이자 이 성부의 가주 나리는 성굉이다. 진사 출신으로 현재 정육품이고, 곧 등주 지주로 승진할 예정이다. 원래는 첩의 소생인데, 서원의 노대부인이 그의 적모다. 본처 하나와 첩 여러 명을 거느린다지만 그 첩이 몇 명이나 되는지 묻지 말기를. 계집종들이 워낙 두서없이 말해서 아직 파악되지 않았으니까.

우선 본처부터 설명하자. 성부의 정실부인 왕 씨는 호부 좌시랑 가문의 딸이다. 둘의 혼사는 성굉 입장에서는 그야말로 땡잡은 거였다. 왕씨 가문은 대대로 높은 벼슬을 맡은 명문세가였으니까. 당시의 선대 나리, 그러니까 성굉의 부친은 일찍이 세상을 떠났고 성굉은 일개 진사였다. 하지만 상관없었다. 노대부인께서 계셨으니까. 노대부인의 집안은 왕씨 집안보다 훨씬 빵빵했다. 노대부인은 용의후부勇毅侯府의 적녀 출신이었고, 돌아가신 선대 나리는 천하에 이름을 날린 탐화랑探花朗 [3]이었다. 그리하여 왕씨 가문의 선대 나리가 숙고한 끝에, 혼사가 성사되었다.

혼인 후, 왕 씨는 슬하에 아들딸 셋을 두었다. 장녀 성화란은 혼사를 얘기할 나이가 되었고, 장자 성장백은 이제 막 초등학교를 졸업할 나이 정도 된 것 같다. 막내 성여란은 지금 요의의가 들어간 몸과 체격이 비슷해 보였다.

이제 첩들을 살펴보자. 가장 먼저 설명할 사람은 당연히 그 이름도 유명한 임 이랑이다(꽃다발 증정, 일동 박수!). 똑같은 임씨라도 『홍루몽 紅樓夢』에 나오는 임대옥과는 천지 차이였다. 영화배우로 치자면 엽옥경과 왕조현의 결말 [4]과 같다고 할까. 두 사람은 같은 레벨이 아니었다. 임대옥은 조모의 비호와 부친의 가산이 있었지만 마지막에 목숨을 잃는다. 하지만 임 이랑은 달랐다. 처량한 신세로 성부에 들어와 맨손으로 모든 걸 일궈냈다. 억압받던 봉건 식민국가를 선진국 단계까지 끌어올리

---

3) 과거에서 3등을 한 사람.
4) 엽옥경은 에로배우로 시작해 후에 잘나가는 배우가 되었고, 왕조현은 데뷔 초 세계적으로 이름을 날렸지만 갖은 구설수에 휘말려 활동이 뜸해짐.

고, 배곯던 수준에서 배불리 먹고 살 만한 수준까지 순조롭게 이뤄냈으니 가히 개혁 개방보다 놀라운 성과를 이루었다고 할 수 있겠다. 임 이랑에게는 아들 하나, 딸 하나가 있었다. 성장풍과 성묵란. 나이는 확실하지 않은데, 성장백보다 어리고 성여란보다 많은 것 같았다.

이 밖에도 첩이 두 명 더 있는 듯하다. 평 이랑과 향 이랑이다. 향 이랑에게는 성장동이라는 아들이 있는 것 같고 나이 역시 확실하지 않다. 자녀가 없는 평 이랑에 대해서는 요의의도 잘 몰랐다. 그렇다고 요의의가 너무 소극적이고 게으르다고 비난하지 말기를. 그녀가 여기로 타임슬립하게 된 데는 눈물 나는 스토리가 있으니까.

홍콩 드라마 〈1호 법정〉을 본 적 있는가? 격렬하고 날카로운 변론이 오가며, 사랑과 증오가 피어나는, 이 얼마나 도전적인 직장인가. 저쪽에 법복을 입은 미녀가 보이는가? 아니, 요의의는 그 변호사가 아니다. 변호사 앞에 앉은, 권력에 아첨하지 않는 강직한 법관이 보이는가? 아니, 요의의는 아직 그럴 자격이 없다. 다들 시선을 아래로 내려보자. 법관 오른쪽 아래에 고개를 푹 숙인 채 타자 치는 사람들. 그렇다. 요의의는 영광스러운 인민법원의 서기였다.

XX 정치 법률 대학을 우수한 성적으로 졸업한 후, 요의의는 공무원 시험을 쳤다. 천군만마를 물리치고 외나무다리 길을 걸은 끝에 집에서 아주 가까운 지방 법원에 재직하게 됐다. 이 철밥통 직업을 갖게 된 순간부터 그녀는 뭇사람의 부러움을 샀다. 법원은 입안정, 형사정, 민사정, 심감정과 집행국으로 이루어져 있는데, 요의의는 인턴을 마치고 일이 가장 바쁘다는 민사정의 서기가 되었다. 여성 인력 확충에 혈안이 된 '열혈 어르신'의 눈에 든 결과였다.

법원 일은 드라마와는 딴판이었다. 요의의는 법정에서 말을 할 필요도, 판단할 필요도 없이 그저 증거만 끊임없이 기록하면 됐다. 그녀는 거의 투명 인간과 마찬가지였지만 최후 판결서에는 그녀의 이름이 들어갔다. 그녀의 손을 거치는 업무 중 지분율이 가장 많은 건 재산 분할과 상속 분쟁이었다. 일을 할수록 요의의의 젊고 순수한 영혼은 점차 찌들어갔다.

가끔씩 잘생긴 변호사 오빠나 분위기 있는 검사 오빠를 만나기도 했지만, 안타깝게도 존재감 터지는 미녀 형사 앞에서 요의의가 눈에 띌 일은 만무했다. 그 두 오빠에게 모두 여자친구가 있다는 사실을 알게 된 날, 모든 걸 해탈해버린 요의의는 용감하게 열혈 어르신에게 자기 뜻을 밝혔다. 어르신을 따라 1년 간 현지 근무를 나가겠다고 말이다.

'찾아가는 법정'이라는 게 있다. 가난한 산간 지대는 교통 사정이 지극히 열악해 도시에 한 번 나가려면 최소 며칠에서 최대 일주일이 걸린다. 그러다보니 원고가 추국 여사[5]처럼 불굴의 의지녀가 아니라면 보통 그냥 포기하는 경우가 많아서 생긴 시스템이다. 초기에는 직업 정신이 투철한 법관이 팀원들과 함께 말이나 노새 몇 마리에 재판 시 필요한 문서 인장 같은 물건들을 싣고, 산 넘고 물 건너 수레조차 들어갈 수 없는 오지로 가서, 소환장에 따라 현지에서 법정을 열곤 했다.

어찌됐든 아주 힘든 공무였다. 현지 법정은 늘 일손이 부족한 탓에 주변 도시 법원의 지원이 필요했다. 당시 요의의의 최고 상사였던 열혈 어르신은 조금만 더 실적을 내면 부청장급 간부 평가를 받을 수 있었기에 어떻게든 현지 법정으로 가고자 했다. 그러나 팀의 다른 여직원들은 질

---

5) 영화 〈귀주 이야기〉의 주인공.

색했다. 남자친구가 없는 사람은 서둘러 짝을 찾았고, 연애 중인 사람은 결혼과 출산을 서둘렀다. 한창 나이인 20대 여자가 그런 곳에 가기 싫어하는 건 당연했다. 이런 상황에 요의의가 자진해서 지원하자 어르신은 감동에 눈물범벅이 되었다.

부녀회장만 십여 년 넘게 맡았던 요의의의 어머니는 딸의 결정을 듣자마자 병원에 끌고 가려고 했다. 대도시에서 고군분투하는 잘난 오빠도 전화를 하더니 버럭 화부터 냈다. 오직, 정부 기관에서 일하는 숭고한 정신의 아버지만 딸의 결정이 매우 이상적이고 도덕적이라고 생각했다. 아버지가 딸이 오지로 갔을 때의 이해득실을 자세히 분석해주고 나서야 어머니의 반대도 좀 수그러졌다.

사실 요의의는 1년 후의 승진 기회를 노린 것이 아니었다. 그녀는 단지 인생이 너무 단조롭다고 느꼈을 뿐이었다. 나라에서 정한 계획에 따라 초등학교부터 대학교까지 졸업하고, 취직하고, 결혼하고, 아이를 낳고, 평생 틀에 박힌 대로 살아간다면 편하겠지만 인생에서 필요한 경험이 빠진 것 같았다. 그녀는 다른 곳이 궁금했다. 자신과 다른 세계에 사는 사람들을 이해해보고 싶었다.

1년 후, 온갖 고생을 이겨낸 요의의는 자신이 자랑스럽고 만족스러웠다. 드디어 도시로 돌아가는 날, 현지에 느닷없이 연일 폭우가 내렸다. 겨우 날이 개자 열혈 어르신은 팀원들을 챙겨 봉고차를 몰고 서둘러 길을 나섰다. 그런데 망할 놈의 산사태를 만나게 된 거였다.

겉모습이 바뀐 채 침상에 누운 요의의는 이 말을 꼭 하고 싶었다.

"산림 보호는 우리 모두의 책임입니다! 마구잡이로 벌목하면 이렇게 후손이 끊겨버린다구요!"

제3화

본처와 첩이 어쩔 수 없이
나눠야만 하는 이야기

천주는 민난閩南 1)에 위치해 사람과 자원이 풍부했다. 성굉은 수년 동안 이곳에서 동지를 역임하면서 이 지역의 소금과 곡식, 치수, 수리 분배 및 군적 처리, 소수 민족 안정시키기 등 사무를 처리하며 공적을 쌓았다. 지난 몇 년간 부府의 지사知事가 세 번이나 바뀌었지만 성굉은 오히려 품계가 높아졌다.

성굉은 처세에도 뛰어나 지역 유지나 관리들과도 좋은 관계를 유지했다. 그들은 성굉의 승급 소식을 듣고 저마다 앞다투어 연회를 베풀었다. 거절하기 곤란했던 성굉은 연일 연회에 참석했고, 이사를 위한 짐 정리는 전부 부인 왕 씨에게 맡겼다.

며칠 동안 성부의 늙은 하녀들은 강을 건너는 붕어처럼 왕 씨가 거처하는 동원東院을 들락거렸고, 왕 씨는 지난 몇 년간 울적했던 마음이 가

---

1) 중국 남부 연해 지역.

실 정도로 정신없이 바빴다. 이날 오후 왕 씨는 일을 대충 마무리 짓고 가까운 여종 몇 명을 불러 남은 목록을 확인한 후, 유곤댁과 함께 곁채에 들어가 이야기를 나누었다.

방 안에는 커다란 침상이 벽에 붙어 놓여 있고, 가는 실로 짠 보드라운 이불 위에 얇은 비단이 쌓여 있었다. 그 위에는 곤히 잠든 다섯 살 정도의 여자아이 둘이 나란히 누워 있었다. 계집종 두 명이 침상 옆 걸상에 앉아 아이들에게 살살 부채질을 해주다가, 왕 씨가 들어오자 급히 일어나 예를 갖췄다.

왕 씨가 손을 저었다. 아이들이 깨면 안 되니 소리를 내지 말라는 뜻이었다. 그녀는 침상으로 다가가 토실토실한 아이를 바라보았다. 천진난만하게 자는 모습에 왕 씨의 미간이 풀어지며 눈에 웃음기가 떠올랐다. 그녀의 시선이 다른 아이로 향했다. 이목구비가 예쁜 그 아이는 얼굴이 너무나 창백해서 허약해 보였다. 아이는 잠결에도 미간을 살짝 찌푸렸다. 왕 씨는 한숨을 살짝 내쉬곤 두 아이에게 얇은 비단 이불을 잘 덮어준 후, 등나무 의자로 걸어가 비스듬히 기대어 앉았다.

유곤댁은 두 계집종에게 나가서 문을 지키라고 명하고는 자신도 왕 씨 앞으로 와서 둥근 걸상을 찾아 앉으려고 했다. 하지만 왕 씨는 그녀를 잡아끌며 등나무 의자 옆에 앉으라고 했다. 유곤댁은 처음에 사양하다가 결국에는 앉았다.

"마님, 요 며칠 피곤하셨지요? 보니까 물건들은 거의 다 정리되었더군요. 오늘 아침에 등주에서 서신이 왔는데, 관아 저택 쪽도 정리가 다 되어 나리와 마님께서 오시기만을 기다리고 있답니다. 사실 큰댁 나리와 우리 나리는 사촌 형제이지만 어지간한 친형제보다 더 사이가 좋지 않습니까? 큰댁 나리께서 은자를 얼마나 쓰셨는지 모르겠지만 이번에 진짜 큰 신세를 졌습니다."

유곤댁이 부드럽게 말했다.

"아주버님의 아버님과 돌아가신 시아버지께선 친형제시고, 나리와 아주버님께선 령국공슈國公 가숙에서 함께 공부하시다가 나중에 또 함께 양각로楊閣老의 문하로 들어가셨지. 아, 당시 양각로께서는 한림원의 시독이셨네. 시백부님께서는 어느 첩에게 푹 빠지셔서 아주버님네 모자가 처량하게 살든 말든 신경도 안 쓰셨는데, 다행히 노대부인께서 큰 어머니와 아주버님을 보살피셨지. 나리께서도 노대부인께서 거두시기 전까진 힘들게 살았으니 아주버님과는 동병상련이라 사이가 돈독해진 것이야. 아주버님께서는 비록 관직에 나가시진 않았지만 집안을 잘 다스려 재산이 풍족하시고, 돈 같은 건 안중에도 없으시다네. 나리와 내 친정 오라버니가 모두 관직에 있어 아주버님 자손들을 돌봐줄 텐데, 돈 몇 푼 쓰는 게 뭐 그리 중요하겠는가."

왕 씨의 얼굴이 의기양양해졌다.

"마님, 아무리 그렇게 생각하셔도 나리 앞에서는 절대 그리 말씀하시면 안 됩니다. 큰댁 나리의 호의에 감사를 표하시고, 마님의 친정에 대해서는 이러쿵저러쿵 말씀하지 마십시오. 임 이랑이 예전에 어떤 식으로 나리를 부추겼는지 잊으시면 안 됩니다."

유곤댁이 왕 씨에게 얼른 주의를 줬다. 그러자 왕 씨가 화내며 말했다.

"그 못된 여우년 같으니라고!"

유곤댁이 맞장구치기 곤란했는지 웃으면서 화제를 돌렸다.

"명란 애기씨는 여기서 잘 지내시지요? 그날 나리께서 직접 애기씨를 안고 연못가에서 데려오셨다고 들었습니다. 명란 애기씨가 부인을 따르게 될 줄 예상은 했습니다만."

왕 씨가 침상에 누워 있는 아이를 힐끗 보며 말했다.

"어미가 죽었으니 언젠가는 내게 오리라고 생각했지만, 부아가 치미는 건 어쩔 수 없더구나. 미천한 임 씨가 아들과 딸을 낳았을 때는 어째서 내가 적모라는 걸 생각지도 않으셨을까. 어째서 그 아이들을 내게 맡기지 않으셨을까. 흥, 혈육의 정을 운운하며 임 이랑에게 직접 기르라고 하셨었지. 한데 위 이랑이 죽으니까 그제야 내가 적모라는 걸 기억하셨나? 며칠 질질 끌려고 했는데, 나리께서 기세등등하게 내 처소로 아이를 안고 와서 말없이 내려놓으실 줄 누가 알았겠나. 내 그 기세에 눌려 찍소리도 못하고 아이를 거뒀지."

유곤댁이 염불을 외곤 웃으며 말했다.

"부인께서 자비로우시니 당연한 이치 아니겠습니까? 나리께 아무리 첩실이 많다 한들 적모는 마님 한 분이십니다. 그 지위는 누구도 넘볼 수 없지요. 예전에는 임 이랑이 나리를 홀려 규율을 어지럽혔는데, 이제 마님께서 집안을 잘 다스리시면 되는 겁니다. 제가 보니 이번에 나리께서 임 이랑을 단단히 혼내실 것 같습니다. 마님의 자리는 흔들릴 리 없으니 정실부인의 면모를 보이십시오."

"혼내기는 무슨? 흉내만 요란하게 내겠지. 나리께서 그 미천한 계집을 그토록 애지중지하는데 어찌 내치시겠느냐?"

"마님, 그런 말씀 마십시오. 이번에는 다른 것 같습니다."

유곤댁이 고개를 저으며 몸을 앞으로 숙였다.

"위 이랑을 모시던 접아라는 아이를 기억하십니까?"

왕 씨가 고개를 끄덕였다.

"아주 강직한 아이였지. 임 이랑을 앞에 두고서도 할 말을 곧이 하더구나. 제 주인과 자기 자매들을 지키려고 나선 것이겠지. 나중에 어떻게 됐는지는 모르겠다만.”

유곤댁이 목소리를 낮춰 말했다.

“제 남편이 밖에서 알아본 바에 따르면, 임 이랑이 접아를 마을까지 내쫓았는데 글쎄 나리의 측근인 내복이 접아를 서원으로 데려갔답니다. 나리께서 반 시진 동안 접아를 심문하셨고, 그 후에 노대부인께서 접아를 어디로 보냈는지는 모른다고 합니다.”

왕 씨가 흥미를 느끼며 물었다.

“정녕 사실인가? 한데 어째 나리께서 잠잠하시지?”

유곤댁이 일어나 부채를 가져오더니 왕 씨 곁에 서서 살살 부채를 부쳐주었다.

“임 이랑의 세 치 혀에 또 마음이 약해지신 게 아닐까요? 하지만 아랫것 몇 명 때리는 걸로 끝나더라도 임 이랑의 기를 눌렀으니 된 겁니다. 마님께 기회가 온 거지요.”

왕 씨는 말없이 속으로 주판알을 튕겼다. 유곤댁은 왕 씨의 안색을 살피며 머뭇거렸다.

“소인이 이런 말씀을 드려도 될지 모르겠습니다. 말씀을 드리자니 아랫것이 규율을 모른다고 나무라실 것 같고, 안 하자니 노마님을 뵐 면목이 없어 마음이 초조합니다.”

왕 씨가 얼른 유곤댁의 손을 붙잡고 부드러운 목소리로 말했다.

“무슨 말을 그리하는가? 나와 자네는 같은 사람의 모유를 먹고 자랐어. 본디 자매와 다름없었지. 자네가 나보다 시집을 일 년 먼저 갔고, 내가 시집오면서 자네 일가를 전부 데려오려고 했는데 자네 시댁이 우리 어머니의 일을 돕게 되는 바람에 서로 몇 년간 떨어져 있었을 뿐이네. 자네가 나한테 못 할 말이 뭐 있겠는가.”

유곤댁이 웃으며 다시 왕 씨 곁에 앉았다.

"마님께서 말씀하신 것처럼 노마님께서는 마님을 가장 아끼셨습니다. 마님께서 출가하실 때도 힘이 될 만한 사람을 전부 딸려 보내셨지요. 다만 저희 시아버지께서는 노마님께서 늘 곁에 두시던 분이라 집안에 남겨두셨고요. 그해 임 이랑이 아들을 낳았다고 하자 노마님께서는 밤새 잠들지 못하시고 저를 찾으셨습니다. 반나절 동안 이것저것 자세히 당부하시더니 저희 부부를 이쪽으로 보내셨지요. 왜 그리하셨는지, 마님께서는 모르십니까? 마님께서 시댁의 괴롭힘을 받으실까봐, 장백 도련님이 푸대접을 받으실까봐 아니겠습니까? 천하 어미의 마음은 이렇게 가여운 법이지요."

왕 씨가 한숨을 내쉬며 손수건으로 눈가를 살짝 훔쳤다.

"전부 내가 불효한 탓이야. 이 나이를 먹고도 아직 어머니께 걱정을 끼치다니. 다행히 자네가 늘 나에게 조언을 해줘서 고집도 줄이고 나리와도 사이가 좋아졌네. 자네가 내게 나리께 가서 첩을 들이라고 권하라 했지. 임 이랑의 기세를 꺾으려면 말이야. 그러고보니 위 이랑도 자네가 찾아온 사람이군. 자네가 사람 보는 눈이 있어. 얼굴은 고운데 꾀 부리는 자가 아니었잖나. 위 이랑이 시집오고 임 이랑의 기가 많이 꺾였네. 이번에도 자네 덕분에 그 미천한 계집이 결국 잘못을 저지르지 않았나."

"전부 마님의 복이지, 소인이 무얼 했겠습니까. 다만 위 이랑이 죽어버리는 바람에 일이 어찌될지 모르게 됐습니다. 나리께서 임 이랑을 어찌 처리하실지 모르고, 혹은 임 이랑이 나리를 구슬릴 수도 있으니 아직 안심하기에 이릅니다."

유곤댁이 말했다.

"흥! 나리께서 그 미천한 계집의 잘못을 그냥 넘어가시고 예전처럼 감싸고 도신다면 나도 체면이고 뭐고 전부 떠들고 다닐 것이야. 사헌부 사람을 불러 나리께서 본처를 모른 척하시고 사람 목숨을 하찮게 여긴다고 고소할 거네. 그러고도 벼슬자리에서 얼마나 버틸 수 있나 보라지?"

왕 씨가 탁자를 두드리며 냉랭하게 코웃음을 쳤다.

"아이고, 우리 마님. 노마님께서는 마님의 그 성미 때문에 편히 못 주무시는 겁니다! 그런 무서운 말씀 마십시오. 그건 나리와 마님 모두 죽는 싸움입니다!"

유곤댁이 황급히 손을 저으며 타일렀다.

"계속 그런 식으로 나리와 못 살겠다 하시고, 장백 도련님의 인생 따위 필요 없다고 하시면, 앞으로 어쩌실 겁니까?"

왕 씨는 바로 의기소침해져 이를 악물고 말했다.

"그럼 어찌해야겠나? 출가 전에 어머니께 집안을 다스리는 법이나 배웠지, 첩실을 처리하는 법은 배운 적이 없네. 게다가 임 이랑은 어지간한 첩실이 아니야. 때릴 수도 없고, 팔아버릴 수도 없고. 노대부인 쪽 출신이라 아주 속이 터져 죽겠네."

"마님, 차 좀 마시면서 마음을 가라앉히시지요."

유곤댁은 따뜻한 차를 따라 왕 씨의 손에 건넸다.

"들어보세요. 나리께서 물론 잘못하기는 하셨지만, 노마님께서는 마님께도 잘못이 있다고 하셨습니다."

"내가? 나리 장단에 맞장구라도 쳐주라는 것인가?"

왕 씨는 여전히 분이 풀리지 않아 씩씩거렸다.

유곤댁이 웃으며 말했다.

"또 성을 내시네요. 그날 마님의 시어른 저택에서 노마님이 주변 계집종들에게 자초지종을 물어보시더니 마님의 세 가지 잘못을 제게 말씀해주셨습니다. 돌아가서 마님께 전하라고 하셨는데 이제서야 말씀드립니다."

그녀는 잠깐 말을 멈추고 생각을 정리한 후, 입을 열었다.

"마님께서 막 시집오셨을 때, 마님은 나리의 통방 계집종 둘을 나리와 아무 상의도 없이 내보내셨습니다. 몇 년간 마님은 혼자 주인 행세를 하셨지요. 하여 노대부인도 마님께 격식을 갖춰 대하셨고, 나리께서도 마님을 손님처럼 대하셨어요. 마님, 이게 첫 번째 잘못입니다. 너무 마음대로 행하셨어요. 체면도 없이 우쭐거리시면서 집안의 일도, 집 밖의 일도 전부 관여하셨지요. 나리의 금전적인 일도, 사람에 관한 일도 모조리 손에 쥐려고 하셨습니다. 말이나 행동에 융통성이 없으셨지요. 입만 열었다 하면 왕씨 집안이 노대나리와 시어른께 뭘 어떻게 해줬다는 말뿐인데 나리께서 어찌 마음을 편히 먹으시겠습니까? 여자가 받들어주는 걸 싫어하는 사내가 어디 있습니까? 살가운 아내를 마다할 사내가 어디 있습니까? 더욱이 나리께서는 쓸모없고 무능한 사내가 아닙니다. 전도유망한 분이시라고 밖에서 칭찬이 자자합니다. 한데 마님께서는 가끔 체면을 살려줄 때 빼고 늘 나리를 아래로 보시니, 나리께서 어찌 마님을 마음에 두겠습니까? 어찌 다른 마음이 안 생기겠습니까?"

왕 씨가 풀이 죽어 의자에 기댔다. 신혼 때 아름다웠던 시절을 생각하자 마음 한편이 쓰렸다. 당시에 규중 자매 중에서 그녀를 부러워하지 않은 사람이 있던가. 명문세가는 아니어도 풍족하고 고상한 집안이었다. 시어머니의 시중을 들 필요도 없었고, 애태울 첩실도 없었다. 남편은 인품이 훌륭하고 재능이 출중했다. 벼슬길도 순조로웠기 때문에 나중에 고명한 부인이 되는 것도 시간문제였다.

그런데 언제부터였을까. 남편과의 관계가 점점 소원해졌다. 남편은 더 이상 속마음을 꺼내지 않았고, 그녀 또한 자존심만 내세웠다. 그녀는 집안 안팎의 일들을 전부 손에 쥐려고 했고, 그게 절정에 달했을 때 갑자기 임 이랑이 나타났다. 한 번 삐끗한 남편과의 관계는 걷잡을 수 없을 정도로 멀어졌고, 임 이랑은 나날이 집안에서 차지하는 위치가 높아져 간 것이다.

유곤댁은 냉담한 눈빛으로 왕 씨를 보며, 마치 그녀의 마음을 읽은 듯 말했다.

"노마님께서 자고로 출가한 여인은 남편에게 의지하는 법이라고 하셨습니다. 마님께서는 나리의 마음을 잡을 생각을 안 하시고 금전적인 일과 인간관계에만 신경 쓰셨죠. 주객이 전도된 것입니다."

한참 후, 왕 씨가 고개를 끄덕이며 천천히 차를 마셨다. 유곤댁은 안심하며 옆에 있던 부채를 들어 천천히 흔들었다.

"마님께서는 본디 심지가 올곧으십니다. 그 여우 같은 년들의 음모에 임 이랑과 나리가 정이 통할 줄 모르셨지요. 진작 발견했다면 일이 커지기 전에 노대부인께만 몰래 알려, 임 이랑을 바로 시집보내야 했습니다. 하면 나리께서도 수긍하셨겠지요. 한데 굳이 해결할 수 없는 지경까지 기다리셨습니다. 마님께서 아무리 애쓰셔도 이제는 해결할 수 없습니다. 이게 마님의 두 번째 잘못입니다."

왕 씨가 쓴웃음을 지었다. 이 일을 언제 후회하지 않은 적이 있던가. 방심한 내 탓이지. 시어머니 쪽 일을 신경 쓰지 않았으니까.

유곤댁이 연이어 말했다.

"마지막으로, 이게 가장 중요한 것입니다. 친정의 노마님께서 말씀하시기를, 마님께서는 규율을 엄격하게 지키지 않고 예를 잘 모른다고 하셨습니다. 하여 나리께도 말씀을 올리지 못하는 거라고요."

왕 씨는 발끈하며 바로 반박하려고 했다. 유곤댁이 그녀의 어깨를 살짝 감싸며 진정시켰다.

"마님, 조급해 마시고 제 말씀을 끝까지 들어보십시오. 노마님께서 말씀하시기를, 며느리가 어찌 시어미 시중도 들지 않고, 문안 인사도 매월 두세 번만 가고, 그마저도 정색을 하면서 몇 마디 말도 하지 않느냐고 하셨습니다. 시어머니가 의식주를 전부 알아서 챙기는데 며느리가 거들떠보지도 않는 건, 세간에서 불효로 여긴다고도 하셨지요. 마님께서도 그것만큼은 하실 말씀이 없으시겠지요. 노대부인께서 냉대하신다 한들, 관심을 귀찮게 여기신다 한들, 마님께서는 효도에 최선을 다해야 할 것입니다."

왕 씨는 아무 말도 하지 않았다. 정곡을 찌르는 말이었다. 사실 천주 지역에서도 많은 사람이 그녀에 대해 몰래 수군거렸다. 가깝게 지내는 부인들이 그녀에게 이 일을 언급하며 입에 오르내리지 않으려면 시어머니를 공경하라고 권했다. 당시에 그녀는 개의치 않았고, 노대부인이 아침 문안 인사를 제해줬을 때 기꺼이 받아들였다.

흔들리는 눈빛에서 왕 씨의 생각을 읽은 유곤댁이 천천히 말했다.

"시어머니께 효도하면 좋은 일이 있기 마련입니다. 첫째로 마님의 명성이 높아집니다. 큰댁 나리의 아버님은 정실부인을 나 몰라라 하셨지만, 그 정실부인께서는 금릉 전체에 효심으로 명성이 자자할 만큼 시어머니를 극진히 모셨습니다. 하여 유 대노인의 아버님께서도 어찌할 수 없었지요."

왕 씨가 생각해도 일리가 있는 말이었다. 그녀가 말없이 있자 유곤댁이 이어서 말했다.

"둘째로, 나리께서 예에 어긋나는 행동을 하실 때 마님께서 못 하시는 말씀을 노대부인께서는 하실 수 있습니다. 나리께서 임 이랑에게 집과 점포를 주셨을 때, 마님께서 입을 여시자 질투한다느니, 아랫사람을 감싸지 못한다느니 하는 소리를 들으셨습니다. 노대부인께서 몇 마디 하셨더라면 지금처럼 되지 않았겠지요."

왕 씨는 등나무 의자의 손잡이를 한 번 치고 가볍게 말했다.

"그렇네. 그때는 나도 정말 머리가 어지러웠네. 나리와 어머님이랑 싸울 생각만 했지 핵심을 간과했지. 쓸데없는 소모전만 해서 그 비천한 계집이 이득을 챙겼어. 오늘 자네가 일깨워준 덕분에 그 이유를 알게 되었네. 지난날을 떠올려보니 내 잘못이 맞아."

유곤댁이 급하게 마지막 불을 붙였다.

"마님, 이제라도 생각을 바꾸셨다니 다행입니다. 과거 일들은 이제 잊고 앞으로 일들을 계획해보지요. 제멋대로 행동하다가 또다시 계책에 걸려들면 안 되니까요."

왕 씨가 길게 한숨을 내쉬더니 유곤댁의 손을 붙잡고 오열했다.

"이제껏 위세 부릴 줄만 알아서, 지난 몇 년간 일을 이 지경까지 만들었다네. 앞으로는 자네가 날 좀 도와주게."

유곤댁이 서둘러 몸을 옆으로 돌리며 황송해했다. 주인과 하인 두 사람이 서로 예를 주고받았다. 침상에 누워 있던 아이 하나가 살짝 움직였다. 요의의는 너무 오래 누워 있어서 쥐가 난 다리를 풀었다. 살짝 뜬 눈 사이로 오동통한 여자아이가 보였다. 성여란 애기씨는 미세하게 코를 고는 것이 정말 잠든 것 같았다.

산사태에 맹세하는데, 요의의는 절대로 일부러 몰래 들은 게 아니었다. 진즉에 정신이 들긴 했지만 움직이기도, 말하기도 귀찮았을 뿐이었다. 그래서 눈을 감은 채 계속 누워 있었는데, 아주머니 둘이 잡담을 시작하는 것 아닌가. 이사와 아이 양육에서부터 사랑과 원한까지……. 들으면 들을수록 흥분되고, 들으면 들을수록 몰입되는 이야기였다. 요의의는 되레 민망해서 일어나지 못했다.

유곤댁이 하는 말만 들렸다.

"나리께서는 어리석은 분이 아닙니다. 마음으론 잘 알고 계시지요. 마님께서는 괜히 얕은꾀를 부리시면 안 됩니다. 되레 나쁜 일이 될 테니까요. 마님처럼 솔직하신 분이 임 이랑 같은 꼬일 대로 꼬인 여우와 비교가 되겠습니까? 지금 마님께 시급한 일은 현모양처가 되는 것입니다. 위로는 노대부인을 공손히 섬기십시오. 나리께서는 노대부인을 아주 존경하십니다. 띄엄띄엄이라도 아침 문안을 드리십시오. 그럴듯하게 흉내를 내셔야 합니다. 아래로는 명란 애기씨를 잘 돌봐주십시오. 나리께서 위 이랑에게 죄책감을 느끼실 겁니다. 마님께서 명란 애기씨에게 잘해주실수록 위 이랑이 어떻게 죽었는지 떠올리실 거고, 마님을 현모양처라고 여기실 겁니다. 그렇게 시간이 흐르다보면 나리의 마음도 다시 돌아오실 테지요."

요의의가 보기에 유곤댁의 말은 예술적이었다.

그녀가 하는 말을 요약하자면 이런 것이었다. 마님, 거울을 들고 자신을 보십시오. 있는 그대로 보고, 사실에 입각해 전략을 세워야 합니다. 임 이랑의 여성적인 매력과 비교하자면 가망이 없습니다. 하지만 염려 마십시오. 유덕화는 못 되어도 구양진화[2]는 될 수 있으니까요. 시어머니를 잘 모시고 애를 잘 돌보면 부부 사이가 좋아질 거예요. 식모살이 노

---

2) 중국 영화배우.

선으로 나간다면 승산이 있습니다.

유곤댁은 계속 말했다.

"명란 애기씨는 며칠간 잘 먹지도 못하고 말도 안 하더군요. 마님께서 신경을 많이 써주십시오. 명란 애기씨는 계집아이입니다. 가산을 나눠 줄 필요도 없고 나중에 혼수 좀 챙겨서 시집보내면 그만입니다. 마님께 방해될 것도 없으니 여란 애기씨 동무나 시키면 되지요."

요의의는 눈을 꼭 감았다. 그녀는 더욱더 잠에서 깨기 싫었다. 애국 청년이 이 지경으로까지 추락하다니, 이게 대체 무슨 상황인지. 게다가 이 몸과 자신은 어울리지 않았다. 너무 비실거리고, 배고픔도 느끼지 못했다. 현실 인정을 거부한 요의의는 소극적인 태업을 계속했다.

제4화

여인은 자신을 난처하게 만들고 싶어하지 않는다
다만 여인을 난처하게 할 뿐

성부의 하인은 현지에서 사 온 이들이 적지 않았다. 그들 중 고향과 친지를 떠나길 꺼리는 자들을 내보내며 은자까지 챙겨주니, 많은 사람들이 성대인의 후덕한 인심에 대해 입을 모아 칭송했다.

성굉은 출행하기 좋은 길일을 잡아 이른 아침부터 식솔과 하인들을 이끌고 길을 나섰다. 성부의 주인과 하인 수십 명에 선물과 짐까지 실으니 배 일고여덟 척이 가득 찼다. 너무 과시하는 것처럼 보일까 염려한 성굉은 믿을 만한 관사管事에게 짐을 실은 배 몇 척만 먼저 북으로 보내 미리 저사邸舍를 정돈하라 일렀다.

요의의는 왕 씨를 따라 오른쪽 뱃전에 머물렀다. 수발 드는 계집종과 어멈들이 또 바뀌어 몇몇 새로운 얼굴이 있었지만, 요의의는 군이 기억하려 들지 않았다. 그저 늘 하던 대로 먹고 자고를 반복했다. 많이 먹을 수는 없었지만 잠은 실컷 잤다.

그녀와 같은 배에 탄 성여란은 처음 며칠 멀미를 한 것 빼고는 경치를 감상하느라 신이 나 있었다. 여란은 천방지축 뛰어다니며 '말도 못 하고 바보가 되는 병'에 걸린 여섯째 동생에게 말을 걸었다.

성여란은 바깥 구경을 제대로 한 적이 없어서인지 커다란 까마귀 하나만 날아올라도 반나절은 흥분할 수 있었다. 통통한 손가락으로 이것저것을 가리키며 호들갑을 떠는 딸의 모습에 왕 씨는 결국 참지 못하고 그녀를 호되게 꾸짖었다. 답답했지만 현창舷窓에 마냥 기대어 있지도 못하게 된 여란이 할 수 있는 것이라곤 요의의와의 잡담뿐이었다. 여란이 한참을 재잘재잘 떠들어 대면 요의의가 맥없이 응, 하고 답하거나 고개를 끄덕였다.

"어머니, 명란이는 진짜 바보인가봐요. 말도 제대로 못 해요."

여섯 살인 여란은 새로운 동무가 불만이었다.

"넷째 누이, 말을 가려서 해. 명란이는 아픈 거야. 난 어제 명란이가 말하는 것도 들었는걸. 너보다 어린 데다 어머니를 잃은 지 얼마 안 돼서 그런 거니까 괴롭히면 안 돼."

창가에 앉아서 책을 읽고 있는 12세의 성장백은 용모가 수려하고 자세가 반듯했다.

"어제 명란이는 '오줌 마려' 이렇게 딱 네 글자만 말했는걸. 큰언니도 들었잖아."

여란이 요의의의 땋은 머리를 잡아당겼다. 요의의는 또 잠에 빠진 듯 푹신한 평상에 기댄 채 꼼짝도 하지 않았다.

"그만해, 여란아."

이제 막 여인의 태가 나기 시작한 13.5세의 성화란은 갓 피어난 한 떨기 백란화처럼 가냘프고 어여뻤다. 그녀는 탁자 옆에서 수놓은 꽃을 뒤집어 보며 말했다.

"뭘 그렇게 시끄럽게 구는 거니. 내내 호들갑이나 떨고, 예법도 하나

안 지키고 말이야. 또 소란 피우면 아버지께 가서 책 베껴 쓰기 벌을 내리시라고 말씀드릴 거야. 옆의 사람 괴롭힐 생각하지 말고 혼자 놀아."

여란은 큰언니가 조금 무서운 듯 입을 삐죽이며 못마땅한 얼굴로 요의의 푹신한 침대에서 내려왔다. 계집종들과 실뜨기를 하며 놀려고 한쪽으로 가던 여란은 성화란의 뒤에다 괴상한 표정을 지어 보였다.

오래지 않아 화란의 시녀 중 나이가 가장 많은 계집종이 들어왔다. 화란은 들고 있던 자수를 내려놓으며 물었다.

"어떻게 됐어?"

계집종이 씩 웃으며 대답했다.

"아가씨 짐작대로 저쪽은 난리가 났어요. 배 위라 난동은 못 부리고 지금은 눈물을 흘리고 있더라고요. 좀 더 엿듣고 싶었는데 유대낭劉大娘이 쫓아냈어요."

화란이 속으로 기뻐하며 웃음을 지었다. 책을 내려놓은 장백이 미간을 찌푸리며 말했다.

"또 엿들었구나. 아버지가 쓸데없이 캐묻고 다니지 말라고 하셨잖아. 왜 맨날 말 안 듣고 온종일 왈가닥처럼 여기저기 기웃거리는 거야."

화란이 동생을 째려보며 말했다.

"넌 무슨 말이 그렇게 많아. 내 일에 상관하지 말고 책이나 읽어."

그러고는 혼잣말로 중얼거렸다.

"그 여자가 정말로 아버지를 노하게 했구나. 하지만 대체 왜? 오늘 밤 어머니께 여쭤봐야겠네……. 쌤통이다!"

자는 척을 하고 있던 요의의는 모든 상황을 알고 있는 유일한 사람으로서 요 며칠 배 안의 상황이 배 밖의 풍경보다 다채롭다고 생각했다.

배가 출발하고 열흘 동안, 성굉은 보급을 위해 정박한 부두에서 관사

두세 명을 쫓아냈다. 그들 모두 임씨였다는 것에 주목하자.

그들은 본래 임 이랑에게 의탁하러 온 가난한 족친이었다. 지난 몇 년 동안 그들은 그녀의 왼팔과 오른팔이 되어 밖으로는 점포와 장원을 관리하고, 안으로는 물건 구입과 심부름을 도맡아 했는데 그 위세가 아주 대단했다. 이번에 성굉이 쫓아내려 하자 그들은 자연히 임 이랑에게 도움을 청했고, 임 이랑은 깜짝 놀라지 않을 수 없었다. 머리 회전이 빠른 그녀는 뭔가 일이 잘못되고 있음을 직감하고 성굉을 찾아가 사정을 했다. 하지만 그녀가 아무리 매달려도 성굉은 차갑게 외면할 뿐이었다. 하필 또 배 위라서 주인과 하인이 가깝게 붙어 있다보니 금琴을 타거나 피리篇를 불며 서시西施처럼 눈물 바람으로 그를 사로잡을 수도 없었다. 그녀는 그렇게 자신의 팔이 잘려나가는 걸 두 눈 뜨고 지켜봐야 했다.

왕 씨는 날아갈 듯 기뻤지만, 겉으로는 전혀 티를 내지 않았다. 애써 굳은 표정을 지으며 사람들 앞에서 표정 관리를 하느라 죽을 맛이었다. 기분이 좋아 마음 씀씀이도 넓어진 왕 씨는 요의의를 더욱 살뜰히 챙기기 시작했다. 먹는 것, 입는 것 모두 자기 친딸 수준으로 마련했고, 배가 정박했을 때는 의원을 불러 요의의가 정말로 바보인지 진맥하게 했다. 안타까운 건 요의의가 협조적이지 않았다는 것이다. 여전히 비실비실했고, 밥도 몇 숟갈 먹지 못했으며, 온종일 정신없이 잠만 잤다.

성굉은 자주 요의의를 들여다봤다. 볼 때마다 안쓰러움도 커졌다. 그는 딸을 안고 몸무게를 가늠해 볼 때마다 미간을 더욱 찌푸리며 사공에게 배를 빨리 몰라고 재촉했다. 하루라도 빨리 등주에 도착해 자리를 잡은 다음 의원에게 딸을 보이고 싶었던 것이다.

초여름이라 남풍이 강해 북쪽으로 가는 뱃길이 무척 순조로웠다. 경진京津[1] 일대에 이르자 성굉은 참모 몇몇과 함께 배에서 내려 곧장 경성의 이부吏部로 가 승진 절차를 밟았다. 그리고 황제의 은덕에 예를 갖춰 절을 하고, 사장師長과 동료들에게 감사의 인사를 전했다. 다른 식솔들은 장자長子의 인솔 아래 예정대로 더 북쪽인 산동山東으로 향했다.

성굉이 떠나고 한층 고분고분해진 임 이랑은 자기 선실에서 두문불출하며 아들딸 간수에만 힘썼다. 배 위의 여자 하인들과 선원들은 물론이요, 옆을 지나던 다른 배조차 임 이랑의 선실에서 들려오는 낭랑한 책 읽는 소리를 자주 들을 수 있었다. 사람들은 성부가 학자 집안이라 그런지 역시 가학家學[2]이 깊다며 입을 모아 칭송했다. 그 소리에 또 발끈한 왕씨는 장백에게도 다른 사람이 들을 수 있게 책을 읽으라고 시켰다. 과묵하고 점잖은 성격의 장백은 그런 어머니에 요구에 순간 미소년에서 말더듬이로 변해버렸다.

요의의는 머리가 멍해질 정도로 잠을 잤다. 시간이 얼마나 지난 것인지 알 수 없었지만 여란이 배 타는 것에 싫증을 내고, 장백이 책 세 권을 다 읽고, 화란이 손수건 네 개에 수를 다 놓았을 때쯤 배가 육지에 도착했다.

선착장에는 관사가 하인들을 이끌고 마중을 나와 있었다. 먼지를 잔뜩 뒤집어쓴 해안 사람과 멀미를 하는 뱃사람들은 서로 할 말이 별로 없었기에 바로 마차로 갈아타고 덜컹덜컹 몇 날 며칠을 더 달렸다. 다행히 등주가 물과 가까워서 노대부인의 숨이 넘어가기 직전 목적지에 도달

---

1) 지금의 베이징, 톈진 일대.
2) 집안에 내려오는 학문.

할 수 있었다.

요의의는 남방 사람이라 뱃멀미를 크게 하지 않았다. 하지만 마차에
서는 멀미를 어찌나 심하게 했던지 몇 날 며칠 노란 물을 토하다 못해 나
중에는 담즙까지 토해낼 지경이 되었다. 이번에는 자는 척이 아니라 진
짜 기절한 채로 억센 행랑어멈의 품에 안겨 집으로 들어갔다. 등주의 새
집이 어떻게 생겼는지 보지도 못했고, 약간의 온기가 느껴졌을 때는 이
미 침상 위였다. 매번 눈을 뜰 때마다 의원 하나가 옆에서 고개를 젓고
있었는데 첫 번째는 40대 아저씨였고, 두 번째는 머리가 희끗희끗한 할
아버지였으며, 세 번째는 수염까지 새하얀 노옹老翁이었다. 중의학에서
는 의원의 나이와 의술 실력이 정비례하니 저들도 분명 그러리라는 생
각이 들었다.

의원 셋을 연달아 청하자 사람들은 성부 막내딸의 병세가 심각하다고
떠들어댔다. 의술이나 약이 좋지 않아서가 아니었다. 문제는 요의의에
게 있었다. 그녀에게는 살고자 하는 의지가 전혀 없었다. 왕 씨는 피골이
상접한 아이를 보며 불안에 떨기 시작했다. 요즘 성굉과의 관계가 개선
되고 있었고, 성명란은 성굉이 직접 안아다 자신의 처소에 데려다 놓은
아이였기 때문이다. 만약 성굉이 돌아와 막내딸이 병사한 걸 본다면 왕
씨는 공을 세우기는커녕 불벼락을 맞을 게 뻔했다.

집에 돌아와 병약해진 딸의 모습을 본 성굉은 임 이랑에게 더욱 분노
가 치밀었다. 낮에 공무를 처리하고 돌아온 그는 하인들을 내쫓기 시작
했다. 성부가 등주에 처음 왔기 때문에 외부에서는 그가 사람을 사고파
는 속사정을 알지 못했다. 그저 새로운 관리가 부임하면서 집안의 하인
을 대거 정리하는 것이라고 여겼다.

단단히 화가 난 성굉은 일부러 임 이랑을 찾지 않았다. 연일 그녀의 처

소에서 힘 좀 쓴다고 하는 계집종과 어멈들을 트집을 잡거나, 쫓아내거나, 팔거나 해서 모두 내보냈고, 밤이면 왕 씨의 처소에 머물렀다. 왕 씨는 너무 기쁜 나머지 고장이 난 듯했다. 요의의의 몸보신을 위해 준비한 인삼이 점점 커지다 못해 나중엔 무 크기만 해졌다. 그걸 보며 요의의는 속으로 당황했다.

이쪽이 화사한 봄날이었다면 저쪽은 차가운 비바람이 몰아치고 있었다. 임 이랑은 몇 번이고 성굉을 찾아갔지만, 매번 하인들에게 저지당했다. 하지만 그녀 역시 호락호락한 사람은 아니었다. 이날은 성굉과 왕 씨가 저녁 식사를 하고 성명란의 병세에 대해 상의를 하고 있었다. 아이들도 자기 방으로 돌아가고, 요의의만 창가 쪽 침상에 몽롱하게 누워 있었다. 한쪽에 있는 작은 평상에서 이야기를 나누던 부부의 화제는 어느새 등주에서 토지와 가옥을 구입하는 일로 옮겨갔다.

갑자기 밖이 소란해지고, 누군가를 말리는 계집종들의 목소리가 들려왔다. 왕 씨는 옆에 있던 유곤댁에게 나가서 무슨 일인지 살펴보라고 지시했다. 그때, 하늘색 얇은 비단 발이 젖히면서 안으로 들어오는 이가 있었으니 임 이랑이 아니면 또 누구겠는가?

임 이랑은 장신구를 일절 하지 않고 삼단 같은 머리를 위로 틀어 올린 모습이었다. 얼굴에 분조차 바르지 않았다. 태생적으로 타고난 은은한 기품 덕에 짙은 남색의 수수한 옷이 희고 고운 피부를 더욱 돋보이게 해주었다. 초승달처럼 휘어지게 그린 눈썹이 찡그린 듯 찡그리지 않은 것 같았다. 허리가 한 줌인 것이 살이 많이 내린 듯했는데 그 모습이 가련하기 짝이 없었다.

밖에서 계집종들과 어멈들이 서로 밀치고 싸우는 소리가 들려왔다. 임 이랑이 여자들을 우르르 끌고 와 문을 넘은 게 분명했다. 성굉은 고개를 돌린 채 그녀를 쳐다보지 않았다. 왕 씨는 노여움을 참지 못하고 탁자를 내리쳤다.

"그 면상을 대체 누굴 보라고 내민 게야. 얌전히 처소나 지키고 있으랬더니 이렇게 뛰어 들어와서 뭐 어쩌자고? 온 집안을 발칵 뒤집어놓다니, 다른 사람들이 모두 자네처럼 뻔뻔한 줄 알아? 어서 저이를 끌어내지 않고 뭣 하느냐!"

그 말에 계집종 몇몇이 임 이랑을 끌어내려고 달려들었다.

"내 몸에 손대지 마!"

임 이랑이 몸부림을 치더니 성굉을 향해 철퍼덕 무릎을 꿇었다. 목소리는 철기가 칼에 부딪히는 것 같았고, 표정은 결연했다.

"나리, 마님, 저는 오늘 모진 마음을 먹고 왔습니다. 제 말을 들어주시지 않는다면 차라리 이 자리에서 머리를 박고 죽어 미약하게나마 속죄를 하겠습니다!"

성굉이 싸늘하게 소리쳤다.

"죽느니 사느니 소란 피울 것 없다. 내 그간 너를 박하게 대하지 않았는데 어디서 시장바닥의 여편네들처럼 울며불며 달려와 죽는다 어쩐다 연기를 하는 게야!"

임 이랑이 눈물을 왈칵 쏟으며 처량하게 말했다.

"요즘 속앓이를 하는 것처럼 마음이 답답해 말씀을 드리려 했지만, 나리께서 저를 피하지 않으셨습니까. 제가 속으로 몇 번이나 죽었는지 모릅니다. 하오나 나리께서는 고을의 어버이십니다. 좀도둑을 벌할 때도 말할 기회를 주는 게 인지상정인데, 하물며 저는 수년 간 나리를 모시며 아들딸을 낳아 기르고 있지 않습니까. 오늘 제게 죽으라 하셔도 할 말은 하고 죽어야겠습니다!"

죽은 위 이랑의 모습이 떠오른 성굉은 화가 나 찻잔을 바닥에 집어 던졌다.

"네가 자초한 일이다!"

임 이랑이 눈물을 뚝뚝 흘리며 목이 메어 외쳤다.

"……꾕랑!"

목소리가 처량했다.

화가 머리끝까지 난 왕 씨가 자리를 박차고 일어나 하인들에게 소리쳤다.

"너희들은 멀거니 뭣들 하는 게냐. 어서 끌어내!"

임 이랑이 고개를 쳐들며 말했다.

"마님, 제 입에서 무슨 소리가 나올지 두려워 그러십니까?!"

"무슨 그런 말 같지도 않은……. 예서 헛소리할 생각은 말게! 내가 무엇이 두렵단 말인가."

"두려우실 게 없다면 오늘 하나하나 다 얘기해 보지요. 시시비비는 나리께서 잘 가려주실 겁니다."

왕 씨의 가슴이 오르락내리락하고, 임 이랑은 여전히 눈물을 쏟아내고 있었다. 방 안이 일순간에 조용해졌다. 성굉은 관료답게 오늘은 제대로 이야기를 마무리 지어야겠다고 생각했다. 그는 계집종을 시켜 관사인 내복을 불러오게 했다.

주인나리의 심중을 눈치챈 유곤댁은 방 안에 있던 계집종과 어멈을 밖으로 내보냈다. 오래지 않아 내복이 들었다. 성굉이 낮은 목소리로 지시를 내리자 내복이 막일을 하는 어멈 몇 명을 데리고 들어와 나이 많은 여자 하인 전부를 본채 뜰 밖으로 내보냈다.

방 안에는 성굉과 왕 씨, 임 이랑, 유곤댁, 내복 다섯 명만이 남게 되었다. 아, 푹신한 침대에서 정신없이 자고 있는 요의의도 있었다. 사람들은 그녀의 존재를 아예 잊은 듯했다. 요의의는 다시금 산사태를 향해 맹세했다. 자신은 결코 이곳에 남아 삼사회심三司會審[3]을 들으려 한 게 아니었다. 하지만…… 지금은 계속해서 자는 게 최선이었다.

임 이랑이 가볍게 눈물을 훔치며 슬픈 목소리로 말했다.

"그동안 제가 무슨 잘못을 했는지 모르겠습니다. 나리께서는 절 거들떠보지도 않으시면서, 연일 제 사람들을 쫓아내고 계시지 않습니까. 먼저는 제 족친 둘을 내쫓으시더니 그다음엔 제 수발을 들던 종년 둘을 내치시고, 그저께는 어릴 때부터 절 돌봐줬던 유모마저 쫓아내려 하셨지요. 나리께서 하시는 일에 제가 토를 달 수는 없지만 그래도 무슨 연유인지는 말씀해주셔야 하지 않겠습니까!"

성굉이 냉랭한 목소리로 말했다.

"좋다! 내 오늘 제대로 알려주마. 말해봐라. 위씨는 대체 어떻게 죽은 것이냐?"

임 이랑은 놀랍지도 않다는 듯 처연한 웃음을 지어 보였다.

"위 아우가 떠나고 언젠가는 이런 날이 올 줄 알고 있었습니다. 천주에 있을 때도 집안의 계집종들과 어멈들이 뒤에서 제가 위 이랑을 죽였다고 쑥덕이곤 했지요. 그땐 그저 지각없는 하인들의 입방정이라 생각했고, 나리의 승진이 코앞이었기 때문에 이런 사소한 일로 귀찮게 해 드릴 수 없어 그저 속으로만 삭이고 있었어요. 언젠가는 결백이 밝혀질 거라고 믿으면서 말입니다. 그런데 오래지 지나지 않아 헛소문이 퍼지더군

---

3) 중국 명청 시기에 중요한 안건을 두고 삼법사(도찰원, 형부, 대리사)가 공동으로 심의하던 것을 이름.

요. 하지만…… 하지만 나리까지 저를 의심하실 줄은 몰랐어요!"

임 이랑의 눈에서 닭똥 같은 눈물이 하염없이 쏟아졌다.

성굉이 버럭 소리를 질렀다.

"내가 누명이라도 씌웠다는 것이냐? 위 이랑에게 산기가 있던 날, 넌 어째서 제때 산파를 부르지 않은 게냐? 어째서 위 이랑의 처소에 하인이 하나도 없었어? 아이를 받을 줄 아는 어멈들은 어째서 그날 집을 비웠지? 그날 나와 정부인은 처가에 갔고, 집에 있던 건 너 하나뿐인데 네 짓이 아니면 대체 누구 짓이란 말이냐?"

임 이랑이 백옥 같은 손가락으로 뺨을 훔치며 한껏 처량한 목소리로 말했다.

"나리, 몇 해 전 셋째 딸이 요절했을 때의 일을 기억하십니까? 그때 마님께서 제게 앞으로는 이랑들의 일에 나서지 말고 제 분수를 지켜야 된다 하셨지요. 그날 나리와 마님께서 출타하시고 저는 얌전히 제 처소에 있었습니다. 두 어른이 안 계시니 하인들도 잠깐 숨을 돌리고 싶었겠지요. 많은 어멈들이 몰래 집으로 돌아갔는데 아이를 받을 줄 아는 이들이라고 예외였겠습니까? 저는 시집온 지 몇 해 되지 않은 사람이고, 그이들은 이 집안에서만 수십 년을 일해 온 노인들인데 제가 어찌 그들을 오라 가라 할 수 있겠습니까?!"

성굉은 차갑게 콧방귀를 뀌며 아무 말도 하지 않았고, 왕 씨는 다소 조급한 눈빛으로 유곤댁을 바라보았다.

임 이랑이 말을 이었다.

"나중에 하인이 와서 위 이랑에게 산통이 왔다고 고하기에 황급히 계집종을 문지기에게 보내 산파를 데려오게 했습니다. 그런데 이문二門 어멈과 몇몇 문지기들이 술을 마시며 노름을 하고 있었지 뭡니까. 제 계집종이 한참을 조르고 나서야 그네들이 꾸물대며 산파를 부르러 갔는데, 몇 시진時辰이나 지나 돌아왔습니다. 일이 벌어진 후에 문지기들에게 물으니 근처에 사는 산파가 집을 비운 탓에 성 서쪽까지 몇 리를 뛰어가서 데려오느라 그랬다고 하더군요. 나리, 부인. 천지신명께 맹세코 제 말은 모두 사실입니다. 제게 위 이랑을 해할 마음이 있었다면 벼락을 맞아 죽어도 쌉니다! 나리, 못 믿으시겠다면 그때 그 어멈과 문지기들을 불러다 제가 언제 산파를 부르라고 시켰는지 물어보세요. 분명 들은 자가 있을 겁니다!"

말을 마친 임 이랑이 또다시 흐느껴 울기 시작했다.

성굉이 고개를 돌려 왕 씨를 지그시 바라봤다. 깜짝 놀란 왕 씨가 유곤댁을 바라봤다. 유곤댁이 왕 씨를 보며 인상을 쓰고 있었다. 아이를 받을 줄 안다는 어멈들은 대부분 왕 씨가 데리고 온 몸종이었고, 이문의 어멈들과 문지기도 줄곧 그녀가 관리하고 있었다. 성굉이 의심을 하지 않는다고 해도 그녀 역시 하인을 엄히 단속하지 못한 책임을 피할 순 없었다.

"그래서 네게 아무런 죄가 없다? 말 한번 잘하는군!"

왕 씨도 더는 말을 할 수 없었다. 내막을 속속들이 알고 있다는 걸 드러내봐야 좋을 게 없었다.

임 이랑이 무릎걸음으로 침상 앞까지 기어왔다. 눈물로 범벅이 된 고운 얼굴이 더욱 밝은 달처럼 보였다. 그녀가 목이 멘 목소리로 천천히 하소연했다.

"제게 아무런 잘못이 없다는 게 아닙니다. 제가 담이 작고 소심해서 일을 짊어지려 하지 않았습니다. 그날 제가 위 이랑의 곁에 머물며 계집종과 어멈을 지휘했다면, 위 아우가 젊은 나이에 그렇게…… 저는 책임을 지는 것도, 사람들의 입방아에 오르내리는 것도 무서웠을 뿐이에요. 제가 잘못을 하긴 했지만 제게 위 아우를 해할 마음이 있었다고 하신다면 그것만은 죽어 염라대왕 앞에 가서라도 인정 못 하겠어요! 저처럼 어려서부터 책을 가까이 한 사람이 사람 목숨을 가지고 장난을 쳤을 리 있겠습니까?"

마음이 흔들린 성쾡은 앉은 채로 아무 말이 없었다.

왕 씨는 화가 머리끝까지 올라 한바탕 욕을 퍼부을까 했지만 자신을 말리는 유곤댁의 눈짓에 억지로 참을 수밖에 없었다. 그때 임 이랑이 또다시 훌쩍이며 처량하게 떨리는 목소리로 말했다.

"나리, 마님, 저는 의지할 곳이 하나도 없는 사람입니다. 한평생 나리만 의지하며 살았지요. 나리께서 저를 내치신다면 그냥 이 자리에서 죽고 말겠습니다. 저도 괜찮은 집안의 여식입니다. 노대부인께서 직접 제 혼처를 알아봐주시려 했고요. 제가 체면 불고하고 성씨 집안에 눌러앉기는 했지만 그건 나리의 인품을 존경해서입니다. 사람들에게 손가락질을 받아도, 하인들에게 업신여김을 당해도 저는 다 감내했습니다. 제가 바라던 일이었으니까요……. 그 일로 형님께 노여움을 샀지요. 속상하셨을 겁니다. 저를 미워하시는 것도 이해해요. 입이 열 개라도 할 말이 없습니다……. 다만 나리에 대한 제 진심을 형님께서 알아주시길 바랄 뿐이에요. 저를 개돼지라 생각하세요. 이 커다란 성부에 제 몸 하나 뉠 곳과 먹을 것만 주세요. 가끔씩 나리만 뵐 수 있다면 저는 사람들의 손가락질도 두렵지 않습니다! ……마님, 오늘 내복 관사와 유 형님 앞에서 제가 이렇게 고두백배를 하겠습니다. 부디 저를 가여이 여겨주세요!"

말 끝나기가 무섭게 임 이랑이 고두백배를 하기 시작했다. 머리를 땅에 찧을 때마다 쿵쿵하는 소리가 울려 퍼졌다. 순간 마음이 아파진 성쾡이 황급히 침상에서 내려와 임 이랑을 붙잡았다.

"멀쩡히 있다가 이게 무슨 짓인가?"

임 이랑이 고개를 들더니 눈물을 뚝뚝 흘리며 성굉을 바라봤다. 세상 연약하고 억울한 표정으로 성굉을 한참 동안 뚫어지게 쳐다보며 아무 말도 하지 않았다. 그러다 고개를 돌려 왕 씨의 발밑에 엎드리더니 울며 불며 애원하기 시작했다.

"마님, 가여이 여겨주세요. 절 때리고 벌하셔도 좋아요. 하지만 절 간 사한 사람으로 여기진 말아주세요……. 제게 부족한 점이 있다면 엄히 꾸짖어주세요. 무조건 마님 말씀에 따르겠습니다……. 나리를 향한 제 마음은 진심입니다……."

너무 울어 갈라진 목소리는 힘이 하나도 없었고, 두 눈은 빨갛게 부어 있었다. 임 이랑은 지쳤는지 성굉의 다리 쪽으로 몸을 기댔다. 성굉은 퍽 감동한 얼굴로 그녀를 천천히 일으켜 세웠다.

——강적이다!

요의의는 결국 참지 못하고 실눈을 떴다. 성굉은 차마 어쩌지 못하는 표정을 짓고 있었고, 왕 씨는 화가 나서 입술을 꽉 깨물면서도 한마디 내뱉지 못한 채 학질에 걸린 사람처럼 온몸을 부들부들 떨고 있었다. 내복은 아연실색한 표정을 짓고 있었고, 유곤댁은 임 이랑보다 한 수 아래인 자신을 한탄하고 있었다.

임 이랑의 놀라운 재능은 죽은 듯이 잠만 자고 싶었던 요의의를 기적적으로 깨우는 데 성공했다. 요의의는 가슴에 손을 얹고 반성했다. 저 여인은 관료 집안의 딸로 태어나 가난하기는 했지만 부잣집에서 십수 년 동안 자랐고, 하인들 앞에서도 당당히 자신의 감정을 드러내며 무릎을 꿇든, 애원을 하든 울며불며 자신이 원하는 것을 손에 넣는데 왜 자신은 이렇게 나약하고, 현실을 제대로 보려 하지 않는 걸까? 보잘것없는 인생으로 환생한 것일까?

어느 서늘한 여름밤, 사람 홀리는 재주가 남다른 프로 첩실이 마침내 요의의의 생존 의지를 불타오르게 했다.

제5화

성꾕 나리,
두 번의 전투에서 완승을 하다!

그날 밤의 대화는 분명 임 이랑의 죄를 묻기 위한 것이었다. 하지만 어느 순간부터 임 이랑은 피고에서 원고가 되어 있었고, 안건 역시 위 이랑의 사망 원인을 추궁하는 것에서 본처가 첩실을 핍박한 사건을 추궁하는 것으로 넘어가 있었다. 그 과정은 아주 은밀하고, 조용히, 은근슬쩍 이루어졌다. 이야기를 듣고 있던 사람들은 자신도 모르게 말려들고 있었다. 표면적으로 임 이랑이 왕 씨에게 어떤 죄목을 들이댄 건 아니었지만, 그녀의 모든 말이 무언가를 암시하고 있는 것만 같았다. 요의의처럼 법원을 자주 드나들던 사람조차 왕 씨가 임 이랑에게 억울한 누명을 씌우고 있다는 생각이 들 정도였다.

임 이랑의 고육지책은 꽤 효과적이었다. 성꾕은 처벌을 잠시 미룬 것도 모자라 다음 날 임 이랑의 처소에 찾아가기까지 했다. 임 이랑은 주위

사람을 물리고, 성화成化 [1] 연간에 관요官窯에서 만든 화려한 빛깔의 찻잔에 성쾽이 평소 즐겨 마시는 대로 철관음을 진하게 우려냈다.

담청색의 얇은 능라 비단옷을 걸치고, 구름 같은 귀밑머리에 소박한 은꽃이 장식된 가느다란 비녀를 꽂은 임 이랑의 가녀린 모습이 한 떨기 꽃처럼 아름다워 성쾽은 머리끝까지 차올랐던 화가 어느 정도 가라앉는 것을 느꼈다.

"어제 정부인 처소에서 내가 자네의 체면을 살려줬으니 말해보게. 정말로 위 이랑의 죽음과 아무런 관련이 없는가?"

성쾽이 차갑게 물었다. 그도 관직에서 구르는 사람인 만큼, 자신이 이곳에 온 목적을 잊지 않고 있었다.

임 이랑의 눈에 물기가 어렸다.

"나리께서 제 체면을 생각해주신 걸 소첩이 어찌 모르겠습니까. 오늘 이렇게 직접 찾아주셨으니 저도 속 시원히 털어놓을까 합니다. 위 이랑은 정부인이 들인 사람입니다. 그 전에 평 이랑과 향 이랑을 들인 사람도 정부인이고요. 어째서였겠습니까? 이 집안사람이라면 누구나 그 이유를 알 테지요. 나리께서 절 아끼시는 걸 싫어하기 때문입니다. 저는 이 집안에서 아무런 힘이 없습니다. 평소에는 대화를 나눌 사람조차 없지요. 믿을 만한 이들을 곁에 두지 않았다면 어떤 수모를 당했을지 상상조차 할 수 없답니다. 저야 어찌되든 상관없지만, 우리 장풍이와 묵란이를 고생시킬 순 없지 않습니까. 그래서 문을 굳게 걸어 잠그고 쉬이 움직이지 않은 것입니다. 평소 매사에 무관심했던 것도 모두 제 자신의 안위를

---

1) 중국 명나라 헌종 때의 연호.

위해서였지요. 위 이랑이 변고를 당하던 그날 밤에도 이기적이지만 신경 쓰고 싶지 않았던 것이 사실입니다. 하지만 제가 위 동생의 목숨을 해하려고 일부러 그랬다고 한다면 그것이야말로 중상모략입니다. 굉랑, 설령 제게 잘못이 있다 하더라도 부디 장풍이와 묵란이를 생각해주세요. 얼마 전엔 글 선생이 장풍이의 학문이 훌륭하다 칭찬도 했답니다."

마음이 흔들린 성굉은 아무 말도 하지 않고 차를 한 모금 마셨다. 임 이랑이 천천히 그의 곁으로 가 앉으며 머리를 그의 어깨에 기댔다.

"굉랑, 전 당신을 잘 알아요. 저와 가약을 맺을 때 아무도 절 업신여기지 못하게 해주겠다 하셨지요. 그래서 정부인 집안의 체면에도 불구하고 제게 전답과 점포를 내리셨어요. 제가 기를 펴고 살 수 있게요. 절 아끼시는 굉랑의 마음을 제가 어찌 모르겠습니까. 제가 만약 그 은혜를 저버리고 배은망덕한 짓을 저질렀다면 필시 천벌을 받을 것입니다."

부드러운 목소리와 가녀린 자태는 맹세지거리를 사랑의 속삭임으로 바꿔놓았다. 성굉은 자신도 모르게 찡그렸던 미간을 풀고 손을 뻗어 임 이랑을 위로하려 했다. 그러다 얼마 전 모친과 나눴던 대화를 떠올리고는 손을 거두며 그녀를 밀어냈다.

성굉의 성정을 완벽하게 파악했다고 생각했던 임 이랑에게 이것은 예상치 못한 일이었다. 하지만 그녀는 놀라는 기색 하나 없이 눈물 어린 눈으로 성굉을 바라봤다. 성굉은 그런 임 이랑을 보며 무겁게 입을 열었다.

"위 이랑의 일은 이쯤에서 덮도록 하지. 내 정부인에게 말해 집안사람 누구도 다시는 이 일을 입에 올리지 못하게 하겠네. 하지만 오늘부터 확실히 해둘 것이 있어."

성굉이 뒷짐을 지고 침상 앞에 서며 말했다.

"이번 일은 내 잘못도 있네. 자넬 너무 아낀 나머지 옛 성현들의 말씀을 잊고 있었으니 말이야. 옛말에 장유유서長幼有序, 적서유별嫡庶有別이라 했지. 우리 같은 사람들이 상인 집안처럼 평처平妻[2]를 들여 웃음거리가 될 순 없지. 설령 정부인에게 무수한 잘못이 있다 해도 그쪽은 윗사람이고 자네는 아랫사람이니 마땅히 예를 갖춰야 해. 오늘부로 자네의 개인 부엌을 없애게. 자네에게만 더 주던 돈도 이제 없어. 자네 처소의 계집종과 어멈들은 더 후하지도, 박하지도 않게 집안의 다른 이들과 똑같은 대우를 받게 될 게야. 누군가에게 상을 내리고 싶다면 자네 사비로 주게. 모든 일은 집안의 예법에 따라 처리하고. 따로 모아둔 돈이 꽤 많을 테니, 재물이 부족하진 않겠지. 또 앞으로는 예법에 따라 매일 정부인에게 문안을 올리게. 이틀에 한 번이라도 괜찮아. 하지만 앞으로 아랫것들을 단속해야 하네. 정부인에게 불경하게 굴거나 방자하게 입을 놀리다 내게 발각이라도 되는 날엔 모두 경을 쳐서 내보낼 것이야."

임 이랑의 고운 얼굴에서 핏기가 사라졌다. 실망한 그녀가 변명을 하려는 순간, 성굉이 다시 입을 열었다.

"나도 자네와 정부인이 오랫동안 사이가 안 좋았다는 것쯤은 알고 있어. 지금 당장 자매처럼 친하게 지내라는 건 말도 안 되는 소리겠지. 그렇다고 해도 자네가 먼저 숙이고 들어가야 해. 자네 재산은 건드리지 않고 그대로 두겠지만, 관사들은 자네가 함부로 파견할 수 없어. 자네 그 족친 둘은 천주에서 매일 기생을 끼고 술을 마시는데 나보다 더 사치스럽더군. 앞으로 관사를 파견할 때는 내 허락을 맡아. 다시는 하늘 무서운 줄 모르는 천둥벌거숭이들이 우리 집안의 이름에 먹칠을 하게 두지 않

---

2) 정처와 평처 모두 정식 부인으로, 정처가 한 명인 반면 평처는 여럿일 수 있음.

을 게야. 장풍이와 묵란이는 자네가 돌볼 수 있게 그대로 두지. 정말로 아이들을 생각했다면 이런 상황까지 만들지 말았어야지. 이제 아이들에게만 집중하도록 해!"

임 이랑은 하고 싶은 말이 한가득 있었지만 성굉의 마지막 말을 듣는 순간 아무 말도 할 수 없었다. 그녀는 성굉이 계속 관직에 있으려면 그만큼 명망을 떨쳐야 한다는 사실을 잘 알고 있었다. 사사로운 일로 약점을 잡혀서는 안 되는 것이었다. 성굉은 그녀에게 숙이라고만 했지 그녀의 재산을 몰수하지도, 아이들을 빼앗지도 않았다. 그로서는 이미 많이 봐준 셈이다. 그녀가 위 이랑의 죽음과 관련된 이상, 이 정도에서 일을 마무리 짓는 것 자체가 이미 크나큰 행운이었다. 그녀는 총명한 사람이었기 때문에 물러서야 할 때를 잘 알고 있었다. 불만이 없지는 않았지만 이를 악물고 참을 수밖에 없었다. 그녀는 정신을 가다듬으며 성굉을 다정하게 끌어안았다.

한참을 임 이랑의 품에 있던 성굉은 곧장 왕 씨의 처소로 향했다. 또 한 번의 전투가 남아 있었기 때문이다.

왕 씨의 처소에 도착한 성굉은 언제나처럼 부부 두 사람만 내실에 남도록 하인들을 물렀다. 그가 조금 전 임 이랑과 나눈 대화를 들려주자, 왕 씨의 분을 바른 얼굴에 노기가 떠올랐다.

"나리께서 그토록 애지중지하시니 제가 감히 뭐라고 하겠어요? 하고 싶은 대로 하세요! 전 자격이 없으니까요!"

성굉이 숨을 깊게 마시며 말했다.

"내가 아무것도 모른다고 생각하지 마시오. 세 가지만 묻겠소. 첫째, 처가에 별일도 없었는데 왜 하필이면 위 이랑의 해산일을 며칠 앞두고 날 끌고 간 거요? 둘째, 집안에 아이를 받을 줄 아는 어멈이 넷인데 그중 셋은 당신이 시집을 때 데려온 자들이오. 그네들이 평소 누구의 명에 움직였는지는 나보다도 당신이 잘 알겠지. 셋째, 내가 집에 돌아오자마자 위 이랑의 마지막 모습을 보게 된 건 우연이오?"

왕 씨는 속으로 흠칫했지만, 겉으로는 침착함을 유지했다.

"양심에 거리낄 게 없으면 한밤중에 귀신이 찾아와도 무섭지 않은 법이라 했습니다! 그날 떠나기 전에 특별히 의원을 청해 위 이랑의 맥을 짚어보게 했습니다. 아주 건강했다고요. 나리께서 가장 신뢰하시는 료 의원이 맥을 짚었으니 못 믿으시겠다면 가서 직접 물어보세요. 료 의원이 말하길 위 이랑이 시집오기 전부터 농사일을 해서 아주 건강하다고 했어요. 산파가 없어도 혼자 충분히 순산할 수 있을 정도라고요. 그런데 제가 떠나자마자 임 이랑이 하루가 멀다 하고 위 이랑의 음식에 냉하거나 바싹 마르고 더운 것들을 집어넣었어요. 그 때문에 위 이랑의 출산에 문제가 생긴 게 분명합니다. 임 이랑은 재물이 차고 넘치니 안팎으로 사람을 부리는 것 정도야 일도 아닐 테지요. 제가 시집을 때 데려온 어멈들이 부름에 응하지 않았다 한들 부를 사람이 없었을까요? 그 여자가 교묘하게 둘러대는 말들을 나리께선 믿으셨지요. 천주성에 산파가 얼마나 많습니까. 그런데도 몇 시진을 질질 끌다가 데려왔다고요. 그 여자가 일부러 그런 게 아니라면 그 하인들이 방종했던 게지요! 흥, 저는 떳떳합니다. 수법이 조금 화려했는지는 몰라도 그건 임 이랑이 어떻게 반응하는지 보고 싶어서였을 뿐이에요. 임 이랑에게 다른 이를 해할 마음이 없었다면 위 이랑은 아무도 들여다보지 않았어도 혼자 자기 처소에서 아이를 순산할 수 있었을 거라고요."

성괭은 그녀의 말에 반박하는 대신 고개를 연신 끄덕였다.

"그 일들에 관해선 이미 조사를 마쳤네. 이번 일은 분명 임씨와 관련이 있어. 하지만 정말로 사람을 해칠 생각이었냐고 하면 그건 아닐세. 위 이랑이 명이 짧아 모든 우연이 맞아떨어진 것뿐이야. 당신이 데려온 어멈들도 평소 임씨와 사이가 좋지 않았던 거지 일부러 시간을 끈 건 아니라고. 일이 이렇게 되긴 했지만 그렇다고 내가 정말 임 이랑의 목숨을 거둬야겠나? 아이들이 원한이라도 품게 된다면 집안이 평안해질 수 있겠느냔 말이야."

화가 잔뜩 난 왕 씨는 성굉을 등진 채 분을 못 이기고 손수건을 쥐어뜯었다. 성굉이 왕 씨의 곁에 앉으며 그녀를 살살 달래기 시작했다.

"그동안 내가 부인을 힘들게 했지만 이젠 걱정하지 말게. 다시는 임 이랑이 제멋대로 굴게 두지 않을 테니 말이야. 부인은 윗사람이고 임 이랑은 아랫사람 아닌가. 부인이야말로 중매인을 통해 정식으로 맞이한 정실부인이지. 백 년 후에 나와 함께 사당에 모셔질 사람도 당신이란 말일세. 저 임씨는 하늘이 두 쪽 나도 당신을 넘지 못해. 앞으로는 임씨가 꼬박꼬박 문안도 올리고 수발도 들 걸세."

기분이 좋아진 왕 씨가 웃으며 고개를 돌렸다.

"그래도 괜찮으시겠어요?"

성굉이 아예 왕 씨의 허리를 끌어안으며 말했다.

"괜찮지 않을 것이 뭐가 있겠나. 자고로 집안이 우선이지. 임씨가 아무리 중하다 한들, 집안의 질서보다 중하겠어. 부인, 집안 단속을 하는 것도 중요하지만 스스로 모범을 보여야 한다는 걸 잊지 말게. 자기가 바로 서지 않으면서 어떻게 남에게 순종하라 하겠나? 어머님께는……."

왕 씨는 다정히 어루만지는 성굉의 손길에 진작부터 온몸이 녹아내리고 있었다. 이런 친밀한 접촉은 실로 오랜만이었기 때문에 그녀의 마음은 이미 부드러워질 대로 부드러워진 상태였다.

"저도 제가 부족하다는 걸 잘 알고 있으니 걱정 마세요. 임 씨가 예의를 차리기만 한다면, 저도 괴롭히거나 하지 않을 겁니다. 나리께 성질을 부리지도 않을 거고요. 아이들도 벌써 저렇게 컸는데 제가 투기를 할 리 있겠습니까?"

왕 씨의 말투가 한결 누그러진 걸 느낀 성굉은 더욱 분발해 그녀를 끌어안고 귓가에 바람을 불어넣었다. 왕 씨의 하얀 얼굴이 붉게 달아오르고, 숨결에 열기가 섞이기 시작했다.

"사랑하는 부인, 당신은 좋은 가문에서 태어났으니 가풍을 바로 세우지 않으면 집안이 평온할 수 없다는 걸 잘 알 거요. 이제 화란이도 다 커서 시집갈 때가 되었는데, 집안의 불화가 새어 나가기라도 한다면 그 아이에게도 좋을 게 없지 않겠소? 화란이는 내 큰딸이고 적출이라 좋은 배필을 찾아줄 생각인데, 그때 가서 내가 태산 같은 장인의 위엄을 떨쳐야 하지 않겠느냐 말이오."

왕 씨는 그 말을 듣고 화사하게 웃으며 순종적으로 답했다.

"나리 말씀이 옳습니다. 나리 뜻에 따르겠어요."

요의의는 방 한쪽에 누워 있었다. 어제 처음으로 고소한 닭죽 한 그릇을 다 비운 덕에 오늘은 조금 정신이 들어 푹신한 평상에 비스듬히 누운 채 잠을 이루지 못하고 있었다. 그래서 이번에도 본의 아니게 부부의 대화를 모두 듣고 말았다.

흠, 이걸 어떻게 설명해야 할까?

성부의 혼란은 임 이랑의 득세에서 시작되었다. 임 이랑이 다른 집의 정실부인 자리를 마다하고 이랑이 되길 원한 것은 사람을 보는 눈이 정확하고, 다루는 법도 잘 알고 있어서였다. 그녀는 얼빠진 우이저[3]가 아

---

3) 소설 『홍루몽』 속 인물. 가련의 첩으로, 본처 왕희봉의 계략에 빠져 자살로 생을 마감함.

니었다. 그녀가 성꾕을 선택한 것은 그가 매우 독립적이고 아내의 눈치를 보지 않는 남자이기 때문이었다. 더구나 성꾕은 어려서 서자라는 이유로 냉대를 당했던 기억을 가지고 있었고, 임 이랑은 그 점을 파고들어 성부에서 자신의 위치를 공고히 한 것이었다.

요의의는 아버지인 성꾕을 책망할 필요가 없다고 생각했다. 그저 연인을 향한 용서에는 원칙이 없었고, 애정이 없는 부인을 향한 존중에는 조건이 있었을 뿐이었다.

성꾕처럼 교육을 받은 봉건 사대부는 예법에 엄격하긴 했지만, 교양 있는 청년 관료였기에 애정사만큼은 자기가 원하는 대로 했다. 그에게 왕 씨는 부모가 일방적으로 정해준 혼처였다. 물론 결혼 후에 두 사람이 노력을 했다면 충분히 사랑이 넘치는 부부가 될 수도 있었겠지만, 안타깝게도 이 부분에서 왕 씨가 큰 실수를 저지르고 말았다.

반면, 성꾕에게 있어 임 이랑은 자유연애라고 할 수 있었다. 남몰래 싹틔운 사랑은 상황이 나빠질수록 더욱더 깊어져만 갔다. 당시의 성꾕은 분명 진심이었을 것이다.

서지마[4]는 임휘인[5]과 육소만[6]에게 매우 따뜻한 사람이었지만, 장유의[7]에겐 같은 사람이라고 믿을 수 없을 만큼 차갑고 잔인한 사람이었다. 그에 비해 성꾕은 절제를 아는 사람이었다.

분명 임 이랑의 안목은 틀리지 않았다. 그리고 운은 더 좋았다. 성꾕은

---

4) 서지마徐志摩(1897-1931). 중국 현대 시인.
5) 서지마의 첫사랑.
6) 서지마의 둘째 부인.
7) 서지마의 첫째 부인.

나약하고 아둔한 가련[8]이 아니었다. 서자로 자라 힘겹게 지금의 지위에 오른 그는 첩실이 일상생활과 자녀 양육에 서러움을 겪을 수밖에 없다는 것을 잘 알고 있었다. 그래서 그는 임 이랑에게 독립된 경제권을 안겨주었다. 돈이 있으니 자연히 굽힐 필요가 없었다. 또한 그녀가 자신의 아이들을 직접 양육할 수 있게 만들어주었다.

하지만 이렇게 되자 예법이 무너져버렸다. 시간이 흘러 임 이랑이 아들딸을 낳자 왕 씨는 더 이상 남편의 마음을 되돌릴 수 없었다. 임 이랑의 지위는 날이 갈수록 공고해졌다. 그녀는 측근을 길러내기 시작했고, 그렇게 왕 씨와 대등한 형세를 이뤄나갔다. 성부의 안팎은 두 파로 갈리기 시작했고, 전쟁은 갈수록 치열해졌다. 지금 요의의가 들어와 있는 몸의 생모인 위 이랑은 그런 처첩 간의 싸움에서 무고하게 희생된 사람이었다.

《곡량전》을 보면 '첩으로 아내를 삼지 말라毋爲妾爲妻'는 말이 나온다. 즉, 첩은 정실부인이 될 자격이 없다는 뜻이다. 첩은 있되 처가 없는 남자는 미혼이었다. 처가 세상을 떠난 남자는 첩이 아무리 많아도 처가 없는 홀아비니 좋은 집안의 처자를 다시 처로 맞아야 했다.

하지만 예법은 죽은 것이고, 사람은 살아 있는 것이다. 더구나 그것은 예법일 뿐 법은 아니었기에 당연히 빈틈이 있었다. 교행[9]처럼 운이 좋아 정실이 된 첩도 있었다. 흔한 경우는 아니었지만, 아예 없는 것도 아니었다.

---

8) 소설 『홍루몽』 속 인물. 우이저의 남편으로, 본처에 의해 우이저를 잃음.
9) 소설 『홍루몽』 속 인물.

요의의는 법을 배웠기 때문에 본질적으로 봉건 사회의 법률이 보호하는 것은 남자의 권익이라는 사실을 잘 알고 있었다. 일단 남자의 모든 이익이 정실 이외의 여자에게 간다면, 정실부인이 물러나야 하는 상황이 발생하게 된다. 참으로 애통한 일이지만 다행히도 자주 있는 일은 아니었다.

운수 사나운 진세미가 포청천의 작두에 목이 잘린 건, 그가 정처를 버리고 새 장가를 들어서가 아니라 사람의 목숨을 취하려 했기 때문이다. 남자의 중혼죄는 머리가 잘릴 정도의 죄는 아니었다. 물론 예법이 지엄한 고대에 성굉처럼 더 높은 곳으로 올라가려는 사람은 절대 그런 이유로 명성을 더럽혀서는 안 되었지만 말이다.

처음 몇 년 동안 성굉은 아무것도 신경 쓰지 않고 임 이랑에게만 몰두했다. 하지만 그는 봉건의 족쇄를 타파한 시인이 아니라 이성을 가진 봉건 사대부였다. 임 이랑에 대한 열정은 결국 시들해질 수밖에 없었고, 왕씨의 친정이 개입하면서 그 속도는 한층 빨라졌다.

왕씨 집안에서는 사람과 힘을 동원하다 마침내 미인계를 생각해냈다. 그다지 창의적인 수법은 아니었지만, 예나 지금이나 궁중에서 민간에 이르기까지 실패한 적이 없는 방법이었다. 하지만 생각보다 임 이랑의 힘이 강력했던 탓에 자색이 남다른 계집종 여럿을 단장해 보냈음에도 성굉은 꿈쩍도 하지 않았다. 임 이랑은 관료 집안의 딸로, 자태가 아름다운 것은 물론 성굉과 함께 시가로 사랑을 속삭일 수 있는 학식을 갖추고 있었다. 왕 씨조차 끼어들지 못할 정도이니 계집종들은 말할 필요도 없었다.

그래서 왕 씨는 편법을 쓰기로 했다. 곤경에 처한 위 씨를 이용하기로 한 것이다. 위 씨는 문화적 소양이 높지는 않았지만 모든 여인을 압도할 수 있는 강력한 무기 — 바로 미모를 갖고 있었다.

진정한 사랑도 예쁜 것을 이길 수는 없었다. 성굉은 위 씨를 보자마자 그녀에게 매료되었다. 글을 모르는 건 가르치면 그만이었고, 시가와 서화를 이해 못 하는 건 알려주면 그만이었다. 아름다운 이와 부부의 다정함을 나누니, 어찌 즐겁지 않았겠는가. 거기다 위 씨는 성정이 부드럽고 온화해 성굉은 정말로 그녀를 좋아하게 되었다.

임 이랑은 초조해졌다. 기댈 것이라고는 성굉의 총애뿐인데 어찌 다른 사람이 그걸 빼앗아 가도록 놔둔단 말인가. 그녀는 절대 자신의 영역에 다른 이를 들일 생각이 없었기에 위 이랑을 괴롭히기 시작했다. 처음부터 목숨을 노렸다기보다는 적어도 복중의 태아를 없애고 나아가 몸까지 망가뜨리게 된다면 더할 나위 없이 좋겠다고 생각했을 것이다.

하지만 위 이랑은 운이 좋지 못해 그대로 목숨을 잃고 말았다.

위 이랑의 죽음으로 성굉은 정신이 번쩍 들었다. 위 이랑에 대한 정이 임 이랑만큼 깊지는 않았지만 어쨌든 한 이불을 덮고 잤던 여인이었다. 피투성이가 되어 죽은 그녀의 모습을 본 성굉은 비로소 집안 내 갈등이 곪을 대로 곪아 있다는 것을 깨달았다. 위 이랑의 죽음이 집안의 규율이 무너진 결과라는 것을 오랫동안 착실하게 관직 생활을 해온 성굉이 어찌 모를 수 있단 말인가.

처첩 간의 참혹한 전쟁은 성굉을 두렵게 만들었다. 그래서 그는 집안의 규율을 바로 세우기 위해 임 이랑에 대한 편애를 그만두기로 결심했다. 애정의 늪에서 빠져나와 집안의 가장으로서 공명정대하게 집안을 관리하기로 한 것이다.

물론 그렇다고 해도 임 이랑과 그녀의 아이들에 대한 처분을 왕 씨 손에 맡길 수는 없었다. 두 여인 사이의 악감정이 하루 이틀 만에 해결될 수 없음을 잘 알고 있었기 때문이다.

왕 씨는 이번에 자신이 원하던 것을 어느 정도 손에 넣을 수 있었다. 애정적인 면에서는 여전히 임 이랑에게 밀리고 있지만, 적어도 집안의 유일한 여주인으로 인정받은 것이다. 정실부인은 항상 첩을 경계하게 된다. 특히 총애받는 첩을 마주할 때는 더욱 큰 위기감을 느낀다. 대옥[10] 의 말처럼 동풍이 서풍을 압도하지 않으면, 서풍이 동풍을 압도하는 것 이다.

보옥의 어머니가 조 이랑을 신경 쓰지 않은 것은 두 사람의 격차가 원체 컸기 때문이다. 한 사람은 고귀한 왕가 사람이었고, 다른 한 사람은 가족이 전부 종이었는데, 자유인인 것은 둘째 치더라도 그 스스로가 종 의 자식이었다.

왕희봉이 우이저를 그렇게 꺼리면서도 추동은 안중에도 없었던 것은, 우이저가 꽤 좋은 집안 출신이고 애첩인 까닭이었다. 게다가 그녀는 스무 살이 넘도록 아들을 낳지 못한 상태였다. 칠거지악을 범했기 때문에 첩을 들이는 것을 거부할 순 없었지만, 뒷배가 있었기에 아무도 그녀에게 뭐라고 하지는 않았다. 우이저가 아들을 낳는다고 해도 그녀를 대체할 순 없겠지만, 그녀의 자리를 충분히 위협할 수 있었기에 왕희봉은 우이저의 일을 듣자마자 칼을 뽑아 들었던 것이었다.

처첩 간의 싸움은 아주 복잡한 명제다. 지혜, 의지, 담력, 출신 배경, 개인의 성격은 물론 운까지 여러 가지 요소가 작용한다. 다만, 기본적으로 우위는 정실부인 쪽에 있었고, 첩실은 둘째 부인이라고 불려도 수많은

---

10) 소설 『홍루몽』 속 인물. 임대옥을 지칭.

장벽을 뚫고 본처가 될 가능성은 그리 높지 않았다.

홍루몽에는 불운한 여자들이 많이 나오지만 교행은 운이 좋았다. 평아와 향릉이 결국 정처가 됐느냐를 두고는 말이 많은데, 정처가 됐다 한들 설반과 가서가 곤궁해졌을 때라 그리 좋은 일만은 아니었을 것이다.

불쌍한 위 이랑은 그저 수많은 불운한 첩 중 하나였을 뿐이었다. 그녀의 죽음은 거대한 바다 속 작은 물보라 같았다. 작은 동요를 일으키긴 했지만 결국 소리 소문 없이 묻히고 말았다. 그 후, 성굉과 왕 씨는 집안의 체면을 위해 하인들을 하나둘 교체하기 시작했다. 임 이랑은 당연히 이 일을 입에 올리지 않았다. 점차 성부 사람 그 누구도 위 이랑의 죽음을 언급하지 않았다. 심지어 처참하게 죽은 아름답고 연약한 여인을 아는 이조차 몇 명 남지 않게 되었다.

여기까지 생각이 미치자 요의의는 또다시 삶의 의지를 잃었다. 그녀는 힘이 있는 이랑을 생모로 두지 못했고, 적자 소생도 아니었다. 앞으로 성부에서 그녀가 갖는 지위는 상당히 미묘할 수밖에 없었다. 그녀의 이번 환생은 계륵이나 마찬가지였다. 나쁘다고 하기엔 좋았고, 좋다고 하기엔 나빴다. 위를 보자니 한참 부족했고, 아래를 보자니 그다지 여유가 있는 것도 아니었다.

어떻게 해야 이 세계에서 잘 살아갈 수 있을까? 다섯 살인 성명란은 생존 문제에 대해 진지하게 고민하기 시작했다.

제6화

조모, 부부, 아이 3대가 모였으니 이 얼마나 복 받은 집안인가

새로운 관직에 올라 새로운 임기, 새로운 기상氣像을 맞이하게 된 성굉은 '등주 제일 가문'이라는 좋은 이미지를 만들어 백성들에게 '자애로운 아버지, 효심 가득한 아들, 화목한 가정'의 본보기가 되고, 봉건사회의 훌륭한 품격을 가진 새로운 등주를 건설하는 데 공헌하겠다 마음을 먹었다. 그래서 인수인계가 끝나자마자 좋은 날을 골라 왕 씨와 3남 4녀의 자식들 그리고 계집종과 어멈 몇 명까지 대동해 노대부인에게 아침 문안을 드리러 갔다.

성굉과 왕 씨가 수안당壽安堂 대청에 들어 노대부인에게 절을 한 뒤 나한상羅漢床 양쪽의 네모난 의자에 각각 자리를 잡고 앉았다. 뒤이어 어멈들이 아이들을 데려와 순서대로 절을 올리게 했다. 먼저 적출인 아이 세 명이 인사를 했고, 그다음 서출인 아이 네 명이 인사를 했다. 첩실은 없었다.

명란, 즉 요의의는 아침 일찍 일어나는 바람에 정신이 하나도 없었다. 아침밥도 못 먹고 안긴 채로 방에서 나와 열네다섯 살 먹은 계집종의 손에 이끌려 절을 하러 왔다. 그녀는 뒤에서 두 번째로 줄을 섰다. 인사할 차례가 되자 어느 정도 정신이 들었고, 고개를 숙이자 잠이 완전히 달아났다. 그녀는 더듬거리며 인사를 했다.

"할머님께 아침 문안드리옵니다."

오랫동안 말을 하지 않았고, 또 말실수할까 두려웠기에 명란의 목소리는 연약했고, 말하는 것도 시원찮았다. 가벼운 비웃음 소리가 여러 곳에서 터져 나왔다. 명란이 고개를 돌려 보니 한쪽에 서 있던 여란이 입을 살짝 가리고 있었다. 그 옆으로 빼어난 용모에 키가 조금 큰 것 같은 여자아이가 있었는데, 네 번째로 서 있는 것을 보니 묵란인 듯했다. 묵란은 비취색이 감도는 백옥환白玉環 한 쌍으로 머리를 장식하고, 가는 무늬가 있는 연한 초록색 항라를 걸치고 있었다. 고개를 살짝 숙이고 단정히 서 있는 모습이 온순하고 공손해 보였다.

성굉이 미간을 찌푸리며 왕 씨를 바라보자 왕 씨가 바로 여란의 옆에 있던 어멈에게 눈을 부라렸다. 어멈이 움츠러들며 고개를 숙였다.

여란과 묵란을 보며 속으로 탄식하던 노대부인은 멍하게 있는 명란에게로 다시 시선을 돌렸다. 아이는 사람들이 비웃는 것도 모르고 멀뚱멀뚱 서서 바보 같은 표정을 짓고 있었다. 노대부인은 속내를 드러내지 않은 채 차를 한 모금 마시며 눈을 내리깔았다. 제일 어린 성장동의 인사가 끝나자 그녀가 입을 열었다.

"조용히 지내는 것이 습관이 되어서 떠들썩한 것이 싫구나. 다들 한 식구니 격식에 얽매이지 말고, 그저 하던 대로 열흘에 한 번씩 문안을 오면 된다."

곱게 화장을 한 왕 씨의 얼굴이 홍조를 띠고 있는 걸 보니 간밤에 아주 잘 잔 모양이었다.

"어머님도 참. 어른께 효를 다하는 것이 후손들의 본분인 것을요. 그동안 제가 철이 없어 효도를 다 하지 못했습니다. 그저께 나리 말씀을 듣고 잘못을 깨달았지요. 며느리가 아둔하여 그런 것이니 그러지 마시고 용서해주세요."

왕 씨가 자리에서 일어나 노대부인 앞에 무릎을 꿇었다. 노대부인이 성굉을 쓱 바라보자 성굉이 뒤이어 말을 보탰다.

"어머니, 혼정신성昏定晨省[1]이라는 말을 꺼내지 않아도 며느리가 시어머니의 시중을 드는 것은 당연한 도리입니다. 어머니께서 허락하지 않으신다면 이 아들은 어머니께서 아직도 며느리에게 화가 나 있다 생각할 수밖에 없습니다. 집안을 엄히 다스리지 못한 것은 모두 이 아들의 잘못이니, 제가 아버님 영전에 나아가 벌을 받겠습니다."

말을 마친 성굉이 마찬가지로 노대부인 앞에 무릎을 꿇었다. 왕 씨가 손수건을 꺼내 얼굴을 닦으며 붉어진 눈으로 말했다.

"어머님, 아들 며느리가 정말로 잘못했습니다. 혼인 전 친정에서 분명 모든 선행 중 효가 으뜸이라 배웠음에도 성가盛家의 문을 넘은 뒤로 괜한 것에 눈이 멀고, 심보가 비뚤어져 어머님께 효를 다하지 못했습니다. 부디 저를 벌하시고 노여움을 푸세요. 소란한 것이 싫으시다면 저희가 따로따로 와서 문안을 드리겠습니다."

왕 씨가 나지막이 흐느끼자 성굉의 두 눈도 붉어지기 시작했다.

명란은 왼쪽 제일 끄트머리에 서서 앞쪽을 바라보고 있었다. 부부가 밤새 리허설이라도 했는지 척하면 척, 아주 환상적인 호흡을 보여주고

---

1) 밤에는 부모의 잠자리를 봐드리고, 아침에는 문안 인사를 올림.

있었다.

명란은 저들의 소맷자락이 의심스러워 눈길을 거둘 수 없었다. 설마 양파인가?

이런 생각을 하고 있는데 맞은편의 남자아이 셋과 같은 편에 서 있던 여자아이들이 어느새 무릎을 꿇고 노대부인에게 간청을 드리고 있었다. 다들 노대부인이 자신들의 문안을 받아주지 않으면 괴로워서 죽을 것처럼 굴고 있었다. 한 박자 늦은 여란을 뒤에 있던 어멈이 밀어서 무릎을 꿇게 했다. 그걸 본 명란은 뒤늦게 따라서 무릎을 꿇었다. 뭐라고 말해야 좋을지 몰랐기 때문이다.

그 모습에 노대부인이 길게 탄식하더니 더는 버티지 못하고 손을 흔들어 계집종들에게 성굉 부부를 부축하라고 지시했다.

"너희들의 뜻이 정 그렇다면 그렇게 해라."

이렇게 말하며 노대부인은 멍하게 있는 명란을 또 한 번 힐끗 바라봤다. 허약한 여자아이는 이번에도 제일 마지막에 일어났다.

나이가 어려 제대로 서 있지 못하는 성장동은 인사가 끝나자마자 어멈에게 안겨 밖으로 나갔고, 남은 사람들은 순서대로 자리에 앉았다.

명란은 문안이라는 게 어떤 건지 잘 모르고 있었다. 글자만 놓고 보면 문안은 노대부인에게 "How are you?" 하고 묻는 일이었다. 그리고 "Will you die?" 내지는 "Are you ill?" 같은 말을 덧붙이는 것에 불과했다. 하지만 계집종들이 도련님들과 아가씨들을 들어다 동그란 의자에 앉히는 것을 보며 명란은 제 생각을 고쳐야겠다고 생각했다.

문안은 고대의 중요한 집안 행사로, 집안을 돌보는 며느리가 시어머니에게 최근의 일들을 보고하거나 앞으로의 계획을 물어보는 것이다. 만약 아이가 시어머니 슬하에서 자란다면, 어떤 아이가 어느 배 속에서 나왔는지 까먹지 않기 위해 이 기회를 노려 자신의 아이를 보러 왔다. 만약 자신이 아이를 키운다면, 아이를 조부모에게 보여 주며 가족의 단란함을 연출하거나 집안의 사소한 일들을 화제 삼아 어른들을 즐겁게 해 주었다.

안타깝게도 왕 씨는 오랫동안 이 일을 하지 않았기에 말투가 친근해서도 안 됐고, 딱딱해서도 안 됐다. 거기다 노대부인이 무슨 말을 할지 짐작조차 할 수 없었다. 그래서 오늘은 특별히 성굉이 동행을 한 것이다. 성굉은 중개자의 역할은 물론 먼저 나서서 어색한 분위기를 깨는 역할을 맡았다.

"어머니, 요 며칠 기거하시는 데 불편함은 없으십니까? 등주가 천주보다 춥고 건조할 텐데요."

성굉이 말했다.

"조금 서늘하긴 한데 괜찮구나."

노대부인이 말했다.

"저는 등주가 천주보다 나은 것 같아요. 대산대수大山大水에 높고 광활하잖아요. 바다가 가까이 있어 건조하지도 않고요. 나리께 파견 한번 잘 오셨다고 했어요. 춥지도 건조하지도 않다고요."

왕 씨가 웃으며 말했다.

"이 늙은이는 불편할 게 없다만 아이들은 어떤지 모르겠구나. 너희들은 불편하지 않으냐?"

노대부인이 좌우로 늘어선 손자 손녀를 보며 물었다.

왕 씨가 바로 성장백을 향해 간절한 눈빛을 보냈다. 장백이 단정히 자리에서 일어나 살짝 허리를 굽히며 말했다.

"할머님께 아룁니다. 저는 아주 좋은 것 같습니다."

장백이 짧고 굵게 답을 한 다음 자리에 앉았다.

노대부인이 찻잔을 내려놓고 성굉과 왕 씨를 본 다음 아이들을 둘러봤다. 성굉은 아무런 반응도 보이지 않았고, 왕 씨는 조금 민망한 듯 몰래 아들에게 눈을 부라렸다.

두 번째로 나선 사람은 성장풍이었다. 그는 동복누이인 묵란과 외모가 비슷했다. 동그랗고 하얀 얼굴에는 겸손하고 온화한 미소가 걸려 있었고, 목소리는 청량했다.

"천주는 따뜻하고, 등주는 기상이 높습니다. 지역마다 각기 장점이 다른데 제가 어찌 싫다 하겠습니까? 제가 얼마 전 두자미杜子美 2)의 시를 읽었사온데 '태산은 어찌 생겼는가岱宗夫如何, 제와 노에 걸쳐진 푸르름이 끝이 없구나齊魯靑未了. 천지의 신묘함이 여기 다 모여 있고造化鐘神秀, 음과 양이 어둠과 밝음을 나누는구나陰陽割昏曉'라고 하였습니다. 산동은 성인이 난 곳이고, 태산泰山도 있으니 정말 좋은 고장입니다. 할머님께서 보고 싶으시다면 날을 잡아 저희와 같이 봉선封禪을 올리는 산에 가시지요."

목소리가 낭랑하고 말도 또박또박했다. 성굉이 연신 고개를 끄덕이며 만족하는 눈빛을 보였고, 노대부인도 장풍을 눈여겨보았다.

"장풍이의 학문이 뛰어나구나. 공부를 잘한다고 칭찬이 자자하다지. 글 선생도 장풍이의 시와 문장을 크게 칭찬했다고."

순간 수안당의 분위기가 화기애애하게 변하자 성굉은 더욱 기뻐했고, 아이들도 안도의 숨을 내쉬었다. 오직 왕 씨만이 억지로 웃음을 짓고 있

---

2) 시인 두보.

었다. 명란이 몰래 훔쳐보니 왕 씨가 손수건을 비틀어 쥐고 있었다. 성장백의 목을 졸라서라도 몇 마디 더 토해 내게 만들고 싶은 것 같았다.

그런 왕 씨의 모습을 본 화란이 고개를 돌리더니 상석을 향해 애교를 떨었다.

"할머님께서는 셋째만 칭찬하시고, 저희들은 싫으신가 봅니다."

노대부인이 온화하게 웃으며 말했다.

"말하는 거 하고는. 네가 어릴 때 애비가 손수 책 읽기와 글씨를 가르치고 글 선생까지 특별히 붙여 주었는데 누가 감히 우리 큰손녀를 싫어한단 말이냐? 화란이가 크더니 장난만 심해지는구나."

성화란은 가장 좋은 시기에 태어났다. 그때는 왕 씨가 성굉과 신혼의 단꿈에 빠져 있었고, 노대부인과도 사이가 좋았다. 오래지 않아 남동생이 태어났고, 성화란은 아름다운 미모로 사랑을 받았다. 적출이자 장녀로서 모두의 사랑을 한 몸에 받고 자란 것이다. 노대부인이 한동안 키우다가 왕 씨가 서운해하는 통에 다시 돌려보내긴 했지만 손자들 중에서 가장 정이 깊었다. 반면 같은 어미의 소생인 여란이 태어났을 때는 상황이 그렇게 좋지는 않았다.

"아버지께서 언니를 가르치셨다고요? 근데 저는 왜 안 가르쳐주세요? 저도 글 선생 붙여주세요!"

여란이 의자에서 내려와 성굉의 소맷부리를 잡고 아양을 떨었다.

왕 씨가 여란을 자신 쪽으로 잡아당기며 꾸짖었다.

"소란 피우지 말거라. 아버지께서 공무다망하신데 너와 놀아주실 시간이 어디 있느냐? 체본體本도 진득하게 쓰지 못하면서……. 글 선생은 무슨!"

하지만 여란은 고집을 부리며 발을 구르고 입을 삐죽였다. 왕 씨가 어르고 달래는 동안 성굉의 표정은 굳기 시작했다. 노대부인은 미소를 지으며 말없이 보고만 있었다. 그때, 지금까지 얌전히 아무 말도 않고 있던 묵란이 입을 열었다.

"다섯째는 나이가 어린 데다 체본은 참을성을 많이 필요로 하니 당연히 흥미가 없겠지요. 하지만 시와 도리를 익히는 건 잘하니 제 생각에 글 선생까지 모실 필요는 없는 것 같습니다. 큰언니의 학문이 훌륭하니 언니가 가르쳐주면 좋지 않겠습니까?"

말을 마친 묵란이 미소를 지었다. 우아하고 천진한 모습이었다.

성굉은 딸의 말이 조리가 있고, 태도가 온유한 것을 보며 칭찬을 아끼지 않았다.

"묵란이 말 한번 잘했구나. 여자아이는 과거를 봐서 출사할 일이 없으니 억지로 글씨 연습을 시킬 필요가 없지. 하지만 시와 문장을 읽어 성정을 도야하는 건 나쁘지 않구나. 화란이 시간을 내어 여란이를 가르치는 것이 좋겠다. 장녀라면 응당 동생들을 가르쳐야지."

왕 씨는 샐쭉한 표정으로 그 말에 대꾸하지 않았고, 화란은 약간 대수롭지 않다는 표정을 지어 보였다. 하지만 노대부인의 시선은 혼자 아무 말 없이 앉아 있는 성명란을 향해 있었다. 멍한 표정으로 묵란을 바라보는 명란을 보며 노대부인은 속으로 또 한 번 탄식했다.

이런저런 이야기 끝에 왕 씨는 천천히 화란의 계례笄禮로 화제를 몰고 갔다. 하지만 몇 마디 하지도 못하고 노대부인이 어멈을 시켜 아침상을 보게 했다. 두 개의 상이 차려지고, 정방正房에 차려진 상에는 어른 셋이, 차간次間에 차려진 상에는 아이들이 함께 앉았다.

아침 식사가 날라져 왔다. 예상과 달리 상차림이 아주 소박했다. 상황을 모르는 명란이 봐도 궁색하다 싶을 정도였다. 자기로 된 큰 접시에는 찐빵과 꽃빵이 가득 담겨 있었다. 거기에 흰 쌀죽과 간단한 요리 몇 가지가 곁들여졌다.

명란이 고개를 들어 보니 장백은 뭔가 꺼림칙해 보이는 표정을 짓고 있었고, 장풍과 묵란은 평소와 다름없이 젓가락질을 하고 있었다. 화란과 여란은 나란히 입을 내밀고 있었는데, 내민 정도만 달랐지 각도는 똑같았다.

명란은 계집종의 시중을 받으며 천천히 밥을 먹었다. 요 며칠 왕 씨의 처소에서 먹었던 아침밥이 떠올랐다. 연근조림, 잣과자, 떡튀김, 육송마늘꽃빵, 지마구, 대추죽, 홍국쌀죽, 말린 고기 달걀찜, 제비집, 건두부육포볶음, 훈제돼지고기 냉채, 열여섯 가지 요리를 모아 만든 십금장채팔보합……

대갓집은 식불어食不語 침불언寢不言[3]을 따지기도 했지만, 여섯 형제는 세 명의 다른 어미에게서 태어나 이전까지 서로 몇 마디 해보지 못한 사이였다. 그래서 식탁에서 들리는 거라고는 수저가 가볍게 부딪치는 소리뿐이었다.

아침 식사가 끝나고 성굉은 서둘러 등청을 했다. 왕 씨는 자신의 처소로 돌아갔다. 아이들 역시 식사를 마치고 저마다 다른 어멈들에게 이끌려 돌아갔다. 명란을 맡은 어멈은 포하抱廈[4]에서 아직 오지 않고 있었다. 명란은 의자에서 내려와 문간에서 밖을 내다봤다. 낯선 곳이라 함부로 돌아다닐 순 없었지만 회랑回廊을 따라 천천히 걷다보면 문제가 없을 것

---

3) 식사할 때와 잠을 잘 때는 말을 하지 않는다는 뜻.
4) 기존 건물의 앞 혹은 뒤에 이어붙여 지은 작은 방.

같았다.

북방의 건축은 남방과 달랐다. 회랑 기둥은 크고 두꺼웠으며, 석판조등石板條凳은 네모반듯했다. 천주의 관저처럼 우아한 맛은 없었지만 대범하고 명쾌했다. 명란은 벽을 짚고 걸으며 구경을 했다. 몇 번을 꺾었는지 모르게 여러 개의 방을 지나쳤다. 구경을 할수록 고개가 저어졌다. 이곳의 방들은 텅 비어 있었고, 장식도 간소했다. 꼭 필요한 가구를 제외하고는 진귀한 보물이나 골동품 같은 것은 찾아볼 수 없었다. 어멈들도 대부분 나이가 지긋해 물청소와 빨래는 어린 계집종 몇 명이 도맡아서 하고 있었는데 그 모습이 다른 처소의 계집종들보다 초라해 보였다. 뜰에는 꽃도 나무도 없이 대충 손질만 되어 있었다. 어찌나 썰렁한지 추운 동굴과 다를 바 없었다.

명란은 속으로 생각했다.

'보아하니 소문이 사실인 모양이야.'

노대부인은 용의후부 출신으로, 거만한 성품을 타고났다. 젊어서는 완전 안하무인이어서 초창기에는 사람들 들볶는 걸 제일 좋아했다. 듣기로는 시댁과 친정 모두에게 미움을 샀는데, 노대인이 세상을 떠나고 수절을 하면서 성격이 변했다고 했다. 성굉이 성년이 되어 일가를 이루자 성부의 가산家産을 전부 그에게 물려주고, 자신은 얼마 안 되는 체면 유지비만 가졌다고 했다.

그녀가 불경을 가까이하고 세상과 거리를 두자 수안당의 하인들도 따라서 출가를 한 것처럼 식사도 빈약해지고, 심부름을 해도 얻는 게 없었다. 생활이 단조로워져 한동안은 뜰의 대문도 닫고 있어서 북적임과는 완전히 거리를 두고 있는 것 같았다. 하인들 모두 수안당에서 고생하고 싶어 하지 않았다. 그래서 이곳의 사환들은 모두 노대부인이 시집을 때

같이 따라왔던 노인들이었다.

명란은 이렇게 결론을 내렸다.

'찾아오는 이 없음, 봉급 낮음, 복지 열악. 리더는 진취적이지 못하고, 직원들은 적극적이지 않음.'

또 다른 모퉁이에 이르렀을 때 명란은 익숙한 냄새를 맡았다. 순간 어리둥절했다. 이 냄새는 기억 가장 깊은 곳, 잊기로 결심한 과거에서 온 것 같았다. 그녀는 냄새를 따라 어느 방문 앞에 이르렀다. 문을 열고 들어가니 아주 조그만 방이 하나 나타났다. 정면에 놓인 기다란 자단紫檀 탁자에는 경서經書가 몇 권 놓여 있었다. 왼쪽으로 들어가 보니 여의如意 문양의 네모난 의자가 두 개 있었고, 그 옆에는 영지靈芝 문양의 네모난 자단 탁자가 있었다. 안으로 더 들어가보니 거기엔 작은 불단이 있었다. 위로 추향색오금운수사장秋香色烏金雲繡紗帳이 걸려 있었고, 아래에 향안 香案[5)이 놓여 있었다. 정중앙에 놓인 백옥사족쌍이비휴와정白玉四足雙耳 貔貅臥鼎에서 향연이 모락모락 피어나고 있었다. 명란이 맡은 냄새는 바로 단향檀香으로, 향대香臺의 왼쪽과 오른쪽에 하나씩 놓여 있었다. 중앙 아래쪽에 부들방석이 있는 걸 보아 이 방은 집 안에 설치된 불당이었다.

향대 위에는 백옥으로 만든 작은 관음상이 놓여 있었다. 명란은 고개를 들어 위를 바라봤다. 보이는 거라고는 단정하고 경건한 관음의 모습 뿐이었지만 표정만큼은 자비롭게 느껴졌다. 마치 인간 세상의 고난을 다 지켜보는 듯했다. 명란은 갑자기 눈시울이 뜨거워져 참지 못하고 눈물을 흘렸다. 자신이 시골로 내려가기 전, 엄마는 옥관음 펜던트를 사다

---

5) 제사 때 향로나 향합香盒을 올려놓는 상.

절에 가서 불공을 드렸다. 그리고 가는 길이 무탈하도록 몸에 꼭 지니라고 신신당부를 했다. 그때 요의의는 엄마의 잔소리가 귀찮아 서둘러 차에 올랐다. 지금은 듣고 싶어도 들을 수 없는 소리였다.

지금 생각해 보면 그때 의식을 잃기 전, 어렴풋하지만 밖에서 누군가 차 문을 뜯고 있었다. 자기를 구하러 사람이 온 것 같은데 태 법관님이나 다른 동료들은 어떻게 됐는지 알 수 없었다. 설마 나 혼자 순직한 것일까? 여기까지 생각이 미치자 갑자기 분한 생각이 들었다. 분함이 지나간 뒤에는 멍해졌고, 멍해진 다음에는 부정적인 감정이 찾아왔다. 특별히 더 살고 싶다는 생각이 들지 않았다.

하늘이 자신을 푸대접하는 것 같았다. 어차피 죽기로 되어 있었다면 더 좋은 몸으로 환생해야 맞았다. 화란과 여란, 심지어 묵란까지 하나같이 예쁘고 사랑스러운데 어째서 자신만 다시 아등바등 인생을 살아야 하는 것일까? 이 낯선 세계에 적응하기 위해 친모도 아닌 왕 씨에게 잘 보여야 하니 억울하고 분한 일이 있어도 참을 수밖에 없고, 괴롭힘을 당해도 이상할 게 없을 것 같았다. 눈치를 키우면서 고대 여인의 생존 필살기를 다시 익혀야 했다.

하지만 이곳은 여자가 살기에 좋은 세상이 아니었다.

요의의는 본래 평온했던 인생을 도둑맞고 대신 불쌍한 여자아이의 인생을 살게 된 기분이었다. 만약 예쁘고 사랑스러운 여자아이로 환생을 했다면, 양심에 찔리기는 했겠지만 그래도 몇 번 투정 부리다 받아들였을 것이다. 하지만 지금 상황은 역사의 퇴행이나 마찬가지였다.

원래의 생에서는 계집종이나 어멈이 시중을 들어주진 않았지만 적어도 자유가 있었다. 대입 시험과 취직을 이미 겪었으니 인생의 첫 번째 난관은 통과한 셈이었다. 자신에게는 좋은 직장과 따뜻한 집이 있었다. 낙석 사고 며칠 전에는 엄마가 전화로 맞선 상대로 괜찮은 남자가 있다고도 했었다. 불륜, 불치병, 자동차 사고 등 재수 없는 일만 없다면 자신은 대다수의 보통 여자들처럼 평범하고 충실하게 한 생을 살았을 것이다.

하지만 지금의 명란 애기씨는 친모가 첩실인 데다 이미 죽어서 지금쯤이면 환생을 기다리고 있을 터였다. 아버지에겐 3남 4녀가 있고, 서녀인 자신을 그렇게 좋아하는 것 같지도 않았다. 거기다 성모聖母가 될 생각이 없는 적모라니. 좋은 점은 공무원 자격시험을 보지 않아도 된다는 것이고, 나쁜 점은 장래의 남편을 선택하는 데 자신은 아무런 권리도 행사할 수 없고 의견을 낼 수도 없다는 것이다. 앞으로의 인생은 오로지 운에 달려 있었다. 가정 폭력에 시달려도 경찰을 부르기는커녕 혼자 홍화유나 바를 수밖에 없었다. 첩실이 세 명, 네 명 심지어 N명이 있어도 싸우기는커녕 현숙하게 언니 동생으로 지내야 했다. 남편이 형편없는 옹졸한 인간이라 도저히 견딜 수 없어도 법원을 찾아갈 수 없었다.

아, 또 한 가지. 더 짜증 나는 건 정실 자리는 아마 엄두도 내지 못할 거라는 것이다. 서녀는 언제나 첩으로 삼기 좋은 재료가 아니던가.

이렇게 도전으로 가득한 인생을 어떻게 달갑게 받아들이란 말인가.

하지만 받아들이는 수밖에 없다.

그녀는 어머니가 부처님께 절을 드렸던 것처럼 관세음보살 앞에 공손히 무릎을 꿇고 앉아 두 손을 모았다. 그리고 저쪽 세계의 어머니와 형제가 무탈하길, 딸 걱정은 하지 말길 간절히 빌었다. 그리고 오늘부터 자신도 충실히 생활하며 열심히 살아가겠노라 다짐했다.

뜨거운 눈물이 솟아올랐다. 요의의는 소리 없이 흐느꼈다. 야윈 뺨을 타고 흘러내린 눈물이 옅은 푸른색 방석 위로 떨어졌다. 일부는 방석에 스며들어 이내 사라졌고, 일부는 바닥에 떨어져 먼지와 하나가 되었다.

새벽빛이 연꽃색 사창紗窓을 통해 들어와 불당을 비췄다. 눈부신 빛이 맑고 깨끗했고, 부드러운 빛이 아름다웠다.

　명란은 자그마한 몸으로 부들방석 위에 엎드렸다. 마음이 전에 없이 평온해졌다. 그녀는 염원을 담아 경건한 목소리로 작게 기도했다.

　관세음보살님, 자비를 베풀어주세요. 오온을 비추어 보니 모두 텅 비어 있음을 알게 하시어 일체의 고난을 건너게 해주세요. 마음에 걸림이 없게 해주세요. 마음에 걸림이 없으면 두려움도 없겠지요. 전도된 헛된 생각에서 벗어나 끝내 열반에 이를 수 있도록 도와주세요.[6]

---

6) 반야심경 중 '조견오온개공照見五蘊皆空, 도일체고액度一切苦厄', '고심무괘애故心無罣碍, 무괘애고無罣碍故, 무유공포無有恐怖, 원리전도몽상遠離顚倒夢想, 구경열반究竟涅槃'의 내용.

제7화
타임슬립을 했으면
저 정도로는 환생했어야지!

"명란, 귤 좀 가져와봐. 껍질 까서."

여란이 그네에 앉아 말했다.

명란은 멍하니 돌의자에 앉아 하늘만 볼 뿐 꿈쩍도 하지 않았다. 몇 번을 불러도 명란이 반응을 보이지 않자 여란이 조그만 돌을 들어 명란에게 집어 던졌다. 어깨에 통증을 느낀 명란이 고개를 돌렸다. 여란이 이를 드러낸 채 웃고 있었다.

"이 바보야, 어서 가서 귤 가져오지 못해!"

명란은 아무 말 없이 하늘을 올려다보았다. 그러고는 한쪽에 있는 탁자로 느릿느릿 걸어갔다. 귤을 집어 껍질을 까려던 순간, 대각선에서 뻗어 나온 손이 그녀를 저지했다. 가냘프고 어여쁜 손이었다. 열 개의 뾰족한 손톱에는 담홍색 봉선화 물이 들어 있었다.

"여란아, 너 또 여섯째 괴롭혔지! 이리 내려와!"

화가 잔뜩 난 화란이 그네에 앉아 있던 여란을 한 손으로 끌어내렸다.

"일전에 아버지께서 뭐라고 하셨어? 여자 형제 중에 여섯째가 제일

어리니까 우리가 언니로서 잘 돌봐야 한다고 하셨잖아. 그런데 너는 온종일 괴롭히기나 하고! 아버지께 이르러 가기 전에 조심해!"

"누가 괴롭혔다는 거야? 그냥 귤 좀 까라고 시킨 것뿐이라고."

여란이 배를 앞으로 내밀며 입을 삐죽였다.

"하인들이 다 죽었니? 주인한테 귤을 까라고 하게?! 네 몸종인 금귀金貴는 뒀다 뭐해?!"

화란이 커다랗고 예쁜 눈을 부라리자 옆에서 비웃고 있던 계집종 서넛이 고개를 숙이며 한쪽으로 찌그러졌다.

"여섯째가 귤을 까는 걸 보고도 너희들은 이미 죽어버려서 말릴 수도 없었지?! 주인을 보면서 비웃는 종년이라니 참 대단하구나. 내일 할머님께 말씀드려 집으로 돌려보내줄 테니 어디 온종일 비웃어봐!"

화란이 계집종들을 호되게 꾸짖기 시작했다.

여란이 바로 반발하며 언니의 소맷자락을 잡고 소리를 질렀다.

"큰언니도 내 사람 괴롭히지 마. 어머니한테 이를 거야! 언니가 이랑 소생의 바보 편을 드느라 친동생을 괴롭힌다고 말이야!"

"가서 이르럼! 그리고 이랑 소생이 뭐야. 아버지께서 명란이를 안아다 어머니 처소에 데려다 놓으셨으니 우린 친자매인 거야! 한 번만 더 이랑 소생이니 뭐니 허튼소리 했다가는 아버지께 매질을 당할걸!"

화란이 검지로 여란의 이마를 쿡쿡 찌르며 말했다.

여란은 화가 잔뜩 났지만 반박할 말을 찾지 못했다. 명란은 고개를 숙인 채 바보인 척 아무 말도 하지 않았다.

화란과 여란은 동복 자매긴 했지만 생김새는 전혀 달랐다. 화란은 성꽝을 닮아 미모가 빼어났고, 눈에서 재기가 넘쳐흘렀다. 반면 여란은 왕씨를 닮아 얼굴이 동그랗고 생김새가 단정했다. 자색姿色은 평범한 편이었지만 다 자라면 단아한 쪽으로 발전할 가능성이 있었다. 조물주는 이 동부동모同父同母 자매를 외모와 재능뿐만 아니라 부모의 총애에 있어 서도 차별했다. 동생은 모든 면에서 언니보다 못했다. 명란은 여란의 심리적 불균형 상태가 더 이상 심각해지지 않기를 바랐다.

사실 왕 씨 곁에서 생활하는 건 그리 어렵지 않았다. 화란과 장백은 진작부터 자기 처소를 갖고 있었고, 장동은 아직 침을 흘리는 아이였다. 명란이 상대해야 할 사람은 오직 여란뿐이었다.

여란의 됨됨이가 나쁜 것은 아니었다. 그저 과시하길 좋아하고, 매일 남들에게 떠받들어지길 바랄 뿐이었다. 하지만 자기보다 나이가 많은 언니와 오빠는 건드릴 수 없었고, 임 이랑 소생의 오빠와 언니도 함부로 할 수 없었다. 서 있는 것도 제대로 못 하는 동생 장동은 건드려봐야 재미가 없었다. 그러니 제가 쥐락펴락할 수 있는 건 하나 남은 재수 없는 명란뿐이었다.

그때마다 화란은 마치 제천대성齊天大聖이라도 된 것처럼 하늘에서 내려와 정의를 구현하려 했다. 화란이 명란을 좋아한 것은 아니었지만 여란이 오만방자하게 구는 꼴은 차마 볼 수 없었던 것이다. 그녀는 사랑받는 장녀로, 성부에서 세 어른 다음으로 권위가 높았다. 동생을 꾸짖고, 하인을 벌하는 것은 쉽고도 당연한 일이었다.

명란은 속으로 이 예쁘고 위엄 있는 큰언니에게 무척 고마워하고 있었다. 화란은 진정한 팔망미인으로 외모나 집안, 기백 어느 것 하나 빠지는 것이 없었다. 명란은 진심으로 큰언니가 앞으로도 영원히 지금처럼 행복하고 자부심 넘치길 바랐다.

명란은 요즘 매일 아침 어멈에게 안겨 왕 씨 등과 함께 노대부인에게 문안을 하러 갔다. 그전에는 각 처소의 첩실들이 먼저 왕 씨에게 문안했다. 임 이랑의 문안 간격은 아주 규칙적이었다. 대략 사흘 문안, 이틀 휴가였다. 이유는 만능 핑계인 '몸이 안 좋다'는 것이었다.

임 이랑은 전날 밤 성굉이 자신의 처소를 찾았을 때는 허리를 짚으며 몸이 힘들다고 했고, 성굉이 찾지 않았을 때는 가슴을 짚으며 마음이 힘들다고 했다. 왕 씨는 임 이랑이 문안을 올 때마다 그 반반한 낯짝을 찢어버리고 싶은 충동을 자제하기 위해 한참 동안 마음을 다잡아야 했다. 그것은 자기 수양에 엄청난 도전이었다.

반면 명란은 대여섯 살에 불과했고, 총애를 받는 친모도 없었다. 나이도 어린 데다 멍청해서 왕 씨로서는 명란을 구박할 필요가 없었다. 물론 특별히 신경 써서 돌볼 필요도 없었다. 어차피 여란과 똑같이 먹고 잤다. 하지만 세심한 사람이 보면 차이가 있다는 걸 알 수 있었다.

끼니마다 차려진 음식은 모두 여란이 좋아하는 것이었고, 명란은 그저 따라서 먹을 뿐 반찬 투정은 할 수 없었다. 여란의 옷은 모두 새것이었고, 명란은 남는 것을 입었다. 비록 열의 아홉은 새것이었지만 말이다. 그리고 신선한 과일이나 간식이 있으면 당연히 여란에게 먼저 먹이고 남은 것을 명란에게 주었다. 금이나 은, 옥으로 만든 쇄鎖나 련鏈 같은 장신구를 명란은 구경도 못 했지만, 외출을 할 때면 왕 씨가 목과 머리에 그런 것들을 걸어주기도 했다.

명란은 멍청한 척을 할 때는 확실히 멍청한 척을 하고, 고자질을 해야 할 때는 확실히 고자질을 하기로 자신의 노선을 정했다. 무조건 참는 게 능사는 아니었다. 기댈 곳 하나 없는 서녀가 자기 자신을 위해 싸우지 않는다면 누가 거들떠보겠는가. 하늘은 스스로 돕는 자를 돕는 것이다.

명란을 돌보는 어멈은 게으르고 덜렁거리는 사람이었다. 이쪽에 주어야 할 걸 저쪽에 주었고, 심부름도 한 번에 가는 법이 없어 매번 입을 내밀며 싫은 티를 냈다. 계집종들도 똑같이 게으르고 무능력했다. 그리고 자주 명란에게 다 들리도록 귓속말을 했다.

"이거 하랬다, 저거 하랬다 끝이 없어. 정말 짜증 나."라든가 "꼴에 주인 행세. 자기가 정말 귀한 아가씨라도 되는 줄 아나봐. 이랑 소생 주제에.", "얼른 끝내자. 쟤 시중드는 거 짜증 나." 같은 말이었다.

명란은 아무 말도 하지 않았다. 못 들은 척, 하던 대로 종들을 부렸다. 아직까진 왕 씨에 대해 완전히 마음을 놓지 못한 성굉이 수시로 명란을 보러 왔기 때문에 그때 솔직하게 말하면 될 일이었다.

"밤에 목이 말랐는데 어멈이 물을 안 줬어요……. 지난번에 해당로海棠露를 주셨다고요? 저는 구경도 못 한 걸요……. 할머님께서 주신 간식이요? 어멈이 자기 손자가 좋아한다고 가져갔어요……. 어멈이 한가해지면 그때 제 옷에 난 구멍을 꿰매준다고 했어요."라고 말이다.

그러면 성굉의 낯빛이 바로 어두워졌고, 왕 씨 역시 난처해서 어쩔 줄 몰라했다. 요즘 화란의 계례에 정신이 팔려 있는 왕 씨가 명란을 들여다볼 틈이 어디 있겠는가. 화가 난 왕 씨는 자신의 체면을 깎아먹은 계집종과 어멈들을 전부 벌했다. 처음에는 하인들이 불복하며, 하던 대로 명란을 골탕 먹였지만, 명란도 크게 개의치 않고 계속해서 고자질을 했다. 몇 번 그런 상황이 반복되자 결국 하인들은 온순해졌고, 명란도 생활하는 게 편해졌다.

사실 고자질은 기술이 필요한 일이었다. 현대의 직장이나 고대의 성부나 마찬가지였다. 고자질을 잘하면 생활이 편해지고, 잘못하면 괴로워졌다. 여기에는 요령이 필요했다.

첫째, 고자질 대상이 확실해야 한다. 명란은 처음부터 왕 씨가 자신을 마음에 두고 있지 않다는 걸 알고 있었다. 기르되 죽이지만 않으면 그만이었다. 하지만 성굉은 위 이랑의 좋은 점을 아직 기억하고 있었고, 젊은 나이에 간 것에 대해 죄책감을 느끼고 있었다. 그러니 명란의 고자질 대상은 성굉이 되어야 했다. 둘째, 고자질의 목표가 명확해야 한다. 명란은 계집종과 어멈만 고자질할 뿐, 왕 씨에 대해서는 한마디도 입에 올리지 않았다. 대신 왕 씨가 이런 거 저런 거를 주는데 하인들이 게으름을 피우고 농간을 부렸다고 말했다. 이러면 왕 씨의 귀에 얘기가 들어가도 괜찮았다. 마지막으로 가장 중요한 것은 바보인 척을 하는 것이다. 명란은 깨어나서부터 줄곧 바보였다. 말도 버벅대고, 반응도 굼떴다. 계략 따위 없는 바보 같은 모습이 오히려 안전했다.

여름으로 접어들면서 한낮에는 무척 더웠다. 열기에 피부가 타들어갔다. 이날 명란은 뒷방에서 낮잠을 자고 있었고, 밖에서는 번을 서고 있는 계집종 둘이 대수롭지 않은 이야기를 나누고 있었다.

"큰아가씨 계례는 정말 어마어마했어. 듣자 하니 마님이 등주에서 집안 좀 괜찮다 하는 마님들을 전부 초대해서 문 앞에 서 있는 가마만 두 줄이었대. 그리고 손님들이 더위를 탈까봐 한 번에 얼음 수십 수레를 사다 채워 놓고 계속해서 대접했다지 뭐야. 나리께서도 특별히 집으로 돌아오셔서 계례를 지켜보셨고."

열 살을 갓 넘긴 계집종이 말했다.

"마님께서 특별히 취보재翠寶齋에서 머리 장식을 맞추셨잖아. 어멈 말이 거기가 경성에서 제일가는 주취루珠翠樓인데 은자를 얼마나 썼는지 모른대. 그리고 큰아가씨의 그 유군襦裙[1] 있잖아. 거기 놓인 자수가 유상

---

[1] 치마저고리.

水流觴繡인데 움직일 때마다 문양이 움직이는 것처럼 보인대. 그때 마님 친정에서 큰마님께 보냈던 거라더라. 큰아가씨는 복을 타고난 것 같아. 소매 언니, 우리 애기씨가 앞으로……."

얼굴이 동그란 일고여덟 살의 여자아이가 말했다.

"야, 그래도 우리 애기씨가 어떻게 비교가 되냐. 큰아가씨는 마님 소생인 걸……."

명란은 뒷방에 누워서 계집종들의 대화를 들었다. 저 아이들은 왕 씨가 자신에게 붙여준 몸종이었다. 큰아이의 이름은 추우秋雨였고, 작은아이의 이름은 소도小桃였다. 추우는 본래 왕 씨 처소에 있던 삼등 시녀였고, 소도는 가생원家生院 2)에서 막 데려온 아이였다. 여섯째 애기씨와 나이가 비슷하니 잘 어울릴 수 있을 거라는 게 이유였다. 여기까지 생각이 미치자 명란은 속절없이 볼을 부풀렸다.

성부의 기강을 바로 세우기 위해 성굉은 하인들을 전부 물갈이하고 싶어했다. 정실부인과 임 이랑의 심복들을 제외하고 허드렛일을 하는 이등, 삼등의 계집종들을 거의 전부 팔아치우고는, 가생원에서 새로 몇 명을 데려왔다. 명민하게 생긴 아이들은 우선적으로 큰아이들에게 주다 보니 명란의 차례가 됐을 때는 멍청한 소도만 남게 되었다.

하지만…… 나쁘지 않았다. 명란은 돗자리 위에서 자그마한 몸을 뒤집었다.

명란은 성화란의 계례를 보진 못했지만 그 장면을 상상할 수 있었다. 특별히 부럽다거나 질투가 난다거나 하진 않았지만 잠결에도 타임슬립

---

2) 가내 노비의 거처.

을 했으면 성화란 같은 신분으로 환생하는 게 맞지 않나 하는 생각이 들었다.

계례가 끝나자마자 왕 씨는 사윗감을 찾는 데 무한한 열정을 쏟으며 성굉이나 노대부인과 수시로 의견을 나누었다. 그때마다 화란은 수줍어하며 얼굴을 가리고 방으로 들어갔다.

명란은 저도 모르게 탄식했다. 사회가 진보를 하긴 한 것이다. 명란은 엄마가 사진을 들고 와서 맞선 상대라고 했던 때가 생각났다. 하지만 자신은 그 모든 과정에 직접 관여했었고, 최종 부결권과 결정권도 가지고 있었다. 하지만 이곳에서는 성화란처럼 총애를 받는 사람도 자신의 혼사에 개입할 수 없었다. 명란은 처음으로 '혼인이란 부모의 명이요, 중매인의 말'이라는 게 뭔지 알게 되었다.

얼마간의 상의를 거쳐 성굉 부부는 최종적으로 두 명의 후보—령국공부令國公府의 다섯 번째 손자와 충근백부忠勤伯府의 차남—를 손에 넣게 되었다. 그리고 부부가 결정을 내리기도 전에 일찍이 개봉부윤开封府尹을 지낸 구경대인邱敬大人이 아들을 위해 혼담을 넣었다.

"화란이 계례를 마친 지 얼마 되지 않아 사윗감을 고르는 게 급하지 않았는데 구 대인이 혼담을 넣었으니 우리도 서둘러야겠습니다. 혼담을 받아들이면 모를까 거절을 한다면 명분이 있어야지요."

왕 씨는 박쥐와 구름 문양이 새겨진 오목烏木 탁자에 홍첩紅帖 [3] 여러 개를 쌓아 두고 살피고 있었다. 그녀의 머리에 꽂힌 용봉금잠龍鳳金簪에 달린 술이 쉬지 않고 떨렸다.

---

3) 혼인을 원하는 남자 쪽에서 여자 쪽에 보내는 신상 정보.

"구형은 나와 같은 해에 급제했고, 두 집안 모두 서로의 속사정을 훤히 알고 있으니 이 혼인을 안 할 이유는 없겠지. 하지만……."

성굉이 황양목黃楊木으로 살을 만든 쥘부채를 꼭 쥔 채 방 안을 이리저리 왔다 갔다 했다.

"하지만 뭐요? 나리, 숨넘어갑니다."

왕 씨가 재촉했다.

성굉이 왕 씨의 맞은편에 앉아 탁자 위에 놓인 백자 부문浮紋 찻잔을 들어 한 모금 홀짝이고는 말을 이었다.

"그 집 둘째 아들을 본 적이 있는데 외모나 품행 모두 화란이와 잘 어울리오. 난 본래 왕공부저에는 시집보낼 생각이 없었소. 거기가 돈이 많기는 하지만 집안이 너무 폐쇄적이니까. 화란이도 자부심이 강해서 지려고 하지 않을 테니 그 집으로 시집을 가는 게 꼭 마음에 들지는 않을 게요. 우리와 구가邱家는 집안도 엇비슷해 화란이가 설움을 당할까 걱정할 일도 없지. 한데 이번에 경성에 가서 보니 마땅치 않았단 말이야."

화란이 공후公侯 집안에 시집갔을 때 겪을 수 있는 어려움을 들으며 연신 고개를 끄덕이던 왕 씨는 성굉의 이야기가 끝나자 들고 있던 둥글부채를 들어 성굉에게 부쳐주었다. 성굉이 천천히 다가와 낮은 목소리로 말했다.

"작금의 황후께서는 아들이 없으시니 적자를 논할 수 없지. 그다음으로 가장 나이가 많고, 귀한 사람은 볼 것도 없이 덕비와 숙비의 소생인 삼왕야와 사왕야 두 명이란 말일세. 성상께서 태자 책봉을 계속 미루고 계신데 그건 삼왕야가 몸이 허약해 마흔이 넘도록 자식을 보지 못했고, 사왕야는 아주 늦게 자식을 보았지. 아직 성상께서 강건하시니 다행이지만 만약 변고라도 생기는 날엔 왕야들 주변의 근신近臣들에게 일이 생길지 모른다네."

조정의 일에 대해 아무것도 모르는 왕 씨가 어리둥절해 하며 물었다.

"그게 큰아이의 혼사와 무슨 상관이 있습니까? 구경대인은 외관外官[4]인걸요."

"구경의 맏형이 삼왕야의 경학經學 스승이란 말일세!"

성굉이 벌컥 화를 냈다. 사실 그는 아내와 마음속 이야기를 서슴없이 나누고 싶었다. 하지만 왕 씨는 생각하는 게 번번이 그와 맞지 않았다. 그와 죽이 잘 맞는 임 이랑은 하필 첩이었다.

생각을 하던 왕 씨가 대경실색하며 말했다.

"나리, 정말 안 되겠습니다. 성상께서 삼왕야를 태자로 삼으시든 말든 삼왕야가 아들을 낳지 못하면 그 황위를 다른 사람에게 주어야지 않습니까! 듣자 하니 사왕야는 호락호락한 인물이 아니라던데요."

어쨌든 아내가 이해를 한 것을 보고 성굉이 고개를 끄덕이다 또 탄식했다.

"나도 항상 구경 형님을 설득했어. 우리 같은 외관이 경관京官의 환관들과 암암리에 친분을 쌓는 것은 그렇다 쳐도, 큰일에는 연루되면 안 된다고 말이야. 경성의 저 많은 공후백부公侯伯府들은 다들 잘 알고 있을 테니 몇몇은 개입하고 있겠지. 애초 선황제께서 즉위하시면서 얼마나 많은 작위를 거두시고, 일, 이품 고관들을 셀 수 없이 내치셨는데 우리라고 다르겠냐 말이야. 내가 몇 번이나 설득했는데도 구형은 듣지 않았어. 되레 삼왕야와 더 가깝게 지냈지. 나도 삼왕야가 인심이 후하고, 어진 것은

---

4) 지방관의 한 종류.

알지. 하지만, 하지만……."

"하지만 아들이 없지 않습니까!"

왕 씨가 성굉의 뒷말을 이어받았다.

"아들이 없으면 삼왕야가 아무리 어질어도 소용이 없지를 않습니까. 구 대인도 참 어리석으십니다. 황위 다툼이 장난도 아니고. 사왕야가 황위에 오를 게 뻔한데요."

"그게 꼭 그렇지도 않아."

성굉이 갑자기 말을 바꿨다.

"구 형님과 삼왕야 주변의 신하들이 전부 어리석지는 않아. 그들도 삼왕야에게 후사 문제가 없었다면 진작 태자가 됐을 거라는 걸 알고 있어. 그래서 계책을 하나 생각해냈지."

왕 씨가 말했다.

"무슨 계책이요?"

성굉이 목소리를 더욱 낮추며 말했다.

"이건 딱히 비밀이라 할 것도 없네. 저들은 몇몇 대신을 꼬드겨 밖에서 선동을 하고 있어. 송宋 영종英宗의 고사5)를 흉내 내려는 게지."

왕 씨가 손수건을 비틀며 성질을 부렸다.

"나리, 제 앞에서 문자 쓰지 마세요. 글도 모르는 제가 송 영종의 고사를 어찌 압니까."

성굉은 대답 대신 혀를 한 번 차고는 어쩔 수 없다는 듯이 설명을 해주었다.

---

5) 송 인종仁宗이 후사 없이 죽자 조카인 영종이 황위를 이은 것.

"삼황제가 즉위를 하고도 계속 아들을 낳지 못한다면 형제의 자식을 양자로 삼겠다는 얘기지. 성상께 아들이 저 둘밖에 없는 것도 아니고, 밑으로 젊은 왕야王爺들한테 아들이 없는 것도 아니니까. 어쨌든 다들 성상의 손자가 아닌가."

왕 씨가 손뼉을 치며 웃었다.

"그것 참 좋은 생각이네요. 그 젊은 왕야들은 모친의 신분이 미천해 성상께서도 마음에 두고 계시지 않으니 황위와는 연이 없지요. 자기 아들을 양자로 보내는 것이 최선일 겁니다. 하지만…… 그게 가능하겠습니까? 사왕야가 가만히 있겠어요?"

"누가 아니라던가? 지금 양자를 들이라고 선동하는 몇몇은 진작부터 사왕야의 눈엣가시가 되어 있네. 만에 하나 사왕야가 즉위라도 하게 된다면 저 구가는……."

성굉은 말을 잇지 못했다. 하지만 왕 씨는 모든 것을 알게 되었다.

"말 그대로 도박일세. 이기면 구가는 득세를 하게 될 것이고, 지면 다시는 일어설 수 없게 되지. 하지만 군이 도박을 할 필요가 있을까? 지금도 구가는 부와 명예를 다 가졌지 않은가."

성굉이 개탄하며 말했다.

"나리, 구가와의 혼담에 응해서는 안 됩니다. 구가가 도박을 원하는데 우리가 화란이를 가지고 도박을 해서는 안 되지요. 만에 하나 잘못되기라도 하면 온 집안이 연루될 수 있습니다."

왕 씨는 순간 모든 것이 선명해지는 것을 느꼈다. 허리춤에서 진홍색 바탕에 해바라기가 수놓인 손수건을 꺼내 이마를 꼼꼼히 누르던 그녀가 갑자기 고개를 돌리며 물었다.

"나리께서는 평소 관료들과 잘 어울리시고, 친분도 두텁지 않으십니까. 그런데 사돈 맺을 사람이 한 명도 없습니까?"

성굉이 답했다.

"없는 게 아니라 안 그래도 천주에 있을 때 나와 동년배로 같이 급제했던 친구들을 면밀히 살펴봤는데 하나같이 마땅치가 않소."

"마땅치가 않다니요?"

왕 씨가 믿을 수 없다는 듯이 물었다.

"부인이 그날 사위는 어떻게 골라야 한다고 했었소?"

성굉이 왕 씨를 힐끗 바라보더니 그녀의 말투를 흉내 내며 느릿느릿 입을 열었다.

"'집안도 좋아야 하고, 재산도 많아야 하고, 식구도 단출해야 해요. 시부모와 동서들도 좋아야 하고요. 제일 중요한 건 사내가 능력이 있어야 해요. 공부를 해서 출세를 하든, 수완이 좋아 재물을 많이 모으든, 무공이 뛰어나 작위를 받든지 말이에요'라고 하지 않았소? 내가 평소 알고 지내던 사람들은 대부분 학자들이오. 같은 해에 급제한 동년배들이지. 관직이 높은 사람은 별로 없고, 관직이 높으면 집안이 비천하지. 그런데 아이들은 집안 어른들이 진작부터 혼처를 정해놨어. 대리사大理寺의 류형이 괜찮은데 그 집 적자가 아직 어리니 나중에 여란이의 짝으로나 얘기해 볼 수 있을 거요. 하이고……."

왕 씨가 조금 민망한 표정을 지으며 겸연쩍게 웃었다.

"나리, 걱정하실 것 없습니다. 여기 다른 집안도 있지 않습니까. 제 눈엔 령국공부가 아주 좋아 보이는걸요. 강등 습작[6]하긴 했지만 태조께서

---

6) 작위를 세습하는데, 대代가 내려갈수록 작위의 등급이 낮아지는 것을 이름.

주신 작위가 이제 겨우 삼대 내려왔어요. 충근백부는 원등 습작⁷⁾이긴 하지만 지금은 처지가 좋지 않아요. 성상께서도 일찍이 버리셨으니 이 집안과는 사돈을 맺지 않는 게 좋겠습니다. 령국공부가 좋아요. 명성도 높고, 전도유망하고, 품격도 높고 강성하잖아요."

"……그건 모를 일이지."

성굉이 태연자약하게 부채를 펴서 살살 부치며 말했다.

"내가 어려서 할머님을 따라 경성에 살면서 유維 형님과 함께 령국공부의 가숙家塾에서 공부를 했는데 그 집안사람들이 날 무척 무시했어. 겉보기엔 번듯해 보이지만 안은 아주 더러웠지. 그 가숙도 어찌나 더러운지 나하고 형님은 공부를 시작한 지 반년 만에 나올 수밖에 없었다네. 이번에 경성에 가서 일을 처리할 때 들어 보니 더 심해졌더군. 집 안에 사람도 많고, 하나같이 부유하게 산다더군. 아들들은 장백이 또래인데 처소에 스무 명이 넘는 하인들이 시중을 든다지. 그렇게 사치스럽게, 애나 어른이나 돈을 물 쓰듯이 살고 있으니 나가는 건 많고 들어오는 건 적어 진작부터 곳간이 텅 비었다더군. 그런데 내가 경 세숙께 화란이가 곧 계례를 올린다고 슬쩍 흘렸더니 글쎄 그 집안에서 나를 찾아와 은근슬쩍 혼인 이야기를 하는 게 아닌가."

왕 씨가 화들짝 놀랐다.

"저쪽에서 큰애의 혼수를 눈독 들이고 있다는 말씀이십니까?"

"글쎄. 그도 그럴 게 그 집에서 며느리 혼수를 노린 게 한두 번이어야 말이지."

---

⁷⁾ 원래 받은 작위 그대로 세습하는 것을 이름.

성굉이 경멸을 드러냈다.

왕 씨가 우물쭈물 말했다.

"하지만 어쨌든 국공부 아닙니까. 신분이 높은 사람들이니 지금처럼 어렵지 않았다면 우리 화란이는 거들떠보지도 않았겠지요."

성굉이 코웃음을 쳤다.

"돈만 부족한 거라면 내 이러지 않지. 자손들이 하나같이 아둔하기 짝이 없단 말이오. 그렇게 큰 집안에서 공부나 무공을 하겠다는 사람이 절반도 안 된다니 노국공 부부는 꽤 괜찮았는데 그 아들들은 영……. 흥! 장남네는 사치스럽고 방탕하기 짝이 없어서 아버지와 아들이 오랫동안 여인 하나를 공유했지. 둘째 아들, 그래, 혼담을 넣은 것이 바로 이 둘째 아들네야. 그 둘째 아들은 나이가 지긋한데도 계속해서 첩을 들이고 있다더군. 처소의 계집종과 어멈들을 죄다 건드렸다지. 경성에 있을 때 듣자 하니 며느리 처소의 몸종들하고도 관계를 했다더군. 정말이지 문인들 얼굴에 먹칠하는 파렴치한들이야!"

그 말에 왕 씨가 혼비백산했다.

"번듯한 국공부에서 우리 같은 육품 지주 집안에 혼담을 넣은 건 경성 안에 체면 좀 있다는 사람들이 다 딸을 주려 하지 않았기 때문이군요?"

"그렇지."

성굉이 부채를 거두며 고개를 저었다.

"그래도 충근백부는 안 됩니다. 원가袁家에는 지금 사람들 발길이 뚝 끊겼다고요."

왕 씨가 분통을 터뜨렸다.

"그게 그렇지 않다네."

성굉이 마침내 흥미가 생긴 듯 신이 나서 말했다.

"내가 이번에 특별히 충근백야를 뵈러 갔었지. 그 집 장남이 일찍이 국자감國子監 제주祭酒인 장 대인의 여식과 혼인을 하였는데, 차남을 내가 눈여겨봐 뒀거든. 듬직하고 예의가 바른 데다 위풍당당하더군. 젊은 나이에 오성병마지휘사五城兵馬指揮司 안에서 일을 구하고 있지. 또 특별히 두竇 지휘사에게 그자의 인품과 능력에 관해 물었다네. 두竇 노서老西는 부인도 알겠지만 원래부터 오만한 사람이지. 그런데 그자도 원문소袁文紹가 아주 듬직하다고 칭찬하는 게야. 그러면서 집안 형편 때문에 명문세가들이 사돈 맺기를 꺼린다며 탄식하지 뭔가. 더 못한 집안들도 거들떠보지 않아 멀쩡한 청년이 스무 살이 다 되도록 장가를 못 들었다는 게야. 내가 두 노서 앞에서 관심을 보였더니 다음 날 원가에서 사람을 보내 통사정을 하더란 말이지."

왕 씨의 얼굴은 여전히 굳어 있었다.

"그 말씀은 명문세가들도 마다하는 혼처라는 거 아닙니까. 세勢도 없고, 돈도 없는 집안과 우리는 뭐가 좋다고 혼인을 합니까!"

"바보 같은 소리! 지금 그 집안이 어려워서 그렇지, 안 그랬으면 우리 화란이는 꿈도 못 꿀 자리요."

성굉이 왕 씨의 말을 반박했다.

"그 집안도 운이 좋지 않았어. 선황께서 재위하셨을 때 이왕伊王의 역모 사건에 잘못 휘말려 들어가 몇몇 가문과 함께 작위를 박탈당한 게야. 나중에 지금의 성상께서 즉위하시고 대사면 령을 내리시면서 예전 사건들을 조사하던 중 억울하게 말려든 가문들을 발견하시고는 네다섯 가문을 복권시켜 주셨는데 원가도 그중 하나인 게지. 하지만 일 처리가 반듯하지 못하고 품행이 단정하지 못하다는 질책을 받아 십 년 치 봉록이 삭감되고 냉대를 받기 시작했지."

"나리께서 하신 말씀이 다 맞는다고 해도 왜 꼭 그 집안과 혼인을 맺어야 합니까?"

왕 씨가 입을 삐죽였다.

"뭘 이해한 거요? 그런 작위를 가진 왕공가王公家에서 난 자제들은 대부분 어리숙하고 무능력하단 말이오. 조상의 음덕을 받아 공부는 뒷전이고, 무예도 연마하지 않고, 적극적으로 뭘 하려고 하지 않아 두세 대만 지나도 꼴이 말이 아니란 말이오. 한데 그 원가는 어려움을 겪은 적이 있어서 자손들이 남들보다 능력이 있고 사리 분별을 할 줄 안단 말이오. 고생을 해 본 사람이 가업을 일으키는 게 어렵다는 것도 아는 법. 내가 볼 땐 원문소가 딱이오."

왕 씨는 그래도 불만인지 고개를 돌린 채 아무 말도 하지 않았다. 성굉이 다가가 왕 씨의 어깨를 잡으며 부드럽게 속삭였다.

"화란이는 우리 첫 딸인데 내가 딸을 고생시킬 리 있겠소. 내가 보잘것없는 후보 지사知事로 그 추운 지방에 파견됐을 때 화란이가 태어났지 않소. 그때 우리는 제대로 된 유모도 구하지 못했지. 나는 공부를 하며 공무를 봤고, 당신은 집안을 돌보며 나와 시어머니를 모셨지. 화란이 그때 어찌나 순했는지 마음이 다 아플 지경이었다오. 한 번도 울거나 말썽을 부리지 않았지. 좀 자라서는 부인을 도와 일을 하기도 하고. 내 속마음을 말하자면 저 많은 자식들 중에 내가 제일 아끼는 게 화란이라오."

왕 씨가 힘들었던 지난날을 생각하며 눈시울을 붉혔다. 성굉의 목소리도 살짝 떨렸다.

"그때 이런 생각을 했소. 누굴 고생시키든 우리 화란이 만큼은 절대 고생시키지 않겠다고 말이오. 난 절대 화란이를 이용해 권력에 아첨하거나 하지 않을 거요. 그저 적당한 사내에게 시집 가 부부가 금실 좋게 아들딸 낳고 한평생 잘 살았으면 하는 바람이오."

성굉의 말에서 느껴지는 절절한 부정父情에 왕 씨도 더는 참지 못하고 결국 눈물을 흘렸다. 그녀가 황급히 고개를 숙여 눈물을 닦자 성굉이 또 말했다.

"원가가 아무리 나빠도 작위가 있지 않소. 출사길이 순탄치 못하다 해도 기댈 수 있는 백부伯府도 있고 말이오. 원문소가 발분한다면 앞으로 부귀영화가 다 화란이의 것이 될 게요."

진작부터 마음이 움직인 왕 씨가 손수건 끝으로 눈물을 닦으며 불평을 했다.

"칫, 볼품없는 물건도 나리 말씀만 들으면 꽃이 되는걸요. 나리께서 저보다 사리에 밝으시지만 그래도 저한테 원문소의 품성이 어떤지 알아볼 시간을 주세요. 스무 살이나 되었다니 처소에 여자가 몇이나 될지 알 수 없잖아요. 만약 포악하고 제멋대로인 것들이 있다면 나리 말씀에 따르지 않겠어요. 우리 화란이가 고생하려고 시집가는 건 아니잖아요."

"좋소, 좋소. 다 부인이 하자는 대로 하리다."

성굉이 다정하게 끌어안으며 말했다.

"그 녀석이 여색을 밝히는 놈이면 내 단박에 거절하겠소. 우리가 하나하나 따져 보며 화란이에게 최고의 신랑감을 찾아줍시다."

제8화

화란, 묵란, 여란, 명란……

여름이 끝나고 가을이 왔다. 북쪽 땅은 남쪽과 달라 건조하고 쌀쌀한 날들이 늘어갔다. 성부도 기침을 다스리기 위해 단국을 끓이는 일을 피할 수 없었다. 명란은 이곳에 온 이후로 절반 이상을 아픈 채로 보냈는데 이번 환절기에 건강이 더욱 나빠져 자주 마른기침을 하고 천식에 시달렸다. 의원을 청해 보약을 짓기도 했지만, 하필 명란이 제일 싫어하는 것이 한약 냄새였다. 시럽과 알약이 절실했지만, 그렇게 생각할수록 한약에 거부감만 더 들었다. 매번 약을 먹을 때마다 절반은 토하기 일쑤였다. 온종일 골골대느라 몸에 기운이 하나도 없었다. 몸이 건강하다 못해 호신용 격투기까지 익혔던 요의의로서는 열통이 터질 지경이었다.

성굉과 왕 씨는 수차례 논의하고 원문소의 인품과 능력에 대해 탐문한 끝에 그를 사위로 맞아들이기로 했다. 얼마 전 납채納彩가 끝나고 화란의 사주단자를 보내는 문명問名도 마쳤다.

왕 씨는 사고가 아주 독특해서 고승高僧과 도사道士를 따로따로 청해 궁합을 봤다. 승려와 도사 모두 두 사람이 백년해로할 사주라고 말하자 왕 씨는 그제야 안심했다. 성굉은 왕 씨 처소에 있는 향안 위에 왼쪽에는 불진拂塵 [1], 오른쪽에는 목어木魚 [2]가 놓인 것을 보고 실소를 금치 못했다.

"부인은 대체 불교를 믿는 거요, 아님 도교를 믿는 거요? 확실히 말해 줘야 영험한 쪽으로 절을 하지 않겠소."

왕 씨는 남편이 자신을 놀리고 있다는 것을 알았다.

"영험하기만 하다면 다 믿지요. 화란이만 잘된다면 전 담벼락의 풀에도 절할 수 있어요."

왕 씨의 대꾸와 동시에 명란의 기침 소리가 들리자 성굉의 표정이 굳어졌다.

"부인이 자애로운 어미라는 것도 알고, 더할 나위 없이 착한 것도 알지만 요즘 명란이 몸이 좋지 않으니 좀 더 신경을 쓰구려. 저렇게 기침을 하다 어린 목숨이 어떻게 되는 거 아니오?"

왕 씨가 답했다.

"어제 경성에서 서신이 왔는데 충근백부에서 며칠 내로 소정小定 [3]을 하겠답니다. 제가 눈코 뜰 새 없이 바쁜 걸 보고 화란이가 명란이의 일을 떠맡았지 뭡니까."

성굉이 고개를 저었다.

"화란이도 어린아이인데 뭘 알겠소. 그래도 부인이 들여다봐야 확실하지."

왕 씨가 웃으며 말했다.

"나리도 참. 화란이가 어딜 봐서 어린아이입니까. 일이 순조롭게 진행되

---

1) 도교의 법구, 도사가 번뇌를 물리치기 위해 들고 다니는 먼지떨이.
2) 불교의 법구, 목탁의 전신.
3) 신랑 측에서 신부 측에 예물을 보내는 일, 약혼이 성립하는 첫 단계.

면 내년 말이나 내후년 초에 시집을 가게 될 것을요. 앞으로 시부모와 남편을 잘 섬기려면 사람 돌보는 것도 배워야죠. 요 며칠 자기 몫으로 받은 설리갱雪梨羹과 행인탕杏仁湯을 전부 명란이에게 주던걸요. 그리고 매일 눈에 불을 켜고 약을 제대로 먹는지 지켜본답니다. 반 사발 토해내면 다시 한 사발을 주면서요. 명란이가 깜짝 놀라서 감히 약을 토하지도 못해요."

성굉이 속으로 크게 안심하며 연신 고개를 끄덕였다.

"그래, 그래. 자매라면 당연히 그래야지. 화란이 큰언니 노릇을 잘하는군. 훌륭해."

화란은 엄격한 책임자였다. 다정함이 부족하고 위엄이 넘쳐흘렀다. 명란이 조금이라도 약을 먹기 싫어하는 기색이 보이면 화란은 자기가 직접 두 팔을 걷어붙이고 약을 먹이고 싶어했다. 명란은 깜짝 놀라 온몸에 땀을 흘렸고, 병세가 크게 호전됐다. 화란은 또 매일 명란을 붙들고 제기차기를 했다.

명란은 나포된 죄수처럼 화란의 감독 아래 뜰에 서서 제기를 차야 했다. 매일 족히 삼십 개를 찼고, 사흘마다 다섯 개씩 늘어났다. 화란은 아예 책자를 가져와 명란에게 단련일지를 쓰게 했다. 옥졸 같은 얼굴로 매일 기록하고 있는지 확인했고, 하나라도 덜 차는 건 용납되지 않았다.

화란은 확실히 큰언니 스타일의 여자아이였다. 장녀 콤플렉스로 가득 차 있었지만 안타깝게도 동복형제들은 그녀의 그런 욕구를 만족시켜주지 못했다. 장백은 천성이 어른스럽고 믿음직스러워서 화란은 오히려 자기가 누나라 훈계를 받지 않아도 되는 것에 감사했다. 반대로 여란은 제멋대로에 버릇이 없고 거칠었다. 화란은 평소 여란과 잘 지내지 못했는데, 그녀가 한 마디를 하면 여란이 세 마디를 했기 때문이었다. 게다가 왕 씨가 어린 딸을 감싸고 돌았기 때문에 제대로 벌을 줄 수도 없는 노릇이었다.

　반면 임 이랑의 소생인 두 명에게는 말참견을 할 필요가 없다고 생각했다. 향 이랑 소생의 장동은 너무 어렸기 때문에 큰누나로서의 본보기를 보일 기회가 없었다.

　명란은 성격이 온순해서 시키면 시키는 대로 뭐든지 했고, 무슨 얘기를 해도 말대꾸하는 법이 없었다. 그저 쭈뼛쭈뼛 사람을 쳐다보며 초롱초롱한 커다란 눈을 반짝였다. 가끔 멍한 표정을 지으면 아주 귀엽기도 했다. 화란은 이 어린 동생이 아주 만족스러워서 하마터면 자기 친동생보다 더 좋아할 뻔했다.

　충근백부는 동작이 무척 빨랐다. 오래지 않아 소정을 보내왔다. 원문소의 나이가 적지 않았기 때문에 그 집안에서는 내년 중으로 혼인을 하길 원했다. 성굉은 과거 시험장에서나 쓰는 문장 구조에 황당무계한 핑계를 담아 서신을 썼다. 저쪽에서 알아들을지는 모르겠지만 대략 딸이 아직 어려 차마 일찍 시집을 보낼 수 없다는 내용이었다. 구구절절 딸을 생각하는 자애로운 아비의 심정이 녹아 있었다. 그러자 원가에서 바로 홍려시鴻臚寺 [4]의 예관禮官까지 청해 적지 않은 빙례聘禮를 보내니 성굉이 여러모로 흡족해했다. 그리하여 이쪽에서도 혼수를 더 보내며 내년 오월로 혼삿날을 정하니 양가가 모두 만족했다.

　그 뒤로 화란은 규방에 갇혀 혼수 장만을 위해 수를 놓으며 성질을 죽이는 데 힘썼고, 명란은 한숨을 돌리게 되었다. 명란은 이제 매일 예순다섯 개씩 제기를 차고 있었는데, 하도 차다보니 다리에 쥐가 날 지경이었

---

4) 빈객 접대를 관장하는 관청.

다. 자기를 감시하던 화란이 갇히게 됐으니 다시 먹고 자고를 반복하는 돼지의 생활로 돌아갈 수 있을 것 같았다. 물론 수시로 여란이 귀찮게 하겠지만.

날은 갈수록 추워지고 있었다. 봄, 여름, 가을은 그런대로 괜찮았지만, 겨울로 들어서자 남과 북의 기온 차가 뚜렷해졌다. 처소마다 지룡地龍[5]을 태우기 시작했는데 각양각색의 흙 구들, 벽돌 구들은 물론 정교하고 아름다운 나무 구들—넓고 편한 침대와 구들이 합쳐진 침구—도 있었다. 명란은 본래 남방 사람이라 고대 북방에 이렇게 따뜻하고 편한 구들 침대가 있는 줄 모르고 있었다. 제기를 찬 덕분인지 날씨가 이렇게 추운데도 명란은 감기에 걸리거나 병이 나진 않았다. 대신 다른 사람이 몸져 눕게 되었다.

노대부인은 원체 나이가 많은 데다 남쪽에서 북쪽까지 너무 먼 길을 이동했고, 물갈이를 심하게 해 입추가 지나고부터 기침을 하기 시작했다. 평소 위엄 가득한 그녀였기에 어떤 하인도 감히 억지로 약을 먹이거나 제기를 차게 하진 못했다. 결국 병의 뿌리가 뽑히질 않아 겨울로 들어서자마자 수시로 열이 올랐다 내리기를 반복했다. 이날은 갑자기 열이 끓어올라 거의 혼절하다시피 했다. 의원도 보더니 아주 위험한 상태라고 말했다. 노인에게 가장 무서운 것이 이렇게 기세가 사나운 냉증이라며 자칫 잘못하다간 죽을 수 있다는 것이었다. 그 말에 성굉 부부는 큰 충격을 받았다.

노대부인이 죽으면 성굉은 부모상을 치러야 했고, 화란 역시 탈상 전

---

5) 외부에서 불을 피워 바닥의 화도로 열기를 보내는 고대 난방 방식.

까지 바깥 교제를 삼가고 애도를 표해야 했다. 원문소는 이미 스무 살이
니 어떻게 기다릴 수 있겠는가. 성굉 부부는 즉시 사태의 심각성을 깨닫
고 한마음 한뜻이 되어 밤낮으로 번갈아가며 노대부인을 간호했다. 처
방전 하나에도 꼼꼼히 신경을 쓰고, 탕약도 매번 직접 먹어보느라 자칫
자기들이 병으로 쓰러질 판이었다. 하지만 이런 효성 어린 부부의 모습
을 등주의 관료와 유지有志들이 앞다투어 칭찬하면서 뜻밖에 좋은 결과
를 얻게 되었다.

   며칠 뒤, 노대부인의 열이 완전히 가라앉으면서 한숨을 돌리게 되었
다. 목숨은 건진 셈이었지만 성굉 부부는 마음을 놓을 수 없었다. 그래서
곳간의 각종 보약재들을 싹싹 긁어모아 수안당으로 들여보냈다. 명란
에게 보약은 아무리 귀해도 결국 한약이었다. 그 맛을 도무지 견딜 수 없
었기에 명란은 속으로 노대부인을 동정했다. 동정을 느낀 지 며칠 되지
않아 수안당에서 전갈이 하나 날아왔다. 노대부인이 늙어 쓸쓸하니 여
자아이를 곁에 두고 기르며 적적함을 달래겠다는 것이었다.

   소식이 전해지자 기뻐하는 쪽도 있었고, 근심하는 쪽도 있었다.

   먼저 기뻐한 쪽을 살펴보자.

   "어머니는 왜 저보고 가라는 거예요? 다들 할머니가 비뚤어지고 냉정
한 사람이라고 하는데요. 일 년 내내 몇 마디도 못 해봤고요. 거긴 누추
하고, 좋은 물건도 없잖아요. 또 할머니는 어머니를 싫어하는데……. 제
가 가봤자 거북하기만 할 거라고요."

   묵란은 구들 위의 훈롱薰籠 6)에 엎드려 있었다. 몸에는 금색 무늬가 들

---

6) 옷에 향을 배게 하는 도구로, 난방용으로도 쓰임.

어간 갈색의 회서피모오자灰鼠皮毛襖子를 두르고, 품에는 금호로겹사법
랑손화로金葫蘆掐絲琺瑯手爐를 안고 있었다. 나이는 어렸지만 벌써부터
청아하고 우아한 태가 흘렀다.

임 이랑은 딸이 자랑스러우면서도 걱정스러웠다.

"묵란아, 어미가 너를 고생시키고 싶겠니. 하지만 우리도 장래를 도모
해야지. 화란이 혼사 준비하는 것 좀 봐라. 신랑 쪽에서 그렇게 좋아하니
얼마나 보기 좋아! 몇 년 있다가 네가 계례를 올릴 때는 어떤 모습일까?"

"어떤 모습인데요?"

묵란은 살짝 몸을 일으키면서도 여전히 교양 있는 어조로 말했다.

"적출이니 서출이니 하는 말씀은 더 이상 마세요. 아버지께서 제게 절
대로 섭섭할 일은 만들지 않겠다고 하신걸요. 큰언니에게 해주신 만큼
제게도 해주실 거라고요. 저는 원래도 잘살았고, 어머니 손에 재산도 있
는데 걱정할 게 뭐가 있겠어요."

"네가 뭘 아느냐? 화란이 지금 이렇게 잘된 건 첫째, 네 아버지의 벼슬
길이 순조로워서란다. 그간 명성이 나쁘지 않았고 사람들하고도 잘 지
냈기 때문이지. 둘째, 우리가 재산이 얼마나 있든지 간에 재산이 없는 청
빈한 하급관리와 견줄 수 없단다. 셋째, 화란이는 적출이고, 외숙의 집안
이 대대로 고관대작을 지냈지. 이 마지막 부분을 네가 어떻게 이길 수 있
겠니. 게다가 너랑 여란은 몇 개월밖에 차이 나지 않으니 같은 시기에 혼
인 이야기가 나올 수 있겠지. 그때 가서 좋은 신랑감을 네게 줄까?"

임 이랑이 딸의 손에서 화로를 가져가더니 뚜껑을 열고 곁에 있던 은
비녀를 이용해 그 안에 있던 숯을 뒤집은 다음, 다시 뚜껑을 덮어 건네주
었다.

비록 조숙한 묵란이었지만 그 말을 듣자마자 얼굴을 빨개지는 건 어

쩔 수 없었다.

"어머니, 무슨 말씀을 하시는 거예요? 제 나이가 몇인데 벌써 그런 말씀을 하세요?"

임 이랑이 딸의 작은 두 손을 겹치더니 아리따운 얼굴을 굳히며 낮은 목소리로 말했다.

"그때의 일을 난 후회하지 않는다. 첩실이 되면서 네 할머님께 미움을 사고, 정실부인에게 받아들여지지 않았지만 그런 것들은 하나도 두려울 게 아니었어. 네 오라비는 어쨌든 남자니 적출이든 서출이든 재산을 물려받을 수 있으니 앞으로 혼자 생활하는 데 무리가 없겠지. 이 어미는 오직 네가 걱정이란다."

묵란이 낮은 목소리로 물었다.

"어머니, 걱정하지 마세요. 아버지께서 이렇게 아끼시는 건 딸들 중에 언니 말고는 저뿐입니다. 장차 저를 푸대접하진 않으실 거예요……"

"하지만 대접도 해주지 않겠지!"

임 이랑이 한마디로 딸의 말을 잘랐다. 한쪽에 쌓아놓은 가을 분위기의 요에 기대며 눈을 감고 느릿하게 말했다.

"너도 이제 일곱 살이니 알 때가 됐지. 이 어미가 일곱 살 때 네 외조부님의 집안이 망했단다. 나는 하루도 괜찮은 날을 보내지 못했고, 네 외조모께서는 계획 없이 전당에만 의존해 살아가셨지. 그때 맨날 하시던 말씀이 좋은 데로 시집을 갈 수 없었다는 거였단다. 처음엔 분명 같이 장난을 치며 놀던 자매였는데 누구는 금과 은을 걸친 채 부귀영화를 누리고, 누구는 찢어지게 가난했으니까. 심지어 외가에서도 싫어했지. 네 외조모께서 돌아가시기 전, 유일하게 잘하신 일이라면 날 성부에 데려다 놓으신 거야."

방 안은 조용했다. 바닥의 훈롱이 느릿느릿 연기를 토해내고 있었다. 임 이랑은 살짝 넋을 놓은 채 성부에 들어오던 첫날의 광경을 떠올렸다. 당시 성굉은 관직이 높지는 않았지만, 조부가 재물을 많이 모아 자손들에게 주었고, 아버지 역시 탐화랑 출신이어서 성부는 자연히 기백이 넘쳐흘렀다. 정교하고 아름다운 화원과 금과 은으로 장식된 가재도구들, 하늘거리는 비단으로 만든 사계절 의상. 그때까지 그녀는 이번 생에 이렇게 부귀하고 사치스러운 생활을 누릴 수 있을 거라고는 생각도 못 했었다. 당시 성굉은 굉장히 점잖고 준수했기에 그녀는 절로 다른 생각을 품게 되었다.

　묵란은 꿈을 꾸는 듯한 모친의 아름다운 얼굴을 보며 입을 열었다.

　"그럼 어머니께서는 왜 첩실을 고집하셨어요? 다른 집에 정실부인으로 시집가면 좋았잖아요? 여기저기서 쓸데없이 떠든단 말이에요. 어머니가, 어머니가…… 스스로 원했다고……."

　임 이랑이 갑자기 눈을 번쩍 뜨더니 형형한 눈빛으로 딸을 바라봤다. 묵란은 바로 고개를 숙였다. 무서워서 아무 말도 하지 못했다.

　임 이랑은 잠시 묵란을 뚫어지게 쳐다보다 눈을 돌리며 느릿하게 말했다.

　"너도 다 컸으니 철이 들어야 할 게다……. 할머님께서는 다 좋으시단다. 한 가지, '귀한 보물은 얻기 쉬우나 정인은 얻기 어렵다易求無價寶難得有情人[7]'는 말을 항상 입버릇처럼 말씀하시지. 가난한 부부는 근심 걱정

─────────

7) 어현기魚玄機의 시 〈증린녀贈鄰女〉.

이 가득하다貧賤夫妻百事哀[8]고들 하는데, 네 할머님께서는 후부候府의 적출 소생이시라 가난한 집안이 어떤 고초를 겪는지 모르시지. 늠생廩生[9]의 한 달 녹은 쌀 육칠 두斗와 돈 한두 관貫이 전부란다. 우리 부의 우두머리 계집종들은 한 달에 은자 팔 돈을 받고, 네가 두른 오자만 해도 오륙십 냥은 되며, 네 손화로 안에 든 숯도 한 근에 문은紋銀 두 냥은 되지. 거기다 네가 평소 먹고 입는 것을 더해 보거라. 늠생 몇 명이 있어야 그것들을 감당할 수 있겠니?"

묵란의 이마에 땀이 송골송골 맺혔다. 임 이랑이 쓴웃음을 지으며 말했다.

"게다가 가난한 집 자제라고 해서 품행이 좋을까? 내 사촌언니는 출세할 날이 있을 거라며 가난한 서생에게 시집을 갔단다. 하지만 그 서생은 형편없는 글을 쓰는 것 말고는 과거 급제도 못 했고, 장사에도 소질이 없었어. 온 집안이 네 이모가 변통해 오는 돈으로 살았지. 언니는 남편 때문에 온갖 고생을 하며 자식을 낳고 전답도 모았지. 그해 소출이 예년보다 조금 좋았을 뿐인데 그 궁상맞은 서생이 첩실을 들이겠다고 하더군. 네 이모는 받아들이지 않았단다. 그러자 매일 현숙하지 못하다 욕을 먹었고, 하마터면 내쫓길 뻔했지. 이모는 더는 버티지 못하고 첩실을 들였단다. 하지만 몇 년 지나지 않아 화병으로 죽었어. 남겨진 자식들은 괴롭힘을 당했지. 흥! 그 서생이 처음 혼담을 넣으러 왔을 때 말이 참 번지르르했지. 입만 열면 성인의 가르침이 어쩌고, 금실이 어쩌고 존중이 어

---

8) 원진元稹의 시 〈견비회삼수遣悲懷三首〉.
9) 관으로부터 녹미를 받는 생원.

쩌고……. 훼, 전부 빈말이었어!"

묵란은 이야기에 빠져들었다. 임 이랑의 목소리가 점차 낮고 부드럽게 변했다.

"여인의 삶은 사내에게 달렸단다. 사내가 야무지지 못하면 아무리 강한 여인이라도 버틸 수 없지. 그때 나는 생각했단다. 정실이든 첩실이든 남편은 반드시 인품이 출중하고, 정이 두터우며, 재능이 있어 집안의 버팀목이 돼줄 수 있는 사람이어야 한다고 말이야. 네 아버지와 함께하려면 첩실이 될 수밖에 없었지만 두려울 것이 없었다. 최소한 평온한 나날을 보낼 수 있고, 자식들도 기댈 데가 있으니까."

모녀는 잠시 말이 없었다. 잠깐의 시간이 흐르고, 임 이랑이 조소를 지었다.

"그때 네 할머님이 내게 알아봐 준 혼처들은 소위 농사를 지으며 학문을 한다는 집안이었고, 본인도 청빈한 삶을 고집하니 어떻게 내게 제대로 된 혼수를 챙겨줄 수 있었겠니?! 내가 아무리 그래도 어엿한 관료 집안의 여식인데 변변치 않은 데로 시집을 갈 거면 내가 뭣 하러 성부에 들어왔겠냔 말이야. 정말 우스워."

"어머니가 절 할머님께 보내면, 할머님께서는 받아주신대요?"

묵란이 참지 못하고 입을 열었다.

임 이랑이 부드럽게 웃으며 말했다.

"멍청하긴. 이건 네 아버지의 뜻이란다! 나는 아무리 잘나봐야 이랑이고, 너 또한 정실부인의 곁에서 자란 게 아니잖니. 할머니 곁에 머물면서 예법을 배울 수만 있다면 앞으로 어디 나설 때도 존중을 받을 테고, 혼사를 논할 때도 다른 서녀들보다 유리하겠지. 나리가 할머님께 직접 아이를 고르시라고 했다지만 너도 생각해보렴. 화란이는 곧 시집을 갈 테고,

여란이는 정실부인이 내놓고 싶지 않겠지. 명란이는 다 죽어갈 것처럼 골골대고 있고. 사내아이들은 공부를 해야 하니 남은 게 누구겠니?"

묵란이 놀라워하면서 동시에 기뻐했다.

"아버지께서 과연 저를 아끼시는군요. 하지만…… 전 할머님이 무서운 걸요……."

임 이랑이 딸의 귀밑머리를 쓰다듬으며 눈웃음을 지어 보였다.

"할머님은 내가 잘 안단다. 천성이 바르고 곧은 분이고, 약한 것들을 동정하길 좋아하시지. 약간 교만하긴 하지만 시중들기엔 나쁘지 않단다. 내일부터 할머님 곁에 있으면서 시중을 들거라. 조심성 있고 온순하게 굴어야 해. 최대한 죄스럽고 부끄러워하는 모습을 보이렴. 앞으로는 밖에서 날 어머니가 아니라 이랑이라고 불러야 한다. 가끔 내 흉을 봐도 괜찮아. 말은 예쁘게, 동작은 민첩하게 굴어라. 내가 싫다고 너까지 싫어하시진 않을 게야. 하아, 말하고보니 다 내 탓이구나. 네가 정실부인 소생이었다면 그 늙은이 비위를 맞추지 않아도 됐을 것을……."

"어머니, 무슨 말씀을 하시는 거예요? 저는 어머니의 피와 살로 태어났는데 탓은 무슨 탓이에요."

묵란이 그런 난감한 말은 말라는 듯 임 이랑의 품에 기댔다.

"어머니께서 옆에서 가르쳐주시면 제가 할머님의 환심을 살게요. 장차 체면이 서면 어머니를 행복하게 해드릴 수 있잖아요."

임 이랑이 웃으며 말했다.

"착하기도 하지. 아버지께서 더 높은 벼슬을 하시게 되면 네 큰언니보다 더 체면을 세울 수 있을 게다. 그때가 되면 큰 복이 너를 기다리고 있을 게야."

제9화

원하는 이, 원하지 않는 이, 원하는 이……

"채환아, 어서 가서 큰아가씨를 재촉해라. 꾸물대지 말라고. 나리께서 진작부터 기다리고 계시잖니."

왕 씨가 한 면 전체를 황동으로 광을 낸 거울 앞에 서서 이리저리 비춰 보며 계집종 두 명에게 수선을 하게 했다. 금과 은으로 수를 놓은 다홍색 대금직오對襟直襖 1)를 입은 그녀의 머리에 금루사金累絲 화초가 장식된 밀랍보요蜜蠟步搖가 비스듬히 꽂혀 있었다.

"어머니, 재촉하실 거 없어요. 저 왔어요."

웃음소리와 함께 화란이 발을 제쳤다. 귓가에는 모친의 것과 같은 색의 홍옥이 박힌 희작등매잠喜鵲登梅簪을 꽂고 있었다. 두꺼운 분홍색 비단에 장밋빛 금색으로 테를 두른 회서오灰鼠襖에 소녀의 얼굴이 화사해 보였다.

"어머니, 명란을 돌보는 어멈이 황급히 방으로 가던데 설마 명란이까

---

1) 두 섶이 겹치지 않고 가운데를 단추로 채우는 상의.

지 데리고 가실 건 아니죠? 그만두세요. 몸도 안 좋은 데다, 저녁을 먹고 쉬고 있을 테니 지금쯤이면 졸고 있을지도 몰라요."

"쉬긴 뭘 쉰단 말이냐. 오늘은 꼭 가야 한다."

왕 씨가 차갑게 말했다.

화란이 왕 씨를 보다 고개를 숙여 작은 목소리로 계집종들을 물렸다. 그러고는 왕 씨 곁으로 다가가 떠보듯이 물었다.

"할머님께서 손녀를 키우시겠다고 하신 것 때문에 그러세요?"

과연 왕 씨가 차갑게 코웃음을 쳤다.

"네 아버지가 날 떠보는 게지. 무슨 꿍꿍이인지 모를 줄 알고. 그 불여우를 납작하게 만든 지 며칠이나 됐다고 또 이렇게 밀어줄 생각을 하고 있으니. 몇 년 동안 그녀을 마뜩잖게 생각했으니 그년 딸을 원하진 않을 거로 생각해 가만히 있었는데 웬걸……. 흥! 정말이지 낳아도 꼭 저 같은 걸 낳아서는. 너의 그 넷째 여동생 말이다. 며칠 전부터 할머님 곁에서 시중을 들며 몸을 낮추고 있단다. 환심을 사려고 열심히 비위를 맞추고 있지. 요즘 수안당에선 안팎으로 그 아이 칭찬이 자자하단다. 어질고 사리가 밝아 손녀들 중에 효심으로는 으뜸이라고 말이야. 내 짐작건대 오늘 밤 네 아버지가 할머님께 또 결단을 내리시라 재촉할 게야."

화란의 표정이 어두워졌다.

"그래서 어머니는 할머님께 명란이를 키우시라 권하실 생각이고요?"

"다른 사람은 몰라도 그 불여우가 잘되는 꼴은 볼 수 없지!"

왕 씨가 뱉듯이 말했다.

화란이 생각을 하더니 큰소리로 외쳤다.

"채패彩珮, 들어오너라!"

운문이 수놓인 감청색 비갑比甲 2)을 입은 계집종이 들어와 몸을 굽히며 말했다.

"아가씨, 무슨 분부십니까?"

"유씨 어멈에게 가서 여란이도 준비시키라고 해. 이따 우리랑 같이 할머님께 병문안 갈 거야."

화란의 말에 왕 씨가 얼굴을 굳혔다. 채패가 알겠다며 밖으로 나갔다.

왕 씨가 책망했다.

"여란이는 왜 데려가려고?"

"어머니, 제가 뭘 하려는지 아세요?"

화란이 담담하게 말했다.

왕 씨가 딸을 바라보다 가볍게 탄식했다.

"명란이를 데려가 봐야 쓸모없다는 걸 알지만 그래도 내가 어떻게 여란이를 보내겠니. 내가 응석받이로 키운 데다 제대로 가르치지도 못했는데 고생하라고 어떻게 거길 보내."

화란이 몰래 입술을 씹으며 왕 씨의 귀에 속삭였다.

"그 여자 뜻대로 되는 꼴을 보고 싶으세요?"

왕 씨가 이를 꽉 물었다. 화란은 모친의 마음이 움직인 것을 보고 말을 이었다.

"어머니가 명란이를 추천하셔도 아버지 말씀 한마디면 없던 일이 될 겁니다. 아버지께서 '적적함을 달래기 위해 손녀를 양육하시겠다는 건데 병약한 아이를 데려다 놓으면 힘드셔서 안 된다'고 하시면 그땐 뭐라

---

2) 웃옷 위에 입는 조끼.

고 하실 건가요? 여란이를 보내는 수밖에 없어요. 첫째, 어머니가 친딸을 할머님께 보내면 아버지 앞에서 현효顯孝의 모습을 보일 수 있을 거예요. 둘째, 여란이 할머님 곁에 있으면 방자한 성격을 고칠 수 있을 거예요. 셋째, 할머님께서 묵란을 양육하시면 몇 년 뒤에는 임 이랑과 사이가 돈독해질 테고, 여란이가 가면 어머니와 돈독해지겠죠. 그럼 일거삼득이라고요."

왕 씨의 눈빛이 흔들렸다. 망설이는 듯한 모습에 화란이 말을 보탰다.

"수안당은 부府 안에 있잖아요. 여란이 보고 싶으시면 언제고 가서 볼 수 있어요. 마음이 안 놓이시면 믿을 만한 어멈이나 계집종을 붙이면 되잖아요. 설마 여란이가 고생을 하겠어요?"

몇 번을 고민하던 왕 씨는 마음을 독하게 먹고 여란과 명란을 같이 데리고 문을 나섰다.

처소 밖에서 기다리고 있던 성굉은 어른과 아이가 우르르 나오는 것을 보고 살짝 놀랐다. 왕 씨가 웃으며 말했다.

"오늘 의원이 어머님께서 완쾌되셨다고 하여 이 기회에 아이들을 데리고 가면 좋아하실 것 같아서요. 장동은 너무 어리니 관두고요."

성굉이 고개를 끄덕였다.

일행은 정방을 나섰다. 앞뒤로 계집종들과 어멈이 따랐는데 그중 두 어멈이 여란과 명란을 업었다. 걸어서 수안당에 도착하니 방씨 어멈이 문 앞에서 기다리고 있었다. 성굉과 왕 씨는 바로 가서 인사를 했고, 곧 처소 안으로 안내되었다.

방의 중앙에는 금강수불타 황동 난로가 놓여 있었다. 난로에서 연기가 피어올랐고, 지룡에 불을 때워 무척 따뜻했다. 창문가의 구들 위에는 석청색石靑色의 두꺼운 융단이 깔려 있었다. 노대부인은 등에 길상여의

쌍화단 영침吉祥如意雙花團迎枕를 괴고 구들 위에 비스듬히 누워 있었다. 주변으로 강황색薑黃色 부귀단화富貴團花 요가 깔려 있었고, 구들 위에는 흑칠나전黑漆螺鈿에 속요束腰 모양을 낸 작고 긴 탁자가 놓여 있었다. 탁자 위에는 잔과 사발, 접시, 숟가락이 놓여 있었고, 한쪽에는 간단한 요깃거리와 탕약이 놓여 있었다.

성굉과 왕 씨가 들어와 노대부인에게 절을 하고, 뒤이어 아이들도 절을 했다. 노대부인은 절을 다 받은 뒤 계집종을 시켜 두꺼운 솜 방석을 간 교의交椅 두 개와 살짝 데워 놓은 의자를 내오게 했다. 모두가 자리에 앉자 성굉이 웃으며 말했다.

"오늘 어머님께서 완쾌하시고, 기력도 회복되신 것 같아 아이들을 데리고 왔습니다. 쉬시는 데 방해가 되진 않아야 할 텐데요."

"그렇게 약하지 않다. 그저 감기인걸. 요 며칠 내 평생 먹은 것보다 더 많은 약을 먹었지 뭐냐!"

노대부인은 이마에 금색과 은색으로 쌍희문双喜紋을 수놓은 짙은 색의 말액抹額[3]을 두르고 있었다. 안색이 살짝 창백하고 목소리도 약했지만 기분은 나쁘지 않은 것 같았다.

"병이 올 때는 산이 무너지는 것같이 오고, 갈 때는 실을 뽑듯이 간다 하지 않습니다. 원래 건강하시던 분이 이번 이사로 힘이 드셨던 게지요. 이번 참에 푹 쉬십시오. 몸에 좋은 보약도 많이 드셔야 합니다."

왕 씨가 웃으며 말했다.

"나는 괜찮은데 너희 부부가 고생을 했구나. 며칠 동안 잠도 제대로 못

---

3) 이마 부분에 장식이 된 머리띠.

자 얼굴들이 반쪽이 됐어. 다 내 죄다."

노대부인이 담담히 말했다.

왕 씨가 황급히 자리에서 일어났다.

"어머님의 말씀에 아들 며느리가 몸 둘 바를 모르겠습니다. 어머님을
돌보는 건 며느리의 당연한 도리인데 어찌 그런 말씀을 하십니까. 듣기
송구합니다."

성굉은 왕 씨의 공손한 모습을 보고 무척 대견해 했다.

노대부인이 미소를 지으며 손을 저었다. 그리고 시선을 창문으로 옮
겼다.

"요즘 확실히 몸이 가뿐하구나. 오늘은 창문도 조금 열고 밖의 흰 눈도
봤다."

화란이 웃으며 말했다.

"뜰이 너무 썰렁한 것 같아요. 저기에 홍매紅梅를 심었다면 흰 눈과 어
우러져 아름다웠을 텐데! 어려서 할머님께서 홍매 그리는 법을 가르쳐
주셨잖아요. 저는 지금도 할머님께서 가르쳐주신 대로 처소를 꾸미고
있어요."

노대부인의 눈빛이 따뜻해졌다.

"사람이 늙으면 움직이는 게 귀찮은 법이란다. 너희 같은 젊은 아가씨
들이야 열심히 가꾸고 꾸밀 때지. 어찌 이 늙은이와 비교를 하겠느냐."

웃고 떠드는 가운데 문발이 젖히면서 쟁반을 든 계집종이 들어왔다.
그 옆으로 작은 형체가 따라 들어오고 있었다. 그것이 묵란인 것을 본 왕
씨의 미소가 한순간에 굳어졌다.

묵란이 애교 있게 웃으며 다가와 계집종이 들고 있던 쟁반에서 흰 바
탕에 합운문合雲紋이 새겨진 굽 낮은 연꽃 모양의 사발을 들며 말했다.

"할머님, 방금 끓인 찹쌀대추죽이에요. 달고 부드러워서 속을 편하게 해 주니 주무시기 전에 기침을 가라앉히기엔 제일 좋을 거예요."

묵란이 노대부인 곁으로 가자 방씨 어멈이 사발을 받아들었다.

묵란의 작태에 왕 씨는 잇몸이 근질거리는 것 같았다. 반면 성굉은 눈시울이 약간 뜨거워지는 것 같았다. 화란은 볼 것도 없다는 듯 고개를 돌렸고, 여란과 명란은 꾸벅꾸벅 졸고 있었다.

노대부인이 꿀에 절인 대추를 한입 먹고는 미소를 지으며 말했다.

"얘 좀 보거라. 내가 올 필요 없다는 데도 이렇게 고집을 피우는구나. 날도 추운데 얼기라도 하면 어쩌려는지. 아이의 효심이 가련하게도."

방씨 어멈이 대추를 하나씩 떠서 건네다 웃으며 말했다.

"입에 발린 소리가 아니라 넷째 애기씨의 마음 씀씀이와 효심이 참으로 대단합니다. 노대부인께서 기침을 하시면 아가씨가 등을 쓸어주고, 미간을 찌푸리시면 차를 내온답니다. 저도 반평생을 모셨지만 이렇게까지 세심하게 챙겨드리진 못했답니다."

성굉이 기뻐하며 말했다.

"할머님 곁에서 시중을 들 수 있다니 묵란의 복이지요. 어쨌든 어머님의 손녀가 아닙니까. 조금 피곤한 게 대수겠습니까? 묵란, 할머님을 잘 모셔야 한다."

묵란이 고운 목소리로 알겠다고 답하며 다정하게 웃었다. 왕 씨도 웃으며 말했다.

"그러게 말입니다. 임 이랑이 어머님 곁에 수년 간 있었으니 묵란이도 보고 들은 게 있는 게지요. 어머님의 기호와 습관을 잘 알고 있으니 시중도 잘 들 수밖에요."

이 말에 여러 사람이 당황해했다. 방 안 분위기가 싸하게 변했다. 고개를 숙인 채 아무 말도 하지 않는 묵란의 눈시울이 조금 붉어져 있었다.

성굉은 왕 씨를 무시한 채 몸을 앞으로 틀고 곧이어 말했다.

"예전에도 말씀드렸지만, 어머님께서 연세가 있으시어 적적하실 테니 아이를 곁에 두심이 어떠신지요?"

노대부인이 고개를 저으며 말했다.

"나는 혼자 조용히 지내는 게 습관이 됐다. 괜히 아이만 갑갑하지. 일 없다."

"하지만 어머님께서 그렇게 말씀하시니 이 아들은 마음이 더 놓이지 않습니다."

성굉이 말을 이었다.

"이번에 어머님께서 아프셨을 때 등주의 명망 높은 의원들이 다 똑같은 소리를 하더군요. 어머님의 병환은 절반이 기분이 울적하여 생긴 것이라고 말입니다. 항상 혼자 계시는 데다 평소에는 마땅히 대화할 사람도 없지 않습니까. 그러니 가슴이 답답하고, 울적해지시지요. 나이 드신 분이 너무 적적하게 지내는 건 좋지 않습니다. 언제까지 처소 문을 걸어 잠그고 계시겠습니까. 보화당 백 영감의 말이 어머님께서 순한 아이를 양육하시면 크게 힘들지 않고 적적함을 달래실 수 있을 거라 했습니다. 더구나 어머님께서는 책을 많이 읽으셨지 않습니까. 어머님께 가르침을 받을 수 있다면 그 또한 아이들의 복이겠지요."

노대부인은 더 거절할 수 없게 되자 탄식을 했다. 그리고 방 안을 가득 메운 사람들을 둘러보고는 마지못한 듯 말했다.

"네가 보기에 어느 아이가 적당하겠느냐?"

성굉이 크게 기뻐하며 말했다.

"그야 당연히 어머님께서 고르셔야지요. 영리하고 적당한 아이가 와서 어머님과 뜻이 맞으면 하루하루가 즐겁지 않으시겠습니까."

왕 씨가 웃으며 말을 이어받았다.

"그렇지요. 집안에 손녀가 이렇게 많은데, 어머님 마음에 드는 아이가 하나쯤은 있겠지요. 화란이가 지금처럼 식견을 갖추게 된 것도 다 어머님 곁에서 자란 덕분 아닙니까. 여란이는 고집이 세고, 명란이는 아무것도 모르니 어머님께서 이끌어주신다면 아이들에게 그만한 복이 어디 있겠어요."

노대부인은 서로 다른 표정을 짓고 있는 부부를 보며 살짝 상체를 세우고 앉았다.

"아이들에게 묻는 게 좋겠구나."

그러면서 묵란을 보며 물었다.

"묵란아, 나와 함께 여기서 살고 싶으냐?"

묵란이 얼굴을 붉히며 부드러운 목소리로 대답했다.

"당연한 말씀을요. 할머님께서는 집안의 어른이시니 손녀가 효를 다하는 건 말할 필요도 없겠지요. 또한 할머님께서는 식견이 넓으시고 인자하시어 제게 커다란 은혜를 베푸셨으니 곁에서 모시며 많은 걸 배우고 싶습니다. 지금 큰언니를 빼면 제가 여자 형제들 중에서는 나이가 제일 많으니 제가 힘을 내지 않으면 동생들이 고생을 할 거예요."

왕 씨가 웃으며 말했다.

"묵란이가 많이 컸구나. 그 짧은 순간에 그렇게 많은 이유를 생각해낸 걸 보니."

노대부인이 고개를 끄덕이더니 이번엔 여란이를 보며 물었다.

"여란아, 말해보거라. 너는 이 할머니와 여기서 살고 싶으냐?"

꾸벅꾸벅 졸고 있던 여란은 갑자기 이름이 불리자 벌떡 자리에서 일어나 사방을 둘러보다 망연자실한 표정을 지어 보였다. 왕 씨는 식은땀을 흘리며 처소를 나서기 전 딸에게 말하는 법을 제대로 가르치지 않은 것을 후회했다. 시어머니가 사람들 앞에서 물어볼 거라고는 생각지 못한 것이다. 이젠 딸의 깜냥을 믿을 수밖에 없었다.

노대부인은 멍한 표정의 여란을 보고 웃으며 다시 한번 물었다. 여란은 왕 씨 쪽을 바라보며 더듬거렸다.

"왜 여기 와서 살아요? 할머님께서도 여기 사세요? 제 방을…… 전부 옮겨올 수 있어요?"

성굉은 속으로 이미 정해 놓은 아이가 있긴 했지만 여란의 행동을 도무지 봐줄 수가 없어 큰소리로 꾸짖었다.

"어른이 보살펴주시겠다고 와서 살라 하시는데 넌 어찌 이리 분별없이 구는 것이냐?!"

아버지에게 혼이 난 여란의 눈에 눈물이 고였다. 작은 얼굴이 새빨개진 것이 곧 울음이 터질 것 같았다. 왕 씨는 마음이 아팠지만 나서서 달래줄 수가 없었다. 화란이 슬그머니 다가가 동생을 끌고 와서는 손수건을 꺼내 얼굴을 닦아주었다.

노대부인이 웃으며 손을 저었다. 그러고는 고개를 돌려 마지막 아이에게 물었다.

"명란아, 이리 오너라. 그래, 일어서. 할머니가 물어볼 것이 있으니 무서워하지 말아라. 너는 이곳에서 이 할머니와 함께 살고 싶으냐?"

우리의 가짜 명란은 사실 조금 전까지도 졸고 있었다. 하지만 지금은 잠이 확 달아났다. 허둥대던 여란과 달리 그녀는 조는 데 나름 경험이 풍부했다. 법을 공부해 본 사람이라면 알겠지만, 정치와 법은 구분이 없었다. 그녀는 정치학 과목과 기나긴 전투를 하며 곳곳에 침으로 흔적을 남졌다. 2학기가 되었을 땐, 신공神功이 생기기 시작해 졸고 있어도 이름이 불리면 즉각 일어나 질문에 정확히 답을 할 수 있는 경지가 되었다.

뭐든 익혀 두면 쓸모가 있다더니 지난 생에서 쌓았던 졸기 신공을 이번 생에서도 써먹을 줄이야. 명란은 이름이 불리자 침착하게 앞으로 나아가 대답했다.

"살고 싶습니다."

마치 돼지 뒷다리와 앞다리 중에 어떤 걸 원하느냐고 물어본 것 같았다. 그녀는 침착하게 말했다. 돼지머리를 원한다고.

노대부인은 예상치 못했다는 듯 멈칫하다가 사람들을 바라봤다. 성꽹부부와 언니들의 표정도 똑같았다. 명란이 멍청하다는 인식이 깊게 박혀 있었던 것이다.

유덕화가 아이돌파에서 실력파로 전환할 때도 몇 번을 알렸는데, 명란은 어떻게 예고도 없이 이렇게까지 훅 들어올 수 있단 말인가?

노대부인은 잠시 침묵하다 목청을 가다듬으며 말했다.

"명란, 어디 한번 말해보거라. 왜 내 처소에 와서 살고 싶은 게냐?"

왕 씨는 살짝 긴장했다. 노대부인과 저 바보는 말도 몇 마디 못 해 봤으니 명란이 어떻게 얘기를 하든 조손祖孫 간에 마음이 통할 리는 없다. 그러니 정情이 금金보다 강한 것 아니겠는가.

명란은 천진한 모습으로 자신을 꾸미고 싶지 않았다. 그건 완전히 사기였기 때문이다. 하지만 인류의 가장 큰 장점은 현실과 타협한다는 것 아니겠는가. 그녀가 화성인이라 해도 이번만큼은 지구의 법칙을 따라야 했다.

그래서 명란은 자기혐오를 억누르며 귀여운 목소리로 작게 말했다.

"할머님께서 아프시게 된 건 누군가 곁에 없어서라고 아버지가 말했

어요. 누군가 곁에 있다면 할머님께서 아프시지 않을 거라고요. 아프면
쓴 약을 먹어야 하잖아요. 할머님, 아프지 마세요."

명란의 대답은 완벽하다 못해 예술성과 실용성을 모두 갖추고 있었
다. 방 안이 고요했다. 노대부인은 살짝 기분이 좋아졌고, 성굉은 다시금
크게 기뻐했다. 왕 씨는 안도의 한숨을 쉬었고, 화란은 남몰래 희망을 품
었다. 묵란은 깜짝 놀라서 여자 형제들 사이에 몸을 숨기고 있었고, 여란
은 또다시 꾸벅꾸벅 졸기 시작했다. 반면 명란은 자기 자신을 때리고 싶
었다.

그녀는 사십 대 나이에도 열여덟 살 소녀를 연기하는 실력파 여자 배
우들을 진심으로 존경했다. 그들의 정신과 깡은 일반인보다 훨씬 강할
것이다.

제10화

서녀라고 다 같은 서녀가 아니다

노대부인은 세 손녀에게 질문을 마치고는 피곤하다며 모두 처소로 돌아가라 했다. 성굉은 묵란을 위해 몇 마디 더 얹고 싶었지만 어른이 쉬고 싶다 하니 하는 수 없이 꾹 참고 처소로 돌아갔다.

그런데 방으로 돌아와 채 옷을 갈아입고 씻기도 전에 노대부인을 모시는 방씨 어멈이 갑작스레 찾아왔다. 성굉 부부는 얼른 그녀를 안으로 들였다. 방씨 어멈은 성부의 터줏대감답게 단 몇 마디로 찾아온 목적을 밝혔다. 노대부인이 명란 애기씨를 데려가고 싶어한다는 것이었다.

그 말을 들은 성굉 부부의 반응은 그야말로 하늘과 땅 차이였다. 왕 씨는 기대 이상의 결과에 매우 기뻐하며 당장이라도 향불을 태우며 감사의 기도를 올릴 기세였지만, 성굉은 노대부인이 역시나 임 이랑을 미워한다는 생각에 살짝 실망스러웠다.

"나리, 나리의 효심은 노대부인께서도 다 알고 계십니다. 소인이 이 자리에서 노대부인을 대신해 감사 인사를 드립니다……. 그리고 마님, 번거로우시겠지만 여섯째 애기씨의 짐을 챙겨주십시오. 준비가 다 됐다고 알려주시면 제가 바로 와서 모셔가겠습니다."

방씨 어멈은 평소의 시원시원한 성격대로 말을 마치자마자 몸을 숙여 인사하곤 돌아갔다.

"어머님께서 대체 무슨 생각이실까? 집안 계집아이 중에서 화란이를 빼면 묵란이 제일 나이가 많은데 당연히 큰애가 가서 시중을 드는 것이 낫지, 왜 아직 철도 안 든 병약한 아이를 데려가려고 하시는 걸까?"

성굉은 왕 씨가 옷을 풀 수 있게 양팔을 벌렸다. 아무리 생각해 보아도 명란보다는 묵란이 가는 편이 더 좋을 것 같았다.

"게다가 요 며칠 묵란이 계속 어머님의 시중을 들지 않았는가? 다들 그 애가 효심이 깊어 그 일에 적합하다고 하는데, 어머님께서는 대체 뭘 망설이시는 겐지."

몸과 마음이 후련해진 왕 씨가 웃으며 대꾸했다.

"곁에 둘 사람은 어머님께서 고르시는 것이니 우리가 아무리 좋다고 생각해도 소용없습니다. 본인 마음에 드셔야 하니까요. 나리, 무슨 일이든 자기가 원해야 좋은 것 아니겠어요? 나리 생각에 좋을 것 같다고 다른 아이를 억지로 보내면 어머님도 나리의 체면을 생각해 반대하시지는 않겠지만, 아마 속으로는 불편해하실 겁니다. 그러니 마음을 넓게 가지세요. 어머님께서 어떤 아이를 선택하시든, 모두 나리의 딸이잖습니까? 이제 어머님께서 뜻을 밝히셨으니 그대로 따르면 됩니다. 어머님께서 흡족해하시고, 나리도 효심을 다하셨으니 모두에게 좋은 일 아니겠어요? 더구나 어머님은 자애롭고 너그러우신 분이시니 일찍 세상을 떠난 위 이랑 때문에라도 어리고 병약한 명란이를 보살펴주고 싶으셨을 거예요."

성굉은 그럴 만하다고 생각했다. 생각할수록 그럴 가능성이 높았다. 그가 아무리 묵란을 챙겨주고 싶다 한들 어머니에게 묵란을 받아달라고 강요할 수는 없었다. 하지만 자신과 임 이랑은 서로 진심으로 사랑했고, 묵란은 그 사랑의 결정체였다. 그 결정체를 위해 그는 다시 한번 노력해보기로 했다.

이튿날, 노대부인이 잠자리에서 일어나 방씨 어멈이 은으로 장명백세문長命百歲紋을 새긴 백자 사발에 제비집죽을 가져왔을 때였다. 밖에 있던 계집종이 안을 향해 고했다.

"나리께서 오셨습니다."

그러고는 성굉이 들어갈 수 있게끔 짙은 남색의 두꺼운 모전毛氈 발簾을 걷었다. 노대부인이 성굉을 흘끗 보고는 입꼬리를 살짝 끌어 올리며 방씨 어멈에게 죽을 물리라고 했다.

"이른 아침부터 웬일이냐? 날이 추운데 좀 더 자지 않고?"

성굉이 인사를 마치고 자리에 앉자 노대부인이 말했다.

성굉이 공손하게 대답했다.

"어제 방씨 어멈이 다녀간 이후 밤새 생각을 해봤습니다만 아무래도 이건 아닌 것 같습니다. 어머님께서 명란을 가여이 여기시는 건 알지만, 몸도 편하지 않으신데 철딱서니 없는 어린애까지 맡으신다면 이 아들이 어찌 마음을 놓겠습니까? 차라리 묵란이를 들이시지요. 영리하고 사리 분별을 할 줄 아는 아이입니다. 말이며 행동이며 나무랄 데가 없으니 어머님을 시중드는 것도 마음에 드실 겁니다. 어떻게 생각하시는지요?"

"그건 적절치 않다."

노대부인이 고개를 저었다.

"네가 좋은 뜻에서 한 말인 줄은 안다만 생각이 짧구나. 아이는 어미의 살붙이야. 처음 화란이를 데려왔을 때도 사흘밖에 안 지났는데 며늘아기 얼굴이 반쪽이 되었더구나. 나한테는 감히 말을 못 했지만, 속으로는 기름에 지져지는 것처럼 괴로웠겠지. 나도 어미였던 사람인데 어찌 그 마음을 모르겠느냐? 그래서 널 내 양자로 들였을 때도 네 친어미에게 기르도록 한 것이다. 네 정실부인이 아이들의 적모라고는 해도 혈육 간의 정은 끊을 수 없는 법. 나는 차마 묵란이를 그 어린 나이에 임 이랑과 떼어놓을 수는 없구나……. 더구나 예전엔 골육의 정을 들먹이며 부인에게 묵란의 양육을 맡기지 않았었으면서, 지금은 어찌 아무렇지도 않은 것이냐?"

노대부인이 곁눈질로 성굉을 흘겨보았다.

성굉은 씁쓸한 웃음을 지어 보였다.

"어머님의 말씀이 지당하십니다. 그렇지만 명란이는……."

노대부인이 담담하게 말꼬리를 잡았다.

"지금 명란이는 왕 씨 곁에 있는 것이 당연히 좋겠지. 허나 왕 씨는 집 안일과 화란이의 혼사 준비도 모자라 여란과 장백까지 보살펴야 한다. 신경 써야 할 일이 너무 많지 않겠니. 게다가 명란의 친모도 아니니 어쨌든 일을 하는 데 거추장스러울 터, 명란이가 나한테 오면 모두가 편해질 게다."

성굉은 말문이 막혀 억지웃음을 지어 보였다.

"역시 어머님께서는 세심하십니다. 다만 아무것도 모르는 명란이 어머님을 피곤하게 할까 걱정입니다. 그게 다 소자의 잘못 아니겠습니까."

노대부인이 나긋나긋하게 말했다.

"아무것도 모른다? 그런 것 같지는 않던데……."

성굉이 이상하다는 듯 반문했다.

"예? 어찌 그리 말씀하십니까."

노대부인이 옅은 탄식을 내뱉으며 고개를 돌렸다. 옆에 있던 방씨 어멈이 노대부인의 표정을 살피더니 얼른 웃으며 말을 받았다.

"말하자면 참 가엾지요. 등주에 오고 나서 나리께서 처음으로 마님과 자제분들을 데리고 노대부인께 인사드리러 왔던 날이었습니다. 아침 식사가 끝나고 옆에 있던 아가씨와 도련님들은 할멈과 계집종들이 다 데려갔는데, 명란 애기씨의 어멈만 차를 마신다며 애기씨더러 기다리라 하지 않았겠습니까. 명란 애기씨는 사방을 돌아다니다가 노대부인의 불당에 들어갔습니다. 제가 찾으러 갔을 때 애기씨는 부들방석 위에 엎드려 관음상을 향해 절을 하고 있었지요. 가엾게도 울음소리 한번 크게 내지 못하고 조용히 숨죽이며 흐느끼고 있었습니다."

노대부인이 낮게 가라앉은 목소리로 말했다.

"다들 그 아이가 바보라고 생각하지만, 그 애는 다 알고 있어. 속상한데 감히 입 밖으로 낼 수는 없을 테고, 그저 보살님 앞에서 몰래 우는 것이지."

위 이랑 생각에 비통한 마음이 든 성굉이 고개를 숙이고 잠시 슬픔에 잠겼다. 노대부인은 성굉을 흘끗 보며 비웃듯이 말했다.

"나도 네가 임 이랑에게 마음을 준 것을 안다. 묵란이는 영민한 데다 그런 친어머니까지 있으니, 네가 걱정을 덜 해도 아무 문제없을 게야. 하지만 명란이는 아직 철없고 허약하지. 일찍 죽은 위 이랑을 생각해서라도 네가 그 애를 더 많이 보살펴야 한다. 그 애야말로 의지할 곳 하나도 없지 않으냐."

성굉은 말문이 막혀 버렸다.

성굉을 배웅한 후, 방씨 어멈이 노대부인을 창가 구들 위에 눕히며 한마디 했다.

"넷째 애기씨가 아깝긴 합니다. 임 이랑이 어떻든 간에, 묵란 애기씨는 참으로 훌륭하지 않습니까."

노대부인이 가볍게 웃었다.

"뱀에 한 번 물리고 나니 그렇게 영악한 여자애들은 무섭구나. 그런 아이들은 머리 회전이 빠르고 생각이 깊지. 내가 미처 상황을 파악하기도 전에 그 애들은 벌써 수십 번의 경우의 수를 생각하고 있으니, 차라리 좀 어수룩한 아이를 들이는 게 힘이 덜 들 게야. 게다가 자네가 말하지 않았나. 명란이 불상 앞에서 엄마를 부르고 있었다고. 죽은 어미를 그리워하는 걸 보면 생각은 있는 아이일 테니, 그 아이로 하겠네."

· · ·

왕 씨의 기분은 최고조였다. 상황이 그녀가 가장 바라는 방향으로 흘러가고 있었다. 그 붙여주는 뜻을 이루지 못했고, 여란은 자신의 곁을 떠나지 않게 되었으며, 골칫거리 아닌 골칫거리도 내보낼 수 있게 되었다. 등주는 정말 좋은 곳이었다. 풍수가 좋아서인지 좋은 일만 일어나고 있었다! 그리하여 이튿날, 그녀는 아침 일찍 일어나 계집종과 어멈들을 지휘해 명란의 짐을 꾸렸다. 이따가 문안 인사를 올리러 갈 때 바로 명란을 데려다줄 참이었다.

모두가 바쁜 가운데, 화란은 위엄 있고 단정하게 구들 위에 앉아 있었다. 그리고 어린 명란은 앉은뱅이 의자에 앉아 큰언니의 훈계를 듣고 있었다. 화란이 한마디 하면 꼬박꼬박 대답하면서. 안 그래도 졸린 아침인데 화란이 당나라 승려 불경 외우듯 끝없이 잔소리를 해대니 명란은 갑갑하기 짝이 없었다. 열네다섯 살밖에 안 된 꼬마 아가씨가 그 시절 여학생 기숙사 사감 선생보다 더 잔소리가 심하다니, 확실히 대단하긴 했다.

"제대로 들은 거 맞아? 온종일 멍하니 무슨 생각을 하고 있는 거야."

화란이 하얗고 긴 검지로 명란의 이마를 꾹 찔렀다.

명란은 정신을 차리고 탄식했다.

"그분은 정말 복도 많으세요. 큰언니처럼 다정한 사람이 보살펴줄 테니까요."

"누구?"

화란이 영문을 몰라 되물었다.

"큰형부요."

명란은 눈을 동그랗게 뜨며 천진난만하게 보이려고 노력했다.

방 안에서 바쁘게 움직이던 계집종과 어멈들이 그 말을 듣고 입을 가리며 몰래 웃었다. 화란은 귀밑까지 붉게 달아올랐다. 명란을 갈기갈기 찢어버리고 싶었지만, 한편으로는 부끄러워서 쥐구멍에라도 숨고 싶었다. 명란은 아무것도 모른다는 표정으로 큰 눈을 깜빡거리며 화란을 빤히 쳐다보았다. 그녀는 온몸으로 말하고 있었다.

'왜요, 내가 뭐 틀린 말 했어요?'

왕 씨는 좋은 일이 생겨 정신이 상쾌했고, 정신이 상쾌하니 씀씀이도 시원시원해졌다. 왕 씨는 자신이 아주 어질고 자애로운 적모라는 것을 보여주기 위해 명란에게 최고급 옷감 십여 폭을 챙겨주었다. 비단, 털가죽, 명주, 자수…… 화란의 혼수품 중에서 꺼내 온 것이라 체면 차리기에는 아주 그만이었다. 이밖에 여란을 위해 새로 맞춘 금은 장신구도 모두 명란에게 주어 주렁주렁 치장해주었다.

문안 인사가 끝나고, 명란은 어멈에게 이끌려 새 방을 보러 갔다. 여란도 깡충거리며 그들을 따라갔다. 반면 왕 씨와 화란은 노대부인과 이야기를 이어갔다. 왕 씨는 마치 상품을 배달하러 온 외판원이 반품당할까봐 걱정하는 것처럼, 노대부인 앞에서 명란이 얼마나 온순하고 무던하고 말을 잘 듣는지 칭찬을 늘어놓았다. 어찌나 과장이 심한지 화란은 가만히 있을 수 없어 웃으며 끼어들었다.

"할머님, 할머님께서 여섯째 동생을 싫다고 하실까봐 어머니가 열심히 칭찬을 늘어놓는 것 좀 보세요."

방 안의 주인과 하녀들 모두 웃음을 터뜨렸다. 화란의 이런 시원스러운 입담을 가장 좋아하는 노대부인이 웃으며 말했다.

"요년, 어찌 친어머니를 놀림감으로 만드는 게냐. 그러다 네 어미가 혼수를 줄이면 나중에 어디 가서 하소연할 곳도 없을 게다!"

화란은 다시금 얼굴이 새빨개져 몸을 배배 꼬며 입을 다물었다. 왕 씨가 얼굴 가득 웃음을 띠며 말했다.

"어머님 말씀이 맞습니다. 얘가 집에서 하도 버르장머리 없이 지내서, 나중에 시댁에서 웃음거리가 되진 않을지 걱정입니다."

노대부인이 왕 씨를 향해 몸을 돌리며 진지하게 말했다.

"내 말이 바로 그것이다. 화란이의 혼처가 정해지고 나서 도성의 옛 친구들에게 서신을 보내 놓았다. 점잖고 교양 있는 유모를 추천해 달라고 말이야. 궁궐 출신의 노인이라면 교양도 있고, 규율도 잘 알고, 사리에 밝을 테니 우리 성부에 와서 화란이를 가르쳐주면 얼마나 좋겠니. 네가 괜한 일을 벌인다고 원망하지 않았으면 좋겠구나."

그 말에 왕 씨가 매우 기뻐하며 벌떡 일어나 노대부인에게 큰절을 올렸다. 목소리에는 흐느낌마저 섞여 있었다.

"어머님의 세심한 배려에 몸 둘 바를 모르겠습니다. 저도 그 점을 걱정하고 있었습니다. 평범한 관리 집안이라면 괜찮겠지만, 화란이와 맺어질 집안이 하필이면 백작부伯爵府이니 말입니다. 우리 집안도 나쁘진 않지만, 공후백작 집안은 규율이 엄하고 체계가 복잡한데 보통 사람이 그걸 어떻게 알 수 있겠습니까. 화란이 앞으로 사귈 사람들은 왕부 아니면 작부 사람이겠지요. 화란이가 또 성격이 강하지 않습니까. 이 아이가 예법을 몰라 사람들에게 얕보이진 않을까 늘 걱정이었습니다. 오늘 어머님께서 제 마음속 걱정거리를 풀어주셨으니 감사의 인사를 올립니다! 화란아, 너도 얼른 와서 할머님께 절을 올리거라."

왕 씨는 눈물을 뚝뚝 흘리며 말했다. 화란이 얼른 다가와 무릎을 꿇으려는데 노대부인이 아이를 끌어 품에 안았다.

노대부인은 방씨 어멈에게 왕 씨를 일으키라 분부하며 간절한 눈빛으로 품에 안긴 큰손녀를 바라보았다. 노대부인도 목멘 소리로 말했다.

"넌 복이 많은 아이다. 네 아비가 네 혼사를 위해 얼마나 알아보고 다녔는지 아느냐. 그 젊은이는 인품과 재능 모두 손에 꼽힐 정도로 뛰어나다지. 너는 위로는 후작 나리가 지켜주고, 아래로는 남편과 시댁이 있으니 앞으로는 분별 있게 행동하고 말을 잘 따라야 한다. 며칠 있으면 유모가 올 것이다. 나중에 시댁에 가서도 존중을 받을 수 있게 규율과 행동거지를 잘 익히도록 해라. 아…… 베개보다도 더 작던 아이가 어느새 이렇게 커서 시집을 가게 되었누……."

화란이 꾹 참았던 눈물을 터뜨렸다.

"할머님, 걱정 마세요. 제가 잘할게요. 할머님께서도 건강 잘 챙기셔야 해요. 그래야 이 손녀가 자주 뵈러 오지요."

노대부인은 슬픔에 잠겨 방씨 어멈을 향해 고개를 끄덕였다. 방씨 어멈은 안에서 커다랗고 납작한 나무 상자를 꺼내 왔다. 세월이 꽤 느껴졌으나 운룡문雲龍文이 새겨진 상자 모서리의 금띠 장식은 여전히 화려

했다. 방씨 어멈이 상자를 가져오자 노대부인이 받아 들며 화란에게 말했다.

"네 혼수는 몇 년 전 천주에 있을 때 이미 다 마련해 놓았다. 네 부모가 공들여 준비했을 테니 부족한 것은 없을 게다. 이 홍보석이 박힌 순금 머리 장식은 내가 시집올 때 가져온 것인데, 오늘 네게 주마."

상자를 열자 방 안이 순간 금빛으로 물들었다. 번쩍거리는 금빛이 최근에 다시 깨끗하게 닦은 듯했다. 크고 반짝이는 홍보석은 알 하나하나가 엄지손가락만큼 컸다. 시선을 사로잡는 붉은 빛깔에 부잣집 출신인 왕 씨마저도 놀라 눈을 떼지 못했다. 화란도 넋이 나가 숨을 멈췄다.

방씨 어멈이 웃으며 상자를 화란의 손에 건넸다.

"큰아가씨, 얼른 받으세요. 위에 박힌 이 홍보석은 옛날 후작 나리께서 대설산 쪽 기보국基輔國[1]에서 구해오신 건데, 머리 장식으로 만들어 노대부인의 혼수로 주신 겁니다. 머리는 물론 몸과 손에 걸치는 것까지 총 열여덟 개인데 모두 순금을 상감해 만들었지요. 이걸 만드는 데만 장인 두 명이 석 달을 매달렸습니다. 궁에 들어가 귀인을 알현하실 때 착용하셔도 충분하실 겁니다. 큰아가씨, 노대부인의 마음이니 얼른 받으세요."

화란은 순간 감동하여 노대부인의 품에 고개를 묻은 채 울기 시작했다. 감사하다며 엉엉 우는 화란 옆에서 왕 씨도 눈물을 훔쳤다. 이번에는 조금의 거짓도 없는 진짜 눈물이었다.

노대부인이 여섯째 애기씨를 맡는다는 소식은 오전이 지나기도 전에

---

1) 지금의 우크라이나 수도 키예프.

온 성부에 퍼졌다. 임 이랑은 소식을 듣자마자 그 자리에서 찻잔을 깨뜨렸고, 묵란은 옆에 앉아 눈물을 뚝뚝 흘렸다.

"제가 안 간다고 했는데 억지로 가라고 하시더니, 보세요. 이번엔 웃음거리가 되어버렸잖아요!"

옆에 있던 계집종들은 감히 찍소리도 못했다. 요 며칠 묵란이 노대부인을 정성스레 모셨다는 건 성부의 모든 이가 아는 사실이었다. 그래서 다들 묵란이 가는 줄로 알고 있었는데 돌연 상황이 바뀌었으니, 망신도 이런 망신이 없었다.

임 이랑은 자리에서 일어났다. 비녀는 흐트러지고 수려한 이목구비는 험악하게 비틀려 있었다. 그녀가 증오 섞인 목소리로 말했다.

"흥, 돈도 없는 할망구가 친모도 아니면서 무슨 거드름은 그리 피우는지. 널 거절했다고 해서 우리가 아쉬울 건 없다. 두고 봐라. 그 할망구가 어디까지 잘난 척할 수 있는지!"

제11화

새로운 직장, 새로운 상사, 새로운 분위기

명란은 한 번도 이렇게까지 태만을 부려 본 적이 없었다. 생각해보면 그녀는 열심히 오강사미五講四美 [1]를 실천하는 착한 아이였다. 붉은 스카프를 두르고 소선대원少先隊員 [2]과 공청단共靑團 [3]에도 들어갔다. 그때마다 그녀는 선봉에 있었다. 어렸을 때부터 반장은 한 번도 못 해봤지만, 각종 위원이나 과 대표로는 자주 당선이 됐다. 선전위원일 때는 흑판보黑板報 [4]로 상을 받았고, 조직위원일 때는 애들을 모아 선생님 문병을 갔었다. 영어 과목 대표일 때는 매일 '아침 읽기' 연습을 지휘했고, 학습위원으로 있을 때는 숙제 베껴 쓰기 활동을 성공적으로 조직했다. 5학년 때 오락위원으로 있다가 중도에 물러난 것 빼고는 기본적으로 선생님이 좋아하고, 친구들이 신뢰하는 학생이었다.

---

1) 문화대혁명 이후 정해진 청소년 교육 방침. 교양·예의·위생·질서·도덕을 중시하고, 마음·언어·행동·환경을 아름답게 한다는 내용.
2) 중국 소년선봉대 대원.
3) 중국 공산주의 청년단.
4) 칠판에 적는 벽보 신문.

그런데 이곳에 와서 명란의 처지는 바닥으로 떨어졌다. 이번에 왕 씨처소에서 노대부인의 처소로 옮기는데 그녀보다 더 멍청한 소도만이그녀와 함께 가길 원한 것이다. 다른 계집종들은 수안당에 갈 수도 있다는 얘기를 듣자마자 병가 혹은 휴가를 내거나 집안에 일이 있다는 핑계를 댔다. 명란을 돌보던 어멈은 한술 더 떠서 며칠 전부터 허리가 쑤시네, 등이 아프네 떠들어대 쓸모가 없었다.

"소도, 너는 왜 나랑 같이 가려는 거니?"

명란이 기대에 차서 물었다.

"……안 따라가도 되나요?"

완전히 달라진 세상에 다시금 실망과 공허함이 몰려왔다. 명란은 소도의 손을 잡아끌며 풀이 죽은 채 왕 씨의 처소를 나섰다. 이건 자신이어떻게 할 수 있는 문제가 아니었다. 능력과 상관없이 인맥으로 사람을뽑는 가족회사에 들어가면 아무리 노력해도 이등 시민이었다. 그러니구태여 잘할 필요 없었다. 하아, 새로운 직장에나 가보자.

수안당의 정방正房에는 상방上房이 다섯 칸 있었다. 정중앙의 것은 명당明堂이라 불렸고, 양옆에 있는 것은 차례대로 초간梢間과 차간次間이라불렸다. 앞뒤로 계집종과 어멈들이 번을 설 때 묵는 포하抱廈가 몇 칸 있었다. 전형적인 고대 사합원 건축이었다. 명당은 현대의 거실과 유사했고, 초간과 차간은 휴식 공간 내지는 침실에 가까웠다. 노대부인은 왼쪽초간에서 잠을 잤고, 명란은 왼쪽 차간을 쓰게 되었다. 가운데에 꽃이 조각된 황리목黃梨木 격선隔扇[5]을 두어 공간을 나누어 놓았기 때문에 명란

---

5) 내부 공간을 나누는 칸막이 문칠판에 적는 벽보 신문.

이 머무는 곳을 이화주梨花橱라고 부르기도 했다.

어젯밤 방씨 어멈이 정리한 방은 정갈하고 소박했다. 다른 것은 전부 석청색石靑色, 아청색鴉靑色, 장청색藏靑色 등 차가운 색조가 사용됐는데, 명란이 자는 난각暖閣 6)만 밝은 살구색으로 되어 있었다.

처소에 짐을 풀자 노대부인의 방에 있는 계집종 취병이 와서 노대부인이 명란을 찾는다는 말을 전했다. 명란이 건너갔을 때, 노대부인은 팔단여의화초八團如意花草 문양이 들어간 검은 색의 두꺼운 비단 배자褙子 7)를 두르고 구들에 반쯤 누워 있었다. 구들 위 탁자에는 경서 한 권과 박달나무 염주 꾸러미 그리고 금사金絲가 상감된 구운형勾雲形의 작은 백옥경白玉磬 8)이 놓여 있었다.

노대부인은 명란을 보고 가까이 오라고 손짓을 했다. 문안을 몇 번 해 본 명란은 이제 예법을 알고 있었다. 우선 절을 한 다음 구들 옆으로 비켜서서 고개를 들고 할머님의 말씀을 기다렸다. 노대부인은 명란의 애어른 같은 행동에 웃으며 구들 위로 올라오게 했다. 그리고 다정하게 말을 걸었다.

"너는 내가 네 번째로 양육하는 아이란다. 앞의 세 아이들은 나와 인연이 없었는데 너는 어떨지 모르겠구나. 우리끼리 이야기를 할 때는 예법에 얽매일 필요 없다. 하고 싶은 말이 있으면 얼마든지 하렴. 말을 하다 실수를 해도 괜찮아."

명란이 커다란 눈을 동그랗게 뜨고 고개를 끄덕였다. 그녀도 거짓말

---

6) 난방이 되는 작은 방.
7) 소매가 없는 덧옷.
8) 법구法具의 일종.

을 할 생각은 없었다. 평생을 안채에서만 지내는 고대 여인들에 비해 그녀의 지략은 하찮은 일을 하기에도 부족했다.

"책을 읽어본 적이 있느냐?"

노대부인이 물었다.

명란이 고개를 저으며 작은 목소리로 말했다.

"원래는 큰언니가 『성률계몽聲律啓蒙』[9]을 가르쳐주려고 했는데 몇 번 못 가르치고 혼수 바느질을 하러 가버렸습니다. 유씨 어멈의 감시가 심해 큰언니가 빠져나올 수 없었어요."

노대부인의 눈에 웃음기가 스쳐 지나갔다.

"글씨는 쓸 줄 아느냐?"

명란이 속으로 쓴웃음을 지었다. 원래 쓸 줄 알았지만, 이곳에서는 확실하지 않았기에 작은 목소리로 말했다.

"몇 개는 쓸 줄 압니다."

노대부인이 취병에게 종이와 붓을 가져오게 하더니 명란에게 글씨를 써보라고 했다. 먹은 진작부터 잘 갈려 있었다. 명란이 짧은 팔의 소매를 걷어붙이고 작은 손을 떨며 붓을 쥐었다. 어릴 때 두 번의 여름방학 동안 청소년 회관에서 서예반을 들은 적이 있었지만, 남은 거라고는 기어 다니는 글씨와 붓 잡는 자세뿐이었다.

명란은 짧은 다섯 손가락을 이용해 안정적으로 붓을 쥐고 종이 위에 비뚤배뚤 '사람 인人' 자를 적었다. 그리고 뒤이어 '지之, 야也, 불不, 이已' 등 간단한 글자를 몇 개 더 적었다.

---

9) 아이들의 필독서.

노대부인은 붓을 잡은 명란의 자세를 보고 속으로 기특하게 생각했다. 나이가 어린데도 팔과 손목의 자세가 아주 정확했다. 팔은 들려 있었고, 어깨는 내려와 있었으며, 집중하는 눈빛을 하고 있었다. 하지만 힘이 약해 글씨가 그다지 예쁘지는 않았다. 명란은 기억나는 두세 획 글자를 모두 썼다. 그리고 마지막에는 엉망진창으로 생긴 검정색 덩어리를 하나 그려놓았다. 노대부인은 가까이 다가가 한참을 살핀 끝에 그것이 필획이 복잡한 '성盛' 자임을 알아봤다.

"누가 글씨를 가르쳐주었느냐?"

노대부인이 물었다. 그녀가 기억하기에 위 이랑은 글을 몰랐다.

글씨 몇 자를 쓰는 동안 땀투성이가 된 명란이 손등으로 이마를 훔치며 말했다.

"다섯째 언니가 제게 체본을 따라 쓰는 법을 가르쳐줬습니다."

노대부인이 소리 내어 웃었다.

"체본을 따라 쓰는 법을 가르쳐줬다고? 너한테 대신 글씨를 쓰게 하려고 그랬겠지. 정말 장난이 심한 아이야."

명란은 얼굴을 붉혔다. 말은 안 했지만 고대의 여인들은 정말 대단한 것 같았다.

"그럼 이 '성盛' 자는 누가 가르쳐 줬느냐? 체본에는 없을 텐데."

노대부인이 알아보기도 힘든 검정색 덩어리를 가리키며 물었다.

명란은 생각 끝에 이렇게 말했다.

"집 안 곳곳에 있었어요. 등롱燈籠이랑 봉첩封貼이랑 또…… 큰언니 혼수 상자 위에도요."

노대부인은 명란이 대견한 듯 고개를 끄덕이며 작은 얼굴을 어루만졌다. 그리고 얼굴을 만지자마자 미간을 찌푸렸다. 이 나이 또래의 아이라면 잘 먹어서 얼굴이 포동포동해야 하는데 명란의 얼굴에는 살집이 없었다. 노대부인이 정색하며 말했다.

"앞으로 내 처소에서는 밥도 잘 먹고, 약도 잘 먹어야 한다. 떼를 쓰면 안돼."

명란은 해명을 해야겠다고 생각해 작은 소리로 말했다.

"밥도 안 남기고 잘 먹고 있습니다. 그런데 살이 안 찝니다."

노대부인은 따뜻한 눈빛을 보이면서도 여전히 굳은 얼굴로 말했다.

"네가 자주 약을 토한다던데."

명란은 억울해서 옷자락을 꼭 쥔 채 가는 목소리로 해명을 했다.

"저도 토하고 싶지 않은데 배가 말을 안 들어서 어쩔 수 없습니다. 토해본 사람들은 알 거예요."

노대부인의 눈빛에 웃음기가 더 크게 번졌다. 그녀는 명란의 손을 잡아끌며 옷자락을 펴주었다.

"네 배만 말을 안 듣는 게 아니라 네 계집종들도 말을 안 듣는 것 같구나. 듣자 하니 어린아이 하나만 널 따라왔다지?"

오랫동안 적막하게 지냈던 노대부인은 오늘 몇 번이나 장난기가 발동해 자기도 모르게 농담을 했다. 그런데 눈앞의 핼쑥한 아이는 진지한 얼굴로 대답을 하고 있었다.

"큰언니가 물은 아래를 향해 흐르지만, 사람은 높은 곳을 향해 가야 한다고 했습니다. 제가 어딜 가든 저를 따라오겠다는 사람은 없습니다."

"그럼 너는 어째서 오겠다고 한 것이냐? 나는 채식을 한다. 여기에는 고기가 없어."

노대부인이 물었다.

"그럼 저도 채식을 하면 됩니다."

명란이 커다란 눈을 반짝이며 맞장구를 쳤다.

하지만 목소리에 어쩔 수 없이 실망이 담겨 있었다. 노대부인은 명란을 잠시 바라보다 고개를 젓더니 아이를 끌어안으며 탄식했다.

"남은 건 뼈밖에 없으니 너는 고기를 먹도록 하자꾸나."

노대부인은 명란에게 새 어멈을 붙여주었다. 최씨 어멈은 얼굴이 동그랗고 말수가 적었지만, 겉보기에는 온화해 보였다. 그리고 아주 상냥하게 명란을 안아주었다. 노대부인은 누구랄 것 없이 모자라 보이는 소도와 명란을 보고 자기 곁에 있던 어린 계집종 단귤을 명란에게 붙여주었다. 단귤이 오자 소도는 남보다 못한 제 자신이 부끄러웠다. 단귤은 명란이보다 겨우 한 살 위였지만 점잖고 세심해서 명란이를 꼼꼼하게 보살폈다.

소도는 밖에서 사 온 아이였지만 단귤은 가생자家生子 [10]였다. 단귤의 부모는 밖에서 마을 전답을 관리하고 있었다. 집에 아이들이 많아 부모가 다 돌볼 수 없던 탓에 단귤은 어린 나이에 성부로 들어왔다. 그러다 방씨 어멈의 눈에 들어 수안당으로 오게 된 것이다.

후부候府 출신인 노대부인은 생활은 검소하게 해도 예법에는 아주 엄해서 사소한 말과 행동에도 법도가 정해져 있었다. 이곳의 계집종들과 어멈들은 다른 처소의 사람들보다 성실했다. 성인의 영혼을 갖고 있는 명란은 자연히 말썽을 부릴 일이 없었다. 최씨 어멈은 인수인계를 받자마자 방씨 어멈에게 여섯째 애기씨는 성정이 순해 보살피기 수월하다고 말했다.

---

10) 가내 노비의 자식.

밤이 되고, 잠자리에 들 시간이었다. 단귤이 이불 안에 탕파湯婆[11]를 넣어둔 덕분에 잠자리가 따뜻했다. 최씨 어멈의 도움을 받아 내의로 갈 아입은 명란은 그대로 안겨 따끈따끈한 이불에 들어가 어멈의 토닥임을 받으며 잠을 잤다. 밤중에 목이 마르거나 용변을 보고 싶으면 사람을 불러 시중을 들게 했다. 이튿날 아침에 눈을 떴을 땐 따뜻한 수건이 대령해 있었다. 명란은 난롱暖籠[12] 안에서 따끈한 대추차를 손에 쥔 채 수건으로 이마와 얼굴을 대충 닦았다. 정신이 조금 들었다 싶었을 때 최씨 어멈이 아직 잠이 덜 깬 그녀를 안고 물을 먹였다. 그런 다음 다시 얼굴을 씻겨 주고 머리와 옷을 단장해주었다. 어린 단귤은 옆에서 시중을 들며 단추도 채워주고, 양말과 신발도 신겨주었다. 단장을 마친 명란은 노대부인에게 문안을 드리러 갔다.

모든 동작이 일사천리로, 아주 자연스럽게 이어졌다. 어느 것 하나 부자연스러운 곳이 없었다. 옆에서 지켜보던 소도는 어안이 벙벙했다. 비집고 들어갈 틈이 없는 것이었다. 명란은 노대부인의 구들 앞에 서서 절을 할 때까지도 정신을 차리지 못했다. 하지만 배 속이 따뜻하고, 옷도 두껍게 입어서 한겨울 아침이지만 하나도 힘들지 않았다.

하늘님, 보살님. 명란이가 이 세계에 온 지 한참 만에 처음으로 손가락 하나 까딱하지 않아도 되는 영화를 누렸습니다. 부패했구나, 타락했구나. 명란은 자신의 타락한 생활을 깊게 반성했다.

명란이 문안을 올리자 노대부인은 다른 사람들이 올 때까지 명란이

---

11) 뜨거운 물을 넣어 몸을 따뜻하게 하는 기구.
12) 난방 기구.

따뜻하게 있을 수 있게 그녀를 안아 구들에 앉혀놓았다. 오래지 않아 왕 씨가 아이들을 데리고 왔는데 묵란이와 장풍이가 보이지 않았다. 아이들이 병이 났다며 왕 씨가 걱정하는 표정을 지어 보였다. 명란이 몰래 훔쳐본 노대부인의 표정은 조금도 변화가 없었다.

"둘이 한꺼번에 병이 났으니 혹시 풍한이 아닐까요? 제일 퍼지기 쉬운 병이라 일단 사람을 보내 의원을 청했습니다. 부처님께서 굽어살피시어 아이들이 무탈하길 바라야지요."

왕 씨가 근심스러운 얼굴로 말했다.

명란은 속으로 엄지손가락을 슬쩍 들어 올렸다. 일 년 동안 왕 씨의 연기는 장족의 발전을 보였다. 사정을 모르는 사람이 저 눈빛과 표정을 본다면 장풍과 묵란이 그녀의 소생이라고 생각했을 것이다.

노대부인이 별안간 말했다.

"나중에 애비가 가서 살펴보게 하거라. 두 아이를 같이 두면 병도 더 쉽게 옮을 터. 장풍이도 이제 다 컸으니 이번 기회에 일찍 독립시키는 것도 좋겠지."

왕 씨는 깜짝 놀랐지만, 한편으로는 기쁘기도 했다. 놀란 이유는 수년 동안 이런 것에 간섭을 않던 노대부인이 이번엔 무슨 바람이 났는지 알 수 없어서였고, 기쁜 이유는 노대부인이 임 이랑에게 본때를 보여주려 했기 때문이었다. 본인이 직접 나서는 것보다는 모양새가 좋을 수밖에 없었다. 왕 씨가 서둘러 말을 받았다.

"어머님 말씀이 옳습니다. 장풍과 묵란은 나리가 가장 아끼는 아이들 아닙니까. 둘 다 병이 났으니 나리가 당연히 가야지요."

노대부인은 무덤덤하게 왕 씨를 쓱 보고는 고개를 숙여 차를 마셨다. 왕 씨는 웃으며 고개를 돌려 명란을 바라봤다. 요즘 유행하는 연분홍색의 얇은 오자襖子 13)를 입고 다소곳이 한쪽에 서 있는 명란에게 살갑게 몇 마디를 건넸다. 명란은 새로운 집으로 이사 온 소감을 이야기했고, 화란도 우스갯소리를 했다. 모두가 하하 호호 한바탕 웃은 뒤 각자의 처소로 돌아갔다.

사람들이 돌아가자마자 방씨 어멈이 팔각찬합을 든 계집종들을 이끌고 들어왔다. 방씨 어멈은 노대부인이 구들에서 내려오는 걸 부축했고, 최씨 어멈은 명란을 데리고 오른쪽 초간으로 갔다. 계집종들이 찬합에 담긴 아침 식사를 꽃이 조각된 흑칠黑漆 육각 식탁에 벌여 놓았다. 노대부인이 식탁에 앉자 최씨 어멈이 명란을 안아서 둥근 의자에 앉혔다. 명란은 식탁에 차려진 아침을 보고 깜짝 놀랐다.

'말도 안 돼. 완전 다르잖아!'

음식이 풍성하게 차려진 식탁에는 붉은 대추갱과 자색 산약갱이 있었고, 뜨끈뜨끈한 김이 나는 설탕 입힌 좁쌀떡에서는 맛있는 냄새가 났다. 바삭하게 튀겨진 밀가루 튀김, 찜통 안에 든 소롱포, 고수 가루가 뿌려진 메밀 혼돈餛飩 14)도 있었다. 앞에는 달달하고 찰진 대추죽이 있었고, 그 옆으로 열 몇 개의 접시에 각양각색의 장아찌가 놓여 있었다.

명란은 젓가락을 든 채로 약간 멍하게 있었다. 지난번 수안당에 왔을 때 본 썰렁한 아침 식탁이 인상 깊었기 때문이다. 명란은 고개를 들고 노대부인을 향해 작은 목소리로 말했다.

"……엄청 많습니다."

---

13) 저고리.
14) 만두국.

156

노대부인이 눈도 들지 않고 천천히 죽을 맛보기 시작했다. 방씨 어멈이 눈웃음을 지으며 말을 받았다.

"예. 할머님께서 오늘 갑자기 먹고 싶다고 하셔서요."

방씨 어멈이 몇 년을 그렇게 권했는데도 꿈쩍 않던 노대부인이 이번에는 여섯째 애기씨 덕분인지 드디어 청빈한 생활을 중단하기로 마음먹은 것이다.

감동한 명란은 노대부인을 쳐다보며 작은 입을 움찔거리다 다시 고개를 숙였다. 그러고는 다시 고개를 들어 노대부인을 슬쩍 본 다음 아주 조그맣게 말했다.

"감사합니다, 할머님. 많이 먹고 살을 찌워서 꼭 포동포동한 모습을 보여드릴게요."

앞 문장을 들었을 때는 속으로 미소만 지었던 노대부인이 뒤 문장을 듣자마자 참지 못하고 빙그레 웃어 보였다. '포동포동한 모습을 보여드릴게요'라니. 자신이 어린 돼지라도 키운단 말인가? 방씨 어멈은 아예 고개를 돌린 채 입을 막고 웃었다.

아침 식사를 마친 할머니와 손녀는 다시 구들 위로 돌아갔다. 노대부인은 『삼자경三字經』[15]을 가져와 명란이 글을 얼마나 아는지 읽게 했다. 양심의 가책을 느끼며 책을 가져간 명란은 자신의 얼굴에 먹칠을 하기로 작정하고 아무 말이나 내뱉기 시작했다.

"인지도人之刀, 생목양生木羊, 생목근生木斤, 습목원習木元[16]⋯⋯."

---

15) 세 글자 단어들을 모아 엮은 어린이용 한자 학습서.
16) 원래 문장은 '인지초人之初, 성본선性本善, 성상근性相近, 습상원習相遠'으로, 명란은 일부러 모양이 비슷한 한자로 바꿔서 읽음.

노대부인은 하마터면 차를 뿜을 뻔했다. 사레가 들려 연신 기침을 하자 깜짝 놀란 명란이 황급히 탁자 건너편으로 넘어가 노인의 등을 두드려주었다. 그러면서 천진하고도 불안한 표정으로 물었다.

"할머님, 제가 잘못 읽었습니까?"

노대부인은 숨을 몇 번 깊게 들이마시고 나서야 진정할 수 있었다. 영문을 모르겠다는 손녀의 표정을 보며 그녀는 간신히 입을 열었다.

"아주…… 잘 읽었다. 몇 글자 틀리긴 했는데 큰일은 아니다. 천천히 배우면 된다."

열두 글자 중 제대로 읽은 건 세 글자뿐이었다. 20퍼센트도 안 되는 정답률에 명란은 속으로 무척 괴로워했다. 대학까지 나온 사람이 까막눈 노릇을 하는 게 쉽겠는가?

그날 괴로운 사람은 명란 혼자가 아니었다. 왕 씨는 저녁에 퇴청해 집에 온 성굉을 붙들고 노대부인의 말에 자신의 해석을 보태 보고를 했다. 성굉은 관복도 갈아입지 않고 굳은 얼굴로 임 이랑의 처소로 갔다. 문을 잠가서 안에서는 무슨 일이 벌어지고 있는지 알 수 없었다. 다만 울음소리와 고함, 그리고 도자기 깨지는 소리가 어렴풋이 들려왔다.

약 반 시진時辰 후, 성굉이 서슬 퍼런 얼굴로 방에서 나왔다. 계집종이 시중을 들려고 들어가니 임 이랑의 방이 난장판이 되어 있었다. 임 이랑은 구들 위에 엎드린 채 거의 혼절할 듯이 펑펑 울고 있었다.

그 소식을 들은 왕 씨는 기분이 좋아져서 진한 차를 연거푸 세 잔이나 마셨다. 그런 다음 원시천존元始天尊과 여래불조如來佛祖께 각각 향을 올리고 중얼중얼 염불을 외웠다. 성굉이 서재에 가서 잔다는 걸 알았지만 그것이 그녀의 기분을 망가뜨리진 못했다. 적의 적은 친구라고 하지 않았던가. 왕 씨는 앞으로 노대부인에게 더 효도하기로 마음먹었다.

제12화

명란과 멍청한 거위 세 마리

이튿날 아침 문안 시간. 장풍과 묵란은 과연 '병이 다 나아서' 왔다. 왕 씨는 두 남매를 잡아 끌며 살갑게 무슨 병이 났었는지, 이제 다 나았는지 등을 물었다. 묵란은 그래도 괜찮았지만, 장풍은 수치심에 얼굴이 빨개져 있었다. 사람들이 차례대로 노대부인에게 절을 하고 난 뒤, 장풍과 묵란이 노대부인에게 잘못을 빌었다.

"할머님께 걱정을 끼쳐드렸습니다. 원래는 괜찮았는데 그저께 밤에 조금 춥게 잤더니, 어제 아침 몸이 이상한 게 느껴졌어요. 그리 심각한 건 아니었지만 할머님께서 쾌차하신 지도 얼마 안 됐는데 저 때문에 또 아프시면 안 되잖아요? 그리고 셋째 오라버니 방이 제 방과 가까워서 임이랑이 오라버니도 병에 걸렸을까봐 걱정했어요. 그래서 오라버니도 방에 갇혔어요."

묵란이 가녀린 목소리로 말했다. 얼굴이 수척하고 몸이 약한 것이 정말로 병을 앓은 듯 보였다. 희고 깨끗한 얼굴의 장풍이 약간 무안한 표정으로 말을 받았다.

"무슨 일인지 어제 아침 일어나자마자 동생이 병이 나서 저도 밖으로 나갈 수 없었습니다. 할머님께 심려를 끼쳐 드렸으니 용서해주십시오."

두 남매가 연이어 읍소를 하는데 명란이 옆에서 보기에도 거짓말을 하는 것 같진 않았다. 노대부인은 겁에 질린 장풍의 얼굴에 살짝 낯빛을 풀고 온화하게 말을 건넸다.

"장풍이도 이제 곧 열 살이니 자기 처소와 사환을 두어야 할 게다. 그래야 공부하기도 편할 테고. 매일 어미와 동생하고만 있으면서 공부를 소홀히 해선 안 된다. 네 큰형이 내년에 동시童試¹⁾를 치르려고 지금 열심히 준비하고 있지 않느냐? 어머니와 동생도 자주 찾지 않고 말이다. 우리 같은 집안에서 생원生員 정도는 살 수도 있다지만 그래도 시험에 붙는 것만 못하지 않느냐. 너도 열심히 정진하거라. 앞으로 가문을 빛내든 입신양명을 하든 다 네 스스로 하기에 달려 있음이야."

노대부인의 이 말은 장풍만 들으라고 한 것이 아니라 임 이랑도 들으라고 한 소리였다. 폐부를 찌르는 말에 장풍은 바로 엄숙한 표정을 지으며 일어나 노대부인에게 공손히 읍했다. 저쪽에 있던 왕 씨는 노대부인이 장백을 언급하는 것을 듣고 기뻐서 눈썹을 치켜올렸다. 만족스러운 마음을 감추지 못하는 어미와 달리 장백은 여전히 과묵한 모습이었다.

노대부인은 또 장풍을 끌어다가 몇 마디를 건넸다. 그러면서도 시종일관 묵란은 거들떠보지 않았다. 묵란의 작은 얼굴이 서서히 빨개지고, 난처한 손이 갈 곳을 잃었을 때가 돼서야 노대부인이 묵란을 보며 천천히 입을 열었다.

"묵란이의 이번 풍한은 며칠 전 내 곁에서 시중을 든 까닭일 게다. 날

---

1) 과거 시험 중 가장 낮은 단계의 시험.

도 추운데 몸도 약하니 당연히 버텨내지 못한 게지."

묵란이 눈물을 글썽이며 대답했다. 고개를 모로 들고 할머니를 보며 눈물을 글썽이는데 가엾고 억울해 보였다.

"할머님을 모실 수 없다니 제가 복이 없나봅니다. 요 며칠 마음이 안 좋더니 풍한에 걸렸어요. 손녀가 잘못했습니다. 제 생각이 틀렸어요. 할머님, 용서해주세요."

묵란은 이렇게 말하며 구들 앞에 무릎을 꿇었다. 작은 몸이 부들부들 떨리고 있었다. 방 안의 계집종들과 어멈들도 그 모습에 괴로워했다.

노대부인이 묵란을 잠시 보다가 취병을 시켜 부축하게 했다. 그러고 는 자기 앞으로 끌어와 온화하게 말했다.

"묵란, 내가 널 선택하지 않은 걸 마음에 두지 말거라. 네 적모가 일이 많은데 돌봐야 할 아이도 많아서 짐을 덜어주려 한 명을 데려온 것이야. 너는 어린아이니 생각이 너무 많으면 안 된다. 그러다 지치면 몸이 상해. 그러니 푹 쉬도록 해라. 앞으로 바느질이며 법도며 예절을 배워야 하는 데 그것도 힘들단다. 여섯째인 네 동생한테도 내가 똑같이 말했다."

묵란이 눈물을 그렁그렁 매단 채 고개를 끄덕이며 할머니의 품에 안 겼다. 화란이 그 모습을 보고 다가가 가만히 위로를 해주었다. 왕 씨는 고개를 돌려 여란을 보았고, 자기도 모르게 탄식했다. 여란은 지루한 표 정으로 신발을 건드리며 두 눈을 똑바로 뜬 채 밖을 내다보고 있었다. 다 시 고개를 돌려 명란을 보니 아이는 멍하니 고개를 숙인 채 자기 발을 보 고 있었다. 왕 씨는 또 한 번 그나마 자기 딸이 낫다고 생각했다.

사람들이 돌아가고, 할머니와 손녀는 언제나처럼 아침 식사를 했다. 오늘 아침에는 신선한 노루고기와 찹쌀을 넣고 끓인 고기죽이 추가되 어 있었다. 한 번도 이런 종류의 고기를 먹어본 적이 없는 명란은 너무 맛있어서 한 그릇을 더 먹었다. 어린아이가 볼이 터지도록 맛있게 먹는 모습에 노대부인도 참지 못하고 평소보다 많이 먹었다. 그 모습에 한쪽에서 지켜보던 방씨 어멈도 기분이 좋아졌다. 명란은 밥을 먹는 일에도 분위기가 필요하다고 생각했다. 골골대면서 밥알을 하나하나 세고 있는 임대옥을 마주하고 있으면 제아무리 저팔계라도 식욕이 있을 리 없었다.

식사가 끝나고, 노대부인은 또 명란에게 신발을 벗고 구들로 올라오라고 했다. 그리고 이번에는 체본을 주며 탁자 위에 엎드려서 글씨를 쓰게 했다. 명란이 한 글자씩 쓸 때마다 노대부인이 낮은 목소리로 가르쳐주었다. 오래지 않아 노대부인은 명란의 기억력이 상당히 좋다는 것을 알게 되었다. 오전에만 십여 개의 글자를 익힌 것이다. 비록 나이가 어리고 힘이 없어 글씨가 삐뚤삐뚤 하긴 했지만, 글자를 배열하는 장법章法을 잘 알고 있었다. 가로획을 그을 때면 자연스럽게 먼저 왼쪽으로 기울였다가 다시 오른쪽으로 자신 있게 붓을 가져갔다.

그러다가 노대부인은 흥미를 돋울 수 있는 것을 가르치기로 했다. 명란이 같은 어린아이에게 온종일 글씨 연습만 시키면 지루해할까봐 걱정됐던 것이다. 시집을 한 권 꺼낸 노대부인은 읽기 쉬운 짧은 시 몇 개를 골라 명란에게 한 구절씩 읽어주었다. 처음 고른 시는 그 유명한 〈아鵝〉[2]였다. 노대부인이 시를 읽으며 글자의 뜻을 풀이해주었다.

명란은 조금 난감했지만 그래도 시치미를 뚝 떼고 따라서 읽었다. 두 번 따라 읽고 난 뒤 '외울' 수 있게 되자 노대부인이 더욱 기뻐하며 손녀

---

2) 낙빈왕駱賓王이 일곱 살에 쓴 〈영아咏鵝, 거위를 노래하다〉.

를 안고 입을 맞췄다. 노대부인은 젊어서 뛰어난 글재주로 이름을 날린 사람이었다. 그래서 시와 그림을 아는 임 이랑을 보살필 수 있었던 것이다. 노대부인의 품에 안겨 머리가 엉망이 된 명란은 칭찬에 얼굴을 붉혔다. 하지만 낙빈왕은 일곱 살에 시를 지을 줄 알았으니, 여섯 살인 그녀가 시를 외운 것은 정상 범위에 속하는 일일 것이다.

"명란아, 너는 이 시의 뜻을 아느냐?"

노대부인이 얼굴 주름이 다 펴지듯이 환하게 웃으며 물었다.

"할머님께서 안에 있는 글자들을 말씀해 주시고 나서야 알았습니다. '옛날에 거위 세 마리 있었는데, 고개를 꺾고 하늘을 향해 노래를 불렀네. 흰 털이 푸른 물에 떠오르고, 붉은 발바닥이 맑은 물을 튕기네'라는 뜻입니다."

명란이 낭랑한 목소리로 대답했다.

"이 시가 좋으냐?"

명란의 대답에 노대부인이 만면의 미소를 지었다.

"좋습니다. 이 시 안에는 색깔도 있고 소리도 있습니다. 거위를 본 적이 없는 사람도 그 세 마리 거위를 본 것 같은 기분을 느끼게 해줍니다."

명란은 최대한 어린아이가 쓸 것 같은 언어를 사용해 설명했다.

노대부인이 명란을 손으로 가리키며 웃었다.

"그래, 그래. 거위 세 마리…… 맞다, 멍청한 세 마리 거위[3]구나!"

며칠 같이 있으면서 노대부인은 말도 똑바로 못하는 어린 손녀가 실은 훌륭한 사람이라는 생각을 하게 되었다. 명란은 화란처럼 말을 잘하

---

3) 〈영아〉의 첫 구절은 '아鵝, 아鵝, 아鵝'다. 해석하면 '꽥, 꽥, 꽥'인데 명란은 이걸 보고 거위가 세 마리라고 생각함.

거나 묵란처럼 눈치가 빠르지 않았다. 보기엔 멍청해 보였지만, 말로 표현하기 힘든 매력을 갖고 있었다. 아이의 말은 언뜻 들어도 틀린 것이 없었고, 아주 진지했다. 작은 얼굴이 진지해질 때면 왠지 포복절도하고 싶다는 생각을 들게 했다.

오전 내내 머리와 몸을 쓴 노대부인은 점심때 입맛이 크게 돌아 밥을 한 그릇이나 더 먹었다. 명란은 새로운 직장 상사에게 살을 찌우고 싶은 마음을 표현하기 위해 밥 한 그릇을 싹싹 비웠다. 윤기가 자르르한 장조림이 어찌나 먹음직스럽던지 할머니와 손녀 모두에게 인기 만점이었다. 그걸 보고 깜짝 놀란 방씨 어멈은 취병에게 따로 일러 소화에 도움이 되는 진피와 오매⁴⁾로 만든 신곡차神曲茶를 준비하게 했다.

점심을 먹은 할머니와 손녀는 소화를 좀 시킨 다음 낮잠을 잘 요량으로 창가에 있는 복수문福壽紋이 새겨진 커다란 흑단목黑檀木 권의圈椅 ⁵⁾에 앉아 휴식을 취했다. 때는 겨울의 끝자락이었다. 얼음과 눈이 녹고, 오후의 햇볕은 따뜻했다. 명란은 따스한 기운을 느끼며 털이 보송보송한 새끼 고양이처럼 비단 방석이 깔린 의자에 몸을 웅크렸다. 점심을 배불리 먹은 아이의 빨간 볼이 보들보들 탐스러웠다. 노대부인은 눈이 점점 감기는 어린 손녀를 보다 갑자기 물었다.

"……명란아, 너는 넷째 언니가 정말로 병이 났던 것 같더냐?"

조금은 오묘한 질문이었다.

꾸벅꾸벅 졸고 있던 명란은 그 질문을 듣고 눈을 뜨기 위해 안간힘을

---

4) 매실을 소금에 절여 말린 것.
5) 팔걸이가 달린 둥근 의자.

썼다. 정신이 멍하다 보니 말이 두서없이 나왔다.

"모…… 모르겠습니다. 처음에는 넷째 언니가 화도 나고 창피하기도 해서 꾀병을 부렸다고 생각했습니다. 다섯째 언니는 아버지가 공부를 검사하러 올 때마다 꾀병을 부렸거든요. 그런데 오늘 넷째 언니를 보니 정말로 아팠던 것 같았습니다."

노대부인은 이 솔직한 대답에 살짝 미소를 지었다. 초롱초롱한 두 눈을 보며 아이의 잔머리를 빗겨주고는 동그랗게 말아 올린 머리를 쓰다듬으며 말했다.

"넷째 언니가 정말로 꾀병을 부린 거라면 어쩌겠느냐? 벌을 주어야 할까, 말아야 할까?"

명란은 할머니의 따뜻한 손길을 받으며 고개를 저었다. 그리고 백옥같이 희고 작은 두 손으로 노대부인의 소매를 붙잡고 속삭였다.

"할머님 곁에 있을 수 없게 됐으니 몸에 병이 난 것이 아니어도 마음은 아팠을 겁니다. 분명 어딘가 좋지 않았을 테니 꾀병이라고 할 수 없겠지요. 저는 큰언니가 매일 저를 가두고 제기를 차게 했을 때 정말로 꾀병을 부렸습니다."

명란은 사실 묵란을 동정하고 있었다. 예전에 임 이랑이 총애를 받던 시절에는 자주 이렇게 제멋대로 굴었을 것이다. 그래서 묵란이 선택을 받지 못하게 되자 임 이랑이 바로 노대부인에게 반기를 든 것이었다. 안타깝게도 이번에는 제 발등을 찍었지만.

성굉은 승진을 해서 등주에 온 이후로 이미 가풍을 바로 잡겠다고 결심을 한 상태였다. 그는 분명 임 이랑과 그녀의 아이들을 좋아했고, 그들을 밀어주고 싶어했다. 하지만 자신의 가문과 사회적 지위가 더 중요했다. 노대부인이 묵란을 거절하자마자 임 이랑은 병을 핑계로 아이들이 문안을 가지 못하게 했다. 이건 노대부인의 체면을 깎아내리겠다는 뜻이었고, 성부 전체에 나 임 이랑은 당당하다는 걸 공개적으로 알린 것이었다.

하지만 노대부인이 즉각 반격에 나서면서 성굉은 총애하는 임 이랑과 가문의 체통 사이에서 어쩔 수 없이 선택을 해야 했고, 효(孝)가 최우선이 되면서 조금의 망설임도 없이 후자를 선택했다. 이는 주식을 살 때 회사의 운영 상태만 보지 말고, 나라의 형세를 살펴야 하는 것과 같았다. 지금 성부는 성굉이 임 이랑을 지켜주고 싶긴 하지만 임 이랑이 첩으로서 본분을 지켜야만 하는 형세였다.

노대부인은 사태를 꿰뚫고 있는 것 같은 어린 손녀의 모습에 살짝 의외라 생각하며 다시 온화하게 물었다.

"그럼 너는 넷째 언니가 무엇을 잘못했다고 생각하느냐?"

명란이 작은 머리를 흔들며 그럴듯한 말을 했다.

"할머님을 곁에서 모시는 건 저희의 효심이자 할머님의 기쁨입니다. 넷째 언니는 소망하는 것을 이루지 못했다는 이유로 꾀병을 부려 할머님을 걱정시켜 드리지 말아야 했습니다."

노대부인은 기특하다는 듯이 웃으며 명란이를 안아서 무릎에 앉혔다. 그리고 아이의 얼굴을 어루만지며 말했다.

"명란아, 네 말이 맞다. 이 할머니의 처소에서는 글씨를 알고 바느질을 배우는 건 다 나중 일이란다. 우리에게 가장 중요한 건 사리를 꿰뚫는 법을 배우는 것이지. 사람이 세상을 살다 보면 뜻대로 되는 일이 있고 안 되는 일이 있어. 네 것은 네 것이지만, 네 것이 아닌 것은 억지로 가지려 하지 마라. 자기 분수에 맞게 흘러가는 대로 두어야지 원하는 걸 갖겠다고 수단과 방법을 가리지 않으면 안 된다……."

노대부인은 알쏭달쏭한 표정을 짓고 있는 손녀를 보며 자기가 너무 심오한 얘기를 했다고 생각해 더는 말하지 않았다. 그리고 최씨 어멈을 불러 명란을 이화주로 안고 가 낮잠을 재우라고 명했다.

　사실 명란은 다 이해하고 있었다. 노대부인은 회한이 많은 사람이었다. 처음 임 이랑을 양육했을 때만 해도 고결한 임대옥을 길러내고 싶었는데, 나중에 보니 표독한 우이저를 기른 꼴이 되지 않았던가. 임 이랑은 꾀가 많고 전투력이 강해 성부를 발칵 뒤집어 놓았다. 그리고 이 모든 것의 원인은 '탐할 탐貪' 이 한 글자로 귀결되었다. 이번에 양육하는 아이는 서녀였다. 만약 아이가 자기 곁에 있다는 이유로 기고만장해져서 가져서는 안 되는 희망을 품는다면 상처를 받을 게 뻔했다. 그러니 그런 가능성을 사전에 차단할 필요가 있었다.

　명란은 따뜻한 구들 위에 누워 작게 탄식했다. 사실 노대부인의 걱정은 기우였다. 지금의 신분을 받아들인 날부터 명란은 자신의 미래를 생각하고 있었다. 이곳은 아주 정상적인 고대 세계였다. 신분 질서가 엄격하고, 봉건 질서가 뚜렷해서 막 나갈 수 있는 여지가 하나도 없었다. 무작정 집을 나가 협녀俠女가 될 수도 없었고, 기상천외한 아이디어로 창업을 할 수도 없었다. 그렇다고 궁에 가서 살길을 모색하는 건 더더욱 할 수 없었다. 그녀가 할 수 있는 거라곤 그저 자신의 생활을 잘 돌보는 것뿐이었다.

　인간은 비교를 통해 행복을 느낀다. 주변 사람이 자기보다 비참하면, 변변치 않은 음식을 먹고 있어도 유쾌한 기분이 들 것이다. 서녀가 고통을 받는 건 함께 자란 적출 자매들이 대개 더 좋은 인생을 살기 때문이었다. 같은 아버지 밑에서 똑같이 자란 언니와 동생이 모든 면에서 자기보다 우월하다면 속이 쓰린 게 당연했다.

하지만 만약 적녀와 비교를 하지 않는다면? 끼니를 잇기 어려운 농가나 그보다 더 못한, 자유가 없는 노비의 집안에서 태어났다면? 그런 삶과 비교해 보면 자신은 이미 충분히 좋았다. 적어도 지금은 먹고 입는데 걱정이 없었으니 미약하게나마 재물복이 있는 셈이었다. 아버지도 가사買赦 [6]처럼 딸을 팔아넘기듯 시집보내는 개차반이 아니었고, 가문도 꽤 부유한 편이었다.

그녀와 같은 고대의 여자아이들은 인생이 이미 정해져 있었다. 서녀에 맞는 기준대로 자라서, 적당한 신랑감을 만나 결혼하고, 자식을 낳고, 늙어가는 것이다. 이혼은 할 수 없으니 여러 '자매'들과 남편을 공유해야하는 것을 빼고는 현대와 크게 다를 것이 없었다. 가끔 명란은 '이것도 나쁘지 않다'는 못난 생각을 했다.

만약 삶이 순탄치 않다면, 하늘이 기어코 그녀에게 비참한 인생을 주려 한다면……. 흥, 그때는 죽기 아니면 까무러치기가 되겠지. 정말로 막다른 길에 이르게 된다면, 얌전히 당하고만 있지 않을 것이다. 나를 괴롭힌다면, 나를 괴롭히는 사람도 편하게 살지는 못하리라. 그때가 되면 너 죽고 나 죽자가 되는 거다. 큰일이 나봐야 둘 다 죽기밖에 더하겠는가. 누가 누굴 겁내! 난 산사태에 깔려 죽어본 사람이라고!

여기까지 생각을 하자 명란은 오히려 마음이 홀가분해졌다. 그녀는 작은 뱃가죽을 쭉 펴고 깊은 잠에 빠져들었다.

---

6) 소설 『홍루몽』속 인물.

제13화

술을 마주하고 노래를 부르세
인생이 길어야 얼마나 길겠나

어느새 또 십여 일이 훌쩍 지나갔다. 눈이 내린 어느 날 아침, 왕 씨가 애타게 기다리던 공 상궁이 드디어 성부에 도착했다. 그녀는 산동山東 공부孔府의 방계의 방계의 방계의 후손으로, 궁녀에서 승급해 여관女官이 되었다고 했다. 지난 수십 년 동안 황제가 여러 번 바뀌었지만, 그녀는 육국六局을 돌며 여관女官 [1]의 자리를 지켰다. 그런 후에 몇 년 전, 늙고 병들어 사직을 청하고 출궁한 뒤로는 줄곧 경성의 영은관榮恩觀에 머물며 요양을 하고 있었다.

현재 공후백부 혹은 권문세가 사이에서는 궁에 있다가 나온 나이 많은 궁인들을 집으로 불러다 딸아이에게 예법을 가르치는 것이 유행이었다. 명란은 그것을 딸의 부가가치를 높이기 위한 것으로 이해했다.

공 상궁은 이미 영국공부英國公府와 치국공부治國公府, 양양후부襄陽侯

---

1) 여관육국女官六局은 명나라 시기 황제와 비妃의 일상생활을 관장하던 기구로, 상궁尙宮·상의尙儀·상복尙服·상식尙食·상침尙寢·상공尙功의 통칭.

府의 여러 딸들을 가르친 경험이 있었다. 다들 그녀가 성정이 온후하고, 예법을 가르칠 때도 세심하다고 평가했다. 다른 유모 상궁들처럼 걸핏하면 때리거나 벌을 주지 않으면서도 예절과 법도를 제대로 가르친다는 것이었다. 왕 씨는 노대부인이 이렇게까지 신경을 써줄 줄은 몰랐다. 예상치 못하게 수준 높은 유모 상궁을 모셔오게 된 왕 씨는 수안당에 가서 몇 번이고 감사의 인사를 올렸다.

궁에서 수십 년을 여관으로 지내면서 한 번도 구설수가 없었다는 얘기에 명란은 공 상궁이 아주 안전한 외모를 가졌으리라 짐작했고, 실제로 만나 보니 과연 그러했다. 공 상궁은 노대부인보다 몇 살 아래였는데, 깡마른 체형에 눈이 작고 코가 낮았다. 마르고 넙데데한 얼굴은 보기에 무척 온화해 보였다. 그녀는 은회색 바탕에 채색 무늬가 들어간 비단 배자를 입고, 소맷부리에만 털가죽 장식을 끼고 있었다. 머리에도 소박하게 여의문如意紋이 새겨진 크고 넓적한 비녀 하나만 꽂아 전체적으로 아주 점잖은 인상을 주었다.

공 상궁이 궁중의 예법에 따라 노대부인에게 절을 올리려 하자 노대부인이 황급히 그녀를 일으켜 세웠다. 예전부터 알고 지냈던 두 사람은 같이 구들에 앉아 이야기를 나누기 시작했다. 평범하게 생긴 사람이 이야기를 시작하자 엄청난 교양이 느껴졌다. 일거수일투족이 고상하고 막힘이 없었으며 단정하고 신중했다. 성굉과 왕 씨는 웃으며 옆에 같이 앉았고, 화란은 흥분해서 얼굴이 빨개진 채로 거동을 조심하느라 감히 한마디도 끼어들지 못했다. 묵란은 단아하게 앉아 완벽한 미소를 유지하며 두 노인의 말을 경청했다. 왕 씨는 여란이 철없이 굴다가 집안 망신을 시킬까 두려워 아예 이 자리에 오지 못하게 했다.

"성 대인께서 관리로서 공명정대하시고, 덕으로 다스리신다는 얘기는 경성에서도 익히 들었습니다. 이렇게 자손이 번성하고, 도련님과 애기씨들 모두 훌륭하시니 노마님께서는 정말로 복이 많으십니다."

공 상궁이 미소를 지으며 말했다.

"자네처럼 바쁜 사람을 모셔왔으니 내가 복이 있는 게지. 내 큰손녀를 자네에게 맡길 테니 잘못된 것이 있으면 걱정 말고 혼을 내게."

노대부인이 웃으며 화란을 가리켰다.

"어찌 그런 말씀을 하십니까. 제가 오늘은 대접을 좀 받고 있지만 그건 귀하신 분들이 생각해주셔서 그런 게지요. 엄밀히 말해 저는 궁의 노비에 불과한 것을요. 예법은 덕으로 사람을 감화시키고, 윤리와 품행을 바로 잡는 것이지 사람을 괴롭히려는 것이 아닙니다. 배워야 한다고 해서 억지로 배울 필요는 없습니다. 정성을 다하면 되는 것이지요. 그리고 노마님의 손녀인데 어디 하나 빠지는 것이 있겠습니까."

공 상궁이 이렇게 말하며 화란을 쳐다봤다. 화란은 격려를 받은 듯 단정히 앉아 허리를 꼿꼿이 세우고 기대감에 찬 눈을 반짝였다. 온몸으로 자신의 결의를 표현하는 것 같은 모습이었다.

"이번에 상궁마마님이 오신 건 다 어머님 덕분이지요. 나중에 화란이를 가르치다 시간이 나시면 경성 소식을 좀 들려주세요. 저희처럼 경성 밖에 사는 시골 사람들의 식견을 넓혀주셔야지요."

왕 씨가 말했다.

"천주에서 등주까지 남쪽에서 북쪽으로 오는 길은 물자가 풍부하고, 백성의 생활이 풍요로우며 아주 광활하지요. 마님께서는 높은 산과 큰 물을 보셨고, 전국 곳곳의 풍토를 알고 계십니다. 평생을 한 곳에서만 살아온 이 늙은이보다 식견이 높으실 텐데 너무 겸손하시군요."

공 상궁이 겸손한 미소를 지어 보였다. 그 말에 왕 씨는 온몸의 땀구멍이 전부 열리는 기분을 느끼며 더 크게 함박웃음을 지어 보였다.

공 상궁은 말하는 속도가 아주 느렸지만 그렇다고 답답한 느낌을 주진 않았다. 말수가 많은 건 아니었지만, 한마디 한마디가 적절해 옆사람이 귀담아 들을 만했다. 공손하면서도 듣기 좋은 화술에 옆에서 지켜보고 있던 명란은 감탄을 금하지 못했다. 아주 엄한 유모 상궁이 올 줄 알고 마음을 단단히 먹고 있던 왕 씨와 화란은 공 상궁의 온화함과 친절함에 너무 기뻐 노대부인에게 더욱 감사하게 되었다. 왕 씨는 공 상궁을 위해 진작부터 처소와 하인을 준비해두었다. 하지만 공 상궁은 우선 수안당에서 하룻밤 지내며 노대부인과 회포를 풀고 싶다는 뜻을 완곡히 전했고, 왕 씨는 자연히 그 뜻에 따르기로 했다.

밤이 되고, 공 상궁은 노대부인의 난각暖閣 [2]에 누웠다.

"자네가 이렇게 와주다니. 난 감히 청할 생각도 못 했는데 말이야."

노대부인이 말했다.

"저는 정말 권문세가들에 질려버렸습니다. 다들 천의 얼굴을 가졌어요. 표정이며, 뱃속이며 시커먼 꿍꿍이가 가득합니다. 한평생 남의 비위를 맞추며 살아왔더니 이제는 꿈에서도 높으신 분들의 마음을 헤아리고 있다니까요. 사직을 청하고 나면 며칠은 편히 쉴 수 있겠거니 했는데 도무지 쉴 수가 없더군요. 오히려 노마님을 핑계로 경성을 떠나고 나니까 조용히 지낼 수 있었습니다. 그리고 저도 이제 늙었으니 고향으로 돌아가야지요."

공 상궁은 조금 전까지의 침착함을 벗어 던지고 피곤함을 드러냈다.

---

2) 난방이 되는 작은 방.

"정착할 곳은 찾았는가? 쓸 만한 곳이 있으면 꼭 내게 말하게."

노대부인의 눈빛에 슬픔이 어렸다.

"아닙니다. 진즉에 찾았지요. 그리고 고향에 먼 일가 조카가 있습니다. 그 아이는 부모가 없고, 저는 자식이 없어 같이 살기로 했지요. 저도 앞으로 살면 얼마나 더 살겠습니까. 다시는 어딘가에 얽매이고 싶지 않습니다."

공 상궁은 해탈한 듯한 모습이었다.

노대부인은 살짝 동정심이 일어 낮은 목소리로 말했다.

"자네도 한평생 고단했지. 애초에 자네는 정혼을 한 상태였고, 입궁 명패에는 분명 자네 여동생의 이름이 적혀 있었지 않나. 자네 이름을 사칭한 새어머니 때문에 강제로 입궁을 하는 바람에 평생을 그르쳤어."

"고단할 게 무엇이 있습니까?"

공 상궁이 시원하게 웃었다.

"한평생 보통 사람들보다 근사하게 산 것을요. 먹고 쓰는 것은 말할 것도 없고, 세 분의 황제와 다섯 분의 황후마마, 셀 수도 없는 후궁마마들을 모시면서 식견을 높이지 않았습니까! 먹고 입을 걱정 없이 예순까지 살았으니 원망할 것도 없지요. 그런가 하면 제 동생은 시집을 가서 사통하고, 독을 타다 이혼을 당했습니다. 평생 자기 이름을 더럽히는 짓만 했지요. 새어머니는 그 아이 때문에 가산을 탕진하다 결국 초라하게 죽었고요. 하지만 저는 그들보다 훨씬 강해졌어요."

공 상궁이 이렇게 말하며 껄껄 웃기 시작했다.

"처음 그 소식을 듣고 지하 창고에서 몰래 술을 꺼내 와 축하를 했다니까요!"

노대부인이 웃으며 말했다.

173

"자넨 여전하구먼. 겉으로는 공손해 보여도 속은 방탕하다니까."

공 상궁이 살짝 감상에 젖어 말했다.

"안 그러면 어떻게 견디겠습니까."

그러더니 갑자기 노대부인에게 달려들며 괴상한 목소리로 말했다.

"그건 그렇고 노마님께서는 어떻게 이렇게까지 수양을 쌓으신 겝니까? 그때 그 기세는 다 어디로 가고요?"

노대부인이 고개를 저으며 어쩔 수 없다는 듯 말했다.

"꿩이는 어쨌든 내 친자식이 아니지 않나. 그러니 굳이 미움을 받을 필요가 뭐 있어. 나도 이젠 지쳤네. 왕년에 날렸던 게 다 무슨 소용인가. 결국엔 다 공空인 것을."

공 상궁이 코웃음을 치며 말했다.

"하지만 제 눈엔 갈수록 퇴보하고 계신 것으로 보입니다. 그 옛날 정안황후께서는 노마님보다 얼마나 더 힘들게 사셨습니까. 아들 둘은 죽었지, 딸은 빼앗겼지, 황가에서는 또 놔주지 않지……. 그분께서 뭘 하실 수 있었겠어요? 태종께서 총애하시든 냉대하시든 그저 기뻐할 수밖에요. 그때 황후께서 저희한테 뭐라고 하셨는지 아십니까. '여인은 평생 자기 뜻대로 되는 일이 거의 없단다. 신분도, 혼인도 전부 마음대로 할 수 없어. 그러니 스스로 삶의 낙을 찾아 주어야 해. 술을 마주하고 노래를 부르자꾸나. 인생이 길어야 얼마나 길겠나'라고 하셨어요. 그분은 비록 오래 살지는 못하셨지만 하루하루를 즐겁게 사셨습니다. 마마께서 훙서薨逝[3]하시고 태종께서는 매일 그리워하시다 결국 병을 얻어 일어나

---

3) 왕족 등의 죽음을 높여 이르는 말.

지 못하셨지요…….”

공 상궁의 목소리가 점점 낮아졌다. 노대부인도 망연한 눈빛으로 그 기세등등하고 제멋대로였던 여인을 떠올렸다.

공 상궁이 한숨을 길게 내쉬었다.

“선황제께서 그래도 마지막에 황후마마의 막내 아드님을 후계로 삼으셨으니 마마도 후손을 남기신 셈이지요. 그래서 저는 그분 말씀대로 기분 나쁜 일은 절대 마음에 담아두지 않습니다. 바보가 되어야 할 때는 바보가 되고, 비천해져야 할 때는 비천해지는 게지요. 먹을 때 먹고, 누릴 때 누렸으니 이번 생이 헛되지 않았습니다. 그때 궁에 들어간 사람이 까탈쟁이 노마님이었다면 죽어도 벌써 골백번은 더 죽었을 겁니다!”

노대부인은 천진난만했던 젊은 시절을 떠올렸다. 그리고 크게 낙담했다. 한참 뒤, 그녀가 머리를 흔들며 화제를 돌렸다.

“그 이야기는 이제 그만하도록 하세. 그래, 자네가 보기에 우리 집안은 어떠한가?”

공 상궁이 눈을 흘기며 말했다.

“엉망진창에 법도라고는 하나도 없습니다! 그중에서도 가장 법도가 없는 건 바로 노마님이지요!”

공 상궁은 경성에 오랫동안 답답하게 지내다 마침내 막말을 할 수 있는 기회를 잡은 것 같았다. 노대부인은 속수무책으로 그저 공 상궁이 계속 떠들게 둘 수밖에 없었다.

“이 댁의 큰어르신이야말로 대단하신 분이지요. 그 많은 가산을 일구셔서 돌아가시기 전에 직접 세 아들을 분가시키셨으니까요. 안타까운 건 그분이 떠나시고 얼마 되지 않아 노마님의 부군께서도 돌아가셨다는 겁니다. 노마님이 아니셨다면 서자인 성 대인은 속이 시커먼 셋째 숙부에게 진작 잡아먹혀서 뼈도 못 추렸을 겁니다. 이만한 가산을 지킬 수나 있었겠습니까? 그때 노마님은 돈도 있었고, 젊었고, 후부 나리와 마님께서도 건재하셔서 재가하려면 얼마든지 할 수 있었어요. 금릉과 경성에서는 지내기가 어렵다 해도 이 넓은 세상 어디 먼 곳에 가서 살면 그뿐이었지요. 시집가서 아들 낳고 단출하게 사는 게 얼마나 아름답습니까? 그런데 노마님은 기어코 그 양심도 없는 수절을 한답시고 서자를 본인 밑으로 올리고 성가 전체를 책임지셨지요. 글 선생까지 두고 가르친 아들이 과거 시험에 붙고, 장가를 가고, 자식을 낳았습니다. 그다음에는요? 공을 세우고 뒤로 물러나서는 한쪽 구석에서 산송장 노릇을 하고 계십니까? 정말이지 어이가 없어서!"

공 상궁은 하마터면 노대부인의 얼굴에 삿대질할 뻔했다.

"노마님이 낳지는 않았지만 그래도 적모 아닙니까. 성 대인이 하해와 같은 은혜를 입었는데 노마님이 큰소리 좀 칠 수 있는 일이지 그까짓 거 꺼릴 게 뭐가 있습니까? 아들들은 다 배은망덕한 것들입니다. 마누라를 얻는 순간 어미는 잊는다고요. 노마님께서 자신을 아끼지 않으시면 성 대인이 신이 나서 노마님을 한쪽에 내팽개쳐둘 겁니다! 효로 천하를 다스리는 나라에서 조금이라도 불효를 하고 있으니 관직에 있을 생각을 말아야지요. 노마님은 자신을 위해서가 아니라 저 아이를 위해서라도 어쨌든 편하게 사셔야 합니다."

공 상궁이 이렇게 말하며 이화주를 보며 입을 삐죽였다.

노대부인은 공 상궁이 튀긴 침을 고스란히 맞으면서도 반박도 못 하고 있다가 마침내 할 말이 생긴 듯 다급하게 물었다.

"그래, 자네가 보기에 명란은 어떠한가?"

공 상궁이 고개를 돌리고 머뭇대다 입을 열었다.

"제법이더군요."

노대부인의 기대 어린 표정에 공 상궁이 몇 마디 덧붙였다.

"아이의 눈이 살아 있습니다. 담백하면서도 해맑은 것이……. 모든 걸 알고 있는 것 같으면서도 차갑지가 않아요. 오히려 활달하고 명랑하지요. 점잖고 예의를 지킬 줄 알고요. 사람들 앞에서 튀지 않는 법을 아는 게 노마님보다 낫습니다. 애지중지하실 만해요."

노대부인이 눈을 흘겼다.

"애지중지는 무슨? 내겐 다 똑같은 손녀일세."

공 상궁이 짜증을 내며 손을 흔들었다.

"시치미 떼지 마세요. 저녁을 먹으면서 아이한테 음식을 몇 번이나 집어다 주셨습니까? 그러면서 잊을 만하면 '많이 먹어라', '편식하면 안 된다'. 아이가 어떤 음식에 더 자주 손을 뻗는지 노마님 옆에 있던 방씨 어멈이 몰래 세고 있는 걸 다 봤는데, 제가 장님입니까? 방금 아이가 잠들 때도 한참 동안 절 여기에 내팽개쳐두셨지요. 분명히 아이가 약을 먹고 잠자리에 드는 걸 지켜보셨을 겝니다. 그러다 아이가 잠드니까 그제야 오신 거고요."

노대부인이 어쩔 수 없지 않으냐는 표정으로 말했다.

"아이가 원체 잠이 없는 데다 매번 선잠을 자니 그런 것 아닌가. 밤마다 몇 번을 깨는지 몰라. 가끔은 한밤중에 울면서 일어난다니까. 속상한 게 있는데도 마음에 담아두기만 하고 말을 못 하는 게지. 밤에는 그렇게 뒤척이면서 낮에는 또 아무 일도 없는 사람처럼 늘 하던 대로 나랑 글공부하고, 얌전히 앉아 이 할머니가 해주는 옛날이야기를 듣네. 이렇게 말하면 이상하지만 저 아이는 소싯적 임 이랑처럼 학문이나 그림에 능하지도 않고, 화란이처럼 말재간이 좋아 날 즐겁게 해주진 않지만, 나는 그래도 왠지 저 아이가 제일 마음에 들어."

노대부인이 낙담하며 말했다.

"그건 노마님이 발전을 한 게지요. 반평생을 억울하게 보내다 드디어 사람을 볼 때는 속을 들여다봐야 한다는 걸 깨달은 겁니다. 겉만 번드르르한 것보다는 인품이 돈후敦厚한 것이 중요하지요. 노마님도 오랫동안 혼자 지내다가 아이가 매일 곁에 있으니 안 그러려고 해도 자꾸 마음이 갈 수밖에요."

공 상궁이 눈빛을 날카롭게 반짝이며 정곡을 찔렀다.

노대부인이 공 상궁을 손가락질하며 욕했다.

"이 늙은 것이 어찌 그 주둥아리로 궁에서 살아 나와서는 날 해코지하는 게야."

공 상궁이 눈을 부릅떴다.

"그야 당연하지요. 좋은 사람은 명줄이 짧고, 나쁜 사람은 천년을 산다는 얘기도 못 들어보셨습니까?"

이렇게 말하던 두 노인은 같이 웃음을 터뜨렸다.

한참을 웃고 난 노대부인이 눈물을 닦으며 목을 빼고 이화주 쪽을 바라보다 공 상궁에게 저지를 당했다.

"시끄러워 깰 일 없으니 보지 마세요. 안신탕安神湯[4]을 마시지 않았습니까? 깼으면 진즉에 소리가 났을 겁니다. 그러니 어서 돌아오세요. 할 말 있습니다."

노대부인은 자기가 생각해도 그랬기에 바로 고개를 돌렸다. 그러자

---

4) 심신 안정에 효과가 있는 약.

공 상궁이 정색하고 말했다.

"저는 산동 민가의 여식이었고, 노마님은 금릉 후부의 아가씨였습니다. 정안황후마마로 인해 알고 지내게 된 것도 인연이니 제가 충고를 좀 할까 합니다."

노대부인이 진지한 얼굴로 천천히 고개를 끄덕이자 공 상궁이 얘기를 시작했다.

"노마님께서 반평생을 억울하게 사신 것, 제가 압니다. 필사적으로 싸우셨지만 사람도 잃고 정情도 잃으셨지요. 상심이 큰 나머지 재가再嫁도 거부하시고 성가만 지키며 살아오셨어요. 하지만 앞으로 살날이 얼마나 남아 있겠습니까?"

공 상궁이 상심에 빠진 노대부인을 보며 말을 이었다.

"정안황후께서 돌아가시기 전에 하신 말씀을 오늘 노마님께도 해드릴까 합니다. 일을 도모하는 것은 사람에게 달렸고, 일을 성사시키는 것은 하늘에 달렸습니다. 우리 여인네의 일생은 쉽지 않지만 할 수 있는 일을 다 했으면 그다음은 하늘의 뜻에 따를 일이지요. 부모가 낳아주고 길러준 것도 쉽지 않은 일인데 우리가 어찌 이 생을 헛되이 쓰겠습니까. 어떻게든 잘 살 궁리를 해야죠. 단 하루를 살아도 잘 살아야 합니다. 노마님은 아직 숨이 붙어 있으니 잘 살아내야지요. 불공평한 일을 보면 그 자리에서 말하고, 잘못된 것을 보면 그 자리에서 욕을 해야 합니다. 금릉 서씨 집안 큰언니의 모습을 꺼내 성부의 규율을 정돈하세요. 노마님께서 편안하게 지내시면 성가의 자손들에게도 좋은 모습을 남길 수 있지 않겠느냐고 하지 않으셨습니까. 이 이치를 말씀하신 게지요?"

눈시울이 붉어진 노대부인이 손수건을 꺼내 눈가를 훔쳤다.

"과연 자매가 좋긴 좋구먼. 지금 나한테 그런 소리를 해줄 수 있는 사람은 자네뿐일세. 자네의 마음이 이 늙은 언니를 깨닫게 하네……. 어쨌든 명란이 시집갈 때까지는 내가 버텨야겠지."

공 상궁은 자신의 충고가 받아들여진 것을 보고 크게 안심했다.

"그런 마음가짐이면 됐습니다. 여섯째 애기씨가 아직 어리니 앞으로도 의지할 곳은 노마님뿐 아닙니까. 큰 욕심 안 부리고 좋은 배필을 짝지어주면 그걸로 된 겁니다."

제14화

공 상궁의 예절 강습

다음 날 아침. 명란은 습자첩習字帖을 들고 할머니에게 갔다. 몇 글자 남지 않은『천자문』을 며칠 안으로 확 떼버리고 앞으로는 문맹 행세를 하지 않을 계획이었다. 짧은 다리로 열심히 걸어 정당正堂에 이르렀을 때, 왕 씨가 웬일인지 아침 댓바람부터 와서 공 상궁을 맞이하고 있었다. 구제 식량을 받으러 온 이재민이 늦게 와서 식량이 다 떨어지진 않았을까 걱정하는 모습과 똑 닮은 상황이었다.

명란은 아랫자리에 차분하게 앉아 공손한 자세로 노대부인이 하는 말을 들었다.

"……어젯밤에 내가 체면도 다 내려놓고 공 상궁에게 부탁했다. 힘들겠지만 화란일 가르칠 때 다른 아이들도 함께 가르쳐달라고 말이다. 아직 어리긴 하지만 옆에서 같이 보고 듣다보면 교양이 쌓일 게다……."

왕 씨에겐 마다할 이유가 없었다. 수준 높은 가정교사를 어렵사리 청했는데 이 기회를 어찌 낭비할 수 있겠는가. 그리하여 명란은 잠시 습자 공부를 중단하고, 아침을 먹자마자 최씨 어멈에게 안겨 화란의 처소로 가게 되었다.

희교熙橋를 돌아 작은 정원을 가로질러 화란의 처소인 위유헌蔵蕤軒에 도착한 명란은 화란을 보자마자 순간 눈앞이 밝아지는 것을 느꼈다. 이날 화란은 두 마리 봉황이 금과 은으로 장식된 연두색 짧은 저고리에 허리가 잘록하게 들어간 주름 잡힌 옅은 청록색 장치마를 입고 있었다. 머리는 구름같이 높이 올려 금실과 보석으로 장식된 금띠로 묶었다. 백목련이 사람이라면 저런 모습이겠구나 싶을 정도로 아름답고 매력적인 모습이었다. 공 상궁조차도 몇 번이나 화란을 바라볼 정도였다. 명란은 속으로 '그 원가라는 녀석, 여복 한번 좋구나' 하고 생각했다.

왕 씨는 이토록 아리따운 큰딸의 모습에 속으로 엄청나게 뿌듯해하며 다른 두 아이를 바라봤다. 여란은 기분이 가라앉아서 축 처진 채로 한쪽에 서 있었다. 반면 묵란은 기운이 펄펄 넘쳐서 공 상궁에게 구변 좋게 인사말을 건넸다. 그 모습에 언짢아진 왕 씨가 여란을 꾸짖었다.

"여란아, 마마님을 뵈었으면 인사를 드려야지. 이렇게 버릇없이 굴면 아주 혼이 날 게야!"

여란은 그 소리에 바로 입을 내밀며 고개를 숙인 채 씩씩거렸다.

왕 씨가 가고, 공 상궁의 수업이 시작됐다. 수업은 화란 중심이었고, 나머지 세 아이는 참관을 하는 형식이었다. 처음부터 학습 태도가 불량했던 여란은 건성으로 하다가 오래지 않아 계집종과 실뜨기 놀이를 하러 갔다. 명란도 무척 하기 싫었지만 여란처럼 막 나갈 배짱도 없었고, 불만도 그만큼 크지는 않았다. 억지 공부는 자주 있던 일이었기에 이미 습관이 돼 있었다. 현대의 입시 교육에 비하면 공 상궁의 수업은 간지러운 수준이었다.

아무렴 요의의가 삼각함수를 좋아해서 쌍곡선을 그리고 또 그렸겠는가. 아니면 앵글로 색슨족의 언어가 좋아서 매일 아침 이해하기도 힘든 단어를 외웠겠는가. 그도 아니면 책을 달달 외우는 걸 좋아해서 고리타분하고 재미없는 정치법률을 전공으로 택했겠는가. 웃기지도 않는 소리! 다 먹고살자고 한 짓이었다.

환경이 바뀌었다고 해서 달라질 건 없었다. 명란이 이곳에서 다리를 붙이고 서 있으려면 처음부터 배울 수밖에 없었다.

"일반적으로 여자아이는 인품과 덕행이 중요하고, 교양 있는 행동은 허례에 불과하다 하지만 체통 있는 사람들은 대개 이 허례를 좋아하지요. 둘의 관계는 크다면 크고 작다면 작습니다. 잘했다고 해서 반드시 칭찬을 받는 건 아니지만, 잘 못 하면 알게 모르게 사람들의 웃음거리가 되고 말지요. 애기씨들께선 다들 총명하시니 그게 얼마나 중요한 건지 아실 겁니다."

공 상궁이 아이들을 향해 진지하게 말했다. 학습의 필요성에 대해서 확실히 말하고 나니 그다음은 쉬웠다. 공 상궁의 수업은 아주 좋았다. 어려운 내용을 알기 쉽게, 요점만 간단히 설명한 다음 시범을 보이고 고쳐주었다. 그리고 수시로 실제 예시를 들어주었다. 화란과 묵란이 제대로 하지 못한다 해도 공 상궁은 화내지 않고 아이들이 스스로 깨달을 수 있게 했다.

묵란은 화란의 옆에 착 달라붙어서 화란이 하는 건 뭐든지 따라했고, 자신에게 엄격한 잣대를 들이댔다. 그리고 수시로 '마마님, 이렇게 하는 게 맞습니까?', '마마님, 이렇게 해도 되나요?'라고 물으며 마치 자기가 '정식 학생'인 것처럼 굴었다. 화란은 입술을 깨물며 공 상궁 앞에서 폭발하지 않기 위해 참고 또 참았다.

명란의 학습 태도는 위를 보면 부족했고, 아래를 보면 충분했다. 오전 내내 가르쳐주는 대로 몇 가지 인사법과 걷는 자세를 연습했지만 어째

배우면 배울수록 마음대로 안 되는 것 같았다. 이 세계에 온 지 일 년 정도밖에 되지 않았고, 대부분의 시간을 누워서 쥐 죽은 듯이 지냈던 그녀였다. 그러니 화란은 말할 것도 없고 나머지 두 사람과 비교해도 이 세계의 예법에 어두울 수밖에 없었다. 지금 잠깐 배웠다고 해서 따라갈 수 있는 게 아니었다.

그래서 명란은 점심 식사 시간을 이용해 최씨 어멈에게 작은 공책을 하나 만들어달라고 했다. 우선 기억을 더듬어 오전에 배운 것을 공책에 적었다. 그리고 오후 수업을 들으러 갈 때 소도에게 붓과 벼루, 먹 그리고 공책을 대나무로 만든 바구니에 넣어달라고 해서 가지고 갔다. 공 상궁이 다시 수업을 시작했을 때, 그녀는 조급하게 앞으로 나가 연습하는 대신 송죽매松竹梅가 새겨진 작은 배나무 탁자 위에 지필묵을 펼쳤다. 그리고 탁자 위에 엎드려 필기하기 시작했다.

공 상궁은 화란에게 손님에게 음식을 덜어줄 때의 다양한 자세를 가르치다 슬그머니 명란을 바라보았다.

수업 시간에 필기하는 건 입시 교육으로 단련된 명란에겐 본능과도 같은 것이었다. 선생님이 앞에서 수업하는데 손에 펜을 쥐고 있지 않다는 건 말 그대로 선생님의 표적이 되겠다는 거나 마찬가지였다. 붓이 손에 있으니 걱정할 게 없었다. 명란은 바로 빠져들었다. 그래도 십수 년 동안 받은 전인 교육이 헛되지는 않아서 조목조목 깔끔하게 정리를 할 수 있었다.

소위 규율과 예법은 아주 막연한 개념으로, 일생 생활에서의 일거수일투족이 포함됐다. 절하기, 걷기, 말하기, 미소 짓기, 사람 대하기는 물론 차 한 잔, 물 한 모금 마시는 데도 관례에 따른 방법이 있었다. 본래 대갓집 아가씨는 어려서부터 귀에 못이 박이게 듣기 때문에 이런 행동들이 자연스레 몸에 밴다. 공 상궁의 수업은 상층 귀족과 성가와 같은 중등 관료 집안의 예법이 판이하다는 것을 일깨워주는 것에 불과했다. 말하자면 이건 속성반이었다.

스승은 이끌어주기만 할 뿐, 수행은 각자의 몫이었다. 여럿이 같이 수행을 하는데 명란은 처음엔 부족했지만 지금은 따라잡는 중이었고, 여란은 힘은 남아돌지만 마음은 모자라 꾸준히 하질 못했다. 묵란은 총명하긴 했지만 아직 몸집이 작은 데다 나이가 어려 이해하는 데 한계가 있었다. 그래서 동작이 재빠르거나 일정하지 않았다. 마지막으로 화란은 당연하게도 독보적이었다. 배우는 것도 빨랐고, 기억력도 좋았다.

며칠 만에 눈에 보이는 성과가 나타났다. 화란은 거만하게 남을 깔보지 않았고, 묵란도 쭈뼛대지 않았다. 여란도 방자하게 굴지 않았고, 명란도 멍하게 있지 않았다. 아이들은 갑자기 온순해지기라도 한 듯 말하는 게 시원시원하면서 예의에 어긋남이 없었고, 행동거지도 버드나무에 스치는 봄바람 같았다. 이를 본 성굉은 크게 만족하며 몇 날 며칠을 칭찬했고, 왕 씨도 공 상궁을 진심으로 존경하기 시작했다.

"궁에서 있었던 분이라 그런지 능력이 대단해요. 큰소리 한번 없이, 얼굴도 붉히지 않고 저 철부지들을 가르쳤잖아요."

왕 씨가 계속해서 재잘거렸다.

"이게 다 어머님 덕분이에요. 듣자 하니 공 상궁이 경성에 있을 땐 평범한 공후公侯 집안에서는 모셔갈 엄두도 못 냈던 분이래요. 그러니 나리도 이제 그분 앞에서 으스대지 마세요. 다른 사람들이 우리보고 생각이 짧다 흉봅니다."

성굉은 본래 셈이 뛰어난 사람인 데다 노대부인의 가르침까지 받아 도량이 넓고 멀리 내다볼 줄 알았다. 그는 관직에 오래 있으려면 눈과 귀를 열고 자신과 타인에 대해 잘 알고 있어야 한다는 걸 알고 있었다. 요 며칠 그는 틈만 나면 공 상궁에게 경성의 일들에 대해 가르침을 받았다. 공 상궁은 노대부인의 얼굴을 보아 경성의 권신 귀족 간의 복잡하고 은밀한 관계에 대해 위험 부담이 없는 것들로만 간략하게 말해주었다.

공 상궁은 수십 년 동안 구중궁궐에 있으면서 사회 최고위층들과 주로 왕래를 했기 때문에 식견도 남달랐다. 몇 번의 대화에서 적지 않은 가르침을 얻은 성픵은 공 상궁을 거의 자기 집안 어른으로 생각하며 붙잡지 못해 안달이었다. 그러나 공 상궁은 고향이 그립다며 한사코 사양했고, 성픵은 결국 포기할 수밖에 없었다.

공 상궁의 예절 강습은 아주 인간적이었다. 힘들게 열흘을 공부하고 나면 하루는 쉬게 해주었다. 마침 날씨가 좋았기에 화란이 여란과 명란을 데리고 정원에 나가 놀았다. 마찬가지로 휴가를 얻은 공 상궁은 수안당으로 가 노대부인과 한담을 나눴다.

"제가 여섯째 애기씨를 얕잡아 본 모양입니다."

공 상궁이 구들 위에 노대부인과 탁자를 사이에 두고 앉았다.

"어째 그러는가?"

노대부인이 흥이 나서 물었다.

공 상궁이 찻잔을 눈높이까지 들더니 세세히 감상한 뒤, 담담하게 말했다.

"처음에는 아이가 얌전하고 무던한데 조금 굼뜨다고 생각했지요. 사람 보는 눈 하나는 정확하다고 자부했었는데, 알고보니 능력을 뽐내지 않아 어리석게 보인 거였지 뭡니까."

"또 아무 말이나 지껄이는구먼. 겨우 며칠 가르쳐놓고 능력을 뽐내지 않아 어리석게 보인 거라니."

노대부인이 웃으며 고개를 절레절레 저었다.

공 상궁이 찻잔 뚜껑으로 찻잎을 살살 밀며 말했다.

"믿어보세요. 요 며칠 가르쳐보니 이 댁 큰아가씨는 괜찮더라고요. 총명하고 영리해서 하나를 가르치면 바로 알더군요. 다만 끈기가 좀 부족합니다. 다섯째 애기씨도 말할 것 없지요. 아직 어려서 놀기 좋아하는 것이니 나무랄 것 없습니다. 넷째 애기씨는 겉으론 약해 보이지만 실은 강해지고 싶어합니다. 기를 쓰고 배우려 해요. 아시다시피 그 성가신 예법들은 아이들이 배울 게 아니지 않습니까. 몸이 다 자라지 못해 체격이 안되니 많은 동작을 제대로 해낼 수 없지요. 그런데 넷째 애기씨는 지기 싫어해요. 어제만 해도 찻잔 네 개랑 접시 두 개를 깨 먹었지요. 음식을 더는 연습을 할 때는 젓가락을 떨어뜨렸고요."

노대부인은 그 말을 듣고 아무 말 없이 고개를 저었다. 공 상궁이 그녀를 힐끗 보고는 입꼬리를 끌어 올리며 또 놀리기 시작했다.

"노마님께서 애지중지하시는 그 여섯째 애기씨만 아무 소리 없이 있었습니다. 그런데 오전 동안 뭔가를 깨달았는지 오후에는 지필묵을 가져왔더라고요. 그러더니 제게 와서 떠들지도 않고 제가 한 말이며 동작을 전부 종이에 적지 않겠습니까. 슬쩍 가서 봤는데 꽤 제법이더군요."

노대부인은 말도 안 된다는 듯 웃으며 고개를 저었다.

"명란이가 글자를 얼마나 안다고 그런 것들을 글로 적겠나? 날 또 놀리는 게로군."

"못 믿으시겠으면 그 공책을 가져다 한번 보시지요."

공 상궁이 말했다.

노대부인도 궁금했는지 바로 방씨 어멈을 불러 명란이 가지고 다닌다는 책 상자를 가져오게 했다. 방씨 어멈은 최씨 어멈에게 책 바구니를 가져오게 했다. 노대부인은 바로 대나무로 만들어진 네모난 바구니를 열어보았다. 안에는 붓, 먹, 벼루가 가지런히 놓여 있었고, 한쪽에 작고 두꺼운 공책이 하나 있었다. 그 공책을 펴 본 순간, 노대부인은 깜짝 놀라고 말았다.

공책에는 그동안 했던 수업 내용이 빼곡히 적혀 있었다. 내용에 따라 크게 '음식편', '휴식편', '일상편' 등으로 분류하고, 그걸 다시 세분화하는 식으로 일목요연하게 정리를 해 알아보기 쉬웠다. 아는 글자가 많지 않아서 그런지 틀린 글자가 절반이었다. 어떤 것은 획을 빼먹었고, 어떤 것은 테두리가 틀려 있었다. 그리고 군데군데 우스꽝스러운 그림이 그려져 있었다.

예를 들어 어른에게 음식을 덜어 줄 때는 소매를 어떻게 접어야 하는지, 얼마나 접어야 하는지를 적다가 이해가 안 갔는지 글씨 옆에 소매를 접어 올린 짧고 통통한 팔을 그려놓고 화살표를 이용해 자세히 설명을 써 놓았다.

노대부인은 대충 몇 장을 넘겨 보았다. 우습기도 하고 기가 막히기도 했다. 뒤쪽으로 갈수록 내용이 점점 많아졌다. 심지어 중요한 부분에는 가느다란 붉은 선으로 표시가 되어 있었다. 방씨 어멈이 가까이 다가와 보더니 실소하며 말했다.

"그날 단귤이 주사朱砂 [1]를 달라고 하더니 명란 애기씨가 이렇게 쓰려고 그랬던 거군요. 좋은 방법이네요. 여기저기 글씨가 빼곡히 적혀 있어서 보기만 해도 어지러운데 이렇게 붉은색으로 표시를 해두니 눈에도

---

1) 붉은색을 내는 안료.

잘 들어오고, 이해하기도 쉬워요. 애기씨가 좋은 생각을 했네요."

노대부인은 이상한 부호들을 가리키며 공 상궁에게 물었다.

"이게 뭔가? 글자로는 안 보이는데."

공 상궁이 찻잔을 내려놓고 웃으며 말했다.

"저도 물어봤지요. 그랬더니 쓸 줄 모르는 글자라 일단 부호로 표시를 해둔 거라 하더군요. 나중에 『자휘字彙』[2]와 『정자통正字通』[3]을 찾아보고 다시 적는다고요. 아이가 멍청하다고 생각지 마세요. 부호가 삐뚤빼뚤하긴 해도 아주 정교합니다. 나름 완벽한 체계를 갖고 있어요."

노대부인은 살짝 휘둥그레진 눈으로 다시 공 상궁을 바라봤다. 공 상궁이 웃는 얼굴로 고개를 저으며 탄식했다.

"저도 늙은 상궁한테서 가르침을 받을 때 베껴 쓰기를 조금 해보긴 했지만 이렇게까지 잘하진 못했습니다. 꼼꼼하고 정확하게 정리해놓은 것을 보니 애기씨가 제대로 이해하고 있는 것 같아요. 앞으로 일 처리도 똑 부러지게 잘 해낼 겁니다. 거기다 성격도 순하지 않습니까. 아이고, 아까워라. 정실부인한테서만 태어났어도……."

노대부인은 아무 말도 없이 있다가 한참 만에 입을 열었다.

"잘 살고 못 살고는 부귀함에 달려 있지 않네. 아이가 그걸 깨달을 수 있다면 앞으로 마음 편히 살 수 있을 게야."

공 상궁이 느릿하게 고개를 끄덕였다.

"제가 볼 때 애기씨는 바보가 아닙니다. 분명 노마님의 고심을 이해할

---

2) 명나라 때 매응조梅膺祚가 지은 자전字典.
3) 명나라 때 장자열張自烈이 지은 음운 자서字書.

수 있을 겝니다."

· · ·

　수업이 진행될수록 학습 성적이 향상된 것과 반대로 자매간의 갈등은 수직으로 상승하고 있었다. 뒤로 갈수록 묵란은 화란의 학습 속도를 따라가지 못했는데 이건 아주 자연스러운 현상이었다. 초등학생과 중학생의 습득력이 같을 순 없기 때문이다.

　하지만 묵란은 겉보기엔 약해 보여도 강해지고 싶어하는 마음이 컸다. 그래서 악착같이 화란의 옆에 끼어들었고, 공 상궁을 따라다니며 이것저것을 물었다. 어떨 때는 화란이 충분히 할 수 있는 것도 묵란 때문에 진도를 늦추기도 했다.

　화란은 참고 또 참았다. 돌아가서 왕 씨에게 몇 번이나 일렀지만 왕 씨도 어쩔 도리가 없었다. 성굉에게 말해봤지만 돌아온 건 '묵란도 배우는 게 좋아서 그런 것이니 자매끼리 사이좋게 지내라'는 헛소리뿐이었다. '만일 침묵 속에서 폭발하지 않는다면, 침묵 속에서 미쳐버릴 것이다'라고 했던가. 고대에는 정신병원이 없었기에 화란은 그냥 폭발하는 쪽을 선택했다.

　이날 오후는 날이 조금 차고 건조했다. 수업하던 공 상궁은 목이 마르는 느낌이 들었다. 그래서 아이들에게 어른께 인사 올리는 연습을 시킨 뒤 자신은 처소로 돌아가 복령고茯苓膏 몇 숟갈로 목을 달랬다. 화란은 숨을 헐떡이며 비단 걸상에 앉아 쉬고 있는 묵란을 보고 부아가 치밀어 올라 참지 못하고 냉소를 지었다.

　"넷째가 정말 애를 많이 쓰는구나. 이런 자질구레한 규율과 예법은 쓰일 곳도 많지 않을 텐데 그렇게 애를 쓰는 걸 보니 왠지 꼭 쓸모가 있을 것 같잖아."

묵란이 얼굴이 빨개져서 가녀린 목소리로 말했다.

"마마님께서 말씀하셨잖아요. 이것들이 허례이긴 해도 배워서 써먹지 못할지언정 다른 사람들의 웃음거리가 돼선 안 된다고요. 제가 아둔한 데다 가문의 얼굴에 먹칠할까 두려워 더 노력했어요."

화란은 그래도 맏이라고 살짝 화풀이하고 났더니 아이처럼 굴고 싶지 않아졌다. 그래서 홀로 창가에 앉아 고개를 돌리고 바깥 풍경을 바라봤다. 하지만 여란은 달랐다. 요 며칠 왕 씨가 투덜거리는 소리를 들어서 안 그래도 화가 잔뜩 나 있는 상태였기에 그대로 뛰쳐나와 말싸움 바통을 이어받았다.

"본인이 아둔한 줄 알면 조금 눈치 있게 굴어야지. 온종일 마마님 옆에 들러붙어 있지 말란 말이야. 큰언니한테 피해가 가잖아."

묵란은 당황해하며 항변했다.

"내가 언제 들러붙었다는 거야. 아버지께서 마마님을 따라 잘 배우라고, 나중에 시험을 볼 거라고 하셔서 열심히 한 것뿐이야. 이해가 안 가는 게 있으면 물어보는 게 당연하잖아."

여란이 콧방귀를 끼며 경멸의 눈빛으로 묵란을 쳐다봤다.

"아버지 핑계 그만 대. 마마님은 할머님이 큰언니를 위해 특별히 모셔 온 분이야. '정식 학생'은 큰언니고 우리는 곁다리일 뿐이라고. 언니가 맨날 나대서 큰언니가 제대로 배울 수가 없잖아. 그래 놓고 아직 할 말이 있어? 흥, 정말이지 누구한테 배운 저급한 수법인지 모르겠네. 좋아 보이는 건 다 빼앗아가려고 하니 말이야!"

순식간에 얼굴이 시뻘게진 묵란은 눈물을 글썽이며 떨리는 목소리로 말했다.

"그게 무슨 말이야? 도무지 알아들을 수가 없네. 저급한 수단이라니? 나대다니? 똑같은 아버지 자식이면서 날 서출이라고 무시하는 거잖아! 그래, 난 쓸모없어. 이 세상에 남아 사람들의 눈엣가시로 있으니 차라리 깔끔하게 죽어버리고 말겠어!"

묵란은 이렇게 말하더니 결국 책상 위에 엎드려 대성통곡을 하기 시작했다.

화가 난 여란은 묵란의 앞으로 달려가 큰 소리로 말했다.

"또 우네! 또 울어! 매번 무슨 일이 있을 때마다 마마님 보란 듯이 눈물 흘리면서 내가 괴롭혔다고 이르고, 아버지께 벌을 내려달라고 이르고! 너, 너, 너……!"

여란은 화가 너무 나서 말도 못 하고 발만 굴렀다. 그 모습을 두고만 볼 수 없었던 화란은 다가가 뜨뜻미지근한 말투로 말했다.

"묵란아, 얼른 뚝 그쳐. 앞으로는 널 건드리지 않을게. 뭐만 했다 하면 생모가 죽은 것처럼 우니 우리가 더 무섭구나."

묵란은 그 말을 듣고 더 서럽게 울었다. 하도 울어서 나중에는 숨도 제대로 쉬지 못하고 몸을 들썩거렸다. 여란은 발을 굴렀고, 화란은 냉소를 지었다. 필기를 정리하고 있던 명란은 옆에서 펼쳐진 활극에 머리가 지끈지끈 아파졌다. 하지만 지금 모른 척하면 나중에 더 괴로울 게 뻔했다. 할 수 없이 머리를 긁적이며 의자에서 내려와 묵란을 달래주었다.

"묵란 언니, 울지 말아요. 마마님께서 보셔야 좋을 거 없잖아요. 그분께서 보시면 성가의 딸들이 가정교육도 제대로 못 받았다고 생각하실 거예요."

묵란은 명란을 무시한 채 계속 울었다. 목이 쉬도록 우는 것이 마치 일을 키우려고 일부러 그러는 것 같았다. 명란은 법학 전공자지 심리학 전공자가 아니었다. 속으로 처량한 탄식을 하면서도 계속 달랠 수밖에 없었다. 그녀가 묵란의 소매를 잡아당기며 말했다.

"묵란 언니, 제가 한 가지 물어볼게요. 마마님께서 우리 집에 얼마나 더 머무실 것 같아요?"

묵란은 대성통곡을 하고 있었지만 듣는 데는 아무런 지장이 없었다. 명란이 던진 이상한 질문에 묵란은 울음소리를 낮추고 고개를 들어 명란을 바라봤다. 명란은 머리를 흔들며 말을 이어갔다.

"할머님께 들으니 봄이 올 때를 기다려 날이 풀리고 얼었던 땅이 녹으면 떠나실 겁니다. 그렇게 따지면 얼마 남지 않았어요. 묵란 언니, 남은 시간 동안 마마님께 더 많이 배우는 게 좋겠어요? 아니면 적게 배우는 게 좋겠어요?"

묵란은 빨갛게 부은 눈을 동그랗게 뜨고 명란을 바라봤다. 목이 메어서 목소리가 나오지 않았다. 명란은 묵란이 마침내 고개를 든 것을 보고 황급히 설득했다.

"묵란 언니가 마마님께 하나라도 더 배우고 싶어하는 거 알아요. 하지만 언니 속도에 맞추다 보면 큰언니가 피해를 보게 되고, 마마님도 많은 걸 가르쳐주실 수 없어요. 차라리 묵란 언니가 조금 손해를 보더라도 일단 마마님이 가르쳐주신 걸 몽땅 적는 거예요. 그리고 돌아가서 쉴 때 혼자 천천히 생각해보는 거죠. 그러면 자매간의 우애도 지키고, 더 많이 배울 수도 있으니 좋지 않겠어요?"

말을 마친 명란은 자신이 자랑스러웠다. 이런 말재간으로 법원 서기원을 하다니 완전 재능 낭비였다. 변호사가 되었어야 했다.

명란의 말을 들은 묵란은 점차 울음을 그쳤다. 이제 다 끝났다 싶었던 그때, 여란이 불쑥 끼어들었다.

"그렇게 머리 굴릴 필요 있어? 큰언니가 시집가는 데는 백작부伯爵府 잖아. 설마 우리 모두에게 그런 복이 있을 거라고 생각하는 거야? 잘 들어, 묵란 언니. 어떤 일은 헛된 망상도 품지 말아야 하는 거야!"

불난 데 부채질이라니!

묵란은 자리에서 벌떡 일어나 여란과 명란을 손가락으로 가리켰다. 화가 잔뜩 나 주체가 안 되는지 온몸을 부들부들 떨었다. 묵란이 증오에 찬 목소리로 말했다.

"그래, 너흰 내가 서출이다 이거지. 둘이 말로 날 짓밟고 사람 취급 안 했어! 이런 상황에서 내가 더 살아 뭐 해!"

그러면서 책상에 엎드려 다시 집이 떠나가라 울기 시작했다.

명란은 하늘을 올려다보며 길게 탄식했다. 나도 서출이라고. 왜 나까지 거기다 끼워 넣는 거야!

그때 뒤에서 발簾이 움직이는 소리가 들렸다. 공 상궁이 돌아온 것이다. 계집종의 부축을 받으며 돌아온 공 상궁은 방 안의 상황을 보고 서릿발 같은 표정을 짓고 있었다.

제15화

공 상궁의 재판

공 상궁의 낯빛이 험악했다. 차가운 미소를 지은 채 네 명의 아이들을 쭉 훑어보던 그녀의 눈빛이 순간 날카롭게 변했다. 공 상궁은 스산한 겨울 같은 시선으로 아이들을 쳐다보았고, 아이들은 몸을 잔뜩 움츠렸다. 어느새 얌전해진 아이들은 벌벌 떨며 한쪽에 공손히 섰다.

순간 방 안에는 묵란의 훌쩍이는 소리밖에 들리지 않았다. 묵란은 손수건을 꺼내 눈물을 닦으며 공 상궁을 몰래 훔쳐봤다. 무슨 서러운 일이 있었느냐고 물어봐주길 기대한 것이다. 한데 공 상궁은 묵란을 철저히 무시했다. 말없이 상석에 가서 앉은 그녀는 계집종에게 지필묵 네 벌과 『여칙女則』[1] 네 권을 가져오게 했다. 그리고 그것을 아이들의 앞에 펼쳐 놓았다.

겁을 먹은 아이들은 애꿎은 손수건만 비틀며 서로를 바라봤다. 공 상궁은 얼음처럼 냉랭한 표정으로 웃지도 않고 차갑게 말했다.

---

1) 부녀자가 지켜야 할 규칙을 적은 글.

"한 사람당 오십 번씩이다. 다 베껴 쓰지 못하면 앞으로 배우러 올 필요 없다."

여란은 바로 반박을 하려다 매섭게 번뜩이는 공 상궁의 눈빛에 머쓱해 하며 물러났다. 화란은 입술을 깨물며 붓을 들고 베껴 쓰기 시작했다. 명란도 속으로 한숨을 쉬며 붓을 들었다. 오직 묵란만이 눈물을 흘리는 것도 잊은 채 도무지 믿을 수 없다는 표정으로 제자리에 멍하니 서서 공 상궁을 바라봤다. 공 상궁은 아이들에게 눈길조차 주지 않고 불경 한 권을 꺼내 보기 시작했다. 묵란도 할 수 없이 베껴 쓰기 시작했다.

베껴 쓰기는 해가 저물 때까지 계속되었다. 저녁 식사를 할 시간이 되었지만 공 상궁은 여전히 미동도 하지 않았다. 계집종에게 등불을 밝히게 하는 것으로 계속 베껴 쓰라는 말을 대신했다. 명란은 팔이 저리고 머리가 어지러웠다. 고개를 들어 다른 아이들을 보니 하나같이 얼굴이 누렇게 떠 있었다. 특히 여란이 심했는데, 계속해서 목을 빼고 밖을 내다보고 있었다.

밖에서는 계집종과 어멈들이 기다리고 있었다. 아이들의 저녁 식사를 위해 각 처소에서 보낸 사람들로, 벌써 몇 번이나 언제 끝나냐고 묻고 있었다. 배고프고 지친 아이들은 기대에 찬 눈으로 위쪽을 바라봤다. 하지만 공 상궁은 아무것도 못 들었다는 듯이 계집종을 시켜 '아직 수업이 안 끝났다'는 말을 전하게 했다. 아이들은 모두 풀이 죽어 고개를 숙였다. 명란은 속으로 불만을 터뜨렸다. 난 억울해. 억울하다고!

다시 얼마의 시간이 흘렀다. 공 상궁은 물시계를 보더니 다른 계집종에게 명령을 내렸다.

"가서 나리와 부인 그리고 임 이랑을 모셔오거라."

이제 아이들은 두려움에 떨었다. 일이 커지게 생긴 것이다. 화란은 특히 불안해했고, 묵란도 공 상궁을 몰래 훔쳐봤다. 여란은 성굉을 제일 무서워했다. 붓을 잡은 손이 떨리기 시작했다. 명란은 베껴 쓰기를 멈추지 않았지만 속으로는 역시 당황하고 있었다. 이 상황은 마치 어렸을 때 잘못을 저질러서 교실에 남게 됐던 때와 비슷했다. 악독한 담임은 부모님이 데리러 오길 기다렸었다. 그런데 환생해서까지 이런 취급을 받게 될줄이야. 명란은 타향에서 고향 친구를 만난 것 같은 익숙함을 느꼈다.

오래지 않아 성굉 부부와 임 이랑이 도착했다. 아이들은 아버지의 매서운 눈초리에 목을 움츠렸다. 공 상궁은 자리에서 일어나 상석을 성굉과 왕 씨에게 양보했다. 성굉은 처음에는 거절하다 나중에서야 왕 씨와 함께 앉았다. 공 상궁은 옆에 있던 등받이 의자에 단정히 앉았다. 그리고 앉은뱅이 의자를 가져다 말석에 놓으며 임 이랑에게 앉기를 권했다. 하지만 임 이랑은 허리를 굽혀 사양하며 앉지 않고 한쪽에 섰다.

왕 씨의 처소에서 나온 이후로 명란은 오랜만에 임 이랑을 보게 되었다. 임 이랑은 몸매가 늘씬하고 날렵했다. 목란과 매화가 수놓인 비단 겹치마를 입은 모습이 청아하고 아름다웠다. 머리에 꽂은 비췻빛 백옥 향령잠響鈴簪은 움직일 때마다 듣기 좋은 소리를 냈다. 진주와 비취로 온몸을 휘감은 왕 씨는 상대조차 되지 않았다.

"철딱서니 없는 것들. 무슨 잘못을 저질렀는지 어서 말하거라!"

한눈에 딸들이 사고를 쳤다는 걸 안 성굉은 낮게 소리치며 미안한 표정으로 공 상궁을 바라봤다. 왕 씨는 애타는 표정으로 두 딸을 바라봤지만 말을 꺼내기가 불편했다. 반면 임 이랑은 화를 누른 채로 고개를 숙이고 서서 꼼짝도 안 하고 있었다. 네 아이는 찍소리조차 내지 못했다.

공 상궁은 모두가 자리에 앉은 것을 보고 손을 내저었다. 그러자 곁에 있던 계집종 넷이 평소 훈련을 했던 것처럼 일사불란하게 움직이기 시작했다. 두 명은 나가서 밖에 있던 계집종과 어멈들을 멀찌감치 물러나게 했고, 다른 두 명은 위유헌 정방의 문과 창을 모두 닫았다. 방 안에는 심복 몇 명만이 남아 시중을 들었다.

모든 준비가 끝나자 공 상궁은 그제야 성굉을 향해 웃으며 온화하게 말했다.

"오늘 여러분께 폐를 끼치게 되었군요. 사실 이번 일로 이렇게 많은 사람을 놀라게 할 필요는 없었습니다. 하지만 노마님께서 제게 교육을 맡기신 만큼, 저 또한 일을 소홀히 할 수 없어 이렇게 두 분을 오시라 하였습니다. 그리고 임 이랑은 묵란 애기씨를 양육하고 있으니 같이 불렀습니다."

성굉이 바로 두 손을 모으며 말했다.

"마마님, 기탄없이 말씀해주십시오. 분명 저 철딱서니 없는 것들이 사리 분별을 못 하여 마마님의 심기를 불편하게 해드렸을 겁니다."

성굉은 이렇게 말하며 딸들을 향해 눈을 부라렸다. 아이들은 한쪽에 찌그러져서 말소리조차 내지 못했다.

공 상궁이 고개를 설레설레 저으며 작은 소리로 말했다.

"심기가 불편했다기보단 이제 애기씨들도 컸으니 꼭 짚고 넘어가야 할 문제가 있달까요. 연아, 이리 와서 오늘 오후에 있었던 일을 다시 한번 소상히 아뢰거라."

그러자 공 상궁 뒤에서 어린 계집종이 나와 가운데 섰다. 그리고 절을 한 다음 오후에 있었던 말다툼에 대해 자세히 설명하기 시작했다. 나이가 어림에도 말이 유창한 계집아이는 낭랑한 목소리로 네 아이가 싸울 때 했던 말을 토씨 하나 틀리지 않고 전부 얘기했다. 그걸 들은 네 아이는 부끄러워 소리도 내지 못하고 얼굴만 붉혔다.

이야기를 다 들은 왕 씨는 자매끼리 말다툼 좀 한 것 가지고 떠들썩하게 군다고 생각했다. 하지만 성굉은 들을수록 화가 났다. 계집종의 말이 끝나자 그가 탁자를 세게 내리치며 소리쳤다.

"이 철없는 것들, 어서 꿇지 못할까!"

아이들이 깜짝 놀라 황급히 무릎을 꿇으려는데 공 상궁이 만류하며 말했다.

"날이 춥습니다. 애기씨들 무릎이 얼어야 쓰겠습니까."

아이들은 한고비 넘겼다고 생각하며 안도의 한숨을 쉬었다. 그런데 공 상궁이 계집종들을 시켜 두꺼운 부들방석 네 개를 가져오게 하는 게 아닌가. 방석이 바닥에 깔리자 공 상궁은 이제 꿇어도 좋다는 듯 턱짓을 했다.

명란은 난감했다. 다른 아이들은 나란히 무릎을 꿇었다. 명란은 한 번도 꿇어 본 적이 없어 비틀거렸다. 공 상궁은 친절하게도 그녀의 자세를 고쳐주었다.

성굉이 탁자를 연거푸 내리쳤다. 그 소리에 지붕이 날아갈 것 같았다. 그는 고개를 숙인 채 무릎을 꿇고 있는 딸들을 가리키며 말했다.

"철딱서니 없는 것들! 너희들이 이렇게 예의도 모르고 허튼소리를 지껄이면 저 시골의 거칠고 속된 처녀들과 뭐가 다르단 말이냐. 무슨 낯으로 성가의 자손 노릇을 할 것이야. 너희가 딸이었길 망정이지 아들이었다면 장차 재산 싸움을 하느라 형제끼리 난리가 났겠구나. 됐다, 됐어. 차라리 여기서 때려죽이는 거로 끝장을 보자!"

성굉이 이렇게 말하며 가법家法[2]을 가지러 가려 했다. 명란은 가법을

---

2) 가장이 집안사람을 벌줄 때 쓰는 몽둥이.

본 적이 없었고, 여란은 아는 게 없어 겁날 것이 없었다. 하지만 화란과 묵란은 겁을 먹고 울기 시작했다. 대신 용서를 빌려던 왕 씨는 성꿩이 극노한 것을 보고 손수건을 비틀며 감히 입을 열지 못했다. 공 상궁에게 도와달라고 눈짓을 보내자 공 상궁이 웃으며 손을 저었다.

"나리, 화내실 것 없습니다. 덮어놓고 벌을 주는 것도 좋지 않고요. 어쨌든 자신이 무얼 잘못했는지 알아야 하지 않겠습니까. 제가 황송하게도 따님들의 훈육 상궁이니 크게 보면 절반 정도는 스승이라 할 수 있겠지요. 그러니 제가 먼저 질문을 할 수 있게 해주십시오."

성꿩은 화가 나서 허둥대다 이내 미안한 표정을 지으며 공 상궁에게 말했다.

"마마님께서는 학문도 일류가 아닙니까. 궁의 귀인貴人들도 마마님께서 가르치셨는데 하물며 저것들은 철부지인 것을요. 마마님께서 직접 물어보시지요."

공 상궁이 무릎을 꿇고 있는 아이들에게로 시선을 돌리며 물었다.

"너희들이 잘못한 줄은 아느냐?"

아이들이 바로 잘못했다고 말하자 공 상궁이 다시 물었다.

"무엇을 잘못했느냐?"

그러자 아이들의 낯빛이 바뀌었다. 이를 깨무는 아이도 있었고, 눈물을 훔치는 아이도 있었다. 삐딱한 아이도 있었고, 멍한 아이도 있었다. 화란이 입술을 깨물며 먼저 입을 열었다.

"동생을 꾸짖지 말았어야 했습니다. 괜한 사달을 일으켜 아버지와 어머니를 화나게 하고 걱정하게 했습니다."

왕 씨는 어찌해야 좋을지 몰라 성꿩을 바라봤다. 성꿩은 무표정이었다. 공 상궁은 그 대답을 살짝 외면하며 묵란을 바라봤다. 묵란은 바람에 흔들리는 버들가지처럼 떨고 있었다. 무섭기도 하고 서럽기도 한 것이었다. 묵란이 목이 메어 말했다.

"언니에게 말대꾸하지 말았어야 했습니다."

공 상궁의 입꼬리가 살짝 올라갔다. 다음 차례인 여란은 속으로 불만이 가득해 말을 툭 내뱉었다.

"언니와 말다툼을 하지 말았어야 했습니다."

마지막으로 명란의 차례였다. 명란은 정말로 울고 싶었지만 눈물이 나지 않았다. 머리를 아무리 쥐어짜도 이렇게 된 까닭을 생각해낼 수 없었다. 한참을 생각하다 얼굴이 새빨개진 채로 쭈뼛거리며 말했다.

"저, 저는…… 정말 모르겠습니다."

성궁은 살짝 숨을 골랐다. 방금 계집종이 한 이야기를 들어보면 명란에게는 잘못이 없었다. 말싸움하지도 않았고, 먼저 나서지도 않았고, 다른 사람을 부추기지도 않았다. 오히려 좋은 말로 달래주었는데 다른 아이들에게 말려들어서 같이 무릎을 꿇고 있었다. 애티를 벗지 못한 아이의 가련한 모습을 보니 더욱 동정심이 일었다. 거기다 구슬프게 울고 있는 묵란까지 보니 화란과 여란이 했던 차가운 말들이 떠올라 다시 화가 치밀어 올랐다. 성궁은 화란을 가리키며 욕했다.

"너는 맏이가 아니냐. 나이도 쟤들보다 얼마가 더 많아. 어린 동생들을 잘 보살펴주고 모범이 되라 하였거늘 이리 야박하게 굴며 동생을 미워하다니. 앞으로 시집을 가서도 우리 집안 얼굴에 먹칠하겠구나!"

화란은 속이 부글부글 끓었다. 손톱이 손바닥을 파고들 정도로 주먹을 꽉 쥐며 고집스럽게 고개를 숙이고 한마디 변명조차 하지 않았다. 성궁은 이번엔 여란을 가리키며 욕을 했다.

"너는 어린 것이 잘 배울 생각은 안 하고 무슨 얼토당토않은 말을 지껄이는 게냐. '누구한테 배운 저급한 수법인지 남의 건 다 빼앗아가려고 한다'고? 묵란이는 네 언니다. 동생이 돼서 언니한테 그게 무슨 말버릇이야? 언니가 심하게 우는 걸 보고도 물러설 줄 모르고. 내 너희에게 '공융양리孔融讓梨' 이야기[3]를 들려주지 않았더냐? 이 배워먹지 못한 것들!"

성정이 불같은 여란은 그 말을 듣자마자 바로 말대답을 했다.

"좋은 물건이 있으면 다 언니에게 먼저 주시잖아요! 작년에 외숙께서 제게 옥쇄를 만들어주라고 인편에 좋은 옥 덩어리를 보내주셨는데 넷째 언니가 그걸 보고 자기는 외숙이 없다며 우니 아버지께서 그걸 언니에게 주셨잖아요! 그리고 지난번 아버지께서 큰오라버니에게 인장印章을 만들라고 주셨던 전황석田黃石[4]도 셋째 오라버니가 절반을 뚝 잘라 갔어요! 아버지께서는 왜 항상 저희에게만 양보하라 하십니까? 전 아버지 말씀에 따를 수 없습니다. 따르지 않겠어요!"

화가 난 성굉은 팔을 부들부들 떨며 여란을 때리려 했다. 그때 왕 씨가 성굉의 팔을 잡으며 눈물로 호소했다.

"나리, 편애가 심하십니다. 아이들이 잘못을 저질렀어도 마마님께서는 차별하지 않고 벌하셨는데 나리는 어찌 제 소생인 두 아이만 혼을 내십니까. 나리께서 그토록 저를 싫어하시니 차라리 제가 맞겠습니다!"

갑자기 방 안이 소란스러워졌다. 임 이랑은 고개를 숙인 채 눈물을 훔쳤고, 묵란은 서럽게 울었다. 공 상궁은 두 모녀를 힐끗 쳐다봤다. 눈빛에 조소 같은 것이 스쳤다. 찻잔을 내려놓고 자리에서 일어난 공 상궁이

---

3) 공융이라는 사람은 네 살 때 이미 형에게 배를 양보할 줄 알았다는 내용의 고사.

4) 노란빛이 도는 돌로, 최고급 인장 재료.

웃는 얼굴로 성굉을 향해 말했다.

"나리, 우선 화부터 가라앉히시지요. 본래 큰 잘못도 아닌 것을요. 그저 제가 지금 훈육을 맡고 있으니 소임을 다 하려는 것입니다. 그런데 두 분께서 이렇게 화를 내시니 제가 잘못을 한 것 같군요."

성굉이 연거푸 손을 저으며 말했다.

"아닙니다. 어찌 그런 말씀을 하십니까. 제가 집안을 엄히 다스리지 못해 마마님께 우스운 꼴을 보여드린 것을요. 마마님은 저희 어머님과 오랜 친구시니 저희에겐 웃어른이나 다름없습니다. 자, 그럼 마마님께서 말씀하시지요."

공 상궁이 상석에 서서 우렁찬 목소리로 네 명의 아이들에게 말했다.

"이 세상의 대부분 일은 '이理'라는 글자를 벗어나지 못한다. 나는 앞에서 한 말과 뒤에서 한 말이 달라 말이 곡해되는 것을 좋아하지 않는 사람이다. 하여 내 오늘 너희 부모님 앞에서 너희에게 똑똑히 일러줄 것이다. 조금 전 너희들은 스스로 잘못했다고 말했다. 하지만 내가 보기엔 꼭 그렇진 않은 것 같구나. 그럼 이제 묻겠다."

아이들은 아무 소리도 내지 않자 공 상궁이 다시 입을 열었다.

"좋다. 일단 원인부터 따져보자. 묵란이는 고개를 들어라. 여란은 네가 사사건건 나대서 화란에게 피해를 준다고 했는데 인정하느냐?"

묵란은 눈물이 그렁그렁한 얼굴로 처량하게 말했다.

"제가 철이 없었습니다. 마마님께서 어렵게 와주셨으니 하나라도 더 배워 아버지와 집안의 명예를 드높이려 했던 것인데 의도와 달리 언니와 동생을 불쾌하게 했으니 다 제 잘못입니다……."

묵란의 말에 안타까운 표정을 짓던 성굉은 왕 씨가 했던 원망을 떠올리곤 불만 가득한 눈빛으로 화란을 한 번 더 힐끗 쳐다봤다.

화란은 울컥 부아가 치밀어 올랐다. 결국 참지 못하고 달려들어 세 치혀를 가진 동생을 꼬집었다. 왕 씨도 이를 악물다 하마터면 이가 깨질 뻔했다. 공 상궁은 짧게 웃다 묵란에게 물었다.

"묵란, 너는 총명하고 영리한 아이다. 말하는 것도, 처신하는 것도 빈틈이 없지. 하지만 내 오늘 네게 한 가지 충고를 하마. 얼마 안 되는 총명함을 등에 업고 다른 사람을 바보로 여기지 말거라. 제 꾀에 제가 넘어가는 수가 있단다."

그 말을 듣자마자 묵란이 울음을 멈추고 두 눈을 동그랗게 떴다. 그리고 믿을 수 없다는 표정으로 공 상궁을 바라보다 다시 억울한 표정으로 성굉을 바라봤다. 성굉 또한 이해가 잘 가지 않는다는 표정이었다.

공 상궁은 아무 일도 없었다는 듯 말을 이어갔다.

"넌 두 가지 잘못을 했다. 첫째, 자매들과 말다툼을 한 것이다. 입만 열면 서출이니 적출이니 하는데 그러면 안 된다. 내가 이 집에 온 지 얼마 안 되긴 했지만 네 아버지가 널 어떻게 대하는지 양심껏 말해보거라. 네 말은 앞뒤가 하나도 맞지 않아. 입만 열면 죽네 사네 하면서 떼를 쓰는데 그게 대갓집 아가씨가 할 만한 일이냐?"

묵란은 조용히 흐느꼈다. 가만히 있을 수 없었던 임 이랑은 슬그머니 몸을 움직여 애원하듯 성굉을 바라봤다. 하지만 성굉은 그녀를 쳐다보지 않았다. 대신 공 상궁의 말에 설득되기라도 한 것처럼 그녀의 말에 집중하고 있었다.

공 상궁이 계속 말했다.

"둘째, 네 생각이 잘못되었다. 너는 말끝마다 뭘 배워서 집안의 명예를 드높이고 싶다고 하는데, 이 성부에 딸이 너 하나뿐이란 말이냐? 네 체면만 세우면 성부에 명예가 생기는 게야? 그럼 네 언니와 동생들은 이런 것들을 배워서 체면을 세울 필요가 없어? 내가 네 언니를 위해 온 건 차치하더라도 화란이가 너희와 같이 지낼 날이 얼마 남았는지는 생각지 않는 게냐? 이제 몇 달만 있으면 시집을 가야 하는데, 하물며 상대가 백작부伯爵府지 않느냐. 당장은 규율과 예법을 배우는 게 제일 중요하지. 네가 자매간에 양보할 생각이 없다고 해도 언니의 다급한 사정을 생각했어야 했다. 내 듣자 하니 임 이랑은 관료 집안 출신이라던데, 장유적서長幼嫡庶를 막론하고 일의 경중을 분별할 줄 알아야 한다는 걸 네게 가르치지 않은 것이야?!"

성굉은 본래 분별 있는 사람이었지만 유달리 임 이랑을 불쌍히 여기며 아꼈기에 어느 정도 묵란을 편애한 것이 사실이었다. 그런데 지금 공 상궁의 말을 듣고 보니 마음이 덜컥 내려앉아 속으로 중얼거렸다.

'그렇군…….그렇게 보니 묵란이 편협하고 이기적인 거였어.'

성굉은 조금 복잡한 눈빛으로 묵란과 임 이랑을 바라봤다. 바닥에 꿇고 있던 명란은 임 이랑을 슬쩍 바라봤다. 임 이랑은 가느다란 두 손으로 손수건을 꽉 움켜쥐고 있었다. 그 손등 위로 푸른 핏줄이 솟아올랐다.

공 상궁이 또 입을 열었다.

"묵란, 나는 네가 출중하다는 걸 알고 있다. 하지만 사람마다 인연이라는 것이 있단다. 오늘 일은 겉으로 보기엔 화란이가 먼저 시작한 것 같지만 사실은 네 책임이 크단다. 지난 십여 일 동안 너는 무엇이든 지기 싫어하며 항상 먼저 나서곤 했어. 그러다 마음대로 되지 않는 것이 있으면 울며불며 자신이 서출인 것을 원망했지. 너는 자매간의 정이나 아버지의 애정을 조금이라도 생각하고 그렇게 행동한 것이냐?"

이어지는 말들은 듣기에는 부드러웠지만 곳곳에 뼈가 있었다. 묵란은 아무 대답도 하지 못했다. 얼굴에 여전히 눈물을 매단 채로 말문이 막혀 한마디도 내뱉지 못했다. 눈을 돌려 아버지를 바라보니 아버지 또한 언짢은 표정으로 자신을 보고 있었다. 그 눈빛에서 책망을 읽을 수 있었다. 다시 고개를 돌려 어머니를 바라보니 어머니 또한 화가 잔뜩 나 있었다. 하지만 어머니는 나서서 자신을 도와줄 수가 없었다. 마음이 차갑게 식은 묵란은 힘없이 바닥에 주저앉아 조용히 눈물을 훔쳤다.

공 상궁이 뒤로 돌아 성굉에게 절을 하더니 온화한 목소리로 말했다.

"나리께서 말씀하셨듯이 저와 노마님은 오랜 친구입니다. 그래서 제가 오늘 무례를 무릅쓰고 몇 말씀 올릴까 합니다. 자식이 많은 집은 부모가 공평해야 집안을 평온하게 이끌 수 있습니다. 자매끼리는 서로 양보도 하고 지내는 거라 말은 해도 오늘은 이거, 내일은 저거 식으로 양보만 강요하다 보면 부녀지간, 자매지간에 의가 상할 수밖에 없습니다. 아니 그렇습니까, 나리?"

그녀의 몸은 늙고 쇠약했지만 목소리만큼은 우아하고 듣기 좋았다. 게다가 논리가 정연해 듣다 보면 절로 믿고 따르게 되었다. 자연히 공감하게 된 성굉은 자신이 과거에 한 행동을 생각해보았다. 딸이었길 망정이지 만약 아들들 사이에서도 갈등이 생긴다면 성가는 오래가지 못할 것이다. 하물며 적자에게는 적자만의 삶의 방식이 있고, 서자에게는 서자만의 생존 방식이 있지 않은가. 자신은 줄곧 임 이랑 쪽을 후하게 대해왔는데 그것이 화를 불러올까 두렵기도 했다. 여기까지 생각이 미치자 등줄기를 타고 식은땀이 흘렀다. 성굉은 공 상궁을 향해 두 손을 모으고 연신 옳으신 말씀이라고 말했다.

그때, 고집 센 화란이 결국 참지 못하고 뜨거운 눈물을 흘렸다. 왕 씨가 손수건을 꺼내 눈가를 닦아주었다. 두 모녀는 매우 감격한 표정으로 공 상궁을 올려다봤다. 공 상궁의 얘기를 듣던 명란은 두 눈을 반짝였다.

정말이지 탄복하지 않을 수 없었다. 이렇게 예리하고 시원시원하다니! 속이 뻥 뚫리는 기분이었다.

묵란과의 대화를 끝낸 공 상궁이 화란에게로 시선을 돌렸다. 화란은 마음도 진정되고 화도 풀려서인지 등을 꼿꼿하게 세운 채 무릎을 꿇고 있었다. 그리고 승복하는 표정으로 공 상궁을 보며 훈시를 기다렸다.

공 상궁이 정색하며 말했다.

"화란아, 너는 성부의 큰언니다. 그러니 다른 동생들보다 더 점잖아야 하지 않겠느냐. 아버지와 어머니 그리고 할머니까지 널 가장 총애하다 보니 응석을 부리는 나쁜 습관만 늘었어. 평소 마음에 들지 않는 것이 있어 그 즉시 동생을 혼내도 아무도 네게 뭐라 하지 않을 것이다. 그런데 너는 십여 일이나 참고 있지 않았느냐."

화란은 곤란한 표정으로 고개를 끄덕였다. 공 상궁은 화란을 보며 의미심장하게 말했다.

"화란아, 내 너에게 듣기 싫은 소리를 좀 하마. 딸은 금지옥엽으로, 집안의 총애를 한 몸에 받고 자란단다. 하지만 누군가의 안사람이 되는 순간, 그런 건 전부 없어지지. 시부모님을 공경하고, 남편을 보필하고, 동서와 시누이도 웃는 낯으로 대해야 한다. 시댁에서는 윗사람이든 아랫사람이든 그 누구에게도 쉽게 밉보여서는 안 된다. 하나만 잘못돼도 다 네 잘못이 되지. 변명조차 할 수 없단다. 묵란이 설령 잘못했다고 해도 그렇게 비꼬는 말로 상처를 주어서는 안 돼. 큰언니답게 적절한 방법을 생각했어야지. 그래야 동생의 잘못도 일깨워주고 자매간의 우애도 상하지 않는단다."

화란이 참지 못하고 말했다.

"묵란이는 한 번도 제 말을 듣지 않았어요. 아무런 방법도 통하지 않는데 제가 뭘 어떻게 할 수 있겠어요?"

공 상궁이 차갑게 말했다.

"그게 바로 네 능력이란다. 넌 오늘 친자매간의 일도 제대로 처리하지 못했다. 시집을 가면 동쪽에는 시부모님, 서쪽에는 동서와 시누이, 북쪽에는 사촌 형제들, 남쪽에는 관사와 어멈들이 있을 게다. 집안에 생판 모르는 사람들로 가득할 텐데 그럼 넌 어떻게 헤쳐 나가겠느냐? 그때 가서도 네 아버지와 어머니한테 도와달라고 할 테야?"

화란은 그 말에 정신이 나가 한동안 멍하니 있었다. 하지만 왕 씨는 경험자였기에 공 상궁의 말이 무슨 뜻인지 알고 있었다. 왕 씨는 연거푸 감사의 인사를 했다.

"마마님, 참으로 진실된 말씀입니다. 화란이도 마마님의 진심 어린 조언을 가슴 깊이 새길 것입니다. 화란, 어서 감사의 인사를 드리지 않고 뭐 하느냐."

화란이 멍하니 있자 옆에 있던 유곤댁이 화란의 머리를 억지로 눌러 인사를 시켰다.

두 언니가 공 상궁의 말 몇 마디에 굴복한 것을 보고 여란은 일찌감치 고개를 숙이고 얌전히 있었다. 공 상궁은 여란을 힐끗 보더니 호되게 꾸짖었다.

"오늘 네 위세가 정말 대단하더구나. 네 언니들은 몇 마디 말다툼을 벌인 게 전부라 밝혀져도 상관이 없지만, 너는 마치 일을 못 키워서 안달이 난 것처럼 언니들을 화해시키기는커녕 되레 나서서 싸움을 부추겼다. 나이가 어리다고는 하나, 할 말 못 할 말은 가려서 해야지. 조금 전에도 아버지께서 말씀하시는데 귀에 거슬려하지 않았느냐. 그렇게 어른 말씀에 말대꾸해선 안 되는 게야. 너에겐 언니들보다 더 무거운 벌을 내려야겠다!"

억울함을 호소하려던 여란은 아버지의 살벌한 눈이 다가오자 머리를 뒤로 물린 채 연신 고개를 조아리며 잘못을 인정했다.

"잘못했습니다. 잘못했습니다. 아버지, 용서해주세요. 다시는 허튼소리를 하지 않겠습니다!"

여란이 잘못을 인정하는 것을 보고 성굉은 화가 조금 누그러졌다. 여란은 생각이 단순한 아이였다. 고집이 센 것이 문제였는데, 이제 온순해졌으니 화를 낼 이유가 없었다.

마지막으로 공 상궁의 시선이 명란에게 머물렀다. 명란은 머리가 지끈거리는 것을 느끼며 얼른 똑바로 꿇어앉아 용감하게 고개를 들었다. 공 상궁이 맑고 깨끗한 명란의 두 눈동자를 보며 말했다.

"너는 분명 네겐 잘못이 없으니 같이 벌을 받아서는 안 된다고 생각하고 있을 게다. 그렇지?"

명란은 잠시 망설이다가 강하게 고개를 끄덕였다. 공 상궁이 차분한 목소리로 말했다.

"내 오늘 네게 한 가지 도리를 알려주마. 한집안의 형제자매는 같은 줄기에서 뻗어 나왔으니 칭찬도 벌도 같이 받는 거란다. 너는 잘못을 안 했어도 네 세 언니는 잘못했으니 결국 너도 잘못한 것이다. 그래서 조금 이따 너에게도 똑같이 벌을 내리려 하는데 승복하겠느냐?"

명란의 입이 떡 벌어졌다. 눈 깜짝할 사이에 공 상궁의 곁에 있던 계집종이 계척戒尺 [5] 여러 개를 가져오는 것이 보였다. 명란은 거의 까무러칠

---

5) 선생이 학생을 벌할 때 쓰는 목판.

뻔했다. 이, 이건 너무 대놓고 연좌잖아! 엄마야, 이게 무슨 일이야!

성굉은 명란이 가엾게 느껴졌는지 자기가 나서서 사정했다.

"마마님, 명란은 아무런 잘못도 하지 않았습니다. 나이도 제일 어리고, 몸도 약하니 따끔하게 몇 마디 하시는 거로 갈음하시지요. 말을 잘 듣는 기특한 아이니 다음번엔 꼭 명심할 겝니다."

하지만 공 상궁은 가차 없이 고개를 저으며 말했다.

"안 됩니다. 이 아이만 따로 용서해준다면, 다음번에는 어떠한 아이도 나서려 하지 않을 겝니다. 형제에게 일이 생겼는데 다들 강 건너 불구경만 하고 있으면 그땐 어쩌시렵니까? 벌을 줄 수밖에 없습니다. 오늘 명란이 벌을 받아야 다른 아이들도 한집안 식구가 뭔지 알게 될 겝니다!"

명란은 속으로 울부짖었다. 그걸 왜 날 때려서 설명하냐고!

공 상궁이 발걸음을 옮기며 조용히 말했다.

"너희가 평소 싸움을 해도 내가 참견 한 번 안 하고 십여 일을 눈감아준 것은 너희가 어쨌든 친자매니 종내에는 사이좋게 지내겠거니 생각했기 때문이다. 그래서 너희들끼리 잘 해결하길 기다렸다. 그런데 너희는 서로 고집을 부리며 양보를 하지 않았어. 가난한 집안의 아이들이 먹을 것과 입을 것을 두고 싸우는 것과 무엇이 다르냐? 대갓집 아가씨로서의 도량이라고는 눈을 씻고 봐도 찾아볼 수가 없으니 참으로 실망스럽다. 가문이 번성하려면 형제자매가 한마음 한뜻으로 힘을 모아야 하는 법이다. 많은 집안이 안에서부터 망가지기 시작한다는 것을 명심해야 할 것이야."

성굉은 연신 고개를 끄덕였다. 참으로 일리 있는 말이란 생각이 들었다. 장차 경성으로 들어갔을 때 사람들의 웃음거리가 되어선 안된다. 오늘 공 상궁의 귀중한 가르침 덕분에 성굉 자신도 덩달아 배우게 되었다.

과연 궁에서 있던 사람이었다.

공 상궁이 최후의 판결을 내렸다.

"너희 모두에게 손바닥 열 대씩을 맞는 벌을 내리겠다. 돌아가서는 『여칙』을 오십 번 베껴 써 오거라. 내일까지 다 쓰지 못한 사람은 날 보러 올 필요 없다!"

공 상궁은 이렇게 말하며 쟁반에 있던 계척을 들어 휘둘렀다. 계척은 대나무로 만들어져 탄성이 좋았다. 방금 불을 붙인 등불 아래서 주홍빛을 띠고 있는 그것은 휘두를 때마다 윙윙 소리가 났다. 소리만으로도 아이들은 혼비백산했다. 여란은 온몸에 힘이 풀려 왕 씨의 치마를 붙잡고 애원했다. 묵란도 다시 처량하게 울기 시작했다. 화란은 목을 빳빳이 든 채 입술을 깨물었고, 명란은 넋이 나간 모습이었다.

공 상궁이 숨을 돌리더니 방 안의 사람들을 쭉 돌아보며 다시 입을 열었다.

"하지만 어쨌든 너희들은 아가씨들이니 오늘 벌을 받은 후에는 이 일을 밖으로 알리지 마라. 그러면 너희의 평판은 지켜질 게다."

공 상궁은 이렇게 말하며 계집종 네 명에게 각자 계척을 들고 아이들 쪽에 가서 서게 했다. 왕 씨가 보다 못해 사정을 하려고 하는데 갑자기 아름답고 부드러운 목소리가 들려왔다.

"마마님, 잠시만요."

모두가 뒤를 돌아봤다. 그곳에 임 이랑이 있었다.

제16화

예외는 없습니다

임 이랑이 요염한 자태로 한가운데까지 걸어 나와 성굉에게 절을 했다. 그러고는 공 상궁을 향해 작은 소리로 우아하게 말했다.

"마마님, 제가 나설 자리가 아닌 줄은 아오나 송구스러운 마음을 가눌 길이 없어 이 말씀은 꼭 드리고 싶습니다. 그러니 용서해주십시오. 오늘 일은 어쨌든 묵란이 철이 없어 생긴 일입니다. 저 아이가 원인이 된 것이지요. 특히 명란이는 나이도 어린데 덩달아 벌을 받게 되니 진심으로 마음이 좋지 않습니다. 차라리 묵란에게 명란의 몫까지 더해 벌을 내리시지요……."

안 그래도 연약해 보이는 임 이랑이 눈물을 머금은 채 미안해하는 말투로 진심을 담아 성굉을 바라보았다. 살짝 감동한 성굉은 고개를 돌려 묵란을 바라봤다. 묵란은 아무래도 나이가 어린 탓에 순간 상황을 이해하지 못하고 깜짝 놀라며 임 이랑을 바라봤다. 오히려 화란이 목에 힘을 주며 큰 소리로 말했다.

"동생들의 잘못은 맏언니인 제 잘못이기도 합니다. 명란이의 벌은 제가 대신 받겠습니다."

명란은 속으로 탄식하며 완강하게 거절했다.

"아, 아닙니다. 큰언니는 혼례를 앞두고 있으니 제 벌은 제가 받겠습니다……."

화란은 감동해서 명란을 바라봤다. 그때 드디어 상황 파악을 끝낸 묵란이 황급히 말을 끊었다.

"제가 맞겠습니다. 제가……."

갑자기 명란을 대신해 벌을 받고 싶어 너도나도 안달하는 상황이 되었다.

그런 딸들의 모습에 성굉은 속이 뚫리는 기분이었다. 그리고 속으로 공 상궁의 수법에 탄복하며, 다시 한번 두 손을 모아 감사의 인사를 전했다. 공 상궁은 고개를 끄덕이며 인사를 받았지만 물러서려 하지 않았다.

"임 이랑의 말은 틀렸습니다. 제가 아이들을 똑같이 벌하려는 것은 자매간의 정을 채워주기 위해서입니다. 오늘 함께 매를 맞고 나면 앞으로 다시는 이런 일이 없을 것입니다. 만약 공평하게 대하지 않았다가 갈등만 더 커지면 어쩌시겠습니까? 임 이랑의 마음 씀씀이가 아름답기는 하지만 법도와는 거리가 있습니다."

임 이랑이 두 손으로 손수건을 움켜쥐며 살짝 촉촉해진 것 같은 눈으로 처량하게 말했다.

"마마님 말씀이 옳습니다. 제가 무지했습니다. 하지만 오늘 이 아이들이 전부 벌을 받을 걸 생각하니 그냥 넘어갈 수가 없습니다. 다 제가 묵란을 잘못 가르친 탓이니 차라리 저도 같이 벌해주십시오! 그러면 조금이나마 미안함을 덜 수 있을 것 같습니다."

성굉은 임 이랑의 어여쁜 행동에 더욱 감동했다. 하지만 감동이 채 가

시기도 전에 공 상궁의 냉소를 들어야 했다.

바로 그 말을 기다리고 있었던 공 상궁은 속으로 비웃으며 차갑게 말했다.

"말을 하면 할수록 법도에 어긋나는 것을 보니 임 이랑이야말로 예법을 배워야겠군요. 이랑은 자기가 묵란이를 제대로 못 가르쳤으니 벌을 받겠다 했습니다. 하지만 화란이와 여란이는 마님이 양육했고, 명란이는 노마님의 슬하에 있습니다. 그럼 이랑의 말뜻은 마님과 노마님도 함께 벌을 받아야 한다는 것입니까? 그럼 훈육 상궁인 저는 더 말할 것도 없겠군요! 과연 그런 것입니까?"

임 이랑이 하얗게 질려서는 떨리는 목소리로 말했다.

"아니, 아닙니다……. 그런 뜻으로 한 게……. 제가 어떻게 감히……. 다 제가 무지하여……."

성굉이 황급히 손사래를 쳤다.

"마마님, 그게 어인 말씀입니까……."

그러고는 공 상궁을 언짢게 한 임 이랑을 속으로 크게 책망했다.

공 상궁은 화는 내진 않고 그저 정색하며 말했다.

"내 오늘 임 이랑에게도 한마디하지요. 사람은 자기 자신을 아는 것이 중요합니다. 첫째, 자기가 어떤 신분인지를 알아야 합니다. 제가 나리, 마님과 이야기를 하고 있는데 이렇게 무턱대고 끼어드는 게 옳은 행동입니까? 제가 노마님과 오랜 친구였길 망정이지 다른 사람이었다면 성부에는 규율도 없다 비웃지 않았겠습니까?"

말 한마디 한마디가 칼처럼 날카로웠다. 성굉은 결국 임 이랑에게 눈을 부라렸다.

공 상궁이 말을 이었다.

"둘째, 잘못을 알면서도 계속해서 잘못을 저지르고 있습니다. 자기가 나설 자리가 아니라고 말하면서도 물러서지 않았습니다. 말끝마다 자기가 무지하다고 했는데, 자기가 무지한 걸 알면서 왜 경솔하게 양육 문제를 들먹인 것입니까? 분명 알고 있으면서도 잘못을 저지르는 것은 모르고서 잘못을 저지르는 것보다 더 큰 죄지요! 자기가 자식을 양육하고 있으니 다른 사람보다 한 수 위라고 생각해서 그런 것입니까?"

공 상궁은 이렇게 말하며 성굉을 의미심장한 눈으로 슬쩍 바라봤다. 눈빛에 가벼운 책망이 담겨 있는 듯했다.

그 시선에 성굉은 심한 부끄러움을 느꼈다. 공 상궁은 임 이랑을 과도하게 총애하는 자신을 꾸짖고 있었다. 그리고 그 말은 아주 일리가 있었다. 묵란이 한 행동을 보면 임 이랑에게 양육을 맡긴 건 부당하고 천박한 생각이었다. 과연 음풍농월吟風弄月은 정식으로 배운 교양을 이길 수 없었다. 그리하여 성굉은 임 이랑을 호되게 꾸짖었다.

"자넨 한쪽에서 지켜나 보게. 여기 나도 있고, 부인도 있고, 마마님까지 계시는데 어찌 자네가 끼어든단 말인가!"

왕 씨는 진즉에 울음을 그치고 두 눈을 반짝이며 공 상궁을 바라보고 있었다. 임 이랑의 낯빛이 붉으락푸르락했다. 성굉에게 시집온 후로 이런 수모는 처음이었다. 그녀는 증오에 차 이를 악물었다. 하지만 겉으로는 전혀 내색하지 않은 채 조용히 훌쩍이며 한쪽으로 물러섰다. 임 이랑이 분을 못 이겨 부들부들 떠는 것을 본 화란과 여란은 속이 뻥 뚫렸다. 지금 같은 기분이면 여기서 열 대를 더 맞으라고 해도 기꺼이 맞을 수 있을 것 같았다. 명란은 하마터면 공 상궁에게 사인해달라고 말할 뻔했다.

공 상궁이 아이들을 향해 위엄 있게 말했다.

"서로를 생각하는 모습을 보니 너희들이 이미 깨달은 것 같구나. 허나 잘못을 깨달았다고 해서 벌을 피할 순 없다. 자, 모두 왼손을 앞으로 내밀거라!"

성굉이 자리에서 일어나 근엄하게 말했다.

"다들 똑바로 꿇고 앉아 얌전히 왼손을 내밀거라. 그리고 벌이 끝나는 대로 돌아가서 다시 책을 베껴 쓰거라."

아이들은 제대로 꿇고 앉아 불쌍한 눈으로 계척을 바라봤다. 공 상궁의 신호와 함께 계척 네 개가 떨어지면서 짝 소리가 났다. 명란은 손바닥이 얼얼하게 아파져오는 것을 느꼈다. 묵란은 비명을 지르며 구슬프게 울기 시작했고, 여란은 아주 대성통곡을 했다. 얇고 탄력 있는 대나무가 손바닥에 닿자 피부와 근육이 분리되는 것 같은 통증이 몰려왔다. 당당하던 화란도 결국 참지 못했다. 예닐곱 번째 매를 맞을 때, 명란은 너무 아파 자지러질 지경이었다.

왕 씨는 마음 아파하며 결국 눈물을 흘렸다. 주변에 있던 계집종과 어멈들도 차마 보지 못했다. 성굉 역시 고개를 돌리고 보지 않았다. 오래지 않아 벌이 끝났다. 임 이랑은 마음에 쌓인 게 많았지만, 그럼에도 참을 수가 없어 바로 묵란을 끌어안고 조용히 울기 시작했다. 왕 씨도 체면을 잊은 채 금쪽같은 화란과 여란을 끌어안고 놔주지 않았다.

성굉은 명란이 작은 몸으로 혼자 방석 위에 꿇고 있는 것을 보았다. 아파서 식은땀을 잔뜩 흘린 얼굴이 창백하게 질려 있었다. 주변에서 아무도 챙기지 않아 두려워하는 모습이 참으로 가련했다. 그제야 성굉은 노대부인이 그날 했던 말이 무슨 뜻인지 알게 되었다. 그는 딸들을 챙기고 싶은 마음을 누른 채 일단 예를 갖춰 공 상궁을 배웅했다. 돌아와 조용히 명란을 안아 올린 성굉은 차가운 목소리로 각자 처소로 돌아가라고 명령한 뒤 명란을 데리고 수안당으로 향했다.

이날 소동으로 아이들은 지칠 대로 지쳐 있었다. 여란과 묵란은 각자 생모의 품에서 잠이 들었고, 화란도 유모의 부축을 받아 쉬러 들어갔다. 명란도 무척 피곤했다. 하지만 성굉에게 안겨 밖으로 나가면서 잊지 않고 아버지 어깨너머로 문밖에서 기다리고 있던 소도에게 자신의 책 바구니를 정리해 가져오라고 전했다. 성굉은 실소를 금치 못했다.

"맞은 데가 아프지 않은 모양이구나. 그걸 챙길 정신이 있는 걸 보니."

명란은 반나절 동안 무릎을 꿇고 있으면서 매도 맞고, 베껴 쓰기도 했다. 그래서인지 밖으로 나와 찬바람을 쐬는데도 머리가 맑아지지 않았다. 명란은 자신의 작은 손을 문지르며 멍한 표정으로 대답했다.

"지금까지『여칙』을 절반 정도 베껴 썼습니다. 이제 조금만 더 하면 되니 당연히 챙겨야지요. 안 그러면 내일 마마님을 어찌 뵙겠습니까?"

성굉은 앞쪽 등불의 빛을 빌려 막내딸을 찬찬히 들여다보았다. 아이는 이목구비가 또렷하고, 눈동자가 아주 까맸다. 위 이랑의 모습은 별로 없었고, 높은 콧날과 예쁜 눈에서 자기 어릴 때의 모습을 볼 수 있었다. 명란이가 태어났을 땐 안아도 주고, 뽀뽀도 해주고, 예뻐했었다. 하지만 위 이랑이 그렇게 가고, 또 그 뒤로 많은 일이 생기면서 아이에 대한 죄책감과 연민에 아예 잘 찾지 않게 되었다. 보살펴줘야 한다는 걸 기억하고는 있었지만, 화란이나 묵란처럼 아끼지는 않았던 것이다.

성굉은 또다시 안쓰러운 생각이 들어 상냥하게 미소 지으며 말했다.

"마마님한테 맞았는데 넌 화나지 않느냐? 그렇게 서둘러 또 벌을 받으러 가게?"

명란이 작게 탄식했다.

"언니들도 다 맞았는데 어떻게 저만 결백한 척할 수 있습니까? 한 사람만 잘못해도 모두가 연좌되긴 하지만 그래도 이게 좋습니다. 다음번에는 언니들이 함부로 싸우지 않을 테니까요. 아앗."

성굉이 크게 웃더니 검지로 명란의 콧등을 쓸어내리며 놀렸다.

"조그만 녀석이 말끝마다 허튼소리도 모자라 애늙은이처럼 탄식하다니! 네가 연좌가 무엇인지 아느냐?"

이렇게 말하며 성굉은 한 손을 내어 빨갛게 부어오른 명란의 왼손을 문질러 주었다. 그는 고생한 막내딸이 가여워 다정하게 물었다.

"아프냐?"

명란이 코를 들이마시며 우는 소리로 말했다.

"아픕니다."

뒤늦게 서러움이 몰려왔는지 저도 모르게 눈물을 흘리며 울었다.

"너무 아픕니다."

성굉은 안쓰러운 마음에 막내딸을 꼭 끌어안고 달랬다.

"다음번에 언니들이 또 싸우면 몰래 아버지한테 와서 말하거라. 아버지가 집에 없으면 멀찌감치 피해 있거나 할머님을 찾아가고. 우리 명란이는 착한 아이니 걔들은 상대하지 말거라. 알겠느냐?"

명란은 아버지의 품에 얼굴을 묻었다. 밤바람이 차가웠지만 안겨 있으니 따뜻했다. 아버지 냄새를 맡으며 명란은 어린 요의의였을 때 자주 아빠 등에 올라탔던 일을 떠올렸다. 명란은 짧은 팔로 성굉의 목을 감으며 힘차게 고개를 끄덕였다.

"네!"

웃고 떠드는 사이 부녀는 수안당에 도착했다. 정문을 들어서자마자 성굉은 문 앞에서 기다리고 있던 단귤에게 심부름을 시켰다.

"이문二門에 있는 복福 집사에게 가서 서재에 있는 자금화어고紫金化瘀

膏[1]를 가지고 속히 들라 해라."

단균은 깜짝 놀라며 알겠다고 말하고 바로 달려 나갔다. 명란을 안고 정방으로 들어간 성굉은 노대부인이 구들에 앉아 기다리고 있는 것을 보고 명란을 구들 위에 내려놓았다. 그대로 명란을 받은 노대부인이 아이의 손이 얼음장처럼 차가운 것을 보고 자신이 덮고 있던 검은색과 금색으로 금팔단金八團 길상여의 문양을 넣은 담요로 황급히 아이를 감싸주었다. 성굉의 절을 받은 노대부인이 입을 열었다.

"조금 전 공 상궁이 보낸 사람에게 전후 사정을 전해 들었다. 애비도 오늘 고생했다. 퇴청하고 쉬지도 못했을 텐데 어서 돌아가 쉬거라."

성굉이 멋쩍은 표정으로 말했다.

"그렇게 힘들지 않습니다. 어머님께서 걱정하시느라 저녁 진지도 거르신 건 아닙니까?"

노대부인은 잠이 든 명란을 끌어안고 지친 얼굴을 들여다보다 고개를 돌려 성굉에게 말했다.

"공 상궁이 궁에서 규율을 관장하던 사람이라 말이나 행동이 다소 직설적일 게다. 애비는 언짢아하지 말아라."

성굉이 황급히 말했다.

"그럴 리가 있겠습니까. 제가 아무리 아둔해도 그 정도 사리판단은 할 줄 압니다. 몸이 편치 않아 고향으로 내려가시려던 분을 어머님 덕분에 모셔오게 된 것을요. 마마님의 인품과 덕행을 존경하고 탄복하기도 바쁜데 어찌 다른 생각을 하겠습니까? 따지고 보면 다 제가 못나서 딸 교

---

1) 상처에 바르는 약.

육을 제대로 못 한 탓입니다."

노대부인은 성굉의 진심 어린 표정을 보고 무척 흐뭇해했다. 성굉과 모자로 지낸 지도 수십 년이었다. 그의 됨됨이를 알고 있는 노대부인은 성굉의 말이 진심이라는 걸 알 수 있었다. 게다가 조금 전 명란을 직접 안고 온 것을 보아 기분이 더 좋았다.

성굉은 또 한참을 노대부인과 얘기를 나누다 돌아갔다.

얼마 후, 방씨 어멈이 계집종과 어멈에게 찬합을 들려 들어왔다. 난롱에서 저녁 식사를 꺼내 구들 위에 펼쳐놓자 노대부인이 명란을 흔들어 깨웠다.

"일단 밥부터 먹고 또 자자꾸나."

명란은 너무 피곤해 힘없이 중얼거렸다.

"배 안 고파요. 안 먹을래요."

하지만 노대부인이 그걸 허락할 리 있겠는가. 그녀가 명란을 일으키자 방씨 어멈이 따뜻한 수건을 짜서 명란의 얼굴에 덮어주었다. 명란은 그제야 잠에서 깰 수 있었다. 노대부인은 차가운 수건을 손수 가져다 다친 손을 덮어 주었다. 방씨 어멈은 빨갛게 부은 명란의 손을 보고 단귤이 가져온 고약을 꼼꼼히 발라 주며 불평을 했다.

"마마님도 정말 너무 하시지. 우리 애기씨가 뭘 잘못했습니까. 같이 벌을 받은 것도 억울해 죽겠는데 이렇게 세게 때리다니요!"

방씨 어멈은 이렇게 말하며 씩씩거렸다.

노대부인도 가슴이 아팠지만 그래도 정색하며 말했다.

"같이 벌을 받은 게 뭐 어쨌다는 게야. 훈육 상궁이 공부를 제대로 안 한 아이를 혼내는 건 당연한 일이지. 내가 어렸을 땐 욕을 덜 먹었단 말인가."

명란은 어리둥절한 얼굴로 고개를 돌려 할머니를 한참 바라보다 문득 깨닫게 되었다.

"저희가 예법을 제대로 배우지 않아 맞은 거군요. 아, 그런 것이라면 맞아야지요."

이렇게 자매간의 말다툼 사건은 묻히고 말았다.

방씨 어멈은 바로 웃음을 참았다. 노대부인도 그 말을 듣고 속으로 우습다고 생각했다. 아이가 이해했다는 것을 알자 마음이 놓인 노대부인은 손녀의 머리를 가볍게 쓰다듬으며 말했다.

"착하기도 하지. 앞으로는 순조로워질 게다."

· · ·

임서각에는 불이 다 꺼지고 오직 뒷방만 불이 환했다. 묵란은 구들에 반쯤 누워 여전히 훌쩍이고 있었다. 손에는 담녹색의 붕대를 촘촘히 감고, 진한 약 냄새를 풍기고 있었다. 임 이랑이 딸을 안고 작은 목소리로 말했다.

"이게 다 어미 탓이다. 네게 이기라고만 가르치고 몸을 낮추는 법은 가르치지 않아 오늘 같은 일을 당하게 했구나."

묵란이 창백한 얼굴로 불안에 떨며 말했다.

"다들 아버지께서 절 예뻐하신다고 했는데, 이번엔 명란이 편을 드실지언정 저에 대해서는 한 말씀도 안 하셨어요. 어쩌면 저한테 화가 나셨는지도 몰라요."

한쪽에는 황색 여의 문양의 덩굴이 수놓인 짙은 자줏빛 장비갑長比甲을 입은 하얗고 통통한 얼굴의 여인이 서 있었다. 임 이랑 족친의 안사람인 그녀가 웃으며 말했다.

"애기씨, 초조해하지 마세요. 나리께서는 공 상궁마마님 체면 때문에 애기씨를 혼내신 겁니다. 속으로는 당연히 마음 아파하시죠. 아니라면 이렇게 고약을 보내주셨겠어요?"

그 말에 묵란은 마음이 조금 풀렸다. 하지만 임 이랑은 차갑게 비웃을 뿐이었다.

"옛날 같았으면 진즉에 찾아왔겠지. 그런데 오늘은 나까지 싸잡아서 욕을 해……? 흥, 아주 대단하십니다, 공 상궁. 아주 대단하세요, 노마님! 설랑, 자네 설마 눈치 못 챘나?"

설랑이 깜짝 놀라 말했다.

"무슨 말씀이신지……? 설마 이 일에 다른 의도가 숨어 있다는 말씀입니까?"

임 이랑이 귀밑머리를 쓸며 냉소를 지었다.

"내 이번에 묵란이를 돋보이게 하려다 수안당 그 양반이 만만치 않다는 걸 잊었지 뭔가. 오늘 공 상궁이 네 아이를 꾸짖으면서 한 말만 해도 그래. 듣기엔 네 명을 똑같이 혼낸 것 같지만 곱씹을수록 차별이 느껴져. 여란이나 명란이는 그나마 괜찮았지. 건성으로 지나갔으니까. 공 상궁이 화란이를 엄하게 혼낸 것 같아도 실은 하나같이 좋은 말이었어. 행실을 어떻게 해야 하는지 가르쳐주는 거였으니까. 그런데 우리 묵란이한테는 하나같이 상처가 되는 말만! 대놓고 애길 안 했다 뿐이지 우리 묵란이를 자기밖에 모르고 형제는 안중에도 없는 아이로 만들었어. 흥, 뭐 사람마다 인연이라는 것이 있어? 그 말이 무슨 뜻인 줄 아는가? 우리 묵란이는 서출이니 화란이 같은 좋은 혼처는 꿈도 꾸지 말라는 소리야!"

설랑이 잠시 생각을 하더니 말했다.

"그럼 이게 다 노마님께서 벌이신 일이라는 겁니까?"

임 이랑이 코웃음을 쳤다.

"내 짐작이 크게 틀리지 않을 게야. 공 상궁은 노마님이 하고 싶지만 차마 하지 못하는 말을 하고, 차마 하지 못한 일을 하고 있는 게지. 머리를 제대로 굴렸어. 아들 며느리한테 미움을 사지 않으면서 원하는 걸 다 이루었으니 그야말로 일거양득이 아닌가. 설랑, 두고 보게. 이게 끝이 아닐 테니."

잠자코 있던 묵란이 깜짝 놀라 하얗게 질린 얼굴로 말했다.

"정말로 그런 거라면 앞으로 전 어떻게 해요? 아버지께서 절 미워하시면요?"

임 이랑이 온화하게 웃어 보였다.

"바보 같기는. 겁낼 게 무엇이냐? 병사가 오면 장수로 막고, 물이 오면 흙으로 막으면 되는 것을. 우리가 네 아버지를 꽉 쥐고 있는 한 무서워할 건 아무것도 없단다. 마님은 그걸 모르지."

위유헌에서는 왕 씨가 여란이를 안고 잠자리에 들었다. 하지만 화란은 여전히 『여칙』을 베껴 쓰고 있었다. 왕 씨가 딸을 걱정하며 말했다.

"오십 번 베껴 쓰는 건 진즉에 끝나지 않았느냐? 그런데 왜 아직까지 쉬지 않는 것이야. 아버지께서 보내주신 고약의 약효도 아직 다 퍼지지 않았는데."

화란이 목을 꼿꼿이 세우고 씩씩하게 말했다.

"제가 이 집에서 나이가 제일 많잖아요. 그러니 잘못을 저질러도 제 잘못이 가장 크죠. 동생들이 벌로 오십 번을 베껴 썼으면 저는 그거보다 더 벌을 받는 게 맞아요."

평소 화란에 대해 왕 씨가 말했다.

"화란이 네가 그 이치를 알게 되었다니 다 컸구나. 내일 마마님께서 네 성의를 보시면 분명 기뻐하실 게다."

공 상궁 얘기가 나오자 화란은 갑자기 정신이 번쩍 들었다.

"어머니, 전 오늘에서야 진정한 고수는 자신을 드러내지 않는다는 말이 뭔지 제대로 알게 된 것 같아요! 마마님께서는 평소에 큰소리 한번 안 내시고 아주 온화하시잖아요. 그런데 혼을 내기 시작하시면 사리에 맞는 말씀만 하세요. 혼나는 사람도 아무 말 못 하고, 듣는 사람도 절로 수긍이 가잖아요. 마마님의 행동을 보고 저희가 잘못을 했다는 걸 알았어요. 그런데도 그분은 성급하게 혼내지 않으시고 약한 불로 오래 끓이듯이 저희를 서서히 굴복시키셨어요. 아, 너무 대단해요! 얘기를 꺼내기도 전에 부들방석이랑 계척부터 준비하신 거잖아요. 심지어 다 때리고 나서 손을 덮어 줄 찬 수건도 준비하시고요. 주도면밀하다는 게 바로 이런 거겠죠? 내일부터 더 열심히 배워서 견문을 넓혀야겠어요!"

생글생글 웃으며 말하던 화란이 갑자기 모친을 힐끗 보더니 탄식을 했다.

"어머니께서 마마님 능력의 절반만 갖고 계셨어도 임씨가 그렇게 방자하게 굴진 못했을 거예요."

"화란이 너도 그 입을 조심해야 할 게야. 시댁에 가서도 그럴까봐 걱정이구나."

왕 씨가 되레 걱정하며 말했다.

화란이 애교 있게 웃었다.

"어머니께서 이렇게 낳아주셨잖아요."

왕 씨가 더욱 근심에 사로잡혀 말했다.

"내가 제일 걱정되는 게 바로 네 그 성격이다. 세상 무서울 것 없는 성격이란 것이 좋게 말해 시원시원한 거지, 나쁘게 말하면 인정머리가 없는 거란다. 내가 네 아버지와 혼인을 했을 때는 지체가 낮은 집안으로 시집을 온 것이지만, 너는 높은 곳을 가는 게 아니냐. 어느 집 시어머니가 너희 할머님처럼 말도 좋게 하고, 간섭도 안 할까? 집안에 사람을 들여 놓고 다른 여인을 편애하고, 재물을 가로채고……. 별의별 일이 다 있을 게다. 그때가 되면 너도 겪게 될 것이야."

화란이 거만하게 고개를 들며 말했다.

"전 하나도 겁 안 나요. 앞으로 집 안에서든 밖에서든 누구도 간섭하게 두지 않을 거예요!"

제17화

큰당숙께서 오시니
명란이 부자 됐네

그날 소동이 있고 난 뒤 마님과 애기씨들은 물론 계집종과 어멈들까지 공 상궁의 예절 교육을 더욱 존중하게 되어 감히 누구도 게으름을 피울 생각을 하지 못했다. 특히 묵란은 몸을 낮추고 고분고분하게 굴었다.

공 상궁의 가르침으로 성굉은 잠시 이성이 감성을 이긴 상태가 되었다. 임 이랑 모녀가 정신을 차릴 수 있게 보름을 연달아 왕 씨의 처소에서 잠을 잤다. 왕 씨의 얼굴엔 매일 화색이 돌았고, 너무 기뻐 폭죽이라도 터뜨리고 싶은 심정이었다. 이번에 성굉은 공 상궁에게 시늉이라도 제대로 보여주자고 결심했다. 그래서 마음을 굳게 먹고 만나자는 임 이랑의 요구를 전부 거절했다.

상황이 심상치 않게 돌아가자 임 이랑은 결국 필살기를 꺼내 들었다. 아들 장풍이 성굉에게 공부를 검사받으러 갈 때 푸른 비단을 하나 딸려 보낸 것이다. 거기에는 고운 주사朱砂를 이용해 쓴 '아침이면 임 생각에 마음이 찢어지고, 저녁이면 피눈물을 비처럼 흘리네' 따위의 원망이 담긴 애정시가 적혀 있었다. 그걸 읽은 성굉은 순간 정이 솟아나는 것을 느껐다. 어느 날 밤, 그는 결국 참지 못하고 임 이랑을 보러 갔다.

그 사실을 안 왕 씨는 분노했다.

"첩실이 글을 아니 당해낼 수가 있나!"

하지만 그 후 성굉은 임 이랑에게 너무 관대해서는 안 된다는 것을 깨달았다. 임 이랑도 영리하게 몸을 숙이고 언행을 삼갔다. 묵란도 마찬가지로 온순하게 굴었다. 이런 쾌적한 학습 분위기 속에 공 상궁은 보름 넘게 더 가르치다 장백이 현시縣試에 합격했다는 방이 붙자 고향으로 돌아갈 준비를 했다. 성굉은 공 상궁에게 사례금으로 가득 채운 옷궤를 잔뜩 안겨주었다. 공 상궁은 "살날이 얼마 남지 않은 늙은이가 이렇게 많은 물건을 가지고 가면 제가 어디서 도둑질이라도 한 줄 알 겁니다."라는 말과 함께 그중 절반을 돌려보냈다.

마지막 며칠을 남기고 왕 씨는 공 상궁에게 화란의 앞날을 위해 경성의 옛 친구에게 편지를 써 화란에 대한 좋은 말을 해주길 바란다는 뜻을 완곡하게 전했다. 그런데 공 상궁이 웃으며 그 청을 거절했다.

"큰아가씨가 손님으로 가는 게 아니지 않습니까. 앞으로 오래오래 경성에서 살 텐데 그러다 보면 절로 명성이 생기겠지요. 제가 큰아가씨 칭찬을 이만큼 늘어놓았다가 충근백부에서 너무 큰 기대를 하게 되면 오히려 좋지 않을 수 있습니다."

그 말은 다른 말로 하면 이런 뜻이었다. '기대가 크면 실망도 큰 법. 기대치를 낮추는 것이 오히려 화란을 더 돋보이게 할 수 있다.' 그 뜻을 알아들었는지 어쨌는지, 왕 씨는 그저 실망한 표정을 감추지 못했다. 그러자 공 상궁이 말을 덧붙였다.

"큰아가씨는 외모가 아름다우니 나중에 자식을 보면 절로 입지가 굳어질 것이 분명합니다. 대신 제가 힘닿는 대로 나머지 애기씨들을 위해 나서 보지요."

왕 씨는 여란을 떠올리곤 함박웃음을 지으며 감사의 인사를 했다.

공 상궁이 떠나고, 아이들은 다시금 각자 수행의 나날을 보냈다. 노대부인은 다시 명란을 붙잡고 글을 가르쳤고, 거기에 바느질이 추가되어 방씨 어멈이 대신 기초를 가르치게 되었다. 방씨 어멈은 노대부인이 시집올 때 함께 온 일등 시녀로, 후부 제일의 바느질꾼이었다. 길쌈, 바느질, 자수, 신발과 모자 만들기, 뜨개질 등 천을 다루는 일은 못 하는 게 없었다. 이젠 눈이 침침해 정교한 바느질은 할 수 없었지만, 명란이 같은 초보를 가르치기엔 충분했다.

그간 노대부인과 임 이랑이라는 생생한 예시를 봐온 방씨 어멈은 명란이 글공부할 때 하나를 배우면 열을 아는 것을 보고, 시문詩文만 좋아하고 바느질은 좋아하지 않을까봐 무척 걱정했다. 하지만 명란은 시작부터 무척 협조적이었다. 글을 배울 때보다 더 열정적인 태도로 바느질을 배웠다. 방씨 어멈은 놀라움과 기쁨을 감추지 못하고 곧 자신의 모든 재능을 끌어모아 명란을 가르치기 시작했다. 그리하여 명란은 오전엔 노대부인을 따라 공부를 하고, 오후에는 방씨 어멈을 따라 바느질을 배웠다. 노대부인은 옆에서 흐뭇한 표정으로 그 모습을 바라봤다.

명란은 우선 작은 천 조각을 이용해 바느질 연습을 했다. 처음엔 선을 만들었다. 직선은 아주 곧아야 했고, 곡선은 아주 둥글어야 했다. 바늘땀은 재봉틀로 박은 것처럼 촘촘해야 했고, 간격도 전체가 균일해야 했다. 이것이 바느질의 기본이었다. 명란은 이걸 연습하는 데만 족히 한 달을 써야 했다. 한 달 후, 방씨 어멈은 볕이 좋은 어느 오후를 골라 시험을 봤다. 명란은 간신히 합격점을 받았다.

방씨 어멈은 살짝 의아해했다.

"이렇게 열심히 하는데 어째서 글공부보다 빨리 늘지 않을까요?"

명란은 속으로 생각했다.

'아는 데 모르는 척하는 거랑 아예 처음부터 시작하는 거랑 어떻게 같겠어요.'

노대부인 역시 이상하게 생각했다.

"바느질이 그렇게 좋으냐? 글공부보다 더 열심히 하게."

명란은 속으로 눈물을 흘렸다.

'바느질을 좋아하긴요! 십자수도 한번 안 해본 저였다고요.'

입시교육에는 큰 특징이 있었다. 수학 올림피아드나 피아노, 그림 따위는 가산점을 위한 것이었고, 열심히 공부하는 건 명문대학 진학을 위해서였다. 그리고 명문대학 진학은 좋은 직장에 취직해 돈을 많이 벌기 위해서였다. 좋게 말하면 목표가 명확하니 그대로 따라가면 그만이었고, 나쁘게 말하면 너무 타산적이었다. 그런 세계에서 온 명란은 『천자문』을 다 떼고 나서 이런 문제를 생각하게 됐다.

규중의 아녀자가 시사가부詩詞歌賦 [1]와 금기서화琴棋書畫 [2]를 잘해 어디다 쓰겠는가? 과거를 볼 수 있는 것도 아니니 공부로 밥을 벌어 먹고 살 일도 없었다. 그럼 귀족 자제들 사이에서 재녀才女로 명성을 날리기 위해서일까?

적녀인 노대부인은 당연히 '인격을 도야하고 품행을 기르면 온 경도京都의 모범이 되고, 가문을 빛내게 되지 않느냐'라고 말할 것이다.

---

1) 글을 짓는 재주.
2) 악기, 바둑, 서예, 그림 등의 재주.

하지만 명란은 적녀가 아니었고, 성가 역시 후부가 아니었다. 그녀는 그런 최상위 귀족 사회에 들어갈 수조차 없는 사람이었다.

임 이랑이었다면 아마도 '내 성공엔 시사가부와 금기서화가 아주 큰 도움이 되었지'라고 말했으리라.

하지만 명란은 첩실이 될 생각도 없었다.

그러던 어느 날, 방씨 어멈이 지나가는 말로 은자 두세 냥이면 여의재에서 중등 자수품을 살 수 있다는 얘기를 했다. 명란은 그 순간 자신이 나아갈 방향을 찾았다. 이 사회에서는 글공부를 너무 잘하거나 이문에 너무 밝으면 비난을 받을 가능성이 컸다. 오직 바느질만이 확실하고 안전했다. 이걸로 명성을 떨칠 수도 있고, 만의 하나를 위한 장기로 삼을 수도 있었다.

명란은 자기 생각을 살짝 포장한 다음 할머니에게 이렇게 답했다.

"바느질을 잘하면 할머님께는 방한모를 만들어드릴 수 있고, 아버지께는 신발을 만들어드릴 수 있습니다. 어머니와 언니들을 위해 향낭에 수를 놓을 수 있고, 오라버니들에게는 수건을 만들어줄 수 있지요."

그 말에 감동해 눈시울이 뜨거워진 노대부인이 명란을 끌어안고 한참을 쓰다듬었다.

"착하기도 하지. 이렇게 고마울 데가!"

명란은 얼떨떨했다. 노대부인은 글공부는 자신에게만 이롭지만, 바느질은 집안 식구 모두에게 이로운 것이니 손녀가 어린 나이에도 식구들을 생각할 줄 안다고 여긴 것이었다.

학습 흥미를 고취시키기 위해 노대부인은 매화 몇 송이를 간단하게 그려 명란이가 수를 놓을 수 있게 밑그림으로 주었다. 명란은 최선을 다해 수를 놓고, 또 놓았다. 한 송이 하고도 절반을 완성했을 때, 매화는 이미 다 떨어지고 도화桃花가 피기 시작했다. 방씨 어멈이 한숨을 쉬더니 꽃 모양에 몇 획을 더 그려 넣으며 도화를 수놓은 셈 치라고 말했다.

"매화하고 도화는 다르게 생겼는데 어떻게 바꿉니까?"

명란이 작게 항의했다.

"괜찮다. 네 솜씨로는 큰 차이가 없어."

노대부인이 명란을 위로하며 말했다.

명란은 아무 말도 할 수 없었다.

사월이 되어 도화가 만발했을 때, 경성의 충근백부에서 편지가 도착했다. 원문소가 월말에 영친迎親³⁾을 하러 출발한다는 내용이었다. 날짜를 세어보니 며칠 안으로 등주에 도착할 것 같았다.

한편, 성굉의 사촌 형인 성유도 등주에 도착했다. 본래 화란의 혼례에는 외숙이 참석해야 마땅했다. 하지만 외숙인 왕연도 지금 공직에 있어 아무 때나 자리를 비울 수가 없었다. 오직 장사를 하는 성유만이 거동이 자유로웠다. 이번에 그는 둘째 아들인 장오와 함께 축하를 해주러 왔다. 그리고 나중에 장백과 함께 화란이를 경성까지 송친送親⁴⁾하기로 했다.

성유가 성굉을 따라 수안당에 인사를 하러 왔을 때, 명란은 구들에 앉아 『애련설愛蓮說』⁵⁾을 외우고 있었다.

"물과 뭍에서 나는 꽃 중에는 사랑할 만한 것이 많이 있다……. 나는 유독 진흙에서 나왔으나 더러움에 물들지 않고, 맑은 물에 씻겼으나 요

---

3) 신랑이 신부를 맞이하러 가는 일.
4) 신부 측 친족이 신부를 따라 신랑집에 가는 것.
5) 송대 성리학자 주돈이의 글.

염하지 않고, 속은 비었으나 겉은 곧으며, 넝쿨을 치거나 가지를 뻗지 않고, 향기가 멀어질수록 맑으며, 우뚝하게 서 있어……."

조그만 여자아이가 앳된 목소리로 낭랑하게 외우면서 머리를 이리저리 흔드는 모습이 천진무구했다. 노대부인은 구들 위에 단정히 앉아 고개를 외로 돌린 채 웃는 얼굴로 그 소리를 듣고 있었다. 두 눈에 온화한 기쁨이 가득했다.

성유는 문득 어떤 생각을 떠올렸다. 기력이 넘치고 혈색이 좋은 노대부인의 모습은 2년 전보다 훨씬 좋아 보였다. 눈을 돌려 명란을 보니 맑게 빛나는 새까만 눈동자만 보였다. 자신을 발견한 아이는 구들에서 내려와 얌전히 한쪽에 섰다. 그 예의 바른 모습이 성유는 무척 마음에 들어 마음속 생각이 더욱 분명해졌다.

노대부인에게 절을 올리고 난 성유가 빙그레 웃으며 명란을 안아 올렸다.

"네가 명란이구나. 내가 네 언니들은 다 만났는데, 너는 내가 올 때마다 아파서 누워 있더구나. 이제 다 나았으니 다행이다."

네모난 그의 얼굴에는 온갖 고생을 한 흔적이 역력했다. 분명 성굉보다 겨우 몇 살 위였는데 겉보기에는 열 살은 더 먹어 보였다. 하지만 성격만큼은 무척 다정다감했다.

명란이 통통한 두 손을 모으더니 법도에 따라 머리를 조아리며 제법 그럴듯하게 문안 인사를 했다.

"염려해주셔서 감사합니다. 당숙 어른께서는 무탈하십니까. 먼 곳에서 오시느라 힘드셨겠습니다."

앳되고 낭랑한 목소리로 꼭 애늙은이 같은 말을 하는 명란 때문에 방 안에 있던 어른들이 모두 웃음을 터뜨렸다. 성유가 특히 박장대소를 하며 명란이 움직이지도 못하게 꼭 끌어안았다. 명란은 얼굴이 빨개져서 속으로 분통을 터뜨렸다. 분명 법도에 맞게 했는데 뭐가 웃기다는 거야. 진지해지라고!

성유가 품속에서 붉은 비단 주머니를 꺼내 명란에게 주며 말했다.

"이건 네 큰할머님께서 주시는 것이다. 너만 빼고 네 언니들은 다 갖고 있지."

눈을 들어 할머니와 아버지의 눈치를 살피던 명란은 두 사람이 고개를 끄덕이자 그제야 주머니를 받아 들었다. 주머니를 열자 번쩍번쩍한 금빛이 눈앞에 나타났다.

그것은 아주 묵직한 순금 여의쇄如意鎖였다. 명란이 그것을 들어 노대부인에게 보여주자 노대부인이 웃으며 금쇄에 달린 가느다란 목줄을 명란의 목에 걸어주었다. 명란은 바로 목이 무거워지는 것을 느꼈다. 족히 몇 량兩은 될 것 같았다. 그녀는 통통한 몸을 비틀어 성유에게 허리 굽혀 공손히 인사했다.

"큰할머님, 감사합니다. 당숙 어른, 감사합니다."

그때 취병이 연잎과 연뿌리가 그려진 붉은 쟁반을 들고 들어왔다. 명란이 다가오자 취병은 평소 하던 대로 명란 앞에 쟁반을 가져다주었다. 명란은 쟁반 위에 있던 찻잔 하나를 들고 흔들거리며 걸었다.

성굉은 명란이 습관처럼 자기 앞에 찻잔을 갖다놓으리라고 생각했다. 하지만 명란의 짧은 다리는 반 정도 걸어오다가 방향을 바꿨다. 명란은 고개를 숙인 채 찻잔을 들고 곧장 성유에게로 갔다. 그리고 두 번째 찻잔은 성굉에게 주었다. 그러더니 다시 까치발을 들고 구들 탁자 위에 있던 신선한 산동 대추를 가져다 성유의 찻상에 정성스럽게 올려놓았다.

속으로 웃던 성굉은 결국 참지 못하고 웃음을 터뜨렸다.

"명란아, 아무리 선물을 받았기로 서니 이렇게 차도 주고, 대추도 주는 게냐. 애비는 안중에도 없구나."

명란의 얼굴이 구겨지더니 빨갛게 달아올랐다. 통통한 다람쥐처럼 바쁘게 움직이던 동작을 멈추고, 작은 손발을 어디다 둬야 할지 몰라 난처해했다. 명란이 민망해하며 말했다.

"받은 게 있지 않습니까."

노대부인과 성유, 성굉 형제는 순간 박장대소를 했다. 성유는 명란을 끌어다 품에 꼭 끌어안았다. 앳되고 하얀 얼굴의 아이가 쭈뼛쭈뼛한 표정을 짓고 있는 것이 너무도 귀여웠다. 그래서 또다시 품에서 정교한 자수가 놓인 비단 주머니를 꺼내 명란의 손에 쥐여주며 놀렸다.

"이 당숙도 대접을 잘 받았지. 자, 이건 새로 잡은 물고기 아흔아홉 마리다. 이것도 네게 주마! 명란아, 너희 집에서 한 번만 더 대접받았다가는 이 당숙이 아주 거덜나겠구나!"

너무 웃어서 거의 눈물을 흘릴 지경이 된 노대부인이 웃으면서 욕을 했다.

"어른이나 애나 똑같아가지고는!"

옆에 있던 계집종과 어멈들도 몰래 입을 가리고 웃었다. 명란은 얼른 과일 접시에서 알이 굵은 대추 열댓 개를 골라 성굉에게 주며 실없이 웃었다.

"아버지 드세요, 아버지 드세요. 대추가 아주 큽니다……."

성굉이 웃으며 명란을 끌어당기더니 아이의 부드러운 머릿결을 쓸어주었다. 그리고 명란의 손에 있던 주머니에서 눈부시게 빛나는 작은 물고기 모양의 금덩이를 꺼내 통통한 명란의 손바닥에 올려주었다.

"아주 예쁘구나. 가지고 놀거라."

갑자기 이렇게 많은 금붙이를 갖게 된 명란은 조금 미안한 생각이 들었다. 그래서 얼굴을 붉히며 성유에게 다시 한번 허리 숙여 인사를 했다. 그때 왕 씨가 화란을 비롯한 아이들을 데리고 들어왔다. 명란은 작게 안도의 한숨을 쉬며 서둘러 왕 씨에게 절을 했다.

왕 씨는 노대부인과 성유에게 절을 한 뒤 딸들에게도 절을 시켰다. 명란의 목에 걸린 커다란 금쇄를 본 여란은 입을 삐죽였다. 묵란은 시선을 내리뜨린 채 아무런 표정도 짓지 않았다. 공 상궁의 훈육으로 두 사람 모두 많이 얌전해진 것이다.

성유는 조카딸들과 인사를 나눴다. 여란은 거만했고, 묵란은 점잖았는데 둘 다 별로 말이 없었다. 성굉도 별로 할 말이 없었다. 반면 왕 씨는 만면에 웃음을 띠며 말했다.

"형님도 참. 아주버님께서 화란이를 위해 이렇게 먼 길을 와주신 것만으로도 감사한데 뭘 이렇게 많이 보내셨대요."

그러면서 아이들을 향해 말했다.

"너희들 것도 있다. 사내아이들 물건은 아버지 서재에 있고, 여자아이들 물건은 위유헌에 있으니 이따 가지고 가거라."

아이들은 바로 성유에게 감사의 인사를 했다. 모두 다시 대화를 이어가는데 신이 난 여란은 얼른 선물을 보러 가고 싶어했다. 노대부인이 웃으며 손녀들에게 먼저 가보라고 했다. 여자아이 셋이 나가자 방 안이 갑자기 조용해졌다. 성유가 정색하고 맞은편에 서 있던 장백에게 말을 걸었다.

"장백이 부시府試에 합격했다는 얘기를 들었다. 네 어머니가 참으로 복이 많구나."

장백이 두 손을 모으고 말했다.

"과찬이십니다, 당숙 어른. 제가 아직 모르는 것이 많아 한참 더 공부해야 합니다."

왕 씨가 내심 자랑스러워하며 대답했다.

"마지막 관문인 원시院試까지 붙어야 수재秀才가 되는 것을요. 칭찬은 아직 이릅니다. 장오도 글공부를 하고 있다 하니 나중에 둘이 같이 시험을 보러 가면 좋겠네요."

성유가 고개를 저으며 웃었다.

"그렇게는 안 될 겁니다. 애초에 제 글공부도 동생만 못했던 것을요. 큰애는 저를 닮아 장부 볼 때나 말똥말똥하지 성현들 말씀은 봤다 하면 기절합니다. 둘째는 글을 좀 읽기는 하지만 그래도 장백에 비하면 한참 부족하지요. 그보다는 무예 쪽을 좋아하는 것 같아 이번에 화란이를 경성에 데려다주고 나서 장오에게 총교두總教頭[6]인 노규를 찾아가 보라 할 생각입니다. 무과 쪽으로 갈 수 있을지 한번 봐야지요."

성굉이 웃으며 말했다.

"거참 잘됐습니다. 그 노 막대기는 무예도 인품도 아주 훌륭합니다. 그 친구가 무과를 칠 때 저랑 자주 술을 마셨는데 몇 년 동안 왕래가 뜸했군요. 이따 서신을 써드릴 테니 장오에게 가지고 가게 하십시오. 잘 돌봐 줄 겁니다."

성유가 크게 기뻐했다.

"이렇게 고마울 데가 있나. 장오, 어서 작은 당숙께 감사의 인사를 드리지 않고 뭣 하느냐!"

---

6) 무예 교관.

옆에 서 있던 장오는 겉보기엔 장백과 큰 차이가 없어 보였다. 하지만 체구가 단단하고 얼굴이 크고 네모반듯했으며, 유쾌하고 활력이 넘쳤다. 장오가 크게 기뻐하며 성굉에게 절을 했다.

"큰형님, 또 남 같은 소리를 하십니다. 장오가 나중에 출세하면 저희에게도 좋은 일 아닙니까. 한집안의 형제가 관직에서 서로 도와주고 그래야 우리 가문도 번창하지요. 아니 그렇습니까?"

성유가 고개를 돌려 장풍을 보더니 웃으며 말했다.

"봐라. 네 장오 형이 이렇게 쓸모가 없다. 나중에 무관밖에 못 할 것 같으니 너희 두 형제라도 함께 시험을 치르거라. 듣자 하니 장풍의 시문이 아주 좋다던데. 어린 나이에 벌써 재명才名을 떨쳤으니 분명 장원壯元이 돼서 돌아올 게다."

줄곧 함박웃음을 지으며 한쪽에 서 있던 장풍이 그제야 손을 모으고 답했다.

"조카가 제 발이 저려서 그렇지요. 제 학문이 형님의 반만이라도 따라갈 수 있다면 그걸로 족합니다. 전조前朝의 장태악張太岳[7]은 아홉 살에 동생童生[8]이 되었다는데 저는 재주가 없어 내년에 한번 시도나 해볼까 합니다."

노대부인이 정색하며 말했다.

"시문詩文이 중요하다고는 하지만 과거시험은 시문만 보는 게 아니다. 그러니 너도 문장에 더 힘을 쏟아야 할 게다. 네 조부께서도 시문이 호방

---

7) 명대 제일의 정치가 장거정張居正을 가리킴.
8) 동시童試 합격자.

해 행림杏林[9]에서 모르는 이가 없었지만 그래도 문장에 가장 힘쓰셨다. 나중에 너도 네 큰형을 따라 같이 공부하면 될 게다."

장풍이 웃으며 알겠다고 답했다.

또 얼마간 이야기를 하다 노대부인은 손자 세 명을 나가 놀게 했다. 그리고 어른들은 다시 대화를 이어 나갔다.

아이들이 나가길 기다려 성유가 노대부인에게 공손하게 말했다.

"원래는 안사람도 같이 왔어야 했는데 집안일에 손발이 묶여 꼼짝도 못하고 있지 뭡니까. 안사람을 대신해 작은어머니께 축하 인사를 드립니다."

"이렇게 먼 곳까지 오긴 뭘 와. 질부가 그 큰 집안 살림을 맡고 있는데 어찌 오겠나. 우리끼리 그런 허례는 필요 없네. 그보다 자네 모친께서는 어떠하신가? 아직 강녕하시지?"

노대부인이 웃으며 말했다.

성유의 표정이 살짝 어두워졌다.

"집안은 다 평안합니다. 그저 어머님께서 요즘 갈수록 노곤해하시고, 몸집도 예전만 못하십니다. 항상 작은어머님을 뵙고 싶다 하시니 제 생각 같아서는 작은어머님이 시간 나실 때 저희 집에 오셔서 한동안 계셨으면 좋겠습니다. 그런데 안사람은 작은어머님 힘드시다고 말도 못 꺼내게 합니다."

노대부인이 탄식하며 말했다.

"힘들 게 뭐가 있어? 나와 자네 어머니는 동서지간이라 사이가 아주 좋았지. 아우더러 형님 보러 오라고 하는 게 뭐가 어려워서. 하이고……

---

[9] 강서성 여산 일대.

난 형님이 무척 존경스럽네. 연약한 여인의 몸으로 그 오랜 세월을 견뎌내지 않았나. 그러다 몸이 상한 것이 안타까울 뿐이지."

성유가 진심을 담아 말했다.

"애초에 작은어머님께서 저희 모자를 거둬주시지 않았다면 오늘날 이 조카는 없었을 겁니다. 말을 하자면 정말⋯⋯."

노대부인이 연거푸 손을 내저으며 더는 말하지 말라고 말렸다.

"그만하게, 그만."

성굉은 분위기가 무거워진 것을 보고 가벼운 화제로 넘어가기 위해 왕 씨를 바라봤다. 신호를 받은 왕 씨는 바로 알아듣고 웃으며 말했다.

"금릉에 가본 지도 오래되었습니다. 장송의 처는 어떻게 지내는지요? 지난번 편지에서 애가 들어섰다고 하던데요."

성유의 낯빛이 더욱 어두워졌다.

"안타깝게도 갑자기 유산이 됐습니다."

순간 분위기가 더욱 무겁게 가라앉았다. 성굉은 못마땅해하며 왕 씨에게 눈을 부라렸다. 왕 씨는 억울했다. 누가 그런 줄 알았단 말인가.

그랬다. 분위기를 띄우는 것도 소질이 있어야 했다. 왕 씨는 아직 더 수련이 필요해 보였다. 성굉은 왕 씨에 대한 불만을 멈추고 직접 나서기로 했다. 그가 웃으며 말을 꺼냈다.

"지난번에 오셨을 때 말씀하셨던 장오의 혼처로 생각하신다는 그 집은 어떻습니까? 잘 알아보셔야 합니다. 괜찮은 집안이면 제가 예물을 준비하겠습니다."

성유의 얼굴이 까맣게 탄 솥바닥처럼 변했다.

"아이고, 말도 말게. 규수가 마부와 사통해 도망쳤네!"

방 안 분위기는 더욱 험악해지고 말았다.

제18화

화란, 시집가다

그날 밤 성굉은 성유와 술자리를 가졌고, 왕 씨는 노대부인을 모시고 담소를 나누었다. 저녁밥을 먹기 전, 최씨 어멈이 명란을 데리고 왔다. 단귤과 소도는 선물 두 보따리를 안고 있었고, 뒤이어 어멈 둘이 상자 하나를 함께 들고 왔다.

　노대부인이 명란을 곁으로 당겨서 귀여운 강아지처럼 쓰다듬다가 웃으며 말했다.

　"이번에 우리 명란이가 부자가 됐구나. 이 할머니한테 말해보거라. 큰당숙께서 무엇을 주셨느냐?"

　조금 전에 제대로 보지도 못했지만 명란은 일단 손가락을 접어가며 기억해내려 애썼다.

　"금, 비단, 진주, 팔찌에 음…… 뒤꽂이도 있었고…… 어, 그리고, 그리고……."

　그런 다음 한참이 지나도 결국 생각해내지 못했다. 노대부인이 가만히 응시하며 듣고 있다가 손가락으로 명란의 이마를 꾹꾹 누르며 무뚝뚝한 표정으로 말했다.

"요런 멍텅구리가 있나."

그러고는 취병에게 어멈을 시켜 보따리와 상자를 열라고 했다. 그 안에는 새로 나온 호단湖緞 1) 네 필, 촉금蜀錦 2) 세 필이 들어 있었는데 빛깔과 무늬가 무척이나 선명하고 아름다웠다. 그 외에도 휘주徽州 3)의 문방사우 두 세트, 붉고 노란 줄무늬가 있는 마노 팔찌 한 쌍, 가는 줄무늬가 있는 비취 옥 팔찌 한 쌍, 주채珠釵 4)와 금잠金簪 5) 각 두 쌍, 선홍빛 원형 산호 보석과 색색의 유리구슬 각각 한 갑, 최근에 유행하는 다양한 색의 꽃반지 다섯 개가 들어 있었다. 그 외에도 여자아이들이 좋아할 법한 물건들이 가득했다.

노대부인이 미간을 찌푸리며 말했다.

"선물이 너무 과하구나."

왕 씨가 웃으며 말했다.

"아주버님 말이 몇 년 만에 만났으니 한꺼번에 보상해주는 거라 하더군요."

그러고는 고개를 돌려 명란에게 말했다.

"요 맹꽁이 녀석아, 글자는 빨리 외운다더니 이 정도의 물건을 기억 못하는 게야? 할머님께서 널 멍텅구리라 하실 만하구나!"

명란은 멋쩍어서 헤헤 웃었다. 명란이 비교적 잘 기억하는 것은 숫자

---

1) 현 절강성에서 만든 비단.
2) 현 사천성에서 만든 채색 비단.
3) 현 안휘성 내 지역명.
4) 진주 장식이 있는 두 다리 뒤꽂이.
5) 금장식이 있는 한 다리 뒤꽂이.

와 판례들이었다. 왕 씨의 말을 들은 노대부인의 눈빛에 얼핏 조소가 이는 것 같았지만 별다른 말은 하지 않았다.

왕 씨가 다시 노대부인에게 웃으며 말했다.

"우리 명란이는 참 무던한 아이예요. 제 곁에 있을 때도 까다롭게 굴지 않고 주는 대로 입고, 주는 대로 먹었습니다. 자매들의 물건을 탐내지도 않았고요. 여란이와 같이 지낼 때 먹을거리, 놀 거리가 여기저기 널려 있는데도 손 하나 대지 않더라고요. 어머님께서 괜히 아끼시는 게 아닙니다. 정말 기품이 있어요."

노대부인은 가만히 왕 씨를 쳐다보다가 미동 없이 말했다.

"화란이가 시집가고 나면 어미가 신경 써서 남은 셋을 잘 교육해야 할 게야. 아가씨가 식견이 너무 좁으면 남들이 얕보기 마련이니."

왕 씨의 얼굴에 곧바로 화색이 돌았다. 그때 노대부인이 지금까지의 대화와는 전혀 무관한 듯한 말을 했다.

"명란아, 조금 전에 가면서 소도를 시켜 네 당숙이 준 금물고기 주머니를 가져오라 하던데 언니들에게 자랑하려고 그랬던 것이냐?"

명란이 눈을 동그랗게 뜨고 대답했다.

"자랑이 아니라 언니들에게 나누어주려고 그랬습니다."

왕 씨의 표정이 일순간 구겨졌다. 노대부인은 알 수 없는 미소를 지으며 되물었다.

"네 언니들은 받았고?"

명란이 고개를 젓고 뿌루퉁하게 말했다.

"매도 함께 맞았으니 금물고기도 나누는 게 당연하다고 생각했지요. 소도를 시켜 상아 저울도 같이 가져갔습니다. 그런데 큰언니가 한사코 거절했어요. 큰당숙이 제게 준 거라고…… 언니들은 예전에 큰당숙을 뵈었을 때 이미 다 받았다고요."

노대부인이 대견스럽다는 듯 말했다.

"화란이가 과연 철이 들었구나. 이번에 제 큰당숙이 적잖은 혼수를 해주었으니 만족할 줄도 알아야지."

왕 씨는 그제야 안도의 한숨을 내쉬었다. 명란은 조용히 탄식했다. 이집안 여인들의 말에는 덫이 있어서 매번 조심하지 않으면 바로 걸려들게 된다.

잠시 후 노대부인이 상을 올리라고 명했다. 왕 씨는 항상 거처로 돌아가 딸들과 함께 식사했다. 그래서 노대부인에게 하직 인사를 한 뒤 계집종을 데리고 돌아갔다. 그들은 수안당을 벗어나자마자 발걸음을 재개놀려 급히 위유헌으로 향했다. 계집종이 정방의 발을 걷기도 전에 화란이 여란을 꾸짖는 소리가 들렸다.

"넌 어쩜 그리 생각이 짧으니. 명란이가 가진 금덩이를 보자마자 반으로 나누자고 하게. 금덩이 처음 봐?"

화란의 소리를 듣고 왕 씨의 눈꺼풀이 바르르 떨렸다.

"큰당숙은 머리가 어떻게 됐나봐. 나랑 언니만 정실부인 소생인데 첩실 소생을 조카 취급하고 있잖아. 대체 왜 걔한테 그렇게 많은 금덩이를 주는 거야? 우리한테 줘야 맞지!"

여란이 말대꾸했다.

그 말을 들은 왕 씨의 이마에 핏대가 솟았다. 채환과 채패에게 문 앞을 지키라고 하고는 방 안으로 성큼 들어가 여란에게 버럭 소리를 질렀다.

"이런 망할 계집애 같으니. 그 입 다물지 못할까! 대체 뭐라고 지껄이는 거야. 지난번 공 상궁마마님한테 혼이 덜 난 게로구나!"

해당화 열매가 그려진 의자에 앉아 있던 화란과 여란은 왕 씨가 들어

오는 걸 보고 얼른 일어나 절했다. 왕 씨가 여란을 당겨 낮은 목소리로 물었다.

"앞으로는 첩실 소생이니 뭐니 함부로 입을 놀리지 말거라. 네 아버지께서 하신 말씀을 잊은 게야?"

여란은 가슴이 철렁했다. 그렇다. 아버지 성굉도 서출이었다. 여란은 자신이 말실수를 했다고 깨달았지만 지기 싫어 대꾸했다.

"저와 큰언니의 금쇄는 큰할머니께서 주신 거라 애초에 임 이랑의 몫이 아니었어요. 넷째 언니의 금쇄는 큰당숙, 큰당숙모께서 나중에 주신 거고요. 어머니께서 그러지 않으셨어요? 큰할머니께서 가장 미워하는 사람이 바로 첩이라고요. 큰당숙께서 아버지를 생각해 명란이를 예쁘게 봐주신 거라 해도 작은 장난감이면 충분하잖아요. 그런데 금쇄에 금물고기까지. 그러다 그 계집애 못된 버릇만 키운다고요! 보니까 걔 금쇄가 제 것보다 훨씬 좋잖아요."

왕 씨는 머리가 너무 아파 평상에 털썩 주저앉았다. 화란이 상황을 보더니 여란의 팔을 꼬집으며 낮게 말했다.

"네가 뭘 안다고 그래? 큰할머님께서는 우리 할머님과 제일 가까우신 분이야. 그분이 묵란이를 미워하는 것도, 명란이를 귀여워하는 것도 다 할머님을 위해서라고. 탓하려면 애초에 네가 할머니 곁에 있으려 하지 않은 걸 탓해야지!"

왕 씨가 뿌듯한 눈빛으로 큰딸을 보았다. 그러고는 고개를 돌려 여란을 향해 말했다.

"네 큰언니 말이 맞다! 방금 알아보니 원래 네 큰당숙은 명란이한테 금쇄만 주려고 했다더라. 그런데 명란이가 차를 올리고 안부를 물으면서 어른을 공경하고 예에 맞는 몸가짐을 하니까 귀여워서 금물고기도 내어놓으신 게지. 그런데 넌 어쨌느냐? 큰당숙께서 오실 때마다 너희 자매에게 이런저런 선물을 주지 않은 적이 있어? 화란이는 괜찮았다만 너는 매번 큰당숙 앞에서 대갓집 규수 행세를 하며 상인을 업신여기지 않았느냐 말이야? 말주변도 없고 싹싹하지도 않은데 까탈스럽기까지 하니 누가 널 좋아하겠느냐!"

왕 씨에게 이렇게까지 혼나 본 적이 없는 여란은 얼굴을 붉히며 화를 냈다.

"누가 큰당숙한테 귀염받고 싶대요? 어머니께서 그러셨잖아요. 할머님이 아니었으면 큰할머님도 큰할아버님께 소박을 맞았을 거고, 아버지가 아니었으면 큰당숙이 어디 그런 큰 가산을 얻었겠냐고! 큰당숙 일가가 우리한테 그렇게 큰 은혜를 입었으니 그 집에서 물건을 좀 가져와도 괜찮잖아요. 내가 뭐 하러 큰당숙한테 잘 보여요? 당연히 줘야 할 것들인데!"

여란의 씩씩대는 소리에 화란이 바로 몸을 일으켜 호되게 야단쳤다.

"무슨 헛소리를 하는 거야? 그 입 다물거라! 한마디라도 더하면 바로 그 입을 찢어버릴 거야!"

언니가 무서운 얼굴로 눈에서 불을 뿜는 걸 보고 여란은 목을 꼿꼿이 세운 채 입을 다물었다.

화란이 왕 씨를 향해 돌아서서 나무라듯 말했다.

"어머니도 그래요. 여란이가 충동적인 성격인 걸 잘 아시면서 왜 그런 말씀을 하세요? 정신 못 차리고 밖에 나가서 그대로 떠들기라도 하면 할머님과 아버지께서 어머니 가죽을 벗겨버릴지도 몰라요! 그때가 되면 임씨는 더 의기양양해질 거고요!"

갑자기 걱정이 밀려든 왕 씨는 이마에 손을 얹고 평상에 기댔다. 중풍

에라도 걸린 것 같은 표정이었다.

화란이 여란의 곁에 앉아 모처럼 참을성 있게 동생을 타일렀다.

"아버지와 할머님께서 큰당숙을 많이 도와주신 건 맞아. 그런데 지금
할머님 곁에 있는 건 명란이잖아. 아버지의 딸이 너와 나 둘만 있는 것도
아니고 말이야. 얼마 후면 나는 시집가고 없어. 그때 가서 또 동생을 흠
잡으면 안 돼. 여란아, 앞으로는 여러 번 생각하고 행동해야 해."

여란은 입술을 씰룩거렸다. 고집을 굽히지 않는 모양새를 보고 화란
이 다시 인내심을 가지고 말했다.

"너랑 나는 동복형제야. 말다툼을 하긴 했지만 그렇다고 언니가 널 해
하겠니? 걸핏하면 묵란이랑 싸우는데 앞으로는 그러지 마. 그 계집애는
마음에 없는 행동도 잘하고, 꾀도 있고, 요령도 좋아서 네가 손해 보기
쉬워. 걔랑은 어울리지 않으면 그만이야. 마음이 답답할 때는 명란이를
찾아가. 언니가 볼 때 명란이는 못되진 않은 것 같아. 너보다 어리긴 해
도 행실은 더 나아. 얼마 되지도 않았는데 할머님께서 벌써 명란이를 애
지중지하시잖니. 좋은 게 있으면 모두 주시고 말이야. 아버지께서도 요
즘 걔를 얼마나 아끼시는지 너도 봤잖아!"

여란은 고개를 숙였다. 못마땅한 듯 입을 비쭉 내밀고 말했다.

"걔들을 어떻게 나랑 비교할 수 있어. 걔들은 남의 비위를 맞춰야 자기
자리를 보전할 수 있는 서출이잖아. 난 정실 소생이고."

화란이 간신히 참으며 말했다.

"맞아. 우린 정실 소생이지. 그러니 적녀로서 기품을 갖춰야 해. 그렇
지 않으면 서출만도 못하게 되니까!"

· · ·

오월 초삼일은 바람이 포근하고 날도 따뜻해 혼례를 올리기에 적합한 날이었다. 신부를 맞으러 오는 무리가 나팔을 불고 북을 치며 떠들썩하게 걸어왔다. 성부 곳곳은 붉은색으로 장식되어 경삿날 분위기를 물씬 풍기고 있었다. 명란은 아침 일찍부터 최씨 어멈에게 이끌려 단장을 시작했다. 동그랗게 나비 모양으로 땋은 머리 위에는 붉은 산호 진주가 박혀 있는 금사金絲 꽃장식이 올라갔다. 금사로 단추를 달고, 절지折枝목련이 수놓인 붉은 교령장오交領長襖[6)에, 무릎 위로는 하얀 달과 구름을 수놓은 비단 주름치마가 드러났다. 거울에 비춰보고, 볼을 빵빵하게 한 후 미소 지으니 입가에 작은 보조개가 생겼다. 마치 연화年畫[7) 속 꼬마가 튀어나온 것 같았다.

위유헌으로 가서 보니 묵란과 여란도 붉은 예복으로 단장하고 있었다. 가슴 앞에는 성유가 선물한, 구슬과 금쇄가 달린 금목걸이가 늘어져 있었다. 그들은 순서대로 화란에게 작별 인사를 했다.

묵란이 인사했다.

"축하해요, 큰언니. 원앙 한 쌍처럼 서로 은애하며 영원히 행복하게 살길 바랄게요."

여란이 인사했다.

"좋은 인연 맺은 걸 축하해, 언니. 형부와 금실 좋게 백년해로하고, 대

---

6) 깃이 겹쳐지는 형태의 긴 저고리.
7) 설날 실내에 붙이는 그림.

대손손 번성하길 바랄게."

명란이 인사했다.

"어…… 경성 날씨는 건조하니까 평소에 물을 많이 마셔야 해요. 피부
에 좋아요."

도무지 할 말이 떠오르지 않았다. 너희, 할 말을 조금이라도 남겨주면
좋았잖아?

화란은 명란을 쳐다보며 눈을 깜빡였다. 어렵게 짜낸 눈물이 또 쏙 들
어가버렸다.

왕 씨가 또다시 몇 마디 당부하고 나자 왕 씨 옆에서 자줏빛 둥근 꽃무
늬 비갑比甲을 입은 늙은 어멈이 걸어 나왔다. 명란은 처음 보는 사람이
었다. 화란이 어리둥절한 얼굴로 어머니를 바라봤다. 왕 씨가 슬쩍 눈을
피하며 우물우물 말했다.

"유모가 화란이에게 부부의 예에 대해 잘 말해주시게."

말을 마친 왕 씨가 사람들을 데리고 위유헌을 떠났다. 명란은 바로 알
아채고 속으로 혀를 찼다. 기껏해야 성교육이잖아?

요의의였을 적에 사촌오빠가 유배 가듯 아프리카로 파견된 적이 있었
다. 회사에서 시장 개척을 위해 보낸 것인데 서둘러 가는 바람에 '마음의
양식', 그러니까 장장 10기가에 달하는 AV 영상 챙기는 걸 깜빡하고 말
았다. 그는 사촌여동생인 요의의에게 영상을 보내달라고 부탁했다. 그
래서 그녀는 좋은 기회를 놓치지 않는 습관과 작은 것도 소홀히 하지 않
는 법률인의 마인드로, 모든 영상을 처음부터 끝까지 진지하게 다 확인
했다.

당시唐詩 삼백 수를 읽으면 시를 짓지는 못해도 뜻은 이해할 수 있다
는 말이 있지 않은가. 어쩌면 명란이 유모보다 더 깊이 있고 쉽게 말해줄

수 있을 것이다. 하지만 아무것도 눈치채지 못한 묵란과 여란을 보고 있자니 명란은 자기 지혜를 너무 내보이기도 뭐해서 그냥 바보처럼 가만히 있었다.

밖에는 이미 많은 부인이 와 있었다. 왕 씨가 대접하러 가는 길에 인사라도 시킬 겸 세 딸을 데리고 갔다. 셋은 어멈에게 이끌려서 여자 손님 사이를 한 바퀴 돌았다. 붉은 오자襖子 위에 새하얗게 빛나는 얼굴이 꽃처럼 어여뻐서 보는 사람들이 감탄했다. 손님들은 손을 뻗어 어루만지기도 하고, 가까이 당겨 자세히 살펴보며 질문을 하기도 했다.

성굉이 등주에 부임한 지 일 년밖에 되지 않아 성부와 등주 관원들은 아직 교류가 깊지 않았다. 혼례에 참석한 부인들은 세 딸 중 적녀는 단한 명뿐이라는 것만 어렴풋이 알고 있다. 하지만 셋 모두 비슷하게 단장했고, 왕 씨도 바쁠 때 손님들 앞에서 그런 것을 밝히기 어려웠기에 부인들은 각자 취향대로 관찰하며 판단할 수밖에 없었다.

청초하고 우아한 멋을 좋아하면 묵란을 봤고, 단아하면서 교만한 멋을 좋아하면 여란을 끌어당겨 이야기했다. 사람들 눈에 명란은 가장 어리면서 또 하얗고 귀여웠다. 법도에 맞는 자연스러운 행동거지, 유난히 작은 몸집에 조그마한 손발, 천진난만하고 아이다운 몸짓이 묘하게 사랑스러워 명란을 어루만지는 사람이 가장 많았다.

부인네들이 명란의 얼굴을 얼마나 만져댔는지 알 수 없었다. 하지만 명란은 성희롱이라고 소리칠 수 없는 것은 물론이요, 오히려 만져져서 영광이라는 듯 가장해야 했다. 하지만 아이 노릇에 나쁜 점만 있는 것은 아니었다. 명란은 말로만 듣던 큰형부 원문소를 새 신부보다 먼저 볼 수 있었던 것이다.

새신랑은 올해 스무 살로 만혼에 속했다. 건강하고 단정한 용모에 하안 얼굴 위로 수염이 나 있었는데 어젯밤에 밤새 밀었는지 뺨에 옅게 푸른 자국이 남아 있었다. 붉은 혼례복을 입고 있는 모습이 호리호리해 보였고, 눈빛이 맑았다. 행동거지가 의젓하여 삼십 대에도 살결이 희고 고운 성굉과 함께 서 있으면 동년배처럼 보였다.

왕 씨는 향 절반이 탈 만한 시간 동안 원문소의 손을 잡고 위아래로 살폈다. 그러다 사위 얼굴이 마비된 걸 보고는 그제야 손을 놓았다. 그리고 또 향 절반이 탈 만한 시간 동안 '잘 부탁하네' 같은 당부의 말을 늘어놓았다.

혼례가 끝난 후 원문소가 새 신부를 데리고 배에 올랐다. 큰당숙 성유와 동생 성장백이 후행後行[8]을 맡았다. 왕 씨는 성부 대문 앞에서 손수건 세 장을 눈물로 적셨고, 성굉의 눈가도 붉게 물들었다.

그날 성부에는 열 개가 넘는 주연상이 차려졌다. 등주의 유명한 홍빈루鴻賓樓에도 몇십 개의 주연상이 차려졌다. 손님들은 한참 시끌벅적 즐기다가 한밤중이 되어서야 떠났다. 고대의 야간 유흥 활동에 아이들이 낄 자리는 없었기에 명란은 일찌감치 어멈 손에 이끌려 수안당으로 돌아갔다. 명란은 통통한 손으로 입을 가리며 연신 하품을 했다. 단귤과 최씨 어멈이 명란에게 자리를 봐준 뒤 노대부인이 손녀와 함께 나란히 침대에 누워 명란에게서 혼례에 대한 이런저런 이야기를 들었다.

이야기를 듣던 노대부인이 갑자기 말했다.

"명란아, 이 할미에게 혼례에 관한 시를 읊어주려무나."

요즘 『시경詩經』을 공부하는 중인 명란은 잠시 고민하다가 가장 간단

---

8) 신부 측 친족이 신부를 신랑 집까지 배웅하며 따르는 것.

한 시 한 수를 골라 낭송하기 시작했다.

"잘 자란 복숭아나무야, 붉은 그 꽃 화사하구나. 이 아가씨 시집가니, 그 집안을 화평케 하리라. 잘 자란 복숭아나무야, 복숭아 열매 주렁주렁하구나. 이 아가씨 시집가니. 그 집안을 화목하게 하리라. 잘 자란 복숭아나무야, 푸른 그 잎 무성하구나. 이 아가씨 시집가니, 그 부부 백년해로하리라.[9]"

"참 잘 외는구나."

어둠 속에서 노대부인의 작은 한숨이 들렸다. 노대부인은 슬픔이 밴 목소리로 혼잣말하듯 말했다.

"명란아, 아느냐. 이 할미가 어릴 적에 가장 좋아했던 시가 바로 〈백주柏舟〉니라. 조석으로 외우곤 했지. 그런데 지금 생각해보니 〈도요桃天〉만 못하구나. 여인의 일생이 정말 복숭아나무와 같다면, 흐드러지게 꽃을 피우고 순탄하게 시간이 흘러 풍성한 열매를 맺을 수만 있다면 실로 복이고말고."

명란은 너무 졸려서 할머니가 하는 말을 제대로 듣지 못했다. 얼핏 그것이 복숭아 심는 이야기인가 하여 몽롱한 상태에서 이렇게 대답했다.

"……멀쩡한 복숭아나무가 열매를 맺지 못한다면 분명 땅이 안 좋아서일 거예요. 그럴 땐 자리를 옮겨 심으면 돼요. 새로운 땅에서 비료 주고 물 주면 결국 열매를 맺을 수 있어요. 복숭아나무가 죽지 않는 이상은요. 아니면 계속 심어야 하고요……."

---

9) 도지요요桃之夭夭, 작작기화灼灼其華, 지자우귀之子於歸, 의기실가宜其室家. 도지요요桃之夭夭, 유분기실有蕡其實, 지자우귀之子於歸, 의기가실宜其室家. 도지요요桃之夭夭, 기엽진진其葉蓁蓁, 지자우귀之子於歸, 의기가인宜其家人.

노대부인은 이 말을 처음 듣고 놀라움을 금치 못했지만, 곰곰이 생각하다가 또 빙긋 웃었다. 다시 손녀를 보니 아이는 이미 깊은 잠에 빠져 있었다. 발그레 물든 하얗고 여린 얼굴, 조물조물 움직이는 입, 새근새근한 숨소리. 노대부인은 자애로운 눈길로 손녀의 잠든 얼굴을 바라보다가 그녀를 토닥토닥 두드렸다.

그날 밤, 왕 씨는 마음을 안정시키는 탕약을 마시고, 딸에 대한 걱정이 가득하여 기진맥진한 상태로 잠이 들었다. 거나하게 취한 성쾽은 임 이랑이 미리 손을 써둔 사람에게 부축을 받아 임서각으로 갔다. 임 이랑은 술 깨는 탕과 뜨거운 수건을 미리 준비해두고 있었다. 성쾽이 잠시 휴식을 취한 뒤 두 사람은 운우의 정을 나누었다. 임 이랑은 성쾽의 기분이 좋은 걸 알아챘다. 경험에 따르면 성쾽은 이럴 때 특히 이야기가 잘 먹혔다. 그래서 임 이랑은 준비한 말을 꺼내기로 했다.

국풍國風 · 용풍鄘風 · 백주柏舟

범피백주汎彼柏舟, 재피중하在彼中河. 담피양모髧彼兩髦, 실유
아의實維我儀. 지사시미타之死矢靡他. 모야천지母也天只! 불량
인지不諒人只! 범피백주汎彼柏舟, 재피중하在彼河側. 담피양모
髧彼兩髦, 실유아특實維我特. 지사시미특之死矢靡慝. 모야천지母
也天只! 불량인지不諒人只!

– 잣나무배 한 척이 두둥실 강 가운데 떠 있네. 저 다팔머리
사내가 실로 나의 짝이로구나. 차라리 죽을지언정 맹세코
달리 아니호리라. 어머니여, 하늘이시여! 나를 믿지 못하시
는가! 잣나무배 한 척이 두둥실 강가에 떠 있네. 저 다팔머리
사내가 실로 내 배필이구나. 죽을지언정 사특한 마음 안 가
지리이다. 어머니여, 하늘이시여! 나를 믿지 못하시는가!

제19화

성굉이 분발하고, 성부가 정리되고,
명란의 눈이 뜨이고

어두운 불빛 아래서 임 이랑은 교태스러운 표정을 지으며 부드러운 말투로 완곡하게 이야기했다.

"굉랑, 오늘 소첩도 너무 기뻤습니다. 첫째는 화란이 좋은 집안과 맺어져서고, 둘째는 우리 묵란이 때문입니다. 오늘 여러 마님이 우리 묵란이를 보고 몸가짐이 우아하고 귀염성 있다며 칭찬을 하시지 뭡니까. 다만, 아휴……."

약한 탄식에 일련의 슬픔이 묻어났다.

"기쁘다면서 또 무슨 한숨인가?"

성굉은 너무 곤해서 자고 싶었다.

"소첩은 장차 묵란이도 화란이와 같은 복을 누릴 수 있을까 생각해봤습니다. 지금 성부의 딸들이 모두 같다고는 말하지만, 나중에 혼담이 오갈 때 우리 묵란이가 정실 밑에서 자란 아이가 아니라며 저어할까 겁이 납니다……."

임 이랑의 목소리가 점점 줄어들었다.

성굉은 과거 왕씨 집안에 구혼하러 갔을 때 겪었던 시련이 떠올라 탄식하며 말했다.

"적녀와 서녀는 차이가 있지. 하지만 내가 있는 한 묵란이 설움을 겪는 일은 없을 걸세."

임 이랑이 나긋한 목소리로 말했다.

"굉랑께서 저희 셋을 어떻게 대해주시는지 소첩이 제일 잘 압니다. 하지만 고관대작의 부인들 왕래에 굉랑께서 어찌 참견하실 수 있겠습니까. 마님이 딸들을 데리고 나가 세상을 만나게 해야 합니다. 그러면 묵란이도 이 천한 생모에게 휘말려 세상에 알려지지 않은 채 성부 안에 파묻히는 일이 없을 것입니다."

말이 끝나갈수록 임 이랑의 목소리가 처연해졌다.

성굉은 잠시 고민하다가 말했다.

"일리 있는 말이네. 정부인에게 말해서 앞으로 왕래할 때 여란이 하나만 데려갈 것이 아니라 묵란이와 명란이도 데려가게 해야겠어. 아이들 품성이 좋고 운이 따른다면 앞으로 우리 성씨 집안이 좋은 집안 둘과 더 연을 맺을 수 있겠군."

임 이랑은 교태 어린 표정으로 성굉의 품에 기대어 애교를 떨었다.

"역시 저의 굉랑이십니다!"

그러더니 또 순식간에 침울해져서 눈살을 살짝 찌푸렸다.

"밖에서 구경하고 온 계집종이 그러더군요. 화란이 혼수가 족히 백스물세 짐은 됐고 전답과 집, 따라간 몸종까지 어마어마했다고요. 묵란이는 어떨지⋯⋯."

그전까지 성굉은 별생각이 없었다. 하지만 어쨌든 공 상궁에게 두 차례 교육을 받았던지라 임 이랑의 요구에 약간 경계심이 일었다. 성굉은 잠시 생각하다 답했다.

"사돈이 누구인지 생각하지 않는다면, 난 딸들을 똑같이 대할 것이네. 하지만 화란이는 정부인이 자기가 가져온 혼수를 떼서 보태준 것이었어. 정확히 따지면 묵란이의 혼수가 화란이만큼 되지는 않을 것이네."

임 이랑은 애교스럽게 타박했다.

"꾕랑은 착하기도 하십니다. 마님이 시집온 이상 마님이 가져온 것도 자연히 성씨 집안의 것이 아닙니까. 아이들 모두 마님을 어머니라 부르는데 마님도 너무 편애하시면 아니 되지요!"

순간 성꾕의 가슴이 서늘해지면서 정신이 돌아오기 시작했다. 성꾕이 천천히 말했다.

"편애든 아니든 그건 다른 이야기일세. 부인의 혼수를 생각하는 건 졸 장부나 하는 짓이지. 내 동서도 원래 삼대가 관직을 지낸 명문가 출신이지만 왕씨 집안이 보낸 혼수를 쓰더니 지금은 처형 앞에서 말도 잘 못 한다네. 난 혼인 허락을 구하러 갔을 때 결심했어. 부인의 혼수는 단 한 푼도 건드리지 않겠다고. 통째로 장백이를 위해 남겨두면 되지. 어쨌든 성씨 집안의 자손 아닌가."

마음이 급해진 임 이랑은 이불 속에서 벌떡 일어나 앉으며 말했다.

"그럼 장풍이와 묵란이는요? 꾕랑, 설마 그 아이들은 모른 척하실 겁니까? 소첩 때문에 나중에 그 아이들도 고생해야 한단 말씀이셔요?"

임 이랑의 눈에 눈물이 그렁그렁 맺혔다.

성꾕은 속으로 공 상궁이 알려준 방법을 떠올리며 느릿느릿 말했다.

"자네에게 넉넉한 혼수가 없는 것이 내 잘못이라도 된단 말인가?"

임 이랑은 목이 메었다. 그리고 믿을 수 없다는 눈으로 성꾕을 봤다. 성꾕이 그렇게 말할 줄은 몰랐던 것이다.

성굉은 공 상궁이 귀신같이 알아맞힌 것에 감탄했다. 예전에 공 상궁과 한담을 나눴을 때 공 상궁은 성굉과 임 이랑이 함께 있을 때의 대화 사이클을 한마디로 정확히 꼬집었다. 임 이랑이 자기가 미천하고 가련하다며 눈물 짓고 하소연하기 시작하면 가슴 아파진 성굉이 임 이랑을 달래고, 임 이랑이 더 가련한 모습으로 자기 앞날을 근심하며 하염없이 훌쩍거리면 마음 약해진 성굉이 임 이랑의 이런저런 요구를 들어줄 거라는 것이다.

당시 공 상궁은 코웃음을 치면서 임 이랑에게 왕 씨만큼의 가세와 혼수가 있었다면 과연 성굉의 소실이 되었을 것 같냐고 물었다.

성굉은 자신과 임 이랑 사이에 '진실한 감정'이 있다고 믿지만, 그렇게 허황된 생각을 할 정도로 자기에 대한 현실 인식 능력을 내다 버린 건 아니었다. 그래서 공 상궁은 임 이랑의 지나친 요구에 제동을 걸 때 쓰라고 방금 그 말을 가르쳤다. 심지어 그다음 말도 준비되어 있었다.

성굉은 앉아서 중의中衣[1]를 걸쳤다. 그리고 한층 더 냉랭해진 목소리로 말했다.

"애초에 자네 모자가 괴롭힘당할까 저어되어 무리하게 조상님께 물려받은 재산 중 일부를 떼어주었네. 그 자체로 법도에 어긋난 짓이지만 자네와 장풍이, 묵란이를 생각해서 결국 그렇게 하였어. 자네는 이미 보통의 첩실보다 체면은 더 세웠네. 그런데 아직 만족할 줄 모른단 말인가? 정실부인과 대등해지고 싶은 마음이 있었다면 애초에 내 소실이 되지 말았어야지."

---

1) 겉옷 안쪽에 입는 옷.

성쾡의 말에 숨이 막힐 것만 같았던 임 이랑은 몸을 벌벌 떨며 말했다.

"쾡랑, 왜 그러십니까. 쾡랑과 저 사이에는 진심이 있지 않습니까. 그러니 다른 집안의 정실부인은 안 합니다. 전 제가 원해서 쾡랑의 소실로 있는 겁니다. 어찌, 어찌……."

성쾡은 조금 우울해졌다. 공 상궁은 여자 제갈량이 틀림없다. 임 이랑의 다음 말까지 정확히 예상했으니 말이다. 성쾡은 즉각 대응했다.

"내게 진심이고, 또 기꺼이 소실로 있겠다면서 어찌하여 늘 불평하고, 항상 내게 이것저것 요구하는가? 진심이란 게 그런 거란 말인가?"

말하다 보니 성쾡 자신도 약간 기분이 상했다. 임 이랑과 자신의 마음이 그다지 '진심'이 아닌 것처럼 느껴졌다.

임 이랑은 말문이 막혔다. 마치 방망이로 머리를 맞은 느낌이었다. 임 이랑은 잠시 흐느끼며 할 말을 생각한 뒤 서럽다는 듯 오열했다.

"저 자신을 위한 것이었다면 말도 안 꺼냈을 것입니다. 하, 하지만 전 아이들을 생각해야만 하지 않습니까! 제가 미천하단 걸 알지만 장백이와 묵란이는 나리의 피붙이입니다. 전, 전 정말 걱정되어……."

성쾡이 차가운 목소리로 말했다.

"묵란이 더 지체 높은 가문으로 시집가면 성씨 집안의 체면을 생각해 내가 예외적으로 혼수를 더 해줄 것이네. 그렇지만 비슷한 집안과 혼인해도 충근백부로 시집간 화란이와 대등하게 해줘야 한단 말인가? 그리고 여란이와 명란이, 그 아이들도 내 피붙이이네! 장풍이 같은 경우는 사내대장부가 세상을 살면서 과거를 치러 관직에 나가고, 장차 자기 가정을 꾸리고 자립하는 것이 당연한 일이거늘 계속 조상의 은덕에 기대겠다는 것인가? 내 큰아버님께서는 일찍이 가산을 탕진하셨네. 지금 형님 집안의 재물은 대부분 스스로 얻어낸 것이야! 나 역시 비록 재능은 부족하지만 완전히 아버님께 기대어 오늘날에 이른 건 아니란 말일세!"

임 이랑은 눈물을 훔치며 속으로 이를 갈았다. 공 상궁이 온 다음부터 자신에 대한 성굉의 총애가 예전에 비해 크게 줄었다. 임 이랑은 그동안 몸을 낮춰 비위를 맞추고 고분고분 섬겨왔다. 오늘은 성굉이 기분 좋은 틈을 타서 더 많은 재산을 자기 아래로 넣어달라 설득할 참이었다. 나중에 자신의 아들, 딸이 다른 사람보다 떨어지지 않게 말이다. 하지만 성굉이 미리 대비하고 있을 줄은 몰랐다. 막힘없이 하나씩 말하는 것이 반격할 틈도 없지 않은가. 임 이랑은 속으로 당황했다.

성굉은 임 이랑의 얼굴에 서린 두려움과 애처로운 모습을 보고 의식적으로 기세를 누그러뜨렸다.

"내가 어찌 장풍과 묵란이를 아끼지 않겠는가. 하지만 엄연히 서열이 있고, 적자와 서자의 구분이 있네. 내가 만약 법도를 어긴다면 웃음거리가 되는 것은 물론이요, 어쩌면 집안에 화가 일어날 것이야."

성굉은 자신이 너무 무르게 말했다는 생각에 공 상궁의 마지막 말을 바로 꺼내 들었다. 그가 사나운 얼굴로 거칠게 말했다.

"자네도 스스로 잘 단속하게. 자네가 종일 그런 생각을 하고 있으니 묵란이도 자매들과 다투는 게야. 후에 장풍이도 그렇게 불손하게 굴면 바로 자네를 벌하겠네!"

성굉은 즉시 옷을 걸치고 침상에서 내려와 스스로 옷매무시를 가다듬은 후 임 이랑이 뒤에서 뭐라 소리치든 상관 않고 그대로 문을 나섰다. 그리고 마지막에 고개를 돌려 한마디했다.

"자식 교육 잘하면 자연히 자네에게도 좋은 날이 있을 것이야. 내가 줄 수 있는 건 이미 다 주었으니 다른 건 엄두도 내지 말게!"

임 이랑에게 놀람과 분노가 동시에 밀려들었다. 총애에 익숙해져 있던 임 이랑은 그 순간 체면을 집어던지고 성굉에게 빌 생각은 못 한 채 그저 이만 깨물고 있었다.

성굉은 나가면서 한숨을 내쉬었다. 공 상궁은 오랜 시간 내실 생활을 겪었으니 가족의 이런 속사정에 대해 가장 잘 알 것이다. 공 상궁이 말했던 작위를 빼앗기고 몰락한 공후백부의 일은 성굉도 들었다. 심지어 그중 일부는 알고 지내기도 했다.

집안의 화는 보통 불초한 자손으로 인해 생기고, 불초한 자손은 또 형편없는 가정교육에서 생긴다. 실로 고난을 만난 봉황은 닭보다 못하다. 성굉은 경성에서 곤궁해진 집안의 온 식구가 죽으로 끼니를 때우는 초라한 광경을 보고 경악했었다. 큰아버지가 첩에 빠져 정실을 내쫓고, 어마어마했던 가산을 거의 탕진한 것도 보았다. 만약 큰아버지 적모의 뒷받침과 성유의 필사적인 노력이 없었다면 큰아버지 댁은 진작 몰락했을 것이다. 이것저것 많은 것을 생각하다보니 성굉은 소름이 끼치고 살이 떨릴 지경이었다.

찬바람이 불었다. 성굉은 마음을 가라앉히며 자신이 너무 지나친 걱정을 한다고 생각했다. 지금 성실히 학업에 정진하고 있는 장백과 장풍을 어찌 한량 같은 부잣집 자식들과 비교한단 말인가. 예전에 선친의 오랜 친우가 이끄는 대로 한 집 한 집 인사를 다닐 때 대대로 관료를 배출한 권문세가가 퍽 부러웠다. 그런 집안은 엄격한 가풍과 훌륭한 자손들을 통해 수 대에 걸쳐 번영하고 있어 작위 있는 자들도 가볍게 보지 못했다. 성씨 집안에도 이런 복이 있을지 알 수 없는 노릇이다.

성굉은 긴 탄식을 내뱉었다. 이상과 포부를 가진 관리 나리가 되기가 어디 쉬운가?

· · ·

    화란이 시집갈 때 왕 씨는 엄청난 혼수뿐만 아니라 성부에 있던 부지런하고 성실한 계집종과 어멈까지 적잖이 딸려 보냈다. 원래 성부를 정비할 생각이었던 노대부인은 이를 기회로 아예 하인을 재배치하였다. 왕 씨는 본래 이번 인원 조정을 꺼렸으나 임서각의 일손을 줄이려 한다는 소식에 바로 두 손 들고 환영했다.

    봉건적 계급론에 따르면 이랑의 계집종과 어멈의 수는 정실보다 적어야 한다. 예전에는 성굉의 총애가 있었지만 지금은 성굉이 고개를 돌린 상황이었기에 임서각도 인원을 줄여야 했다. 임 이랑이 가만히 있었던 것은 아니다. 하지만 임 이랑이 다 장풍과 묵란이 부리는 하인이라며 소란을 피우자 왕 씨가 즉각 맞받아쳤다.

    "그럼 장백이와 여란이는 어떻고?"

    공식으로 풀자면 이렇다. '왕 씨+장백+여란=임 이랑+장풍+묵란'인데, 응당 '왕 씨〉임 이랑'이어야 하기 때문에 '장백+여란〈장풍+묵란'이어야 한다는 것이다. 이에 심기가 불편해진 노대부인이 천하가 비웃을 이야기라며 어림없다고 말했다

    임 이랑은 오랫동안 제 처소에 있던 일손이 적잖게 잘려나가는 것을 보며 증오가 불처럼 활활 솟았지만, 그렇다고 감히 반항할 수는 없었다. 노대부인 앞에 가봐야 말이 통하지 않고, 성굉 앞에 가도 그의 '진심'을 '자극'할 수 없고, 왕 씨 앞에서는 또 신분이 비교되지 않았다. 결국 임 이랑은 자기 뜰에 틀어박혀 어두운 얼굴로 다기를 깨는 짓 정도밖에 할 수 없었다.

    임 이랑과 함께 인원 조정을 당한 사람은 여섯째 애기씨 명란이었다.

일손이 늘어나는 호사에 명란은 상당히 불손한 태도를 보였다. 그 소식을 듣고 난 후 명란의 첫 반응은 이랬다.

"뭘 하길래 사람을 늘려요? 최씨 어멈, 단귤, 소도 세 사람이 제 시중을 들고 있잖아요. 전 사람 많아요. 다른 일도 다 해주는 사람이 있는 걸요."

명란이 이렇게 생각하는 것은 지극히 정상이었다. 명란이 원래 있던 세계는 경제 위기가 찾아와 전 세계적으로 감원 바람이 불고 있었다. 여자는 남자처럼, 남자는 소처럼 일해야 했으며, 두 개면 될 것을 두 개 반을 쓰면 안 되는 분위기였다. 노대부인은 차 한 잔은 족히 마실 시간 동안 '언제 물건이 될래' 하는 표정으로 명란을 바라보다가 긴 한숨을 내쉬었다. 그리고 아끼는 손녀를 목 졸라 죽이지 않도록 자신을 다스리고자 불당에 가서 청심주淸心呪[2]를 외웠다. 방씨 어멈은 친절하게 명란의 무지를 깨우쳐주었다.

노대부인이 용의후부 아가씨로 있을 때는 개인 정원은 물론이요, 주위에 관사 어멈이 셋, 일등 시녀가 다섯, 이등 시녀가 여덟, 삼등 시녀가 여덟, 그리고 심부름꾼으로 쓰는 머슴아이 대여섯, 바느질, 빨래, 청소하는 어멈이 조금 있었다고 했다. 여기서 조금이란 약 열 명과 같다.

명란은 손가락을 접으며 수를 셌다. 세면 셀수록 입이 크게 벌어졌다.

"그, 그럼 서른 명 이상이 할머님 한 분의 시중을 들었다고요?"

방씨 어멈은 거의 새 옷이나 다름없는 목깃이 살짝 올라간 자신의 밤색 대금 배자對襟[3]를 어루만졌다. 격사緙絲[4] 위에 둥근 꽃문양 자수가 매

---

2) 마음을 맑게 하는 주문.
3) 두 섶이 겹치지 않고 가운데를 단추로 채우는 상의.
4) 최고급 견직물.

우 정교하게 놓여 있었다. 방씨 어멈은 자랑스럽게 말했다.

"그야 당연하지요. 돌아가신 후부 나리의 유일한 소생이셨으니까요. 뭐든 다 해주고 싶은 금지옥엽이셨는걸요. 노마님은 당시 경성에 있는 규수 중에서도 손에 꼽히는 분이셨습니다."

명란은 잠시 생각하더니 물었다.

"그럼 지금의 용의후부도 그래요? 용의후부에는 이번 대에 세 분의 언니가 있다고 할머님께서 그러셨는데."

방씨 어멈의 표정이 살짝 무너지며 어물거리듯 대답했다.

"……그건 아닙니다. 지금의 용의후부는…… 그때와 많이 달라졌습니다."

방씨 어멈은 명란이 늘 핵심을 정확히 파고든다고 생각하며 속으로 감탄했다.

명란은 환하게 웃었다.

"눈살 찌푸리지 마세요. 할머님 때에는 딱 한 분이셨고, 지금은 세 분이니까 풍모도 자연히 다를 수밖에 없죠."

"애기씨 말씀이 맞습니다. 그런 이치인 게지요."

방씨 어멈의 표정이 원래대로 돌아왔다. 웃음 짓는 그 얼굴에 푸근한 주름이 가득 피어났다.

"지금 우리 나리께서는 육품 관직인 지주知州로 계시니 아무래도 후부의 풍모와 같기 힘듭니다. 일등, 이등, 삼등 시녀의 구분도 없지요. 하지만 성부의 애기씨들도 신분에 어울리는 모양새는 갖춰야 합니다. 예전에는 애기씨가 아직 어려서 단귤과 소도 둘만 있어도 그만이었지만, 지금 애기씨는 하루하루 성장하고 계시니 여염집 아가씨처럼 초라하게 지내실 수는 없지요. 그런 이야기가 퍼지면 세상 사람들이 성씨 집안을 비웃을 겁니다. 더구나 넷째 애기씨와 다섯째 애기씨도 모두 이렇게 지내지 않으십니까. 물론 도를 넘어서는 안 되지요. 그랬다가 언관言官[5]이 사치와 낭비의 죄를 지었다고 간언이라도 올리면 집안의 화가 될 테니까요."

방씨 어멈은 이런저런 쓸데없는 이야기를 한가득 늘어놨다. 명란은 마늘을 빻듯이 계속 고개를 끄덕였다.

이튿날 바깥 관사 어멈이 키도, 살집도 다 다른 열 명 정도의 여자아이들을 수안당으로 데리고 와 중앙에 세웠다. 한쪽에 빙그레 웃으며 앉아 있던 왕 씨가 명란을 잡으며 말했다.

"잘 보고 마음에 드는 아이로 골라라."

명란을 고개를 돌려 아이들과 살짝 눈을 맞췄다. 아이들은 눈이 마주치자마자 겁 많은 토끼처럼 눈을 움츠렸다. 일부 대담한 아이들은 명란의 환심을 사려는 듯 미소 지었다. 명란은 마음이 조금 불편했다. 어릴 때 노점에서 물건을 고르던 그 느낌이랄까. 이 여자아이들이 독립적인 한 명의 인간이 아니라 금붕어나 거북이 같은 동물이라도 된 것 같았다.

눈빛이 대담한 아이든, 움츠러든 아이든 모두 선택되길 간절히 바라는 표정이었다. 방씨 어멈의 교육을 통해서 명란이 알게 된 것이 있었다. 이 아이들이 지금 선택되어 안채로 들어가면, 무명옷을 입고 힘든 일을 하는 노역 생활에서 벗어날 수 있고, 운이 좋으면 신분 상승의 기회를 잡을 수도 있었다. 명란은 가슴에 손을 얹고 스스로 물었다. 넉넉하고 편한 생활, 그리고 인간적인 존엄과 자유, 어느 쪽이 더 중요할까?

---

5) 황제와 관리를 감독하고 간언하는 관직.

명란이 인생의 심오한 문제를 고민하고 있을 때 노대부인이 명란을 흘끗 봤다. 방씨 어멈이 이를 보고 왕 씨에게 말했다.

"여섯째 애기씨는 아직 어리고 만나본 사람도 많지 않으니 어찌 고르겠습니까? 노마님께서 선택하게 하시지요."

노대부인이 고개를 끄덕여 동의했다.

노대부인은 과연 사람 고르는 데 고수였다. 노대부인은 아이들을 데려온 관사 어멈에게 어느 아이가 밖에서 사 온 아이인지, 어느 아이가 우리 집 노비가 낳은 아이인지, 예전에 어디서 일해보았는지, 부모는 어디 있는지, 특기는 무엇인지 등등 세세히 묻기 시작했다. 노대부인은 데려온 아이 중 용모가 부족한 아이나 비실비실한 아이는 걸러내고, 최종적으로 네 명의 아이를 골랐다.

왕 씨가 서둘러 말했다.

"너무 적습니다. 명란이가 서운하지 않겠습니까. 어머님, 더 고르시지요. 흡족한 아이가 없다면 더 사 오겠습니다."

명란은 고개를 숙인 채 여란의 계집종 수가 기준을 초과한 것 같다고 생각했다.

노대부인은 왕 씨를 흘끗 보고 말했다.

"자기 머리에 맞는 모자를 쓰고, 자기 분수만큼 가져야 하는 법이다. 애비가 나랏일을 하느라 고생이 많다. 재물을 아끼는 것이든, 바깥에 나돌 말을 줄이는 것이든 다 좋으니 우리 안채의 여인들은 사내를 더 배려해야 한다."

왕 씨는 어색한 표정으로 알겠다고 답하며 이따가 묵란의 계집종도 함께 '배려'해주기로 결심했다.

제20화

여란의 불만

네 명의 계집종은 모두 열 살 아래였다. 둘은 명란보다 어리고, 둘은 명란보다 나이가 많았다. 이름은 각각 이순이, 말순이, 꼬맹이, 계집애였다. 노대부인이 웃으며 명란에게 새 이름을 지어주라고 했다. 명란은 이미 경험이 있었다. 소도의 이름도 명란이 지은 것이었다. 아예 자두, 여지, 비파, 용안이라고 지으면 되겠다. 모두 과일이니 얼마나 깔끔한가.

명란이 막 입을 열려고 할 때 옆에 있던 단귤이 가볍게 기침을 하더니 웃으며 말했다.

"묵란 애기씨 곁의 두 아이는 이름이 노종과 운재라고 하는데 모두 책에서 온 이름이라고 합니다.[1] 어쩐지 듣기도 좋고 품격이 느껴진다 했지요."

단귤 옆에 선 소도가 자기 이름에 대한 우울함을 눈빛으로 전했다. 노대부인과 방씨 어멈도 웃을 듯 말 듯한 표정으로 명란을 놀리자 명란은

---

1) 고섬의 『상고시랑』 중 첫 구절 '천상벽도화노종天上碧桃和露種, 일변홍행의운재日邊紅杏倚雲栽' 에서 따온 이름으로, 각각 '이슬과 함께 심다', '구름에 기대 키운다'는 의미.

기분이 언짢아졌다. 그래 봐야 당시唐詩 아니야? 누가 못 해?

위기 앞에서 명란은 즉시 시집을 폈다. 그리고 서너 쪽을 뒤적이다가 시 하나를 찾아냈다. 고섬高蟾? 좋아. 이백李白이면 되겠어? 이분은 시선詩仙이라고! 명란은 당당한 기세로 아이들 앞에 섰다. 그리고 키 작은 아이를 가리키며 "넌 연초", 야윈 아이를 가리키며 "넌 벽사", 순하고 수줍음 많은 아이를 가리키며 "넌 진상"이라고 했고, 마지막으로 서글서글하고 배짱 있는 아이는 녹지라고 이름을 정했다. 이백의 〈춘사〉 중 첫 구절 '연초여벽사燕草如碧絲, 진상저녹지秦桑低綠枝'에서 따온 이름으로, 각각 '연2)의 풀', '파란 실', '진3)의 뽕나무', '푸른 가지'라는 의미이다. 모두 초록색 계열의 사물이다.

가장 다정한 단귤이 앞으로 나와 맞장구를 치며 흥을 돋웠다.

"애기씨가 지으신 이름은 듣기도 좋고 예쁩니다. 게다가 이 아이들 넷은 초록색이고, 저와 소도는 홍색이네요. 저희처럼 무식한 것들에게 이렇게 은혜를 베풀어주셔서 감사합니다, 애기씨."

그러면서 소도를 끌어당겨 두 손을 모아 함께 절했다. 명란도 어느 정도 자존심을 회복한 셈이다. 소도도 기분이 좋아서 단귤을 따라 명란을 치켜세웠다.

"맞아요. 저와 단귤 언니는 먹을 수 있는 거고, 저 아이들은 못 먹는 거네요."

명란은 할 말을 잃었다.

---

2) 지역명으로, 지금의 요령 일대.
3) 지역명으로, 지금의 산시 일대.

노대부인이 갑자기 웃음을 터뜨리며 평상으로 쓰러져서는 아이들이 시끄럽게 노는 모습을 환한 얼굴로 지켜봤다. 새로 온 네 아이는 입을 가린 채 작게 웃었다. 방씨 어멈은 작은 걸상에 앉아 미소 지으며 명란 애기씨가 온 뒤로 수안당 분위기가 정말 좋아졌다며 흡족해했다.

노대부인은 날로 밝아졌다. 마음도 편해지고, 몸도 많이 좋아진 듯했다. 성굉은 몹시 기뻐하며 아이를 곁에 두기로 한 것이 옳은 결정이었다고 말했다. 노대부인이 성부 내 인원 조정을 대충 마무리했을 즈음 장백이 화란을 배웅하고 돌아왔다. 성유와 장오는 경성에 남아 일을 처리해야 했기에 장백만 돌아온 것이다. 같은 배에는 뼈가 드러날 정도로 야윈 노선생 장유도 함께였다.

성굉은 몇 년 전부터 장 선생을 아이들의 글 선생으로 모시기 위해 성부로 초대해왔다. 이런저런 선물을 몇 수레나 보내고, 간곡한 서신도 수없이 보냈다. 강의의 질이 좋다는 소문이 자자했고, 그에게서 배우면 인재로 클 확률이 높았다. 주변에서 너도나도 모셔 가려 하니 좀처럼 만날 틈이 나지 않았다. 그런데 몇 개월 전, 장 선생이 칠순을 치르다 흥에 겨운 나머지 술을 과하게 마셨다가 풍한에 걸려 족히 한 달 이상 침상에 몸져눕는 일이 발생했다. 의원이 습윤한 지방에 가서 몸조리하라고 제안했는데 강남은 너무 멀고, 등주가 딱이었던 것이다.

장 선생은 얼마 남지 않은 자신의 앙상한 뼈를 만지며 그래도 목숨이 우선이라고 생각했다. 그래서 성굉의 초대에 응해 경성에 온 장백을 따라 성부로 왔다. 기운 넘치는 장 선생의 부인도 함께였다. 그들의 딸은 여러 해 전에 멀리 진晉으로 시집갔고, 아들은 남쪽의 어느 현에서 전리典吏인지 주부主簿인지를 한다는데 정확하지는 않다. 성굉은 특별히 성부 서측의 작은 처소를 비워 며칠에 거쳐 보수한 다음, 장 선생 내외에게 내어주었다.

　장 선생 내외를 따라온 하인은 두어 명인 데 반해 행장은 거의 서른 궤가 다 되었고, 하나하나 죄다 묵직했다. 명란은 소식통인 소도의 보고를 들은 후 고대에도 가정교사 사업은 돈이 되는구나 싶어 감탄했다.

　성굉이 장 선생을 모신 건 장성한 두 아들의 학업을 위해서였다. 하지만 공 상궁에게 엄한 교육을 받고 나니 좋은 교육 자원을 낭비하지 말자는 생각이 들었다. 이에 장 선생과 정중히 상의한 후, 수업료를 더 내고 세 딸과 막내아들 장동을 청강생으로 넣기로 하였다.

　글공부 시작 전날, 성굉과 왕 씨는 아이들을 불러다 당부의 말을 했다. 시작은 장백과 장풍이었다. 성굉은 늘 그렇듯 '경세제민經世濟民[4]'으로 시작해 '광종요조光宗耀祖[5]'로 마무리했다. 중간에는 '충군애국忠君愛國[6]' 같은 말로 포인트도 주었다. 두 아들은 고개를 숙이며 알겠다고 답했다.

　"장 선생께서는 학문 수준이 대단히 높으시다. 연세는 조금 있으시나 머리가 기민하기로 유명한 분이야. 십여 년간 글을 가르치셔서 과거 응시법에 대해 잘 알고 계신다. 너희 모두 한 치의 소홀함 없이 열심히 배워야 할 것이야. 얼마 안 되는 공명功名이나 재명才名을 믿고 오만한 허세를 부리는 것이 내 귀에 들어왔다간 바로 뼈를 부러뜨리겠다!"

　성굉은 사나운 얼굴로 매섭게 훈계하면서 말을 마무리했다.

　유가적 이론에 따르면, 아버지는 아들에게 좋은 표정을 보여서는 안

---

4) 세상을 다스리고 백성을 구제함.
5) 조상을 빛냄.
6) 임금께 충성을 다하고 나라를 사랑함.

되고 하루에 세 번 매질해야 하지만, 결국 남의 집 식구가 될 딸들에게는 좀 더 상냥해도 무방하다. 그래서인지 세 딸을 돌아보는 성굉의 표정은 훨씬 풀려 있었다.

"비록 여인은 높은 학식과 경륜을 쌓을 필요가 없다 하나 세상을 살아감에 있어 가장 중요한 것은 이치를 아는 것이다. 더 많은 도리를 깨우치는 것도 좋은 일이다. 후에 밖에서 옹졸한 모습을 보여 비웃음당하는 일이 없도록 말이야. 이미 장 선생께 말씀드렸으니, 앞으로 너희 셋은 오전에 가숙당에 가서 글공부를 하거라. 오후에 있는 팔고문장八股文章[7]과 장법章法[8] 시간에는 가지 않아도 된다."

성굉이 이 발언을 할 때 왕 씨의 안색이 살짝 파래졌다. 왕 씨는 글을 모르거니와 시문이니 운문이니 하는 것에 대해서는 일자무식이었기 때문이다. 신혼 때는 그나마 괜찮았지만 함께하는 시간이 길어지자 성굉은 어쩔 수 없이 답답함을 느꼈다. 성굉은 스스로 풍류를 알고 학문이 깊은 사람이라 자부하고 있었다. 자신이 달을 보고 "저 달에도 밝고 어두움, 둥글고 이지러짐이 있구나"라고 탄식할 때, 부인이 "인간 세상에 기쁨과 슬픔, 만남과 이별이 있는 것과 같지요"라고 받아주길 바란 것은 아니지만[9], 적어도 남편이 무상한 인간 세상에 한탄하고 있다는 걸 알아주길 바랐다. "오늘이 보름도 아닌데 동그랗지 않은 게 당연하지요"라는 뚱딴지같은 소리는 듣고 싶지 않았다.

---

7) 과거시험 답안을 쓸 때 사용하는 문장 형식.
8) 글자 배열법.
9) 북송 시인 소동파의 〈수조가두·명월기시유〉의 한 구절 '인유비환리합人有悲歡離合, 월유음청원결月有陰晴圓缺'을 가리킴.

시간이 흐른 뒤에는 왕 씨도 자신이 이 분야에서 젬병이란 걸 알게 되었고, 그 후부터는 딸들도 글을 배워야 한다고 적극적으로 주장하였다. 화란은 괜찮았지만, 여란은 자신과 성질이 똑 닮아 다른 건 곧잘 하면서 유독 서책만은 질색했다. 매일 억지로 시키니 몇 글자는 배웠지만 늘 시를 읊고 부賦[10]를 짓는 묵란과는 애초에 비교도 되지 않았다. 생각이 여기에 이른 왕 씨는 표정을 굳히며 말했다.

"아버님의 말씀이 옳다. 너희에게 운문 같은 실속 없는 것을 배우라는 것이 아니라 도리를 익히라는 것이다. 그래야 후에 집안을 다스리는 데 위엄이 생길 것이야!"

이 말에 묵란은 고개를 더 푹 숙였고, 여란은 안도의 한숨을 내쉬었다.

성굉은 왕 씨의 말이 딱히 틀린 데도 없다고 생각해 가만히 있다가 갑자기 뭔가 떠올라 다시 입을 열었다.

"글공부를 하러 갈 때 너희 셋은 그 커다란 금쇄는 걸지 말거라."

그런 다음 왕 씨를 향해 말했다.

"학자들은 본래 금과 은을 경멸의 대상으로 여기오. 형님이 주신 저 금쇄 셋은 유난히 번쩍여서 눈길을 끄니, 밖에서 다른 사람을 만날 때는 괜찮지만 장 선생 앞에서 하고 있으면 좋지 않은 것을 과시한다 생각하시기 쉽소."

왕 씨는 고개를 끄덕이며 말했다.

"그럼 걸지 않겠습니다."

그리고 잠시 생각한 후 딸들에게 말했다.

---

10) 고대 중국의 운문 문체의 일종.

"너희 세 자매가 함께 선생님을 뵈는데 치장이 제각각인 것은 좋지 않다. 일전에 할머님께서 구슬 장식이 달린 금목걸이를 주시지 않았더냐? 거기에 각자의 옥쇄를 걸거라. 옥은 돌 중의 군자로 여겨지는 것이니, 장선생께서도 필시 좋아하실 것이다."

성굉도 만족하여 말했다.

"어머니 말씀이 옳다. 그렇게 하거라. 명란이도 옥이 있느냐?"

이렇게 물으며 명란을 바라보는데 명란은 조금 겸연쩍었다.

왕 씨가 웃으며 말했다.

"명란이가 제 곁에 온 지 얼마 되지 않아 저도 좀 소홀했으나 세심하신 어머님께서 특별히 좋은 옥을 내어주셨습니다. 취보재에 보내 주인에게 직접 조각해달라 하였지요. 정말 좋아 보였습니다. 은은한 빛깔에 촉감도 매끄러운 데다 정교하고 아름답게 만들어졌지요. 넷째와 다섯째의 것보다 더 좋습니다. 과연 어머님이세요. 물건이 여간 좋은 것이 아니랍니다!"

명란은 고개를 숙인 채 속으로 탄식했다. 여인아, 여인아. 꿍꿍이 없이 말 좀 하면 어디 덧나?

하지만 그 꿍꿍이가 깊이 숨겨져 있지는 않아서 모두가 왕 씨의 말뜻을 알아들었다. 남자아이들은 괜찮았지만, 여란은 바로 탐색하는 듯한 시선을 보냈고, 고개를 숙이고 있던 묵란도 고개를 들어 명란을 살폈다. 성굉은 왕 씨의 뜻을 알아채고 미동 없이 말했다.

"자네는 적모이니 딸들의 일은 응당 자네가 마음을 써야 하네. 아직도 어머님께서 자네의 소홀함을 채워줘야 하다니 안 될 일이야."

왕 씨가 입술을 깨물고 동의할 수 없다는 눈빛을 보내자 성굉은 한마디 덧붙였다.

"뭐, 됐네. 어쨌든 명란이는 어머니 곁에서 지내고 있으니 어머님께 더 수고를 끼칠 수밖에 없겠지."

부부 사이에 한동안 시선이 오가고 나서야 평온한 분위기로 돌아올 수 있었다.

명란이 대신 보충 설명을 하자면 이러했다.

성굉의 속마음: 애들은 응당 정부인 당신 소관인 것을. 차별해놓고 할 말이 있다는 거야?

왕 씨의 속마음: 당신 애잖아. 내 배에서 나온 애도 아니고, 어릴 때부터 내 곁에서 자란 애도 아닌데 내 돈, 내 신경을 왜 써. 저 애들 고생시키지 않는 것만으로도 난 성모聖母나 다름없어. 그런데 당신 어머니 하는 것 좀 봐.

성굉의 최후 진술: 됐다. 애도 당신더러 키우라고 안 해. 각자 제 어미 찾아가면 그만이지. 명란이 친엄마는 죽었으니 할머니가 키우면 돼. 당신도 쓸데없는 소리 그만해.

성굉은 마지막으로 장동에게 몇 마디를 했다. 장동은 겨우 네다섯 살밖에 되지 않았다. 장동의 생모인 향 이랑은 원래 왕 씨의 몸종이었고, 지금도 정방에서 살고 있으니 아들이 왕 씨 곁에서 자라고 있는 셈이다. 본래 소심하고 주눅 들어 있는 아이인 데다 적자도 아니고 총애도 받지 못해 왕 씨는 그 모자를 무시할 뿐, 괴롭히지는 않았다.

명란은 나가면서 문 앞에서 기다리고 있는 향 이랑을 보았다. 순한 모습으로 조용히 서 있던 향 이랑은 장동이 나오자 기뻐하면서 다정하게 아이를 데리고 떠났다. 명란은 갑자기 죽은 위 이랑보다 향 이랑이 운이 좋은 편이라는 생각이 들었다.

· · ·

　화란이 출가하고, 위유헌은 여란의 차지가 되었다. 성굉의 훈시가 끝나고 어두운 얼굴로 규방에 돌아온 여란은 대리석 바닥에 놓인 여의문이 새겨진 둥근 걸상을 발로 걷어차고는 침상으로 몸을 던져 자수가 놓인 비단 베개를 세게 잡아 뜯었다. 뒤따라 들어온 왕 씨가 이 장면을 보고 여란을 야단쳤다.

　"이놈의 계집애, 왜 또 미친 짓을 하는 게야?!"

　여란은 휙 일어나 소리 질렀다.

　"묵란 언니가 내 옥쇄를 뺏어간 건 그렇다고 쳐요. 그건 임 이랑 능력이 좋아서 그런 거니까. 그런데 왜 명란 그 계집애까지 저보다 앞서는 거예요? 첩의 딸만도 못하다니!"

　왕 씨는 딸의 팔을 잡아채 침상 가장자리에 끌어다 앉히고는 이마를 쿡 찌르며 나무랐다.

　"나중에 아버지께서 또 옥쇄를 주셨잖느냐? 빛깔도 묵란이 것보다 더 나았고. 너는 도통 만족을 모르는구나! 그리고 명란이의 옥쇄는 할머님께서 주신 거다. 네가 수안당에 가길 마다했으면서 누굴 탓하느냐?"

　여란이 분해하며 말했다.

　"전 적출이에요. 제가 가든 안 가든 할머님께서는 절 가장 귀애하셔야 한다고요. 명란이가 며칠 비위 좀 맞춰줬다고 적출과 서출 구분도 없이 종일 법도네, 예법이네 떠드시다니 웃기지 말라 그래요! 서출 계집애 하나, 그냥 배나 채워주면 될 것을 고귀한 아가씨라도 되는 양 대하다니! 제가 들었는데 다른 집은 서녀를 몸종으로 부린대요. 팔고 싶으면 팔고, 때리고 싶으면 때리고. 우리처럼 갖다 바치는 데가 어디 있어요!"

왕 씨는 화가 머리끝까지 났다. 옆에서 유곤댁이 웃으며 차를 건넸다. 유곤댁은 계집종들을 내보내고 어질러진 바닥을 치우며 말했다.

"애기씨께서 아직 어려 모르시겠지만 예법을 모르는 상인이나 농가 집안에서나 서녀를 사람으로 대하지 않지 지체 높은 가문에서는 아가 씨로 대접한답니다. 금지옥엽 아가씨라도 장차 좋은 혼인을 하게 될지 는 미지수지요. 마님께서 혼인하실 때 먼 친척 언니 두 분이 계셨습니다. 한 분은 적출, 한 분은 서출이셨지요. 그 댁도 서출을 아가씨로 귀히 모 셨습니다. 혼담이 오갈 때 적출 아가씨는 권문세가와 혼인했고, 서출 아 가씨는 가난한 서생과 혼인했습니다. 하지만 세상일은 예측할 수 없는 법이지요. 그 권문세가는 몰락했고, 가난한 서생은 관운이 형통하여 집 안이 번창했습니다. 서출 아가씨는 너그러운 분이라 친정과 적출 아가 씨 댁을 늘 도왔고, 나중에는 적출 아가씨 자녀의 혼사까지 살펴주셨답 니다."

뿌루퉁하게 듣던 여란이 빈정거리듯 말했다.

"어멈은 지금 나보고 그 적출 아가씨처럼 되라고 저주하는 거예요?"

왕 씨가 여란의 등을 때리며 꾸짖었다.

"이 모자란 것아, 어멈은 우리 사람이다. 다 진심으로 생각해서 하는 말이야. 어멈의 말은 대갓집일수록 사람들 입에 오르내려 좋을 것이 없 으니 딸들은 시집가기 전까지 모두 똑같이 대한다는 것 아니냐. 그런데 널 봐라. 허구한 날 다투고 이기려고 들면서 능력은 없고, 아버지와 할머 님의 환심도 못 사지 않느냐. 네 큰언니를 본받지 못한 건 그렇다 치자. 그래도 명란이는 보고 배워야지!"

여란은 우울한 표정으로 말없이 있다가 갑자기 뭔가 떠올랐는지 입을 열었다.

"할머님의 비위를 맞출 필요 없다고 한 건 어머니잖아요. 그런데 지금 어디서 금이랑 옥이 나오는 거죠? 아주 척척 내놓으시던데요."

왕 씨도 우울했다.

"썩은 배에도 못은 세 근 있다더니……. 내가 어리석었다. 겨우 관 값이나 가지고 계신 줄 알았어."

왕 씨는 잠시 생각하다 노파심에 다시 딸을 타일렀다.

"여란이 너도 관대함이 너무 부족하다. 명란이처럼 너와 말다툼을 하지 않는 아이도 포용 못 하지 않느냐. 그렇다고 무슨 수완이 있는 것도 아니고. 나중에 큰 고생을 할까 걱정이다. 솔직히 네가 그 아이들과 다툴 필요가 뭐 있느냐. 화란이처럼 너도 신분이 있으니 필시 그 아이들보다 더 좋은 혼처로 시집을 가 편히 살게 될 텐데, 어째서 가만히 있지를 못해? 괜히 아버지 심기 건드리지 말고 자매끼리 화목하게 지내는 척이라도 하거라!"

여란은 어느 정도 이해했는지 힘겹게 고개를 끄덕였다.

제21화

장 선생 출격,
아이들 수업 시작

수업 첫날, 묵란과 여란, 명란은 모두 똑같은 차림을 하고 나왔다. 둥근 깃에 살굿빛 꽃이 가슴팍에 수놓인 연두색 장오長襖 [1]와 새하얀 비단 장치마를 입고, 가슴에 옥쇄玉鎖를 달았다. 목에는 번쩍이는 금목걸이를 찼는데, 목걸이 위쪽의 구슬 장식과 아래로 늘어지는 금사가 아주 섬세하고 예뻤다.

"이 금목걸이 정말 예쁘다. 할머님께서 신경을 많이 써주셨네. 나중에 제대로 감사 인사를 올려야겠어."

묵란이 웃으며 명란에게 말했다. 수업 첫날이었기에 노대부인은 손주들이 가숙당家塾堂 [2]에 일찍 갈 수 있도록 아침 문안을 면해주었다.

"예쁘긴 한데 묵직하진 않아. 내가 가지고 있는 금목걸이는 십여 량 [3]

---

1) 긴 저고리.
2) 집 안에 있는 글공부방.
3) 50그램 정도의 무게.

은 되는데."

여란이 별거 아니라는 듯 얘기하자, 한쪽에서 책장을 넘기던 장백이 탐탁지 않은 눈으로 여란을 흘긋 쳐다봤다.

"그럼 목이 늘어지겠네. 그래서 언니가 한 번도 차지 않았구나. 나는 이것도 아주 무거워."

명란이 목을 문지르며 웅얼거렸다.

"명란이 옥쇄가 아주 일품이네. 보아하니 서역西域 곤륜산崑崙山 [4] 자옥籽玉 같은데."

장백이 명란의 옥쇄를 세심하게 살펴보았다.

일찌감치 그 옥쇄를 눈여겨보고 있던 묵란은 오라버니가 말을 꺼내자마자 바로 다가가 명란의 앞섶에 달린 장식용 손수건 끝을 붙잡고 자세히 살펴봤다. 새하얀 옥쇄는 은은한 초록빛을 띠고 있었는데, 어느 순간에는 노란빛이 감도는 것처럼 보였다. 맨들맨들한 몸체가 청아하면서도 영롱한 것이 흠잡을 데 없이 아름다웠다. 묵란은 감탄을 금치 못했다.

"정말 좋은 옥이다. 이렇게 좋은 옥은 처음 봐."

명란의 옥이 자신의 것보다 좋아 보여 묵란은 속으로 질투했다. 만약 자기가 수안당에 들어갔다면 저 옥은 당연히 자신의 차지였을 것이다. 할머님에게 거절당한 일이 떠오르자 저도 모르게 원망스러운 마음이 들었다.

여란은 옥에 대해서는 잘 몰랐지만 가숙당에 들어온 뒤로 줄곧 묵란의 가슴팍에 있는 옥을 뚫어져라 쳐다봤다. 어머니의 당부를 생각해 계

---

4) 중국 전설상의 높은 산으로, 옥이 난다고 전해짐.

속해서 참았지만 다들 옥에 관해 얘기하자 결국 참지 못하고 이 말을 뱉어버렸다.

"명란아, 조심해. 묵란 언니가 네 옥에 눈독을 들이고 있어. 나중에 묵란 언니가 아버지한테 가서 응석 부리며 눈물을 흘리면 네 옥은 묵란 언니 차지가 될지도 몰라."

장풍이 미간을 찌푸리며 책으로 고개를 돌렸다. 묵란이 얼굴이 빨개져 말했다.

"무슨 소리야? 내가 동생 물건을 가로채기라도 할 거라는 말이야?"

장백의 눈빛에서 경고의 메시지를 읽은 여란은 손바닥 맞은 일을 떠올리곤 부드러운 목소리로 느릿느릿 대답했다.

"아무 소리도 아니야. 묵란 언니의 옥쇄를 보다 바보 같은 생각이 떠올랐을 뿐이니까 마음에 담아두지 마."

명란은 묵란 앞섶에 달린 옥쇄를 쳐다봤다. 묵란의 옥쇄 역시 곱고 매끄러운 최고급 백옥이었다. 기이하게도 위쪽에 묵빛 명암이 졌는데, 농담이 적절하여 얼핏 보면 수묵으로 그린 산수화 같았다. 명란은 저도 모르게 속으로 감탄했다.

묵란이 성을 냈다.

"이 옥이 너희 외갓집에서 보낸 건 맞아. 하지만 아버지께서 내 이름과 잘 어울린다고 주신 거야. 그리고 나서 바로 사방을 수소문해 네게는 최고급 부용옥을 선물하셨잖아. 그런데 왜 아직도 물고 늘어지는 거니?"

여란이 가식적으로 웃었다.

"어떤 옥이 얼마나 좋고 나쁜지는 모르겠고, 외숙께서 보내주신 성의라는 건 알겠네."

묵란이 거짓 웃음을 지었다.

"여란, 잊지 마. 그분은 내 외숙이시기도 하다고!"

여란은 이를 악물고 묵란을 노려봤지만 적출이니 서출이니 하는 이야기를 꺼낼 엄두가 나지 않았다. 이때 장백이 여러 번 기침하며 낮은 목소리로 말했다.

"선생님께서 오신다."

그 소리에 아이들은 모두 정좌를 했다.

발소리가 들리더니 장 선생이 후당后堂에서 병풍을 돌아 들어왔다.

• • •

"작금의 학생들은 대부분 과거에 급제하여 소위 '일이 잘 풀릴 때는 세상에 나가 좋은 일을 하라'[5]라는 말을 이루기 위해 공부를 한다. 관리가 되고 싶다는 말이 못할 말은 결코 아니지만, 급제한 후에 식견이 짧고 말에 품위가 없으면 벼슬길이 어찌 오래갈 수 있겠느냐. 지위가 올라도 고꾸라질 것이야! 학업을 탄탄히 하여 학식이 가득하다면 일은 저절로 이루어지게 마련이다."

자신이 가르쳐야 하는 학생과 그 학생의 학업 목적을 잘 알고 있는 장 선생은 수업에 들어오자마자 사서오경四書五經을 강의하기 시작했다. 경사자집經史子集[6]을 다양하게 인용하면서, 역대 과거시험 문제를 예시로 들었다. 그의 제자들은 대부분 과거를 치르기 때문에 그에게는 성공

---

5) 『맹자孟子』중 '궁즉독선기신, 달즉겸선천하窮則獨善其身, 達則兼善天下'. 일이 잘 안 풀릴 때는 홀로 수양에 힘쓰고, 일이 잘 풀릴 때는 세상에 나가 좋은 일을 하라는 뜻.
6) 경서, 역사서, 제자, 시문집.

과 실패의 사례가 아주 많았다. 덕분에 잘된 문장은 어디가 잘됐고, 낙방한 문장은 어디가 부족한지 예시를 들어가며 설명할 수 있었다.

뚜렷한 목표와 조리 있고 명확한 교수법을 보며 명란은 고대 선생들에 대해 각별한 존경심을 갖게 되었다. 그녀는 줄곧 고대의 유생儒生들은 약간 위선적이라고 생각해왔다. 다들 과거에 급제해 관료가 되는 게 목적이면서 인품과 덕성, 성리학적 수양을 위해 글공부를 한다고 떠들어대지 않는가. 그런데 장 선생은 이런 점을 서슴없이 이야기했다.

"옛날에 밝은 덕으로 천하를 밝히려는 자는 먼저 그 나라를 다스리고, 그 나라를 다스리고자 하는 자는 먼저 집안을 반듯이 세워야 하며, 집안을 반듯이 세우려는 자는 먼저 자신을 수양해야 하고, 자신을 수양하려는 자는 먼저 마음을 바로잡아야 한다고 했다. 또 마음을 바로잡은 다음에는 자신을 수양하고, 자신을 수양한 후에는 집안을 반듯이 세우며, 집안을 반듯이 세운 후에 나라를 다스리고, 나라를 다스린 후에 천하를 태평하게 만드는 것이다. 학문은 글이나 시 몇 편이 아니라 함양과 수행 전부를 일컫는다. 그러니 오랫동안 벼슬을 하려면 착실하게 학문을 닦아야 할 것이야!"

장백과 장풍은 가장 앞줄에 앉았다. 이 나이 때의 사내아이들은 한참 키가 클 때였다. 성굉의 우수한 유전자가 가장 끝에 앉은 장동에게서는 아직 발현되지 않았지만, 두 소년은 키가 멀쑥했다. 둘째 줄의 세 여자아이는 모두 고왔고, 법도를 알아서 행동거지 하나하나를 바르게 했다. 아직 나이가 어렸지만 둘은 이미 미인의 싹이 보였다. 장 선생은 아이들을 보며 미소를 지었다. 듬성듬성한 수염을 쓰다듬으며 눈이 즐거워 연신 고개를 끄덕였다. 게다가 장 선생은 이미 늙은 몸이었으니 일반적인 개념의 남성과는 거리가 좀 있었다. 그러니 여학생을 쳐다본다고 불필요한 오해를 살 일도 없었다.

가숙당에는 학생 여섯과 선생 하나가 있었고, 바깥 뒤채에는 차를 끓이고 불을 때는 어린 몸종과 하인 몇 명이 대기하고 있었다. 고금을 막론하고 수업에 빠질 수 없는 것이 있는데, 바로 머리를 흔들면서 해야 하는 '낭독'이었다.

막힘없이 좔좔 외우고 있더라도 꼭 목을 까딱이며 머리를 흔들고, 실눈을 뜬 채 한 구절씩 소리를 길게 빼가면서 읽어야 한다. 느낌 있게, 맛이 나도록, 끝없는 오묘함을 표출해야 한다. 묵란은 이 동작이 여자들이 하기에는 예뻐 보이지 않는다고 여겨 내켜하지 않았고, 여란은 몇 번 고개를 흔들다 어지러워 그만두었다. 그러거나 말거나 장 선생은 전혀 신경 쓰지 않았다.

오직 명란만이 이 동작의 장점을 알아챘다. 이렇게 목을 움직이는 원주 운동은 고개를 숙이고 글자를 쓰거나 바느질을 하느라 뻐근한 경추를 풀기에 딱이었다. 몇 번 고개를 흔들고 나면 어깨와 목이 한결 부드러워졌다. 명란은 그제야 옛날 서생들이 오랫동안 고학하면서 고개를 숙이고 책을 보는데도 왜 경추염이 없었는지 깨달았다. 명란은 더욱 열정적으로 머리를 흔들며 책을 읽었고, 장 선생은 오전 내내 그런 명란을 여러 번 쳐다봤다.

장 선생은 깐깐한 사람이라 시중드는 사람들을 가숙당에 들어오지 못하게 했다. 먹을 간다거나 종이를 갈아 끼우는 일은 모두 각자 알아서 해야 했다. 다른 사람들은 상관없었지만 장동은 아무래도 어려서인지 자그마한 손으로 먹을 제대로 쥐지 못하는 데다 공교롭게도 명란의 뒤에 앉아 있었다.

명란은 뒤쪽에서 계속 들려오는 산만하게 달그락거리는 소리에 도와

쥐야 한다고 생각했다. 그녀는 장 선생이 주의를 기울이지 않는 틈에 재빨리 고개를 돌려 자신이 먹을 간 벼루와 뒤쪽 책상의 벼루를 바꿨다. 실로 깔끔하고 날렵함이 하나가 된 완벽한 동작이었다. 장 선생이 고개를 들었을 때 명란은 이미 반듯이 앉아 팔목을 들고 먹을 가는 일에 집중하는 모습이었다.

장 선생은 작은 눈을 반짝거리며 수업을 이어 나갔다. 명란은 안도의 한숨을 돌리는데 이때 뒤에서 새끼 두더지처럼 작고 가는 사내아이의 목소리가 들렸다.

"명란 누나, 고마워."

명란은 고개를 돌리지 않고 알겠다는 뜻으로 고개만 끄덕였다.

이런 혁명적인 우정으로 다음 날 장동은 수안당에 문안을 올릴 때 문가에서 슬며시 명란의 소매를 잡아당겼다. 그러더니 자그마한 몸을 꼼지락거리며 공수로 인사를 올린 후 한참을 우물쭈물했다. 명란은 자신보다 머리 하나가 작은 장동을 보고 이 신체 비율을 아주 흡족해하며 인내심을 가지고 물었다.

"장동, 무슨 일 있니? 누나한테 편히 말해봐."

격려를 받은 장동이 더듬거리며 제 뜻을 분명히 밝혔다. 그 아이는 적자도 아니고, 총애를 받지도 않으며, 생모인 향 이랑은 왕 씨의 몸종 출신이었다. 상전도 글을 모르는데 향 이랑은 더 말해 무엇 할까. 다섯 살이 되도록 계몽하지 못한 장동은 장 선생의 수업이 전부 난해한 소리로만 들려 견디기 힘들고 창피했다.

"큰형님이…… 예전에 몇 글자 가르쳐줬는데 과거 준비를 해야 해서 귀찮게 할 수 없었어……. 명란 누나, 나……."

장동은 사람들과의 접촉이 많지 않았고, 담도 작아서 말도 똑 부러지지 않았다.

명란은 아, 하고 작게 탄성을 내뱉으며 한 발 빼는 것과 돕는 것 중 뭐가 나을지 고민했다. 그때, 장동이 움츠러든 작은 얼굴을 치켜들고 있는 모습이 눈에 들어왔다. 잔뜩 기대하고 있으면서도 거절당할까 두려워 조심스레 감정을 억누르고 있었다.

명란은 갑자기 측은지심이 일어 처소 안을 살펴보았다. 마침 노대부인은 왕 씨와 이야기를 나누는 중이고, 수업 시작까지 아직 시간이 남아 있었다. 그녀는 장동을 끌고 이화주로 가서 팔선八仙의 생일 축하연을 조각한 작고 섬세한 배나무 탁자를 뒤져 빨간 책자를 찾아 그에게 건네며 부드럽게 말했다.

"이건 할머님께서 내게 주신 글자 공부 책이야. 사용하지 않아서 아직 새것이야. 이걸 줄 테니 우선 글자를 익히자. 넌 어리니까 조급해할 필요 없어. 매일 열 글자씩만 익혀도 똑똑한 거라고. 앞으로 매일 수업하기 전에 내가 글자 몇 개를 정해주면 넌 수업을 들으면서 그 글자들을 외우는 거야. 어때?"

장동이 함박웃음을 짓더니 필사적으로 고개를 끄덕이며 거듭 감사를 표했다. 명란은 그가 몹시 감격해하는 모습을 보며 집안의 어른들 네다섯이 공부하라고 어르고 달래던 조카의 꼴사나운 모습이 떠올라 순간 마음이 쓰렸다.

이날 명란은 그 자리에서 장동에게 큰 글자 다섯 개를 가르쳐주고 글씨를 쓸 때 시작과 끝을 어떻게 해야 하는지 보여주었다. 장동은 눈을 커다랗게 뜨고 보더니 의욕을 불태우며 열심히 기억했다. 그리고 수업 시간에 체본에 따라 글씨를 써보고 선지宣紙에도 연습했다. 수업이 끝날 때 명란이 고개를 돌려 살펴보니 가르쳐준 다섯 글자는 제법 그럴싸하게 써놓았다.

"장동이는 정말 총명하구나. 아버님께서 아시면 분명 기뻐하실 거야."

명란이 빙그레 웃으며 장동의 보들보들한 정수리를 쓰다듬었다. 장동의 웃는 얼굴은 기쁨으로 빨갛게 달아올랐다.

명란은 장동이 어린아이라 끈기가 없을 줄 알았다. 그런데 그날 이후 장동은 매일 아침 문안 시간보다 반 시진씩 일찍 와서 명란에게 글자를 배웠다. 문제는 명란이 잠꾸러기라는 사실이었다. 매일 일어날 시간이 다 되어서야 겨우 일어나는 사람이었다. 단귤이 안 일어나면 얼굴에 물을 뿌릴 거라고 몇 번이나 협박했는지 모른다. 그렇다보니 명란은 정말 죽을 맛이었다.

"명란 누나, 미안해. 정말 미안해. 푹 자. 다 내가 일찍 온 탓이지. 난 밖에서 기다리고 있을게……."

장동은 명란이 아직 일어나지 않았다는 것을 알고 문가에서 걸음을 멈추고 당황스러워하며 거듭 말했다. 단귤이 작은 몸을 돌려 뛰어 나가려고 하는 장동을 붙잡았다. 그리고 아직도 침상에서 이불을 떨쳐내지 못하는 명란을 꾸짖는 눈으로 바라봤다. 침상 근처의 최씨 어멈은 쓴웃음을 짓고 있었고, 세숫대야 받침대 곁의 소도는 눈을 샐쭉 가늘게 뜨고 있었다. 명란은 낯이 뜨거워서 얌전히 일어났다.

네다섯 살짜리 아이들이 늦잠을 자며 비몽사몽간에 있을 시간이었지만 장동은 날이 밝기도 전에 일어나 글을 배우려 했다. 장동이 현대의 한 자녀 가정에 태어났다면, 그 집안의 어른들은 기뻐서 날이 새도록 축배를 들 것이다. 감탄이 나오는 학구열에 명란은 아이를 기다리게 할 수 없어서 죽을상을 하면서도 매일 일찍 일어날 수밖에 없었다.

"기억해. 글씨는 왼쪽에서 오른쪽으로, 위에서 아래로 쓰는 거야. 처음

획을 그을 때는 뒤로 빼고 마무리를 할 때는 들어 올려야 해. 삐침을 줄
때는 천천히 손목을 들어 올려야 필체가 보기 좋단다……."

명란은 장동과 구들 앞에 나란히 앉아서 시범을 보였다. 최씨 어멈이
밖에서 꽃무늬가 새겨진 옻칠 된 작은 쟁반에 꽃무늬가 알록달록 그려
진 백자 찻잔 두 개를 받쳐 들고 들어왔다.

"최씨 어멈, 고마워. 내가 번거롭게 했네. 나 때문에 고생 많아."

장동은 자그마한 얼굴을 붉히며 최씨 어멈이 가져온 찻잔을 받고 가
볍게 감사 인사를 건넸다. 왕 씨 처소에 머무는 장동은 평소 바깥출입을
할 엄두도 내지 못했고, 말 상대도 생모인 향 이랑 하나밖에 없어 하루에
해봐야 고작 몇 마디가 전부였다. 그런데 명란이 며칠 가르치자 글자 공
부도 잘하고, 말까지 똑 부러지게 하게 됐다.

"아미타불. 도련님, 그게 무슨 말씀이세요. 도련님께서 오시지 않았다
면 명란 아가씨를 깨우는 것만으로 퍽 애를 먹었을 겁니다!"

최씨 어멈이 웃는 얼굴로 대꾸하며 명란에게 살짝 면박을 주었다. 명
란이 못 들은 척하며 고개를 숙이고 손안의 찻잔을 불기만 하자 최씨 어
멈이 다시 장동을 향해 말했다.

"도련님, 어서 드세요. 개여주와 매화가루, 흑설탕을 끓여 만든 감차예
요. 목에도 좋고 위도 따뜻하게 해줘서 아침에 마시면 더없이 좋답니다.
아침 밥맛도 살고요."

장동이 양손으로 찻잔을 들고 한 모금 마시자 작은 입술이 촉촉하고
발개졌다. 뽀얗고 보드라운 볼이 실룩거렸다. 감차의 단맛이 가슴까지
퍼지자 아이가 수줍어하며 말했다.

"정말 맛있어. 고마워, 최씨 어멈……. 하지만 이렇게 매일 차를 대접
하면 비용이 많이 들 테니 앞으로 그러지 마……."

말소리는 점점 작아졌다.

최씨 어멈이 웃으며 대꾸했다.

"도련님이 저희를 부끄럽게 만드네요. 이런 차 정도가 뭐 그리 부담되겠어요? 매일 오신다면 오실 때마다 차를 올릴 거예요. 그저 도련님 누나께서 그럴 만한 끈기가 있을지 모를 일입니다."

그녀가 웃는 눈으로 명란을 바라보자 명란은 속으로 쓴웃음을 지었다. 어떤 책에 시공을 넘어 고대로 가서 대갓집 아가씨가 되면 늦잠을 잘 수 있다고 했단 말인가? 순 거짓말이었다!

이화주 밖에서 단귤이 명란의 책보와 지필묵과 벼루를 담는 대바구니 함을 정리하고 있었다. 소도가 옆에서 거들며 천진하게 물었다.

"단귤 언니, 장동 도련님이 오시는 건 좋은데 우리 아가씨가 너무 피곤하잖아요. 보세요, 계속 하품하고 계세요. 아가씨를 더 재우는 게 나을 것 같아요. 왜 점심때 가르치지 않으시는 걸까요?"

용모가 수려한 단귤이 소도를 향해 입을 막는 시늉을 하며 조용히 일렀다.

"그런 거 따지지 마. 우리 성부에 도련님과 아가씨들은 저마다 처지가 불공평하잖아. 노대부인께서도 공평하게 대하시려면 힘드시겠지. 노대부인께서 우리 아가씨를 거두신 것은 아무래도 위 이랑의 죽음 때문일 텐데, 그걸 얼마나 많은 사람이 질투하는지 몰라. 겉으로는 비위를 맞추지만 속으로는 헐뜯지. 무슨 조그마한 일이라도 났다 하면 쑥덕대는 소리가 끊이질 않아. 우리 아가씨께서 마음 씀씀이가 넓어 그런 쓸데없는 일을 담아두지 않으시니 다행이야. 그런데 이제 장동 도련님이 저러니 때가 되면 또 말썽이 일어나겠지. 하지만 도련님이 너무 딱하니 아가씨도 그냥 두고 볼 수 없고, 노대부인께서도 모르는 척하시는 거야. 지금처럼 문안을 핑계로 글자를 가르치면 딱 좋지."

한참 멍하니 있던 소도의 주근깨 가득한 얼굴이 갑자기 울적해졌다.

"……단귤 언니, 우리 아가씨는 온화하셔서 다른 자매들과 다투지 않으시잖아요. 노대부인께서 가엾게 여기셔서 더 아끼시는 것뿐인데 왜 이렇게 말썽이 많이 날까요?"

단귤이 살포시 웃으며 말했다.

"걱정할 필요 없어. 안채에서 벌어지는 일들은 다 비슷하단다. 우리 성부만 이런 게 아니야. 우리는 그래도 나리와 노마님께서 버티고 계시니까 무사한 셈이지. 넌 바깥 농가에서 왔으니 거침없고 솔직한 편이라 에둘러 말하는 걸 몰랐겠지. 익숙해지면 괜찮아질 거야. 그리고 다른 아가씨들은 겁낼 필요 없어. 착하게 굴면 무시를 당하니 성질 부려야 할 땐 부려야 해. 우리 체면이야 떨어져도 그만이지만 아가씨의 위신이 상하면 큰일이잖니."

소도가 진지하게 고개를 끄덕이더니 머리를 숙이고 하던 일을 계속하다 다시 불쑥 말을 뱉었다.

"맞다, 나머지 초록 사인방에게 아가씨가 장동 도련님에게 글자를 가르쳐 주는 일을 함부로 이야기하지 말라고 일러두어야겠어요!"

단귤은 입을 가리고 웃으며 능청스럽게 명란 흉내를 냈다.

"기특하네. 하나를 알려 주면 셋을 깨우치다니 앞날이 기대되는구나."

제22화

좋은 선생은
수업을 끌지 않는다

이런 글공부가 계속되는 와중에 주변 정리를 마친 장 선생의 부인이 노대부인에게 달마다 며칠, 날을 골라 세 손녀들에게 칠현금을 가르치면 어떻겠냐고 제안했다. 노대부인은 처음에 폐를 끼칠까 허락하지 않았다가 장 사모가 호방하게 가슴을 치며 장담하자 승낙할 수밖에 없었다. 이화주에서 낮잠을 자고 있던 명란은 이 소식을 듣고 문득 깨달았다. 장선생의 비싼 학비는 비싼 만큼 값을 했다. 1+1이라니.

그러나 사은품이 반드시 좋은 건 아니었다. 장 사모는 장 선생처럼 대충 넘어가기 힘들었다. 장 선생은 숙제를 낼 필요도, 책을 외워 질문에 대답할 필요도 없이 시간 날 때 글을 몇 번 써서 내면 됐다. 그러나 장 사모는 깐깐했다. 여자아이들 앞에 칠현금을 놓고 일일이 지도하는 건 물론 기일을 정해 시험까지 치르며 검사했다.

명란은 궁, 상, 각, 치, 우[1] 따위를 익히느라 머리가 어지럽고 귀에 이명이 생길 정도였다. 그녀는 자신에게 예술적 재능이 전혀 없음을 깨달았다. 이래서 대학에서 선택 과목으로 음악을 신청했을 때 교수님한테 거부당했구나. 칠현금 수업은 여란에게도 고통이었다. 그녀는 명란보다 참을성도 없어서 오전 내내 칠현금 줄을 대여섯 번 끊어먹는 건 일도 아니었다. 반면 묵란은 천부적인 재능을 가진 새싹이어서 손을 대자마자 바로 유려하게 연주를 해냈다. 장 사모에게 몇 번 칭찬을 들은 뒤로는 더욱 열심히 연습해 임서각 주변 새들이 깜짝 놀라 날아갈 지경이었다.

그러나 칠현금이란 물건은 너무 고상했다. 이 시대 대다수 백성들의 궁극적인 목표는 아무래도 배불리 먹고 따뜻하게 입는 것이라서, 칠현금을 알고 감상할 수 있는 사람이 많을 리 없었다. 명란은 자신이 육품 관리의 서녀 신분임을 감안하여 장래의 남편이 십팔모十八撰[2]의 열혈 팬이 아니라면 몰래 낄낄대기나 하지 이렇게 고급 예술을 알아들을 리 만무하다고 생각했다.

대략 한 달 후, 화란이 경성에서 첫 편지를 보내왔다. 노대부인은 눈이 침침하고 왕 씨는 글을 모르는 데다 규방의 내밀한 이야기를 사내아이나 하인들이 알게 할 수 없기에 결국 여란과 명란이 함께 더듬더듬 편지를 읽었다.

화란이 보낸 것은 안부 편지였다. 대략 혼인 생활이 행복하고 원문소도 그녀에게 매우 자상하게 대해준다는 내용이었다. 어려서부터 원문

---

1) 고대의 5음률.
2) 통속적인 노랫가락.

소의 시중을 들던 통방通房이 두 명 있어서 마음이 안 좋았는데 원문소가 혼인한 후부터 그들을 거들떠보지 않는다는 내용이었다. 그녀의 시아버지인 충근부忠勤府 나리는 이 활달하고 사랑스러운 새 며느리를 예뻐한 반면 시어머니는 냉담하게 굴며 오직 큰며느리만 아꼈다.

나중에 알고보니 큰며느리는 백부 부인의 외사촌 언니 딸이었다. 그래서 둘 사이에 끼어들 틈이 없었던 것이다. 그러나 원문소가 밖에서 제법 전도유망하기에 조용한 백부에서 그래도 체면은 세우고 살았다. 백부의 여인들과 관사 역시 화란을 가벼이 보지 못하기에 꽤 괜찮게 지내는 셈이었다.

명란은 편지를 읽으면서 그 정도면 살 만하다고 생각했다. 화란의 시아버지가 어쨌든 백부의 진정한 실세이니 그의 예쁨을 받는 것은 당연히 좋은 일이었다. 일반적으로 시아버지가 며느리를 심하게 싫어하지 않기만 하면 좋은 일이다!

왕 씨는 편지 내용을 다 듣고서야 길게 숨을 내쉬었다. 그녀는 화란이 까탈스러운 편이라 좋은 일에도 칭찬이 인색하다는 것을 알고 있었다. 그런데 이렇게 말하다니 혼인 후의 생활이 제법 편안한 듯싶었다.

"부모는 보통 장자에게 의지하니 맏며느리를 중시하는 법이지. 화란에게 괘념치 말고 잘 살면 된다고 해라. 시부모에게 효도하고 남편 잘 모시고⋯⋯."

노대부인이 잔소리를 참지 못했다.

왕 씨가 한숨을 쉬며 말했다.

"저도 물론 그런 이치를 알지만 화란은 어릴 때부터 집안에서 첫 번째였어요. 한 번도 다른 사람에게 밀려본 적이 없는데 이제⋯⋯. 휴, 나중에 분가하면 괜찮겠지요. 백부는 어차피 맏이에게 돌아갈 터이니 화란이 내외만 오붓이 지내는 것도 좋고요. 게다가 사위도 유능하니까요."

평소였다면 노대부인은 당연히 '부모가 계시는 한 분가는 없다' 등의 원칙을 이야기했겠지만 어려서부터 키웠던 화란을 아끼는 마음으로 왕 씨의 말을 받았다.

"어른들께 도리를 배우는 것도 나쁘지 않지. 훗날 분가를 해서 나가도 가규家規가 있어야 할 테니. 무엇보다 빨리 희소식이 있는 게 급선무일 텐데……."

· · ·

시간은 화살처럼 빠르게 지나고 성부는 별일 없이 조용했다. 노대부인은 집안의 규율을 천천히 다듬어갔다. 왕 씨 역시 점차 집안을 관리하는 권한을 되찾아 모든 일을 사람들 신분에 따라 처리하고, 결정을 내리지 못 하는 일은 노대부인에게 물었다. 성굉은 집안의 질서가 정연하고 하인들이 일을 온당하게 처리하고 순종하는 모습을 보고 매우 만족스러워했다. 임서각에서만은 원성이 자자했지만 성굉은 공 상궁의 말을 떠올리며 꾹 참고 임 이랑을 모른 척했다. 장풍과 묵란이 사정해도 엄한 아버지 모습을 보이며 그들을 일일이 꾸짖어서 돌려보냈다.

허나 임 이랑이 그냥 물러설 리 없었다. 십수 년 사랑을 독차지했던 생활에 익숙한 그녀는 여러 수단을 동원했다. 때로는 꾀병을 부리고 때로는 애원하고 때로는 눈물로 호소하고 때로는 소란을 피웠으나 성굉은 그녀와 십수 년 부부로 지냈다. 같은 수법을 계속 사용하니 아무리 좋은 수법이라도 성굉에게는 이미 내성이 생겨버렸다.

오히려 소싯적 노대부인이 베풀어준 은혜가 불쑥불쑥 떠올라 갈수록 성굉은 자신이 불효자라 여겼다. 모자 사이가 소원해진 연유를 떠올리자 감정에 도미노 현상이 일어나 마음이 더욱 굳어졌다. 그는 임 이랑에게 쌀쌀맞게 대하고 열정을 일에 쏟았다.

성굉은 농사일을 격려하고 상인들을 배치하여 고작 이삼 년 안에 등주를 풍요롭고 부유하게 통치했다. 많은 조세를 납부하고 훌륭한 정치적 업적을 보였고, 처세에 능숙하여 지방과 경성의 지인을 자주 챙겨서 첫 임기인 삼 년이 찼을 때 다시 우수한 고과를 받아 종오품으로 승진하고 연임하게 되었다.

관직이 오르고 벼슬길이 순조로워지자 성굉은 항상 심통만 부리는 임 이랑의 마음에 크게 주의를 기울이지 않았다. 오히려 이치에 맞지 않는 행동을 하고 성격이 고약한 왕 씨에 대해 익숙해졌다. 툭하면 왕 씨와 말다툼을 벌였지만 요즘 그의 처신이 바람직해서인지 왕 씨도 딱히 꼬투리를 잡지 않았다. 하지만 그녀의 처사가 온당치 않을 때는 성굉이 날카롭게 꼬집었다. '효를 다하지 못했다'느니 '공손하지 않다'느니 지혜롭지 못하다'는 죄명을 뒤집어씌울 때면 왕 씨는 반격하지 못했고, 성굉은 번번이 대승을 거두었다. 평상시에는 젊고 아리따운 향 이랑이나 평 이랑의 처소에서 마음을 가다듬었고, 자녀들에게 학업과 품행을 가르치며 나름 유유자적한 날을 보냈다.

임 이랑은 상황이 심상치 않자 아주 고분고분하게 굴며 더는 분에 넘치는 요구를 하지 않았다. 가까스로 성굉의 마음을 조금 돌려놓긴 했지만 적잖이 온순한 상태가 되었다.

명란은 수안당에 틀어박힌 채 노대부인과 벗이 되어 즐겁게 놀았다. 노인과 소녀는 죽이 척척 맞아 웃음이 끊이지 않았다. 성굉은 문안을 올 때마다 수안당의 분위기가 편안하고 유쾌하여 마음도 느긋해져서 노대부인과의 대화도 점점 편안해졌다. 때때로 명란의 실패한 자수 작품을 놀리면 묵란과 여란까지 가세해 맞장구를 쳤다. 장백과 장풍의 글공부도 성과가 있었고, 처첩의 성질머리도 죽여놓으니 얼핏 봐도 집안이 화목한 것이 느껴져 성굉은 편안한 마음이 들었다.

이날 오후에도 어김없이 장 사모의 칠현금 수업이 있었다. 명란은 오전부터 머리가 아팠는데 하필 장 선생의 수업도 끝이 없었다. 이렇게 수업을 질질 끌면 점심에 쉴 시간이 없어진다. 애절하게 고개를 들어보니 그녀와 글자를 연습 중인 장동 외에 다른 사람들은 모두 학술 토론에 열을 올리고 있었다.

현재 경성의 최고 화제는 삼왕야와 사왕야의 제위 다툼이었다. 삼왕야는 새로운 첩실을 여럿 들여 밤낮으로 씨를 뿌리느라 눈앞이 어질어질할 정도였으나 수확은 미미하여 아직까지 아들을 보지 못하고 있었다. 왕부는 도사와 승려들로 넘쳐났고, 이들이 날마다 향을 피우고 기도를 올려 잠자코 관망하던 언관과 어사들의 심기를 불편하게 했다. 그에 반해 사왕야의 외동아들은 건강하게 자라 옹알옹알 말을 배우기 시작했다. 사왕야는 마음이 너그러우면서도 몸이 편해서 그런지 성격이 좋아져 날로 따르는 사람들이 늘어났다.

황제의 건강이 날이 갈수록 나빠져서 후계자 선택을 둘러싼 논쟁은 한참 불이 붙은 상태였다. 양측 사람들은 서로 으르렁거렸다. 걸핏하면 경전과 고전을 들먹거리며 가열차게 싸웠다.

장 선생은 오늘 『공자가어孔子家語』의 〈곡례공서적문曲禮公西赤問〉 편을 강의했는데 그중 '공의중자가 적손을 제쳐두고 서자를 후사로 삼다'라는 내용이 나왔다. 좋은 선생은 이론과 실례를 연결하여 설명하는 법이었다. 게다가 이 장 선생은 호방하고 대범한 성격이라 학생들에게 '후

계자로 적장자를 세워야 하는가? 아니면 현명하고 능력 있는 자를 세워야 하는가?' 하는 의제를 던져주고 자기들끼리 논의하게 했다.

처음에 장백과 장풍은 제멋대로 조정을 논하면 화가 닥칠 것이라 여겨 이 논쟁을 반대했다. 장 선생이 손을 저으며 웃었다.

"상관없다. 지금 경성은 다관에서도 이 문제가 자주 거론되고 있느니라. 제후들과 고관대작들은 더 말할 것도 없지. 문을 닫고 조용히 이야기하면 괜찮다. 게다가 오늘 우리가 논하는 건 적자냐 현명한 아들이냐 하는 문제이니 조정 일과는 무관하다. 그럼 모두 의견을 말해보거라!"

이 명제는 성부에서도 현실적인 의의가 있었다. 선생이 이렇게까지 이야기했으니 학생들은 곧장 토론에 뛰어들었다. 입장은 분명하게 갈렸다. 장백과 여란은 자연스럽게 '적장자 파'였고, 장풍과 묵란은 본능적으로 '현명한 아들 파'였다. 그 밑의 명란은 어물쩍거렸고, 장동은 기권이었다.

장백은 먼저 엉망진창이었던 진秦나라의 2세 호해胡亥[3]를 시작으로 적장자를 무시하고 황위를 계승하면 멀쩡한 왕조를 망칠 수 있다고 말했다. 장풍은 이에 질세라 한漢 무제武帝[4]를 예로 들며 반박했다. 한 무제는 한 경제景帝[5]의 열 몇 번째 아들이 아닌가. 경사자집을 장풍보다 많이 읽은 장백은 즉시 한 경제가 한 무제를 예뻐하긴 했지만 그래도 먼저 왕미인[6]을 황후로 세워 예법을 바로 세운 후에야 한 무제를 정정당당히

---

3) 진시황의 둘째 아들. 진나라의 두 번째이자 마지막 황제.
4) 전한前漢의 7대 황제. 태평성대를 구가한 성군.
5) 전한의 6대 황제.
6) 한 무제의 어머니.

태자로 세울 수 있었다고 간단히 지적했다.

그것이 의미하는 바는 바로 '적장자 계승의 원칙'이었다.

장풍은 속으로 철렁했다. 묵란이 이를 받아 바보 황제로 유명한 진晉
나라의 혜제惠帝[7]를 예로 들며 부드럽게 말했다.

"조정에서 문무백관들이 전부 혜제가 어리석다는 것을 알면서도 적
장자라는 이유로 그를 황제로 세웠어요. 그러자 가남풍賈南風[8]의 전횡
과 팔왕八王의 난[9]이 벌어졌죠. 처음부터 다른 황자를 황위에 세웠다면
진나라가 남쪽으로 밀리지 않았을 거예요. 큰오라버니는 어떻게 생각
하세요?"

여란은 이론이 부족하지만 기세는 등등했다.

"진 혜제 같은 바보가 세상에 몇이나 되겠어? 묵란 언니는 세상의 적
장자가 다 바보라고 생각하는 건 아니겠지?"

이쪽에서는 수隋 양제煬帝[10]라는 장자를 폐하고 동생이 제위를 이은
극단적으로 안 좋은 예를 들며 그의 폭정이 백성들에게 얼마나 큰 재앙
을 가져왔는지 절절하게 설명했다. 저쪽에서는 즉시 이세민李世民[11]을
예로 들어 반격하며 정관성세를 거침없이 추켜세우더니, 차남이 장남
보다 못한 것은 아니라고 설명했다. 양쪽의 팽팽한 논쟁이 계속되었지

---

7) 진나라의 2대 황제, 재위 기간 내우외환에 시달렸음.
8) 혜제의 황후, 훗날 폐위됨.
9) 혜제 때 여덟 명의 황족이 권력을 잡기 위해 16년 간 벌인 내란, 이로 인해 국력이 극도로 쇠
   약해져 북방과 서부 소수민족의 공격을 받음.
10) 수나라의 2대 황제, 형을 모함하고 황제가 된 후 토목공사를 벌여 백성에게 과중한 부담을
    지웠으며, 만년에 사치스러운 생활을 하다 신하에게 살해됨.
11) 당 태종, 형과 아우를 죽이고 황제가 되었으나 중국 역사상 최고로 현명한 군주로, 그의 치
    세는 '정관의 치'라 칭송받음.

만 장 선생이 있었기에 험악해지지 않고 모두 점잖게 말했다. 속으로는 끓어올랐지만.

한참 논쟁을 벌이던 아이들은 입이 마를 지경에 이르러서야 명란이 한쪽에서 유유자적하고 있는 것을 발견했다. 견해를 밝히라는 집중포화가 쏟아지자 명란은 흔들리는 눈동자를 숨길 수 없었다. 그것은 그녀에게 편을 고르라는 압박이었다. 그러나 여기서 위축되면 앞으로 자동으로 형제자매간의 평등한 항렬에서 점점 밀려나게 된다. 너무 유약하여 나서야 할 때 제대로 기를 펴지 못하면 어떻게 되는지는 이미 영춘 아가씨가 잘 보여주었다.

물론 그건 명란의 성격과도 맞지 않았다. 그녀는 생각해보다 웃으며 형제자매와 장 선생에게 제안했다.

"제게 계획이 있는데 말솜씨가 안 좋아서 표현을 잘 못하겠어요. 차라리 제가 연극으로 보여드리면 어떨까요? 잠깐 쉬어가는 뜻에서요. 하지만 이따가는 다들 말씀하시면 안 돼요."

장 선생이 가장 반기며 흔쾌히 고개를 끄덕였다. 다른 사람들의 반응도 무난하자 명란은 곧바로 단귤을 불러들여 귓속말로 한바탕 분부를 내렸다. 단귤은 분부를 받고 곧 갈래머리를 한 세 몸종을 데리고 들어왔다. 그중 하나는 새로 명란의 처소에 배정된 연초였고, 나머지 둘은 여란과 묵란의 몸종이었다.

세 몸종은 가숙당 앞에 쭈뼛쭈뼛 서서 자신들의 상전에게 절을 하며 인사를 올린 뒤 어색하게 서서 영문을 모르겠다는 얼굴로 서로를 쳐다봤다.

명란은 세 아이에게 따뜻하게 말했다.

"방금 스승님께서 수업하시다 우리 세 자매의 우열을 품평하셨다. 스승님께서는 성부에 오신 지 얼마 되지 않았고, 우리는 스스로 자기 자랑을 늘어놓기 곤란하다. 차라리 말솜씨가 좋은 너희 셋이 말해보아라. 제일 말을 잘하는 사람에게는 상을 주겠다!"

연초가 놀라서 고개를 들고 명란을 쳐다봤다. 다른 두 아이도 자신들의 상전인 아가씨들을 쳐다봤다. 세 아가씨가 고개를 끄덕이자 아이들은 진짜라고 생각했다. 명란이 웃으며 고개를 돌려 관중들을 쓱 쳐다봤다. 그리고 다시 세 계집종을 향해 정색하며 말했다.

"우선 말해보거라. 넷째 아가씨와 다섯째 아가씨 그리고 나, 이 셋 중에 누가 가장 어질고 총명하며 성격이 좋으니?"

계집종들은 아무래도 나이가 어려서인지 솔직하게 하나씩 이야기하기 시작했다. 하나는 여란이 날마다 서예를 익히고 부모에게 효도한다고 말했다. 다른 하나는 묵란이 매일 시를 읊고 사를 짓는 대가의 풍모를 지녔다고 칭찬했다. 연초는 명란이 매일 밤 수놓기를 열심히 연마하여 이것저것 많이 만든다고 설명했다. 처음에 몸종들은 다소 조심스럽게 이야기했지만, 명란이 옆에서 죽어라 부추기고 이따금 몇 마디 들쑤시면서 큰 상까지 내걸자 점점 열을 올리게 되었다. 마음이 조급해진 아이들은 얼굴과 귀까지 벌게져서 상대방이 헛소리한다고 싸우다가 결국에는 자기들끼리 인신공격을 하기 시작했다.

명란이 몸종들끼리 싸우기 전에 서둘러 손을 저어 말리면서 다시 물었다.

"그만, 그만. 자, 그럼 다시 묻겠는데 우리 세 자매 중에 누가 가장 나이가 많니?"

이 문제에 세 몸종은 아무 이견 없이 잠시 후 묵란이라고 우물쭈물 대답했다. 명란은 뒤쪽의 움직임을 무시하며 다시 물었다.

"그럼 우리 세 자매 중에 누가 어머님 소생이지?"

이번에는 여란의 몸종이 큰 소리로 대답했다.

"물론 저희 아가씨지요."

아무도 토를 달지 않았다.

명란이 고개를 돌려 사람들을 향해 웃었다. 장 선생이 기특하다는 눈빛으로 그녀에게 미소를 지으며 고개를 살짝 끄덕였다. 명란은 이런 반응이 칭찬임을 알고 기뻐하며 고개를 돌리다가 갑자기 자신을 쳐다보고 있는 장백과 시선이 마주쳤다. 자신을 향해 선녀처럼 미소를 짓고 있는 장백의 모습에 명란은 순간 소름이 돋았다.

성장백은 성부 전체의 돌연변이였다. 성격이 과묵하고 행동거지가 단정하며 신중한 애늙은이라서 글공부는 물론이고 무슨 일이든 자신이 노련하다고 여겼다. 입담이 좋고 유쾌한 성핑과는 완전히 딴판이었다. 들리는 얘기로는 일찍이 세상을 떠난 외조부를 닮았다고 했다. 또한 생모인 왕 씨에게 종종 세상 무너진 듯한 표정을 보인다고 했다.

오늘의 이 웃음은 아마 동복 여동생인 여란조차 누려보지 못했을 것이다. 명란은 서늘해진 목을 쓰다듬었다.

그때 장풍이 참지 못하고 입을 열었다.

"명란의 행동은 옳지 않아."

모두가 쳐다보자 장풍은 눈썹을 치켜세우며 말했다.

"이 몸종들은 성부에 들어온 지 얼마 되지 않아 규율을 제대로 배우지도 않았어. 그런데 누가 총명하고 성격이 좋은지 알겠어? 당연히 자신들의 상전을 위해 입씨름을 벌였겠지."

장백 역시 말없이 입가만 실룩거릴 뿐이었다. 명란은 감탄하며 말을 받았다.

"장풍 오라버니의 말씀도 일리가 있어요. 그럼 우리 이번에는 질문을 바꿔봐요."

그리고 고개를 돌려 다시 세 몸종을 향해 엄숙한 얼굴로 물었다.

"너희는 나이가 어려 규율을 모르지만 그래도 눈들은 있으니 대답해보렴. 우리 셋 중에 누가 제일 예쁘니? 침어낙안浸魚落雁하고 폐월수화閉月羞花할 정도로[12] 선녀보다 아름답다고 할 사람이 누구야? 그건 고를 수 있잖아."

명란은 한달음에 말을 마쳤다. 이 말이 나오자마자 모두 웃음을 터트렸다. 장 선생은 책상을 짚고 웃느라 몸을 부들부들 떨었고, 다른 사람들은 모두 '푸웁' 하고 뿜었으며 장백 역시 빙그레 웃으며 고개를 저었다. 하지만 웃음소리에는 이곳의 경쾌한 웃음과는 전혀 어울리지 않는 소리가 섞여 있었다. 장 선생이 등지고 있는 병풍 뒤에 후문에서 들려오는 소리였다. 설마 뭣 모르는 하인이 들어온 것인가?

웃음이 멎은 후 모두 의아해하며 병풍 쪽으로 갔다. 장백이 목소리를 깔고 물었다.

"뒤에 있는 게 누군가? 어찌하여 이곳에 함부로 들어왔나?"

그 순간 병풍 뒤에서 한 소년이 걸어 나왔다. 남색에 은사로 수수하게 둥근 꽃무늬를 수놓은 교령장의[13]를 걸치고, 허리에는 하늘색에 옥으로 장식한 요대를 두르고 있었다. 요대에는 파란 테두리가 쳐진 월백색 조롱박 모양의 두루주머니를 달았는데, 두루주머니 위에는 반짝이는 금

---

12) 중국 4대 미녀 서시, 왕소군, 초선, 양귀비의 미모를 찬양하는 말.
13) 깃이 겹쳐지는 형태의 긴 웃옷.

록석 구슬이 장식으로 달려 있었다. 그 소년은 바깥에서 막 들어왔는지 분홍색 벚꽃잎을 어깨에 달고 있었다. 그리고 까마귀 깃털처럼 까만 머리카락을 묶은 옥관은 느슨하게 풀려 있었다.

장 선생이 소년을 보자마자 웃었다.

"원약, 어떻게 여기까지 왔느냐? 사모는?"

소년이 장 선생의 책상 앞까지 걸어와 손을 모으고 인사를 올렸다. 몸을 일으킨 소년은 경쾌하게 대답했다.

"스승님, 그간 별고 없으셨습니까? 경성에서 이별한 후 오늘 이렇게 다시 뵙게 되었네요. 사모께서 밖에서 기다리라 하셨는데 아무리 기다려도 수업이 끝나지 않아 조급한 마음에 제멋대로 몰래 후당에 들어왔습니다. 사형, 사매, 너무 나무라지 마십시오."

소년은 말을 마치자마자 성씨 가문의 딸들에게 손을 모아 인사를 했다. 온화한 미소에 용모가 수려한 소년은 꼿꼿이 자란 대나무처럼 자태가 빼어나고 고고한 꽃처럼 단정한 기운을 풍겼다. 그를 본 사람들은 하나같이 '참으로 수려한 미소년이야!'라고 말했다.

제23화

봄을 데리고 온 소년

소년의 온몸에서 풍기는 분위기와 차림에서 성부 아이들은 그가 보통 내기가 아니란 것을 눈치채고 곧바로 일어나서 예를 갖춰 화답했다. 장 선생은 학생들이 인사를 다 끝내고 나서야 소년을 소개했다. 이 수려한 소년은 현임 염사사鹽使司 [1] 전운사轉運使 [2]의 외동아들이었다. 부친은 제 국공부齊國公府의 차남이고, 모친은 양양후襄陽侯의 외동딸로 성상이 봉한 평녕군주平寧郡主 [3]니 대단히 높은 집안의 사람이었다.

그의 이름은 제형齊衡이요, 자는 원약元若으로 장백보다 한 살 어렸다. 몇 년 전, 경성에서 장 선생 문하로 들어가 가르침을 받은 후 지방으로 발령받은 부친을 따라가면서 장 선생과 이별하게 되었다. 근래 제 대인은 등주로 가서 소금에 관한 업무를 순찰하라는 황명을 받았다. 그곳에서 한동안 머물게 될 것 같자 자연히 가솔들도 따라오게 되었다. 제형은

---

1) 소금 업무를 담당하는 관청.
2) 조세를 운송하는 관리.
3) 군주는 황족 여인에게 주는 봉호, 출신에 따라 공주, 옹주, 군주, 현주로 나뉨.

성굉 집안의 글공부를 장 선생이 맡고 있다는 소식을 듣고 부친에게 청하여 서신을 보내고 찾아온 것이다.

명란은 장 선생이 제형을 매우 친근히 대하는 모습이 좀 이상했다. 요사이 수업시간에 장 선생은 제후와 고관대작이 대수롭지 않다는 듯한 언행을 보였다. 그들의 자제 모두를 '바보'라고 한 적도 있었다. 그녀가 이렇게 의아해하고 있을 때 장풍은 웃으며 허리를 굽히고 있었다.

"스승님의 제자이신 것 같으니 사형이라고 불러야 마땅하겠지요."

장 선생이 제형을 가리키며 웃었다.

"이 녀석은 가문도 좋으면서 얌전히 공명첩이나 살 일이지, 하필 꼭 공부하겠다고 추운 겨울이나 더운 여름에도 내 초가집에 드나들었다. 군주 마마께서 애 많이 끓이셨지."

제형이 눈처럼 하얀 얼굴을 붉히며 말했다.

"아버지께서는 늘 과거시험을 치르지 못한 것에 유감을 갖고 계셨습니다. 그래서 자식들이 제대로 벼슬길에 나가길 원하셨죠. 다행히 성 대인께서 스승님을 청하셨다기에 제가 염치불구하고 바로 왔습니다."

제형이 옆에서 말없이 미소 짓고 있는 장백을 보며 다시 물었다.

"성 대인의 장자인 장백 사형이시지요? 곧 향시에 응시한다는 얘기를 들었습니다. 자가 어떻게 되십니까?"

장백이 대답했다.

"즉성則誠이라 합니다. 스승님께서 지어주셨지요."

그 후 세 사내아이는 나이를 따진 뒤 서로 예를 갖춰 인사했다. 제형이 성씨 집안의 두 공자에게 손을 모으며 인사했다.

"즉성 형님, 장풍 아우, 잘 부탁드립니다."

장 선생은 한참을 기다리다가 참지 못하고 꾸짖었다.

"젊은것들이 이 늙은이보다 더 고리타분하구나. 수다를 떨려거든 나가거라. 수업 아직 안 끝났느니라."

명란은 속으로 중얼거렸다. 그러니까 선생께서 관직에 못 오르신 겁니다.

이들이 인사를 주고받는 틈에 명란이 어안이 벙벙해져 있는 세 계집종을 내보냈다. 단균도 얌전히 따라나섰다. 밖으로 나가 보니 마침 소도가 왔기에 명란은 그녀가 가져온 전대를 받아 세 아이에게 50전씩 건넸다. 계집종들은 황망히 감사의 인사를 했다.

제형이 웃으며 사죄했다. 한쪽에는 머슴아이가 진작 가져다놓은 책상과 의자가 있었다. 원래는 장백이 오른쪽, 장풍이 왼쪽에 앉고 그들 뒤로 친 누이동생들이 각각 앉아 있었다. 명란은 우측 벽에 붙어 앉았는데, 앞은 공석이었고 뒤는 장동이었다. 장 선생은 난데없이 등장한 이 편입생을 장백의 오른편에 앉게 했다. 첫 번째 줄의 가장 오른편에 앉으니 그 뒤는 당연히 명란이었다.

명란이 시야가 막힌 걸 불평하고 있는데 자리에 앉은 제형이 갑자기 고개를 돌려 그녀를 향해 웃었다.

"명란 동생, 안녕."

명란은 어리둥절했다. 이 녀석, 뭐지……?

그녀는 직감적으로 묵란과 여란을 바라보았다. 아니나 다를까 두 사람은 이쪽을 보다가 급히 자세를 바로 고치며 한마디도 하지 않고 있었다.

실내가 고요하자 장 선생이 목청을 가다듬고 말했다.

"방금 명란과 몸종들이 나눈 이야기를 다 들었겠지. 어찌 생각하느냐? 다들 한마디씩 해보거라."

장백이 슬그머니 웃었다.

"할 이야기는 명란이가 다 했습니다."

장풍은 입술을 달싹거리며 제형을 슬쩍 쳐다보다 뭔가 걸리는 게 있는지 더는 적장자 문제를 논하지 않았다. 묵란과 여란은 대갓집 규수 티를 한껏 내며 몹시 조신하게 굴었다. 장 선생은 모두의 모습을 보며 더는 나올 대답이 없다는 것을 알아차리고 한숨을 길게 내쉬고는 명란을 향해 말했다.

"다들 입을 열지 않으니 명란이 이야기하거라."

명란이 공손하게 일어섰다.

"그게…… 각기 장점이 있습니다. 하지만……."

그녀는 말을 하다가 부끄러워하며 살짝 웃었다.

"적장자는 인정을 받기 좋으니 번거롭지 않고 다툼이 일어날 가능성이 적습니다."

제형은 고개를 돌리지 않았지만 뒤에서 들려오는 부드럽고 청아한 소리가 정말 듣기 좋다고 느꼈다.

장 선생 역시 평가 없이 명란에게 앉으라고 표시한 후 다시 제형에게 물었다.

"원약, 너도 저 뒤에서 한참 들었을 테니, 어떻게 생각하는지 한번 말해보려무나."

제형이 일어서서 대답했다.

"들은 바는 있으나 온 지 얼마 안 되었으니 어찌 함부로 말씀드리겠습니까? 하지만……."

그가 잠시 말을 멈추며 가볍게 웃었다.

"명란 동생의 마지막 질문은…… 최고였습니다."

분위기가 곧바로 가벼워졌다. 다들 생각해보니 우스운 일이었다. 장 선생은 그를 가리키며 고개를 저었다.

잠시 후 장 선생은 첫 줄의 사내아이들에게 정색하며 말했다.

"오늘 이야기는 딱 한 번만 하고 이 문을 나서면 아예 아는 척도 하지 않을 것이다. 대장부는 마땅히 군주에 충성하고 나라를 사랑해야 한다. 밖에 바람이 몰아치든 비가 쏟아지든 결국 다 지나갈 터이니 흔들리지 않는 것이 중요하다. 함부로 상황에 휘말려 동료와 무의미한 논쟁을 벌이지 말고 신하다운 신하가 되는 것이 진정한 도리이다!"

모든 학생이 연달아 고개를 끄덕이며 가르침을 받았지만 명란은 속으로 투덜거렸다.

'저 늙은이 진짜 교활하네. 저 말은 적장자를 황위에 세우느냐 마느냐가 중요한 게 아니라 마지막에 황제가 된 사람에게 충성하면 된다는 뜻이잖아. 그 말을 대놓고 할 수는 없지만 또 안 할 수도 없으니 이렇게 에두르고 만 거야. 이러면 임무는 완수한 셈이고, 이걸 이해하고 말고는 순전히 개인의 몫이지.'

제형이 노대부인에게 인사를 올리는 김에 성부의 아이들 모두 수안당에 모여 점심 식사를 했다. 제형을 가까이 당겨 거듭 살펴보던 노대부인은 마음이 매우 흡족했다. 한쪽에 있는 꽃송이 같은 세 어린 손녀들을 보니 마음이 절로 동했다. 그러다 명란을 떠올리고는 또다시 한숨을 쉬었다. 왕 씨는 옆에서 신바람이 나서 소개를 하고 있었다.

성굉은 제 대인이 보낸 서신을 본 후 지체 높은 가문의 자제가 제 발로 굴러들어 온 것을 몹시 반겼다. 그는 그 자리에서 제형에게 가숙당에서 함께 공부하자고 초청했다. 아들의 학업이 지체될까 걱정이던 제 대인은 성굉과 뜻이 맞아 환담을 하며 급격히 교분을 쌓았다. 그러다 신기하게도 제국공부와 왕 씨의 친정이 아주 먼 친척 관계임을 발견했다.

왕 씨가 웃으며 말했다.

"자세히 따져보니 한집안이더라고요. 먼 친척이긴 하지만 앞으로 가깝게 지내야겠습니다."

이렇게 동료가 친척이 되고, 이야기가 오갈수록 더욱 화기애애해져 성씨 집안의 딸들도 말을 삼갈 필요가 없었다.

명란은 왕 씨의 장황한 설명을 듣고 나서야 제형이 어째서 오자마자 자신을 명란 동생이라고 불렀는지 알게 되었다. 명란이 이런 생각을 하고 있는데 여란은 이미 그를 친근하게 '원약 오라버니'라고 부르고 있었다. 묵란 역시 뒤를 따라 간드러지게 그를 불렀다. 명란은 참지 못하고 몸서리를 치다가 같이 따라서 오라버니라고 불렀다. 제형도 예를 갖춰 대답했다.

"묵란 낭자, 여란 낭자, 명란 동생, 잘 부탁합니다."

제형이 눈을 깔며 명란을 힐끔 보았다. 머리를 양쪽으로 틀어 올린 명란은 멍하니 한편에 서서 토실토실한 손으로 입을 틀어막고 쉴 새 없이 하품하고 있었다. 그녀의 보드라운 뺨이 하얗고 오동통한 만두 같아서 웃음이 났다. 제형은 뺨을 만져보고 싶어서 손이 근질근질했다.

명란에게는 오늘처럼 견디기 힘든 날이 없었다. 동도 트기 전에 어린 장동에게 글자를 가르쳐주었고, 장 선생은 수업을 질질 끌며 안 놔주더니, 점심 식사도 사람들이 흥에 취해 자리를 뜨려고 하지 않았다. 오후에는 어미 호랑이 같은 장 사모가 곧 달려들 테니 낮잠은 물 건너간 셈이었다. 하지만 그녀의 두 언니는 오늘따라 몹시 아리따웠다.

오후 칠현금 수업 시간. 장 사모는 흐르는 물처럼 유려하고 절절한 묵란의 금 소리를 눈을 감고 음미했다. 여란도 예전과는 확 달라진 모습으로 입가에 미소를 머금은 채 고개를 숙이고 섬세하게 금을 탔다. 연주를 듣던 명란은 뭔가 이상한 것 같아 두 언니를 살펴보았다. 두 사람은 붉게 상기된 얼굴로 부드러운 표정을 짓고 있었다. 기분이 너무 좋아서 웃음을 터뜨릴 것만 같았다.

명란은 한숨을 쉬었다. 그리고 계속해서 금을 탔다. 봄이구나…….

이 시대에 와서야 현대와의 간극이 생각보다 훨씬 크다는 것을 알았다. 고대 여인들의 인생에서 가장 중요한 일은 혼인이었다. 그 후 지아비를 내조하고 자녀를 교육하다가 여생을 마무리했다. 그전까지 배우는 바느질이며 셈법, 집안 관리, 일 처리 심지어 글공부까지도 모두 이 궁극의 목표를 위한 준비인 것이다.

묵란이 시를 읊고 글을 짓는 것은 장래에 출세를 위해서가 아니라, 재녀라는 명성을 등에 업고 결혼시장에서 몸값을 높이거나 혼인 후 부군의 환심을 사기 위해서였다. 여란이 장부 정리를 배우는 것은 장래에 회계를 관장하기 위해서가 아니라, 부군을 대신하여 가산을 관리하고 인맥을 유지하기 위해서였다. 명란이 바느질을 배우는 것 역시 적어도 다른 사람들이 보기에는 그러했다.

고대의 여인은 아주 어릴 때부터 어른들에게 음으로 양으로 혼인에 관련된 생각을 주입받았다. 어릴 적 요의의가 어머니에게 귀에 못이 박이도록 들었던 말은 "너 이번 기말고사 성적 떨어졌더라. 그러다가 XX 고등학교도 떨어진다!"였다. 그러나 고대에 그녀가 방씨 어멈과 최씨 어멈에게 듣는 말은 "오리 한 마리 수놓는 데 나흘 걸리면 앞으로 어떻게 부군과 아이들에게 옷을 지어 입히겠어요? 시댁에서 쫓겨나지 않으면 다행이지요!"였다.

물론 이런 이야기를 들을 때마다 여자아이들은 늘 그렇듯이 수줍어하는 모습을 보였다. 그러나 시집가서 아이를 낳는다는 관념에 일찍부터 눈을 뜨게 됐다. 포부가 있는 아이들은 아주 일찍부터 자신의 미래를 위해 셈을 시작했다. 그러니 묵란과 여란의 얼굴에 핀 봄기운이 명란은 조금도 이상하지 않았다. 부군은 고대의 여인들에게 단순히 사랑일 뿐만 아니라 일생의 밥줄이자 편안하고 명예로운 삶의 보증수표였다.

그녀들의 이런 모습이 명란에게는 오히려 자연스러웠다. 천진한 모습을 보이며 친 오라버니라 여겨 친하게 지내는 것이라 잡아뗀다면 그것이야말로 억지였다. 우수하고 수려한 외모에 쟁쟁한 가문의 소년과 마주쳐 춘심이 동하는 것은 지극히 정상적이다.

명란은 갑자기 서글퍼졌다. 수안당에서의 생활은 안전하고 따스하지만, 영원히 머물 수는 없었다. 열 살이 하나의 관문이라면 언니들은 밖에, 자신은 아직 안에 있었다.

잠자리에 들기 전, 명란이 칠현금 악보를 보고 있는데 장백의 하인 한우가 땀을 뻘뻘 흘리며 뛰어왔다. 한우는 손에 받쳐 든 일 척尺 정도 넓이에 입구가 넓고 깊지 않은 청화백자를 조심스럽게 탁자 위에 올려놓았다. 그러고 나서야 한숨을 돌리며 이마에 맺힌 땀방울을 닦았다.

"명란 아가씨, 도련님께서 눈요기하라고 보내신 물고기입니다. 책을 보거나 바느질을 할 때 자주 쳐다보시면 눈에 좋습니다."

명란이 다가가서 보니 청화백자 대야에는 붉은색과 흰색 무늬가 있는 비단잉어 두 마리가 담겨 있었다. 비늘은 때로는 새빨갛게 때로는 새하얗게 빛을 뿜고 꼬리는 우아하며 대야바닥은 조약돌과 부들부들한 수초로 꾸며져 있었다. 반짝이는 수면에 물고기가 활기차게 헤엄치고 있었다. 빨갛고 푸른빛에 청화백자까지 더해져 마음과 눈이 즐거웠다. 명란은 너무 기뻐 고개를 들고 땀을 흘리는 하인에게 웃으며 말했다.

"정말 보기 좋구나. 돌아가서 큰오라버니께 아주 마음에 든다고, 감사하다고 전해다오……. 단귤아, 한우가 많이 고생했으니 어서 이백 전을 내어주어라. 오는 내내 마음 졸이며 대야를 들고 왔을 테니 아마 퍽 힘들 었을 게야."

한우는 열한두 살 남짓밖에 안 되어 심부름 값을 준다는 소리에 싱글 벙글했다. 그는 엽전꾸러미를 받아 들고 명란에게 연거푸 감사인사를 올렸다. 단귤은 손이 가는 대로 탁자에서 과일을 한 움큼 쥐어 그의 품에 안긴 후 녹지를 시켜 배웅했다.

소도는 아직 어린아이 같아서 한우가 가자마자 비단잉어를 구경하러 가서는 말끝마다 예쁘다고 감탄을 늘어놓았다. 단귤은 아가씨와 몸종 이 바보처럼 비단잉어를 구경하며 짧고 굵은 손가락으로 가리키는 모 습을 보고 저도 모르게 웃어버렸다.

"장백 도련님은 세심도 하시네요. 도련님 처소에 이렇게 커다란 항아 리가 있고 거기에 비단잉어 몇 쌍을 키우신다고 들었는데, 분명 그 항아 리에서 꺼내신 거겠지요."

소도가 고개를 들고 바보처럼 웃었다.

"단귤 언니 말이 맞아요. 마님 처소에 있을 때 저도 들었어요. 장백 도 련님께서 비단잉어를 무척 아끼셔서 누구도 못 만지게 하신대요. 특히 여란 아가씨는 더 안 되고요. 그런데 우리 아가씨한테 두 마리나 보내시 다니, 정말 이상해요."

명란은 말없이 짧고 굵은 손가락을 물속에 집어넣어 배불뚝이 비단잉 어에 장난을 치며 생각했다.

낮에 편을 들어 준 것에 대한 답례인가? 그렇다면 훌륭하네. 장백 오 라버니는 경우가 밝다고 들었는데 이렇게 사리 분별 있는 맏이와 함께 하는 건 기쁜 일이야.

왕 씨의 타율이 매우 높다는 것을 인정할 수밖에 없었다. 세 번 타격에 최소 두 번은 안타였다.

제24화

장미전쟁의 중재자

다음 날 아침, 명란은 장동을 가르칠 수 없었다. 여란과 묵란이 일찍 와서 노대부인이 깨기 전에 서재로 사용하는 우초간으로 들어갔기 때문이다. 명란은 뭔가 이상한 듯하여 단귤에게 조용히 눈짓했다. 단귤이 알아채고 바깥문에서 장동을 기다렸다가 오늘 수업은 쉰다고 전했다.

묵란이 먼저 와서 한참 몸을 배배 꼬며 명란의 서재를 처음부터 끝까지 칭찬하고 나서야 온 의도를 밝혔다. 묵란은 명란과 자리를 바꾸고 싶어 했다. 명란은 속으로 알면서도 모른 척했다.

"어? 처음에 묵란 언니가 왼편 벽 쪽에 앉겠다고 했잖아? 몸이 약해서 햇볕을 많이 쬐면 어지러운데 그쪽이 볕이 안 든다면서."

덕분에 명란은 어질어질할 정도로 빛을 쬐었다. 다행히 나중에 노대부인이 창고에서 짙푸른 천을 찾다가 학당 창에 발라주었다.

묵란은 얼굴을 반쯤 붉히며 우물우물 마땅한 이유를 대지 못했다. 이때 여란이 왔다. 여란은 훨씬 시원스럽게 단도직입적으로 명란에게 자리를 바꿔달라고 요구했다.

"중간은 너무 어두워. 창가가 밝잖아!"

명란은 속으로 가소롭다고 여기면서 일부러 손뼉을 치며 웃었다.

"그럼 잘됐다. 아예 묵란 언니와 여란 언니가 자리를 바꾸면 되겠네. 여란 언니는 밝은 곳에 앉게 되고 묵란 언니는 어지럽지 않게 말이야."

묵란은 매우 못마땅한 얼굴로 손수건을 비비 꼬며 아무 말도 하지 않았다. 여란은 처음에 영문을 몰라서 묵란도 자리를 바꾸려고 왔는지 물어봤다. 그러고는 여란도 얼굴을 쭉 빼고 묵란과 마주 보며 대치했다. 명란이 천진한 얼굴로 말했다.

"나는 어디 앉든지 괜찮아. 근데 누구에게 자리를 양보해야 하나?"

왜인지 모르게 명란은 사악한 쾌감을 느꼈다.

묵란과 여란은 속으로 한참을 계산하다가 어린 티가 물씬한 명란을 바라보며 그나마 덜 위협적이라고 생각했다. 최후의 결론은 아무도 자리를 바꾸지 않는 것이었다.

이 나이대가 되면 여자아이들의 모습에도 변화가 생긴다. 묵란은 점차 키가 자라고 매혹적인 풍모를 풍겼다. 버드나무처럼 가녀리고, 살짝 애수에 젖은 모습이었다. 여란은 왕 씨를 닮아 건강하고 단정한 체형을 갖고 있었다. 키도 묵란만큼 컸다. 묵란처럼 아리땁진 않지만 젊음의 생기가 싱그러웠다. 오직 명란만이 만두처럼 허여멀건 하고 오동통했다. 명란은 코를 만지작거렸다. 유전자는 어쩔 수 없는 일이었다.

그리고 이날부터 세 자매의 평범한 차림도 완전히 끝이 났다. 묵란은 찰랑거리는 올림머리에 산호, 녹송석, 밀랍으로 만든 주화珠花 [1]를 찌르고 귀밑머리엔 싱싱한 백목련 꽃을 꽂았다. 몸에는 은은한 녹색에 긴 꽃

---

1) 진주로 만든 머리장식.

이 수놓아진 얇고 바삭거리는 비단 저고리를 걸쳤고, 팔목에는 은사에 비취를 꿴 달랑거리는 팔찌를 찼는데 싱그러운 모습이 마치 초록 목련 같았다. 여란은 두 갈래로 둥글게 말아 올린 머리에 채색 유리로 만들어진 호접잠胡蝶簪을 꽂았다. 비취와 진주로 장식된 기다란 술이 흔들릴 때마다 반짝거렸다. 몸에는 앞섶이 포개지는 오색으로 수놓은 치마와 저고리를 걸치고, 양쪽 귀에는 각각 가는 금사에 커다란 구슬을 꿴 귀고리를 찼는데 늘어져 움직이는 모습이 어여뻤다. 묵란에 전혀 밀리지 않는 차림이었다.

묵란과 여란은 청아하고 수려하게 꾸몄지만 과하게 화려하진 않았다. 명란은 둘의 모습에 다소 어리둥절했다. 아침에 현명하게도 최씨 어멈을 시켜 머리를 양 갈래로 나눠 둥글게 말아 올리고 산호 구슬을 감아 귀엽게 꾸민 게 왠지 다행이었다.

제형은 일찌감치 머슴아이와 시동 몇을 데리고 왔다. 월백색 중의中衣 위에 목둘레에 해수서수문海水瑞獸紋이 수놓인 허리가 잘록하게 들어간 감청색 장비갑을 걸치고 있었는데 하얀 피부와 맵시가 돋보였다. 묵란은 눈을 반짝이더니 천천히 다가가 부드러운 목소리로 말했다.

"원약 오라버니, 제가 어젯밤 문득 깨달은 바가 있어 시를 지었는데 어떤지 모르겠어요. 오라버니께서 한 수 알려 주시겠어요?"

그러면서 묵란은 소매에서 꽃무늬 종이를 꺼내 건넸다. 하지만 제형은 종이를 받지 않고 웃으며 말했다.

"묵란 낭자의 두 오라버니가 재주가 뛰어난데 어째서 두 사람에게 부탁하지 않습니까?"

묵란이 순간 머쓱하여 재빨리 말했다.

"스승님께서 원약 오라버니가 뛰어난 인재라고 자주 칭찬하시기에 부탁드린 건데, 왜 그렇게 인색하게 구시나요?"

묵란은 천진난만하고 귀엽게 작은 입을 삐쭉했다.

제형은 꽃무늬 종이를 받아 자세히 읽었다. 묵란은 아예 옆에 바짝 붙어 서서 낮게 속삭였다. 곧이어 장풍이 다가왔고, 세 사람은 평측平仄[2]과 대구에 대해 논의했다. 장백은 한쪽에서 자유롭게 시를 읊으며 논의에 끼지 않았다.

여란은 계속 차가운 눈으로 쳐다보기만 했다. 표정은 단정하면서도 엄숙했고, 허리는 꼿꼿하게 세우고 있었다. 어젯밤, 유씨 어멈과 왕 씨가 진정으로 존중받는 대갓집 규수는 절대 함부로 사람들에게 말을 붙여서는 안 되고, 말을 한다고 해도 제형이 먼저 말을 걸어야 한다고 했다. 지체 높은 아가씨라면 도도하게 굴어야 맞는데 묵란의 모습을 보고 있자니 속에서 부아가 치밀었다. 여란은 이를 악물며 더욱 고고하게 허리를 바짝 세우고 앉았다.

반면 명란은 고개를 숙이고 속으로 '색즉시공色卽是空'을 수도 없이 되뇌었다.

장 선생은 학당에 들어서자마자 화려한 기운이 가득한 것을 보았다. 그리고 태연하게 수업을 시작했다. 제형은 앞자리에 두기 딱 좋았다. 앉은키가 커서 명란이 거의 다 가려졌던 것이다. 좋은 병풍이 생긴 명란은 기뻐하며 뒷자리에서 졸았다. 아침에 묵란과 여란 때문에 부산을 떨어서 피곤하던 차였다.

그런데 꾸벅꾸벅 졸다 보면, 잠이 들기 마련이다. 깨어났을 때, 명란은

---

2) 시에서 음운의 높낮이를 뜻하는 말.

자신을 쳐다보고 있는 웃음기 머금은 반짝이는 두 눈을 보았다.

"명란 동생, 잘 잤어?"

제형이 빙그레 웃으며 책상에 널브러진 발그레한 얼굴과 오동통한 손을 바라봤다. 명란은 바보처럼 헤헤 웃었다.

"그럭저럭요."

명란이 완전히 깨어나서 주변을 살펴보니 이미 수업이 끝난 후였다. 모두 서책을 정리하고, 머슴아이와 계집종을 불러 지필묵을 정리하고 있었다.

제형이 몸을 돌려 긴 팔을 명란의 책상 위에 포개며 웃었다.

"깊이 잠든 걸 보니 밤새워 공부하느라 피곤했나봐?"

명란은 양 갈래로 동그랗게 말아 올린 머리를 정리하며 뻔뻔하게 대답했다.

"괜찮아요. 당연히 해야 하는 거니까요."

제형의 눈웃음이 깊어졌다. 명란은 다시 속으로 계속 '색즉시공'을 되뇌었다.

그날 점심에도 명란은 낮잠을 잘 수 없었다. 집안에 귀한 손님―제형의 모친인 평녕군주가 온 것이다. 평녕군주는 수안당에서 노대부인, 왕 씨와 이야기를 나누며 성씨 집안 자제들을 보려고 기다리고 있었다.

조정에서 봉한 정삼품 군주마마는 역시 위세가 남달랐다. 명란은 멀리 있는 계수나무의 울창한 가지를 바라보다가 수안당 밖에서 고개를 숙인 채 두 줄로 가지런히 서서 대기 중인 어멈과 계집종들을 발견했다. 방씨 어멈이 입구에서 기다리고 있다가 도련님과 아가씨들이 오자 곧바로 안에 기별했다. 장백을 필두로 아이들은 모두 숨을 죽이며 나이순으로 줄지어 정방으로 들어갔다. 정방에는 고운 차림의 여인과 노대부인이 중앙의 양쪽 자리에 앉아 있었다. 왕 씨는 노대부인 아래쪽에 팔선과해八仙过海[3] 그림이 새겨진 해당목으로 만든 긴 등받이 의자에 앉았다. 제형은 먼저 세 어른께 인사를 올리고 난 뒤, 고운 차림의 여인 옆에 섰다.

"어서 평녕군주께 절을 올리지 않고 무얼 하는 게야."

노대부인이 분부했다.

성씨 집안의 여섯 아이들이 차례로 고운 차림의 여인에게 절을 올리며 인사한 후, 왕 씨 곁에 섰다.

명란은 자리를 잡고 곁눈질로 평녕군주를 훑어봤다. 얼핏 보기에 서른 초입밖에 안 되어 보였다. 평녕군주는 강황색에 담록색 절지꽃과 연분홍 모란꽃을 가득 수놓은 얇은 비단 배자를 걸쳤고, 안에는 푸르스름한 색에 깃이 선 비단 중의를 받쳐 입었다. 밑에는 세심하게 주름을 잡은 검푸른빛 장치마를 입었고, 살짝 보이는 작고 뾰족한 비단신 앞코는 놀랍게도 알이 굵은 진주로 장식되어 있었다. 구름 같은 귀밑머리가 풍성한 게 단아했고, 눈썹은 살짝 올라가고 눈은 가느다란 게 몹시 고왔다. 자세히 살펴보니 눈가가 제형과 상당히 닮았다. 명란은 속으로 중얼거렸다. 저래서 저 녀석의 미모가 출중했구나.

평녕군주는 모든 아이에게 선물을 주었다. 장백과 장풍에게는 옥패를 주었는데 얼마나 좋은지까지는 명란에게 보이지 않았다. 장동에게는 금빛깔이 영롱한 복을 부르는 인형을 주었고, 세 여자아이에게는 질 좋

---

[3] 여덟 신선이 각자의 재주로 바다를 건넜다는 전설.

은 남주南珠 4) 꾸러미를 주었다. 알알이 동그랗고 윤기가 자르르한 것이 무척 값비싸 보였다. 노대부인이 조용히 말했다.

"군주마마께서 너무 과한 선물을 준비하셨습니다. 저희가 몸 둘 바를 모르겠군요."

평녕군주가 미소를 지었다.

"손녀분들이 어여뻐서 참 마음에 듭니다. 제가 복이 없어 제형이 같이 못난 아들놈 하나만 둔 게 안타까울 뿐이지요. 이 정도 선물이 뭐 어떻습니까. 게다가…… 좀 미안하기도 하고요."

명란은 듣다가 가슴이 덜컹했다. 무슨 일이 난 거지?

왕 씨가 웃으며 묵란과 여란, 명란을 향해 고개를 돌렸다.

"장 선생이 너희 아버지와 이야기를 마쳤다. 앞으로 너희는 오라비들과 함께 공부할 필요 없이 처소에서 여인네로서의 규율을 익히는 게 옳다고……."

묵란은 크게 실망했다. 고개를 돌려 침착한 여란을 보니, 이 일을 이미 알고 있었다는 게 분명했다. 그 순간 마음이 확 달라졌다. 수업 시간을 제외하면 평소에 제형을 보기가 쉽지 않았다. 장 선생 수업 시간에 다짜고짜 들이닥칠 수는 없는 노릇 아닌가? 하지만 제형을 볼 수 없다면, 부모님의 신분, 체면만 놓고 봤을 때 묵란에게 유리한 점이 뭐가 있겠는가? 제형의 준수한 외모와 온화하고 예의 바른 말투를 떠올리자, 분노와 실망이 더 커진 묵란은 소매 속에서 주먹을 꽉 움켜쥐었다. 한동안 뒤에 왕 씨가 뭐라고 하는지조차 못 들을 정도였다.

---

4) 광서성 연해에서 채집한 상등품 진주.

그러나 명란은 안도의 한숨을 크게 내쉬었다. 정말 다행이었다. 이렇게 계속 같이 수업을 듣다가는 조만간 가숙당에 전쟁이 나고 말 것이었다. 나무아미타불. 전쟁의 불길이 사그라졌으니 참으로 좋구나!

이어서 평녕군주는 노대부인과 몇 마디를 더 나누었다. 왕 씨는 몇 번이나 끼어들려고 기회를 엿봤다. 이야기가 계속 오가다가 평녕군주가 웃으며 물었다.

"……성부의 여섯째 아가씨가 누구인가요? 우리 제형이가 집에 와서 웃으면서 이야기하던데."

명란은 딴생각을 하고 있었다. 내일 오전에는 수업을 안 들어도 되니, 장동에게 글자를 가르쳐주고 할머님께 문안을 여쭌 다음 잠을 보충해야겠다고 생각하던 차에 뜬금없이 제 이름이 호명되자 가슴이 쿵쾅거렸다. 노대부인이 웃으며 명란을 가까이 오라고 불렀다.

"자, 바로 이 아이입니다. 제가 양육을 하긴 했지만 신경을 제대로 쓰지 못해 아주 개구쟁이입니다."

평녕군주가 명란의 작은 손을 잡고 자세히 살펴봤다. 하얗고 오동통한 것이 다람쥐처럼 귀여운 명란의 모습과 보드랍고 감촉 좋은 손에 평녕군주가 말했다.

"참 사랑스러운 아이군요. 노대부인께서 어여삐 여길 만합니다. 저도 마음에 드는군요……. 명란아, 앞으로 장 선생의 수업을 못 듣게 되었는데 아쉬우냐?"

명란은 순간 제형 얼굴에 핀 얄미운 웃음을 보며 참 난처한 질문이라고 생각했다. 명란은 겸연쩍어하며 대답할 수밖에 없었다.

"아닙니다. 아쉽긴요……."

제형은 도저히 참을 수가 없어서 입을 가리고 평녕군주 귓가에 몇 마디를 속삭였다. 군주가 순간 웃음을 터트리더니 더욱 명란을 붙잡고 웃으며 말했다.

"잘된 일이었구나. 낮잠 시간을 벌게 되었으니……."

함께 수업하던 아이들은 진작 명란이 조는 걸 보았기에 다 같이 웃기 시작했다. 여란은 왕 씨 곁에 붙어 조용히 상황을 알려주었고, 노대부인도 잠시 생각하더니 바로 깨닫고는 명란을 가리키며 쉬지 않고 웃었다.

"이 개구쟁이 녀석, 이제 수업 안 들어도 되니 좋겠구나!"

명란은 빨개진 얼굴을 숙이고 이를 악물며 속으로 투덜거렸다. 제원약이 자식, 할머님한테 이르다니. 고자 새끼나 낳아라!

평녕군주가 다시 말했다.

"제형아, 고자질하면 못쓴다. 넌 여동생이 없으니 앞으로는 명란이를 친동생처럼 아껴주거라."

노대부인이 살며시 웃으며 말했다.

"과분한 대접이십니다."

왕 씨는 안색이 살짝 변했지만, 금방 가라앉히고 대화에 끼어 함께 웃었다.

명란은 묵란과 여란을 살짝 쳐다봤다. 뭐가 뭔지 모르는 것 같은 둘의 모습에 안타까운 마음이 들었다.

제25화

전장을 정리하는 두 가지 방법

유곤댁이 왕 씨를 부축하여 두 겹으로 된 비단 차렵 이부자리가 깔린
상비죽湘妃竹으로 만들어진 평상에 비스듬히 눕히고 등 뒤에 금사로 이
무기를 수놓은 베개를 끼워 넣었다. 여란이 몇 걸음 따라오며 다급히 말
했다.

"어머니, 말씀 좀 해보세요. 전⋯⋯."

왕 씨는 피곤해하며 손을 저었다.

"네가 무슨 생각을 하는지 다 안다만⋯⋯ 소용없다. 평녕군주께서는
우리 집안이 눈에 차지 않은 게야."

여란이 눈을 동그랗게 떴다.

"그럴 리가요? 군주마마께서는 무척 상냥해 보이셨어요."

왕 씨가 쓴웃음을 지으며 아무것도 모르는 여란의 얼굴을 응시하다가
갑자기 엄숙한 표정을 지었다.

"군주께서 오늘 명란이에게 하신 말씀을 자세히 생각해보거라. 너도
머리를 좀 써야지. 제멋대로 어리석게 굴면 안 돼."

여란은 고개를 숙이고 생각해보다가 차츰 깨닫더니 중얼거렸다.

"……설마?"

깨닫고 나니 순간 실망스러운 마음이 솟구쳤다.

왕 씨의 어두운 안색에 유곤댁이 참지 못하고 말했다.

"그 군주마마는 아주 고단수시네요. 일부러 명란 아가씨를 끄집어내셨잖아요. 명란 아가씨가 어린아이 같으니까 기분 상하지 않게 뜻을 흘리신 게지요."

"하지만, 하지만……."

여란이 다가가 왕 씨의 소매를 당기며 다급하게 말했다.

"전, 전…… 원약 오라버니가……."

왕 씨는 짜증스럽게 딸의 손을 뿌리치며 목소리를 높였다.

"원약 오라버니라니? 제형이 어째서 네 오라버니냐! 앞으로 법도에 맞게 '공자님'이라고 부르거라! ……아니, 앞으로 만나지 말거라. 유곤댁, 앞으로 제형이 성부에 있거든 여란을 위유헌에서 한 발짝도 못 나가게 하게. 이를 어기면 벌을 내릴 게야!"

어려서부터 응석받이로 자란 여란은 이렇게 엄한 모습의 어머니는 처음이라 순간 어리둥절했다.

"어, 어머니, 어떻게……?"

왕 씨가 별안간 몸을 일으키고 앉아 엄한 표정을 지었다.

"내가 경솔했다. 널 애로만 봐서 오냐오냐 해도 괜찮을 거라 여겼는데, 네가 날마다 자라는 걸 생각지 못했어. 어제 제형이 온 후, 네 이야기를 듣고 나도 마음이 동해서 네가 멋대로 굴게 두었다. 그런데 네 꼴 좀 보아라. 이게 무슨 차림이냐? 대갓집 적녀의 모습은 온데간데없고 질투를 하는 저속한 여인만도 못하지 않느냐! 이 어미의 체면을 바닥에 떨어뜨렸어. 말을 안 듣겠다면 지금 당장 뺨을 때려주마! 나가서 남사스러운 꼴을 보이기 전에 말이다!"

여란은 한 번도 이렇게 야단맞은 적이 없어서 너무 놀란 나머지 눈물을 줄줄 흘렸다. 친어머니에게 심한 욕을 얻어먹은 여란은 왕 씨 발밑에 주저앉아 하릴없이 흐느끼며 우물거렸다.

"……왜 저를…… 혼내세요……."

왕 씨는 점점 여인이 되어가는 여란을 보며 더는 마음 약해져서는 안 되는 것을 깨닫고 담담히 말했다.

"유곤댁, 여란에게 얼굴 닦을 젖은 수건을 가져다주게……. 여란, 울음 그치고 일어나 앉거라. 네게 할 말이 있다."

여란이 훌쩍이며 어머니에게 몸을 묻었다. 왕 씨는 친정의 지난 일이 떠오른 듯 말했다.

"어미는 오랫동안 애먼 길을 얼마나 갔는지 모른다. 사람들의 계략에 걸린 적도 있고, 때로는 세상 물정을 몰라 자초한 경우도 있었지. 지금 생각해 보면 네 외조모께서 하신 말씀이 구구절절 옳았어. 어미가 당시 한마디도 귀담아듣지 않은 탓에 임서각의 그 천한 것을 보게 되었잖니! 그러니 넌 어미 말 새겨들어야 한다."

여란이 눈물을 그치고 넋 빠진 모양으로 듣기 시작하자 왕 씨가 머뭇거리다가 말을 이었다.

"……혼인대사는 자고로 부모의 명에 따라야 한다. 여인이 직접 수락하는 법은 없어. 미천한 것들이나 그런 낯부끄러운 행동을 하지 적녀인 네가 어찌 그런 짓을 한단 말이냐? 혼사는 본래 집안끼리 격이 맞아야 하느니라. 그쪽에서 널 원하지 않고 우리 집안을 중시하지 않는데 염치없이 가서 비위를 맞춰서야 되겠느냐?"

여란은 아주 자부심이 강하고 도도한지라 곧바로 얼굴을 붉히며 성을 냈다.

"당연히 안 되지요!"

왕 씨는 마음이 한결 가벼워졌다.

"아직 나이가 어리니 몇 년 더 아가씨로 있거라. 나중에 시집을 가면 아가씨로 지내던 날들이 얼마나 편했는지 알게 될 게야. 어미가 있어 편안하게 아가씨 노릇을 할 수 있으니 얼마나 좋으냐?"

여란은 제형을 생각하니 못내 아쉬웠다.

"하지만 원약…… 제형 공자님은 제게 잘해주신단 말이에요. 군주마마께서 마음을 바꿀 수도 있지 않을까요?"

왕 씨는 화가 치밀어 꾸짖었다.

"이 눈치 없는 것아, 제형 공자가 좀 잘해준다고 들떠서 천지분간 못하는구나. 곰곰이 생각해보아라. 제형 공자는 너희 세 자매에게 모두 예를 갖추지 않느냐? 명란이에게 좀 더 친근하게 굴지만, 그건 명란이 아직 어리고 애 같으니까 그런 거고! 게다가 혼사를 정하는 건 부모인데, 제형 공자는 네게 마음이 없어 보이더구나. 제 대인과 군주께서 어련히 알아서 걸맞은 혼사를 생각하실 텐데 뭐 하려고 널 원하시겠느냐? 또다시 쓸데없는 생각하면 아버지께 말씀드려 혼을 내줄 테다!"

여란이 다시 눈물을 보이며 발을 굴렀다.

"어머니…… 어머니……."

왕 씨는 이번에 마음을 굳게 먹고 여란에게 삿대질을 하며 혼을 냈다.

"넌 창피하지도 않은 게냐. 대갓집 아가씨가 고작 몇 번 본 바깥 사내에게 이렇게 마음을 두다니, 정말 염치없게 낯 두껍구나!"

욕을 먹고 넋이 나간 여란은 말할 수 없이 수치스럽고 화가 나서 고개를 돌리고 울면서 뛰쳐나갔다. 유곤댁이 쫓아가려 했지만 왕 씨가 이를 말리며 오히려 문발을 향해 소리 질렀다.

"울게 내버려두게! 창피한 줄도 모르는 것 같으니라고. 울다가 잘못을 깨달으면 그냥 두겠지만 그렇지 않으면 맞을 줄 알아라! 예의와 염치를 알 때까지 매를 칠 것이야! 나가서 물어보거라. 어느 집 규수가 직접 혼사에 나서더냐? 제대로 된 집안의 규수들은 모두 입도 뻥긋 않고 어른들의 뜻에 따른다. 이야기를 꺼내도 온종일 부끄러워하고! 아무리 나이가 어려 철이 없다 해도 네 언니의 단정한 품행을 본받아야지. 내가 전생에 무슨 죄를 지었길래 저리 뻔뻔한 계집을 낳았단 말인가. 저걸 그냥 죽여버리는 게 속 편하겠네!"

밖에서 듣고 있던 여란은 울상을 하고 규방으로 곧장 달음질쳤다. 그러고는 베개와 이불에 얼굴을 묻고 하늘이 무너진 듯이 울며 밖으로 나오려 하지 않았다.

왕 씨가 제자리에 앉아 가슴이 들썩거리도록 씩씩대자 유곤댁이 다가와 노기를 진정시켰다.

"마님, 너무 노여워하지 마십시오. 아가씨께서 아직 어리시기도 하고, 평소에도 묵란 아가씨와 자주 다투시잖아요. 여란 아가씨께서 정말 법도를 모르시는 게 아닐 수도 있습니다. 묵란 아가씨 행동을 고대로 보고 배워 순간 고집을 피우셨을 뿐이에요."

왕 씨가 분통을 터트렸다.

"다 그 천한 것 때문이야! 내 아이들에게 나쁜 물을 들이다니!"

유곤댁이 다시 찻잔을 가져와서 왕 씨가 마시도록 시중을 들었다. 왕 씨의 노기가 진정되자 유곤댁은 슬쩍 떠보았다.

"그런데 그 제씨 가문…… 마님께서는 진정 포기하실 생각이세요? 분명 괜찮은 가문이잖아요."

왕 씨는 고개를 저었다.

"같은 어미이니 군주의 마음을 알 수 있지. 아들이 하나뿐인 데다 용모도 준수하고 가문도 출중하니 어느 집 아가씨가 거절하겠나? 우리 나리도 훌륭하시지만 권문세가 출신도 아니고 성상의 심복도 아니야. 제씨 가문은 공부公府, 후부侯府 출신인데 우리가 눈에 차겠는가?"

입을 삐죽이며 왕 씨가 다시 말했다.

"솔직히 말해서 오늘 화란이었다면 내 나섰을지도 모르지. 하지만 여란이는……."

한숨을 쉬며 말을 이었다.

"우리 집안을 깎아내리려는 게 아니라 외모와 재주를 따지면 여란이 제형에게 가당키나 하겠나? 친딸인데도 내가 이리 생각하는데, 군주는 더 그러하겠지? 됐네. 굳이 우스운 꼴을 당할 필요가 없어. 다른 건 없어도 그 정도 자존심은 있네. 여란이는 꾀도 부릴 줄 모르니 집안이 맞는 상대를 골라 무시 안 당하는 게 나아!"

유곤댁이 웃으며 말했다.

"마님, 달라지셨네요. 이리 사리가 분명하시니 나리께서 들으신다면 분명 기뻐하실 겁니다."

왕 씨가 탄식했다.

"반평생 고생을 하고 나서야 처음 부모님께서 내게 골라주신 이 혼사가 정말 좋았다는 걸 깨달았네. 시어머님은 신경 쓸 일 없고 부군께서도 출세하셨어. 부귀영화를 누리진 못해도 풍족한 편이고. 내가 조심했더라면 그 천한 게 집안에 들어오지도 못했겠지! 언니가 요새 지내는 모습을 생각하면, 휴…… 정말 위태로워. 난 언니가 나보다 시집 잘 갔다고 질투했는데 언니는 그런 수완을 지니고도 강씨 가문에 시집가서 그 꼴이 되었으니, 나였으면…… 휴, 말을 말지."

유곤댁은 빈 찻잔을 내간 후 돌아와서 계속 왕 씨의 등을 쓸어주며 노기를 진정시켰다.

"마님이 네다섯 살 때 마님의 친정아버님께서 서북 순찰을 가게 되시자 친정어머님께서는 한사코 함께 가겠다고 하시며 마님을 숙부님께 맡겼지요. 숙부님 내외는 좋으신 분들이셨어요. 딸이 없고 마님의 부모님과 우애가 깊어 마님을 매우 아끼셨지요. 하지만 그분들은 장사를 해서 친정 부모님의 식견에 비할 바는 아니었지요. 마님의 언니셨던 큰아가씨의 수완은 친정어머님께 배운 것이었고, 마님은 열 살에야 부모님과 함께 살게 되었으니, 어찌 마님 탓을 할 수 있겠습니까?"

왕 씨가 조용히 대꾸했다.

"이 세상은 좋고 나쁨을 가리기가 어렵네. 어릴 때 난 모든 게 언니보다 못하다고 여겼지. 출가할 때도 언니의 혼처가 나보다 좋아서 한바탕 소동을 피우다가 하마터면 아버님께 매를 맞을 뻔했어. 그때 어머님께서 성씨 가문은 사람이 많지 않고 시어머니 될 분도 친어머니가 아니어서 며느리에게 위세를 떨지 않을 것이라고 하셨지. 또 신랑이 진취적이라서 도움만 받으면 앞으로 좋은 날이 올 것이니 내가 도리를 다하기만 하면 된다고 말씀하셨네. 형부는 가문이 쟁쟁하고 학문도 훌륭하지만 책임감이 없는 응석받이 도련님이었고, 집안에는 처첩이 한 무더기라 어머님은 혼사를 전혀 달가워하지 않으셨어. 강씨 집안 대대인과 아버님의 교분이 두터웠기 때문에 사돈을 맺은 게지. 지금 생각해보면 어머님 말씀이 구구절절 다 옳았어."

유곤댁이 웃었다.

"처녀는 어머니가 되고 나서야 친정어머니의 고마움을 안다더니, 그게 참말인 것 같네요."

왕 씨는 그제야 웃으며 얼굴을 폈다.

"그때 난 형부를 놓고 언니와 티격태격했는데 결국 언니가 이겼지. 생각해 보면 참 우스운 일이야! 앞으로 사위를 고를 때 어머니의 안목을 반만이라도 따라갈 수 있다면 좋겠네."

유곤댁은 함께 웃다가 잠시 후 갑자기 무슨 생각이 떠올랐는지 이렇게 말했다.

"마님, 묵란 아가씨가 돌아가서 임 이랑에게 뭐라 말할까요? 임 이랑이 나리를 보채지 않을까요?"

왕 씨가 순간 웃음을 터트렸다.

"난 임 이랑이 나리를 찾아가길 몹시 바라고 있어! 나리를 보챈다면 된통 혼쭐이 나겠지!"

· · ·

간만에 왕 씨의 말이 딱 맞아떨어졌다. 그날 밤 성굉은 퇴청한 후 임서각에서 밤을 보냈다.

"……뭐라고 했나?"

성굉이 의아해하며 물었다.

"묵란이 장 선생의 수업을 계속 듣고 싶어한다고?"

임 이랑이 새침하게 말했다.

"나리께서 불미스러운 일을 피하려고 그리 하신 것 잘 압니다. 여란과 명란은 원래 서책을 가까이하지 않았으니 상관없지만, 묵란이는 다르잖아요. 그 아이는 나리와 비슷하여 어려서부터 학문을 좋아하고 사리에 밝았지요. 한참 재미있게 수업을 듣고 있던 참인데 어찌 관두겠어요? 제가 이리 간청합니다. 정 걸리면 병풍을 치지요."

성굉이 얼굴을 찌푸렸다.

"그건 아니 되오. 묵란이는 사내아이가 아닌데 학문을 열심히 해서 무엇 하겠소? 장원 급제라도 하려고? 여자아이가 몇 년 글공부했으면 충분하니 앞으로는 규방에서 아녀자의 일을 익히는 게 올바른 도리요! 명란이가 얼마 전에 검정 쌈지를 만들어주었는데 점잖고 고상하니 아주 괜찮더군. 묵란이도 바느질을 배워야지."

임 이랑이 그 말에 이를 악물고 가까스로 참으며 느릿느릿 성굉의 곁으로 갔다. 그의 어깨를 부드럽게 주물러 몸을 노글노글하게 만들더니 귓가에 바싹 붙어서 향긋한 내음을 풍기며 간드러지게 청했다.

"글공부는 중요치 않지만 나리께선 왜 멀리 생각하지 않으세요? 그제 공자하고 우리 묵란이가……."

성굉이 급히 고개를 돌리고 믿을 수 없다는 눈빛으로 임 이랑을 바라봤다. 조금 전까지 달아올랐던 몸이 금세 차가워졌다.

"제 공자가 묵란이와 무슨 상관이 있나?"

임 이랑은 성굉의 기운이 달라진 것을 전혀 느끼지 못하고 곧바로 말을 이었다.

"제 공자는 훌륭한 인재인 데다 가문도 좋잖아요. 오늘 묵란이와 시문을 논하는데 어찌나 잘 어울리던지요. 그러지 마시고……."

성굉이 벌떡 일어나 임 이랑의 보드라운 손을 단숨에 뿌리치고 위아래로 그녀를 훑어봤다. 임 이랑은 그의 눈길에 몹시 당황했지만 억지로 웃으며 물었다.

"나리, 왜 그리 보셔요?"

성굉은 차갑게 웃었다.

"무슨 주제로 그리 과한 소리를 하나 봤네. 입만 열었다 하면 공후 가문 공자와 혼사를 맺겠다니!"

임 이랑이 자신의 소매를 움켜쥐며 떨리는 음성으로 말했다.

"나리, 그게 무슨 뜻인가요? 소첩이 말실수를 했나요?"

성굉이 몇 걸음 비켜나서 한쪽에 서 있는 계집종에게 물러가라고 손짓했다. 그러더니 다시 창가로 가서 창문을 닫은 후, 고개를 돌려 임 이랑을 쳐다보며 조용히 말했다.

"제형의 외조부는 양양후일세. 양양후는 예전에 폐하를 보호하다가 다리 하나를 잃었지. 그래서 성상께서는 그의 외동딸을 평녕군주로 봉하셨네. 군주는 어려서부터 궁에서 자라면서 총애를 받았어. 제 대인의 관직은 삼품에 달하고, 도전운염사사都轉運鹽使司[1]는 아주 실속 있는 자리일세. 성상께서 신임하는 실세가 아니면 맡을 수 없어. 게다가 제국공부의 대인은 허약한 아들만 하나 있고, 아직까지 다른 자식이 없으니 자칫 일이 잘못되면 앞으로 그쪽도 제형의 차지가 될지 모르지!"

성굉이 숨을 돌리며 찻잔을 들어 한 모금 마시고 나서 말을 이었다.

"공후백부 출신의 공자들은 능력 없는 한량이거나 방탕한 악질일세. 제형처럼 노력하고 재주 있는 사내는 아주 드물어!"

듣고 있던 임 이랑은 눈을 반짝이며 제형을 당장 사위로 맞아들이고 싶어 마음에 불이 났다. 그런데 성굉이 분위기를 확 바꿔 몸을 돌리더니 알쏭달쏭한 눈빛으로 임 이랑을 쳐다보며 날카롭게 말했다.

---

1) 소금 운반을 담당하는 관리.

"재주로 보나 가문으로 보나 부모 출신으로 보나 제형이 어느 대갓집 규수를 아내로 못 맞겠나? 경성에서 그의 집에 혼담을 넣는 사람들로 문턱이 닳을 정도였는데 나 같은 일개 지주에게 순번이 오겠는가!"

임 이랑은 찬물을 뒤집어쓴 듯 가슴에 싸해졌지만 여전히 포기하지 못했다.

"경성 대갓집 규수들이 아무리 많다 해도 우리 묵란이만큼 뛰어난 사람이 얼마나 되겠어요? 묵란인 생긴 것도 어여쁘고 학식도 깊은데 어째서 순번이 안 온다는 말씀이신가요?"

성굉이 차갑게 웃었다.

"정말 어이없군! 어엿한 공후 가문의 적자가 서녀를 본부인을 맞아들인다는 소리 들어본 적 있는가? 망상도 정도껏 해야지. 이 이야기를 입 밖에 냈다가는 사람들이 배꼽을 쥐고 웃을 것이네! 여란이라면 그쪽에서도 마음에 들어할 수 있지. 그런데 첩실인 자네 소생의 서녀라니!"

이 모질고 거친 말이 칼이 되어 임 이랑의 아름다움을 벗겨내고, 초라한 혼만 남겨놓았다. 임 이랑은 저도 모르게 울기 시작했다.

"나리, 말씀하시는 건 좋지만 어째서 적출이니 서출이니 하시며 사람 마음을 아프게 하십니까? 제가 첩이라 나중에 묵란이의 인생을 망치면 어쩌나 걱정된다고 말씀드렸잖아요. 과연 제 말대로 되었네요!"

성굉은 콧방귀를 뀌더니 말했다.

"뭘 망친다고? 자네는 눈이 높고 마음은 그보다 더 높지. 머리가 아둔하여 망상한다 해도 정도라는 게 있어야지! 묵란이 무슨 출신이고 제형이 무슨 출신인지 자네도 잘 따져보게. 공연히 헛된 꿈만 꾸지 말고. 왜 아예 묵란이한테 황후마마가 되라고 하지! 어리석기는!"

임 이랑은 가슴이 칼로 저민 듯 아팠지만 이내 생각을 정리하고 성굉

옆에 엎드려 비단처럼 부드럽게 말했다.

"나리, 이건 소첩과 묵란이만을 위한 일이 아닙니다. 제씨 가문이 그리 으리으리한데 혼사를 성사시킬 수 있다면 나리의 벼슬길은 탄탄대로일 것입니다. 성씨 가문에도 적잖은 도움이 되지 않겠어요? 나리, 한번 운을 떼보시는 게……."

낮고 부드러운 목소리가 마음을 녹였다.

듣고 있던 성굉은 마음이 크게 동요하여 임 이랑에게 물었다.

"운을 떼어보라고? 내가 가서 혼담을 꺼내라는 말인가?"

임 이랑이 이를 보고 매혹적인 눈빛으로 고개를 끄덕였다.

성굉은 숨을 깊이 들이마시며 마음을 가라앉히더니 성을 냈다.

"사실대로 말해주지. 군주마마께서는 남녀 유별하다고 하셨네. 우리 집안 여자아이들과 함께 공부시키지 말라고 넌지시 알리신 게야! 그 뜻이야 너무나 뻔하지. 우리 집 딸들과 엮이기 싫다는 말씀 아니겠는가! 설령 군주께서 마음을 바꾼다 해도 서출까지 차례가 갈 리 없어!"

임 이랑은 예상치 못한 이야기에 깜짝 놀랐다.

"군주마마께서요……? 어떻게 그럴 수가?"

성굉은 혼담을 건넸을 때 일어날 참담한 결과를 생각해 보았다. 생각하면 할수록 끔찍했다. 그는 자신의 소매를 부여잡고 있는 임 이랑을 바닥에 밀치며 꾸짖었다.

"나보고 운을 떼보라고? 찾아가서 혼담을 꺼냈다가 거절당하면 앞으로 제 대인 앞에서 어떻게 발을 붙이겠나? 이 무지한 여편네, 어리석기 짝이 없구나. 자기 자식 앞날만 걱정되고 가족 생각은 안 하는 게지. 자네의 바보 같은 말을 들었다가 앞으로 내 벼슬길을 망치면 그건 어쩔 셈인가?!"

임 이랑은 자신이 말을 잘못 꺼냈다는 것을 깨닫고 안색이 창백해져서 목을 빼고 쉰 목소리로 애원했다.

"나리, 묵란이는 어려서부터 뛰어났습니다. 어여쁜 생김새는 둘째 치고 시와 사에 통달하고 말하는 것도 고상하지요. 그래서 항상 섭섭지 않은 혼처를 찾아줘야 한다고 생각했어요! 나리, 묵란이도 친딸이니 모른 척하시면 안 됩니다!"

성굉은 임 이랑이 여전히 정신을 못 차리자 그녀의 손을 거칠게 뿌리쳤다.

"자네가 욕심을 버리고 분에 넘치는 망상만 하지 않는다면 묵란이의 혼사로 섭섭하게 할 일은 없네! 아니지, 아랫것들에게 위유헌의 비어 있는 서쪽 처소를 치워 놓으라고 해야겠어. 내일부터 묵란이를 여란이와 함께 지내게 해야겠네. 앞으로 모든 일은 어머님께서 관리하실 거네. 임 서각에 있다가는 자네한테 나쁜 물이나 들지! 자네도 묵란이를 첩실로 만들고 싶진 않겠지?!"

이 말에 임 이랑은 숨도 제대로 쉬지 못해 기절할 것 같았다. 임 이랑은 성굉의 다리를 붙잡고 간절히 애원했다. 성굉은 자녀의 앞날을 생각하는 마음에 매몰차게 뿌리치고 성큼성큼 밖으로 나갔다.

임 이랑은 계속 바닥에 엎드려 있었다. 초간에 누워 있던 묵란이 발을 걷고 나왔다. 역시 눈물범벅이었다. 묵란은 임 이랑을 살며시 부축해 일으켰고, 모녀는 마주 보며 눈물을 흘렸다. 한참이 지나자 임 이랑이 딸의 손을 붙잡고 말했다.

"애야, 네 아버지 말은 듣지 말거라. 네 아버지는 사내라 에둘러 말하는 안채의 화법을 모르신다. 출신으로 따지면 네가 여란이만 못하지만 미모나 재주는 훨씬 낫지. 같은 아비를 두었는데 왜 네가 그 아이 밑에 눌려야 하니? 네가 강해지지 않으면 좋은 게 네 차지가 되겠느냐? 설마 평생 여란이 밑에 있고 싶진 않겠지?"

묵란은 눈물로 앞이 흐릿했다.

"하, 하지만 아버님께서 아시면 크게 혼날 텐데요……."

"멍청한 것아, 네가 똑똑하게 굴어 명분만 잘 가져다 붙이면 아버지는 눈치채지 못하실 게다. 넌 학식도 미모도 출중하니 시간이 지나면 제 공자가 널 마음에 두지 않을 리 없다. ……묵란아, 울지 말거라. 앞으로 위유헌에서 머무는 것도 나름 좋은 점이 있어. 여란에게 뭐가 있는지 냉정히 지켜보렴. 뭐 부족한 게 있으면 마님에게 달라고 해. 안 주면……. 홍, 내가 가만 안 둘 거다! 노마님께서 손녀들이 시집가기 전엔 다 똑같이 귀하다 하셨잖니?"

임 이랑의 여리고 가냘픈 얼굴이 매서워졌다.

제26화

명란의 생선, 제형의 밥

큰 슬픔에 휩싸인 두 언니와 달리 수업에 나올 필요 없다는 소리에 명란
이 처음으로 한 일은 소도를 장동의 처소에 보내 휴가 신청서를 제출한
것이었다. 아침 자습을 사흘 중단할게. 누나가 좀 쉬어야겠어.

　요의의는 지난 생에서 십수 년을 학교에 다니며 공부에 질려버렸다.
처음에 장 선생 수업을 들은 까닭은 이 시대의 일을 더 많이 알기 위해서
였다. 언제까지 안채에 틀어박혀 계집종이나 어멈들과 작금의 황제 이
름이 뭔지 묻고 있을 수는 없는 노릇 아닌가. 하지만 요 몇 년간 공부를
하면서 알아야 할 세상 물정은 다 깨우쳤다. 게다가 요새 장 선생은 팔고
문八股文 [1]과 책론策論 [2]을 쓰는 법을 강의 중이었다. 그녀는 평생 법정 기
록지만 작성할 줄 알았다. 대구법을 사용해서 순서를 맞출 필요도 없었
고, 글자 수 제한도 없었다. 그래서 장 선생 수업만 시작되면 바로 잠이

---

1) 중국 고대에 과거시험에 쓰이던 특별한 형식의 문장.
2) 과거시험에 주어진 대책對策과 의론문議論文.

쏟아져서 진작부터 내빼고 싶었다.

　저녁을 먹은 명란은 서책을 한쪽에 밀어두고 세수하고 발을 닦은 뒤 기분 좋게 꿈나라로 향했다. 다음 날 일찍 일어나야 한다는 부담이 없어서 꿀 같은 단잠을 잤다. 깨어나서 기지개를 켜는데 기분이 온통 맑고 상쾌했다.

　때는 여름에서 가을로 넘어가고 있어서 날이 쾌청했다. 명란은 이제 막 여름방학을 맞은 아이처럼 문안 인사를 올린 후 곧장 최씨 어멈에게 낚싯대와 어롱³⁾을 달라고 해 저택의 연못으로 낚시를 하러 가려고 했다. 최씨 어멈은 명란이 원래 사리에 밝고 영리하다는 것을 알고 요 몇 년 공부하랴 어린 동생 가르치랴 애를 많이 썼기에 흔쾌히 허락했고, 미끼까지 한 상자 마련해주었다. 그리고 단귤과 소도에게 명란이 물에 빠져 물고기들에게 먹히지 않게 연못가에서 멀찌감치 떨어져 있도록 잘 살피라고 세심히 일렀다. 명란은 이마가 땅에 닿도록 연거푸 고개를 끄덕였다.

　성부 안에는 연못이 두 개 있는데 좀 큰 것은 성굉 처첩의 처소와 가까이 있었다. 손바닥만 한 크기의 다른 연못은 수안당과 가숙당 근처였다. 큰 연못은 연꽃과 연방, 물고기를 관리하는 사람이 있었다. 명란은 생각 끝에 작은 연못으로 가 자리를 잡았다. 단귤이 명란에게 작은 대나무 의자를 내어주고 커다란 천 우산을 받쳐주었다. 연초와 진상은 각각 찻물과 과일 및 간식을 가져와 작은 대나무 탁자 위에 올려놓았다. 명란은 이 정도로 갖추고 나왔는데 물고기 십여 마리도 못 잡으면 부끄러울 것 같았다. 하지만 갈수록 마음만 조급해질 뿐, 아무것도 나타날 기미를 보이

---

3) 물고기를 담아두는 바구니.

지 않았다.

다행히 소도가 시골 아이라 물고기나 새우를 잡아본 경험이 풍부해 명란에게 미끼를 끼우고 낚시찌를 보는 법을 가르쳐주었다. 훌륭한 스승의 지도하에 어리바리한 물고기 두 마리가 곧장 낚였다. 작은 연못 안의 물고기는 평온한 삶에 익숙했다. 낚시질을 당해본 적이 없으니 하나같이 멍청했다. 반 시진도 안 돼 명란은 물고기를 여덟아홉 마리나 낚았다.

명란이 의기양양하고 있는데 갑자기 일렁이는 연못 가운데서 거무스름한 것이 보였다. 호기심이 동한 명란은 기다란 뜰채를 들고 소도와 온 힘을 다해 그것이 있는 방향으로 몇 번 휘적거리다 위로 들어 올렸다. 알고 보니 그건 아주 실하게 생긴 자라였다. 자라는 어리둥절한 모습으로 뜰채를 잡아당기고 있었다. 명란은 기뻐하며 손을 흔들었다. 그리고 멍청한 물고기와 살찐 자라를 가지고 곧장 서쪽의 작은 부엌으로 갔다.

임 이랑이 성공적으로 성부에 들어온 이후, 노대부인은 여러 가지 이유로 점점 사람들과의 왕래를 꺼리게 되었다. 또 채식을 해야겠다 말하며 아궁이가 대여섯 개밖에 안 되는 작은 부엌을 설치해 외따로이 생활했다. 이런 습관은 등주에서도 마찬가지였다. 이 부엌에서는 수안당에 기거하는 사람들의 음식만 맡았는데, 노대부인이 총애하는 명란 아가씨가 오자 모두 공손히 웃으며 인사를 올렸다.

명란은 어롱을 건넸다. 붕어 몇 마리와 자라는 단귤에게 물을 받아 키우라고 시키고, 붕어 다섯 마리는 꺼내어 요리했다. 두 마리는 고아서 붕어탕으로 만들고, 세 마리는 파를 넣고 조림을 만들었다. 명란은 전생의 기억을 더듬어 주방 어멈에게 요리법을 일러주었다. 점심 식사 시간이 되자 탕과 조림 일 인분은 식탁에 올리고, 나머지 일 인분은 최씨 어멈과 단귤, 소도에게 먹어보라고 가져다주었다.

명란은 들뜬 마음으로 식탁 옆에 앉아 큰 눈을 깜빡이며 노대부인을 쳐다봤다. 그런데 노대부인이 식사를 하지 않고 문밖만 쳐다보지 않는가. 대갓집에서는 규율이 엄해 어른이 식사하자고 말하지 않으면 젓가락조차 만질 수 없었다. 명란이 할머니에게 연유를 물어보려던 찰나, 갑자기 문발이 걷히면서 기다란 그림자가 유유히 들어왔다. 명란은 누가 왔는지 보자마자 입을 떡 벌렸다.

"제형아, 많이 들거라. 오후에 계속 글공부를 해야 하니 두둑이 먹도록 해. 이곳을 네 집처럼 여기거라."

노대부인이 제형에게 자상히 말하면서 부엌의 어멈에게 차를 내오라고 분부했다. 제형이 수려한 얼굴로 점잖게 웃었다.

"이 생선 정말 맛있습니다. 어르신께서도 드십시오. ……어? 명란이는 왜 안 먹니?"

줄곧 밥그릇만 쳐다보고 있던 명란은 그제야 살포시 고개를 들고 가식적인 웃음을 지었다.

"많이 드세요."

노대부인이 웃으며 말했다.

"이 생선 요리는 명란이의 성의란다. 이 아이가 잡아 와서 이렇게 만들라고 시켰지. 맛이 참 좋아."

야생의 붕어는 원래도 맛이 좋았는데 이 붕어탕은 붕어를 살짝 튀겨서 황금빛이 되었을 때 바로 냄비에 넣은 다음 얇게 썬 죽순과 신선한 버섯, 연두부를 곁들인 다음 생강을 넉넉히 넣고, 붉은 진흙으로 만든 아궁이에 두 시진 꼬박 고아서 두부가 푹 익어 구멍이 뚫리면 완성이 되는 요리였다. 우윳빛의 탕이 담백하고 깔끔하게 넘어가 노대부인과 제형은 두 그릇을 뚝딱 비웠다.

파를 넣어 만든 붕어조림은 생선살을 편으로 떠서 소금과 생강즙, 맛술에 한 시진 담근 다음, 후추와 파를 깔고 약한 불로 기름에 달달 볶아 만들었다. 파 향이 짙고 살짝 맵고 짜면서도 새콤달콤한 맛이 나서 개운하게 입맛을 돋웠다. 제형은 맛난 요리를 맛보더니 저도 모르게 밥을 연거푸 두 공기를 퍼먹어 신선같이 멋스러운 공자 이미지를 깨트렸다. 그 모습에 뒤에 서 있던 그의 하인이 입을 벌리고 혀를 내둘렀다.

식사 후 차가 올라오자 제형은 노대부인 우측 아래쪽에 상춘등常春藤을 엮어 만든 등나무 의자에 앉아서 우아하게 손가락을 닦고 찻잔을 들어 올렸다.

"명란아, 나를 위해 이렇게 신경 써줘서 정말 고마워."

착각도 대차게 하네! 명란은 옆에 있는 모란화가 그려진 커다란 흑단 의자에 몸을 묻고 제형 옆에 나란히 앉아 있었다. 의자 높이가 높고 다리가 짧아 명란의 다리는 공중에 뜬 채였다. 명란은 제형 밑에 깔린 자신이 노상 앉던 등나무 의자를 쳐다보며 멋쩍게 웃었다.

"우연이에요."

그리고 속으로 콧방귀를 뀄다.

노대부인이 웃으며 말했다.

"요 개구쟁이, 어제 수업 안 들어도 된다고 하자마자 오늘 바로 어롱을 메고 나가 물고기를 잡았구나. 놀다가 잡은 것이니 제형인 고마워할 필요 없다."

제형의 눈이 장난기로 반짝였다.

"명란아, 우리 내일은 뭘 먹니?"

민물생선찜이랑 자라탕인데 넌 못 먹겠지. 오늘 저녁 식탁에 오를 거니까! 명란은 속으로 다짐하면서 천진한 웃음을 지었다.

"좋은 질문이네요. 제가 부엌에 가서 물어볼게요."

노대부인이 뭔가를 떠올리며 물었다.

"살아 있는 잉어 몇 마리와 자라가 처소에 있다고 들었는데?"

제형이 곧바로 이글거리는 눈으로 명란을 바라봤다. 명란은 바보처럼 웃다가 이실직고하며 변명을 늘어놨다.

"……잉어와 자라는 며칠 더 놔둬야 해요. 모래를 다 토해내야 요리하기 좋으니까요……."

"그럼 언제 모래를 다 토하는데?"

제형이 음식에 갑자기 관심이라도 생긴 듯이 추궁했다.

명란은 속으로 '굶어 죽은 귀신이 붙었나' 하고 투덜거리며 체념할 수밖에 없었다.

"아마 모레쯤이면 될 거예요. 헤헤……."

제형이 신나서 말했다.

"그럼 모레 잉어와 자라를 먹기로 약속한 거다! 아깝다고 딴말하기 없기야."

명란은 멋쩍게 웃다가 고개를 숙이고 이를 꽉 깨물었다. 순간 머리를 굴린 명란은 고개를 들고 천진한 얼굴로 말했다. 고개를 들고 천진하게 물었다.

"할머님, 원약 오라버니는 앞으로도 여기서 점심을 먹나요?"

노대부인이 눈을 반짝이며 웃었다.

"제형이와 네 큰오라비는 과거시험이 코앞이라 학업에 매진해야 한다. 당분간 이곳에서 식사하다가 가숙당에 준비가 되면 거기서 네 두 오라비와 먹을 거란다."

명란은 크게 기뻐하며 곧바로 제형을 향해 손뼉을 치며 말했다.

"잘됐네요. 스승님께서『논어』를 강의하실 때 그러셨어요. 공자님께서 말씀하시길 세 사람이 길을 가면 그중 하나는 내 스승이 될 만한 사람이 있다고요.[4] 원약 오라버니랑 큰오라버니가 함께 학문을 연마하면 더 좋은 효과를 내서 분명 나란히 급제할 거예요!"

기분이 좋아진 제형이 손을 뻗어 명란이의 양 갈래로 올린 만두 같은 머리를 매만졌다. 촉감이 좋았다.

"그렇게 말해줘서 고마워."

머리가 헝클어지자 명란은 뾰로통해진 얼굴을 붉히며 볼을 불룩거리고 말을 멈췄다. 제형은 그런 모습이 귀여워 저도 모르게 다시 명란의 머리를 쓰다듬었다.

차를 마신 후, 방씨 어멈은 제형이 낮잠을 잘 수 있게 우차간으로 안내를 해주었다. 그리고 어린 계집종들에게 세수할 물과 수건을 들여오라고 지시했다. 명란은 노대부인과 이제 글공부를 하지 않아도 되는 시간에 뭘 할지 한참 동안 수다를 떨 생각이었으나 옆방에 골칫덩어리가 자게 되어 흥이 가시자 이화주로 돌아갔다.

최씨 어멈은 침구를 깔아 놓고 소도와 다림질을 하러 갔다. 초록 사인방은 바깥의 포하抱廈에서 쉬었고, 단귤은 명란이 옷을 벗고 세수하도록 시중을 들었다. 고요하고 평온한 이화주에서 단귤이 명란의 귓가에 부드럽게 속삭였다.

"……다 큰 처녀가 이렇게 어린아이 같은 머리를 하시니 좀 우습잖아요. 방씨 어멈이 아가씨 머리 모양을 바꾸라고 일러주었으니 제가 다음

---

4)『논어』〈술이편述而篇〉. 자왈삼인행필유아사언子曰三人行必有我師焉.

에는 예쁘게 묶어서 비녀와 구슬을 달아드릴게요. 그럼 훨씬 더 예쁘지 않겠어요?"

명란은 거울을 보며 단귤에게 괴상한 표정을 보이더니 금세 쓴웃음을 지었다.

"나중에. 이 머리가 편해."

단귤은 뭔가 생각난 듯 다시 명란의 귓가에 대고 조용히 말했다.

"……제형 도련님 말이에요. 성격도 온화하고 아가씨를 많이 좋아하시는 것 같은데 왜 쌀쌀맞게 대하세요?"

명란은 고개를 돌려 항상 친언니처럼 자신을 걱정해주는 단귤을 보면서 목소리를 깔고 정색했다.

"나 생각해주는 건 알지만, 들어봐. 원약 오라버니는 공후 집안의 귀한 아들이고, 난 지주知州의 서녀에 불과해. 위로는 적녀인 언니와 서녀지만 뛰어난 언니도 있고. 친하게 지내 봤자 아무 의미 없고 나중에 곤란한 일만 생길 거야."

미안하게도 명란은 실리를 추구하는 현대인이었다. 제형은 명란과 친척도 아니고, 연고도 없으며, 혼인을 할 수도 없다. 그리고 이렇게 예의 범절을 따지는 시대에 남녀가 순수한 '우정'을 쌓을 수 있을까?

설령 제형이 형부가 된다고 해도 행동을 삼가야 하는데 굳이 가깝게 지낼 이유가 생각나지 않았다. 자칫 잘못하면 춘심이 동한 두 언니에게 미움을 사게 될 터이고 그리되면 정말 골치 아파진다.

총명한 단귤은 명란의 마음을 단박에 알아채고 어두운 얼굴로 목소리를 낮췄다.

"안타까울 뿐이네요. 제 공자님은 정말 좋은 분이신데……."

명란은 잠시 단귤을 쳐다보더니 미소를 지으며 고개를 저었다. 그리고 단귤을 자기 옆자리에 앉히고 조용히 말했다.

"날 생각해서 그러는 거 알아. 이제 우리도 점점 여인이 되어가고 있으니 당부할 말이 있어."

단귤이 숙연하게 자리에 똑바로 앉았다. 명란이 진지하게 그녀의 눈을 바라보며 조용한 목소리로 또박또박 말했다.

"우리 여인들은 평판이 가장 중요해. 소문 몇 마디에 목숨이 위태로울 수도 있어. 난 또 신분이 이렇잖아. 그나마 할머님 은덕에 이렇게 체면 차리고 살고 있지만 나 자신뿐만 아니라 자애로운 할머님을 위해서라도 행동거지를 조심하고 예를 지켜야 해. 할머님을 너무 드러내거나, 체면을 깎는 일은 절대 하면 안 된다고."

단귤은 갑자기 어른이 된 것 같은 명란의 모습에 진지하게 귀를 기울였다. 요 몇 년 명란의 시중을 들면서 자신의 상전이 겉보기엔 어린아이 같지만 실제로는 식견이 탁월하다는 것을 알기에 단귤은 명란의 이야기를 잠자코 들었다.

"……너는 내 처소에서 제일 현명하잖아. 나뿐 아니라 소도도 너를 의지하고 있고. 나머지 초록 사인방도 언니인 네가 관리해야 해. 앞으로 계집종이 몇 명 더 오면 내가 직접 지적하거나 꾸짖기 난처하니 그 일도 네가 맡아. 언니로서 먼저 기강을 잘 잡아둬. 밑의 아이들이 제멋대로 굴게 두면 안 돼. 부탁할게."

명란의 말은 간곡하고 정중했다. 그리고 뒤로 갈수록 엄한 기운이 서려 있었다. 단귤은 명란이 자신의 지위를 인정해준 것임을 알고 기쁨과 책임감을 느꼈고, 진지하게 고개를 끄덕였다.

　　• • •

　　방씨 어멈은 제형의 시중을 든 후 불당으로 갔다. 불단에 백옥으로 만든 두 마리 용이 여의주를 물고 있는 모양의 네발 향로가 있었고, 연기가 구불구불 올라왔다. 앞쪽 향안에는 꽃무늬가 새겨진 은쟁반 위에 신선한 과일이 공물로 놓여 있었다. 노대부인은 한편에 앉아 불경을 펼쳐놓고, 노상 차고 있던 자단 염주를 손으로 굴리고 있었다. 눈을 살짝 감고 있었지만, 경을 읽지는 않았다.

　　방씨 어멈이 들어와 웃으며 말했다.

　　"눈이 안 좋으시니 명란 아가씨에게 불경을 읽어달라고 부르심이 어떠세요? 아가씨 목소리가 낭랑하니 좋아서 듣기 참 좋더라고요."

　　노대부인이 미소 지었다.

　　"자게 둬. 잠을 잘 자야지 키가 크지. 요 며칠 골치 아픈 일이 많았을 테니 푹 자라고 놔두게."

　　방씨 어멈이 가볍게 웃었다.

　　"오늘 제형 도련님이 식사하러 왔을 때, 아가씨가 놀란 모습을 보시고 노마님 눈알이 밥상에 떨어질 뻔했습니다. 정말 재미있었지요. 그런데 가만 생각해보면 아가씨는 참 현명해요. 노마님께서 애지중지 키우신 보람이 있어요."

　　노대부인은 눈을 뜨고 불경을 한 쪽 넘겼다.

　　"제 아비가 이름을 잘 지었어. 경우에 밝고 생각이 세심하며 조심하고 삼가니 '밝을 명明'자에 걸맞아."

제27화

점심 식사, 이사, 과거

제형은 태어날 때부터 행운아였다. 지체 높은 가문에 외모도 출중한 데다가 사람들에게 후하고 부드럽게 대하는 따뜻한 성격이었다. 아버지의 회초리나 꾸중 없이 스스로 공부에 매진했다. 가보옥賈寶玉[1]의 장점을 갖추고 있으면서도 그보다 더 진취적이고 진중했다. 수안당에서 점심 식사를 세 번 하고 난 그는 우스갯소리도 곧잘 했다. 그의 고상한 말투와 태도에 28년이나 과부로 수절하던 방씨 어멈의 표정까지 부드러워질 정도였다.

약 20여 년 전, 제국공부에 행운이 찾아왔다. 제국공의 두 아들이 모두가 탐내는 귀한 신분의 여인을 처로 맞아들인 것이다. 장자는 병마대원수兵馬大元帥[2] 겸 국구國舅[3]의 장녀를 처로 맞았고, 차자는 양양후의 외동딸을 처로 맞아들였다. 귀족 공부公府 중에서도 끄트머리에 있었던

---

1) 『홍루몽』의 주인공, 장안長安의 대귀족이며 점차 몰락해가는 가賈씨 집안의 아들.
2) 군대의 가장 높은 장수.
3) 황후나 귀비의 남자 형제.

제국공의 위신은 하루아침에 수직 상승했다. 하지만 행운에는 대가가 따르는 법. 두 며느리는 짱짱한 배경만큼 위세도 대단하고 성격도 만만치 않았다. 시어머니를 쥐락펴락했고, 자신들의 남편을 꼼짝도 못 하게 관리했다.

큰며느리는 군대를 통솔하는 부친처럼 남편 처소의 여인네들을 일거에 쓸어버렸고, 슬하에 병약한 아들 하나밖에 두지 못했다. 이제는 친정의 힘이 예전만 못하지만, 제 대인도 나이가 들어 아무리 애를 써도 더 아들을 볼 수 없었다.

몇 년 후, 둘째 며느리가 들어와 큰며느리처럼 제형의 아비를 쥐고 흔들었다. 제형을 낳은 뒤로 평녕군주는 다시 아이를 갖지 못했지만, 제 대인이 딴짓을 하도록 허락하지 않았고, 오직 자신과 늙은 첩 하나만 보고 살게 했다.

오래도록 처소에서 요양하는 사촌 형을 제외하고 제형에게는 가까이 지내는 형제자매가 없었다. 평소에 방계 형제나 외사촌 형제와 함께 어울리긴 했지만, 평녕군주가 자신의 며느리가 될 가능성이 있는 여자들을 극도로 경계하는 바람에 외사촌 누이들과는 왕래를 하지 않았다. 성부에 들어와서 글공부를 시작한 후에도 평녕군주가 밤낮으로 읊어대는 '남녀가 서로 가까이하면 안 된다'는 가르침 하에 제형은 꽃처럼 아리따운 묵란, 여란과 철저히 거리를 유지했다. 하지만 명란에 대해서만큼은 군주가 아무 말도 하지 않았다.

따라서 제형에게 명란은 여태껏 살며 유일하게 만난 여동생이었다. 오동통한 다람쥐같이 어여쁘고 귀여운 명란이 제형은 한눈에 마음에 들었다. 어린 명란은 만두 같은 얼굴로 점잖게 굴었다. 몇 번 밥까지 같이 먹었더니 제형은 더욱 참지 못하고 명란에게 장난을 쳤다. 사실 제형은 꽤 괜찮은 사람이었다. 그날 명란의 붕어탕과 붕어조림을 먹고 그다음 날 명란에게 작은 상자를 준 것이다. 그 안에는 자신의 집에서 찾아낸 탕과 약선, 국수 등의 요리법이 담겨 있었다. 명란이 수놓는 모습을 보고는 또 그다음 날 경성에서 유행하는 수본繡本 4) 몇 개와 십여 가지 색의 실패를 쌈지에 가득 넣어서 가지고 왔다.

명란은 유혹을 거절하지 못했다. 그리고 명란은 일손이 부족해지자 친절하고 사랑스럽게 변했다. 제형에게 의자를 가져다주고, 찻물을 날랐다. 그가 수업을 마치면 "원약 오라버니, 공부하느라 고생하셨어요. 어서 쉬세요."라며 살뜰하게 말을 건넸다. 오동통한 다람쥐처럼 바삐 뛰어다녔고, 제형과 대화할 때도 깜찍하고 유쾌했다.

"명란아, 이건 약한 물고기를 괴롭히는 행동이야."

제형은 명란이 수초를 가지고 잉어와 노는 모습을 보면서 일부러 농을 던졌다.

명란이 억울하다는 듯이 말했다.

"잉어와 겨뤄보기 전에는 누가 약한지 모르는 거예요."

"그럼 왜 그만두는 거니?"

명란이 수초를 버리자, 제형이 다시 물었다.

명란이 아주 진지하게 대답했다.

"원약 오라버니의 말을 듣고 약한 물고기를 괴롭히지 않기로 했어요."

명란은 스스로 너무 줏대 없다고 생각했다.

제형은 즐거워서 다시 명란의 머리를 쓰다듬으며 시원하게 웃었다.

---

4) 수놓는 도안.

수려한 얼굴이 펴지며 눈부시게 빛나는 게 고개지顧愷之 [5]의 위진魏晉풍 그림처럼 보기 좋았다. 수안당의 계집종들은 그 모습에 다들 넋이 나가곤 했다.

넷째 날, 마침내 제형이 식사를 하러 오지 않자 명란은 다시 수초를 들고 덤덤히 잉어가 담긴 항아리로 갔다.

"……아가씨."

소도가 짚으로 섬세하게 엮은 광주리를 들고 들어왔다. 어리둥절한 표정이었다.

"제형 도련님께서 하인을 시켜 이걸 보내셨어요. 이 짚으로 물고기를 희롱해야 재미있다고 하시네요."

명란은 자리에서 순간 맥이 풀렸다. 그래, 어쩌면 내가 생각이 너무 많았던 걸 거야…….

묵란이 위유헌에 머물게 된 후부터 왕 씨는 제일 큰딸 둘을 보살펴야 했다. 겉으로 보기엔 딸들에게 달마다 용돈을 똑같이 주었지만, 속으로는 자연히 친딸에게 더 신경을 썼다. 철마다 옷을 세 벌씩 새로 지어주는 것도 친딸에게는 몇 벌 더 주었다. 노대부인조차 아무 말이 없으니 왕 씨는 기분이 좋아서 판단력이 흐려졌다. 하지만 묵란은 연약해 보이는 겉모습과 다르게 매서운 눈썰미를 지녔다. 여란에게 새 비녀가 하나라도 더 많으면 한나절을 울었고, 벌겋게 부은 눈에 처연한 모습으로 들락거리며 윗사람부터 아랫것들까지 다 보게 만들었다. 왕 씨는 약이 올라 이

---

5) 동진東晉 시대의 화가.

를 갈며 뺨이라도 한 대 올려붙이고 싶은 심정이었다.

"마님, 신경 쓰지 마십시오. 묵란 아가씨가 나리께 가서 하소연한들 어떻습니까? 세 아가씨가 저마다 비빌 언덕이 있다는 것은 나리께서도 알고 계시죠. 묵란 아가씨에게는 임 이랑이 있고, 여란 아가씨에게는 마님이, 명란 아가씨에게는 노마님이 계시니 다들 자기 얘기만 하는 것뿐입니다. 능력이 있으시면 임 이랑의 재산을 회수하고, 명란 아가씨 처소를 수안당에서 이리로 옮겨 마님께서 직접 세 아가씨를 가르치십시오. 그때는 차별이 있다 해도 나리께 맞서기 좋지요."

유곤댁이 말리자 왕 씨가 언짢아하며 말했다.

"그걸 왜 나라고 모르겠나. 나리 쪽은 나도 두렵지 않네. 그런데 저 얄미운 계집애가 온종일 울상을 하고 돌아다니니 밖에서 나에 대해 뭐라고 입방아를 찧을지 모르겠네."

유곤댁이 웃었다.

"어려서 별다른 꾀가 없어 저렇게 하면 마님을 누를 수 있다고 여기나 보지요. 마님이 먼저 나리께 가서 묵란 아가씨를 때리거나 꾸짖지 않고 잘 먹이고 입혔는데도 종일 울기만 한다고 말해도 무방합니다. 또 정성을 다해 보살피지 못할까 염려되니 차라리 임서각으로 돌려보내달라 청하세요. 마님께서 손가락 하나 건드리지 않았는데 묵란 아가씨가 뭐라 하겠습니까? 만약에 정말 박대를 당했다고 하소연한다면 마님도 하실 말씀이 있지요."

왕 씨가 주저하며 물었다.

"묵란이가 아무 말도 없이 울기만 한다면?"

유곤댁이 고개를 가로저었다.

"살뜰히 보살폈는데도 좋은 소리 하나 못 듣고 종일 기진맥진해질 때까지 울어서 마님을 딸 괴롭히는 계모로 만들었다고 하시면 됩니다. 그런 오명을 감당하기 힘들다고 나리께 말씀하시면 어떻겠습니까?"

왕 씨는 다소 억지스럽다고 생각했지만, 예법에 어긋나지는 않기에 유곤댁의 말대로 했다. 그 말을 들은 성굉은 과연 언짢아하며 바로 묵란을 꾸짖으러 갔다. 묵란의 방에 들어서자마자 묵란을 무릎 꿇리고 혼을 냈다. 바깥에 있던 계집종들은 묵란의 울음소리와 성굉이 노하여 꾸짖는 소리밖에 듣지 못했다. 성굉은 "울고 소동을 부리며 목을 매겠다는 저속한 수작을 배웠구나", "대갓집 규수다운 모습을 배워라", "재산을 거둬들이겠다" 운운하더니 화를 내며 나갔다.

묵란은 살면서 처음으로 아버지에게 꾸중을 들은 터라 밤을 꼬박 새워 울었다. 다음 날 아침, 묵란은 왕 씨에게 얌전히 문안을 올리고 차를 내오며 딸처럼 굴었다. 왕 씨가 뭐라고 하든 고분고분했다. 설령 꾸짖는 말이라 해도 다소곳이 고개를 숙이고 들었다. 가련한 듯이 구는 묵란의 모습을 보고 왕 씨도 근엄하게 굴기 힘들어 연극을 하듯이 적모 노릇을 했다.

고대는 남성 중심의 사회라 남녀 분업이 분명했다. 남자는 일을 하여 돈을 벌고, 여자는 집안 살림을 도맡았다. 자식에 대해서는 남녀가 반씩 담당했다. 성굉은 아들들이 벼슬길에 오를 수 있도록 글공부를 시켰고, 왕 씨는 딸들이 재정과 가사를 돌보며 하인들을 다스릴 수 있도록 품행을 가르쳤다. 또 딸들에게 정기적으로 옷과 장신구를 마련해주었고, 등주 관료 가문의 부녀자들과 왕래할 때 세 딸에게 손님을 맞게 했다. 그런데 노대부인은 이상하게도 그런 자리에 명란을 거의 내보내지 않았다.

며칠 적모 노릇을 하다가 왕 씨는 별안간 뭔가를 깨닫고 한숨을 길게 내쉬었다.

"나리께서는 역시 셈이 빠르셔. 딸 생각 끔찍이도 하시네!"

구들 위 탁자에 앉아 왕 씨와 장부를 맞춰 보던 유곤댁이 무슨 소리인지 급히 물었다. 왕 씨가 쓸쓸하게 웃었다.

"나리는 묵란이와 명란이를 내 밑으로 넣었으면 싶은 마음을 늘 가지고 계셨네. 어머님이 명란이를 거두셨으니 앞으로 혼담이 있어도 내가 신경 쓸 필요 없을 것 같네. 이번에 제 공자가 왔을 때만 봐도 명란이 고 것은 얌전하게 굴지 않았나. 그 낯 두꺼운 것처럼 헛된 생각을 갖지도 않고 자기의 신분을 알아 여란이와 다투지 않았어. 명란이를 내 밑으로 들여도 무방하네. 그래봐야 시집갈 때 혼수나 더 해서 보내면 그만이니. 하지만 묵란이 고 계집애는……. 흥! 나리는 나와 임 이랑의 사이가 틀어진 지 오래라 아들딸들이 서로 데면데면한 걸 알고 계신다네. 그리고 나더러 묵란이를 들이라고 하기도 뭐하니까 이런 빼도 박도 못 하는 수를 내신 게야. 우선 묵란이를 이리로 보내 내게 가르치게 하고 손님들에게도 보여주게 하는 게지. 그럼 나이가 차서 혼담이 오갈 때, 내 밑으로 들이자고 하면 나도 거절하기 곤란할 테니 말이야."

그 말에 유곤댁은 마님의 단수가 많이 높아졌다고 생각하며 웃는 얼굴로 대꾸했다.

"마님 말씀이 일리가 있습니다. 저도 그리 생각해요. 하지만 걱정하실 필요 없습니다. 대갓집에서는 왕왕 서녀를 적모 밑으로 들입니다. 이를 족보에 기록하는 것은 그저 조상과 후세 사람들을 속이기 위해서지요. 당시 사람 중 누가 그 속사정을 모르겠습니까? 혼담을 꺼내는 쪽에서 묵란 아가씨를 정말 마님 소생이라고 여길까요? 좋은 혼처를 구하려고 겉치레하는 것일 뿐이지요. 아무리 겉치레를 해봤자 마님의 친딸만 하겠습니까?"

왕 씨가 한숨을 쉬었다.

"자네 뜻을 왜 모르겠나. 다만 기분이 썩 내키지 않으니 그렇지."

총애받던 임 이랑의 모습이 떠오를 때마다 왕 씨는 울화가 치밀었다. 무슨 수라도 내어 그 요망한 것의 딸이 비참한 시집살이를 하게 만들고 싶었다. 하지만 함부로 일을 벌였다가 자신의 딸까지 말려들면 득보다 실이 컸다.

유곤댁은 왕 씨의 안색을 보고, 또 사소한 일에 집착한다는 걸 알고는 충고했다.

"마님, 우선 마음을 편히 잡수세요. 시집을 가면 친정의 지위에 의지해야 하니, 앞으로 장백 도련님이 크게 출세만 하면 임 이랑도 마님의 눈치를 봐야 하지 않겠습니까? 제 말씀대로 하세요. 절대 묵란 아가씨나 임 이랑과 다투지 마십시오. 장백 도련님의 글공부에 신경 쓰시는 게 급선무입니다. 추위秋闈[6]가 곧 열리는데 우리 큰도련님이 단번에 급제만 한다면 마님은 앞으로 목에 힘주고 사실 수 있지요!"

왕 씨는 큰아들을 떠올리자 순간 정신이 바짝 들었다. 도자기로 만든 탁자를 치며 말했다.

"그래. 그 요망한 것이 장풍이가 공부를 열심히 한다고 온종일 자랑을 늘어놨지. 두 번이나 응시해서 겨우 부시府試[7]에 붙었는데 나리께서는 뭐라도 되는 양 예뻐하셨어. 이번에 원시院試[8]에서 낙방하면 고 요망한

---

6) 과거시험 중 가을에 치르는 향시를 지칭하는 말.
7) 과거를 보기 위해 치르는 소시험 중 지부知府에서 주관한 시험. 현시縣試에 합격한 후 응시할 수 있고, 부시에 합격하면 원시를 치를 자격이 주어짐.
8) 부시에 급제한 후 보는 시험.

것이 얼굴을 들고 다닐 수 있나 보자고! 자네, 말 잘했네. 어머니께서 자네를 보내주셔서 정말 다행이야."

• • •

그렇게 일 년을 공부하고 나니 어느덧 향시鄕試[9] 날짜가 다가왔다. 장선생은 긴박하게 경서를 강의했다. 아직 『논어』를 외우고 있는 장동을 아예 반나절 수업으로 빼고 세 청년만 집중적으로 가르쳤다. 장풍은 아직 생원生員[10]도 아니었지만 준 응시생으로 취급받아 시험 대비반에 들어갔다. 왕 씨는 매일 생선이며 닭, 돼지머리 등을 고아 몸보신을 시켰다. 성굉은 상황을 살펴보고 싶어 속이 근질거렸지만 『도덕경』을 펴들고 덤덤한 척했다.

명란은 정치 감각이 없는 서기원이었다. 할머니와 창가의 구들 침상에 틀어박혀 방금 쪄낸 팥과 고구마, 쌀을 섞은 떡을 먹었다. 이 떡은 명란이 새롭게 생각해낸 남방 지역의 간식이었다. 할머니와 손녀는 떡을 맛나게 먹었다. 명란이 우물거리며 말했다.

"……음, 정말 맛있네요. 아직 찜통 하나 더 남았으니 야식으로 드세요. 속이 뜨뜻해지실 거예요."

노대부인이 젖은 수건으로 손을 닦으며 말했다.

"장백에게 가져다주거라. 많이 힘들 게야. 우리 집안을 빛내는 일이니

---

9) 과거 1차 시험.
10) 원시에 합격한 사람.

너희들도 나중에 덕을 볼 것이다."

그리고 다시 뭔가를 생각하더니 말을 덧붙였다.

"저번에 장동에게 만들어 준 그 책보가 참 좋더구나. 이번에 네 오라비가 시험을 보러 가니 다른 일은 접어두고 쓸 만한 걸 만들어줘라. 고맙게 생각할 게야."

명란이 고개를 끄덕였다. 장동은 하인이 비실비실하여 수업에 필요한 것들을 직접 들고 다녔다. 그 모습을 본 명란은 아예 양어깨에 맬 수 있는 세 칸으로 나뉜 책보를 만들어주었다. 어깨끈에는 비단 실로 하얀 구름과 푸른 하늘, 푸른 풀 등을 수놓았다. 또 노대부인이 쓰지 않는 풀어진 단향목 염주로 책보 입구에 여밈끈을 달아서 편리하고 보기에도 좋았다. 장동은 좋아서 어쩔 줄을 몰라 했다.

손재주를 인정받자, 명란은 신이 났다. 지난번에 장백이 잉어 한 쌍을 보내온 후에 명란은 송죽매를 수놓은 석청색 부채집을 만들어 답례로 보냈었다. 장백은 기뻐서 동성桐城[11] 특산품인 꽃무늬 짜임의 대나무 붓꽂이를 다시 선물했다.

명란은 자기가 처음부터 학습 방향을 제대로 잡았다며 뿌듯해했다. 여자들은 학습 방향을 선택할 수 있지만 남자가 노력해야 할 목표는 오직 하나, 과거뿐이었다.

과거시험을 치르면 얻는 게 많았다. 성적이 좋으면 관직에 나갈 수 있었고, 그럭저럭이면 하급 관리가 될 수 있었다. 시험을 망쳐도 마을 서당 선생은 될 수 있었다. 중요한 것은 일단 급제를 하면 세금을 면제받

---

11) 안휘성의 소도시.

는다는 것이었다. 수재秀才 12)만 돼도 현령을 보고 무릎을 꿇지 않아도 됐다. 과거는 운명을 바꾼다는 의미에서 평민 남자에게 매우 중요한 의미를 가졌지만 성장백 같은 고관의 자제에게도 몹시 중요했다. 고대의 관직은 세습이 아니었다. 그래서 성굉이 관료라고 해도 그 아들들 역시 자기 실력으로 과거에 급제해야만 관직을 얻을 수 있었다. 급제하지 못하면 성씨 가문의 번성은 지속될 수 없었다.

이건 다 노대부인의 말이었는데, 이 말을 할 때 노대부인의 말투에서 진지함이 자연스럽게 묻어 나왔다. 명란은 할머니를 슬쩍슬쩍 엿보았다. 아주 오래 전부터 명란은 할머니가 이상하다고 생각했다. 본인은 후부 집안 출신이면서, 세습에 의존하는 공손 공자는 거들떠보지도 않고 자기 실력으로 과거를 치른 학도에게 알 수 없는 호감을 느꼈다. 아마 그래서 그때 시문에 능하고 호방한 탐화랑探花郎 13)인 성굉의 아비에게 반했을 것이다.

명란은 옛날 일을 추리하면서 떡을 하나 더 집으려고 손을 뻗었는데, 아무것도 잡히지 않았다. 노대부인이 이미 방씨 어멈에게 떡을 찬합에 넣어 장백에게 보내라고 분부한 것이었다. 노대부인은 허공을 휘젓고 있는 명란의 오동통한 하얀 손을 보며 미간을 찌푸리더니 노파심에 타일렀다.

---

12) 과거 시험의 순서는 현시縣試→부시府試→원시院試→향시鄕試→회시會試→전시殿試이며, 원시에 합격하면 수재秀才(그중 성적 최우수자는 늠생廩生이라 하여 관아에서 주는 녹미와 녹봉을 받음), 향시에 합격하면 거인擧人, 회시에 합격하면 공사貢士, 전시에 합격하면 진사進士라고 함. 회시와 전시는 도읍지에서 진행되는 시험이며, 특히 전시는 궁에서 황제가 보는 앞에서 치러짐.

13) 과거시험에 3등으로 급제하여 진사가 된 자.

"명란아, 할머니 말을 듣거라. 처녀가 어릴 때처럼 그렇게 먹어서는 안된다. 너무 뚱뚱해지면 옷을 입어도 보기 좋지 않아."

명란이 머쓱해하며 오동통한 손을 거뒀다. 이건 미모를 감추기 위한 위장이라고요!

제28화

금원보金元寶가 싫다면
원소元宵로 해주지

집을 떠난 지 한 달 후, 장백은 퍼렇게 질린 얼굴을 하고 털털거리는 걸음으로 집에 돌아왔다. 할머니와 어머니에게 인사를 올리자마자 처소에 들어가 머리를 박고 곯아떨어졌다. 이번에 성굉은 근엄하게 굴며 훈계하지 않았다. 자신도 과거시험을 치러봤기에 향시가 이전의 수재가 되기 위해 치른 현시, 부시, 원시와 완전히 다르다는 것을 알고 있었다. 향시는 정말 산채로 살가죽이 벗겨지는 것 같았다.

향시는 성도省都인 제남濟南에서 거행되었다. 시험이 끝나고 며칠 안 되어 바로 방이 붙기 때문에 장백이 집에 돌아오기 한참 전에 낭보가 등주까지 전해졌다. 장백은 십여 등의 훌륭한 성적으로 급제했다. 성굉은 자신이 큰물에서 노는 사람이라 생각하여 크게 떠벌리지 않고 동료와 친한 벗, 장 선생을 초청하여 집안에서 조촐하게 합격을 축하하는 연회를 열었다.

연회에서 사람들이 모두 칭찬하자 성굉은 마음이 뿌듯했다. 왼쪽의 지부知府[1] 대인을 보니 그의 한량 아들이 떠올랐고, 오른쪽의 통판通判[2] 대인을 보니 여색에 빠진 얼간이가 떠올라 기분이 날아갈 듯했다.

안채의 부녀자 연회에서 왕 씨 역시 면이 제대로 섰다. 관료 마나님들이 입이 마르게 칭찬을 하며 집안에 나이가 맞는 딸이 있으면 은근히 사돈을 맺자는 뜻을 비쳤다. 왕 씨는 계속 시치미를 뚝 뗐다가 밤에 성굉에게 연회에서 있었던 일을 이야기하며 목에 힘을 주었다. 꼭 농가의 아낙이 다년간 고생하여 수확한 배추가 실하다고 칭찬받자 뿌듯해하는 모양새였다. 밭이 좋아서 그렇다고.

성굉은 단박에 거절했다.

"부인, 급할 것 없소. 장백이는 장남인 만큼 혼사에 신중을 기해야 하니 지금 급하게 혼담을 꺼내지 마시오. 내년에 열리는 춘위春闈[3]에 급제한 후에 명망 높고 가문 좋은 혼처를 물색하는 게 맞소."

왕 씨가 주저하며 물었다.

"급제하지 못하면요? 장원 급제하면 혼처를 구하려고 기다리다가 혼기를 놓치면 안 됩니다."

성굉이 대꾸했다.

"내년까지만 기다리면 되오. 급제하지 못한다고 삼 년을 더 기다릴 생각 없소. 부인도 장백이를 위해 생각해 보시오. 난 이번 생에 중요한 관직에 오르긴 글렀소. 나중에 삼품 당관으로 명예롭게 퇴직할 수 있다면

---

1) 행정구역 부府의 최고 관료.
2) 관직명, 양곡 운송 등을 관장.
3) 봄에 치르는 과거시험으로, 향시 합격자만 응시 가능함.

358

족하오. 앞으로 장백이의 은사恩師와 동년同年 4)들이 끌어주겠지만, 그래도 든든한 처가를 찾는 게 낫소. 지체 높은 선비 집안에서는 적어도 진사는 돼야 사윗감으로 고르겠지.”

이는 20년 전 노대부인이 성굉에게 한 말이었다. 당시 과거에 급제하자 곧장 혼담이 왔는데 노대부인은 모두 거절했다. 성굉의 부친이 일찍 죽고 또 성씨 가문은 장사로 일어난 집안이라 옛정을 생각하는 성굉 아비의 동년 몇을 빼고 조정에서 그를 끌어줄 사람이 없었다. 그리하여 이듬해 상위권으로 진사에 합격하기를 기다렸다가 왕씨 집안의 둘째 아가씨를 처로 맞아들였다. 그 후 성굉은 자신도 분발하긴 했지만, 처가의 도움도 상당히 받은 편이었다.

이제 와서 생각해 보니 성굉이 윗사람들의 괴롭힘 없이 순탄한 벼슬길을 걷고 관료사회에서 체면을 유지한 것은 은사인 양 각로楊閣老와 왕씨 가문 덕분이었다. 노대부인이 제대로 판단한 것이었다.

제형의 성적은 100등 정도였다. 그러나 제씨 집안 같은 권문세가의 자제로 치면 제형은 그야말로 괴짜였다. 태조 시대부터 계산해보면 조정에서 작위를 내린 가문의 자제 중 과거에 급제한 사람은 마흔 명이 채 되지 않았다. 고관대작 자제로 관직에 나간 사람은 많았으나 대부분 세습을 받거나, 관직에 봉해지거나, 돈으로 관직을 산 경우였다. 이들은 과거시험 출신인 동료 앞에서 어깨를 제대로 펴지 못했다. 이번에 제형이 과거에 급제하자 제 대인과 평녕군주는 매우 기뻐하며 급히 경성의 제국공부와 양양후부에 이 소식을 알렸다. 제형은 순식간에 전국의 고관

---

4) 같은 해에 과거에 급제한 사람.

대작 가문을 대표하는 걸출한 인재가 되었다.

성씨 집안에서 조촐한 축하연을 치른 것과 달리 제씨 집안은 으리으리한 잔치를 열었다. 문 앞에서 터트리는 폭죽에만 은자 200냥을 썼다. 그뿐만 아니라 찐빵을 몇 광주리 쪄서 가난한 사람들에게 나누어 주었다. 그다음 날 제 대인과 평녕군주는 새롭게 탄생한 거인舉人 5)인 제형을 데리고 성부를 방문하여 기쁨을 나눴다.

명란은 아침에 막 일어나 경대 앞에 앉아 하품을 하고 있었다. 그러다 언니들과 함께 제 대인 내외를 뵈러 가야 한다는 소리에 곧바로 단귤을 불렀다. 단귤은 방금 하나로 올려서 쪽진 머리를 양 갈래로 만두처럼 묶고 순금에 줄무늬가 있는 마노로 장식한 술 달린 비녀를 꽂아주었다. 명란은 황절지黃折枝 목련을 앞섶과 등허리에 수놓은 연분홍 교령단오 6)에 주름을 곱게 잡은 푸르스름한 비단 장치마를 걸쳤다. 가슴에는 여전히 반짝거리는 목걸이와 옥쇄를 찼다. 명란은 격식에 맞게 차려입은 후 노대부인에게 점검을 받았다. 노대부인은 차림이 너무 소박하다며 테두리에 옥구슬을 박은 금실 팔찌를 차라고 주었다. 명란의 손이 작아 팔찌가 맞지 않자 노대부인은 한숨을 쉬며 진주를 박은 가늘게 꼰 금사 팔찌로 바꿔주었다.

명란은 팔을 들어 하얗고 오동통한 양 팔뚝에 걸린 딸그랑거리는 팔찌를 보자 갑자기 피곤해졌다.

제 대인은 성굉만큼 지적이고 당당한 풍채는 아니었으나 귀티가 넘쳤

---

5) 향시에 급제한 사람.
6) 깃이 겹쳐지는 형태의 짧은 저고리.

고, 군주 마마보다 다가가기 쉬워 보였다. 그는 성부의 아이들에게 돌아가며 한마디씩 건넨 다음, 군주에게 묵직한 비단 두루주머니를 나누어 주라고 시켰다. 노대부인은 선물을 받은 뒤 쉬러 돌아가고, 남은 두 내외와 아이들은 환담을 하였다. 제씨 집안과 왕씨 집안은 멀기는 하지만 그래도 친척 관계였으니 따지고 보면 외종형제라 어울리는 데 꺼릴 것이 없었다.

"……장 선생이 힘써 지도해 준 덕에 아들놈에게 이런 날이 왔소. 제대로 사례를 하고 싶었는데 선생이 휴가를 청하여 지인들을 만나러 갔지 뭐요. 다음에 직접 찾아가 인사를 할 수밖에 없겠구려."

제 대인 흐뭇해하며 턱수염을 쓰다듬었다.

성굉이 웃으며 답했다.

"그동안 장 선생이 하루도 쉬지 않고 두 아이를 가르쳐서 무척 피곤했을 겁니다. 아이들이 제남으로 떠나자마자 바로 드러누웠지요. 몸을 추스르고 난 뒤에는 아이들이 돌아오기 전에 서둘러 휴가를 가야겠다고 했습니다. 또 수업이 시작되면 짬이 안 날 테니까요. 장 선생이 돌아오면 한 상 차려 거나하게 마시지요."

제 대인이 박수를 치며 찬성하다가 갑자기 감탄을 터트렸다.

"장 선생은 정말 옛 성인들처럼 제자들을 열정적이고 엄하게 가르치는 분이오!"

군주가 웃으며 말했다.

"……성 대인이 장 선생을 등주로 모신 덕분에 우리 제형이가 덕을 톡톡히 봤습니다. 그동안 제형이가 댁에 폐를 많이 끼쳤습니다. 부인께서 돌봐주시느라 애 많이 쓰셨지요. 제 아들놈 때문에 자제분의 글공부에 방해가 될까봐 많이 걱정했습니다."

왕 씨도 웃으며 답했다.

"함께 글공부하는 게 혼자 하는 것보다 낫지요. 제형이는 점잖고 예의 바른 아이입니다. 폐를 끼쳤다는 말씀은 당치 않지요. 군주 마마, 마음 놓으세요."

군주는 귀밑의 주채珠釵 7)를 바로 세우며 흐뭇한 눈으로 장백을 쳐다봤다.

"그건 그래요. 장백이도 제형이와 글공부를 함께해서 좋았겠지요."

예의 바른 말이었지만 표정에는 제형이 성부에서 공부해서 성씨 가문의 체면이 올라갔다는 듯한 도도한 기색이 역력했다. 왕 씨는 눈을 떨구고 아무 말도 하지 않았다.

이런 상황에서 성굉의 능력은 유감없이 발휘되었다. 명란은 처음으로 자신의 부친이 윗사람 앞에서 어떻게 행동하는지 보았다. 성굉은 낮지도 높지도 않은 자세로 능수능란하게 대처하며 공손하고 예를 갖춰 또박또박 말했다.

"글공부는 자신의 노력에 달려 있습니다. 빈한한 출신의 학자가 이런 저런 것을 따진 적이 있습니까? 태조 때의 유상과 이상, 선황 때의 양사기, 양영, 양부 모두 능력과 수완이 대단했지요. 그분들도 모두 어려운 집안 출신이었으니 정말 존경할 만하지요!"

개국 공신인 유상은 바로 제 대인의 외조부였다. 그는 평소에 가장 존경하는 집안 어른의 칭찬을 듣자 얼굴을 활짝 펴고 맞장구쳤다.

"바로 그렇소! 우리 두 집안이 형편이 낫긴 해도 너희는 게으름을 피

---

7) 진주 장식이 있는 두 다리 뒤꽂이.

위 조상님들 명예를 실추시키면 안 된다."

이 말은 사내아이들에게 들으라고 한 소리였다. 성씨 가문의 세 아들과 제형이 일어나 고개를 끄덕였다. 제 대인은 성굉의 준수한 세 아들을 보며 저도 모르게 감탄했다.

"성 대인은 복도 많소. 세 공자가 다 출중한 인재구려."

그는 또 여자아이들을 보더니 말을 덧붙였다.

"아들딸이 많은 것이 온 집안의 복이오."

군주 마마의 표정에 불편한 기색이 보였으나 금세 사라졌다. 군주가 언짢아하는 모습에 왕 씨는 속사정을 알아차리고 웃으며 말했다.

"자식이 많으면 다복하긴 하지만 저희가 농가여서 재산을 불리려면 사내들이 많아야 하는 것도 아니잖습니까. 제대로 된 아들이 있으면 자식이 많을 필요 없다는 말도 있지요. 잘난 아들이면 하나로도 충분하고, 못난 아들이면 많을수록 골치 아픕니다."

군주 마마는 얼굴을 피고 웃었다.

"그 말씀이 옳네요."

군주는 이렇게 말하며 옆에 있던 여란을 곁으로 당겨 찬찬히 살펴봤다. 그러면서 단정하고 고상하여 몹시 마음에 든다는 둥 칭찬을 늘어놓았다. 또 팔목의 옥 팔찌를 빼서 여란에게 채워주었다. 여란은 칭찬에 얼굴을 붉히며 자부심 넘치는 표정으로 자랑이라도 하듯 묵란과 명란을 힐끔 쳐다봤다.

묵란은 안색이 창백했다. 인사를 하러 와서 선물을 받을 때 몇 마디 했을 뿐 이때까지 입을 열 기회가 없었다. 묵란은 가녀린 흰 손으로 손수건을 움켜쥐었다. 명란은 선물 받은 비단 두루주머니를 쥐고 안에 뭐가 있는지 생각하느라 여란의 표정을 전혀 보지 못했다.

이쪽에서는 군주와 왕 씨가 여란을 붙잡고 이야기를 나누었고, 저쪽에선 제 대인이 사내아이 넷의 학문을 시험했다. 제 대인도 예전에는 진취적인 청년이었으나 안타깝게도 과거를 치르기 전에 작위를 하사받았다. 훗날 높은 관직을 맡았지만, 과거 출신 관료를 보면 주눅이 들었고, 그래서 학식 있는 청년들을 높이 평가했다. 그가 몇 마디 물어보자 장풍은 차분한 말투로 주옥같은 답을 했다. 그런데 장백은 말을 아끼며 몹시 겸손한 태도를 보였다.

제 대인은 참지 못하고 성굉에게 말했다.

"큰아드님이 예전 왕 노대인 성품을 닮았소."

그가 말한 '예전 왕 노대인'은 바로 왕 씨의 죽은 아버지, 즉 장백의 외조부였다.

장백의 외조부는 당시에 손에 꼽을 정도로 장수한 능력 있는 신하였다. 세 황제를 무탈하게 모시며 낮은 자세로 침착하게, 잘나갈 때나 어려울 때나 평정심을 잃지 않았다. 처음에는 그를 탐탁하게 여기지 않을지라도 나중에는 모두 칭찬하며 중용할 수밖에 없었으니, 걸출한 인재라고 할 수 있었다. 안타깝게도 장백의 외숙부들은 능력과 학문이 뛰어나지 못했다. 그러나 그 아비의 덕과 황제의 보살핌으로 평탄하게 관직을 맡아서 성굉의 부러움을 샀다.

사실 장백의 외모는 성굉과 판박이나 성정은 기이하게도 비껴가 피가 1/4밖에 섞이지 않은 외조부를 쏙 빼닮았다. 성굉은 왕 씨를 많이 좋아하지 않았으나 그 우수한 유전자에 대해서는 매우 만족스러워했다. 그러나 모습과 성격까지 자신과 꼭 닮은 둘째 장풍을 볼 때마다 기분이 묘해지는 것은 어쩔 수 없었다.

성굉이 말했다.

"외조부를 닮았다면 정말 다행이지요. 그저 겉보기만 비슷해 보일까 걱정입니다."

아무리 자랑스러워도 아버지 입에서 아들 칭찬하는 소리는 잘 안 나오는 법이었다.

성굉과 제 대인은 장백을 끼고 왕 노대인의 모습을 회상했고, 왕 씨와 평녕군주는 여란을 끼고 담소를 나누었다. 왕 씨는 말이 길어지자 본성을 숨기지 못하고 자신의 자녀들이 이것도 잘하고 저것도 훌륭하다며 칭찬을 늘어놓기 시작했다. 왕 씨가 여란의 바느질 솜씨를 칭찬하자 군주는 눈을 반짝이며 한편에 있던 어리고 귀여운 명란을 힐끗 보더니 뭔가가 생각났는지 말을 꺼냈다.

"마침 그 이야기를 하려던 참이었습니다. 명란이에게 감사 인사를 해야겠어요."

왕 씨가 어리둥절해하자 평녕군주가 웃으며 제형에게 가까이 오라고 손짓했다. 제형은 한쪽에 앉아서 얼떨떨해하는 명란의 모습을 재미있어 하며 자초지종을 상세히 설명했다.

노대부인이 뭔가 쓸모 있는 것을 만들어 장백에게 선물하라고 분부하자, 명란은 즉시 할머니 말에 따랐다. 과거시험을 치르는 곳에는 여러 겹으로 된 옷을 착용할 수 없다는 것을 알게 되었지만 때가 늦가을이라 날이 쌀쌀했다. 그래서 명란은 창고에서 두꺼운 천을 찾아서 세심히 마름질하여 발끝에서 허벅지까지 올라오는 롱 스타킹 같은 무릎보호양말을 만들었다. 그런데 언제부터인가 밥을 얻어먹던 제형이 양말을 마음에 들어하며 자기 것도 만들어달라고 했다. 그가 절판된 바느질 서책인 『경화착침보鏡花錯針譜』를 바치자 명란은 마지못해 승낙했다.

"제남에 막 당도하였을 때는 괜찮았는데 시험 전날 날이 갑자기 추워졌습니다. 석판으로 된 고사장에 앉아 있으려니 발밑에서 냉기가 올라오더라고요. 하지만 명란이 만들어 준 양말 덕분에 발이 전혀 얼지 않았습니다."

장백도 다가오더니 왕 씨 곁에 서서 흐뭇하게 말했다.

군주가 웃었다.

"제형, 어서 고맙다고 인사하거라. 나이가 어린데도 저리 영리하니 참 기특하구나."

제형이 눈썹을 실룩거리며 답했다.

"인사야 해야겠지만 따질 건 따져야지요."

"뭘 따진단 말씀이세요?"

여란이 의아해하며 명란을 쳐다봤다.

제형이 명란 앞으로 걸어가서 콧방귀를 꼈다.

"양말에 뭘 수놓았지?"

명란은 속으로 놀라면서 억울하다는 듯이 기어들어가는 목소리로 답했다.

"별거 아닌데요? 고사장에 글자는 금지잖아요. 그래서 그림을 수놓았어요. 잃어버리면 안 되니까요."

제형이 가지런한 하얀 이를 드러내며 웃었다.

"네가 잡아뗄 줄 알았어!"

그는 몸을 돌려 어린 몸종에게 몇 마디 분부하더니 다시 명란을 보며 말을 이었다.

"즉성 형님의 양말에는 어린 송백이 우뚝 솟아 있는 모습을 수놓아 주었으면서, 내 양말에는…… 홍…….."

이때 몸종이 돌아왔다. 제형은 보들보들한 물건을 건네받아서 사람들에게 보여주었다. 가지런히 접힌 양말에 뭔가가 반짝였다. 가까이 다가가서 보니 위쪽에 조그마한 금원보金元寶[8]가 단정히 수놓아져 있었다. 오동통하고 귀여운 모습이 무척 재미가 있었다.

왕 씨가 웃으며 물었다.

"이건 무슨 뜻이냐?"

군주 마마는 뜻을 알아차렸다.

"아, 제형이의 자가 원약이라서 원보를 수놓았구나?"

명란이 빨개진 얼굴로 고개를 끄덕이며 슬그머니 장백의 등 뒤로 숨었다. 장백도 의리 있게 명란을 숨겨주었다.

모두 미소년 제형을 보다가 다시 그 오동통한 금원보를 보더니 웃음을 터트렸다. 여란과 묵란도 손수건으로 가리고 웃었다. 장동은 자그마한 입을 틀어쥐며 몹시 즐거워했다.

제형이 일부러 명란의 귀를 꼬집으며 말했다.

"내가 네 큰오라비만 못해도 이 금원보처럼 생기진 않았지! 요 녀석, 편애가 너무 심하구나! 앞으로 재미난 것 있으면 안 줄 테야!"

명란은 모두 앞에서 귀를 꼬집히자 희고 통통한 얼굴을 붉히며 제형의 손을 힘주어 뿌리치더니 필사적으로 해명했다.

"오라버니 자에 '원元'자가 있어서 일부러 원보로 했어요. 글자가 같잖아요. 실하게 수놓으려고 금실을 얼마나 많이 썼다고요. 마음에 안 들면 다음에는 원소元宵[9]로 수를 놔드릴게요!"

---

8) 금으로 만들어진 말발굽 모양의 화폐.
9) 정월대보름에 먹는 소가 들어 있는 새알심 모양의 떡.

모두 웃다가 쓰러질 뻔했다. 저쪽 편의 제 대인과 성굉도 명란의 해명을 들었다. 성굉은 명란을 가리키며 웃었다.

"네 녀석이야말로 오동통하니 원소와 똑같이 생기지 않았더냐!"

명란은 귀를 가리고 뭐가 뭔지 모르는 척을 하며 왕 씨를 슬며시 쳐다봤다. 왕 씨는 조금도 언짢아 보이지 않았다. 안심하며 다시 묵란과 여란을 살피는데 둘의 얼굴은 다소 굳어 있었다. 명란은 마음이 무거웠다. 물정 모르는 철부지 어린아이인 척할 수 있는 날이 끝나가고 있었다.

제29화
누구도 자신을 위해 일평생 비바람을 막아줄 수 없다
이 세계는 결국 홀로 맞서야 한다

명란은 수안당에 머물면서 의식衣食 수준이 나아졌을 뿐만 아니라 안온한 일상을 보내게 되었다는 걸 잘 알았다. 남의 비위를 맞추거나 눈치 볼 필요 없이 천진하게 원하는 대로 살 수 있었다. 수안당에서 지낸 몇 년간 명란은 왕 씨에게 괴롭힘당하지 않았고, 형제자매들과 말도 몇 마디 하지 않았다. 매일 노대부인 옆에 딱 붙어서 책을 읽고 글씨를 쓰거나 바느질을 하다 밤이 되면 노대부인의 옆방에서 잠이 들었다.

여란은 마음이 언짢을 때마다 명란을 괴롭히고 싶어했다. 하지만 명란을 찾아오려면 여러 관문을 거쳐야 했다. 그런데 수안당 대문, 정방에 있는 방씨 어멈, 초간에 있는 최씨 어멈을 지나 이화주까지 한달음에 와서 명란을 잡는다 해도 노대부인이 옆방에서 독경하고 있으니 어찌 명란에게 트집을 잡을 수 있겠는가. 왕 씨에게 해야 하는 문안 인사마저도 어린 데다 몸도 좋지 않다고 노대부인이 핑계를 대준 덕분에 잠시 면할 수 있었다.

수안당에 들어온 이후로는 누구도 명란에게 화내거나 눈총 주지 않았다. 노대부인의 이런저런 보살핌을 명란 역시 마음 깊이 느끼고 있었고 또 더없이 감사했다. 하지만 묵란이 위유헌에 들어오게 되면서 명란은 이런 즐거운 나날이 곧 끝나게 되리라는 걸 알았다.

"……여자아이들이 점점 자라는데 방을 따로 마련해야 하지 않을까요? 지금 위유헌이 비어 있으니 명란을 들여보내고 자매들도 함께 지내게 하시지요. 나중에 각자 시집가게 되면 또 언제 만나게 될지 모르니 말입니다."

장백이 향시에 급제하고 돌아온 뒤 어느 날, 문안 인사를 드리러 온 왕씨가 노대부인에게 웃으며 말했다.

뒷방에서 글씨를 쓰고 있던 명란은 그 말에 가슴이 덜컥 내려앉았다. 탁자 건너편에서 명란에게 먹을 갈아주던 단귤 역시 흠칫하는 모습이 보였다. 바깥방에서는 잠시 아무 소리도 나지 않았다. 노대부인의 낮은 기침 소리만 들릴 뿐이었다. 그때 방씨 어멈이 웃으며 말했다.

"마님 말씀이 맞습니다. 어제 노마님께서도 명란 아가씨 혼자 지내게 해야 한다고 말씀하셨지요. ……하지만 마님께서도 아시다시피 지난 몇 년 동안 명란 아가씨가 계신 덕분에 수안당이 떠들썩해지고 활기가 넘쳤답니다. 노마님께서도 좀 건강해지시긴 했지만 이렇게……."

방씨 어멈이 말끝을 흐리자 왕 씨가 조금 당혹스러운 듯한 표정을 지었다.

"내가 경솔했네. 당연히 어머님의 건강이 가장 중요하지. 다만 집에 명란이 처소가 없다는 걸 남들이 알면 내가 아이를 홀대한다고 여길 듯하여……."

방씨 어멈이 얼른 말을 이었다.

"마님 말씀도 일리가 있습니다. 자매들이 오래 같이 지내보기도 해야 하고, 아가씨도 컸으니 자기 처소를 관리하는 법도 배워야 하겠지요. 맨날 할머니 곁에만 있으면 제대로 자라질 못할 겁니다. 노마님께서 말씀하신 것처럼 수안당 동쪽에 비어 있는 그 처소를 치우고 명란 아가씨가 지내게 하는 게 좋겠습니다. 거긴 수안당이나 위유헌과도 가깝지 않습니까?"

잘 절충된 그 제안에 왕 씨가 동의하며 즉시 사람을 보내 처소를 치우게 했다. 덜덜 떨며 뒷방에서 나온 명란이 노대부인의 앞으로 다가가 고개를 숙이고 조모의 나이 든 손을 당겨 흔들었다. 노대부인은 아이를 구들 침상 위에 올리고는 안쓰러운 듯 품에 안고 한참을 이야기했다.

"너도 홀로 살아가는 법을 배워야지. 시종을 다스리는 일, 금전과 수입 지출 관리, 형제자매와의 왕래……. 할머니가 평생 네 앞에서 막아줄 수는 없단다."

명란은 고개를 들어 노대부인의 주름진 얼굴과 노쇠하고 탁한 눈동자를 바라보았다. 가슴이 찡해져 멍하니 눈물만 흘리다 할머니의 품에 몸을 묻었다.

"……할머니 말씀에 따르겠습니다. 실망시키지 않을게요."

• • •

아가씨들이 기거하는 수루繡樓는 남방의 특색을 지닌 곳이었다. 북방 사람들은 높고 넓으며 쾌적한 걸 좋아하기 때문에 독립적인 소규모 정원이 유행했다. 수안당 동쪽의 정원은 본래 눈과 호수를 감상하는 별원에 불과했기 때문에 규모가 위유헌의 절반도 채 되지 않았다. 왕 씨가 연달아 세 번이나 정리했지만, 노대부인은 못마땅해하며 너무 누추해서 사람 살 만한 곳이 아니라고 했다.

성굉이 알게 된 뒤 바로 미장공과 목공을 불러 정원 안팎을 손보고 석회와 도료를 칠해 건물을 보수하자 새해를 맞이할 즈음이 되었다. 노대부인은 그제야 고개를 끄덕이며 연초가 되면 명란이 옮길 수 있게 하라고 했다. 한바탕 이 난리를 겪고 나서야 성부 사람들은 여섯째 아가씨 명란이 바로 노대부인이 가장 애지중지하는 사람이란 걸 알게 되었다. 명란이 수안당에서 나간 뒤에도 사람들은 감히 명란을 푸대접하거나 얕보지 못했다.

이런 이유로 명란은 이번 해를 유난히 울적하게 보내야 했다. 조상의 위패에 절할 땐 눈물을 글썽였고, 불꽃을 보면서도 이유 없이 눈물을 몇 방울 흘렸다. 매일같이 노대부인을 붙들고 손을 놓지 않았으며 잠잘 때도 조모의 방에 머물렀고 종종 잠에서 깼을 땐 얼굴이 흠뻑 젖어 있었다. 노대부인은 볼 때마다 한숨을 내쉬면서도 아무 말도 하지 않았다.

정월이 지나자 노대부인은 바람이 온화하고 날씨가 화창한 길일을 골랐고, 방씨 어멈은 인력을 모아 명란의 짐을 전부 꾸리게 한 뒤 위풍당당한 기세로 거처를 옮겼다. 명란은 노대부인에게 작별을 고하고 한 걸음 옮길 때마다 세 번씩 고개를 돌리며 수안당을 떠났다. 이 세계에서 자신의 첫, 그리고 어쩌면 유일할 안식처였다. 그곳엔 사심 없이 명란에게 관심을 기울이고 아껴준 조모가 계셨다. 하지만 누구도 자신을 위해 일평생 비바람을 막아 줄 수 없다. 이 세계는 결국 홀로 맞서야 한다.

새 거처로 옮기기 전날, 명란은 새로 만든 부채집을 들고 성장백을 찾아가 자신의 정원에 이름을 지어달라고 청했다. 사실 명란도 괜찮은 이름을 몇 가지 마음에 담아두고 있었다. '소상관瀟湘館', '형무원蘅蕪苑', '추상재秋爽齋', '도향촌稻香村', '노설암蘆雪庵'[1]. 하나같이 고상하기 그지없었지만 불우한 그 여인들의 말로를 떠올리니 괜히 재수 없는 일은 하지 않는 게 좋을 것 같았다.

장백은 윤필료를 받더니 곧장 영감이 떠올랐는지 '모창재暮蒼齋'라고 일필휘지로 써 내려갔다.

모창재는 북쪽에 자리 잡고 남쪽을 향한 세 칸짜리 큰 처소였다. 가운데는 명란이 정당으로 만들어 응접실로 삼았고, 좌초간은 침실, 우초간은 서재였다. 큰방의 양측에는 각각 이방耳房[2]이 한 칸씩 있고 앞뒤로는 두 개의 포하가 있어 계집종들이 그곳에서 지냈다. 이곳은 수안당과 무척 가까웠고 기본적으로 수안당 바깥 정원이 내부를 둘러싸고 있는 형태였다. 회랑 하나가 양쪽을 연결하고 있어 여기서 명란이 비명을 지르면 저쪽에서 노대부인이 즉시 듣고 달려와 불을 끌 수 있을 정도였다. 노대부인의 세심한 마음 씀씀이에 명란은 몹시 감동했다.

성盛가의 여섯째 아가씨에게 내려진 사람은 최씨 어멈, 큰 계집종 두 명, 작은 계집종 네 명에서 여섯 명이 있었고, 바깥방에서 잡일을 하는 머슴아이는 그때그때 달랐다. 묵란이나 여란과 비교하면 그 규모가 크게 차이 났다. 하지만 모창재는 원래 작았고, 또 명란은 사람이 늘어나 분란이 많아지는 걸 원치 않았기에 겸허함을 내세워 사람을 더 보태지 않았다. 그리고 성굉은 본래 관직자의 명망 같은 걸 중시했고 사치를 경계하였기에 성가의 아가씨들이 매월 받는 은자는 은 두 냥이 전부였다.

---

1) 소설 『홍루몽』에 나오는 건물명.
2) 건물 모퉁이에 있는 방.

하지만 이건 명목상으로 보여지는 장부에만 그랬다. 사실 여란은 왕 씨에게 금전적 도움을 받았고, 묵란은 임 이랑의 지원이 있었다. 노대부인 역시 매월 명란에게 별도로 돈을 보내주었고, 다들 알고 있으면서 서로 말하지 않는 것뿐이었다.

이사하던 날, 노대부인이 와서 정당을 지켰고 형제자매들도 찾아와 축하 인사를 했다. 장백 오라버니는 옥처럼 윤기 있는 여요汝窯 3) 꽃병을 주었는데 위에는 싱싱한 붉은 매화가 꽂혀 있었다. 여란은 무늬가 그려진 화조花鳥 대리석 붓꽂이를 건넸다. 장풍은 『산해지山海志』 한 벌을 가져왔고, 묵란은 손수 글씨를 쓴 문련門聯 4)과 직접 그린 어옹수조도漁翁垂釣圖 5)를 선물했다. 마지막으로 장동은 잔뜩 주눅이 든 채 축하 선물을 꺼냈다. 향 이랑이 직접 수를 놓은 춘하추동 사계 휘장이었다. 각각 분홍색, 비취색, 남색, 살구색 네 가지 색을 사용해 사계절의 오색찬란한 꽃과 새, 물고기와 곤충을 수놓은 것으로 무척이나 섬세했다. 장동의 미안한 듯한 기색을 보고 명란은 슬쩍 그의 귓가에 다가가 말했다.

"이랑에게 내가 무척 마음에 들어했다고 전해드려."

장동이 곧장 얼굴에 화색을 띠었다.

이튿날 아침, 명란은 평소와 달리 늦잠 자지 않고 일찍 수안당에 문안 인사를 드리러 갔다. 노대부인 역시 눈이 부어 있는 게 보였다. 조모와 손녀는 서로 끌어안고 또 한참 이야기를 나눴다. 노대부인은 명란을 앞뒤로 세 번이나 확인했다. 손녀가 밖에서 잔 하룻밤 사이에 살이 세 근이

---

3) 북송 시대 청자를 생산하던 가마.
4) 문이나 기둥에 써 붙이는 대구.
5) 늙은 어부가 낚시하는 모습을 그린 그림.

나 빠진 것 같았다. 난방이 된 방은 바람이 새지는 않는지, 지룡地龍은 뜨겁지 않은지, 구들 침상은 잘 데워지는지 계속 쉴 새 없이 물어봤다.

옆에 앉아 찻잔을 들고 있던 왕 씨는 조금 복잡한 표정을 지었다. 오래전 고부의 사이가 틀어지기 전에는 왕 씨 역시 좋은 며느리였다. 사실 노대부인은 정말 모시기 힘든 사람이었고 천성이 오만하며 차가운 사람이었다. 몇 마디라도 말을 더 붙이면 시끄럽다고 싫어했고, 조금이라도 정성을 더 기울이면 귀찮아했다. 관심을 쏟으며 세심하게 보살피면 남에게 간섭받는다고 여겼다.

처음 임 이랑을 곁에 두고 키울 때도 노대부인은 별다르게 다정한 모습을 보여주지 않았다. 그래서 왕 씨는 애초에 여란이 수안당에 와서 냉대받지 않길 바랐다. 그런데 이 여섯째는 대체 무슨 조화를 부렸기에 이렇게 총애를 받는지 알 수가 없었다. 당초에 유곤댁이 명란을 나오게 해야 한다고 일렀을 때 별로 신경 쓰지 않았는데 잘 생각해 보니 일리가 있는 말이었다.

나중에 명란을 자신의 이름 밑에 넣어야만 한다면 그때는 자신도 적모의 입장에서 길러야 할 정서는 길러주고, 가르쳐야 할 것도 가르치리라. 게다가 처녀가 다 컸는데 계속 수안당에 있으면 거길 드나드는 제형과 여러 가지로 엮일 테니 그것도 좋지 않았다. 무엇보다 중요한 건 최근에 문득 발견한 건데, 노대부인의 교육을 받은 명란은 행동거지가 신분에 걸맞게 바뀌었고 공부나 바느질도 많이 좋아졌다. 그런데 자신의 여란은 여전히 단순하고 솔직하기만 하며 그저 묵란과 싸우고 성질만 부릴 뿐 전혀 나아진 것이 없었다. 명란을 밖으로 나오게 했으니 여란에게 같이 많이 어울리게 하면 좋은 영향을 받을 수 있을 것이다. 그리고 마지막으로 왕 씨도 밖에서 좋은 평판을 얻을 수 있을 터였다.

여기까지 생각하자 마음이 훨씬 편해진 왕 씨는 찻잔을 받쳐 들고 차를 한 모금 마셨다. 세 딸아이가 문안을 올리는 것이 둘이 하는 것보다 더 격식 있어 보이지 않겠는가.

모창재로 옮긴 다음 날부터 명란은 적극적으로 의무를 지키기 시작했다. 수안당에서 아침 식사를 하고 단귤에게 처소를 보고 있으라 한 뒤 소도와 연초를 데리고 왕 씨에게 문안 인사를 올리러 정원正院으로 갔다. 두 언니가 벌써 방에 앉아 있는 게 보였다. 정면에는 비단을 깔고 면을 포개 놓은 구들 침상이 있었다.

묵란과 여란은 양쪽으로 마주 보고 앉아 때때로 싸늘한 눈으로 서로 쳐다보는데 자라와 녹두가 따로 없었다.[6]

명란은 슬쩍 한숨을 쉬며 속으로 읊조렸다. 마침내 시작이다. 가운데로 걸어간 명란이 웃으며 말했다.

"언니들, 안녕하세요. 제가 늦은 모양이네요."

이렇게 말하며 태연하게 여란의 옆에 가서 앉았다. 노대부인은 그저 명란을 붙잡고 몇 마디 더 한 것뿐이지만 수안당에서 여기 왕 씨가 있는 곳까지는 거리가 멀었다. 예전에 800미터를 달리던 실력이면 제시간에 올 수 있었겠지만 안타깝게도 이 시절의 아가씨는 큰 걸음으로 걷는 것조차 허용되지 않았다. 그랬기에 명란은 문을 걸어 닫고, 몰래 국민체조와 요가로 몸을 단련하는 수밖에 없었다.

묵란이 곧장 코웃음 치며 말했다.

"여섯째는 할머님께서 가장 아끼는 사람이니 조금 늦었다고 뭐 그렇

---

6) 자라의 눈이 녹두와 비슷하여 끼리끼리 놀고 있다는 의미.

게 큰일이 나겠어? 설마 어머님께서 그거 좀 늦었다고 동생을 질책하실 리도 없고."

명란은 옷소매를 문지르며 자신의 마음을 잘 가다듬듯이 옷섶을 잘 펴고 차분하게 말했다.

"넷째 언니는 이른 아침부터 화가 단단히 나셨네요. 언니의 말대로라면 어머님이 날 질책하지 않으면 배짱이 없는 거고, 절 질책하면 할머님께서 언짢아하시겠네요. 언니는 말 한마디로 어른 두 분을 다 엮는 재주가 있군요."

여란이 눈을 크게 뜨고 고개를 돌려 명란을 쳐다보았다. 믿을 수 없다는 눈빛과 은근한 희열이 두 눈을 가득 채우고 있었다. 저쪽에 있는 묵란 역시 말문이 막힌 채였다. 시공을 거슬러온 명란은 알지 못하겠지만 묵란은 똑똑히 기억하고 있었다. 다섯 살 전의 명란은 나약하기 그지없어서 괴롭히기 딱 좋았다. 묵란은 몇 번이나 명란을 부려먹었고, 여란 역시 수도 없이 명란에게 큰소리를 쳤다. 하지만 이후에 명란이 수안당으로 들어간 뒤에는 몇 년 동안 별로 함께 지내질 못했다. 평소에 얼굴을 봐도 인사나 몇 마디 하는 게 다였기에 인상 속에서 명란은 늘 약하고 아둔하다는 기억밖에 없었다.

묵란의 눈빛이 갑자기 날카로워졌다.

"너…… 뭐라고? 어찌 이리 날 모욕할 수 있어!"

명란은 속으로 몰래 웃었다. 임 이랑처럼 묵란 역시 겉으로는 약해 보여도 속으로는 강한 사람이었다. 사실 정말 유약한 이였다면 어찌 지금처럼 이렇게 자리를 잡을 수 있었겠는가. 명란이 옅게 웃으며 말했다.

"아, 제가 오해한 모양이에요. 넷째 언니는 절 어머님께 혼나게 할 생각이 아니었군요."

묵란은 화가 나 속이 터질 것 같았다. 여란은 입을 벌린 채 속으로 쾌재를 부르다 기분 좋은 듯 명란에게 팔짱을 끼며 다정하게 말했다.

"여섯째는 예전에 몸이 안 좋다고 어머니에게 드리는 문안 인사도 할머님께서 면해주셨잖아. 오늘 처음 늦은 거니까 괜찮지 않아? 방금 향이랑이 어머니 아침 식사를 시중들었는데 유씨 어멈이 어머니께 용건이 있다며 찾아왔거든. 이랑 몇 명도 불려갔는데 지금도 아직 안 왔으니 괜찮아!"

적의 적은 바로 나의 친구다. 이건 왕 씨가 여란에게 전해준 가르침이었다. 평소 자신은 묵란과 말다툼을 벌이면 열 번 중 일곱 번은 졌는데 이렇게 하늘에서 지원군이 내려오니 절로 기운이 펄펄 났다.

명란이 그 안에 담긴 속뜻을 어찌 모르겠는가. 설 곳을 고를 때 가장 꺼려지는 편이 바로 기회주의자에 줏대 없는 사람이다. 위 이랑의 죽음 앞에서 여란은 임 이랑 쪽과 다를 바가 없었다.

전우를 찾은 여란은 명란을 붙들고 두서없이 이런저런 이야기를 했다. 이번에 들어온 노루고기가 맛있으니 나중에 명란에게 좀 보내준다는 말을 하다가 또 '구구소한도九九消寒圖[7]'를 새로 얻었으니 명란과 함께 봐야겠다고 했다.

"어렸을 때 여섯째는 나와 같이 지냈잖아. 아쉽게도 나중에 수안당에 간 이후로는 별로 친하게 지내지 못했네. 우리가 같이 지내면 좋을 텐데 말이야."

묵란이 진즉 노기를 가라앉히고 우아하게 찻잔 뚜껑으로 찻잎을 덜며

---

7) 여든한 송이의 매화가 그려진 그림. 동지로부터 81일이 지나면 날이 풀린다고 하여 하루에 하나씩 칠함.

농담을 던졌다.

"다섯째는 정말 웃긴 소리를 하네. 여섯째가 할머님 밑에서 호의호식하면서 얼마나 잘 지냈는데, 굳이 위유헌에 오려고 하겠어? 아…… 그러고 보면 나는 복이 없어서 처음부터 수안당에 들어가지 못했다 해도, 다섯째는 우리 둘보다 훨씬 사정도 좋으면서 왜 할머님의 눈에 들지 못했을까?"

기량을 두고 논하자면 여란은 확실히 묵란만 못했다. 묵란은 비난하는 재주가 남달랐다. 이런 정교한 말다툼에서는 종종 약점이 잡힐 수도 있었다. 저 한마디가 걸렸는지 명란을 붙잡고 있던 손에 곧장 힘이 들어갔다. 명란은 자신의 아픈 팔에 애도를 표하며 말했다.

"넷째 언니는 정말 재밌으시네요. 애초에 다섯째 언니는 어머님과 모녀간의 정이 깊어서 어머님을 떠날 수 없었기에 난처했던 거예요. 넷째 언니는 효심은 무척 깊었지만, 할머님께서 혈육을 떼어놓을 수 없다고 생각하셨기에 절 고르신 거지요."

여란은 곧장 뭔가 깨달은 듯 피식 웃으며 말했다.

"그래, 넷째 언니가 참으로 효심이 깊어서 임 이랑에게 별로 미련이 없었는데 할머님께서 모질지 못하셨네!"

그러며 손을 풀자 명란이 얼른 자신의 불쌍한 통통한 팔을 빼냈다.

묵란이 일어나 명란을 보며 또박또박 말했다.

"네가 감히 이렇게 어른과 언니들에 대해 이러쿵저러쿵 말을 해?"

명란이 미소 지으며 말했다.

"제가 뭐라고 했나요? 넷째 언니, 제가 뭘 잘못 말했는지 좀 가르쳐주세요. 잘 알려주시면 동생이 고칠게요."

그럴 능력이 있으면 네가 직접 그 말에서 무슨 꼬투리라도 잡아보라는 의미였다.

예전에 태 법관님이 말씀하시길 소위 법정이라는 건 사람을 말로 할퀴는 법적 공간이라고 하셨다. 변론할 때는 각 조항과 문장으로 시작해서 사람이 아닌 사건을 본다고 하지만, 사실은 모두 사람을 상대로 하는 것이다. 소송을 걸 때 공격하는 건 바로 사람이기 때문에 다른 사람은 한마디도 할 수 없다. 예전에 요의의가 마음에 담았던 잘생긴 변호사도 원고를 열 받게 만들어 죽였다 살렸다 하면서도 표정만은 무척 진지하고 엄숙했다.

예상과 달리 묵란이 고운 눈을 크게 뜨고 명란을 노려보았다. 명란은 차분하게 돌아봤다. 일부러 묵란과 싸우려고 한 건 아니다. 그런데 오늘 안으로 들어서자마자 묵란이 별것도 아닌 일로 따지며 몰아붙였고, 말끝마다 사나운 기세를 숨기고 있었다. 이런 순간에 명란이 만만하게 보이면 여란에게도 무시당하게 될 터였다. 그리고 앞으로 매일 괴롭힘 당하게 될 때를 대비하기도 해야 했다. 명란이 발톱을 드러낸 건 누가 건드리지만 않으면 자신도 건드리지 않는다는 걸 남들에게 알리기 위해서였다. 명란은 친형제도 없고 이랑도 없지만, 기댈 곳이 전혀 없는 건 아니었다.

두 여자아이가 서로 눈빛으로 대치하니 사방에 불꽃이 튀었다. 여란은 몹시 흥분했는지 두 눈에서 번쩍 빛이 났다. 명란은 살짝 눈을 돌리고 겁먹은 척하며 일어났다. 그리고 묵란의 앞으로 다가가서 얌전히 절하며 공손히 말했다.

"다 동생의 잘못이에요. 제가 늦지 않았다면 언니와 말로 옥신각신할 일도 없었을 텐데. 넷째 언니, 화내지 마세요. 동생이 사과할게요."

여란은 속으로 명란은 역시 하찮은 인간이었다고 욕했다. 공격에 제대로 대응도 못 하니 이래서야 얼마나 버티겠나 싶어 바로 소매를 걷고 자신도 싸움에 나서려는 참이었다. 그때 바로 채환이 문밖의 발을 젖히며 말했다.

"마님께서 오셨습니다."

제30화
자매의 다툼, 적모의 속셈

왕 씨가 들어와 정당正堂 가운데에 앉자 채패가 곧장 다섯 개의 원과 두 개의 복福자가 둥글게 펼쳐진 황동 각로脚爐 [1]를 놓았고, 왕 씨를 따라 들어온 세 이랑이 한쪽에 공손히 시립했다. 묵란, 여란, 명란도 일어나 고개 숙여 인사했다. 왕 씨는 눈을 들어 모두를 살핀 뒤 손을 내저으며 말했다.

"앉도록 해라. 날이 몹시 추우니까 불은 좀 세게 피우고."

마지막 말은 계집종에게 한 것이었다. 채환이 곧장 방구석에서 굽이진 문양이 들어간 부집게를 꺼내 중앙에 놓여 있는 아홉 마디에 운룡雲龍 무늬를 조각한 팔각 백동 향로 안에 은사처럼 가는 숯을 넣자 방이 훨씬 훈훈해졌다. 여란은 입을 비죽거리며 묵란의 옆에 가서 앉았고, 명란도 규율을 알고 있었기에 순서에 따라 여란의 옆에 앉았다. 맞은편에는 세 이랑이 한 줄로 자리했다. 이쪽에는 비단 덮개가 씌워진 큰 의자가 하

―――――――
1) 발쬐는 화로.

나 놓여 있었고, 이랑들 쪽에는 세 개의 둥근 의자가 있었다.

명란이 왕 씨의 정실부인다운 모습을 본 건 이번이 처음이었다. 부대 사열이 연상되는 모습이었다. 왕 씨가 '장병들, 고생이 많다' 하며 외치는 일만 없었을 뿐이다. 명란은 생각이 끝도 없이 이어지는 와중에 다시 맞은편에 있는 이랑들을 자세히 살폈다.

요 몇 년간 보지 못했던 임 이랑은 별로 늙지 않은 것 같았다. 눈가에 가느다란 주름만 몇 개 늘어났을 뿐, 얼굴은 여전히 수려했고 자태도 고왔다. 향 이랑은 평범한 용모였지만 시선을 늘어뜨린 모습에서 부드럽고 순한 느낌이 있었다. 평 이랑은 미인으로 앵두 같은 입술에 초승달 같은 눈썹과 가는 눈을 가졌지만 아쉽게도 표정이 조금 경망스럽고 흐리멍덩했으며 행동거지도 고상하지 못하고 기가 죽어 사람이 옹색해 보였다.

이랑들의 출신은 각각 옛 친우의 딸, 왕 씨가 시집올 때 데려온 계집종, 동료가 보낸 첩이었다. 거기다 죽은 위 이랑은 밖에서 데려온 양첩良妾[2]으로 거의 모든 출신 유형을 다 갖추고 있었다. 명란은 속으로 감탄했다. 자그마한 참새가 오장육부는 다 갖췄구나!

왕 씨가 따뜻한 차를 마시며 명란에게 새로운 거처는 좀 익숙해졌는지 자세히 물었다. 명란은 방씨 어멈이 가르쳤던 예법을 엄격히 따르며 공손히 하나씩 대답했다. 왕 씨는 명란이 노대부인의 곁에서 오랫동안 사랑받으며 애지중지 응석받이로 자라서 통제에 불복하리라 생각했다. 그래서 제대로 자세 잡고 명란을 단속할 작정이었는데 이렇게 예의 바

---

2) 양민 출신 첩.

르게 굴면서 사소한 격식 하나도 틀리지 않고 행동도 고분고분한 걸 보니 무척 마음이 놓이며 기분이 좋아졌다.

"……부족한 게 있으면 뭐든 나에게 말하거라."

왕 씨가 다정하게 명란에게 당부했다.

명란이 웃으며 말했다.

"어머님께서 그리 말씀해주시니 나중에 염치없이 원하는 걸 부탁드리겠습니다."

웃으며 명란과 몇 마디를 더 나눈 왕 씨는 시선을 돌리더니 갑자기 얼굴을 굳히며 엄하게 말했다.

"방금 내가 들어오기 전에 너희 자매들은 무슨 이유로 다투고 있던 것이냐?"

명란의 심장이 덜컥 내려앉았다. 왕 씨는 정확히 '다투다'라는 표현을 썼다. 아무래도 상황을 다 털어놓아야 할 모양이었다. 고개를 숙이고 묵란 쪽을 보니 그사이 묵란은 불안한 듯 손수건을 비틀고 있었고, 저쪽의 임 이랑은 개의치 않는 듯 입가에 가벼운 미소를 띠고 있었다. 명란은 자신이 당했다는 걸 깨닫고 낮은 목소리로 말했다.

"어머님, 용서해주세요. 다 저의 잘못이에요. 처음 어머님께 문안 인사를 드리는 건데 제가 늦어서 언니들이 규율을 알려준 거예요."

왕 씨는 깜짝 놀라 명란을 쳐다보았다. 역시 노대부인이 가르치긴 했구나 하는 생각이 들었다. 마음을 바꿔 할 말이 생긴 왕 씨가 묵란과 여란에게 말했다.

"언니가 되어서 무턱대고 질책만 한다고 다가 아니다. 여섯째가 처음 나에게 오는 걸 알았다면 오늘 아침에 할머님께 문안드릴 때 조금이라도 언질을 줬어야지. 동생이 실수할 때를 기다렸다가 언니라고 위세를 부릴 것이 아니라!"

여란처럼 직설적인 성격의 사람도 저 말에 담긴 뜻을 이해하고는 웃음을 참으며 말했다.

"어머니, 그러니까 동생에게 알려주지도 않았으면서 무슨 자격으로 훈계한 거냐는 말씀이시죠?"

묵란은 고개를 숙이고 분노에 찬 표정을 짓고 있었다. 화가 나 작은 얼굴을 벌겋게 물들인 채로 한마디도 하지 않았다. 명란은 못 참고 임 이랑 쪽으로 시선을 돌렸으나 그저 평소와 다름없는 얼굴을 하고 있는 임 이랑을 보고 속으로 감탄했다. 역시 보통이 아니었다. 수안당에 있을 때 들었는데, 임 이랑이 사실은 상당히 설치고 다녔음에도 대놓고 왕 씨와 맞서지는 않았다고 한다. 말이나 행동에서 조금의 꼬투리도 잡을 수 없었고 오히려 왕 씨가 먼저 화를 내게 만들었다. 그랬기에 걸려서 성꿩 앞에 가도 임 이랑은 겁먹지 않았다.

오늘 왕 씨는 모처럼 기회를 잡은 김에 적모의 위엄을 제대로 보이고자 했다. 왕 씨가 온화하게 웃음 띤 얼굴로 세 여자아이에게 말했다.

"너희는 친자매인데 어찌하여 만나기만 하면 싸우려고 하느냐? 나는 너희와 달리 학식 있는 선생에게 오랫동안 가르침을 받지 못했지만 그래도 형제로서, 자매로서 다음 생이 아닌 이생에서 서로를 아끼고 사랑해야 한다는 건 잘 알고 있다. 예전에 공 상궁 마마님께서 너희 손을 때리며 말씀하셨지. 한집안의 자매라면 잘못했을 때 같이 벌을 받아야 한다고. 다 지난 일이라고 그 아픔을 잊어서는 안 될 것이야."

위엄 있는 목소리에 여란, 묵란, 명란은 일어나 예, 하고 답했다. 왕 씨가 무척 흡족해하며 손을 내젓자 내실에서 열 서너 살 정도 된 계집종 두 명이 나왔다. 한 명은 연분홍빛 저고리에 청색 비갑比甲을 입고 있었고,

다른 한 명은 청록색 장오長襖에 강황색 비갑을 입고 있었다. 계집종들은 고개를 숙인 채 공손히 가운데로 걸어와 명란에게 인사를 올렸다. 왕 씨는 살짝 고개를 끄덕인 뒤 명란에게 말했다.

"네 곁에 있는 그 계집종들은 할머님께서 내리신 아이들이라 괜찮기는 하지만 어쨌든 나이가 어리지 않느냐. 최씨 어멈은 가족이 있어 종종 집에 돌아가야 하니 종일 널 시중들 수 없고. 그래서 네가 처소에서 부릴 수 있게 조금 더 나이가 있고 차분한 은행과 구아 두 아이를 뽑았다."

명란은 속으로 웃었다. 올 게 왔구나. 하지만 다행히 미리 생각해둔 바가 있었다. 명란은 내심으로는 전혀 이상하게 생각하지 않으면서도 그걸 겉으로 드러낼 수는 없어 놀란 듯한 표정을 지으며 말했다.

"곁에 있는 유능한 이를 저에게 주시면 어머님께서 부릴 사람이 없으실 텐데 어찌합니까?"

왕 씨가 웃으며 손을 내젓고 부드러운 목소리로 명란에게 말했다.

"난 원래 널 위유헌으로 보내려 했단다. 그런데 할머님께서 널 떼어놓지 못하셔서 네가 억울하게도 모창재에 있게 되었지. 장소가 협소하다 보니 사람도 많이 보낼 수 없었는데 그래도 자매들과 너무 격에서 차이가 나면 안 되니까 두 명을 더 보충하는 거란다. 네 거처는 두 언니보다도 사람이 적잖니."

여란이 친근하게 명란의 팔을 끌어안고 웃으며 말했다.

"어머니, 진즉 여섯째에게 사람을 보내셨어야지요. 나중에 우리가 손님으로 갔을 때 시중들 사람이 없으면 안 되잖아요!"

왕 씨는 딸을 흘겨보며 살짝 나무라듯 말했다.

"네가 동생을 아끼는 건 그냥 너 편해지자고 그러는 거였구나!"

여란이 혀를 내밀며 애교 있게 웃었고, 향 이랑과 평 이랑도 덩달아 미소 지었다. 명란은 이만하면 됐다고 생각하며 순순히 말했다.

"그런 거라면 감사합니다, 어머님."

왕 씨가 명란의 작은 손을 잡아끌며 자애롭게 말했다.

"……여기 둘은 나이가 많지는 않아도 내 곁에서 오래 훈련받았기 때문에 안팎의 일을 다 잘할 테니 안심하고 부리거라."

명란은 얼굴 가득 감사와 복종을 표하며 말했다.

"어머니 곁에 있는 사람이라면 당연히 훌륭하겠지요. 존중을 해도 모자랄 판에 안심을 못 할 건 뭐가 있겠습니까."

잠시 더 이야기를 나눈 뒤 왕 씨는 사람들을 내보냈다. 오늘 아주 기분이 좋았던 여란은 의기양양하게 묵란의 앞을 지나쳐서 갔고, 묵란은 말 없이 따라서 나갔다. 명란 역시 묵란의 뒤를 따랐고, 몇몇 이랑들도 맨 뒤로 나와 문 앞에서 하나씩 흩어졌다.

여란은 작게 하품하며 혼자 위유헌으로 돌아갔다. 잠을 더 보충하러 가는 것 같았다. 임서각으로 돌아가려던 임 이랑은 가기 전 슬쩍 묵란을 보며 눈짓 같은 것을 했다. 향 이랑과 평 이랑은 조용히 자신의 처소로 돌아갔다. 명란은 모창재 쪽으로 향했고, 묵란은 서각書閣 쪽으로 걸었는데 마침 두 사람의 가는 방향이 겹쳤다.

이 시기는 겨울 한파가 아직 가시질 않아 호수 위에 살얼음이 덮여 있었고, 나뭇가지 끝에는 마른 잎이 매달려 있었다. 거기다 드문드문 내리는 하얀 눈이 땅 위에서 사라지며 고요하고 스산한 분위기가 연출되었다. 자매는 서로 상관하지 않고 조용히 한참을 걸었다. 그러다 묵란이 참다 못 참겠는지 결국 말을 걸었다.

"여섯째 동생은 참 복도 많아. 어머님께서 이렇게 신경 써주시잖아. 어쨌든 할머님 밑에서 자라기도 했고. 언니가 아무리 알랑거려봐야 따라

갈 수가 없어."

명란은 한숨을 내쉬었다. 오전에 신경을 너무 많이 써서 사실 어린 여자애 하나 가르치는 데 기력을 소모하고 싶지 않았다. 하지만 생각해보니 일찌감치 얘기를 제대로 해놓으면 나중에 계속해서 싸우지 않아도 될 것 같았다. 명란은 발걸음을 멈추고 고개를 돌려 옆에 있는 이들에게 명했다.

"연초는 먼저 두 언니를 데리고 돌아가서 단귤에게 보살피게 해. 그리고 소도와 진상은 호숫가에 가서 동그란 작은 조약돌을 몇 개 줍고 있어. 내 처소에 있는 어항이 커서 많이 갖다놓으면 더 보기 좋을 거야."

계집종들이 대답하고 가자 명란은 고개를 돌려 바로 묵란을 쳐다보았다. 묵란은 잠시 어리둥절했지만 역시 똑똑한 사람이었기에 금세 명란의 의도를 알아챘다. 오늘 속에 있는 불만을 아직 다 속 시원히 말하지 못했는데 그걸 시종들이 들어봐야 좋을 게 없다는 생각이 들었다. 그래서 바로 곁에 있는 이들을 물리고 자매는 고목 아래 가서 섰다.

"여섯째 동생이 무슨 하실 말씀이라도 있나?"

묵란은 짙은 모피로 덮인 털토시를 끼며 멀리서 돌을 줍고 있는 소도와 진상을 보다가 차갑게 말을 뱉었다. 명란은 눈썹을 치켜세우며 정색하고 말했다.

"언니는 똑똑한 사람이잖아요. 사리 밝은 사람 앞에서는 뒷공론하지 않는 법이지요. 오늘 우리 속에 있는 말을 솔직히 이야기해봐요."

묵란은 그 딱 부러지는 말에 조금 놀라 명란을 쳐다보았지만, 명란은 깊은 한숨을 내쉬며 계속 이야기를 이어나갈 뿐이었다.

"큰언니가 시집간 뒤로 집안에는 우리 세 자매만 남았어요. 솔직히 말해서 용모, 재능, 심지어 아버지 심중의 자리까지 언니가 집안에서 가장 앞서 있잖아요."

들기 좋은 말은 누구나 기꺼워하는 법이다. 하물며 열 몇 살짜리 여자 아이가 아닌가. 묵란은 그 말에 차가웠던 표정이 조금 누그러졌다. 명란 은 시작이 자못 괜찮은 걸 보고 말을 골랐다.

"넷째 언니에게 유일하게 부족한 건 출신뿐이잖아요……."

묵란의 표정이 곧장 어두워졌지만, 명란은 머뭇거리지 않고 곧장 이 어 말했다.

"……넷째 언니도 어머님의 배에서 나왔다면 당연히 나중에 큰언니 처럼 복을 누렸을 거예요. 하지만 하늘이 안배하신 운명에서 넷째 언니 에게 하필이면 그 한 가지가 부족하네요."

묵란은 몹시 못마땅한 듯한 눈빛을 한 채 가볍게 흥, 하고 소리 내면서 도 어쨌든 생각이 흩어져 조금 전의 언쟁은 신경 쓰지 않는 것 같았다. 명란은 조심스럽게 본론으로 들어갔다.

"넷째 언니, 해선 안 될 말 한마디만 할게요. 저도 서출이에요. 할머님 께서 조금 딱하게 여겨주시기는 하지만 그것 말고는 전 여러 가지로 언 니와 비교가 안 돼요. 그런데 언니가 군이 저에게 화를 내실 필요가 있을 까요?"

묵란이 깜짝 놀라 명란을 똑바로 쳐다봤다. 상대 역시 자신을 똑바로 보고 있었다. 명란의 몸은 아직 어린애 태를 벗어나지 못했지만, 그 어디 서도 아이 같은 구석은 찾아볼 수 없었다. 새까만 눈동자는 깊은 호수처 럼 고요했고, 차분하면서 곧고 우아한 모습이 마치 어른 같았다. 묵란이 주저하다 말했다.

"동생이 공연한 걱정을 하네. 내가 왜 동생한테 화를 내겠어. 오늘은 그냥 몇 마디 한 것뿐이야."

어째서인지 묵란은 기세가 누그러지고 조금 전의 말다툼으로 인한 노기도 사라진 걸 느낄 수 있었다.

명란은 묵란이 순순히 인정하지 않는 걸 보면서도 여러 말 없이 웃으며 말했다.

"장 선생께서 그러셨어요. 세상사는 결국 '이해利害' 두 글자에 달려 있다고요. 우리는 똑같이 서녀지만 넷째 언니는 위로는 임 이랑이 지켜주고 아래로는 셋째 오라버니가 보호하고 있으니 저와 비교하면 얼마나 더 나은지 몰라요. 이해에서 '이'는 제가 도저히 상대가 안 된답니다. 언니는 인품과 용모가 출중하여 누구나 보면 알 정도이고 가슴에는 큰 포부도 있잖아요. 언니는 할머님께서 뭘 좋아하시는지 알죠. 하지만 동생은 할머님의 교육을 받아 목상木像처럼 고개를 숙이고 사는 것밖에 모른답니다. 이해에서 '해'는 저랑 언니와 전혀 상관없어요. 그러니까 우리는 사이좋은 자매 사이가 될 수 있지 않을까요?"

묵란은 그 말에 강과 바다가 뒤집힌 것처럼 심장이 크게 울렸다. 흡족하면서도 또 뭔가 간파당한 것 같은 기분이 들어 아무런 반박도 하지 못한 채 그저 냉소를 감추며 몇 마디 건넸다.

"동생 말도 일리가 있어. 그리고 방금 어머님 처소에서 동생 정말 대단하더라."

명란은 묵란의 표정을 보고 상대가 이미 설득당했지만 마음으로 인정하지 못할 뿐이라는 걸 알고 웃으며 말했다.

"사람이라면 염치가 있어야 하잖아요. 동생이 아무리 쓸모가 없어도 할머님을 생각해야 했는데 말이에요. 오늘 처음 어머님께 문안 인사를 드리면서 꾸중을 들었는데, 어찌 절 길러주신 할머님의 체면을 더 깎을 수 있겠어요? 같은 이치로 언니도 임 이랑의 체면을 생각해야 하는 것처럼, 우리 같은 서녀들은 특히나 남들에게 우습게 보이면 안 되지 않겠어요?"

묵란은 심장이 덜컹, 하고 내려앉았다. 위아래로 명란을 훑어보았지만 어쩐지 모르는 사람 같기만 했다.

묵란은 누구보다 말싸움에 자신 있다고 자부했고, 여란도 도와줄 사람이 없으면 자주 자신에게 당하곤 했다. 그런데 오늘 명란에게는 거의 되받아 칠 수가 없었다. 꼭 명란의 말이 맞는 것만 같았고, 한마디 한마디가 콕콕 가슴에 와서 박혔다.

비굴한 마음과 오만한 마음, 달갑지 않음과 복종할 수 없는 마음이 동시에 들었다. 명란의 솔직한 말에 제대로 찔렸으면서도 느릿한 어조에 부드러우면서도 어린 티가 나는 아이의 목소리를 듣고 있으면 묵란은 별로 화가 나지 않는 것 같았다.

명란은 묵란의 표정이 바뀌는 걸 보며 오늘은 어쨌든 목적을 달성했다고 생각했다. 영민한 사람과 이야기하는 건 이래서 좋았다. 이해득실만 가지고 설명해도 상대는 쉽게 수긍했다. 여란이었다면 일단 감정적으로 대응해서 아무리 맞는 말을 한들 조상이 와서 설득해도 소용없었을 것이다.

고개를 돌린 명란은 천천히 얼굴의 표정을 풀며 저쪽에서 돌을 줍고 돌아오는 소도와 진상을 기분 좋게 바라보았다. 차가운 바람이 얼굴을 가볍게 찌르고 스쳐 지나갔지만 서늘함에 오히려 기분이 좋아졌다. 수안당에 높이 솟아오른 두 그루의 헐벗은 계수나무 쪽으로 시선을 돌리자 마음이 따스하고 포근해졌다.

어쨌든…… 명란은 묵란과 진심으로 상대할 필요가 없었다. 평화롭게 지낼 수만 있으면 그만이었다. 명란에게는 진심으로 자신을 사랑하고 아끼는 사람들이 있었다. 이전 생에도 그랬고, 이번 생에도 그랬다.

하늘이 어쨌든 명란 같은 반쪽 열사에게 너무 가혹하지만은 않았다.

제31화

생존 환경 분석 보고

"그 애가 정말 그리 말했느냐?"

임 이랑은 거의 새 옷이나 다름없는 백목련 꽃을 수놓은 석청색 비단 저고리로 이미 갈아입었고, 머리에는 밀랍을 두른 물방울 모양의 금비녀를 꽂았다. 그러고는 책을 들고 아랫목에 반쯤 기대어 탁자 옆에 있는 딸을 바라보았다.

묵란이 고개를 끄덕이며 천천히 반대쪽에 기대어 쉬었다. 표정이 그리 좋지 않았다. 임 이랑은 조금 감탄한 듯한 눈빛을 보였다가 웃으며 말했다.

"참새가 봉황의 알을 낳을 줄이야. 유약한 성격의 위 이랑에게서 그런 딸이 나오다니. 역시 노마님이 가르쳤다 이건가."

발이 흔들리더니 계집종 하나가 검은 배나무로 만든 작은 쟁반에 금 잔金盞[1]을 들고 들어왔다. 묵란이 그것을 받아 살짝 한 모금 마시고는 칭

---

1) 최고급 제비집 요리의 일종.

찬했다.

"맛이 정말 좋네요. 지난번에 마님께서 위유헌에 보내주셨던 것은 작고 부스러져서 맛이 너무 없었어요."

그러고는 손을 내저어 계집종을 내보내더니 잔을 내려놓고 소리를 낮추어 말했다.

"어머니, 명란 그 애의 말이 사실일까요?"

임 이랑이 귀밑머리를 만지며 살짝 코웃음 쳤다.

"사실이기도 하고 사실이 아니기도 하지. 할머님의 성정은 내가 잘 안다. 부귀한 곳에서는 좋은 사람이 나올 수 없다고 생각하시지. 앞으로 명란이도 그렇게 된다면 네가 상대할 필요는 없을 게다. 하지만 단언할 수는 없어. 요 몇 년간 할머님께서 그 아이를 총애하시던 걸 봐라. 사람이 활기차게 변하고 소식素食도 하지 않아. 성격도 여유로워졌어. 명란이가 출가할 때까지 버티지 못할까봐 필사적으로 몸을 관리하는 게야."

묵란은 뭔가 떠올라 말했다.

"어머니, 오늘 마님께서 두 사람을 보낸 건 설마……."

묵란을 바라보는 임 이랑의 눈에 뿌듯함이 차올랐다.

"역시 내 딸이다. 눈치가 빠르고 총명해 하나를 알려주면 열을 아니 말이야! 명란이 수안당에 들어간 이후로 할머님은 아이를 총애하느라 청렴한 척하던 것을 내려놓았단다……. 쯧쯧, 오늘 새 옷을 지으면 그다음 날은 새 장신구를 만들었지. 취보재의 비녀, 유리각琉璃閣의 옥, 서화상瑞和祥의 비단, 무슨 복령茯苓[2], 제비집, 살찐 거위와 오리 등등 돈을 아끼지

---

2) 약재의 한 종류.

않고 수안당에 보냈어! 과하다 싶은 건 자기 주머니를 열어서 샀으니 장부와 전혀 상관이 없어서 마님도 뭐라고 말을 못 했지."

묵란은 모창재의 장식품들이 떠올랐다. 많지는 않았지만, 하나하나가 무척 정교했고 수수하면서도 고풍스러웠다. 딱 봐도 내력 있는 물건이었다. 속에서 절로 울화가 치밀었다. 임 이랑도 말할수록 열불이 났는지 경멸하듯 말했다.

"······흥, 당시엔 나도 사람을 한참 잘못 봐서 할머님이 정말 어질고 정결한 열부인 줄 알았지 뭐냐. 재산 전부를 자신이 낳지 않은 아들에게 넘기고 당신은 뒤로 물러나 은거하며 소식하고 불경을 읽었으니까. 그런데 그렇게 한 수를 남겨두었을 줄이야! 종일 내 큰 은인이라는 역겨운 모습을 하고 궁색한 척하며 사람을 속였어. 넉넉한 혼수가 있었다면 누군들 제대로 시집가고 싶지 않았겠니? 애초에 할머님이 숨기지 않고 날도 왔다면 내가 어찌 이런 지경까지 되었겠어······!"

이번에는 묵란도 말을 잇지 못했다. 화내는 어머니를 보면서 입가를 움찔거리며 속으로 중얼거릴 뿐이었다.

'어머니는 임씨, 할머님은 서씨, 집안은 성씨인데 할머님의 노후 자금을 어머니의 혼수로 내놓았어야 한다는 건가요······?'

임 이랑이 서책을 내던지고 일어나 코웃음 치며 말했다.

"그래도 괜찮다······. 몇 년간 할머님이 명란에게 쓴 돈은 마님이 이미 염두에 두고 있거든. 하지만 할머님이 수안당을 삼엄하게 감시하고 있어 누구를 들여보내거나 매수하지 못했지. 그래서 마님도 할머님께 대체 돈이 있는지 없는지, 있다면 얼마나 있는지 전혀 감도 못 잡고 있었단다. 그러다 생각 끝에 명란이부터 손을 쓰기로 한 게지······."

그 말을 듣고 이유 없이 통쾌해진 묵란이 웃으며 말했다.

"마님이 내막을 알아보는 것도 괜찮네요. 그 애한테는 득 될 것이 전혀 없으니까요. 할머님께서 그 아이를 아무리 아껴도 규율을 고려해야 할 것이고, 집안에 성가의 딸이 한 명만 있는 것도 아니잖아요. 저와 여란이 모두 죽지 않는 이상 어쨌든 재산이 모두 명란에게만 돌아갈 수는 없겠네요!"

임 이랑이 고개를 저었다.

"재산은 별거 없단다. 할아버님께서 일찍 돌아가시면서 수습해야 할 일들을 잔뜩 남기셨기 때문이지. 할머님은 나리를 당신의 이름 밑에 넣었고, 또 작은할아버님과 본격적으로 송사를 치르는 바람에 관리들과 관청을 귀찮게 했지. 확실히 적지 않은 가산이 들어갔어. 훗날 또 재산을 정리해 네 아버지에게 돌려주기도 했고. 할머님께 돈이 있다 해도 얼마나 되겠느냐? 두고 보거라. 마님처럼 그렇게 돈을 탐내고 남을 내리누르며 이기려 들거나 권력 휘두르는 걸 좋아하면 언젠가 할머님을 노하게 할 것이다! 하하……."

임 이랑은 영침[3] 위에 엎드려 한바탕 웃다가 서서히 웃음소리를 거두고 정색하며 묵란에게 말했다.

"앞으로 명란이와 맞서지 말거라. 오늘 보니 그 아이도 만만치 않더구나. 네가 그 아이와 자매로 잘 지내면 아버지와 할머님께서도 흡족해하실 것이다. 여란이처럼 맨날 아무나 욕하고 때리고 다니면서 미움 사는 건 배우지 말고……. 여란이와 명란이의 사이를 틀어놓을 수 있다면 그게 가장 좋겠지."

---

3) 몸을 기댈 수 있는 길고 납작한 베개.

묵란이 눈을 반짝이며 말했다.

"어머니 말씀이 맞아요. 여란이도 마님처럼 성격이 폭죽 같아서 불만 가져다 대면 붙을 테니 속여 넘기기도 쉬워요!"

그러다 갑자기 또 안색이 조금 어두워졌다.

"그런데 큰오라버니는 그 애와 전혀 달라요. 생각이 깊고 사람이 기민한 데다 공부도 잘하잖아요. 오히려 작은오라버니가 조금 경박하죠. 장선생님도 오라버니는 학문을 제대로 익히지 않고 시험 준비도 열심히하지 않으면서 궁상맞은 수재들과 어울리는 것만 좋아한다고 말씀하셨어요."

임 이랑이 구들 위에서 서책을 집어 들고 웃으며 말했다.

"장 선생의 헛소리는 귀담아듣지 마라. 그 사람이 그리 대단하다면 어찌 본인은 시험으로 관직을 얻지 않았겠느냐? 어렸을 때 영민해도 커서까지 꼭 그런 건 아니라고들 하잖니. 내 눈에 큰애는 별거 없어 보인단다. 서른, 마흔이 되어서도 시험 보는 자들이 있는데 네 오라비는 이제 겨우 몇 살이냐. 친구를 많이 사귀어 두면 나중에 관직 사회에서 큰 덕을 볼 수 있을 것이다."

묵란은 연잔을 들고 천천히 마시다 조금 근심스럽다는 듯 말했다.

"친구를 사귀든 안 사귀든 그건 상관없어요. 큰오라버니는 곧 춘위春闈를 치를 거고, 한 번에 붙을지도 몰라요. 그러니 내후년 추위秋闈에서는 오라버니도 합격해야 할 텐데요."

임 이랑이 갑자기 눈썹을 찌푸렸다. 아들의 처소에 있는 그 요사스러운 계집종들이 생각난 탓이었다. 매일 요란한 옷차림을 하고 얼굴을 단장한 채 공연히 자기 아들을 나쁜 길로 꾀어내고 있었다. 차라리…….

은행과 구아가 모창재에 들어간 이튿날, 노대부인은 왕 씨의 말이 일

리가 있다며 수안당의 이등 시녀 취미를 명란에게 주었다. 명란의 곁에
는 나이가 많거나 어린 사람만 있어서 일을 제대로 하지 못하니 취미를
보내 나이 많은 계집종들이 출가할 때까지 어린 것들이 버틸 수 있도록
한 것이다.

명란은 우초간의 나무 구들 위에 앉았고, 밑으로 계집종들이 쭉 늘어
섰다. 한쪽에는 새로 들어온 취미, 은행, 구아가 있었고 다른 한쪽에는
단귤과 소도가 자리했다. 그 아래로는 어린 삼등 시녀 몇몇이 있었는데
다들 명란이 웃으며 이야기하는 걸 보는 중이었다.

"……앞으로 언니들에게 의지하도록 해. 내 옆에 있던 사람들은 나와
어릴 때부터 같이 자랐고, 나도 별다르게 가르친 게 없어서 예법 같은 건
잘 몰라. 세 언니들은 모두 할머님과 어머님 곁에서 합격점을 받은 사람
이니 나 대신 잘 가르쳐줄 거야. 여기는 협소하지만 갖출 건 다 갖춘 곳
이고 행동거지 하나하나도 다 규율에 맞아야 해. 취미는 방씨 어멈이 가
르친 사람이니 앞으로 동생들을 잘 부탁해."

달걀형의 희고 고운 얼굴을 가진 취미가 침착하고 다정한 모습으로
말했다.

"아가씨는 무슨 그런 말씀을 하세요. 앞으로 여기서 같이 지낼 테니 모
두 친자매와 다름없는걸요. 제가 노마님의 규율을 따르느라 위압적인
부분이 있을 텐데 동생들이 절 미워하지 않았으면 좋겠네요."

취미는 모든 계집종에게 말하면서도 시선만은 은행과 구아에게 향해
있었다.

은행은 수려하고 갸름한 얼굴이 조금 창백했고, 구아는 고개를 숙이
고 있어 옆모습으로 입을 삐죽 내밀고 있는 것만 보였다.

단귤은 소도에게 시선을 돌려 그 태평한 얼굴을 보다가 다시 명란을

바라보았다. 명란은 작은 몸으로 상석에 단정하게 앉아 있었다. 거처를 옮기느라 지치고 노대부인과 떨어져 힘든 탓인지 새해 들어 명란은 많이 수척해져 있었다. 뽀얗고 통통하던 작은 얼굴에 수려하고 온화한 호선이 그려졌고 가늘고 우아한 목이 드러났다. 무척 커 보이는 한 쌍의 눈은 어둡고 고요하여 그 깊이를 가늠할 수 없었다. 이렇게 맑고 생기 넘치는 눈동자 뒤에 대체 어떤 근심을 숨기고 있는 걸까?

수안당에서 나올 당시 노대부인도 명란 곁에 일손이 부족하단 걸 모르지 않았다. 자신과 소도 그리고 초록 사인방은 명란과 비슷한 또래였고, 최씨 어멈은 가족이 있어 밤낮으로 안채를 지키고 있을 수 없었다. 그래서 노대부인은 당시에 취희든 취미든 사람을 더 내어주려 했지만 그걸 명란이 거절할 줄 누가 알았겠는가.

"……일단 기다려주세요. 나중에 제가 직접 할머니께 사람을 부탁드릴게요. 지금은 아직 확실하지 않지만요."

명란의 얼굴에 아이 같은 장난스러운 기색이 비쳤지만, 표정은 조금 씁쓸해 보였다.

"어쨌든 상대가 먼저 무슨 수를 써야 우리도 제대로 대응할 수 있는 것이니까요."

당시는 노대부인과 방씨 어멈만 그 말을 알아듣고 쓴웃음을 지으며 고개를 내저었고, 단귤은 그저 어리둥절하기만 했었다. 근데 이제야 비로소 이해가 되었다. 왕 씨는 모든 형제자매의 적모였기에 모창재에 손을 쓸 것이 불 보듯 뻔했고 그건 노대부인조차 뭐라고 할 수 없는 일이었다. 우리 아가씨는 왕 씨가 누군가 보낼 것을 일찌감치 예상하고 이 한 수를 남겨두었던 것이다.

아니나 다를까 첫날 문안 인사를 하러 간 자리에서 왕 씨는 바로 사람을 보냈다. 은행과 구아는 모창재에 들어오자마자 자신보다 어린 단귤에게 언니라며 유세를 떨었고, 또 왕 씨가 보낸 사람이었기에 단귤은 바로 명란 처소에서의 권력을 내주어야 했다. 하지만 다행히 저쪽 수안당에서 소식을 듣고 곧장 취미를 보냈다. 취미는 나이나 경력으로 은행과 구아를 누를 수 있었고 또 노대부인의 곁에 있던 사람이었다.

단귤은 생각해보니 새삼 두려운 마음이 들어 한숨을 내쉬었다. 수안당에 있을 당시 어린 계집종들은 자주 취희와 취미에게 이런저런 것들을 배웠기에 이제는 익숙해져 두렵지 않았다. 오히려 속으로 자신의 아가씨에 대한 존경에 호감이 더해졌다.

"……이렇게 빈틈을 남겨두면 어머님이 비슷한 수준으로 사람을 보낼 거예요. 처음부터 취희나 취미가 모창재에 있게 되면 부인은 아마 더 연륜 있는 사람을 보내겠지요. 그럼 할머니는 다시 사람을 보내 누르실 거예요? 그럼 그건 고부의 싸움이 되는 거 아닌가요? 어쨌든 제가 괜히 비루한 생각으로 군자의 속을 헤아려본 것에 불과했으면 좋겠어요."

명란은 노대부인의 손을 붙잡고 또박또박 천천히 말했다. 솔직하고 거짓 없는 표정이었지만 말투에서 조금 씁쓸함이 묻어났다.

당시 입구에서 보고 있던 단귤은 그 이야기를 듣고 나서 속으로 놀라 살이 다 떨릴 지경이었다. 노대부인은 몇십 년 동안 위세를 쌓아왔고, 한때 가장 총애받던 화란 아가씨조차도 감히 이렇게 모든 걸 다 솔직히 털어놓지는 못했다. 아이고, 아가씨, 노대부인은 아가씨만의 할머니가 아니랍니다. 정직하게 고할 수 없는 말도 있다고요. ……그런데 노대부인이 화를 내기는커녕 오히려 안쓰러워하며 한참 명란을 안아줄 줄 누가 알았겠는가.

나중에 단귤이 방씨 어멈에게 노대부인이 불쾌하게 여기는 거 아니냐며 슬쩍 물어보자 방씨 어멈은 감탄하며 말했다.

"명란 아가씨는 정말 영민하셔."

노대부인이 반평생을 살며 누군들 안 만나보고, 또 어떤 수작인들 모르겠는가. 그런데 여섯째 아가씨는 어릴 적부터 총명하고 사리 분별도 빨랐지만 유일하게 노대부인 앞에서는 숨기는 것이 없었다. 좋은 것이든 나쁜 것이든, 밝은 것이든 어두운 것이든 마음속에 있는 말을 남김없이 꺼내놓았다. 이것은 가장 가깝고 사랑하는 사람에게만 존재하는 신뢰였다. 노대부인은 그렇게 많은 손자 손녀가 있으면서 어째서 이렇게 여섯째 아가씨를 귀애하는 걸까? 그것은 명란만이 진정으로 마음을 다해 노대부인을 대하고 효심이 지극하기 때문이다.

단귤은 방씨 어멈의 말을 듣고 깊이 경계했다. 계집종들은 언제 아닌 적이 있었던가.

은행은 온화한 성격에 말하는 걸 좋아했고 잘 웃었으며 또 이것저것 캐묻기도 잘했다. 늘 취미의 비위를 맞추었고 일도 거들고 싶어했다. 이틀 간 함께 지내면서 어린 계집종들과도 많이 친해졌다. 구아는 조금 애교 있는 성격에 자기 일은 자기가 하는 편이라 소도와 오히려 잘 맞았다.

"너는 은행에 대해 어떻게 생각해?"

명란은 우초간에 앉아 서첩을 보며 글씨를 연습하고 있었고, 취미와 단귤은 서가를 정리하는 중이었다. 탁자 맞은편에 앉아 있던 소도는 실을 감아주다 이야기를 듣고 고개를 들어 대답했다.

"아주 상냥하던데요. 같이 지내기 좋아요."

"이 멍청아, 너는 개한테 속지 않을까 걱정도 안 되니? 그 애가 의도를 가지고 네게 친근하게 구는 건지 누가 알겠어."

단귤이 고개를 돌리며 한마디 했다.

"무슨 의도? 아가씨에 대한 건 한마디도 하지 않았어. 나도 방씨 어멈한테 꽤 많이 매를 맞았다고."

소도가 자신의 손바닥을 몇 번 문질렀다. 지금 생각해도 무서운 모양이었다.

"소도는 방씨 어멈이 요 몇 년간 단단히 단속했으니 아가씨에 대한 일을 쉽게 말하진 않았을 거야."

취미가 살며시 문 앞으로 걸어가 발을 제치고 바깥을 살피더니 고개를 돌려 안심한 듯한 목소리로 말했다.

"아가씨는 은행만 신경 쓰이시고 구아에 대해서는 안심하고 계신 거예요?"

명란이 웃으며 말했다.

"너희도 잘 생각해봐. 구아의 엄마가 누구야? 은행은 또 출신이 어떻게 되지?"

"그 애의 출신 말인가요?"

소도가 구들에서 내려와 취미를 구들 위에 앉히려 했지만, 취미는 거절하고 내려와 구들 가장자리에 앉았다.

구아는 유곤댁의 막내딸로 집에서 무척 사랑받고 자란 아이였다. 원래는 위유헌에 들어가 여란의 몸종이 되어야 했으나 여란은 성격이 좋지 않았고, 구아는 성정이 유약했다. 자칫 잘못해서 구아가 벌이라도 받으면 유곤댁은 마음이 아플 터였고, 여란과 왕 씨의 노여움을 살 수도 있었다. 그렇다고 묵란 쪽은 절대 보낼 수 없었으니 결국 남은 건 명란뿐이었다.

단귤이 다가와 소도를 잡아 끌더니 아래쪽의 작은 걸상 위에 함께 앉았다.

"방씨 어멈이 마님 곁에 있는 유씨 어멈은 사리가 밝은 사람이라고 자주 말했어요. 유씨 어멈이 그저 구아가 순탄하게 있을 만한 곳을 찾아주려 했던 걸 생각하면 딸을 보내 그런 은밀한 일은 시키지 않을 거예요. 그런데 은행은 성부에서 기반이 없기 때문에 뭐라도 해야 부인 앞에서 공을 세울 수 있겠죠."

취미는 단귤을 보고 무척 탄복했다. 역시 여섯째 아가씨의 심복이구나 속으로 생각하는데, 갑자기 저쪽에 있던 명란이 한마디했다.

"딱하구나, 세상 자애로운 모친의 마음이여. 구아에게 이런 엄마가 있는 것도 복이로구나."

단귤은 어렸기에 은행의 처리 문제를 고민했다. 하지만 나이가 열다섯인 취미는 조금 달아오른 얼굴로 이런 생각을 했다. 유씨 어멈이 신분 상승을 노렸다면 딸을 큰도련님 곁으로 보냈겠지만 유씨 어멈은 구아를 여섯째 아가씨에게 보냈다. 이건 딸을 첩으로 만들고 싶지 않다는 뜻이었다. 구아가 크면 제대로 된 사람을 찾아 당당하게 모창재에서 데려갈 생각인 것이다.

명란은 무언가 생각에 잠긴 듯한 취미의 얼굴을 보다가 다시 자매 같은 단귤에게로 시선을 돌렸다. 그러다 문득 은행이 고군분투하는 이유를 깨닫고 조금 울적한 듯 말했다.

"여인은 이 세상 사는 게 쉽지 않구나. 다 같이 지내다 나중에 내가 최선을 다해 너희들에게 좋은 혼처를 찾아줄게. 할머니께서 취미에게 하신 것처럼 말이야."

취미는 곧장 얼굴을 붉혔고 단귤은 정색하며 명란을 째려보았다.

"주인이시라고 자기 몸종을 놀리시는 건가요. 취미 언니는 이미 정혼했으니 나중에 아가씨가 혼수를 많이 챙겨주시는 게 진짜 보상이죠. 그래야 취미 언니가 수안당에서 나와 아가씨를 도와드린 보람이 있지 않 겠어요?"

이렇게 말하며 놀리는 것처럼 취미를 흘겨보았다.

앞의 이야기를 들을 때까지만 해도 그런대로 괜찮아 취미는 연신 고 개를 끄덕이며 단귤이 제대로 가르쳐볼 만한 아이라고 생각했다. 그런 데 이어지는 말을 들으니 단귤 역시 자신을 놀리고 있다는 걸 알고 원망 스러운 듯 말했다.

"아가씨, 전 다른 혼수는 필요 없어요. 여기 이 망할 계집애만 제 어린 동생의 아내로 주시면 됩니다!"

단단히 화가 난 단귤이 달려들어 붙잡으려 했지만, 취미는 명란의 뒤 로 숨어버렸다. 명란은 그대로 중간에서 난감한 상황에 빠졌고 다들 서 로 이리저리 치대다 한바탕 웃음을 터뜨렸다.

제32화
생존 환경 악화 보고

왕 씨는 수안당에서 또 큰 계집종을 보냈다는 걸 알고 한참 골똘히 생각하다 코웃음 치며 말했다.

"어머님께서 아주 제대로 지키시는군."

유곤댁이 얼른 달래며 말했다.

"마님, 절대 섣부르게 행동하시면 안 됩니다. 노마님께서는 지금 마님에게 경고하시는 겁니다. 그 말은 노마님께서도 알고 계시다는 뜻이지요. 마님이 아가씨들을 공평하게 대하면 그분도 다섯째 아가씨를 홀대하지는 않을 겁니다. 노마님께서 큰아가씨를 얼마나 아끼시는지 아시지 않습니까? 수시로 경성에 서신을 보내 소식을 물으시고요. 어쨌든 당신의 손녀이고 불쌍한 위 이랑이 일찍 세상을 떠났기 때문에 그러는 것뿐입니다. 마님께서는 어찌하여 계집애 하나 때문에 노마님과 또 반목하려 하십니까? 지금은 장백 도련님이 잘되는 것이 가장 중요합니다."

왕 씨가 수건을 쥐고 가라앉은 표정으로 말했다.

"계집종 몇 명을 보냈으니 낫겠지. 아무것도 모르는 상태로 있을 순 없어. 알아야 할 건 알고 있어야 할 것 아닌가. 내 의도를 알리는 거로 충분히 됐네."

이 상황은 아직 끝난 게 아니었다. 이날 오후, 또 두 명의 여자아이가 모창재에 보내졌다. 유곤댁은 아이들을 직접 데리고 와서는 쓴웃음을 지으며 임 이랑이 성굉에게 부탁한 거라고 말했다. 자신의 누이가 부릴 사람이 없다는데, 오라버니로서 시종을 부리며 혼자 편히 지낼 수 없다 며 장풍의 처소에서 제일 나은 두 명을 뽑아 명란에게 보냈다는 것이다.

성굉은 학식 있고 예의 바르며 바느질도 뛰어난 두 시종을 보고 몹시 감동하여 임 이랑의 도량과 형제에 대한 장풍의 깊은 정을 크게 칭찬했 다. 그리고 아마 그 칭찬에 너무 고무되어 그랬는지 장풍은 연이어 며칠 이나 폐문독서閉門讀書[1]하였다.

가아와 미아, 아리따운 두 여자아이는 나이가 열 서넛에 한 명은 여리 여리하고 고왔으며 한 명은 냉염한 분위기를 갖고 있었다. 얌전하고 어 여뻤으며 용모와 자태가 아름다웠다. 모창재 사람들 사이에 적막이 흘 렀다. 세상 물정 모르는 소도는 자신의 넓적한 얼굴을 만지며 멀뚱히 쳐 다보는데 턱이 곧 빠질 것만 같았다. 단귤은 멍하니 명란을 바라보았고 은행과 구아는 서로 시선을 마주하며 어찌할 바를 모르고 있었다. 취미 는 그런대로 차분하게 웃으며 두 사람의 손을 잡고 이야기를 나누었다. 명란은 하늘을 향해 장탄식하고 싶었다. 도道가 일 척尺 올라가면, 마魔 는 일 장丈 올라간다고 하지 않는가[2]. 그리하여 서둘러 외부에 알렸다. 모창재는 장소가 협소하여 사람이 다 찬 건 아니지만 공간은 다 찼습니

---

1) 문을 걸어 닫고 공부만 함.
2) 어느 정도 상황이 나아지면 더 큰 고난이 닥친다는 뜻.

다. 다들 걱정 마십시오. 부릴 사람은 충분합니다.

명란은 예쁜 두 여자아이를 보다 셋째 오라버니 장풍의 본성을 떠올리고는 그만 묻고 싶어졌다.

두 사람, 저기…… 아직 동침한 적은 없는 거지?

문득 든 생각에 자신이 참으로 사악한 것만 같았다.

이렇게 모창재는 시끌벅적해졌다.

구아는 관사를 맡고 있는 어미가 있는 데다 일을 잘 저지르는 성격이라 무슨 일이든 끼어들어 간섭하길 좋아했다. 막 모창재에 들어와 며칠 지나지 않았는데도 이제 외부인이 아니라 생각했는지 어린 계집종 몇 명이 말싸움하는 걸 보자마자 취미가 뭐라고 하기도 전에 계집종을 붙들고 꾸짖기 시작했다. 말끝마다 어머니에게 얘기해 안채에서 내쫓을 거라 했고 어린 계집종들은 그 말에 놀라 울음을 터뜨렸다. 단귤은 구아가 너무 과하다고 여기며 언짢아했다.

명란이 쓴웃음을 지으며 말했다.

"검은 고양이든 흰 고양이든 쥐만 잡을 수 있다면 다 좋은 고양이지.[3]"

구아가 어쨌든 어린 계집종들을 휘어잡은 것 아닌가.

반면 은행은 무척 조용했고 손발도 부지런했다. 뭔가 캐묻기를 좋아했고 물건도 잘 뒤졌다. 툭하면 명란의 곁으로 다가와 아양을 떨어대는 통에 단귤은 은행을 떼어놓기 위해 갖은 애를 다 써야 했다. 취미도 몇 번이나 은행을 야단쳤다.

"너는 규율을 모르는 것이냐. 온 지 며칠이나 되었다고 아가씨 뒷방에

---

3) 중국 덩샤오핑이 한 말로, 어떤 경제 체제든 성장을 이룰 수 있다면 그것이 제일이라는 뜻.

함부로 들어가. 그리고 아가씨 물건을 네가 건드려도 되는 것이야? 뜰 청소도 하지 마라. 일단 바느질부터 하고, 종일 함부로 훔쳐보고 캐묻는 짓도 하지 마!"

하지만 은행은 네네 대답하면서 뒤돌면 또 자기 하고 싶은 대로 해서 소도가 감시하는 수밖에 없었다. 명란은 스스로를 달랬다. 어쨌든 이건 조금 불편해진 것에 불과했다. 나머지 둘이 진짜 골칫덩이였다.

날씨가 화창한 어느 날, 계집종 몇 명이 명란의 처소에서 물건을 정리해 햇볕에 말리는데 어디서 쨍그랑하는 소리가 들렸다. 미아가 청화 필세筆洗[4]를 씻다가 바닥에 엎어서 깨진 것이다. 명란은 아까운 마음에 참지 못하고 말했다.

"조심 좀 해. 안 되겠으면 내려놓고 단귤이나 소도에게 하라고 하고."

그런데 미아가 동그란 눈을 치켜뜨더니 고개를 숙이고 고집스러운 목소리로 말했다.

"고작 필세잖아요. 제가 셋째 도련님 처소에서 귀중한 물건을 몇 번이나 엎었어도 셋째 도련님은 한 번도 뭐라고 안 하셨어요. 다들 아가씨는 성격이 좋다고 하던데 이러실 줄은……."

명란은 순간 그 자리에서 굳어버리고 말았다. 시공을 넘어온 사람으로서, 명란은 계급의식이 강하지 않았다. 하지만 현대 사회였다 하더라도 룸메이트나 친구의 물건을 엎었으면 당연히 미안하다고 해야 하는 거 아닌가. 눈앞에서 꽃과 옥처럼 고운 어린 미인이 사나운 눈초리를 하고 우기는 모습을 보니 마치 명란이 달래줘야 할 것만 같았다.

---

[4] 붓을 씻는 그릇.

명란은 그곳에 그대로 멈춘 채 무슨 말을 해야 할지 알 수 없었다. 옆에 있던 소도가 화를 주체하지 못하고 허리에 손을 올리며 말했다.

"넌 뭐가 그렇게 건방져! 아가씨가 뭐라 하시지도 않았는데 네가 먼저 이야기를 지어내는구나. 물건을 망가뜨려놓고도 할 말이 있어? 이 필세는 저기 있는 것들과 한 벌이야. 재작년에 남쪽에 계신 큰댁 나리께서 아가씨에게 생일 축하 선물로 보내신 거라고. 하나가 깨지면 이 문방사우文房四友는 불완전해지는 거야! 넌 셋째 도련님 곁이 좋았다고 그리워하면서 모창재에 와서 뭘 하는 거야. 억울하면 얼른 돌아가! 여기는 좁고 누추한 곳이라 너처럼 귀한 분은 모실 수가 없다고."

그 순간, 미아는 울면서 나가버렸다. 듣기로는 방에서 한 시진을 울다가 취미가 가서 타이른 뒤에야 괜찮아졌다고 했다. 이건 그래도 나은 편이었다. 미아는 자존심 강하고 성격이 나빠도 어쨌든 시종의 본분을 다했다.

그런데 가아는 무슨 문학소녀가 따로 없었다. 매일 방에 틀어박혀 시집을 붙든 채 넘치는 감수성을 주체하지 못했다. 주어진 일도 하지 않았고, 마지못해 바늘과 실을 들어도 몇 바늘 꿰매다가 그냥 내려놓을 뿐이었다. 나뭇잎 하나만 떨어져도 한나절을 울었고 기러기 우는 소리를 들으면 '두견제혈杜鵑啼血⁵⁾' 풍의 슬픈 시를 쓰곤 했다. 매번 볼 때마다 가아는 눈물 흘릴 준비를 하는 중이거나 이미 눈물방울이 잔뜩 맺혀 있는 상태였다. 취미가 집안 재수 없게 종일 훌쩍거리지 좀 말라고 했더니 그날 밤 찬바람을 맞으며 뜰에서 밤새 울어 병이 나고 말았다.

다정한 진상이 갖은 방법을 다 동원해야 가아를 겨우 한 번 웃길 수 있었다. 며칠이고 약도 밥도 챙겨 먹질 않아 사람들이 달래고 돌봐야만 했다. 화가 잔뜩 난 녹지가 막 뭐라고 했지만 단귤이 말렸다. 나중에 알고 보니 가아는 죄를 지은 관리 집안의 아가씨였다고 했다.

"그래서 어쩌라고? 예전에는 봉황이었을지 몰라도 지금은 어쨌든 계집종이잖아. 그럼 계집종의 본분을 다해야지. 우리 부에서 개를 아가씨로 모시려고 사들인 거겠어? 그런데 이거 봐. 우리가 개 시중을 들고 있잖아!"

녹지가 단귤에게 하루 치 약풍로藥風爐[6]를 보여주면서 분통을 터뜨렸다.

"예전에는 시중받던 아가씨였는데 계집종이 되었으니 마음이 편치 않을 수밖에 없지."

단귤이 약탕관[7]을 받아 들고 살살 약 찌꺼기를 걸러내며 불쌍하다는 듯 말했다.

벽사가 가녀린 목소리로 말했다.

"개는 저희와 같이 부에 들어왔어요. 계집종이 된 지 몇 년이나 되었는데 아직도 아가씨티를 낸단 말이에요. 시 쓰고 그림 그릴 줄 안다고 유난이나 떠는 것뿐이면서! 흥, 여기 처소에서 글자 좀 모르는 사람이 또 누가 있다고 그러는지 모르겠어요."

벽사는 비극적인 인물이었다. 아름다웠고 글도 알았으며 종합적인 소

---

6) 약을 달이는 화로.
7) 탕약을 달일 때 쓰는 질그릇.

양이 여란, 묵란, 명란보다도 나았다.

묵란과 여란은 서로 물과 불의 관계였지만 계집종 고를 때의 기준은 이상할 정도로 일치했다. 용모와 재능이 자신을 압도하면 안 되었기에 벽사는 패스(pass)였다. 장풍은 예쁜 여인을 좋아했지만 아쉽게도 인원 제한 때문에 더 아름답고 재능 있는 사람을 고르느라 벽사는 또 패스되었다. 그리하여 벽사가 결국 명란의 곁으로 오게 된 것이다.

연초가 찻주전자를 들고 물을 부었다. 가아를 달래다 기운이 다 빠진 연초는 진상에게 먼저 맡겼다가 나중에 다시 가서 교대했다. 주전자의 물을 반쯤 부은 뒤 연초가 힘주어 말했다.

"우리 아가씨가 너무 착해서 그래. 아가씨에게 싫은 내색을 하는 미아도 그렇고, 방씨 어멈이 있었으면 진즉 혼쭐이 났을 것을!"

옆에 있던 계집종들은 그 말에 바로 엄한 방씨 어멈을 떠올리며 탄식했다.

"이게 다 셋째 도련님이 버릇을 잘못 들인 건데 우리 아가씨가 고생하네요."

마지막으로 녹지가 이야기를 정리했다.

결국 여러 언니 동생들에게 떠밀려 명란에게 모두의 의견을 전하게 된 단귤이 완곡하게 말했다.

"아가씨, 이러시면 안 돼요. 몇 명은 방씨 어멈에게 규율을 좀 배워야지 아니면 전부 못 쓰겠어요."

명란이 곤란한 듯 말했다.

"그 애들은 어머님과 셋째 오라버니 사람이야. 어쨌든 그분들의 체면을 깎는 건 좋지 않아! 미아가 너희들을 지치게 하는 건 알고 있어. 하지만…… 가아는 부모와 가족이 모두 세상을 떠났잖아. 억울하고 원통할 수밖에 없겠지."

"억울하다고요?!"

취미가 의아하다는 듯 명란을 쳐다보았다.

"아가씨, 무슨 말씀을 하시는 거예요? 제 아버지에게 듣기로 가아 그 계집애의 부친은 등주 근방의 현령이었는데 가장 탐욕스러웠고 착취가 끝도 없었답니다. 그래서 해직되어 감옥에 들어갔고, 가산을 몰수당한 뒤 가솔은 팔려 간 거래요."

취미의 아버지는 외장外庄[8] 관사로, 집안에 들이는 계집종과 머슴아이는 모두 그자의 손을 거쳤다.

"가아의 부모가 누명을 쓴 건 아닐까?"

명란은 영화나 드라마에서 본 누명 쓴 충신과 장수들의 일가를 떠올렸다.

취미가 실소하며 말했다.

"아이고, 우리 아가씨, 관리가 죄를 짓고 관직을 박탈당하는 경우는 많아요. 그런데 가족이 연루되는 경우는 열 가문 중에 한 가문도 없답니다. 교방사教坊司[9]에 들어가는 경우는 백 중에 하나도 없고요. 그런데 뭐 그렇게 억울할 게 많겠어요? 가아 아버지의 일은 적지 않은 사람이 알고 있어요. 분명 의심할 바 없는 탐관貪官이었고 평소 돈을 물 쓰듯이 썼기에 가산을 몰수해도 다 별충할 수 없어 가솔들까지 연루된 거라니까요."

명란은 그래도 단념하지 않았다.

___

8) 멀리 떨어져 있는 논밭.
9) 관기를 교육하고 관리하는 기관.

"잘못은 남자가 저질렀는데 아내와 딸은 무슨 죄야?"

마침 안으로 들어오던 소도는 안 그래도 요즘 도둑을 막듯 은행을 지키느라 머리가 터질 것처럼 피곤한 상황이라 저 이야기를 듣고는 불퉁하게 말했다.

"아가씨, 탐관의 가솔은 능라주단을 걸치고 산해진미를 먹고 살았는데 그게 다 백성의 고혈이었어요. 가아의 아비 때문에 패가망신한 백성이 한둘이 아니었고, 누구는 궁지에 몰려 자식을 팔기도 했다고요. 그런데 가아가 아비의 빚을 대신 갚는 게 안 될 일인가요? 그래도 우리 부에 들어왔으니 운이 좋은 거예요."

명란은 무안하여 아무 말도 하지 않았다. 그녀를 탓할 수는 없었다. 드라마에서 다 그렇게 보여줬으니 말이다.

불만스러운 건 불만스러운 거지만 명란은 일단 상황을 진정시키고 편안히 지내보기로 했다. 천천히 교화하면 그 골칫덩이들도 언젠가 저도 모르는 사이에 감화될 거라 생각했다. 그런데 교육 계획이 그리 더디게 될 줄 누가 알았겠는가.

하루는 아침부터 장백이 모창재에 시찰을 나왔다. 명란이 만들어주기로 한 솜신이 마침내 완성되어 장백이 겸사겸사 와서 받기로 한 것이다. 명란은 직접 장백을 맞으러 나갔다. 막 입구에 들어선 장백이 몇 걸음 채 옮기기도 전이었다. 냉염한 어린 미인이 빗자루를 들고 바닥을 쓰는 모습을 보았다. 장백은 낯선 얼굴이라 생각하며 몇 번 쳐다보았다. 그런데 그 아이가 목을 번쩍 들더니 차갑게 흥, 하고 소리 내며 도도한 표정을 지을 줄 누가 알았겠는가. 장백은 곧장 미간을 찌푸리며 명란에게 말했다.

"하인들이 어찌 이리 예의가 없는 것이냐? 네가 단속하지 않은 것이로구나!"

미아는 수치심과 분노에 빗자루를 내려놓고 안으로 들어가버렸다. 명란은 몹시 난감했다.

몇 걸음 옮겨 정원 안에 도착하니 버들개지처럼 연약하고 아리따운 소녀가 회랑 기둥에 기댄 채 가만히 시를 읊고 있었다. 장백이 들어보니 '푸르른 그대 옷깃, 아득한 나의 마음¹⁰⁾'이 아닌가. 다시 미간을 찌푸리며 단귤에게 호통을 쳤다.

"계집종들이 글자를 알고 사리에 밝은 건 그렇다 쳐도, 왜 이걸 가르친 것이냐? 여인은 재능이 없는 것이 덕이다. 하물며 계집종은 말할 것도 없지!"

가아는 창백한 안색으로 비틀거리며 처소로 돌아갔다. 몹시 울적해진 명란은 하하 헛웃음이 나왔다.

처소에 들어가 앉아 명란이 장백과 채 몇 마디 나누기도 전이었다. 은행이 단귤의 일을 빼앗았는지 차를 들고 왔다가 또 간식을 올렸다. 그러고는 한쪽에 서서 시종일관 입술을 살짝 오므리고 미소 지으며 고운 눈빛으로 내내 장백에게 인사를 건넸다. 소도가 잡아 끌어도 가지 않았다. 장백은 언짢은 표정으로 찻잔을 탁자 위에 내리치더니 가라앉은 목소리로 말했다.

"명란이는 처소에 있는 계집종들을 잘 단속하도록 해라!"

그러고는 새 신발을 잡아채고 고개를 돌려 가버렸다. 명란은 피를 토할 지경이었다!

---

10) 시경, 정품과 조조의 단가행에 나오는 구절.

막 점심 식사를 마치고 폐문독서하던 장풍은 밖으로 나와 산책에 나섰다. 걷고 또 걷다 보니 어느새 모창재에 다다르게 되었다. 명란은 장풍과 친숙한 사이는 아니었지만 친절하게 맞이해주었고 안으로 들어가 함께 차를 마셨다. 장풍은 확실히 정신이 없어 보였다. 미아를 보자마자 벌떡 일어나더니 누차 물었다.

"미아야, 그간 별일 없었느냐?"

미아가 원망 어린 목소리로 말했다.

"쫓겨났지만 죽을 것 같지는 않습니다……. 그러니 셋째 도련님은 걱정하지 마시어요."

장풍이 떨리는 목소리로 말했다.

"……너, 너 설움을 당했구나!"

그때였다. 가아가 연약한 모습으로 솜이 나부끼듯 한걸음에 세 번씩 휘청거리며 다가왔다. 장풍의 눈이 축축이 젖어들었다.

"가아야, 여위었구나!"

가아는 더는 참을 수 없었다. 구슬 같은 눈물이 줄이 끊어진 것처럼 아래로 뚝 떨어졌다.

"셋째 도련님, 저는 평생 도련님을 못 뵙는 줄 알았어요……."

장풍이 다가가 붙들자 가아가 곧장 목놓아 울기 시작했다. 장풍이 계속 위로하자 모창재는 울음바다가 되었다.

취미와 단귤 등 몇몇은 보다가 입이 딱 벌어졌다. 은행과 구아도 눈이 휘둥그레진 채 저쪽에 서서 어찌할 바를 모르고 있었다. 그러다 시선을 돌리더니 같이 명란에게 가서 어찌해야 하냐는 시늉을 했다. 명란은 아무 말도 하지 않았다. 내상이 컸다.

충분히 최악이라고 생각했는데 뒤에 이런 결정타가 기다리고 있을 줄은 몰랐다.

또 이런 일도 있었다. 제齊 대인은 새해가 되기 전 황제에게 상소문을 올렸다. 황제는 제 가의 세 식구가 귀경하여 새해를 보내는 걸 허락했고, 장 선생은 잠시 겨울 방학을 갖겠다고 했다. 제형은 떠나기 전 먼저 이사 선물을 건넸는데, 도료로 칠한 틀에 걸린 양지백옥羊脂白玉 [11]으로 만든 넙치 모양의 경쇠磬 [12]였다. 옆에는 영롱한 백옥의 작은 종도 걸려 있었다. 명란은 이렇게 투명하게 빛나는 양지백옥을 정당에 두고 이목을 끌수 없었기에 침실의 서탁 위에 올려두는 수밖에 없었다.

하지만 이날 묵란과 여란이 나란히 찾아올 줄 누가 알았겠는가. 원래 여란은 침상에 앉아 차를 마시고 있었다. 그런데 묵란이 한사코 명란의 새 처소를 봐야겠다고 하더니 여란을 끌고 곧장 명란의 침실로 들어갔다. 명란이 상황이 좋지 않다 생각하고 있는데 묵란이 그 백옥경을 가리키며 간드러진 목소리로 말하는 게 들렸다.

"······이게 바로 원약 오라버니가 너에게 준 그 축하 선물이구나!"

여란은 시선을 고정한 채 그 경쇠를 한참 노려보더니 명란을 다시 또 오랫동안 쳐다보았다. 그 눈빛에 명란은 등 위로 식은땀이 흘렀다. 묵란은 옆에서 입을 오므리며 웃었다.

"명란 동생은 정말 복도 많아. 원약 오라버니가 늘 이렇게 마음 써주잖아. 언니인 내가 위유헌으로 옮길 때도 이사 선물 같은 건 보내주지 않던데. 원약 오라버니가 동생을 이렇게까지 유독 특별히 아끼는 이유가 대

---

11) 양의 기름 덩어리 빛깔을 띤 백옥.
12) 틀에 옥돌을 달고 망치로 쳐 소리를 내는 악기.

체 뭘까?"

명란은 얼빠진 모양으로 큰 눈을 뜨고 멍하니 말했다.

"……그런가요? 무슨 이유 때문일까요. 여란 언니는 아시나요?"

그리 말하며 무지한 얼굴로 여란을 바라보았다. 여란은 남의 불행을 즐기는 듯한 얼굴의 묵란을 보니 속에서 까닭 없이 화가 치밀어 올랐다. 다시 명란을 보다 둘 중 덜 짜증 나는 쪽을 택하기로 한 여란이 큰 소리로 말했다.

"이건 간단한 얘기 아냐? 원약 오라버니는 수안당에서 너랑 자주 밥을 먹으며 막냇동생으로 여겼잖아. 어머니께서는 우리 집안과 제가는 인척이기 때문에 다 우리 집 남매라고 말씀하셨어!"

말할수록 목소리가 커지면서 여란은 자신에게 설득당했다. 이야기하다 아이 같은 명란을 보고 자신의 해석이 통했다고 생각했다. 명란이 박수를 치더니 웃으며 말했다.

"여란 언니가 말하자마자 다 이해했어요. 언니는 정말 똑똑하네요!"

하늘이 딱하게 여겼는지 여란은 이만큼 자란 지금 처음으로 머리가 좋다는 칭찬을 들었다.

묵란이 몇 마디 더 이간질해보려는 순간, 명란이 고개를 저으며 천진하게 말했다.

"……그래서 예전에 묵란 언니가 하루가 멀다 하고 가숙당에 간식을 보내 원약 오라버니에게 주었군요. 한집안 남매라서!"

여란이 예리한 칼날 같은 눈빛을 묵란에게 쏘아 보냈다. 묵란은 얼굴을 붉히며 큰 소리로 말했다.

"너 무슨 터무니없는 소리를 하는 거야? 난 두 오라버니에게 간식을 보낸 거야!"

명란이 머리를 만지작거리며 멍하니 말했다.

"어? 제가 큰오라버니와 셋째 오라버니에게 듣자 하니 묵란 언니의 간식이 전부 원약 오라버니에게 갔다고 하던데. ……혹시 제가 잘못 들은 걸까요?"

이렇게 말하며 의문스럽다는 듯 여란을 쳐다보았다. 이미 상황파악을 끝낸 여란은 멸시하듯 묵란을 노려보고는 코웃음 치며 말했다.

"묵란 언니도 참 수완이 좋아. 정말 가학家學이 깊어서 그런가봐!"

묵란이 손바닥으로 찻잔을 엎으며 성난 목소리로 말했다.

"너 뭐라 그랬어!"

여란은 속으로 움찔했다. 임 이랑까지 끌어들이면 좋을 것이 없었다. 명란이 얼른 덧붙였다.

"여란 언니의 말뜻은 성의를 다해 손님을 대접하는 것이 우리 성가의 법도라는 거예요. 묵란 언니는 역시 성가 사람의 풍모를 갖고 있네요!"

여란은 한숨 돌리며 만족스러운 듯 명란의 머리를 토닥였고, 묵란은 그런 두 사람을 매섭게 노려봤다. 명란은 속으로 생각했다. 어쩔 수 없어. 난 스스로를 지켜야 하니까.

웃으며 두 사람을 배웅한 뒤 단귤은 굳은 얼굴로 돌아와 문을 전부 닫더니 정색하며 명란에게 말했다.

"아가씨, 종년들을 제대로 혼내셔야 해요. 저 망할 년들이 추태를 부리게 놔둘 수 없어요. 아가씨의 평판까지 깎이게 된다고요!"

소도와 취미 역시 그 말에 동조했다.

명란은 구들 위에 앉아 자수책과 자수틀을 들고 비교하다 싱긋 웃으며 말했다.

"서두르지 마. 서두를 것 없어. 너희는 아무것도 하지 마. 걔들이 그냥 소란 피우게 놔둬. 너희는 다른 곳에 나가면 친한 계집종과 어멈들을 골라 여기 일을 다 말해줘. 특히 장백 오라버니와 장풍 오라버니가 왔을 때 일 말이야. 필히 어머님께서 다 아실 수 있게!"

단귤이 눈을 반짝이며 기쁜 듯 말했다.

"아가씨⋯⋯."

그러고는 더 말을 잇지 않았다.

취미가 고개를 저으며 말했다.

"다들 알게 한들 또 뭐가 어떻게 되겠어요. 아가씨가 제대로 단속도 못하고 무능하다며 비웃음당할 거 아닙니까! 그러면 아가씨는 아마 마님에게 비난이나 듣게 될 거예요."

소도 역시 고개를 끄덕이며 말했다.

"그래요, 마님이 아가씨 편을 들어줄 것 같지 않아요. 아가씨가 비웃음당하는 걸 보고 싶어하는 사람도 있을걸요."

명란은 손을 내저어 모두 그만 이야기하게 한 뒤 차분하게 말했다.

"저녁 먹은 뒤에 너희 셋이 와서 해줄 일이 있어."

세 여종은 시무룩하게 밖으로 나가는 수밖에 없었다.

명란이 살짝 창을 열어 밖을 보니 붉은 매화가 시야에 들어왔다. 아름답고 눈부신 자태로 우아하게 흔들리며 혹한의 땅에서도 홀로 꽃을 피워냈다. 화가 나지 않았다면 거짓일 터였다. 이제는 상황을 진정시키고 편안히 지내는 정도의 문제가 아니었다. 여기 계집종들은 애초에 명란을 안중에도 두지 않았기에 이리 제멋대로 구는 것이었다. 왕 씨는 성가를 관리하고 있었고, 임 이랑은 돈과 아들딸이 있었다. 명란은 그저 어린 서녀에 불과했다. 연로한 조모만이 명란을 딱하게 여겼기에 계집종들은 명란이 문제를 일으키지 못할 것이고, 감히 자신들 뒤에 있는 주인을 거스르지 못하리라 확신한 것이다!

명란이 처음 고대 대가정의 복잡한 사정을 이해하기 시작하면서 이런 계집종들을 혼내는 건 겁나지 않았지만, 장풍과 왕 씨는 거스를 수 없었다. 명란의 뒤에는 믿고 의지할 수 있는 노대부인이 있었지만, 할머니가 매사에 대신 나서줄 수 없는 노릇이었다. 노대부인은 모든 손주의 조모였기에 항상 편애할 수 없었고, 또 어떤 건 노대부인도 할 수 없는 일도 있었기에 명란은 스스로 해결해야 했다.

명란이 여란과 같은 위치에 있었다면 여유롭고 자유로운 명문가 아가씨가 되어 수월하게 살아갈 수 있었겠지만, 명란은 아니었다. 사람이 있는 곳에 강호가 있다고 했다. 명란이 지금 강호에 있는데 한발 물러서 있겠다고 한다면 그것이야말로 우스운 일이었다. 그렇다면 생각해보자. 가장 먼저 무엇을 해야 할까?

저녁이 되자 단귤과 소도가 문과 창문을 하나씩 닫았다. 취미가 명란을 도와 커다란 백지를 자르고 필묵을 준비했다. 명란이 말했다.

"너희 세 사람은 날 도와서 같이 생각해줘. 평소에 어린 계집종들의 부적절한 행동이나 불성실한 일이 뭐가 있었는지 정리하자. 우리가 규제 내용을 열거해서 백지 위에 검은 글자로 쓴 다음에 그 계집종들을 잘 단속하는 거야."

취미는 좋은 방법이라고 생각했지만, 단귤은 상당히 비관적이었다.

"아가씨의 의도는 알겠는데요, 적는다 한들 뭐 어쩌겠어요. 우리가 걔들한테 벌을 줄 수도 없잖아요."

명란이 물을 더해 먹을 갈기 시작했다. 불빛 아래 고운 얼굴 위로 입가에 작은 보조개를 드러낸 명란이 밝게 웃으며 말했다.

"화내지 마, 화내지 마. 밥을 한 술 한 술씩 먹듯이 골치 아픈 문제도 하나 하나씩 해결해야 해. 너희는 일단 내 말대로 해."

이런 개념 없는 사람들 때문에 자신의 인성을 망가뜨릴 필요는 없었다. 저들은 자신의 온화하고 유쾌한 기분을 망칠 수 없었다.

소도가 제일 말을 잘 들었다. 하나부터 열까지 평소에 보았던 계집종들의 부적절한 행동들을 다 이야기했다. 취미는 웃으며 옆에서 정리했다. 꼼꼼한 단귤은 천천히 빠진 부분을 채워 넣었다. 세 명의 갓바치가 반드시 제갈량보다 나은 건 아니지만 분명 명란 혼자보다는 강했다. 셋은 재빨리 내용을 간략하게 추린 뒤 '마음대로 모창재에서 벗어날 수 없다', '주인의 일에 토를 달지 않는다', '당직시 본분을 다한다', '다투고 말썽을 일으키지 않는다', '부르지 않았을 땐 함부로 정방에 들어가지 않는다' 등등 조항을 열거했다.

세 여자아이는 모두 어릴 적부터 계집종이었기 때문에 아랫사람의 사소한 금기에 대해 가장 잘 알고 있었다. 그래서 처음에는 조금 꺼리는가 싶더니, 나중에는 점점 내용이 빈틈없이 채워져갔다. 명란은 직접 계집종들에게 차를 따라주고 간식도 내준 다음 붓을 잡고 하나씩 기록했다. 늦은 밤까지 이야기하자 어느 정도 다 된 것 같았다. 취미와 소도는 구들 위에 흩어져 있는 종잇조각과 필묵을 정리했고 단귤은 따뜻한 물을 들고 명란이 손을 씻을 수 있게 해주었다.

명란의 손에 묻은 먹물 자국을 꼼꼼하게 문지르다 단귤이 못 참고 물었다.

"아가씨, 이게 정말 쓸모가 있을까요? 노마님께 처리해달라고 말씀드리면 안 될까요?"

명란은 축축해진 손가락으로 단귤의 코를 톡 치며 말했다.

"내게 다 묘책이 있지."

단귤은 고개를 돌려 피하며 입을 작게 삐죽거리다 마른 수건을 들고 명란의 손을 감쌌다.

명란은 문득 한 가지가 생각나 다시 붓을 들고 먹을 찍은 다음 그 큰 종이 아래쪽에 한마디를 추가했다. 미완, 갱신 중⋯⋯.

제33화

생존 환경 개선 지침

어차피 단속할 수 없는 일이라 취미도 아예 상관하지 않았다. 그저 단귤과 소도를 데리고 명란의 정방을 지킬 뿐이었다. 다른 건 그냥 묵과했다. 모창재는 한동안 규율이고 뭐고 없는 상태가 되었다. 본 대로 배운다고, 어린 계집종들은 나가 놀든지 아니면 별원에서 잡담했다. 연초와 몇몇만이 성실하게 자기 일을 계속했다. 방씨 어멈이 지난 몇 년간 했던 훈련은 역시 헛된 것이 아니었다.

안채에서 벌어진 여인들의 사투는 인내심 싸움이었다. 그리고 명란은 참을 수 있었지만, 누군가는 참지 못했다. 유곤댁은 먼저 찾아와 명란에게 은근히, 그러면서 대놓고 처소의 계집종들을 잘 다스리라고 했다.

명란이 천진하게 말했다.

"걔들은 다 아주 괜찮은데. 뭐 잘못된 거라도 있는가?"

유씨 어멈은 속으로 치밀어 오르는 화를 참으며 가까스로 말했다.

"미아가 큰도련님을 보고 낯을 찌푸렸는데도 아가씨는 신경도 쓰지 않으셨습니다. 그건 그렇다 쳐도 몇몇은 화려하게 꾸민 채 종일 여기저기 쏘다니고 잡담하며 말썽을 일으키고 있습니다!"

매일 장백이 공부하러 오가는 길에서 살짝만 옆으로 빠지면 바로 모창재였다. 취미와 단귤 등 몇몇은 바람 하나 통하지 않게 철저히 명란을 지켰다. 은행은 가슴 가득한 열정을 발산할 곳이 없어 매일같이 입구를 지키며 목을 길게 빼고 기다렸다. 그러다 장백이 보이기만 하면 가서 안부를 묻고 인사하며 모창재에 오라고 은근하게 초대했다. 귀찮았던 장백이 참다못해 몇 마디 불평하자 왕 씨를 도와 집안을 관리하는 유곤댁이 뜨끔하여 얼른 은행에게 한소리 했다. 하지만 요즘 한창 성질이 나 있던 은행은 뜻밖에도 대들며 말했다.

"어멈, 너무 신경 쓰지 마세요. 전 지금 명란 아가씨 사람이잖아요. 아가씨도 저에게 뭐라고 안 하시는데 무슨 이유로 저에게 그러세요?"

유곤댁은 열이 뻗쳐 죽을 것 같았다. 명란은 무척 곤란하다는 듯 머뭇거리며 말했다.

"은행은 그저 열심히 하는 것일 뿐이야. 게다가 걔는 어머님께서 보내 주셨잖아. 내가 어떻게 어머님의 체면을 깎겠어."

유곤댁이 화를 내며 가버린 뒤 단귤이 얼른 말했다.

"아가씨, 저희가 그 계집들을 손볼 수 있어요!"

명란은 미소 짓다 고개를 저으며 말했다.

"아직은 때가 아니야."

다시 이틀이 지났다. 왕 씨는 문안 후 일부러 명란을 남게 한 뒤, 한바탕 설교를 퍼부었다.

"네 처소의 어린 계집종들이 갈수록 점점 말이 아니더구나. 그 무슨 가아인가 하는 애는 길에서 셋째와 서로 붙들고 있는데 너는 단속도 하지 않았고!"

사실 왕 씨가 말하고 싶은 건 은행이었다. 은행이 요즘 들어 더 자주 장백의 앞에 나타났기 때문이다.

명란은 계속 어리숙한 척했다.

"가아는 원래 장풍 오라버니 처소에 있었잖아요. 오라버니가 아끼던 사람을 보냈는데 제가 혼내면 나중에 장풍 오라버니가 저에게 뭐라고 하지 않을까요?"

왕 씨는 얘가 언제 철이 들려고 그러나 안타까워하며 살갑게 다독였지만, 명란은 머뭇거리며 네네 대답만 할 뿐이었다.

명란을 부축해 정원에서 나온 소도가 흥분하며 말했다.

"아가씨, 이번엔 마님께서도 말씀을 꺼내셨으니 저희가 그 망할 계집들을 혼내줄 수 있겠어요!"

명란이 여전히 미소 지으며 말했다.

"인내심을 갖고 더 기다려봐."

명란은 손가락을 꼽으며 또 사흘을 기다렸고 마침내 성굉이 쉬는 날이 되었다. 온 집안사람이 아침 일찍 노대부인에게 문안 인사를 드리러 갔다. 명란은 일부러 꾀죄죄한 옷차림을 했다. 모두가 인사를 올린 뒤 나이순으로 하나씩 앉았다. 노대부인은 가라앉은 얼굴로 아무 말도 하지 않고 상석에 앉아 있었다. 성굉은 노대부인의 안색이 좋지 않은 걸 보고 무슨 연유인지 물었다.

노대부인이 명란을 가리키며 마뜩잖은 듯 말했다.

"명란이에게 물어보거라. 저기 모창재가 그 버릇없는 것들 때문에 다 뒤집어질 지경인데 제대로 정리도 안 되고 있지 않니!"

성굉이 깜짝 놀라 물었다.

"그게 무슨 말씀이십니까? 명란, 무슨 일이 있었던 게냐?"

명란은 변변찮은 모습으로 조심스럽게 일어났다. 왕 씨는 속으로 깜짝 놀랐다. 왕 씨 역시 요즘 모창재가 시끄러워 꼴이 말이 아니라는 건 알고 있었다. 적지 않은 관사 어멈들이 와서 말했다. 노대부인이 조만간 알게 되겠지만 명란이 노대부인을 찾아가 이르지 않은 걸 생각하며 왕 씨는 오히려 꽤 흡족했다.

다행히 다른 사람은 명란이 한참 우물쭈물하는 걸 보며 슬쩍 장풍과 묵란을 살피면서도 시종일관 그 이유를 말하지 않았다. 여란이 먼저 다급히 나서며 큰 소리로 말했다.

"아버지, 제가 말할게요. 명란인 너무 착하다니까요. 처소의 계집종들이 멋대로 구는 걸 그냥 놔두니까 지금 모창재의 어린 계집종들까지 평소에 일도 안 하고 화원에서 놀기만 한답니다. 정원은 신경도 안 쓰고 처소도 정리하지 않아요. 큰일이건 작은 일이건 사람을 부릴 수가 없어요. 다들 잡담이나 하며 분란만 일으키고 있어요. 제 처소의 큰 계집종이 뭐라고 했지만 다 받아치더랍니다!"

성굉이 무릎을 내리치며 성난 목소리로 말했다.

"명란, 너는 어찌하여 처소 것들을 제대로 다스리지 않은 게냐!"

성굉이 여란의 고자질에 반응한 건 처음이었기에 여란은 한껏 고무되어 명란이 뭐라고 대꾸하기도 전에 말을 뺏었다.

"명란이 처소에서 제일 말썽을 부리는 두 명은 장풍 오라버니가 보낸 애들인데 명란이가 어찌 관리하겠어요!"

성굉은 임 이랑이 연관되어 있다는 말에 조금 머뭇거리더니 옆에서 고개를 숙이고 있는 장풍을 한 번 보고 의심스러운 눈빛으로 왕 씨를 쳐다보았다. 성굉의 그 모습에 왕 씨는 자신이 임 이랑에게 무슨 수작을 부린 건 아닌지 성굉이 또 의심하고 있다는 걸 알았다. 순간 부아가 치밀었으나 가까스로 화를 가라앉히고 억지로 웃으며 말했다.

"여란, 쓸데없는 소리 하지 말거라. 장풍이는 분명 제일 괜찮은 애를 골라 동생에게 보냈을 것이다."

여란이 곧장 반박했다.

"쓸데없는 소리가 아니에요. 그 두 계집종 중 하나는 눈이 하늘보다 높이 달렸는지 감히 큰오라버니를 보고 얼굴을 찌푸렸고, 하나는 아가씨인 척 유세 떨며 툭하면 앓아누워 매일 남의 시중을 받고 있어요. 어찌나 위세를 부리는지 제 주인을 뛰어넘을 지경이에요. 명란아, 너도 얘기해. 내가 이유 없이 헛소리하는 거냐고!"

여란이 명란을 잡아당기며 증인으로 삼으려 했다.

명란이 얼굴을 잔뜩 찡그리며 말했다.

"제 처소에서 그 애들을 힘들게 했나 봐요. 큰오라버니의 기분을 상하게 한 건 말할 것도 없고, 유씨 어멈도 고생스럽게 몇 번이나 제 처소에 의원을 불러 약을 처방받게 해주었어요. 여기 온 지 십여 일밖에 안 되었는데 가아는 벌써 다섯 번이나 앓아누웠답니다. 다행히 장풍 오라버니가 자주 가아를 찾아와주셔서 가아의 병세가 더 빨리 나아졌어요."

"그런 일이 있었단 말이냐?!"

성굉이 경악하며 말했다.

노대부인이 싸늘한 목소리로 말했다.

"……그제 모창재 입구에서 벌건 대낮에 계집종 하나가 장백을 붙들고 있는 걸 누군가 보았다더구나. 대체 그게 무슨 꼴이냐!"

왕 씨는 속으로 분노하며 손가락으로 의자 위에 놓인 연꽃 문양 비단 등받이를 거칠게 움켜쥐었다.

아들을 가장 잘 아는 건 아버지밖에 없다. 성굉은 고개를 들어 무표정한 얼굴의 장백을 보고 다시 뭔가 켕기는 게 있는 듯한 장풍에게 눈을 돌렸다가 그게 사실이라는 걸 알고 속으로 무신경한 임 이랑을 욕했다. 눈에 거슬리는 계집종을 치우는 데 명란을 끌어들일 필요가 있었느냐 말이다.

내심 초조해진 묵란은 필사적으로 장풍에게 눈짓을 하면서 웃으며 말했다.

"아버지, 화내지 마세요. 별일 아니잖아요. 나중에 그 철없는 계집들을 혼내주면 되는 일인데 그렇게 화내실 필요가 있나요. 명란이도 그래. 누가 보낸 계집종이든 모창재에 들어갔으면 네 시종 아니야? 때리고 혼내야 할 때 한마디도 하지 않다니. 네가 너무 무르게 구니까 계집종들이 만만하게 여기는 것 아니겠어."

장풍은 묵란의 눈짓에 얼른 자신의 입장을 밝히며 붉어진 얼굴로 명란에게 말했다.

"내가 명란이를 골치 아프게 했구나. 하지만 그 둘은 평소에 내 처소에서는 괜찮았단다. 아마 익숙하지 않아서 그럴 거다. 동생이 그 애들에게 잘 말하면 될 거야. 영리한 아이들이니까."

가벼운 몇 마디 말로 일을 그냥 넘기려 하자 여란의 입꼬리가 경멸하듯 뒤틀렸다. 한쪽에서 여전히 냉소를 띄고 있던 노대부인은 대로하여 탁상 위를 힘껏 내리치고는 소리 높여 말했다.

"그게 무슨 말이냐. 별일이 아니야? 무르게 굴어? 너희 형제자매는 명란을 좀 보아라. 여기서 나간 지 이십여 일밖에 안 되었는데 꼴이 어찌되었느냐! 주인이 계집종에게 접어주어야 한다는 것이야? 교활한 시비가 주인을 기만하는 것이 명란이의 잘못이라는 것이냐?"

장풍과 묵란은 노대부인이 노한 걸 보고 얼른 일어나 한쪽에 공손히 시립했다.

성큉이 눈을 돌려 보니 과연 명란은 얼굴이 반쪽이 되어 턱이 날카로워져 있었다. 작은 얼굴은 안색이 좋지 않았고 더는 예전에 수안당에 있을 때처럼 뽀얗고 통통하여 사랑받던 모습이 아니었다. 성큉이 갑자기 미간을 찌푸리며 질책하듯 왕 씨에게 말했다.

"당신은 대체 애를 어떻게 돌본 것이오. 명란의 처소가 이렇게 소란스러웠는데도 나 몰라라 한 것인가?"

난데없이 불똥이 튄 왕 씨가 억울한 듯 말했다.

"……전 애가 다 컸으니 스스로 관리해야 한다고 생각했습니다."

왕 씨는 사실 명란이 직접 가아와 미아를 처리하게 만들 생각이었다. 이야기를 다 하기도 전에 성큉이 중간에서 말을 끊었다.

"뭐가 다 컸다는 것이오. 명란은 줄곧 어머님 곁에 있다가 이제야 나와서 혼자 지내게 되었소. 당신도 명란에게 몸종 단속하는 법은 알려주지 않고 한쪽에서 구경이나 하고 있었던 게요?"

이 말은 조금 과하긴 했지만 분명 정확히 사실을 꿰뚫고 있었다. 왕 씨는 얼굴을 잔뜩 굳히고 속으로 원망을 쏟아냈다. 이 정도면 충분하다 여긴 명란이 천천히 일어나 낮은 목소리로 말했다.

"아버지, 너무 화내지 마세요. 어머님은 저에게 무척 잘해주세요. 제 시중을 들 수 있게 계집종 두 명도 보내주신걸요. 제가 모자라서 하인을 제대로 관리하지 못한 거예요."

말할수록 점점 목소리가 작아지며 울음기가 섞여 들어갔다.

왕 씨는 그제야 조금 표정을 풀며 억울한 척했다.

"그 두 계집종은 어쨌든 장풍이가 보냈는데, 제가 어찌 그 애를 무안하게 할 수 있겠습니까. 그리고…… 어린 계집종들이 윗것들을 보고 배운 것도 있겠지요."

이렇게 말하며 고개를 숙이고 힐끗 성굉의 눈치를 살폈다.

성굉이 생각해보니 그도 그랬기에 조금 멋쩍어하며 달래듯 왕 씨를 한 번 쳐다보았다. 노대부인은 상석에 앉아 그 모습을 보다 비웃듯 입꼬리를 올리고는 마지막으로 말했다.

"그래도 자네가 수고 좀 하게. 명란에게 처소를 어찌 관리해야 하는지 가르치면 저 애도 잘 배울 걸세."

성굉이 바로 덧붙였다.

"어머님 말씀이 맞습니다. 그런 것은 본래 부인이 가르쳐야 마땅한 일이었습니다."

이렇게 말하며 손을 내려 슬쩍 왕 씨를 잡아당기자 왕 씨도 얼른 말을 이었다.

"명란이도 제 딸인걸요. 당연히 제가 돌봐야지요."

장풍은 근심 가득한 얼굴로 간청하듯 명란을 바라보았다. 명란은 한사코 고개를 돌리지 않고 얌전히 노대부인의 앞에 서서 꾸중을 듣고 있었다. 여란이 도발하듯 묵란을 쳐다보았지만, 묵란은 그저 무표정한 얼굴을 하고 있었다. 그 계집종들이 죽든 살든 묵란은 전혀 관심 없었다. 다만 조금 수치스러울 뿐이었다.

왕 씨는 신속하게 바로 행동에 나섰다. 그날 곧장 관사 어멈과 유곤댁을 데리고 모창재로 쳐들어간 왕 씨는 명란에게 한쪽에 앉아 지켜보라 했다. 구경하겠다며 기어코 따라온 여란도 명란의 옆에 앉아 밖에서 왕 씨가 어떻게 불벼락을 내리는지 보았다.

유곤댁이 모창재의 계집종들을 모두 모아 뜰에 가지런히 줄 세웠다. 왕 씨가 윗자리에 앉자 취미가 조심스럽게 뜨거운 인삼차를 올렸다. 왕 씨는 만족스럽게 한 모금 마시고 뜰에 모인 여자아이들을 하나씩 훑어

보았다. 여자아이들은 평소 같으면 막 까불었을 텐데, 오늘은 뭔가 상황이 좋지 않다는 걸 깨닫고 어깨를 움츠리며 고개를 떨구고 숨죽인 채 서 있었다.

"……너희가 아직 어리니 너그럽게 대하려 했는데 여섯째의 착한 성정을 기만하고 하나둘 머리 꼭대기까지 기어오르려 하다니! 아주 간이 부었구나!"

왕 씨가 의자를 내려치며 매섭게 꾸짖었다.

"가아가 누구냐? 나오너라!"

가아가 비틀거리며 앞으로 나왔다. 진분홍색에 털이 둘러지고 긴 옷깃에는 수가 놓인 오자를 입고 있었다. 연약하고 고운 모습이 애처로워 보였다. 왕 씨는 그런 가아를 보고 코웃음 치며 말했다.

"아픈 서시西施[1]가 따로 없구나! 너는 여기 온 뒤로 며칠 동안 하루건너 약을 먹고 끙끙 앓으며 잘 지내지 못했다지? 아무래도 여기가 너와 맞지 않는 모양이로구나. 할 수 없다. 널 삼등 시녀로 강등하고 원래 있던 곳으로 보내주마!"

가아는 속으로 기뻐했다. 장풍의 곁으로 돌아갈 수만 있다면 강등되는 것도 기꺼이 감수할 수 있었기에 그저 가만히 두 손을 모으고 왕 씨에게 절을 올렸다. 왕 씨는 속으로 비웃으며 손을 내저어 어멈에게 가아를 데려가 짐을 챙기게 했다.

이어서 유곤댁이 왕 씨의 귓가에 대고 몇 마디 말을 했고, 왕 씨는 몸을 일으켜 큰소리로 외쳤다.

---

1) 중국 4대 미녀 중 한 명.

"미아는 또 누구냐? 나오너라!"

미아가 이를 악물며 등을 곧게 펴고 나와 왕 씨에게 인사를 올렸다. 왕 씨는 미아를 흘겨보며 차갑게 말했다.

"아주 대단하구나. 너는 허구한 날 이 사람 저 사람에게 욕하고 어멈들과 싸우고 자매들과는 말다툼을 하더니 감히 주인에게 훈계까지 했단 말이냐!"

미아는 몸이 살짝 떨렸지만 참으며 말했다.

"마님께 말씀 올립니다. 저는 그러지 않았습니다. 그저 여기 처소의 규율이 원래의 것과 그다지 같지 않아 몇 마디 했을 뿐 싸우거나 말다툼하지 않았습니다."

왕 씨가 눈을 번뜩이며 힘껏 팔걸이를 내려치자 옆에 있던 어멈이 곧장 앞으로 나섰다. 손을 뻗어 철썩하고 뺨을 후려치자 미아의 백옥 같은 작은 얼굴 반쪽이 순식간에 부어오르기 시작했다. 뺨을 친 어멈이 큰소리로 꾸짖었다.

"망할 년! 네가 감히 마님께 말대꾸하느냐! 이게 어디서 배워 먹은 버르장머리지? 한마디만 더 해봐라. 입을 찢어줄 테니!"

왕 씨가 싸늘하게 코웃음 치며 유곤댁을 쳐다보자 유곤댁은 바로 알아듣고 소리 높여 외쳤다.

"미아는 반년간 월은月銀 2)을 제하고 삼등 시녀로 강등한다. ……중문中門 3) 밖으로 끌어내 곤장 열 대를 친다!"

---

2) 월급.
3) 대문 안의 문.

그 말에 누군가 울부짖는 미아를 들어 잡아 끌어냈다. 왕 씨가 찻잔을 가볍게 돌렸다. 거만한 움직임이었다. 명란은 안쪽에 앉아 꼼짝도 하지 않았고 여란은 한껏 흥분한 채 지켜보다 한 번씩 명란의 소매를 당기며 말했다.

"잘 배워둬. 나중에 울면서 또 어머니에게 도와달라 그러지 말고!"

명란은 억지로 웃으며 대답하고는 소매 안에서 작은 손을 꽉 움켜쥐었다.

마지막으로 왕 씨는 사람을 시켜 은행을 끌고 오게 한 뒤 칼날 같은 눈빛으로 위아래를 훑어보았다. 겁에 질려 바들바들 떨던 은행은 다리에 힘이 풀리면서 무릎 꿇고 말았다. 왕 씨가 차갑게 말했다.

"너는 내 처소에서 나와서도 이렇게 그곳에 있는 사람을 염려하고 있으니 그냥 다시 돌아가도록 해라."

은행은 그 말에 한기를 느끼고 놀라서 연신 꾸벅꾸벅 절을 하면서 아무 말도 하지 못했다. 유곤댁은 경멸이 담긴 웃음을 짓고는 사람을 불러 맥이 풀려 몸을 가누지 못하는 은행을 끌고 가게 했다.

모난 돌 몇 명을 처리한 왕 씨는 큰소리로 남은 계집종들을 꾸짖은 뒤 여란을 데리고 돌아갔다. 명란은 거의 뻣뻣하게 굳은 채 웃는 얼굴로 누차 왕 씨에게 감사하다고 말하며 그들을 배웅했다. 불현듯 모창재에 묘지와 같은 고요가 찾아왔다.

미아가 들려 돌아오자 명란은 단귤에게 시켜 방씨 어멈한테 가서 약을 받아와 발라주라고 했다. 그리고 자신은 홀로 조용히 처소 안에 숨어 구들 위에 가만히 누운 채 공허하게 천장을 바라보며 멍하니 있었다.

정오엔 수안당에 점심을 먹으러 갔다. 할머니와 손녀는 말없이 밥을 먹었다. 명란의 지친 표정을 보고도 노대부인은 뭐라고 하지 않았다. 그저 명란이 하고 싶은 대로 하게 내버려두었다. 식사가 끝나고 가만히 차를 마신 뒤에도 명란은 돌아가려 하지 않고 한참을 머물렀다. 마치 길 잃은 강아지가 집을 찾은 것처럼 귀를 축 늘어뜨린 채 노대부인의 침실을 찾아가더니 직접 신발과 버선을 벗고 새끼 다람쥐처럼 노대부인의 난각으로 굴러 들어갔다. 옷도 벗지 않고 작은 몸을 둥글게 구부린 채 이불 속으로 파고들었다.

노대부인이 우스워하며 따라 들어가자 명란이 머리까지 이불을 뒤집어쓰고 있었다. 기척을 들었는지 이불을 살짝 걷고 쳐다보더니 이불 밑으로 작은 손만 뻗어 노대부인의 소매를 잡아끌며 울적한 듯 말했다.

"할머니, 명란이랑 같이 낮잠 자요."

불당에 갈 생각이었던 노대부인은 그 말에 한숨을 내쉬며 침상 옆에 앉았다. 그리고 이불 한 쪽을 걷고 아이의 머리를 쓸어주며 다정하게 말했다.

"다 끝났니?"

명란은 풀이 죽은 모습으로 고개를 끄덕였다.

노대부인이 다시 물었다.

"놀랐어?"

얼굴을 든 명란은 멍하니 고개를 내저었다.

"아니에요. 진즉 예상했던 거고, 이미 끝난 일인걸요."

노대부인은 손녀의 머리를 쓰다듬으며 달랬다.

"그런데 왜 이렇게 힘이 없어?"

명란이 조모의 품에 몸을 묻었다. 단향목 향이 밴 옷에 머리가 폭 감싸이자 문득 같은 향이 나던 요의의의 엄마가 떠올랐다. 가슴이 저릿해진 명란이 낮은 목소리로 말했다.

"할머니, 전 나쁜 사람일까요? 전 일부러 그 애들이 멋대로 굴게 놔두었어요. 가아가 아플 때마다 소문을 내서 장풍 오라버니가 알게 했고, 큰오라버니가 수업을 마칠 즈음에는 일부러 은행이 알 수 있게 했어요. 그애가 처음 달려나갔을 때 유씨 어멈이 혼냈지만 제가 앞에서 막아주며 은행이 절 믿고 겁먹지 않게 했어요. 그 뒤로 은행은 한 번, 또 한 번 큰오라버니를 찾아가 귀찮게 했지요……. 은행이 날마다 제 물건을 뒤지고 수안당의 일을 물어서 진작부터 그 애가 정말 싫었거든요! 계집종이 큰오라버니를 꾀어내는 건 어머님이 제일 싫어하시는 일이니까, 일을 크게 만들면 은행을 사정없이 정리하실 걸 알고 있었어요. 또 임 이랑이 가아를 맘에 들어하지 않아 내보낸 거라서 어머님이 기회만 되면 필시 가아를 돌려보내 임 이랑의 속을 뒤집어놓을 거라는 것도 알고 있었지요. 저도 남을 궁지에 몰아넣기 시작했어요……. 하지만…… 전 이런 사람이 되고 싶지 않았어요."

말하다 보니 코가 시큰해지며 눈물이 떨어졌다. 명란은 갈수록 자신이 텔레비전 속 악당과 닮아가는 것만 같았다.

명란은 노대부인의 품에 안겨 한참을 엉엉 울었다. 눈물에 널찍한 옷이 젖어들자 노대부인은 다정하게 명란의 작은 어깨를 쓰다듬다 끌어안고 천천히 흔들었다. 명란이 아직 갓난아이인 것처럼 머리를 안고 계속 낮은 목소리로 달랬다.

"어, 어……. 그래, 그래, 착하지. 명란아, 울지 마라. 이 세상에서 곧고 바르게 살고 싶지 않은 사람이 누가 있겠니. 평온하게 지내고 싶지 않은 사람이 누가 있겠어. 하지만 몇이나 그럴 수 있겠니?"

명란은 그 말에서 노대부인이 겪었을 우여곡절과 체념을 느끼고 마음이 괴로워졌다. 그 네 명의 계집종이 처음 소란을 일으켰을 때부터 명란은 생각하기 시작했다. 구아는 남의 일에 참견하길 좋아했지만 어쨌든 아직은 잠잠했고, 그 애의 어미는 성부 안채의 총 관리인이었기에 건드릴 수가 없었다. 미아는 성질머리가 대단하여 차근차근 정리했으면 좋겠지만 아마 꽤 고생할 듯싶었다. 가아는 미끼이자 연막탄으로 왕 씨를 끌어들이면 수월하게 쫓아낼 수 있었다. 가장 골치 아픈 건 은행이었다. 왕 씨가 보낸 사람이라 쉽게 손쓸 수 없었고, 건드렸다간 왕 씨의 기분을 상하게 할 수도 있었다. 가장 좋은 방법은 바로 왕 씨가 직접 쳐내게 하는 것이었다. 표적을 바로 장백으로 하여…….

명란은 속으로 자신을 혐오하며 눈물 자국 가득한 얼굴을 들고 흐느끼듯 말했다.

"큰오라버니는 저에게 이렇게 잘해주었는데 전 오라버니마저도 이용했어요. 전…… 전…….'

"이건 어쩔 수 없는 일이다!"

노대부인이 갑자기 말을 자르더니 가볍게 넘기려 했다.

명란은 깜짝 놀랐다. 노대부인은 아무 일 없던 것처럼 방씨 어멈에게 물과 수건을 가져오라 했다. 그리고 고개를 돌려 얼떨떨해하는 명란을 보며 담담히 말했다.

"백이가 만약 네 친 오라비였다면 네가 이렇게 걱정을 했겠니?"

당연히 아니었다. 명란은 곧장 울며 오라버니를 찾아가 뒤에서 좀 도와달라고 했을 것이다. 명란은 속으로 두려운 마음이 들었다.

중요한 걸 깨달은 명란은 더 괴로워져 눈물을 뚝뚝 흘리며 노대부인을 바라보았다. 노대부인의 주름 가득한 얼굴은 바위처럼 평온했다. 노대부인이 가만히 말했다.

"잘 기억해두어라. 너는 외가도 없고 친형제도 없다. 위로는 이해관계가 있는 적모가 있고, 아래로는 특출난 자매가 있지. 안온하고 자유로운 삶을 살고자 한다면 똑똑히 굴어야 한다."

노대부인이 이리 말하는 걸 처음 본 명란은 그대로 굳어버렸다.

그때 방씨 어멈이 뜨거운 물이 담긴 대야를 들고 들어왔다. 세심하게 수건을 적셔 물기를 짠 뒤 노대부인은 따끈해진 수건으로 명란의 얼굴을 꼼꼼히 닦았다. 움직임은 부드럽고 다정했지만, 어조는 이상할 정도로 차가웠다.

"네가 왕 씨 소생이었다면 이런 수모를 겪었겠느냐? 여봐란듯이 잘 살았겠지. 네가 임 이랑의 소생이었다면 옆에서 네 머리 꼭대기 위에 오를 생각은 하지 못했을 것이다. 너에게 친형제가 있었다면 나중에 친정에 의지할 수도 있었을 테지……. 살날이 얼마 남지 않은 이 할미 말고 너에게 또 누가 있느냐. 네가 이러지 않으면 적당히 숙여가면서 어디서나 양보하고 굽신거리며 살아야 할 텐데. 그걸 원하는 것이냐?"

명란은 머릿속이 혼란해져 한마디도 하지 못했다. 노대부인은 수건을 방씨 어멈에게 다시 건넨 뒤 백옥 자개함을 받아 진주 행인유杏仁油[4]를 덜었다. 그리고 보송보송한 명란의 작고 여린 얼굴에 발라 살살 문질렀다. 살이 꽤 빠진 듯한 명란의 얼굴에 노대부인은 마음 아파하며 천천히 말했다.

"남을 궁지에 몰았다고 해서 미안해할 것 없다. 어쨌든 일부러 사람을 해친 것만 아니면 된다. 이번에는 그 계집종 몇 명 빼고는 죽난 사람도 없으니 이미 훌륭하다."

---

[4] 살구씨 기름.

옆에 서서 명란을 보던 방씨 어멈은 안쓰러운 눈빛을 하며 천천히 말했다.

"아가씨, 노마님의 말씀을 들으셔야 합니다. 다 아가씨를 위해 하는 말씀이신 걸요. 심안心眼을 기르시고 나중에 하인들을 어찌 단속할지 잘 생각해두셔야 합니다."

명란은 마치 꿈속에 있는 듯 멍하니 있다가 저도 모르게 말이 새어 나왔다.

"단속? ……어머님이 오늘 막 무섭게 하셔서 애들이 분명 겁먹었을 거야. 그런데 또 뭘 단속해?"

그러자 노대부인이 버럭 화를 내며 명란을 뿌리치더니 엄한 모습으로 침상 옆에 서서 매서운 목소리로 말했다.

"그 애들이 지금 무서워하는 건 왕 씨다. 진짜 주인인 네가 아니라! 네가 제대로 실력을 행사해서 하인을 굴복시키지 않으면 나중에 시집가서 어찌 부엌일을 돌보고 집안을 다스리겠느냐! 네가 혼자 제구실을 못 하면 옆 사람도 널 도울 수 없는 법이야! 어서 저 아이에게 옷을 입혀 돌려보내라. 여기 있게 하지 말고! 이렇게 못난 것은 나도 보고 싶지 않다! 어서! 얼른!"

노대부인은 그리 말하고는 다 놔두고 밖으로 나갔다. 크게 화를 낸 탓에 발걸음이 조금 불안했고 몸도 살짝 떨렸다. 방씨 어멈이 얼른 다가가 노대부인을 부축했다. 문을 나선 뒤 취병에게 들어가 명란이 옷 입는 걸 시중들게 했다. 조금 급하게 걸어 불당에 들어간 노대부인이 숨을 헐떡이자 방씨 어멈이 얼른 부축하며 가볍게 등을 쓸었다.

"……노마님, 너무 엄하신 거 아닙니까. 여섯째 아가씨는 마음이 착한 것뿐이지 아둔한 사람은 아니지 않습니까. 내심 잘 알고 있을 겁니다."

조금 노기를 가라앉힌 노대부인은 명란이 좀 더 야무진 사람이 되지 못하는 것에 성을 내며 탄식했다.

"애가 영민하긴 영민해. 어린 나이에 벌써 이해득실을 따지고 경거망동하지도 않아. 물러설 때와 나설 때도 잘 알고 있어. 그래서 나도 안심하고 밖에서 지내게 했지. 그런데 성격이 너무 물러. 박력도 전혀 없고. 계집종들이 설치게 놔두고 화도 내지 않는다니!"

방씨 어멈이 웃으며 말했다.

"노마님은 명란 아가씨를 아껴서 그리 말씀하시는 거 아닙니까. 다른 사람이었다면 생각이 많아야 한다, 마음이 독해야 한다 그런 말씀은 하지 않으셨을 테지요! 노마님, 걱정하지 마세요. 여섯째 아가씨는 천성이 온후하고 사람도 영민하니 나중에 큰 복을 받으실 겁니다."

갑작스럽게 꾸중을 들은 명란은 멍하니 수안당에서 나왔다. 사실 명란도 그리 양심의 가책을 느끼는 건 아니었다. 자신은 원칙 없는 성모聖母가 아니었다. 본인이 한 건 자기방어에 불과하다는 걸 안다. 명란이 지긋지긋한 건 온통 계산적인 자신이었다. 본래 유유자적 지내려던 마음은 잊고 고민하며 계략이나 꾸미기 시작한 자신이 정말 역겨웠다.

느릿느릿 모창재로 돌아온 명란은 정원을 지나다 문득 말했다.

"미아를 보러 가야겠다."

그러고는 몸을 돌려 포하를 돌아서 갔다. 오늘 계집종들은 유난히 고분고분했고 명란을 보자마자 한쪽에 공손한 자세로 시립했다. 입구에는 작은 약풍로가 놓여 있었고, 진상은 부들부채를 들고 불을 살피는 중이었다. 약탕관에서는 부글부글하며 김이 나오고 있었다. 단귤은 명란을 제일 우측에 있는 이방으로 안내했다. 발을 젖히자 짙은 고약 냄새가 났다. 명란이 미간을 찌푸리며 보니 미아가 창백한 얼굴을 하고 있었다.

홀로 침상 위에 엎드려 있다 기척을 듣고 고개를 돌린 미아는 명란을 보고 밑으로 내려오려고 바르작거렸다. 명란이 살짝 단귤을 잡아당기자 단귤이 얼른 다가가 미아를 내리눌렀다.

연초가 밖에서 푹신한 의자를 가져와 명란을 앉힌 뒤 차를 준비하려 하자 명란이 말렸다.

"바쁘게 그러지 마. 난 잠깐 앉아 있다 갈 거니까 너희는 나가봐. 미아와 할 이야기가 있어."

단귤이 어린 계집종들을 끌고 밖으로 나갔다.

오후의 햇살을 빌려 명란은 미아를 자세히 살폈다. 잔뜩 헝클어진 머리에 한쪽 얼굴은 온통 시퍼렇고 다른 한쪽은 붉게 부어올라 있었다. 입술은 물어뜯어 핏자국으로 얼룩덜룩했고, 불안한 표정을 한 채 눈을 감히 맞추지도 못했다. 명란은 미아를 잠시 바라보다 가만히 말했다.

"……가아는 돌아갔어. 너도 셋째 오라버니에게 다시 가고 싶다면 내가 대신 얘기해줄 수 있는데……."

"아니에요!"

미아가 갑자기 소리치더니 몸을 가로질러 명란의 소매를 붙들고 애걸했다.

"아가씨, 제발 자비를 베풀어 절 돌려보내지 말아주세요. 전 안 갈 거예요! 저 바느질 잘해요. 나중에 아가씨 시중도 열심히 들게요. 절대 말썽부리지 않을 거예요!"

명란이 이상하다는 듯 물었다.

"어째서?"

미아가 찢어진 입술을 깨물었다. 안색이 더욱 창백해졌다. 명란은 인내심 있게 기다렸고 미아는 마침내 가라앉은 목소리로 대답했다.

"예전 자매들이 절 보러 와서 이야기했어요……. 가아는 돌아가자마자 임 이랑에게 호되게 매질을 당하고 막일하는 어멈의 처소로 쫓겨났다고 해요. 셋째 도련님은 책임감이 없는 분이에요. 평소 가아에게 온갖 애틋한 말로 얼마나 공수표를 날렸는지 몰라요. 그랬는데 오늘 임 이랑이 노발대발하자 가아를 지켜줄 엄두도 내지 못했답니다! 아가씨, 가아의 병은 칠 할은 거짓이지만 그래도 삼 할은 진짜였어요. 이번에 그 애는…… 그 애는……."

말하며 눈물을 떨군 미아는 숨을 들이마시며 얼굴을 들어 한 손으로 눈물을 닦아내고 쩌렁쩌렁한 목소리로 말했다.

"가아는 어리석은 아이예요. 일편단심으로 셋째 도련님만 믿고 있어요. 하지만 전 어리석지 않아요. 제 어머니는 첩이었어요. 아버지가 돌아가시자 그 모대충母大蟲 5)이 우리 모녀를 팔아버렸어요. 어쩌면 이번 생에는 어머니를 다시 못 만날지도 몰라요……!"

명란은 미아의 부친이 과거에 낙방한 수재란 걸 알았다. 그런데 그렇게 실의에 빠진 상황에서도 첩을 들이는 건 잊지 않았구나.

미아가 흐느끼며 말했다.

"전 절대 첩은 되지 않을 거예요. 배는 아무것으로나 채워도 괜찮아요! 다들 도련님들의 계집종은 나중에 통방通房 6)이 되어야 한다고 했어요. 제가 진저리치게 싫어하는 모습이었죠. 그래서 따돌림당했어요! 아가씨, 제가 눈이 멀었었나봐요. 셋째 도련님 처소에서 조금 떠받들어졌

---

5) 성질이 사나운 여자를 뜻함.
6) 첩 역할도 하는 하녀.

다고 제 주제도 모르고 아가씨가 착한 걸 보고는 잘난 척이나 하고 다녔어요. 아가씨, 제게 벌을 주셔도 되고, 때리셔도 되니까 제발 내쫓지만 말아주세요!"

명란은 조용히 듣다가 천천히 말했다.

"사람이 강직한 건 좋지만 오만하면 안 된다는 말을 들은 적이 있어. 넌 이미 그걸 깨달았으니 여기 남도록 해. ……아, 네 원래 이름이 뭐지? 미아라는 이름은 그만 써. 듣기에 점잖지 않으니까."

명란은 자신이 이렇게 태연한 어조로 남의 이름을 마음대로 바꾸는 것이 영 이상했다.

미아는 잠시 침묵하다 낮은 목소리로 말했다.

"……여미요. 제 아버지가 여미라고 이름 지어주셨는데 다섯째 아가씨 이름이랑 겹쳐서 바꾸게 되었어요."

명란이 눈을 들어 창밖을 보며 가만히 말했다.

"앞으로는 '약미'라고 하자. 옛 추억을 남겨두는 셈 치고."

약미가 작은 목소리로 말했다.

"이름 지어주셔서 감사합니다."

명란은 일어나 나가기 전 고개를 돌리고 말했다.

"너 글자 알지. 내가 규율 규정을 적어두었거든. 어서 회복해서 어린 계집종들에게 그 규율을 가르쳐주도록 해."

약미는 놀란 표정을 짓다 다시 기뻐하며 고개를 숙이고 감사 인사를 건넸다.

명란이 이방에서 나가자 갑자기 훈훈한 바람이 얼굴을 스치고 지나갔다. 시선을 돌려 보니 땅의 갈라진 틈에서 보들보들하고 파릇파릇한 풀이 뾰족뾰족 나와 있었다. 명란은 가만히 먼 곳의 풍경을 잠시 바라보다 고개를 돌려 단귤에게 생긋 웃으며 말했다.

"바람이 따뜻하네. 소도에게 호수의 얼음이 녹았는지 보라고 해. 우리 낚시하러 가자. 겨우내 웅크리고 있었으니 거기 물고기들이 살이 잔뜩 올랐을 거야."

단귤은 명란을 따라 오가고 드나드는 사이에 명란의 기분이 좋지 않다는 걸 알고 있었지만, 줄곧 걱정하면서도 감히 뭐라고 말을 건넬 수가 없었다. 그런데 불현듯 명란이 다시 웃고 있는 걸 보니 이미 괜찮아진 것 같아 기뻐하며 대답했다.

"좋아요. 제가 엄청나게 큰 어롱魚籠을 찾아올게요!"

——성명란, 본명 요의의, 비 고대인古代人, 타임슬립 여성, 위장 나이 11세, 미혼, 학업 중단, 위에 비하면 부족하고 아래에 비하면 여유 있는 형편, 고대 생존 스킬 독학 중.

〈2권에 계속〉

시녀명란전 ❶

초판 1쇄 발행 2019년 12월 27일 **초판 2쇄 발행** 2021년 1월 13일

지은이 관심즉란 关心則亂
옮긴이 (주)호연
펴낸이 이승현

웹소설 본부장 이진영
편집 한정아
디자인 김태수

펴낸곳 ㈜위즈덤하우스 **출판등록** 2000년 5월 23일 제13-1071호
주소 서울특별시 마포구 양화로 19 합정오피스빌딩 16층
전화 02) 2179-5600 **홈페이지** www.wisdomhouse.co.kr

ISBN 979-11-90427-74-6 04820
    979-11-90427-73-9 04820 (세트)